Luz Gabás (Monzón, 1968), licenciada en Filología Inglesa y profesora titular de escuela universitaria, decidió dedicarse a la escritura tras años vinculada a la docencia. Su primera novela, *Palmeras en la nieve* (2012), se convirtió en un fenómeno de crítica y ventas y desde entonces ha sido traducida a varios idiomas. La adaptación al cine de la novela supuso un rotundo éxito en taquilla y la película consiguió dos premios Goya.

Con *Regreso a tu piel* (2014), *Como fuego en el hielo* (2017) y *El latido de la tierra* (2019), Luz Gabás se consolidó como una de las grandes autoras de nuestros días, y sus libros son publicados en otros países.

En 2022, *Lejos de Luisiana*, una novela magistral sobre la apasionante aventura de España en el corazón de Norteamérica, fue galardonada con el Premio Planeta.

A E
&I

Corazón de oro

Autores Españoles e Iberoamericanos

Luz Gabás

Corazón de oro

Obra editada en colaboración con Editorial Planeta – España

Diseño de la colección: Compañía
Composición: Realización Planeta

Bajo el sello editorial PLANETA M.R.
Avenida Presidente Masaryk núm. 111,
Piso 2, Polanco V Sección, Miguel Hidalgo
C.P. 11560, Ciudad de México
www.planetadelibros.com.mx

Primera edición impresa en España: septiembre de 2025
ISBN: 978-84-08-30794-5

Primera edición impresa en México: octubre de 2025
ISBN: 978-607-39-3708-5

Impreso en los talleres de Litográfica Ingramex, S.A. de C.V.
Centeno núm. 162, colonia Granjas Esmeralda, Ciudad de México
Impreso en México - *Printed in Mexico*

Para Tom Robak, Charlotte Cook y Lisa Dumas,
de San Luis Obispo,
que me enseñaron a amar California.

Y para José Español Fauquié,
poseedor de un corazón de oro.

Por encima de todo guarda tu corazón, porque de él brota la vida.

Proverbios 4:23

I want to live	Quiero vivir
I want to give	Quiero dar
I've been a miner	He sido minero
For a heart of gold	En busca de un corazón de oro
It's these expressions	Son estas expresiones
I never give	Que nunca pronuncio
That keep me searching for a	Las que me mantienen
heart of gold	buscando un corazón de oro
And I'm getting old	Y me hago mayor

NEIL YOUNG, *Heart of Gold*, 1972

1

Diciembre de 1848 llegaba a su fin y el invierno todavía no había envuelto con su gélido abrazo ni las tierras de Pasolobino, en el corazón de las montañas más altas del Pirineo español, ni el ánimo de sus habitantes.

Las cumbres no se habían encasquetado sus gorras blancas y el sol no había atenuado su brillo como cuando pretendía anunciar precipitaciones.

Las vacas, con las ubres cargadas de leche, aún se entretenían por los prados. Pacían las últimas hierbas a las que el cálido otoño había perdonado la vida o, tumbadas plácidamente, observaban, sin dejar de rumiar, el merodeo de los cuervos y el trajín de las gallinas sobre la tierra suelta de los montículos levantados por los topos.

Las familias aprovechaban el buen tiempo para sustituir con calma maderos podridos de las armaduras de los tejados y ajustar las losas de pizarra sobre la tablazón allí donde se formaba una gotera; rejuntaban y encalaban las fachadas de viviendas, bordas y cobertizos; y pintaban los zócalos de patios y escaleras con la arcilla gris del lecho del barranco. Establos, pocilgas y gallineros estaban limpios, porque los animales apenas pasaban dentro unas horas, y bien ventilados, porque no había que cerrar los postigos por la noche para frenar el viento glacial del norte.

Los árboles lucían podados, con los separados muñones donde antes había gruesas ramas en dirección al benévolo cielo; en los leñeros ordenados con paciencia ancestral no cabía ni el palo más fino; los conejos se hartaban de roer hojas de fresno; en los huertos, las coles seguían engordando a la espera del manto de nieve bajo el que hibernar; y todavía aparecía alguna seta por los bosques de pinos.

Desde hacía semanas, los pajares rebosaban de forraje para alimentar al ganado cuando hubiera de ser estabulado; y las oscuras y húmedas bodegas, de patatas, aceite y vino. En las despensas, donde el dulce aroma de las manzanas se mezclaba con el más intenso de las cebollas, el anís, la canela y el pimentón, se disponían con mimo los tarros de frutos secos, mermelada y licor de frambuesas, las tinajas y vasijas con adobo, manteca, sebo y miel y los sacos de trigo, centeno y judías secas bajo los ganchos de los que colgaban los perniles de cerdo y de vaca y los embutidos de la última matacía.

«Luego faltará el agua», decían los ancianos, que conocían bien las consecuencias de todas las anomalías climatológicas. «Ojalá aguante sin nevar hasta finales de enero, que el día es más largo», deseaban las mujeres, que otros años para esas mismas fechas tenían las manos maltrechas por los sabañones de tanto lavar ropa o vísceras de animales en la corriente helada del río.

Lorién compartía la inusual serenidad y sosiego de familiares y vecinos de un lugar marcado por el frío y la perenne preocupación por la calidad de las cosechas, la crianza del ganado, la enfermedad y los conflictos políticos más allá del valle que provocaban discusiones tanto o más acaloradas que las surgidas por las lindes de una finca, las envidias o los odios heredados. Tenía, además, un motivo poderoso para sentirse feliz y satisfecho: al día siguiente almorzaría con sus padres en la casa de su prometida para fijar la fecha de la boda y zanjar las últimas cuestiones económicas. Como segundo hijo varón de la familia, no tenía derecho sobre el patrimonio familiar de su casa natal, prácticamente gestionado ya por su hermano mayor, Raymundo, casado hacía dos años; aun así aportaría algún buen predio de dote a la propiedad de su novia, Marot, que era hija única. Podrían vivir ambos con holgura y fundar una familia de dos o tres hijos, según sus cálculos.

Lorién se consideraba un joven fuerte, trabajador, optimista, responsable y previsor, cualidades que, unidas al hecho de pertenecer a una «buena familia», tal y como se entendía en la sociedad en la que vivía —una familia honrada, instruida, de nobles principios y buenos modales, aunque no muy rica—, le habían servido para que los padres de Marot aceptaran el enlace sin dudar. Sus propios padres tampoco podían ocultar su contento porque hubiese conseguido un buen matrimonio. Y a su hermano Raymundo, con quien se llevaba muy bien, le reconfortaba que ambos vivieran en Pasolobino y pudieran ayudarse en caso de necesidad.

A sus veinte años, quizá Lorién fuera un poco joven para dar un paso tan importante, encargarse de una gran heredad y enfrentarse a decisiones y desvelos. Incluso para atarse a una rutina conocida. Su única experiencia en la vida tenía que ver con la tierra y el ganado. No conocía ni el lujo ni la miseria, dos extremos inexistentes en Pasolobino. Ni siquiera había cumplido con su obligación militar, porque, aunque le había tocado la suerte de soldado en la quinta de ese año, su padre, ante el riesgo de que muriera o regresara lisiado, había hipotecado una finca para pagar a un sustituto.

Algunas veces, cuando escuchaba historias de gente que había podido viajar y ver mundo, Lorién sentía un latido de curiosidad en sus entrañas. Décadas atrás, varios jóvenes del valle se habían enrolado en el ejército y habían participado en las guerras de independencia de las antiguas provincias españolas en América y después en la guerra contra Napoleón. Más de uno había llegado a ocupar un puesto importante en la política regional o incluso nacional, con el consiguiente prestigio para su casa, aunque a costa de perder su relación directa con Pasolobino por culpa de las obligaciones. Sus historias le resultaban admirables e inspiradoras; pero si algo no podría soportar Lorién, por mucho que viajara a lugares exóticos con su imaginación, estimulada por narraciones orales o a través de libros de viajes y hazañas de exploradores y conquistadores que tanto le gustaban, y que había descubierto gracias al maestro de su infancia, sería tener que vivir lejos de aquel paisaje que tan bien conocía y que amaba, donde residían todos sus seres queridos. Una cosa era una estancia más o menos larga en el mundo exterior y otra desligarse para siempre de sus raíces.

Sí, tal vez fuera un poco joven; pero sabía sacudirse las dudas como si fueran molestas pulgas. Y, en cualquier caso, su decisión estaba tomada. En pocos meses se casaría con Marot, de quien estaba enamorado desde que era un adolescente. No podía sentirse más agradecido por su fortuna.

Con el estómago complacido por la opípara cena que su madre había preparado para despedir el año y una sonrisa en el rostro, Lorién enfiló la calle que atravesaba el pueblo de la parte más alta hasta la más baja. Por primera vez desde que tenía memoria recorría en esas fechas el solitario trayecto sin que el calzado se le manchase de barro o nieve sucia de tierra o estiércol. El buen tiempo había alargado la aplicación de la ordenanza municipal que obligaba a los vecinos a barrer su trozo de calle los miércoles y sábados, y era una suerte, pues llevaba las botas nuevas que le había traído su padre de Francia la pasada primavera. Las trataba como lo que eran: su bien más preciado. De caña alta y piel fina, se le pegaban a la pierna de modo que el pantalón caía por fuera sin engancharse; y las enceraba una vez por semana, aunque solo se las hubiera puesto en otras tres ocasiones importantes en todos esos meses: la misa de la fiesta mayor, en agosto; el funeral de su abuelo paterno, en octubre; y la tarde que, en ausencia de sus padres, Marot lo invitó a su casa. Sonrió al recordar lo difícil que resultó colarse en su dormitorio a escondidas de vecinos y criadas y lo placenteras que fueron las horas que compartieron en el lecho de cuya blandura y calidez pronto disfrutaría todas las noches de su vida.

Hacia la mitad del trayecto, se adentró en el callejón donde estaba la taberna en la que solía juntarse con su cuadrilla.

Iba mentalmente preparado para que bromearan sobre su futuro como hombre casado. Le tocaría escuchar las mismas sentencias que él había dedicado a su hermano mayor y a otros amigos que habían pasado por el altar: «Se acabó la libertad»; «no podrás dar un paso sin rendir cuentas a tu esposa»; «ya verás cuando lleguen los hijos: solo trabajar y trabajar para sacarlos adelante».

Por lo vacío que estaba el pueblo y por el ruido de risas y voces fuertes que llegaban desde la taberna dedujo que era de los últimos en sumarse a la jarana. Taponaba la entrada al local un pequeño grupo, formado por tres o cuatro soldados del castillo militar, emplazado a una legua del pueblo, que conversaban animadamente con los alguaciles del Ayuntamiento y con dos jóvenes guardias civiles ante la puerta abierta.

Lorién logró acceder a un cuarto no más grande que la sala de su casa y que apestaba a vino, humedad, humo de velas, tabaco y sudor. Miró hacia arriba por costumbre: en ningún otro sitio que conociera, ni en las cuadras más abandonadas, había visto las ristras de telarañas que colgaban como cortinajes raídos entre las carcomidas vigas que artesonaban el techo. Saludó al grueso tabernero que, sofocado, llenaba de vino dos jarras de barro a las que colocó luego sendas tapas de madera; las puso en una tabla sobre caballetes que separaba los toneles de los clientes, se quitó el lápiz de detrás de la oreja, anotó el pedido en un papel que guardaba en el bolsillo del mandil y procedió a rellenar otras dos jarras. El hombre no daba abasto, de tanta concurrencia y de la rapidez con la que los jóvenes bebían.

El muchacho llegó hasta sus amigos, repartidos entre un banco de madera y varios taburetes alrededor de una mesa. Se quitó el gabán y aceptó un vaso de vino. Aunque lo jalearon para que se lo tomara de un trago si quería ponerse al mismo nivel de ebriedad que ellos, apenas tomó unos sorbos. Apreciaba el sabor, pero no solía abusar del vino porque no le gustaba la sensación de embotamiento.

De todos los jóvenes, su primo Miguel, hijo mayor de la hermana de su madre, casi tan alto como él pero más delgado, y con el mismo cabello oscuro de esa rama de la familia, era el que estaba más bebido.

Miguel se llevó el índice de la mano derecha hasta su rostro con intención de pedir silencio, pero el dedo acabó en el puente de la nariz.

—¿Alguno habéis visto a Lorién borracho alguna vez? —preguntó con voz pastosa—. Yo, no. —Bajó el tono como si confesase un gran secreto—. No le gusta perder el control. —Se dirigió directamente a su primo—: Pues insisto en que, para conocer la verdadera naturaleza de un hombre, hay que verlo con una curda al menos una vez en la vida.

—Tú, desde luego, no engañas —dijo Lorién, y los demás, incluido el aludido, corearon la broma con carcajadas.

Lorién deslizó la mirada por el local.

Estaban casi todos los jóvenes solteros de las casas, algún casado que no había abandonado la costumbre de dar una vuelta nocturna por la taberna y un par de viejos consumidos por la soledad y el vino tinto.

Reconoció a Baptiste, que observaba una partida de guiñote, y alzó el vaso para saludarlo. El joven le devolvió el saludo con una breve sonrisa y Lorién se le acercó. Era el único que lo llamaba por su nombre. Para todos los demás era «el Francés».

Baptiste, alto y recio, con cabello rizado, rostro cuadrado y nariz carnosa, había aparecido hacía unos diez meses por el pueblo dispuesto a trabajar en lo que fuera a cambio de alimento y un lugar donde extender su manta. Un joven matrimonio con media docena de hijos y poco tiempo para sacar adelante la faena de la tierra y del ganado se apiadó de él. Al poco, padres e hijos lucían más saludables. Baptiste valía para todo y era fuerte como un buey: igual labraba para sembrar patatas que atendía el parto más difícil de una vaca o dirigía la cocina durante la matacía del cerdo. Lo único que no hacía era hablar de su procedencia ni de las razones por las que había recalado en ese lugar del Pirineo español. Por su nombre y forma de hablar estaba claro que era francés; por su expresión seria y con frecuencia nostálgica, que había sufrido.

Lorién pensaba que, después de casi un año, ya era hora de que dejasen el apodo y lo aceptasen como un vecino más, pero los montañeses eran desconfiados. Especulaban sobre qué podía haber hecho para huir de su tierra y las conclusiones se reducían a tres, y ninguna buena: o era un desertor del ejército; o partidario del rey francés exiliado y, por tanto, contrario a la joven Segunda República francesa surgida de la insurrección popular de febrero; o un prófugo de la justicia por ladrón o asesino.

Las dos primeras razones no le parecían a Lorién de peso para recelar de alguien, porque había decisiones en la vida que dependían más de las circunstancias que de la voluntad; en cuanto a la tercera, ningún desalmado hubiera ayudado a esa pobre familia a salir adelante como lo había hecho Baptiste. Le caía bien porque era trabajador, franco y de conversación inteligente. Sabía de historia y geografía. Le había enseñado unos magníficos mapas del mundo y, aunque ni lo negaba ni lo admitía, todo apuntaba a que había viajado mucho.

Para no molestar a los jugadores, ambos se alejaron un par de pasos para conversar.

—¿Qué le pides al año nuevo? —le preguntó Baptiste.

—Lo de siempre, salud y dinero —respondió sin dudarlo—. Este año será especial, porque me casaré en primavera.

—¡Igual tengo yo la misma suerte!

Lorién sabía que Baptiste había traído algo de dinero —prudente, había preferido trabajar para no gastar lo ahorrado hasta decidir si se quedaba en Pasolobino— y que quería comprar una pequeña casa con tierras que se vendía porque había quedado sin herederos. Lo que no sabía era que tuviera intención de casarse tan pronto. Eso quería decir que había encontrado el lugar en el que echar raíces.

—¿Has puesto los ojos en alguien?

Baptiste asintió, con un brillo de ilusión en la mirada.

—Ponciana, la que trabaja en casa de Marot. Y soy correspondido.

Lorién apenas pudo disimular su sorpresa. Debían de haber sido muy discretos, si Marot no le había dicho nada. Ponciana era una chica de casa pobre, pero tan diligente y resolutiva que mejoraría cualquier patrimonio. Su primo Miguel llevaba tras ella más de un año, pero la guapa muchacha no acababa de decidirse, algo que se comentaba por el pueblo con incredulidad, pues para ella y su familia la unión con Miguel sería muy ventajosa en términos económicos. Por lo que le estaba contando Baptiste, la razón estaba clara: se había enamorado del francés. Cuando esa relación llegara a oídos del resto, causaría un gran revuelo; y, acostumbrado a salirse con la suya, Miguel no se lo tomaría nada bien...

Miró a su primo y descubrió que no les quitaba ojo de encima, con evidente expresión de enfado. Sospechó que ya lo sabía, luego muy discreta no había sido la pareja, o alguien se había ido de la lengua.

Miguel se les acercó y se encaró con Baptiste:

—¿Qué cojones haces tú aquí? —Para dejar claro que ese «aquí» significaba no solo la taberna, sino el pueblo, el valle, la comarca, la región y el país, añadió—: ¿No hay mujeres en tu tierra que tienes que venir a molestar a las nuestras?

Lorién apoyó con firmeza una mano en el antebrazo de su primo, consciente de que cualquier gesto de Baptiste, por sutil que fuera, le serviría de excusa para que se abalanzara sobre él. Miguel se zafó del contacto y le dio varios golpecitos en el pecho a Lorién mientras le decía:

—Y tú, ¿a santo de qué tienes tratos con este?

—¿Y a ti qué te importa?

—Tu amistad le ha venido muy bien para ganar puntos ante Ponciana.

Baptiste dejó el vaso en la tabla junto con unas monedas y se dirigió a la puerta. Sin dudarlo, Miguel salió tras él.

Lorién cogió su gabán del banco y los siguió. Lamentó enseguida que el grupo de militares enfilara calle abajo en dirección contraria, probablemente hacia la otra taberna. Su presencia habría aplacado a Miguel, que ya iba gritando:

—¡Eh! ¡A mí me respondes! ¿Me oyes?

Baptiste no se detuvo y Miguel le dio un empujón que casi lo tiró al suelo. Sin volver la vista atrás, el francés apretó el paso y tomó un callejón por el que apenas cabía un hombre. El segundo envite del despechado no tardó en llegar.

Tampoco ahora reaccionó el otro.

—¡Déjalo en paz! —gritó Lorién.

Miguel esperó a llegar a una plazuela para situarse frente a su rival y obligarlo a detenerse ante una artesa cincelada en piedra donde se acumulaba el agua de la lluvia para que abrevara el ganado, y que ahora estaba vacía.

Durante unos instantes en los que solo se oyó la respiración acelerada de los hombres, Miguel observó al causante de su odio: le sacaba una cabeza y era mucho más voluminoso, pero el lenguaje corporal —la cabeza ligeramente agachada, los puños cerrados pegados a los muslos— indicaba su renuencia a pelear. A ese cobarde prefería Ponciana, pensó.

—No quiero problemas —murmuró Baptiste.

—Pero los has traído.

Sin mediar más palabra, Miguel le asestó un puñetazo en el estómago. Un breve quejido de dolor salió de los labios del otro, que, no obstante, permaneció inmóvil, en una actitud que parecía mostrar que estaba dispuesto a soportar los golpes que hicieran falta hasta que el otro se cansase.

—¡Miguel! ¡Basta ya! —Lorién lo sujetó por detrás para evitar el segundo puñetazo.

Miguel se revolvió hasta que consiguió liberarse y entonces dirigió su ira hacia su primo. Como un loco comenzó a golpearlo con todas sus fuerzas en la cabeza, en el pecho, en los brazos.

Lorién apenas podía protegerse; era mucho más fuerte, pero no alzaría los puños contra él. Tenía que conseguir que se calmara. Gritó su nombre varias veces para ver si su voz se abría camino por algún rincón de su cerebro que no estuviera empapado de alcohol.

Sin embargo, Miguel no se detenía.

—¡Parad ya! —oyó Lorién que gritaban sus amigos a unos pasos; habrían salido de la taberna alertados por la trifulca.

Harto de los puñetazos y de la absurda situación, Lorién apoyó por fin las palmas en el pecho de su primo y aplicó la fuerza necesaria para separarlo de él. Miguel se tambaleó, dio un paso hacia atrás para recuperar el equilibrio, mas no lo logró. Al caer, la nuca impactó contra el canto del abrevadero.

Fue un golpe seco y pesado; un sonido que se quedaría grabado para siempre en la mente de Lorién. Similar al de la maza del albañil sobre una piedra sin labrar, o al del hacha sobre el tronco viejo, o al del postigo estampado contra la pared por el impulso del viento; pero con el matiz del dolor insoportable e inolvidable que impregnó su alma.

Se arrodilló junto al cuerpo de su primo. Una mancha de sangre en el suelo le aureolaba la cabeza. Espantado e incrédulo, gritó su nombre. Apoyó la oreja en el pecho y le palpó el cuello y las muñecas en busca de signos de vida.

—Voy por el médico —gritó una voz que le sonó lejana, irreal.

Nada se podía hacer ya. Lorién lo supo al momento: en ese cuerpo no había vida. Su primo había muerto desnucado, como un conejo tras el golpe certero de un puño diestro. Desesperado, le echó la culpa mentalmente. Por beber demasiado y buscar la gresca. Por dejarse llevar por los celos.

Pero él lo había empujado. Él lo había matado.

«Ha sido un accidente», murmuró, aturdido por la visión de la sangre de Miguel en su camisa, en su chaleco, en el gabán con que lo cubrió, en sus botas nuevas. «Ha muerto. En un segundo. ¿Qué probabilidades había de que se golpeara fatalmente contra esa piedra?».

«Ha sido un accidente», oyó Lorién que repetía una y otra vez con su acento francés Baptiste al médico, a los amigos y a la Guardia Civil, a quien alguien habría avisado.

De repente, desde las ventanas de las casas llegaron los gritos de alegría de quienes celebraban en familia que ya eran las doce. Que terminaba un año y comenzaba otro nuevo.

1849.

Todos se deseaban lo mejor para ese año que suplantaba al que hasta hacía un instante se recordaría por el buen tiempo y la abundante cosecha y que ahora pasaría a la historia local como el año en que Lorién mató a su primo hermano.

2

En los siguientes días, un implacable silencio perturbó las relaciones de familiares, vecinos y amigos que acompañaban en su dolor a los padres y hermanos de Miguel.

Quienes no pertenecían a estos grupos se atrevían a especular o criticar; quienes habían tenido relación con las familias implicadas en el desgraciado incidente debían, sin embargo, ser cautos en sus posicionamientos, que en general estaban condicionados por intereses. Entre otros, Lorién echó en falta el apoyo de su amigo más cercano de la infancia, pero supo que no iría a visitarle porque solía apacentar sus ovejas en varias fincas de la casa de Miguel.

Comprender de repente que hasta la amistad más pura se sostenía por los hilos de la conveniencia, más débiles que los de las telarañas de la taberna, añadió una honda decepción a la rabia por lo que Lorién consideraba un tratamiento injusto. Aunque gracias a las declaraciones de Baptiste y los testigos las autoridades habían aceptado que la muerte del joven había sido accidental, los mensajes compartidos en voz baja se adornaron con dudas y suposiciones extravagantes. Por supuesto, la comida de Año Nuevo con los padres de Marot quedó cancelada por medio de una escueta nota que llevó uno de sus criados.

A ojos de todos, pensó Lorién, el buen chico que

siempre había parecido se había transformado en alguien del que recelar. Imaginó las conjeturas. ¿Quién podía asegurar que no saliera su verdadero yo en otra noche de juerga y provocara una nueva desgracia? Baptiste, el objetivo de la ira de Miguel, no había respondido a los golpes: había quedado demostrada, pues, su naturaleza pacífica, aunque de un francés nunca te pudieras fiar. Lorién, sin embargo, lo tildaba de cobarde. Si se hubiera defendido o le hubiera ayudado a inmovilizar a su primo, el altercado no habría terminado en tragedia. Había ocasiones en la vida en las que uno no podía quedarse al margen.

El mundo se detuvo para él; se encerró en su dormitorio, del que solo salió para asistir al funeral y al entierro.

Se arrepintió en el mismo instante en que puso un pie en la iglesia y se convirtió en el centro de todas las miradas y protagonista de los cuchicheos. Cuando los asistentes desfilaron para dar el pésame, fue incapaz de dirigirle una sola palabra a su tía, transformada en una desconocida con los ojos inyectados en odio. El llanto y los lamentos de la mujer cuando la tierra cubrió el ataúd se le clavaron en el alma. Aun así tenía que hablar con ella, repetirle cómo había sucedido, convencerla de cuánto lo sentía; necesitaba que le creyera y le concediera su perdón.

Hizo ademán de acercarse, pero una mano atenazó su brazo.

—Ni se te ocurra —le susurró su madre. Fueron sus primeras palabras en dos días. Al disgusto de la noticia se sumaba el hecho de que su propia hermana la hubiera echado del velatorio—. El dolor nos vuelve injustos. Ha perdido a su hijo y la rabia la mantiene apenas en pie. Lo que más detesta en estos momentos es tu existencia.

No digas nada. No hagas nada. No hables con nadie. Ese era el mensaje que le trasladó su madre. Tenía que esperar a que el tiempo pasara y la herida individual, familiar y colectiva comenzara a cicatrizar.

¿Cuánto tardaría?

Demasiado para su paciencia, pensó, que nunca hasta entonces había tenido que poner a prueba.

Cinco días después del entierro, al atardecer del domingo de Epifanía, Lorién se presentó en casa de Marot en busca de afecto y explicaciones.

Suponía que, por prudencia, su prometida esperaba a que las aguas se calmasen para ponerse en contacto; no obstante, le recriminaba que en el funeral no se hubiera dignado ni a mirarlo y que hubiese resistido tantos días sin querer cerciorarse en persona sobre su estado de ánimo. Si él tuviera la menor sospecha de que ella sufría por algo, incumpliría cualquier prohibición o rompería cualquier costumbre con tal de verla.

Quería, además, entregarle el regalo de compromiso pensado para la comida cancelada de Año Nuevo. Se había gastado gran parte de sus ahorros en la compra de una pulsera, un estrecho brazalete con un adorno de diminutas perlas alrededor de un pequeño rubí. Era una joya sencilla, delicada, poco ostentosa, pero estaba convencido de que Marot apreciaría más el gesto que el valor económico.

Cruzó la amplia era empedrada, delimitada por un muro tan alto como él, y dio un par de golpes con la pesada aldaba negra de hierro en la puerta principal de la casona solariega grande y sobria que algún día sería su hogar.

Respiró hondo para atenuar el pellizco de inquietud que desde las entrañas le recordaba las palabras tan repetidas por los ancianos de que las penas nunca llegan solas. Confiaba en que Marot no hubiera cambiado de opinión sobre el matrimonio.

No tardó en abrir Ponciana, la encubridora de tantos encuentros con su prometida... Y la causante de lo sucedido. Enseguida se arrepintió de este pensamiento fugaz. También a él la pena lo había vuelto injusto. ¿Qué culpa tenía la joven de los celos de Miguel? Le brindó un breve saludo y solicitó ver a Marot.

Ponciana, que parecía más contenta de lo habitual, asintió, pero, a diferencia de otras veces en las que lo invitaba a pasar al recibidor o a la sala principal, le cerró la puerta en las narices. Cuando regresó, le dijo en voz alta:

—La señorita Marot no se encuentra bien para recibir visitas.

Y añadió en voz baja:

—En diez minutos, donde los frutales.

Lorién dedujo aliviado que eran los padres de Marot quienes le habían prohibido verlo, pero que ella sí estaba dispuesta.

Deshizo el camino para dirigirse a la parte trasera de la casa y escaló el muro de piedra cuyos salientes y hendiduras conocía de memoria. Un coqueto jardín con arriates de boj separaba la casa del huerto, oculto de miradas por manzanos y perales. Se apoyó en una rama y saltó. Enseguida vio a Marot, que caminaba con paso ligero y gesto furtivo hacia el punto de encuentro, donde tantas veces habían quedado con los otros niños del pueblo para jugar a soldados, aventureros y piratas; donde a solas en la adolescencia habían compartido sus primeros besos y caricias; donde habían comenzado a soñar con su futuro.

Como siempre, el corazón de Lorién aleteó al verla. En cuanto estuvo frente a ella, se inclinó para envolverla en un abrazo que necesitaba. En silencio se guareció en el calor del cuerpo menudo de Marot, en la delicada presión de las manos en su espalda, en el roce de su suave cabello oscuro y en el familiar aroma a agua de rosas.

—Lorién... —susurró ella sin separarse—. Lorién —repitió, convertido el nombre ahora en un quejido—. ¿Qué haremos?

—Esperar... y seguir adelante.

Él expresó su deseo con los ojos cerrados y el alma abierta a la esperanza de retomar un camino que no tendría que haberse torcido. Pero, demasiado pronto, ella apoyó las palmas en su pecho para separarse y obligarlo a mirarla.

—¿Cuánto? ¿Cómo?

—Retrasaremos la boda hasta que pase el luto.

—Tal vez no sea suficiente.

Lorién aflojó el abrazo, aunque mantuvo las manos en su cintura. ¿Para quién no sería suficiente tiempo, para sus padres o para ella?

—Tú no puedes culparme, Marot. Tú, no.

—No lo hago. Pero una nueva vida que nace de una desgracia siempre será desgraciada.

—Vaya estupidez.

—Lo repiten los mayores, que saben mucho.

—No siempre tienen razón. No me creo que te lo creas.

—No sé si quiero arriesgarme.

Lorién sintió un calor insoportable en el pecho y el rostro.

—¿Y eso qué quiere decir?

—¿Por qué tuviste que responder a la provocación de Miguel? ¿Por qué no aguantaste como Baptiste?

Lo mismo se había preguntado él cientos de veces.

—Lo iba a matar, Marot. Quise defenderlo. —¿Por qué tenía que darle esas explicaciones? Ella sabía la verdad. Todos sabían la verdad.

—No eres un hombre violento.

—No lo soy. —Ella lo conocía mejor que nadie, desde que era un niño.

—¿Qué demonio se apoderó de ti, si ni siquiera habías bebido?

Lorién la cogió ahora por los brazos y clavó su mirada en la de ella.

—¡Marot! ¿Cómo puedes hablarme así?

Los ojos de la joven se llenaron de lágrimas y su voz tembló de rabia.

—Dicen que buscabas la ocasión para vengarte de Miguel por pastorear su ganado en vuestras tierras. Que vuestras familias hace años que se llevan mal, aunque no lo parezca. Que tu madre y su hermana no se hablan desde hace tiempo.

—¡Pero es mentira!

—Eso da igual. A fuerza de repetirlo se convierte en verdad. Ahora es lo que creen. No hay nada peor que estar en boca de todos. Tal vez no nos den de lado, pero no podremos distinguir aquellos que nos quieren de quienes nos difaman. ¿Cómo voy a vivir así?

Lorién sabía que a Marot los imprevistos le provocaban inquietud. Respiraba en paz al compás de los ritmos marcados por las tradiciones, las costumbres, las actividades propias de cada mes del año, el orden, lo previsible. Traspasar los muros de su jardín le suponía todo un reto; no iba sola ni a la iglesia. Era amable con todo el mundo y jamás revelaba excesivo afecto u odio por nadie, aunque a solas con él, no obstante, siempre se había mostrado apasionada. La conocía de verdad; sabía de sus anhelos y sus miedos. Y odió verla sufrir por su culpa.

—Haría cualquier cosa por ti. —La abrazó de nuevo y verbalizó una súbita idea, descabellada pero ilusionante—. ¿Y si nos vamos de aquí? Aunque solo sea por un tiempo, hasta que me perdonen y me vean como antes... —Visualizó a ambos cogidos del brazo por las pobladas calles de una ciudad, expectantes ante lo desconocido.

—¡Qué cosas se te ocurren, Lorién! —sollozó ella—. ¿Cómo voy a abandonar a mis padres? ¡Los mataría! ¿Y la casa? ¿Quién se haría cargo de ella?

La ilusión se desvaneció. Marot ni siquiera había dudado unos segundos antes de responder según el dictado de la razón.

—Si me amaras de verdad, vendrías conmigo al fin del mundo. Yo lo haría.

—Eres injusto. Si de veras me amaras, me comprenderías. No puedo irme de Pasolobino. Y menos para huir de una situación que yo no he provocado.

Él se separó un paso de ella como si le hubiera clavado un cuchillo.

—Pretendes hacerme sentir culpable y no lo soy.

Marot se secó las lágrimas con gestos rabiosos.

—Sé que no lo eres. Y, sin embargo, mira en qué tesitura nos encontramos.

Por primera vez en su vida, Lorién le reprochó sin palabras que no fuera más valiente. Él estaba dispuesto a hacer cualquier cosa por ella: enfrentarse a sus padres, renunciar al patrimonio, trabajar en cualquier otro lugar, comenzar de cero. Marot siempre podría contar con su apoyo, su capacidad de trabajo y su amor incondicional. Pero ella estaba tan encastillada en su pequeño mundo que la percibía capaz de renunciar a su futuro juntos.

El joven cerró el puño dentro del bolsillo alrededor de la cajita donde llevaba la pulsera que ya no pensaba darle.

Le pareció que la locura y el desconcierto habían poseído ese mes de enero. La nieve debería cubrir prados, muros y tejados, la savia de los árboles ralentizar su ritmo y esa conversación con Marot no debería haber existido.

Respiró hondo antes de decir, con toda la calma que pudo, cuando el corazón le palpitaba de rabia:

—Doy por roto nuestro compromiso. Eres libre de empezar una nueva vida.

3

No parecía invierno, pero Lorién sentía el alma congelada.

Estaba muy enfadado con Marot. Por lo visto, él no era lo más importante de su vida. ¿Cómo había podido amarla tanto? Había estado ciego: ella había elegido a su familia antes que a él.

Vencido por el desencanto, apenas probó bocado en la cena. Los temas triviales sobre los que conversaban sus padres, su hermano y su cuñada no conseguían eclipsar la acelerada letanía que ponía voz en su mente a recuerdos e imágenes recientes. La caída de Miguel, la pasividad de Baptiste, el golpe de la cabeza contra la piedra, el rostro sin expresión del joven, el dolor de su familia, la ruptura con Marot, el golpe de nuevo, la sangre, la tierra sobre el ataúd, los gestos recriminatorios de unos y otros...

Hacía unos días se sentía el hombre más afortunado del mundo; ahora, el más desorientado.

Miguel no tendría que haber muerto. Marot tendría que andar ocupada con los preparativos de la boda. Su familia debería estar abrumándolo con decenas de consejos y bromas sobre su futuro como marido, yerno y, tal vez pronto, padre, en vez de parlotear en torno a él como si estuviera enfermo, o como si no estuviera, o como si, al evitar un problema, se negase su existencia.

—No habrá boda con Marot —anunció de repente,

sin entrar en detalles sobre quién había roto el compromiso.

Tras unos instantes de silencio, Raymundo habló por el resto:

—Es comprensible, dadas las circunstancias. Tal vez en otoño...

Lorién interrumpió a su hermano:

—Nunca.

Lo dijo de forma tan brusca y cortante que nadie preguntó por qué la ruptura había sido definitiva. Y añadió:

—Será bueno para la familia que me vaya de aquí.

Desde que se le había ocurrido en el jardín de Marot, la idea no dejaba de rondarle por la cabeza. Se marcharía. Sin ella. La distancia y su voluntad se encargarían de que todo el amor que había sentido y todavía sentía por Marot se fuera encogiendo en su corazón hasta convertirse en un recuerdo molesto cuando lo evocara.

Se prometió que pondría todo su empeño en olvidarla. Y que jamás volvería a enamorarse.

—Piensa en lo que sea mejor para ti —dijo su padre en tono neutro, para no mostrar ni pena ni comprensión, pues su ánimo se debatía entre ambos sentimientos.

Por un lado, no quería perder a su hijo; por otro, sabía que la única manera que tenía un hombre de recuperar su nombre de pila, liberado de ese odioso añadido —«el que mató a su primo»—, era buscar un nuevo camino, lejos.

—No son buenos tiempos para viajar en ninguna dirección —sentenció su madre.

Todos comprendieron sus palabras.

Tras las sublevaciones republicanas y las protestas estudiantiles —inspiradas por las francesas que habían conseguido deponer al rey e instaurar la Segunda República— de marzo y abril del año recién terminado en Barcelona, Valencia, Zaragoza y Sevilla, rápidamente sofocadas, el Gobierno había recrudecido el control militar con continuos registros, destierros y detenciones de sospechosos. En Barcelona había orden de repatriación de todo extranjero sin trabajo o sin medio conocido de ingreso que hubiera llegado en 1848 a la ciudad. La vigilancia se había extendido también por los pueblos, donde actuaban las guerrillas republicanas. En otoño, los sublevados habían tomado Huesca, la capital de la provincia a la que pertenecía Pasolobino. Vencidos y capturados por el ejército de la reina Isabel, trece hombres fueron fusilados en esa ciudad y casi doscientos enviados a Valencia con una cuerda de presos para su destierro en Filipinas. Al mismo tiempo, en el este, el ejército de su majestad la reina Isabel luchaba contra las partidas de carlistas que defendían que el trono de España le correspondía al pretendiente Carlos Luis de Borbón, a quien llamaban Carlos VI, hijo de Carlos María Isidro, primo hermano de la reina, que había abdicado en 1845.

—Prefiero arriesgarme que vivir como un apestado —dijo Lorién con toda la convicción de la que fue capaz. No se le escapó el gesto de escepticismo de su hermano—. ¿A qué viene esa cara?

—Eres muy joven y no sabes nada del mundo. ¿De qué vivirás?

—Ya lo veré. Saldré adelante. —Impostó un tono de orgullo para controlar el desasosiego en su voz—. Y juro que volveré. Mis logros borrarán esta mancha sobre nuestra familia. A los que triunfan se les perdona todo.

Su madre detuvo su ir y venir nervioso de la mesa al hogar, a la alacena o a la despensa. Se acercó, se inclinó sobre él, le tomó la cabeza entre las manos y le depositó un beso en la frente, cerca del nacimiento del cabello, negro como el corazón de un tizón, que luego peinó con los dedos, como hacía cuando era un niño y trataba de domarle con agua las ondas rebeldes.

—Claro que sí.

Un par de golpecitos de la aldaba de la puerta principal, en el piso inferior, provocaron los ladridos del perro, que dormitaba junto al fuego. La esposa de Raymundo se asomó a la ventana.

—Es Marot —anunció sorprendida.

A pesar de su reciente promesa de olvidarla, Lorién se lanzó escalera abajo hasta el patio, donde casi cayó al tropezar con una de las losas de piedra que cubrían el suelo. Quitó la barra de hierro de seguridad que, enganchada por sus extremos a dos grandes escarpias de forja clavadas en la pared, cruzaba la doble puerta de un lado a otro; giró impaciente la llave en la cerradura, abrió una hoja, cuyo gozne chirrió, y le franqueó el paso.

—¿Qué sucede? —le preguntó inquieto.

Tenía que ser algo grave si se había atrevido a atravesar el pueblo sola. Jamás lo había hecho. Y menos al anochecer. Amagó un abrazo. Siempre se habían saludado con un abrazo, pero ese «siempre» se había terminado esa misma tarde, cuando él había cancelado el compromiso. Por otra parte, tal vez ella hubiera cambiado de idea y estuviera dispuesta ahora a dejarlo todo por él. Sintió una punzada de esperanza.

Marot lo cogió de los brazos y lo miró a los ojos angustiada.

—¡Tienes que irte! ¡Esta noche! ¡Ahora mismo! ¡Vienen a por ti!

—¿Por qué...? ¿Quiénes...?

—¡He escuchado a mi padre decírselo a mi madre! —Marot no había esperado a averiguar si se lo habrían contado luego a ella—. ¡Ponciana ha avisado a Baptiste! Está preparando sus cosas. Mejor si os vais juntos, me quedaré más tranquila.

Raymundo, que portaba un candil de aceite en la

mano, cerró la puerta, se situó junto a ella y habló por todos los miembros de la familia que observaban la escena desde los peldaños de la escalera.

—Cálmate, Marot —le pidió con voz suave—. Cuéntanos qué sabes.

La joven inspiró profundamente y trató de ser clara y concisa. Miró a Lorién.

—Alguien os ha acusado a Baptiste y a ti de organizar un envío de armas de Francia a Zaragoza a través de exiliados republicanos franceses para ayudar en nuevas insurrecciones. Los soldados del castillo militar tienen orden de deteneros. ¡Pueden venir en cualquier instante!

—¡Pero es mentira! —exclamó Lorién tras unos segundos de aturdimiento.

—Dicen que, si saliste en defensa del francés, igual tienes algo que ver. Por sospechas más simples se han llevado a otros en la tierra baja. Los presos nunca regresan.

El muchacho soltó un bufido de frustración. En las redes de la maledicencia, además de un asesino, ahora sería un revolucionario, contrario al Gobierno y a la reina. Pero si huía...

—Si huyo, estaré admitiendo mi culpabilidad... —completó en voz alta su pensamiento mientras pedía ayuda con la mirada a sus padres para salir de esa encrucijada.

—Y si te quedas, te detendrán —repitió Marot.

El padre de Lorién murmuró algo a la madre, que desapareció escaleras arriba, e indicó a los demás que subieran a la cocina. Allí, abrió las puertas de la alacena, estiró el brazo tras una pila de platos de loza y extrajo una estrecha caja de madera de un par de palmos de longitud. Rebuscó en su interior hasta que dio con lo que buscaba: un saquito del tamaño de un puño y varios pliegos atados con un hilo de cáñamo, del que separó dos documentos que entregó a su hijo.

—Tendrás que viajar sin pasaporte. —Cada vez que alguien salía del municipio debía pedir autorización en el ayuntamiento—. Pero esta copia del notario en la que pone quién eres quizá te sirva en algún momento. También está el papel que dice que no estás obligado al servicio militar. —Le entregó la bolsita—. No es mucho dinero, aunque te llegará para mantenerte hasta que encuentres un trabajo.

Ojalá se hubiera marchado al servicio militar, pensó Lorién. Miguel seguiría vivo y él no tendría que huir en mitad de la noche como lo que no era: un asesino, un cobarde, un conspirador.

Sonaron otros golpes a la puerta y el perro volvió a ladrar. Todos contuvieron el aliento hasta que Raymundo comprobó por la ventana quiénes eran.

—Baptiste y Ponciana —informó, y se dirigió al patio para abrirles la puerta.

Entró entonces en la cocina la madre, que acarreaba un saco de lienzo basto casi lleno.

—Te he puesto tus dos mejores mudas y los zapatos de piel —le dijo a Lorién—. Mira a ver qué más quieres llevarte mientras te envuelvo comida.

Fue en ese preciso instante cuando la realidad se impuso al ofuscamiento que ceñía y paralizaba al joven.

Subió a su cuarto y repasó con la mirada ese espacio en el que tantas horas había pasado desde su infancia para despedirse mentalmente mientras seleccionaba algunos objetos: de la mesa de pino junto a la ventana cogió un cuaderno y un lapicero; de una pequeña caja de madera, la pulsera que no le había entregado a Marot, el reloj de bolsillo con cadena heredado de su abuelo y su navaja favorita, una Haudeville de Thiers con las cachas de asta de toro tintada en rojo, virola de latón y tachuelas en forma de flor, que le había regalado Marot. Del sencillo armario sacó un pañuelo de seda, que se anudaba al cuello en ocasiones especiales, y su manta de pastor, blanca y parda como la lana de la oveja, comprada en Monzón, a veinte leguas de distancia, la primera vez que acompañó a su padre a una feria ganadera en la tierra baja.

Se puso un pantalón largo y las botas nuevas. Plegados en una estantería o colgados de perchas de alambre quedaron los calzones de paño azul a juego con los chalecos de diario, las fajas y varias camisas de lienzo; ordenados en el estante más bajo, alpargatas y zuecos.

Cerró las puertas del armario primero y del cuarto después con la amarga sensación de que lo obligaban a despedirse a toda prisa de su pasado, de que allí quedaba lo que había sido hasta ese momento y de que, como una serpiente que abandona su primera piel, se debía deslizar en la noche hacia un futuro incierto.

En la cocina, guardó sus cosas y el paquete de comida de su madre en el talego, y la bolsita de dinero y los documentos en un morral con una cinta de cuero que cruzó sobre el pecho, bajo la atenta mirada de su familia, que permanecía demasiado silenciosa, en un inútil intento de restar emoción.

Los ojos le escocieron y parpadeó para contener las lágrimas. No iba a llorar. Por nada del mundo querría que se quedaran con la imagen de un chiquillo acobardado, que era como se sentía.

Fue a coger su gabán de un gancho junto a la puerta, pero su hermano le tendió el suyo —largo, de grandes solapas; la mejor prenda que tenía— y su sombrero nuevo de cuero de ala muy ancha.

—No puedo aceptarlos —le dijo Lorién.

—Te protegerán de la lluvia, del frío y del sol —insistió Raymundo en voz baja y ronca, mientras lo ayudaba a ponerse ambas piezas. Le dio un breve abrazo—. Y te acordarás de mí. Te echaré de menos.

Lorién apretó los labios e hizo un leve gesto de asentimiento. Él también lo echaría mucho de menos. Raymundo le había enseñado todo lo que sabía, desde poner cepos hasta entender al ganado. Lo había calmado de niño cuando compartían habitación y tenía terrores nocturnos y le había dado buenos consejos para enfrentarse al matrimonio y la gestión del patrimonio de Marot. Su gesto alicaído indicaba cuánto lamentaba no haber podido hacer nada para evitar su marcha.

Su cuñada le echó la manta sobre el hombro derecho y le arregló los pliegues sobre la espalda y Lorién comprendió que había llegado la hora.

Lideró el descenso al patio, donde esperaban Baptiste y Ponciana. Se percató de que en el suelo había dos fardos y pensó fugazmente que el francés llevaba demasiadas cosas para cruzar las montañas.

Con gran esfuerzo para mantener la compostura, miró primero a su padre, que le palmeó la espalda y le entregó su preciado gancho de pastor. Era un largo palo de avellano, con la marca de la casa grabada a fuego —una T igual a la que tintaban en los lomos de vacas y ovejas para identificarlas cuando se juntaban todos los rebaños del pueblo— y un hierro curvado en el extremo. Resultaba útil para sujetar a una oveja por las patas, para alcanzar una fruta de una rama elevada, para apoyarse al caminar o para defenderse de alguna amenaza, de cuatro o de dos patas.

Lo aceptó como símbolo de su identidad, de su pertenencia a esa casa, a esa familia de un lugar llamado Pasolobino, tan pequeño e insignificante para el mundo y tan inmenso e importante para él. En ese báculo se apoyaría cuando el camino se tornase intransitable.

Miró entonces a su madre. Se quitó el sombrero y se fundió en un fuerte abrazo con ella, que dejó salir su pena a través de dos palabras que repitió varias veces entre lágrimas:

—Manda noticias.

Por último, Lorién miró a Marot.

Quiso decirle que todavía la amaba, que olvidara eso de que daba por roto el compromiso, que lo esperara, que encontraría el modo de solucionar ese embrollo; quiso pedirle que lo acompañara, que no lo dejara solo por esos mundos que, de repente, intuía peligrosos. Quiso decirle que no se quería ir; que solo deseaba retroceder en el tiempo y recuperar los momentos de risas e ilusión. Pero solo fue capaz de inclinarse, apoyar la frente en la de ella y susurrar, con los ojos cerrados:

—Mi querida Marot...

El chirrido del gozne de la puerta precedió al súbito relente que impregnó la atmósfera.

Lorién inspiró hondo, se caló el sombrero, irguió la espalda y abandonó su hogar con el corazón hecho pedazos.

Marot salió tras él.

Tuvo que aplicar toda su voluntad para contener los gritos que le quemaban los labios. Que no se fuera. Que no la dejara ahí sola. Que no se alejara mucho. Que regresara pronto. Incluso que se había arrepentido y que deseaba huir con él.

Permaneció, no obstante, silenciosa en la oscuridad que iba envolviendo las fachadas de piedra de las casas, la calle y su alma hasta que Lorién desapareció de su vista. Luego permitió que las lágrimas rodaran por sus mejillas y los sollozos sacudieran sus hombros.

Lorién le había dicho que ella era libre de empezar una nueva vida. Qué absurdo. Libre. No era libre porque se debía a su casa y a su familia. Y jamás se plantearía una nueva vida en la que no estuviera él, porque jamás podría amar a otro.

Lo supo a los doce años. La amistad infantil se tornó de un día para otro en un sentimiento intenso que recorría su interior con el ímpetu de los torrentes de agua que despertaban en primavera y surcaban las laderas de las montañas con un objetivo definido y contundente.

Junto a Lorién se sentía liviana y decidida como la nieve derretida, como la rosa capaz de mostrar su esplendor entre las espinas, como la tierra labrada y suelta en la que cada año germinaba el futuro. Él la comprendía y la respetaba cuando otros se reían de ella por sus miedos; y también sabía que, aunque el valor de ella solo se circunscribiera a los límites conocidos de su propiedad, jamás encontraría a otra mujer de su fortaleza para sacar adelante a una familia a la que nunca le faltaría de nada.

Se arrepentía de haber sido tan dura con Lorién; incluso, tal vez, de haberle hecho creer que dudaba de él. Odió que el último recuerdo que tuviera de ella fuera esa conversación en el jardín. Se había dejado llevar por la rabia ante lo sucedido, algo comprensible cuando todos sus planes se habían ido al traste de la noche a la mañana. Ni por un segundo hubiera imaginado que él rompería el compromiso. Aquello era tan disparatado como que la luna dejase de existir.

La embargó una insoportable sensación de soledad. Que Lorién no respirara el aire de Pasolobino le resultaba hiriente, inconcebible.

Se arrebujó con el chal y sollozó sin consuelo hasta que sintió el roce de una mano que se le posaba en el hombro.

—Vamos —dijo con suavidad la mujer de Raymundo—. Te acompañaremos a casa.

¿Cómo podían los sueños hacerse pedazos en tan poco tiempo?, se repitió Marot.

De la felicidad absoluta habían caído al abismo más profundo. El camino que ella y Lorién debían recorrer juntos se separaba en ese momento y solo Dios sabía por cuánto tiempo o si sería para siempre.

4

—

Lorién creía que Ponciana cargaba con un fardo para acompañar a Baptiste hasta la parte alta del pueblo, de donde partía el sendero que bordeaba la montaña que protegía las espaldas de Pasolobino del viento del norte.

Le extrañó que la joven alta, rubia y delgada continuara más allá de la última casa. No tenía muchas ganas de conversación en general, ni de hablar con Baptiste en particular, a quien no había visto desde el funeral de Miguel; tampoco le agradaba la idea de tener que compartir viaje precisamente con aquel a quien culpaba de su actual situación. Pero pudo más su preocupación por ella.

—No deberías llegar tan lejos, Ponciana.

La muchacha ni se detuvo para contestarle:

—¡Pero si yo me voy con Baptiste!

Lorién no fue capaz de ocultar su sorpresa.

—¿Lo sabe tu familia? ¿Y Marot?

—Nos vamos a casar. No estaba previsto que tuviéramos que marcharnos, pero mi sitio ahora está con mi futuro esposo.

Lorién tuvo que hacer un gran esfuerzo para no gritar de rabia y decepción por lo que consideraba una traición por parte de Marot. Que su criada hubiera tenido el valor de dejar a su familia para seguir a Baptiste demostraba el amor que sentía por él y dejaba bien claro que Marot nunca lo había amado lo suficiente; le habría parecido una buena opción en el limitado mundo de Pasolobino, pero nada más.

Renovó su juramento de olvidarla y anduvo sin pronunciar palabra tras la pareja, durante tres o cuatro horas. A la luz de la luna que les permitía desplazarse con seguridad y premura, de vez en cuando observaba cómo Baptiste aflojaba el paso para que Ponciana pudiera seguir el ritmo de sus largas zancadas o le tendía la mano para ofrecerse a llevarle el fardo, algo que ella rechazaba, o ayudarla a cruzar una zona pedregosa, que ella aceptaba con una risita y así aprovechaba para darle un beso de agradecimiento o para susurrarle algo al oído.

Lorién envidió a Baptiste y lamentó que Marot no fuese tan decidida como Ponciana. A pesar de las circunstancias, si la muchacha tenía el mismo miedo que él acerca de su futuro y destino inmediatos, no lo demostraba. Parecía incluso feliz.

Para evitar ser descubiertos, caminaron unos cien pasos por encima del trayecto más transitado hacia la raya con Francia. Una vez dejaron atrás el castillo militar y la cabaña del aduanero, se detuvieron a descansar en el corazón de un denso bosque de pinos. Solo quienes conocían bien el terreno se habían atrevido a circular por ahí a lo largo de los siglos: pastores, bandoleros, contrabandistas, prófugos, desertores y revolucionarios. Los primeros eran los únicos a los que no temía Lorién. Utilizó la navaja que le había regalado Marot para cortar un poco de pan y queso y practicó varias veces cómo abrirla con un giro de muñeca, aunque dudaba que se atreviera a blandirla contra alguien, llegado el caso.

—No creo que tengas que usarla —comentó Baptiste como si le hubiera leído el pensamiento—. Aunque todo esté seco, la gente no viaja en enero...

—Pues aquí estamos nosotros —lo interrumpió con una ironía que indicaba que no estaba para charlas, y menos con él.

—Y los osos hibernan... —añadió el francés.

Ponciana se pegó contra Baptiste, como si junto a él nada pudiera pasarle, y él le pasó el brazo por los hombros. El gesto protector incomodó a Lorién, que no soportaba su soledad, y eso que apenas se había alejado unas horas de casa. Nunca se había engañado: él no había nacido para recorrer esos mundos, sino para disfrutar de la cotidianidad de Pasolobino. Acudió a su mente el recuerdo de cuando fue a la feria de ganado de la tierra baja. Admitía que había disfrutado, gracias también a la compañía de su padre; pero al tercer día ya deseaba regresar a sus montañas. Lejos de su hogar se sentía inseguro. Y ahí estaba de noche, en medio de un bosque, sin un destino concreto.

—Agradezco que me ayudaras —le dijo Baptiste con franqueza—. Lamento que Miguel muriera, aunque era un cretino.

—Ojalá no te hubieras quedado ahí quieto, como un pasmarote.

Baptiste no comprendió la última palabra, pero sí la recriminación: no estarían ahí si él hubiera intervenido.

—Cada hombre tiene sus razones. Una vez juré que jamás respondería a la violencia con mi fuerza física.

Como no añadió nada más, Lorién preguntó, por curiosidad:

—¿Ni siquiera para defenderte?

—Ese es mi castigo.

De pronto, Ponciana ahogó un chillido y señaló con el dedo a Lorién.

—No... te... mue... vas —silabeó Baptiste en un susurro.

Lorién sintió una vaharada cálida y húmeda en la nuca

y, enseguida, oyó un gruñido que se repitió, breve, vibrante y grave. Permaneció inmóvil, concentrado en respirar con calma cuando el corazón le latía desbocado, sin apartar la vista del francés, que miraba fijamente al animal, a buen seguro un lobo o un perro salvaje, que podía hincarle los dientes en el cuello en un segundo.

Se percató de que Baptiste tanteaba con la mano la tierra a su lado y, de repente, una piedra voló junto a su oreja mientras el hombre se ponía de pie con una agilidad sorprendente para alguien de su envergadura y comenzaba a proferir gritos a la par que agitaba los brazos, de modo que parecía el doble de grande de lo que era. Lorién aprovechó para coger su gancho de pastor y se sumó a la tarea de ahuyentar al lobo, que, sin dejar de gruñir, fue retrocediendo hasta que desapareció en la oscuridad.

Los dos jóvenes permanecieron unos instantes en silencio para recuperar el resuello mientras Ponciana se apresuraba a recoger la comida y los utensilios.

—Gracias por defenderme —dijo Lorién, con el miedo aún anudado a las tripas—. Me alegra que tu juramento no incluyera a las bestias.

Baptiste hizo un leve gesto de asentimiento con la cabeza y le tendió la mano.

—Amigos.

—Amigos. —Lorién le estrechó la mano con más sinceridad que rencor, consciente de que solo el tiempo diría si este desaparecía por completo.

—Será mejor que continuemos. Hemos hecho demasiado ruido.

Abandonaron el bosque y descendieron a un enorme llano que debían atravesar antes de que amaneciera y los arrieros y comerciantes que recalaban en un refugio cercano se pusieran en movimiento. En lugar de la ruta más sencilla que unía Francia con España, un paso natural de unas quince varas de largo entre dos picos, tendrían que seguir la de aquellos que tenían problemas con la justicia. Baptiste la conocía por su propio viaje hacía poco menos de un año; Lorién solo sabía de su existencia.

Miró a lo alto con aprensión y rogó a Dios que la luna no redujera su brillo y los alumbrara todo el abrupto camino. Atento a cualquier sonido extraño a su espalda, puesto que iba el último, vadeó un riachuelo en un recodo estrecho y poco profundo y comenzó a ascender por el terreno yermo, sin rastro de nieve, de una escarpada ladera.

Con los sentidos alerta ahora para no dar un mal paso, Lorién apreció que, conforme ganaban altura, la vegetación iba desapareciendo y el viento, que había surgido de manera súbita, aumentaba su intensidad. Cuando llegó al collado de destino, a la vez que las primeras luces del alba, la belleza del paisaje le cortó un aliento ya fatigado tras el esfuerzo. Ante él se desplegaba un sobrecogedor espectáculo de matorrales, colosos de piedra, nubes y cielo dispuestos en un inmenso cuadro ejecutado con una maestría sublime.

Miró hacia España y luego hacia Francia y le reconfortó la similitud. Siempre había asociado la palabra *frontera* a una línea que separaba dos mundos completamente distintos. Sin embargo, el viento, que arreciaba por momentos, hablaba el mismo idioma sobre esa cumbre, sobre los lagos de las montañas que se adivinaban en lontananza, sobre las rocas del pronunciado descenso, y sobre las praderas del primer y solitario valle francés que cruzaron. También allí, gracias a Baptiste, supieron evitar la ruta más transitada, sortear la aduana y, sin toparse con nadie a quien tener que enseñar la documentación o dar explicaciones, llegaron a media mañana a la población de Bagnères-de-Luchon.

La actuación de Baptiste ante el lobo, su labor como

guía, sus explicaciones sobre las costumbres de su país y su paciencia al hacerles repetir a Ponciana y a él las expresiones más básicas de su idioma motivaron que Lorién se reconciliara interiormente con el joven francés. No habían transcurrido ni veinticuatro horas desde la partida de Pasolobino y tenía la sensación de que llevaban juntos mucho tiempo y de que, gracias a él, todo resultaba más sencillo y menos peligroso. Fue Baptiste quien organizó asimismo la jornada de descanso en Luchón, compró a buen precio comida para el resto del viaje, eligió una zona tranquila donde extender las mantas para pernoctar y apalabró viaje hacia el oeste con un arriero.

Lorién se dio cuenta de que, aunque su alma seguía en Pasolobino, sus sentidos se abrían a las novedades. Todo captaba su atención: los detalles constructivos de los edificios, más ornamentados que los de su pueblo; la indumentaria de los campesinos franceses, más alegre y colorida; los sabores de la comida, tan igual y tan distinta. Recordó anécdotas de los viajes a Francia de su padre y comprendió enseguida la capacidad del asombro para estimular el entendimiento. El paisaje pirenaico, el ganado por los prados y la ligera similitud entre los dialectos de los pueblos construidos alrededor de sus iglesias le hicieron sentirse en un lugar no tan ajeno y contribuyeron a mantener el miedo a raya.

Los nuevos pensamientos pretendían sepultar a los viejos; incluso la intensidad de lo sucedido unos días atrás se atenuaba. Pensó que, fuera lo que fuera aquello que Baptiste hubiera hecho antes de llegar a España, poner tierra de por medio le tenía que haber ayudado a olvidarlo.

Los siguientes tres días, mientras recorría a lomos de una mula las veinte leguas de distancia de Luchón a Tarbes, en el departamento de Altos Pirineos, y de ahí a Pau, la capital del departamento de Bajos Pirineos, en la región de Aquitania, tuvo que recordarse a menudo que no estaban ahí por placer, por más que su ánimo se reconfortara ante lo que se le antojaron océanos de praderas colmados de corderos, vacas y mulos. Iba tras Baptiste como un borreguillo, decidido a establecerse donde él lo hiciera. No obstante, más pronto que tarde, el francés y Ponciana seguirían su propio camino y él tendría que apañárselas solo. El dinero que le había dado su padre le duraría tres o cuatro meses a lo sumo. Y había prometido a su familia no ya que sería capaz de mantenerse, sino que regresaría con dinero.

Baptiste tenía claro que en Pau, una bulliciosa ciudad de unas dieciséis mil almas, tendría posibilidades de encontrar trabajo. A él no le urgía tanto, porque contaba con los ahorros que no había empleado para comprar un pequeño patrimonio en Pasolobino; pero en Francia los precios eran más altos y, de momento, no le llegaba para adquirir una granja.

Para no parecer unos desharrapados, y con ganas de dormir en algo más mullido que el suelo, alquilaron un par de habitaciones y los hombres comenzaron la búsqueda, con la idea de que alguien los contrataría para lo único que conocían: la ganadería o la construcción. A la semana, en vista de que no hacían progresos, Ponciana aceptó trabajar para los dueños de la posada, dispuesta a contribuir con los gastos comunes. Se encargaba de lavar y planchar la ropa y echar una mano en la taberna.

—Yo creía que sería más sencillo —confesó Lorién a Baptiste una noche, mientras se tomaban algo a la espera de que ella terminara su jornada. Se sentía desalentado—. Puedo entender que no me quieran a mí, que soy extranjero, pero tú eres francés.

—Las cosas no andan bien —comentó Baptiste con

preocupación—. En todos los sitios me han dicho que el dinero no cunde, que los salarios cada vez son más bajos, que las cosechas no son buenas y el precio del trigo está muy alto, que los alimentos escasean. Como para contratar a nadie... Es mala época. En verano, con la siega, se necesitan manos.

—No podemos esperar tanto. —Lorién frunció el ceño y bajó la voz—. ¿Sabes cómo funciona eso del contrabando? —Había oído que, como en España el tráfico comercial con el extranjero era objeto de prohibiciones y protecciones excesivas, los beneficios de los contrabandistas eran altos.

Baptiste se rio, a pesar de su desazón.

—Fácil. Compramos mulas, bacalao, azúcar, café, chocolate, tejidos, relojes, tabaco y quincalla variada. Volvemos a España por donde hemos venido para que no nos pillen en la frontera. Lo vendemos y nos traemos lana, aceite, harina, sal, trigo, vino y anís.

Lorién resopló al pensar en la inversión inicial y en atravesar esas montañas con frecuencia. De fácil, nada. Era demasiado pesado y temerario. No debía tentar a la suerte... Por otro lado, podría ganar dinero y ver a su familia de cuando en cuando.

Y a Marot.

Había abandonado todos sus propósitos de olvidarla. En la comparación con las francesas que veía, siempre salía victoriosa. Apenas habían pasado unos días desde su despedida y ya fantaseaba con el momento del reencuentro.

—Si en otra semana más no tengo trabajo...

—Preguntaremos en el mercado —concluyó Baptiste.

A la mañana siguiente, los tres acudieron a la plaza principal de Pau, animada por los gritos de los vendedores, los ladridos de los perros que esperaban algo de comida, los cacareos de las gallinas enjauladas, los golpes de cascos y pezuñas de animales inquietos y los crujidos de las ruedas de calesas, faetones, tartanas, coches de colleras y galeras sobre las calles y los caminos cercanos.

—¿Te has fijado? —le preguntó Ponciana a Lorién en un susurro.

A pocos pasos, Baptiste conversaba animadamente con los dueños de uno de los puestos del mercado.

—Nunca había visto a alguien con la piel tan oscura.

Tampoco Lorién.

—Es todo tan diferente —añadió ella, con un deje de nostalgia en la voz.

Él ya se había percatado del cambio de actitud de la joven. La alegría con la que había dejado Pasolobino por seguir a su amado Baptiste no resultaba ahora tan evidente: las incomodidades del viaje, la imposibilidad de comunicarse con otras personas, los sabores desacostumbrados y el trabajo en la posada eran motivos constantes de quejas y protestas. En pocos días, la joven entusiasta se había convertido en una cascarrabias.

Se acercaron a Baptiste.

—No sé qué tienes tú que hablar tanto rato con estos —le recriminó Ponciana, que no sabía nada de la idea de dedicarse al contrabando.

Baptiste no le hizo caso, enfrascado como estaba en la charla. A Lorién cada día le resultaban más familiares los expresivos gestos de los franceses y su hablar cantarín, del que comenzaba a distinguir frases y expresiones breves; de lo que departía su amigo con los tenderos, sin embargo, apenas captó palabras sueltas.

Por fin, Baptiste se giró y les explicó con gran excitación:

—Es un matrimonio de Luisiana, en América. Eran libres, pero hace unos años, por miedo a las persecuciones contra los negros, decidieron venir a Francia y se instalaron en Gan, una aldea a un cuarto de legua de aquí. Uno de sus hijos se quedó en Nueva Orleans, donde abrió un negocio de comestibles. Me han dado sus señas, se llama Louis Tinchat, y me han pedido que le dé recuerdos si lo veo...

—¡Como si eso fuera posible! —bufó Ponciana.

—Aunque tienen noticias de él por carta —continuó Baptiste, sin prestarle atención—. Dicen que el negocio le va bien, gracias a los viajeros que están llegando a Nueva Orleans por la fiebre del oro que se ha desatado en California. Que los rumores son ciertos.

—¿Qué rumores? —preguntó Lorién, intrigado.

—Un tal John Sutter le encargó hace un año a un carpintero que le construyera un aserradero para su negocio de madera en el norte de California. Como el agua del río era poco profunda, al cavar el lecho para que girara la rueda del molino aparecieron unas partículas brillantes que resultaron ser oro.

Lorién no entendía muy bien por qué Baptiste le estaba contando esa historia que nada tenía que ver con el negocio del que habían hablado la noche anterior. Quiso preguntarle por ello, pero el otro continuó:

—En agosto pasado, las noticias del oro llegaron a San Luis de Misuri y Nueva Orleans. Luego publicaron una carta en el *Herald* de Nueva York y comenzó la locura. Y aquí ahora se empieza a hablar del tema. —Baptiste señaló a los comerciantes—. Según ellos, los extranjeros acuden a California por miles.

Lorién trató de asimilar la información. Recordó vagamente alguna noticia de la prensa y algún comentario en su casa sobre un territorio que ubicaba en algún punto impreciso del Pacífico. Le sonaba que había pertenecido al Imperio español y luego a México, que había estado hacía poco en guerra con los Estados Unidos, y que había muchas misiones, indios y, ahora, por lo visto, el metal más preciado.

—¿Van en busca de oro? —preguntó con incredulidad—. ¿Así, sin más?

Baptiste asintió, con un brillo especial en los ojos.

—¿Y a qué esperan ellos para marchar? —Ponciana no podía ocultar su ansiedad. Baptiste no era un hombre muy hablador y ahí estaba, alterado por lo que le habían contado unos desconocidos.

—Ni quieren arriesgarse a perder su libertad ni pueden abandonar a sus cuatro hijos.

—Pues al primero bien que lo dejaron al otro lado del mar.

—Ya era mayor y tomó su propia decisión. —Baptiste miró alternativamente a Ponciana y a Lorién—. Nada nos ata aquí. He pensado que podríamos acercarnos al puerto de Bayona, a ver qué ambiente se respira.

—Me gusta esta ciudad. Dijiste que buscarías una granja donde asentarnos. —A la joven se le humedecieron los ojos—. Ni tienes trabajo ni hay granja. Y ahora hablas de América. Yo no pienso ir a América. Que te quede claro.

Lorién se apartó de la pareja para no presenciar su discusión.

Deambuló un rato por los puestos del mercado y recorrió unas callejuelas que ascendían a un promontorio rocoso en el que se erguía el impresionante castillo medieval que dominaba la villa, transformado en una ciudadela inexpugnable cinco siglos atrás por un tal Gaston Fébus. Contempló la extraordinaria vista del *gave* o río de Pau a sus pies y, a lo lejos, la de los picos de los Pirineos, como si alguien los hubiera recortado en cartón y pegado uno junto a otro. Más allá de esa barrera rocosa y puntiaguda estaba su hogar, pensó, pero su mente volaba ahora por paisajes evocados por palabras largas y sonoras como Luisiana, Nueva Orleans y, especialmente, California.

Rodeó el castillo. Nunca en su vida había visto una construcción tan magnífica y majestuosa, con sus esbeltas torres y un enorme torreón. Se detuvo ante una inscripción tallada en una piedra del castillo que leyó en voz alta —*Febus me fe*— y se sintió insignificante. «Fébus me hizo», comprendió por el poco latín que sabía del colegio y de las misas. Alguien había sido capaz de construir esa maravilla para el disfrute de las siguientes generaciones, reflexionó. Las personas nacían, crecían y morían, pero las piedras permanecían con mensajes de tiempos remotos. Él nada tenía; ni trabajo ni la posibilidad de regresar a su casa. ¿Qué le depararía el futuro?, se preguntó, con un estremecimiento. ¿Qué huella sería capaz de dejar?

Volvió sobre sus pasos para regresar a la posada y miró de nuevo la cadena montañosa que mordía el cielo del horizonte al sur. Pensó en Pasolobino. Lo percibió de repente cercano y lejano, tentador y ahuyentador a la vez, como si su alma deseara al mismo tiempo regresar a lo conocido y alejarse para descubrir el mundo. Recibió esa revelación con cierta perplejidad, por cuanto la separación de Pasolobino comenzaba a resultarle menos dolorosa de lo que había supuesto.

California era una palabra hermosa, pensó.

Distinguió una manta ligera de nubes que se desplegaba sobre las cumbres. Aquello solo podía ser un anuncio de nieve. Por fin, tras meses de retraso, las montañas se vestirían de blanco. En Pasolobino haría frío. Y la nieve cerraría pasos y fronteras.

Aunque pudiera y quisiera, le resultaría imposible regresar a casa.

California era una palabra tentadora.

La tierra cálida donde el oro aparecía en los ríos.

Nada tenía.

¿Cómo no se iba a plantear cruzar el océano?

5

De Pau a Bayona había poco más de treinta leguas de pastos y granjas, que el trío recorrió esta vez en una galera, mucho más lenta que la diligencia y, por tanto, mucho más barata.

—¡Ya huele a mar! —anunció ilusionado Baptiste al quinto día de soportar el incesante traqueteo del carro tirado por mulas y el golpeteo de todo tipo de utensilios colgados de las varillas exteriores. Se asomó por la cortina de esparto del lateral—. ¡Os alegraréis de haberme hecho caso! ¡Aquí cambiará nuestro destino!

A pesar de la oposición de Ponciana, Baptiste se había salido con la suya. Estaba empeñado en comprobar si eran ciertos los rumores de que todo el mundo quería ir a California, y Bayona era la ciudad portuaria más cercana a Pau, adonde regresarían —había prometido— si esos rumores eran falsos.

Desde la primera calle en dirección al puerto, donde se congregaban las posadas, Lorién se asombró por el ruido, el color, el olor y el movimiento. Aquello le pareció otro universo. Como los muelles comerciales, los arsenales de marina, los astilleros y los barrios pesqueros estaban localizados en el centro urbano, todo lo que vio guardaba relación con el mar.

Observó los navíos de compañías de diversas partes del

mundo como si fuera un crío al que le faltara vocabulario. Para él eran simplemente barcos; para los marineros, estibadores y trabajadores de la aduana que hablaban a gritos eran goletas, fragatas, bergantines, corbetas, quechemarines o paquebotes. Acostumbrado al silencio de la montaña y a los sonidos pausados de los animales, lo aturdió el bullicio de voces en diferentes lenguas, el graznido de las gaviotas, el crujido de las jarcias de los barcos y el susurro intenso del oleaje.

¿Cómo se había planteado siquiera lo de viajar a América?

Para empezar, no sabía nadar. Nadie de Pasolobino sabía, porque no necesitaban saberlo. Y a él, además, las grandes masas de agua le daban miedo. Había perdido pie de pequeño en una poza de un río y, de no ser por Raymundo, que lo había pescado como a una trucha, se habría muerto.

Y el aire del mar era pegajoso, pensó también, para aumentar la lista de razones por las que no se atrevería a subir a uno de esos barcos; nada que ver con el fresco y seco de las montañas.

Pero leyó entonces los rótulos de las cajas, barriles y barriletes de donde salían olores deliciosos y sintió un cosquilleo de excitación. ¡Esos marineros tan jóvenes, algunos incluso más que él, conocían los lugares de procedencia! Ahí había azúcar, tabaco y café de Cuba, cacao de Guayaquil y Caracas, canela de China y Manila, cuero y añil de La Guaira, pimienta de las Indias Orientales... Todos los productos exóticos y materias primas de ultramar que pudiera imaginar junto a mercancías de uso cotidiano —barriles de víveres, tablas para construcción, fardos de algodón y cientos de arrobas de lana—. Se preguntó si por allí pasarían los preciados vellones que recogían los comerciantes en Pasolobino para llevarlos a quién sabía dónde y le agradó esa sensación de que una parte de su tierra llegara a otros continentes.

Baptiste le palmeó el hombro.

—No perdamos tiempo. Empezaremos por una punta.

Desde que había hablado en Pau con el matrimonio de Nueva Orleans, en su cabeza había una idea fija: probar suerte en California.

Se abrieron paso entre comerciantes y viajeros de todas las clases sociales que se distinguían por su indumentaria de mayor o menor calidad y se dirigieron a la primera oficina naviera. Una hora más tarde, cuando habían estado en tres, ya tenían claro que había más trabajo en el mar que en la tierra. Para recabar más información entraron también en un par de tabernas. Los comentarios coincidían con los de los acompañantes de la galera y con lo que habían comprobado en Pau: que Francia ya no era lo que había sido; y que el dinero se hacía en ultramar y en sitios como California, donde no había leyes asfixiantes ni impuestos y el oro estaba ahí, esperando a que cualquiera lo tomara.

Baptiste no podía estar más entusiasmado; poco quedaba del joven callado y moderado de Pasolobino. Lorién tenía sus dudas.

—No me puedo creer que exista un lugar así —le rebatía a Baptiste.

—Es como el cielo al morir, Lorién. Nadie lo ha visto, pero existe.

—Entonces, ¿cómo es que no van todos ahí?

—Cuestión de fe. Unos tienen más y otros menos. —Se puso serio—. Es un viaje largo y costoso. Hay que ser fuertes. Tú y yo lo somos. Y no tenemos nada que perder.

Lorién confiaba en Dios y en su propia fortaleza, pero si lo del contrabando ya le parecía arriesgado, cruzar el océano, además, lo alejaría de su familia y de Marot. Por otro lado, si lo del oro fuera cierto y tuviera suerte, podría regresar a casa como un triunfador.

—Consigamos más información —se limitó a decir.

Mientras una enfurruñada Ponciana permanecía encerrada en la habitación de la posada, Lorién y Baptiste siguieron con sus pesquisas.

Dos días más tarde, después de almorzar, los tres se juntaron en la taberna. Baptiste limpió con la mano unas migas de la mesa de madera antes de extender uno de sus mapas.

—Podemos llegar a California por tres rutas —comenzó a explicar—. La primera y más barata: hacer *todo* el trayecto por mar. Primero hasta la costa este de Estados Unidos. En un clíper solo tardaríamos un par de semanas, pero son muy caros. En uno de esos barcos panzudos de vela nos darían trabajo a cambio del pasaje y nos costaría un par de meses. —Con el dedo índice, siguió el recorrido sobre el papel—. En Boston o Nueva York tomaríamos otro barco en el que continuaríamos toda la costa este de Sudamérica, cruzaríamos el cabo de Hornos y subiríamos por el otro lado, por el Pacífico. Tardaríamos entre cinco y ocho meses, además de los dos a Estados Unidos, pues son unas seis mil leguas, unas dieciocho mil millas, que dirían los americanos. Así que llegaríamos en otoño. Es una ruta larga y lenta, pero muy conocida por los barcos de pieles. El único peligro real es el tifus, por estar tanto tiempo embarcados.

Lorién sintió un nudo en el estómago.

—Yo no sé si aguantaría tantos meses en alta mar —comentó.

Baptiste llevó entonces el dedo hacia el centro de América.

—La segunda opción es acortar por Panamá o México. El viaje dura semanas en lugar de meses. Pero nos cogería en verano y habría más riesgo de contraer el cólera, la malaria, el tifus o el vómito negro.

Lorién frunció el ceño. No sabía qué alternativa era mejor.

—Y la tercera —continuó Baptiste— sería cruzar las llanuras centrales del norte de América, desde San Luis de Misuri hasta la costa del Pacífico. Hay una compañía de Bilbao que viaja directamente hasta Nueva Orleans y buscan hombres para la tripulación. Iríamos luego Misisipi arriba hasta San Luis y de allí a California. Es la más barata, pero no tengo más información sobre tiempo y peligros. —Dio unos golpecitos en el papel—. Es un largo trayecto por tierras de indios. —Alzó la mirada hacia los otros y esbozó una breve sonrisa—. Yo voto por esta opción. Siempre podemos cambiar de idea en Nueva Orleans. ¿Qué opináis?

Lorién y Ponciana intercambiaron una rápida mirada y permanecieron en silencio.

—¿Y bien? —insistió el francés.

—Cuanta más tierra firme, mejor —dijo por fin Lorién, presionado por el apasionamiento de su amigo.

—¿Ponciana? —le preguntó Baptiste.

Ella lo miró como si estuviera mal de la cabeza. Después de haberlo escuchado sin intervenir, explotó:

—¿Indios? ¿Tifus? ¿Meses deambulando por esos mundos alejados de la mano de Dios? Yo no pienso ir. Y si tuvieras algo de sesera, no dedicarías ni un segundo de tu tiempo a esta estupidez. —Extendió el brazo para tomar la mano de Baptiste y dulcificó su tono—: Regresemos a Pau. Es una ciudad bonita para vivir. Francia es tu tierra, aunque la abandonases por las razones que fueran. He renunciado a la mía por ti. Al menos, que uno de los dos conserve sus raíces. ¿Qué se te ha perdido en América? Eres fuerte y trabajador. ¿Qué oro ni qué niño muerto? ¡Con lo bien que podemos vivir tú y yo con una pequeña granja y algo de tierra!

—En la vida hay que tener ambición.

—En Pasolobino me dijiste que yo era más de lo que podías haber deseado... Que allí, conmigo, habías encontrado tu sitio.

—Y tú me dijiste que me seguirías adonde fuera... Lo sentía de verdad, créeme. Pero a veces surgen oportunidades que hay que saber aprovechar. Las circunstancias hacen hombres, Ponciana. ¿Y qué hombre no desea ir a mejor en la vida? Quiero que vengas conmigo, pero no puedo obligarte. Te propongo algo: déjame intentar lo del oro. Tanto si triunfo como si fracaso, volveré en dos años.

—¡Dos años! —Ponciana ahogó un sollozo, se levantó y desapareció escaleras arriba.

Con un suspiro, Baptiste plegó el mapa, apuró su bebida y salió a la calle. Lorién subió a su cuarto y se tumbó en el catre. Compartía los miedos de Ponciana, pero no podía dejar de darle vueltas a las explicaciones de Baptiste. El tema ya no le parecía tan ajeno e imposible. Y él no se consideraba un cobarde. Pensó en todos aquellos hombres que vivían en los barcos: si otros resistían, ¿por qué no habría de hacerlo él? ¿Qué más daba saber nadar o no en medio del océano? Si un barco se hundía en alta mar, todos morían. Tal vez si estuviera solo nunca se atrevería a tomar esa decisión, pero Baptiste era un buen compañero de viaje. No podía dejar pasar esa oportunidad. No tenía nada que perder. Ni siquiera un trabajo; y el dinero se iba rápido. California suponía una auténtica tentación. Debía reconocer que, a cada hora que pasaba, el deseo pesaba más que el miedo.

Alguien llamó con insistencia a la puerta. Le extrañó, pues Baptiste solo daba unos golpecitos para avisarle cuando él y Ponciana bajaban a cenar.

—No está —dijo su amigo alterado—. Faltan sus cosas y algo de dinero. ¡Se ha ido!

Lorién le tomó del codo.

—Vamos. La encontraremos.

Baptiste se soltó.

—¡Yo no pienso ir a buscarla! ¡Es una estrategia para ponerme a prueba! Ya volverá cuando de noche no haya nadie por esas calles.

Lorién, preocupado, no quiso esperar: preguntó al posadero y a su familia si la habían visto y recorrió todas las posadas y casas de huéspedes de Bayona, sin éxito. Fue hasta el lugar del que partían las galeras y alguien le informó de que la última del día había salido en dirección a Pau a media tarde y que se había fijado en que había una mujer joven que viajaba sola.

A la mañana siguiente, Baptiste amaneció taciturno. No se movió del cuarto ni pronunció una sola palabra en todo el día, como si en su interior su deseo de ir tras ella peleara con el de viajar a California. Lorién pasó la jornada en uno de los muelles, donde meditó sobre su decisión final, que ratificó en la catedral de Santa María.

—Lo ha querido así —aseveró el francés, mientras cenaban, sin pronunciar el nombre de la joven—. Ha tomado su decisión. Y yo la mía. Probaré fortuna, aunque sea solo.

—Voy contigo —anunció Lorién, y sonrió con una mezcla de alivio e inquietud.

A partir de entonces, no perdieron ni un segundo.

De todas las compañías sobre las que se habían informado, eligieron la naviera vasca Lizardi, que se encargó del papeleo. El oficial que les atendió les recomendó que al llegar a América fueran a una oficina consular para regularizar su situación; por el momento bastaba con que constasen por escrito sus datos básicos —edad, oficio, estado civil, lugar de nacimiento, procedencia geográfica y lugar de destino— y las respuestas a unas preguntas.

—¿Dejas compromiso en España?

—No. —Lorién pensó en Marot con tristeza.

—¿Te hallas encausado?

—No. —Le pareció que respondía con firmeza, aunque estuviera en parte mintiendo. Sabía que lo buscaban, pero no que hubiera ningún expediente oficial abierto contra él.

—¿Huyes del servicio de armas?

—No. —Le mostró el documento en el que decía que había cumplido, aunque lo hubiera hecho otro en su lugar.

—¿Algún impedimento para ausentarte?

—No.

—¿Por qué vas a América?

Repitió lo mismo que todos, lo mismo que Baptiste:

—Para mejorar fortuna.

Esas eran las palabras mágicas que abrían las puertas del océano.

El *Ange de la Mer* zarpó de Bayona, con Lorién y Baptiste a bordo, a principios de febrero.

La frontera entre Francia y España estaba a unas ocho leguas y el barco tenía previsto atracar en el puerto español de Pasajes, una ensenada natural bien resguardada a la que se accedía por un estrecho canal. Ese breve trayecto, en el que no soltó las manos de la barandilla, le sirvió a Lorién para poner a prueba su relación con el mar.

Ahí estaba. En un barco fondeado en la costa vasca. Rumbo a América. Con su atuendo de marinero: un pantalón ajustado a la cintura y suelto hasta los tobillos, una camisa roja, un sombrero de lona y un pañuelo negro al cuello. Se sonreía, orgulloso de su hazaña; miraba al cielo y al agua y trataba de calmar los nervios con pensamientos sobre la belleza de lo que veía.

—Todos los días parten cientos de navíos de todos los puertos del mundo —le dijo Baptiste, divertido por su temor— y solo naufraga un pequeño porcentaje.

—Saber eso no ayuda —le rebatió Lorién.

—Pues piensa en el oro.

—Aunque me hiciera rico, tendría que regresar a casa en barco.

—Entonces pensarías en tu hogar y en tu familia. La esperanza de lograr un objetivo facilita el camino. —Baptiste le dio una palmada en el hombro y reanudó su tarea de fregar y frotar la cubierta.

En medio de las labores de carga de mercancías, algo llamó la atención de Lorién: un chico iba mirando de manera subrepticia si alguna caja tenía la tapa abierta; tras varios intentos, abrió una y se coló dentro.

No habían pasado dos minutos cuando un par de marineros aparecieron, martillo en mano, comprobando que las tapas de las cajas estuvieran cerradas, y las cuerdas que sujetaban los barriles, bien tensas. Al llegar a la que ocupaba el polizón, le clavaron varios clavos con golpes certeros y continuaron su camino. El corazón de Lorién dio un salto. ¿Cómo saldría el muchacho de su encierro? Memorizó la marca comercial de la caja y no la perdió de vista hasta que la transportaron por la pasarela con destino a la bodega.

—Habrá que echarle una mano —dijo entonces alguien a su lado en español, aunque con un acento que no había oído nunca.

Lorién volvió la cabeza y descubrió a un joven de su edad, más bajo que él, de cabello castaño y rostro redondeado. Largas arrugas le cruzaban horizontalmente la frente de sien a sien. Sus ojos, un poco caídos, mostraban una mirada franca con un ligero tinte de tristeza. Dedujo que era de los que se habían podido pagar el viaje, porque vestía un pantalón largo, chaleco y una levita, si bien desgastada.

—Espero que tenga aire suficiente para respirar hasta que zarpe el barco... —comentó Lorién.

—Ya. En esas cajas siempre hay alguna rendija. —El otro le tendió la mano—. Me llamo Escolano, soy chileno y me dirijo a California. En cualquier caso, de momento nada podemos hacer, con tantos testigos. Esperaremos un ratito.

Lorién apreció que su mano era suave y de largos dedos. También se presentó. La coincidencia de destino y la preocupación por el desconocido de la caja fomentó la conversación. Así, Lorién supo que Escolano era pianista, hijo de un trabajador del gobierno de Chile. Había recorrido Europa en un viaje de estudios con un grupo de jóvenes y había decidido quedarse en París para terminar su instrucción musical. Como ganaba poco dinero de profesor de piano, había decidido probar suerte en el oro de California. A Lorién le hizo gracia su acento, sus expresiones y el uso de diminutivos.

Por su parte, él le dio una versión reducida y poco precisa sobre su vida: había cruzado a Francia para trabajar ahí en invierno, como otros jóvenes aragoneses, y regresar a casa para las labores del campo en verano, pero también a su amigo Baptiste y a él les había tentado la aventura de California.

—No había oído hablar de esto hasta hace unos días y, de repente, aquí estoy, en un barco rumbo a Nueva Orleans, hablando con un chileno que ha viajado mucho, como si el mundo fuera infinitamente más pequeño y abarcable de lo que había imaginado.

Escolano se rio.

—Ya. Es que lo es. Y si tuviéramos plata para viajar en un clíper, todavía nos resultaría más chiquito.

Permanecieron en silencio hasta que largaron amarras.

—Mejor vayamos —dijo entonces el chileno.

Lorién comprendió que los pasajeros que se amontonaban en la bodega revueltos con las mercancías y que, como ellos, habían disfrutado desde cubierta del entretenimiento que suponían las labores de carga y descarga irían regresando a las entrañas del buque. Debían darse prisa si querían ayudar al polizón.

Cuando llegaron a la bodega, se les cayó el alma a los pies. Aunque no se encontraron con nadie, había decenas de cajas con la misma marca que la del chico. Comenzaron por una punta a dar golpecitos una por una, pero no obtenían respuesta y el jaleo de las gallinas enjauladas dificultaba la tarea de escucha.

Lorién calculó que la caja que buscaban tenía que estar en algún lugar del medio. Trepó con agilidad por barriles y continuó con los golpes mientras arrimaba la oreja por si escuchaba algo. Por fin creyó discernir un gemido como tímida respuesta a sus toques.

—¡Aquí! —exclamó triunfal.

Escolano eligió una pata de cabra de un montón de herramientas y se la alcanzó. Hacía tanto calor que a Lorién le sudaban las manos y las gotas de la frente le empañaban los ojos. Con habilidad, hizo palanca para arrancar los clavos, liberó la tapa y enseguida lo vio.

El joven, acurrucado, casi había perdido la consciencia.

Escolano trepó hasta Lorién y entre ambos lo sacaron y lo deslizaron hasta el suelo. Tuvieron que esperar un rato a que se espabilara.

Era un chico delgado, fibroso, de cabello castaño claro

ondulado, ojos pequeños, grisáceos, frente despejada y barbilla alargada, y labios prestos a una amplia sonrisa, como la que les dedicó cuando le confirmaron que el barco había zarpado y que, de momento, nadie excepto ellos sabía de su existencia a bordo.

Se presentó como Sandor.

—No entiendo por qué has embarcado de polizón —dijo Lorién, a quien Sandor le cayó bien enseguida, por su aire simpático de pillo inofensivo—. Me ha parecido que no ponían muchos problemas. Yo ni siquiera tengo pasaporte, con un papel diciendo que eres quien eres creo que basta. Y podrías haber pedido trabajo para pagar el pasaje —añadió, vista la facilidad con la que le habían contratado a él, que nada sabía de barcos y del mar. El chico debía de tener poderosas razones para asumir un riesgo tan grande. Recordó haber escuchado que a un polizón lo habían abandonado en una isla.

Sandor se encogió de hombros.

—Ha sido un impulso. Si lo hubiera pensado, o hubiera pedido papeles en mi pueblo, me habrían convencido para quedarme. Ahora ya estoy aquí. Que sea lo que Dios quiera.

Les contó que era el cuarto y último hijo de su familia, que no quería ser ni militar ni sacerdote, que ni en su pueblo vasco —dijo un nombre largo y difícil de recordar— ni en la redolada había encontrado alguna heredera con la que casarse, que no había hecho el servicio militar ni pensaba hacerlo, porque las cosas de las guerras y las batallas no iban con él, que no pensaba ni luchar con los carlistas que abundaban en su tierra ni contra ellos en caso de que se generara otro conflicto, y que tenía que buscarse la vida para salir adelante. Sabía que los que iban a América hacían fortuna. A un tío suyo no le había ido mal.

—¿Tú también vas a lo del oro? —le preguntó Escolano.

—¿Qué oro?

—El de California.

Le contaron lo poco que habían escuchado sobre el tema.

—Pues si hay que ir en busca de oro, se va —sentenció Sandor con otra sonrisa.

El problema ahora era cómo aguantar la larga travesía a escondidas.

—¡Eh! —les gritó de pronto alguien—. ¿Qué hacéis aquí?

Dos fornidos marineros se acercaron a ellos y empezaron a acribillarlos a preguntas en un francés malencarado mientras los cacheaban para comprobar que no habían robado nada, pues en la bodega guardaban los trabajadores del barco su ropa y sus objetos personales. Escolano les respondió con amabilidad, y tradujo al español para que Lorién y Sandor supieran a qué atenerse.

—¡A ver, la documentación!

En un barco de esas dimensiones, pasajeros y tripulantes debían llevar encima siempre el billete del viaje o la copia del contrato de trabajo. Escolano y Lorién mostraron los papeles, pero la improvisada explicación de que Sandor era el asistente del primero y que había bajado para ayudar al segundo, que trabajaba en la cocina, a cargar cajas de pollos no convenció a los hombres. Agarraron de los brazos a Sandor y lo sacaron de allí de malas maneras para llevarlo ante el capitán.

El hombre, de barba poblada y larga experiencia, tampoco se creyó ni una palabra. Detestaba a los polizones por considerarlos vagos y sinvergüenzas, cuando más facilidades no podía haber para que un joven con inquietudes cruzara el océano a nada que fuera un poco trabajador. Despachó el asunto sin miramientos, con una orden clara:

—Encerradlo hasta que lleguemos a Bilbao y lo soltáis ahí.

—¡Tengo un tío rico en Nueva Orleans! —chilló Sandor desesperado—. ¡Responderá por mí! ¡Le pagará bien!

El capitán soltó un bufido de incredulidad y con un gesto de la cabeza indicó a sus subordinados que lo apartaran de su vista.

Aunque lo acababa de conocer, Lorién se apiadó de él. Sandor ya no era un desconocido que se había metido en una caja, sino un joven que había compartido su historia con ellos. Las amistades, como la suya con Baptiste, comenzaban así. Se lo imaginó regresando a su pueblo con el orgullo herido e intervino sin pensarlo.

—Puede trabajar conmigo en la cocina. Y además, pagaré su manutención.

El capitán valoró el noble acto del joven y aceptó la propuesta, ventajosa también para él.

Desde ese mismo momento, Sandor se convirtió en la sombra de Lorién. Hablador por naturaleza, le repitió decenas de veces que jamás olvidaría lo que había hecho por él, que jamás encontraría otro amigo más fiel y que le devolvería hasta el último real gastado por su culpa en cuanto se encontrara con su tío.

Igual lo del oro de California era una leyenda, pero lo de su tío rico —insistió— era cierto.

6

Si algo echó de menos Lorién durante la travesía fue el silencio de las montañas.

En el barco todo producía ruido: el viento, el agua, las lonas, las cuerdas sueltas, que chasqueaban como latigazos, las maderas, que crujían, los hierros sobre los que siempre golpeaba algo, los marineros, que no hacían más que gritar, la cabeza de mar que atizaba la proa con la fuerza de un inmenso martillo...

Recordaba con nostalgia la quietud de la tierra firme. Se pasaba todo el día chupando un pedazo de carne fría salada, o jamón, o limón, los únicos remedios útiles para el mareo. Tenía tan mal cuerpo que no soportaba ni un olor; mucho menos el del humo del tabaco que fumaban Sandor y Escolano.

Además del movimiento constante del barco sobre las aguas del océano, allí no paraba nadie. Todos los marineros, como Baptiste, estaban siempre ocupados en alguna actividad: fregar y frotar la cubierta, quitar el óxido de las cadenas, enrollar y arreglar aparejos y velas, rellenar los barriles de agua fresca, embrear con estopa, engrasar, rascar y pintar. En su caso, se pasaba el día pelando y troceando pollos y cociendo legumbres en un fogón en cubierta. No lo había hecho nunca, pero no tardó en aprender. Se preguntaba qué pensaría su madre al verlo entre pucheros. Sin duda, que a Sandor se le daba mucho mejor.

Apreciaba los momentos de belleza máxima que ofrecía el manto infinito de las estrellas por la noche, cuando cesaba el ajetreo de la tripulación, aunque reconocía que el viaje se le estaba haciendo eterno. No se acostumbraría nunca a la humedad de su litera, dispuesta entre decenas, y prefería mil veces el fuerte olor del ganado en Pasolobino que el de tantos hombres durmiendo juntos. Si sus amigos pensaban lo mismo, no lo manifestaban. Como él, pasaban un día tras otro arropados por la rutina de trabajo y comida y el sonido de la campana que marcaba cada hora.

Lorién cumplía bien su tarea. Con Sandor repartía en cubierta el desayuno —café con azúcar, aguardiente y galletas unos días; otros, sardinas, arenques, queso o bacalao—; la comida —arroz, judías, habas o garbanzos, bacalao con patatas, carne salada de vaca o cerdo dos días a la semana y, sobre todo, pollo—; y la cena —caldo de res y boniato, legumbres, bacalao y, a veces, pescado fresco—. Y llevaba buen control del vino que se distribuía: los viajeros recibían tres cuartos de botella al día y los trabajadores, dos botellas cada semana.

Escolano, viajero con billete y, por tanto, con derecho a más vino, compartía el suyo con Lorién, Sandor y Baptiste por las noches, cuando el cuarteto se juntaba para charlar un rato. Algunos marineros leían o remendaban ropas; la gran mayoría jugaba a las cartas. Ellos andaban tan escasos de dinero que no se arriesgaban a que les vaciasen los bolsillos.

Un día, cuando llevaban tres semanas de viaje, el toque de la campana fue pausado y grave.

Escolano, que dedicaba el día a leer y charlar, se enteraba de todo y, si había algo interesante, no esperaba a la reunión de la noche, sino que les informaba enseguida.

—Ha fallecido un tripulante. Unos dicen que ha sido por culpa de una obstrucción intestinal; otros, de sarampión; y otros, de ambas cosas. Por lo que sea, se fue en cinco días. Le ha servido más el sacristán que el cirujano.

—De acuerdo con una Real Orden reciente, en los barcos mercantes debían contratar los servicios de ambos.

El miedo al contagio de sarampión corrió como la pólvora entre marineros y viajeros, que guardaban distancias y evitaban conversaciones.

Apenas un puñado de hombres se reunió en cubierta para asistir al sepelio, que Lorién pudo ver desde donde cocinaba. Por su fuerza física, Baptiste fue uno de los elegidos para sacar el cadáver de la enfermería sobre un tablón, conducirlo a la popa del buque y apoyarlo sobre la barandilla. A una orden del capitán, el barco se detuvo. El capellán dedicó entonces una oración por el eterno descanso del alma del muerto, los porteadores inclinaron la tabla y el cuerpo cayó al mar.

Lorién sintió un estremecimiento y tuvo que hacer esfuerzos para sacudirse de encima la aprensión. Cualquiera de ellos, también él, podía morir en cualquier momento. Le resultaba insoportable la idea de quedar abandonado en medio del océano, sin opción a que alguien pudiera rezarle ante su tumba.

Se fijó en un joven larguirucho de cabello rojizo que lloraba desconsolado. Tenía que ser alguien próximo al difunto, porque le entregaron una bolsita con sus pertenencias. Si el fallecido viajaba solo, se inventariaban y se entregaban al cónsul más cercano, en este caso el de La Habana, para reenviárselas a su familia.

En los siguientes días, Lorién reparó en que el joven pelirrojo pasaba horas en el punto desde donde habían arrojado el cuerpo al mar. Nadie se le arrimaba por miedo a contagiarse y se compadeció de él, porque era la personificación de la tristeza y porque comprendía que la soledad lejos de casa resultaba difícil de sobrellevar. Lo comentó con los otros y convinieron en invitarlo a tomar un vaso de vino con ellos una noche.

Así conocieron al irlandés Darragh y supieron que era hermano del fallecido. El joven, que tenía los ojos más claros que Lorién había visto en su vida, tan azules como el cielo del día más luminoso, había tenido que huir de su país, sumido en una hambruna causada por las malas cosechas de patatas. Su hermano y él se habían visto implicados en un conflicto político. Inspirados por la revolución de 1848 en Francia, habían participado con otros jóvenes en una campaña revolucionaria para crear una república irlandesa sin ninguna institución inglesa en suelo de Irlanda. Fracasada la revolución, los líderes fueron enviados a prisión a Australia, y Darragh y su hermano tuvieron que huir a Francia. Tras un tiempo allí, decidieron embarcarse en el *Ange de la Mer* rumbo a América.

Lorién, Baptiste, Escolano y Sandor acogieron a Darragh como uno más del pequeño grupo. Unidos por la misma ilusión de hacer fortuna en California y los mismos miedos, pasaron las veladas de las siguientes noches trazando planes. Ante ellos se abría un futuro difícil pero esperanzador.

Eran jóvenes y fuertes.

Triunfarían.

¿Qué sabían ellos de California? Lo mismo, mucho o poco, que cualquiera mínimamente atento a las noticias aparecidas en prensa que recogían la historia de aquel territorio. Fue Escolano, el más instruido, quien puso orden a fechas y datos.

Les habló de las expediciones por mar de Cabrillo y Vizcaíno de 1542 y 1602 desde México por la costa oeste; de la fundación de los asentamientos de San Miguel —luego San Diego— y Yerba Buena —luego San Francisco—; y de la llegada por tierra y mar, en el siglo XVIII, de partidas de militares, soldados de cuera y religiosos como el padre Junípero Serra, quien fundó la misión de San Diego, la primera de veintiuna misiones franciscanas en la Alta California junto a las que se irían emplazando las poblaciones más importantes a lo largo de la costa del Pacífico. Les contó que mientras los estadounidenses luchaban por su independencia, allá por 1776, la expedición por tierra de Juan Bautista de Anza, con más de doscientas personas —frailes, soldados y colonos con sus familias— y rebaños de caballos, mulas, vacas y toros, llevó a esa tierra el idioma español, la religión cristiana y las costumbres y cultura mestizas de la Nueva España.

Les explicó que entre 1810 y 1821 México luchó y consiguió su independencia del dominio colonial español; que por un año fue gobernado por una monarquía y enseguida pasó a ser la República Mexicana; y que la Alta California pasó a llamarse solo California y se convirtió en una de las tres provincias que tenía México al norte de río Grande, junto a Texas y Nuevo México.

Lorién escuchaba poseído por la curiosidad, el afán de aprender y la creciente excitación por conocer ese lugar tan lejano que habían habitado españoles como él.

—También los californios trataron de independizarse del Gobierno de México —resumió Escolano— y formar un Estado libre y soberano, aunque la iniciativa nunca prosperó. Llegaron entonces los estadounidenses y quisieron comprar California, pero los mexicanos rechazaron vender. Estuvieron en guerra dos años. En febrero de 1848, hace poco más de un año, California quedó para los

Estados Unidos, que pagó quince millones de reales de a ocho por la tierra.

—Y justo entonces se descubrió el oro —reflexionó en voz alta Lorién—. ¡Qué mala suerte para México!

—Dicen que, en pocos meses, casi toda la población se marchó a la zona del oro y San Francisco parecía una ciudad fantasma —intervino Sandor, el más joven, que se creía a pies juntillas todo lo que escuchaba a bordo—. Y que, aun ahora, marineros y capitanes abandonan sus barcos en el puerto y los soldados desertan con el sueño de hacerse ricos.

—Me parece un poco exagerado —dijo Darragh—. ¡A ver si cuando lleguemos ya no queda nada!

—Pronto lo sabremos —sentenció Baptiste.

Pronto, pronto.

Baptiste repetía esa palabra que a Lorién le ponía nervioso, porque el tiempo en el barco parecía detenido y eso que ya había terminado la primera semana de marzo y en cualquier momento alguien tendría que gritar que había avistado tierra. Pese a estar muy ocupado, había aprendido a realizar sus tareas de manera mecánica, por lo que, además de soñar con el destino final, su mente se entretenía recordando a su gente. ¿Qué estarían haciendo en casa? ¿Cuánto habría nevado, por fin? Al llegar a La Habana enviaría a su familia la larga carta que había ido redactando a lo largo de los días. Tal vez ya supieran por Ponciana —si esta había regresado a casa— que se había embarcado a América; tenía que confirmarles que estaba vivo y bien y compartir con ellos, en tono intencionadamente optimista para no entristecerlos, la experiencia que estaba viviendo.

En medio del océano, rodeado de agua, le dio por acordarse de lo difícil que les resultaba beber a las vacas cuando tenían que avanzar lentas y torpes, con la nieve hasta la tripa, y al llegar al barranco sus morros tocaban solo hielo. Qué frustrante sería para ellas regresar a casa sin haber bebido.

¿Y si él tampoco triunfaba?, pensaba entonces. ¿Y si lo que contaban del oro de California era una exageración o un engaño?

El miedo a fracasar lo llevaba a lamentar todo lo que había sucedido. Podría estar ahora en Pasolobino tomándose una copita de licor de frambuesa con su familia, o con Marot, aunque a ella le gustaba más el vino quemado con canela. Seguro que ya habrían sembrado el trigo que cosecharían en agosto. Pronto saldría el ganado de las cuadras a los campos a comerse los primeros brotes de hierba.

Pensó en Marot.

La añoraba más de lo que había imaginado cuando, enfadado con ella, había cruzado las montañas de Francia.

Se preguntó si pensaría en él tanto como él en ella.

7

Marot no se podía creer que la joven extremadamente delgada, con la piel del rostro quemada, que no podía dejar de llorar abrazada a ella, fuera Ponciana.

Había aparecido en la puerta de su casa al caer la tarde y su madre, que no la había reconocido al principio, a punto estuvo de echarla, pero luego había consentido que hablara con su hija. Se encontraban ahora en el jardín, donde Marot solía pasear todos los días, nostálgica y preocupada.

—¿De dónde sales, Ponciana? —le tuvo que preguntar varias veces para distraerla del llanto—. ¿Qué te ha pasado? —Se deshizo del abrazo y la miró de frente.

La muchacha comenzó por el principio. El viaje a Francia. Los días en Pau. Su huida de Bayona, porque por nada ni nadie se hubiera subido ella a ese barco.

—¿Quieres decir que Baptiste y Lorién se fueron a América? —preguntó Marot, perpleja, mientras se sentaba en un rudimentario banco formado por un par de tablas anchas clavadas en tocones.

Ponciana asintió y también tomó asiento.

—Me prometió que viviríamos en Francia. Me mintió, señorita Marot. El muy canalla.

Marot sintió que los ojos se le llenaban de lágrimas. ¡Lorién se había ido a América! ¡Bien lejos! Ella lo había imaginado en algún pueblo francés, preparado para regresar por esas montañas en algún momento. Pero América... Nadie se iba allí si no era para intentar hacer fortuna, y eso suponía años. ¡Años!

—¿Por qué? —murmuró, desolada.

—Por el oro que sale en los ríos. Todos quieren ir a California. Dicen que se hacen ricos en días.

Le contó lo poco que sabía y Marot se esforzó por escucharla, pues le parecía que el jardín a su alrededor se desdibujaba, que las paredes de la casa se movían y se alejaban de su campo de visión. Había confiado en que Lorién regresara antes, aunque fuese a escondidas y por unos días. ¡Y estaba camino de California!

—No fui valiente para seguirle, señorita Marot. —Ponciana retomó sus lloros—. A ese barco solo se subían hombres y más hombres. Usted me conoce. Solo he querido una vida sencilla, una casa, un marido, una familia. ¿Qué iba a hacer yo por esos mundos? Tuve miedo.

Marot acarició sus manos.

—¿Y qué hiciste? ¿Cómo has vuelto?

—Conseguí un trabajo de lavandera en Pau, pero sola no me encontraba a gusto allí. Cobré cuatro semanas de sueldo y, como las montañas estaban cubiertas de nieve, tuve que volver por Bilbao y Zaragoza. Me he gastado todo el dinero en el viaje. ¡No tengo nada! He ido a casa de mis padres, que no quieren saber nada de mí, tampoco mis hermanos, por cómo me fui y porque... —Se cubrió el rostro con las manos—. ¡Por favor, necesito que me contrate de nuevo! Estoy embarazada.

—Oh, Ponciana... —murmuró Marot con lástima.

—Lo supe después de separarme de Baptiste. No quiero librarme del niño. Dios no me lo perdonaría. Sé que algunas toman hierbas, o se dejan caer contra el suelo, o pagan a alguna comadrona, pero yo no quiero abortar. ¡Le suplico que me ayude!

Marot se levantó y caminó un buen rato en actitud pensativa con los brazos cruzados bajo el mantón. Aunque a ella le parecía lo contrario, el tiempo pasaba rápido. Pronto llegaría la primavera, cambiaría la luna y parirían las vacas. La naturaleza no frenaba su curso. Tendría que acostumbrarse a vivir con el recuerdo de los días felices compartidos, porque Lorién tardaría en volver, si lo hacía.

Miró a Ponciana, cuya situación todavía era peor que la suya, porque no tenía el apoyo de su familia.

No quiso que la pena por su propia suerte le endureciera el corazón.

Se sentó otra vez junto a la joven. Le secó las lágrimas con su pañuelo y le arregló el cabello. Cuando le pareció que tenía mejor aspecto la tomó de la mano para guiarla hasta la casa.

—Te quedarás conmigo —le dijo—. Nos ayudaremos entre nosotras.

Encontró a sus padres en la salita, esperando a que la cocinera los llamara para cenar. Se plantó ante ellos e inspiró profundamente antes de atreverse a hablar. Tenía miedo de su reacción, pero confiaba en que el afecto que siempre le habían mostrado se reflejara en el apoyo que pensaba prestar a Ponciana.

—Madre, padre... Hay algo que deben saber.

8

Si el puerto de Bayona había sorprendido a Lorién, el de La Habana lo dejó sin palabras. Había decenas de vapores marítimos, buques españoles y extranjeros dedicados a la importación de géneros y comestibles y a la exportación de tabaco, café, aguardiente, azúcar y miel.

Le habían advertido de que, después de seis semanas en alta mar, le costaría acostumbrarse al equilibrio de estar en tierra firme. Y era cierto. El suelo bajo sus pies, el calor asfixiante de mediados de marzo, los gritos de cientos de gargantas, el ir y venir de la gente entre barcos y mercancías y la magnificencia de los edificios en los que posaba la mirada le produjeron una sensación de borrachera.

Sandor le pasó el brazo por los hombros.

—¡Estamos vivos! ¡Tendremos que celebrarlo!

Tras ayudar en las labores de carga y descarga, tenían por delante un día y una noche libres hasta que zarparan de nuevo, así que se lanzaron a recorrer la ciudad después de enviar —todos menos Baptiste— sus cartas, que tardarían meses en llegar a sus diferentes destinos. Escolano, que ya había estado antes, les hizo de guía: conocieron los edificios notables, recorrieron los paseos; se sorprendieron al ver nichos en el cementerio, pues en sus lugares de origen se enterraba en tierra; y probaron frutas exóticas con nombres curiosos como anón o zapote.

A excepción de aquellos que debían desplazarse por motivos de trabajo, como los empleados de oficina o los dependientes de las casas de comercio, durante el día apenas vieron gente por las calles, que vomitaban fuego. Sin embargo, por la tarde, decenas de elegantes carruajes y cientos de paseantes tomaron las alamedas. Había mucha animación, porque, según les dijeron, todavía no se habían marchado las familias a sus haciendas en pequeñas poblaciones más frescas donde disfrutaban de bailes campestres, peleas de gallos y carreras de patos.

Lorién no podía asimilar tanta opulencia.

Si en algún momento del viaje se había arrepentido de haberse alejado de su tierra, ahora solo soñaba con encontrar oro, hacerse rico y volver a esa ciudad con los bolsillos llenos para gastar en los comercios y para hacerse varios trajes a medida en un taller de sastrería. Acostumbrado a los mercados en los que todo estaba revuelto, allí cada establecimiento vendía una cosa. Aunque ahora tuviera que conformarse con el ponche de leche, las avellanas y los dulces que pregonaban a voces los propietarios de mesones ambulantes, se prometió que, cuando recalara en La Habana de regreso a España, se hartaría de agua de soda en uno de esos refinados cafés como el Escauriza y el de la Lonja, donde ni se atrevieron a poner un pie, y compraría cajas de regalos para su familia y para Marot.

No dejaron ni un rincón de la ciudad por recorrer.

Al anochecer acudieron a la retreta, como llamaban a la música de un regimiento en la plaza de armas, donde disfrutaron sobre todo de la vista de las muchachas con livianos vestidos blancos de muselina o batista que seguían la actuación desde sus quitrines mientras conversaban con jóvenes distinguidos que se mantenían al estribo.

Y, cuando la gente de bien se retiró sobre las once de la noche, algunos a dormir, otros a actuaciones o bailes solo accesibles para la aristocracia y quienes tuvieran llenas las arcas, ellos, aunque agotados, siguieron la fiesta por las tabernas cercanas al puerto.

Bebieron para celebrar la vida, el goce del descubrimiento de un mundo nuevo, diferente y excitante. Bromearon sobre todo lo visto y sobre lo anhelado. Brindaron para desearse suerte en la siguiente etapa del viaje.

Y volvieron a brindar por su amistad, que se juraron inquebrantable y eterna.

—Darragh no está.

En medio de la neblina que embotaba su entendimiento, Lorién distinguió la alarma en el tono de voz del chileno. Consiguió despegar la lengua del paladar para preguntar:

—¿Cómo que no está?

—Me he despertado y no lo he visto —explicó Escolano mientras zarandeaba a Sandor y Baptiste, que dormían en sus literas de las bodegas del barco—. He mirado por todas partes y estamos a punto de zarpar.

Escolano era como un padre para todos. Por su sabiduría, su don de gentes y su habilidad para traducir rápida y certeramente del inglés y el francés al español y viceversa, solían recurrir a él si surgía algún contratiempo o confusión. Por su parte, él siempre estaba pendiente de sus amigos. Si decía que Darragh no estaba, era porque se había asegurado.

Sandor se frotó los ojos. Cuando logró abrirlos, por el aspecto de los demás dedujo que no era el único al que le iba a estallar la cabeza. Habían bebido demasiado.

—Ve a hablar con el capitán mientras nosotros volvemos a mirar —propuso Baptiste a Escolano.

Comenzaron por comprobar la identidad de todos los

que dormitaban en hamacas y jergones repartidos por las diferentes bodegas. Fueron subiendo cubiertas y revisando sollados y pañoles hasta llegar a la cubierta principal, sin dejar de preguntar a todo el mundo si habían visto al irlandés pelirrojo cuyo hermano había fallecido en alta mar, pues por eso era probable que lo conocieran.

Nadie lo había visto.

Entraron en la capilla y en la enfermería. Preguntaron en la toldilla y en el alojamiento de los oficiales, donde ya habían llegado las voces de la tripulación de que se buscaba a un tal Darragh, pero la respuesta fue negativa.

—¡Si volvimos juntos! —se lamentó Lorién, mientras rebuscaba en su memoria las últimas imágenes de la noche anterior—. ¡Casi nos caemos por las escaleras! —Se prometió recuperar su buena costumbre de no beber. El exceso de novedades, la nostalgia por su tierra y la insistencia de sus amigos lo habían empujado a aceptar más alcohol del deseable.

—Nos costó sacarlo de la última taberna —añadió Sandor—. Él quería seguir.

Desde la muerte de su hermano, Darragh bebía para poder dormir. Decía que así espantaba el miedo; que por las noches no podía quitarse de la cabeza la imagen del cuerpo tragado por las aguas.

Se juntaron con Escolano en el alcázar, junto al palo mayor.

—El barco zarpará, con o sin él —dijo—. No es el primero ni será el último que se queda en tierra.

Lorién miró por la borda hacia el muelle y se acordó de su primo Miguel, que tanto lo criticaba por no querer emborracharse nunca y perder el control. Si se hubiera mantenido sobrio, podría haber cuidado de Darragh. Quizá estuviera todavía a tiempo de encontrarlo. Calculó que los preparativos del desamarre durarían aún una hora.

—Voy a buscarlo.

Si se daba prisa, podría preguntar en dos o tres tabernas, las más próximas a los muelles, donde supuso que habría ido el irlandés la noche previa. También él esperaría de sus amigos que lo salvaran si cayera en un pozo. Habían compartido sueños e ilusiones en ese barco. Formaban parte de la misma aventura.

Baptiste lo cogió del brazo.

—Es su culpa, Lorién. No depende de ti.

—¿Y si se ha metido en algún lío? ¿Y si está herido?

—Ya no hay tiempo.

Lorién se zafó y corrió en dirección a la pasarela. Aún no había puesto un pie en ella cuando Sandor y Escolano lo sujetaron. Se revolvió con todas sus fuerzas y estuvo a punto de liberarse, pero en cuanto se sumó Baptiste, más lento para correr por su tamaño, pero más fuerte, tuvo que darse por vencido.

No les dirigió la palabra durante el trayecto entre La Habana y la desembocadura del Misisipi. Tampoco se juntaba con ellos por las noches. Se debatía entre la comprensión de que habían sido juiciosos y la rabia de que hubieran sido capaces de abandonar a un amigo. Ellos respetaron su silencio y, cuando el hartazgo de tanta soledad lo empujó a aceptar el vaso de vino que le ofrecían cada noche, aunque solo le daría un par de sorbos, lo recibieron como si nada hubiera pasado.

9

En la desembocadura del Misisipi, Lorién, Baptiste y Sandor ayudaron a repartir la mercancía en pequeños barcos de vapor que subían a Nueva Orleans, puesto que, debido a la poca profundidad de las aguas, los pesados buques mercantes como el *Ange de la Mer* podían atascarse en el barro del lecho.

Terminaron entonces su vinculación laboral con la compañía. Recogieron sus pertenencias y las de Darragh y, junto con Escolano, se apresuraron en conseguir pasaje en un barco fluvial para recorrer las veintiséis leguas hasta la ciudad.

A medida que se desplazaban hacia el norte, los nervios de agua en los que se dividía el río en su desembocadura se fundían en un único cauce. Lorién no pudo por menos que admirar la belleza de humedales, marismas y áreas pantanosas donde miles de aves llenaban la inmensidad y celebraban el clima primaveral de la última semana de marzo con sus graznidos y chillidos y batir de alas. Conocía los nombres de los ríos más grandes del mundo gracias a las enseñanzas de su maestro de Pasolobino, pero no había imaginado que el Misisipi fuera tan ancho y caudaloso, ni que serpenteara de manera tan elegante para describir amplios meandros. Su asombro aumentó cuando tras uno de ellos surgió la ciudad de Nueva Orleans, sorprendente y hermosa aun desdibujada por el humo de las chimeneas de los incontables barcos de vapor que atestaban sus orillas.

Habitada por unas cien mil almas francesas, estadounidenses, alemanas, irlandesas, africanas, mestizas y mulatas, la ciudad le pareció más bulliciosa, colorida y ruidosa que La Habana. Preguntando a unos y otros, Sandor los guio por callejuelas hasta la calle Canal, que separaba el Barrio Francés del Uptown o barrio de los angloamericanos. Atravesaron una zona peatonal conocida como Exchange Place, llena de salones, cafés y clubes, y se plantaron ante los arcos de la planta baja de un edificio de tres pisos. Con decisión, y ante el asombro de sus compañeros, Sandor entró sin dudar y preguntó por alguien.

—Me han dicho que está en una subasta en el hotel St. Louis Exchange, aquí cerca.

—¿Quién? —quiso saber Lorién.

—Mi tío, Juan de Dios Arancibia.

Sin más explicaciones, Sandor apretó el paso y se dirigió a la esquina de las calles St. Louis y Chartres, donde se levantaba un enorme edificio rectangular de unos cincuenta pasos de largo y cuatro plantas, la baja rodeada de arcos, las dos primeras con balcones de forja idénticos y la última con ventanas. Seguido en todo momento por sus atónitos amigos, buscó la entrada, resaltada por cuatro columnas, y, sin que nadie se lo impidiera, se encaminó hacia un espacio circular del que provenían voces. Habló unos instantes con un conserje, que desapareció en la rotonda para volver al poco tiempo acompañado por un hombre recio de mediana estatura, bien vestido con un traje entallado de levita, que sujetaba un bastón y un sombrero de copa. El hombre miró a los cuatro y preguntó:

—¿Quién es Sandor?

Este levantó la mano.

—Yo, señor.

El hombre lo miró de arriba abajo, se centró en la sonrisa del chico, que pareció recordarle a alguien, y acto seguido le dio un breve abrazo.

—Tendrás muchas cosas que contarme de casa. —Miró hacia el interior—. Pero ahora estoy en medio de una compra. Esperadme aquí y, cuando acabe, me ayudaréis y os llevaré a mi morada. Seguro que os apetecerá una buena comida después de un viaje tan largo.

Lorién, Baptiste y Escolano rodearon a Sandor.

—¡Era cierto lo de tu tío! —exclamó Lorién.

—Yo no miento —sonrió Sandor—. También te dije que te devolvería el dinero y lo haré.

Mientras aguardaban, Lorién pululó por la rotonda para ver qué sucedía allí. Enseguida se dio cuenta de que era una venta de esclavos, algo de lo que había escuchado hablar en el barco. En un cartel se podía leer:

HOY, SUBASTA DE VALIOSO GRUPO
DE 17 JÓVENES NEGROS,
HOMBRES Y MUJERES, MANO DE OBRA PARA EL CAMPO,
SIN NINGÚN DEFECTO, CON LAS MEJORES GARANTÍAS.

Llegó al final de la gran sala y observó la escena con el ceño fruncido. En un estrado, dos hombres blancos exhibían a un grupo de jóvenes de piel negra con expresión alicaída. Aunque no entendía las palabras, por cómo señalaban las diferentes partes del cuerpo de los encadenados, Lorién dedujo que describían sus cualidades físicas. La imagen le impactó. Le costaba comprender que unos hombres pujasen para comprar a otros; su mente lo rechazaba. Regresó a la entrada afectado por lo que había visto.

El tío de Sandor volvió pronto acompañado de un joven que conducía a tres esclavos con las manos atadas a la espalda; con un gesto le indicó que entregara el cabo de la cinta de cuero a Lorién, que estaba más cerca.

—Que no se te escapen —le dijo, con la voz firme de alguien acostumbrado a dar órdenes sin que nadie las cuestione—. Si hace falta, les das con ese palo. —Se refería a la vara de pastor que le había dado su padre. La había escondido bien en el barco; en tierra se sentía más seguro con ella.

Juan de Dios Arancibia pasó entonces el brazo por los hombros de Sandor y comenzó a hacerle preguntas sobre su familia mientras caminaban hacia su casa. Tras ellos, Baptiste y Escolano escoltaron a Lorién, incómodo por la inopinada tarea que el tío le había asignado. En un momento dado, el más alto de los tres esclavos, de espaldas anchas y bien definidas, se giró y lo miró. Llevaba el pelo muy corto y sus ojos, grandes, resaltaban de manera inquietante en su piel del marrón más oscuro.

Fue solo un instante, pero Lorién descubrió en su mirada un destello de orgullo y desafío. Sintió un desagradable escalofrío al imaginarse en su lugar, conducido como un perro a un destino incierto. Entonces, en una lengua incomprensible para él, el esclavo se dirigió a sus compañeros, que movieron la cabeza de lado a lado en un gesto de negación; aquel insistió en lo que fuera que dijese, sin dejar de mover las manos para tratar de liberarlas de las correas, y, en cuanto se adentraron en una calle abarrotada, sus esfuerzos se intensificaron.

Lorién se puso nervioso y miró alrededor.

Sandor y su tío, enfrascados en su charla, se habían adelantado, y Baptiste y Escolano, concentrados en esquivar el río de gente que venía en dirección contraria, no se estaban percatando de la situación. Lorién tiró de la cinta, pero enseguida se dio cuenta de que su fuerza no bastaba para sujetar a tres jóvenes. El cabecilla de los esclavos liberó una de sus manos y se volvió hacia él, que instintivamente alzó el palo.

Fue solo un segundo, congelado en el tiempo.

Lorién se quedó inmóvil, sorprendido por su propia reacción. Se avergonzó de sí mismo y bajó el bastón. No golpearía a un hombre a menos que su vida corriera peligro.

El otro aprovechó para propinarle un empujón y arrancarle la tira de las manos. En un parpadeo, el esclavo liberó su otra mano y las de sus compañeros, mientras Lorién permanecía quieto y callado.

Las miradas de ambos jóvenes se cruzaron de nuevo.

Lorién creyó distinguir ahora en los ojos del otro un brillo de agradecimiento, antes de salir corriendo.

Aún esperó unos segundos para dar la voz de alarma. El corazón le latía acelerado. Había deseado que esos desgraciados huyeran, pero ahora tendría que defenderse de su ineptitud.

Alertados por los gritos, Baptiste y Escolano enseguida salieron corriendo en la dirección equivocada que les dijo. Sandor y su tío se abrieron paso hasta llegar a él, que, con una mano en el pecho, fingía que le habían dado un fuerte golpe y le costaba respirar. Se sentía incapaz de alzar la mirada hacia el dueño de los esclavos, pues temía que reconociera la mentira.

Baptiste y Escolano regresaron y asumieron ante el tío de Sandor su parte de culpa: con tanta gente, habían perdido de vista a los esclavos.

—Los encontrarán —sentenció Arancibia—. Y me aseguraré de que no les queden ganas de volverse a escapar.

10

Después de lo sucedido, a Lorién no le apetecía nada pasar el día con el tío de Sandor, pero pensó que ninguna excusa resultaría creíble para no hacerlo y que debía actuar con normalidad. Aceptó, pues, la invitación a comer y recibió con gusto el dinero que le debía Sandor por tutelar su viaje a bordo del *Ange de la Mer.*

Por consejo de Arancibia y acompañados por él, cambiaron el dinero que tenían a dólares españoles —como se llamaba al real de a ocho, que era la moneda de curso legal, conocida simplemente como dólar— para la siguiente etapa del viaje, y fueron al consulado para obtener un pasaporte, ya que este confería cierta honorabilidad a su portador. Los unos hicieron de testigos de los otros: solo tuvieron que decir su procedencia y destino.

Pasaron luego por la tienda de comestibles de Louis Tinchat —el hijo de los comerciantes de Pau con quienes había hablado Baptiste por primera vez del oro de California—, donde compraron provisiones para la semana entrante y charlaron sobre Francia. Cenaron y durmieron en casa del tío y, al día siguiente, llegó el momento de la despedida. El hombre insistió una vez más a Sandor que se quedara con él, que podría trabajar en cualquiera de sus negocios, y el joven le prometió que, si no lograba fortuna con el oro, volvería a Nueva Orleans.

Partieron de la ciudad a bordo de un barco fluvial llamado *Sultana* con el que recorrerían en menos de una semana las doscientas y pico leguas, casi setecientas millas, Misisipi arriba, hasta la ciudad de San Luis de Misuri. Unas seis décadas atrás, el mismo trayecto les hubiera costado tres meses.

Se marcharon sin tener noticias de los esclavos huidos. No habían hablado abiertamente del tema, pero Lorién sospechaba que también sus amigos se alegraban de que no los hubieran atrapado. El tío de Sandor se había mostrado muy generoso con ellos —incluso les había pagado los pasajes—, pero a Lorién le resultaba difícil catalogar como buena persona a un hombre que poseía esclavos.

Animados por el verdadero comienzo de su aventura en tierras americanas, y por haberse ahorrado el importe del billete, la primera noche en el barco bebieron para celebrar. Lorién, que apenas había probado el vino desde que perdieron a Darragh en La Habana, se recordó su promesa, pero era difícil rechazar todas las rondas que le ofrecían sus amigos sin aguarles la fiesta. A pesar de sus intentos de moderación, se contagió de la alegría de los demás y, sin saber cómo, se encontró sentado con sus amigos ante una mesa de juego ovalada dispuesta en un extremo de la cubierta superior del barco.

Las reglas del faro o faraón no requerían ningún tipo de habilidad; ni siquiera había que prestar especial atención. Un jugador que hacía de banca puso trece cartas sobre la mesa, del as al rey del palo de tréboles, y estipuló que la apuesta mínima sería de dos dólares. Después barajó otro mazo completo. Por la habilidad que mostraba, estaba claro que tenía experiencia. Los jugadores fueron colocando monedas sobre una o varias de las cartas extendidas.

Lorién puso dos dólares sobre el tres de tréboles y dos más sobre la reina. Con dos apuestas tendría más opciones, pensó. Un dólar equivalía a un día de trabajo. No jugaría más que esa ronda.

El jugador que hacía de banca dio la vuelta a la primera carta, llamada la carta buena para la banca: un cuatro de tréboles. Baptiste resopló, porque él había apostado por esa carta y la banca se quedó su dinero.

La siguiente carta era llamada la mala para la banca, es decir, los jugadores que habían elegido esta carta ganaban la cantidad exacta que habían apostado. Lorién lanzó un grito de alegría al ver que era la reina de tréboles. Acababa de ganar dos dólares.

Entre risas y momentos de charla en lo que parecía un juego relajado e inocente, después de ocho rondas en las que habían ganado alternativamente la banca o los jugadores, como todavía quedaban apuestas, el crupier, según la regla de la novena carta que beneficiaba a la banca, mostró una pareja de cartas, una de las cuales era el tres de tréboles.

Lorién perdió los dos dólares y terminó la partida tal como había comenzado, mientras que Baptiste y Escolano habían perdido dos cada uno y Sandor había ganado dos.

Ninguno de los cuatro se movió de su sitio cuando el repartidor extendió otras trece cartas, esta vez de diamantes, sobre la mesa. Jugaron con prudencia durante una hora; ganaron algo, perdieron, lo volvieron a recuperar y volvieron a apostar. Pero ya se les había metido dentro el gusanillo del juego.

Cuando llegó la hora de la gran apuesta final, con los ojos brillantes de deseo, ninguno de los cuatro se atrevió a abandonar la partida.

Un objeto personal de valor. Esa era la apuesta final. Una apuesta única por cabeza, a una sola carta, diferente para cada jugador.

Después del rato que llevaban jugando, los hombres que iban a compartir los próximos días en el mismo barco, que ya conocían nombres y procedencias de cada uno, no podían amilanarse.

Sobre la mesa aparecieron gabanes de buen paño, que el calor hacía innecesarios, pero que sus dueños no perdían de vista para que no los robaran, varias joyas, una petaca y una pitillera de plata. La arrogancia y la despreocupación de las fases iniciales del juego se habían esfumado.

Lorién pensó en sus pertenencias. Por nada del mundo se jugaría el reloj del abuelo, la pulsera de Marot, la navaja que ella le había regalado, el gabán de su hermano o el cayado de su padre. No podía desprenderse de aquellos objetos, que significaban tanto para él. Habían cruzado las montañas del Pirineo y el océano Atlántico con él y había tenido la suerte de no sufrir ningún robo. Que lo tachasen de cobarde; le daba igual. Apoyó las manos sobre la mesa con intención de abandonar la partida, pero Baptiste se lo impidió.

—Tus botas —le susurró.

Lorién leyó en su mirada que cualquier deshonor se extendería al grupo. Si había llegado hasta allí, debía continuar.

—¿Y qué aporta la banca? —dijo con el propósito de sembrar la duda en otros, aunque el argumento era débil—. No veo que ofrezca nada para igualar lo que apostamos los demás.

Escolano tradujo sus palabras al inglés y al francés. Un par que tampoco estaban muy convencidos asintieron con la cabeza. El crupier se apresuró a responder:

—Los jugadores que ganen podrán elegir entre los objetos que hayan perdido los otros y estén en posesión de la banca, que, por supuesto, ofrece el bien más caro.

Hizo entonces un gesto a unos tipos apostados en la

baranda, que desaparecieron en el interior del barco y regresaron con un hombre negro maniatado con signos de haber sido golpeado. Había restos de sangre seca en su camisa desgarrada.

—Un esclavo joven, sano y fuerte —continuó el líder de la partida, que dejó clara su connivencia con el dueño del barco con sus siguientes palabras—: Un polizón, tal vez fugitivo. El capitán no quiere problemas. Quien lo gane se lleva un valor de muchos dólares que estoy seguro podrá canjear en el mercado de San Luis. —Miró a Lorién—. ¿Dejas pasar esta oportunidad o sigues con nosotros?

Con todas las miradas sobre él, Lorién se quitó las botas y las puso sobre la mesa. Habían sufrido algo en el viaje hasta Bayona, pero en las semanas en barco apenas las había usado para resguardarlas del agua, ya fuera del mar o de la limpieza diaria de las cubiertas. Recordó fugazmente la alegría que lo embargó cuando se las regaló su padre; se había sentido como un hombre, un adulto dispuesto a formar una familia. No podía perder sus botas. Y eso ahora dependía de una maldita carta.

Pensó en Marot y eligió el dos de corazones, una de las pocas cartas a las que nadie había apostado todavía.

Escolano perdió una medalla de oro que le había regalado su madre; Baptiste perdió su gabán; Sandor ganó y eligió como premio la medalla de Escolano, algo que extrañó al chileno y sorprendió a todos, que no comprendían cómo no se quedaba con el esclavo.

—Yo tampoco quiero problemas —explicó con su expresión de pilluelo.

La suerte sonreía a la banca, que acumulaba objetos. Algunos perdedores abandonaron la mesa, pero no se alejaron mucho, porque sentían curiosidad por ver quién se quedaba con el cautivo.

Tocaba ahora una carta mala para la banca.

Salió el dos de corazones.

Lorién dejó escapar un suspiro de alivio. No había perdido sus botas. Se dijo que no volvería a jugar a las cartas en su vida. Sus amigos le palmearon la espalda y esperaron a que eligiera su premio. Lorién deslizó la mirada por los objetos antes de centrar su atención en el hombre maniatado, que alzó la cabeza por primera vez desde que lo trajeran. Las miradas de ambos se cruzaron y Lorién reconoció al esclavo fugado del tío de Sandor, al que había conducido de una cuerda como si fuera un perro. Sintió que el otro también lo reconocía. Qué poco le había durado la libertad, pensó.

—Me quedo con él. —Hizo un gesto con la cabeza hacia el esclavo mientras arreciaban los murmullos de quienes envidiaban su suerte.

Los dos que lo habían traído le entregaron la cuerda que inmovilizaba sus manos y sus hombros.

—Mano dura con él si no quieres que se escape —le aconsejó uno de ellos.

A Lorién le desagradó el comentario, que tradujo Escolano, pero no dijo nada. Se calzó las botas con calma, tomó el cabo de la cuerda y se llevó su premio al pequeño camarote que compartía con sus amigos.

11

—Antes de que saquéis cuentas, os adelanto que no pienso venderlo.

—¿Y para qué quieres un esclavo? —preguntó Sandor.

—Ya veré.

Habían atado al hombre a uno de los barrotes del ventanuco con cuerda suficiente para que se pudiera recostar en el suelo. Parecía agotado. Solo Lorién lo había reconocido y no pensaba comentarlo con sus amigos.

—Te costará dinero mantenerlo... —le advirtió Baptiste.

Lorién se encogió de hombros.

—Donde comen cuatro, comen cinco —dijo Sandor, que no olvidaba lo que Lorién había hecho por él cuando se coló de polizón—. Cuenta con mi ayuda.

—Y con la mía. —Escolano le acercó al cautivo un cuenco con agua y un poco de pan con carne seca y le preguntó en varios idiomas por su nombre, pero el otro no respondió, aunque sí aceptó las viandas, que engulló en un santiamén—. Quién sabe cuánto lleva sin probar bocado, el pobre.

Lorién le ofreció más comida. Esperó a que terminara, lo miró a los ojos y se llevó la mano al pecho mientras decía su nombre. Tras varios intentos, por fin, el esclavo pareció vencer algo de su desconfianza y respondió:

—Festus.

—Te llamas Festus —repitió Lorién, que se giró a los demás con una sonrisa de satisfacción por su logro—. Se llama Festus. —Señaló y dijo el nombre de cada uno varias veces—. No te haremos daño. Puedes estar tranquilo.

—Él sí —dijo Baptiste, más cauto—, pero nosotros nos turnaremos para hacer guardia esta noche. Me da igual que se escape o lo que le pase, pero no quiero que me robe nada.

—Buena idea. —Sandor le entregó la medalla a Escolano—. Cuida de lo tuyo.

—¡Pero tú la has ganado!

—La elegí para devolvértela. Los regalos de las madres son sagrados.

El chileno, emocionado, le estrechó la mano.

—Gracias, amigo.

Durante dos días, Festus apenas hizo otra cosa que observarlos con curiosidad y aceptar comida y agua para beber y lavarse.

—Deberíamos desatarlo —propuso Lorién al tercer día—. Estamos en medio de la nada. Solo se ven plantaciones, el último lugar al que querría ir un esclavo. Somos su único apoyo.

Le ofreció una camisa y unos pantalones y con gestos le indicó que lo iba a soltar para que pudiera cambiarse. Festus hizo un gesto de asentimiento con la cabeza y, cuando se hubo puesto la ropa limpia, volvió a sentarse como muestra de que no pensaba ir a ninguna parte.

Poco a poco comenzó a responder a las preguntas de los jóvenes en una difícil mezcla de inglés, francés y africano. Pudieron comprender que sus padres trabajaban en una plantación de tabaco en el estado de Virginia; que el dueño se había cambiado al cultivo del trigo y, como le sobraba mano de obra, vendió a sus padres a unos tratantes de esclavos de Kentucky, donde él había nacido; que sus padres murieron y sus hermanos y él fueron vendidos a otros de Nueva Orleans; que no sabía dónde estaban sus hermanos; que él siempre había soñado con ser libre; que no era la primera vez que se escapaba; que se quería ir al oeste, donde decían que todos los hombres eran libres, y que por eso se había subido a ese barco con destino a San Luis de Misuri.

—El Congreso de los Estados Unidos abolió el comercio exterior de esclavos a principios de siglo —les explicó Escolano—. Importar esclavos de África pasó a ser ilegal, pero ha seguido funcionando el contrabando y el comercio interior es muy lucrativo. De hecho, Nueva Orleans es la cuarta ciudad más grande del país gracias al gran mercado de esclavos.

—Hay algo que no entiendo —dijo Lorién—. Hemos conocido a Tinchat, que lleva su propio negocio. ¿Cómo unos son libres y otros no?

—Cuando los colonos y los comerciantes franceses llegaron por primera vez a estas tierras, los hombres se juntaron o se casaron con nativas americanas; también lo hicieron con mujeres africanas cuando se importaron esclavos africanos. Durante los gobiernos francés y español, aunque ya iban llegando más mujeres blancas, los hombres, casados o no, seguían teniendo amantes negras y mulatas. Estas relaciones estaban más o menos reconocidas; había contratos o negociaciones para otorgar propiedades a la mujer y sus hijos, o darles la libertad. Los criollos a menudo pagaban por la educación de sus hijos ilegítimos mulatos. De ahí surgió el grupo de gente de color libre, con sus propios negocios y propiedades, diferenciados de los trabajadores negros africanos esclavizados. Eran también negros libres quienes se apuntaron a la milicia durante el dominio francés y español de la provincia de Luisiana y quienes compraron su libertad con el dinero que ahorraron del sueldo que su amo les pagaba o con la ayuda económica de otros familiares ya libres. A veces, los dueños o el Gobierno manumitían esclavos sin pago como recompensa por algún servicio, como revelar conspiraciones de otros esclavos para sublevarse.

»Cuando Luisiana pasó a pertenecer a los Estados Unidos a principios de este siglo, las cosas se complicaron. Hasta hace unos veinte años, los niños negros huérfanos, ilegítimos o abandonados, o hijos de padres sin trabajo, si sabían leer y escribir, podían salir adelante como aprendices. Pero se aprobaron leyes que prohibían enseñar a los negros a leer y escribir por miedo a que lideraran revueltas de esclavos. Y lo peor: sin documentos que demuestren tu libertad, puedes ser objetivo de los cazadores de esclavos. Se han dado casos de secuestros de negros libres para su venta como esclavos. Y si eres fugitivo, peor lo tienes.

Los otros tres miraron a Festus como si compartieran el mismo pensamiento. Escolano sabía muchas cosas, porque era el que más había viajado y estudiado; ellos no habían tenido contacto con la esclavitud en sus lugares de origen. Les parecía algo difícil de asimilar. Veían a un joven como ellos, salvo por el color de su piel, oscuro como la noche. Con sus diferentes razones para haber abandonado su tierra, con sus estrecheces económicas, sus miedos e ilusiones, habían tomado sus propias decisiones y se habían embarcado en esa aventura porque así lo habían querido, pues nadie los había obligado. No podían imaginar cómo se sentirían si tuvieran que trabajar a golpe de látigo, si sus vidas estuvieran en venta, al igual que cualquier buey en una feria.

Lorién se sentía mal por ocultar su secreto a Sandor: el joven vasco tenía un alma noble, como había demostrado con el gesto de devolver la medalla a Escolano, y dudar de él le estaba haciendo daño.

—Veo que no lo habéis reconocido —confesó al fin—, pero Festus es el mismo hombre que se me escapó en Nueva Orleans. El verdadero propietario es tu tío, Sandor —dijo mirándolo, a la espera de su reacción.

El muchacho se encogió de hombros.

—Nueva Orleans queda lejos y mi tío no se arruinará por tener un esclavo menos. Festus nos ha contado su historia, así que ahora es uno de los nuestros.

El primer sábado de abril, seis días después de salir de Nueva Orleans y sin más novedad que la incorporación de Festus, el grupo llegó a San Luis de Misuri, que se asemejaba a la ciudad de Luisiana, construida como una parrilla de manzanas perfectamente trazadas junto al río, aunque más pequeña.

Solo tuvieron que observar un poco para saber qué hacer: seguir a otro grupo de jóvenes como ellos o a una familia cualquiera. Buscaron un hotel modesto en el que alojarse para descansar y acumular fuerzas para lo que les quedaba por delante y, durante una semana, se dedicaron a preparar la parte más dura del viaje.

Compraron las provisiones en los almacenes Chouteau. Se notaba que la ruta terrestre a California era muy concurrida, porque estaba todo calculado. Siempre podrían comprar mercancías en los fuertes del camino, pero les advirtieron que los precios serían más caros, así que le dieron mil vueltas a la lista de la compra y debatieron hasta que eligieron lo imprescindible.

Como eran cinco, lo aconsejable para no ir hacinados era hacerse con dos carromatos; pero Festus no tenía nada con lo que colaborar salvo su fuerza física, así que adquirieron solo uno de aquellos vehículos cubiertos por una lona y con ruedas de un diámetro con un marco de hierro de casi dos pulgadas al que los estadounidenses llamaban *wagon.*

—Ya nos turnaremos para dormir a la intemperie —sugirió Baptiste.

Decidieron comprar una tienda de campaña, cinco jergones, cinco mantas, cinco almohadas y un gran cobertor de gutapercha para los que durmieran al raso.

Tirarían del carromato dos bueyes, más caros que los caballos, pero más resistentes al calor y la fatiga. Además, no escapaban cuando los soltaban para pacer por las noches y no los robaban los indígenas, precisamente por lo lentos que eran.

Añadieron una vaca para leche, media docena de corderos y otra media de gallinas, cuerdas de ruedas para descensos empinados, brea para engrasar los ejes, cadenas, poleas, herraduras extras y las herramientas que consideraron indispensables para varios meses en medio de la naturaleza: un hacha, un gato de carromato, una pala de asa corta, martillo, mazo y clavos, un cepillo de carpintero, punzón y tenazas. Prescindieron de los utensilios agrícolas que compraban las familias —arado, pico, pala, guadaña, rastrillo y azada—, porque ninguno tenía previsto dedicarse a cultivar la tierra. Eran jóvenes y libres: no pensaban plantar en el suelo nada que no pudieran llevarse. En cuanto a útiles de cocina, eligieron cantimploras y pellejos, cuchillos, tenedores, cucharas, platos y vasos de metal, un par de espátulas y cucharones, una cacerola y una sartén y un trípode. Y, tal como vieron que hacían otros, sumaron objetos necesarios como cerillas, mecheros de pedernal, tijeras, agujas, alfileres, hilo, cordeles de cuero, cubos de madera, cajas para almacenar, cuero y una pequeña tina y una tabla para lavar la ropa.

Les costó calcular los alimentos, pues allí lo vendían todo por libras. Escolano y Baptiste lo pasaban a kilogramos y Lorién y Sandor a arrobas. Comenzaron traduciendo, pero terminaron por dejarse aconsejar e ir acostumbrándose a la libra. Compraron quince sacos de harina, que ocuparon toda la parte trasera del carromato, arroz, judías, maíz molido, cerdo curado, queso, manteca, fruta seca, galletas, azúcar, café, té, sal y bicarbonato.

Como medicina, algún ungüento y alcohol para heridas superficiales y láudano para el dolor. En cuanto a la indumentaria, se aseguraron de que cada uno llevaba al menos dos mudas de camisa y pantalón, una chaqueta de lana, un sombrero, dos pares de botas y unos mocasines e incluyeron un par de docenas de libras de jabón tanto para ellos como para lavar la ropa.

Por último, añadieron a la cuenta común tabaco para Sandor y Escolano, plumas, tinta y papel para escribir a sus familias y un par de guías de viaje —aunque se sumasen a una caravana de viajeros, querían saber en todo momento dónde se encontraban—. De hecho, siguiendo los consejos de la guía Hastings, adquirieron en el último instante cuentas de colores, pañuelos, chalecos, navajas y anzuelos para mercadear con los indígenas, si se vieran en la tesitura de hacerlo. Hablaban poco sobre este asunto: no querían que el miedo empañara la ilusión. Por si acaso, para su seguridad, compraron rifles y cartuchos en la armería de los hermanos Hawken, que les recomendaron unos de culata corta de nogal, de largo alcance y ligeros para ser transportados. Excepto Festus, todos en sus lugares de origen se habían dedicado desde pequeños a la caza, de modo que se sintieron más familiarizados con esa arma que con las pistolas.

Terminaron la semana agotados de calcular, elegir, decidir, empaquetar y cargar el carromato. Y preocupados por el dinero que se habían gastado. La comida les había costado doscientos dólares; todo lo demás, cuatrocientos:

ciento cincuenta dólares por cabeza, el equivalente a ciento cincuenta días de trabajo, casi la mitad del salario de un año. Lorién había tenido que vender el objeto menos útil de todas sus posesiones: la pulsera. Se juró que le compraría otra a Marot. Más bonita y valiosa.

—Tomémoslo como una inversión hasta que nos hagamos ricos con el oro —comentó Sandor, siempre optimista.

Baptiste señaló a Festus.

—A mal dadas lo podríamos vender —dijo en voz baja.

—Sí, a los indios —replicó Escolano con ironía—. A cambio de unos caballos y unas pieles.

—Era una broma.

—De mal gusto —dijo Lorién. Entendía la permanente preocupación del francés por el dinero, pero bajo ningún concepto consentiría que viera a Festus como un objeto con el que mercadear—. Ya lo hemos hablado: estamos juntos en esto. Cuando encontremos oro, Festus nos devolverá lo que nos debe.

Lorién se fijó en que el otro hacía un leve gesto con la cabeza, como si hubiera comprendido toda la conversación. Era rápido aprendiendo.

—¿Y las cosas de Darragh? —preguntó entonces Baptiste.

Habían visto que llevaba en su saco bastante ropa de buena calidad, alguna joya y alguna moneda de oro. Fue el chileno quien habló por todos:

—Propongo que lo guardemos hasta el final. Nunca se sabe. Y es bueno contar con una reserva.

La tercera semana de abril llegó por fin el día de la partida a las tierras del oeste. Los numerosos grupos de hombres más o menos jóvenes que suponían la mayoría de los viajeros, y varias familias con hijos pequeños, se despidieron de San Luis desde las cubiertas de los grandes barcos de vapor destinados al transporte de personas y mercancías donde la noche anterior habían cargado sus pertenencias.

Había gente de Misuri, Arkansas, Luisiana, Iowa, Illinois, Kentucky, Tennessee, Misisipi y Alabama, estados bañados o cercanos al río Misisipi, unidos por una misma lengua —el inglés— y por un mismo sueño: conseguir una vida mejor en la tierra prometida de California. Sus compatriotas de los estados del este preferían la ruta por mar.

Estos y el grupo de Lorién, que empezaba a ser conocido como el de «los europeos», aunque hubiera un chileno entre ellos, tenían por delante un trayecto de casi dos mil millas —más de seiscientas leguas o cerca de tres mil kilómetros— de entre cuatro y seis meses de duración.

Como ir de París a Ginebra algo más de cinco veces, dijo Escolano, recordando el viaje de estudios que había realizado por Europa.

O cruzar España desde los Pirineos a Cádiz unas tres veces, calcularon Lorién y Sandor.

Una aventura a través de ríos, llanuras y montañas hacia lo desconocido; hacia una tierra bañada por las aguas del Pacífico que cada día sentían más cerca.

12

Navegaron río arriba por las aguas fangosas del Misuri, entretenidos por la vista de islas y aves y de bosques en las riberas, hasta que un par de días después avistaron la población de Independence, el punto más al oeste adonde llegaban los barcos de vapor y del que partían las caravanas de las rutas terrestres de Santa Fe, Oregón y California.

El lugar era un hervidero de gente. Junto a más colonos con sus familias y hombres jóvenes, había comerciantes, aventureros, tramperos de las Montañas Rocosas y soldados. Todos esperaban allí hasta sumar un número de viajeros suficiente para que se considerase seguro continuar adelante. También había nativos que se dedicaban a mercadear. Lorién los observó con curiosidad. Tanto oír hablar de los salvajes indios, le pareció que aquellas personas solo se diferenciaban de los demás por sus atuendos de ante y sus coloridos adornos en cuello, cabello y muñecas.

Los grupos de hombres jóvenes armados, como el de Lorién, eran especialmente bien recibidos. La primera noche ya los fueron a buscar para que acudieran a una asamblea en la que se tomarían decisiones sobre cómo organizar el viaje. Mientras Festus y Sandor se quedaban vigilando sus pertenencias, Lorién, Escolano y Baptiste se dirigieron a la explanada que les habían indicado.

De pronto, la tierra comenzó a temblar y se oyó un ruido lejano que fue aumentando su intensidad hasta convertirse en un fragor de mugidos y pezuñas bataneando el suelo. A Lorién y sus amigos les dio el tiempo justo para apartarse del camino de las reses. Tras el rebaño, que aflojó la velocidad gracias a los gritos de varios hombres a caballo, apareció otro de ovejas y cabras, escoltado por unos hábiles perros entre los que destacaba un gran ejemplar de un extraordinario color azul mirlo.

El animal se acercó a Lorién y lo olisqueó. Uno de los jinetes lo llamó con un silbido, pero no obedeció. El joven, acostumbrado a los perros, aguantó la inspección olfativa con calma y se atrevió a acariciarle la cabeza y el cuello mientras le murmuraba palabras en tono amistoso.

El jinete se acercó.

—*Chulo! Come here!*

Lorién alzó la mirada, sorprendido por la voz, que era de mujer.

Su mirada se topó con una joven más o menos de su edad, de piel clara, sonrosada por el calor, ojos del color de la miel y labios resecos. Llevaba el cabello recogido y un sombrero, pero los mechones que enmarcaban su rostro eran de un castaño claro, casi rubio, cálido. Pensó que era hermosa. Y que montaba a caballo como un hombre. Se fijó en que no llevaba faldas, sino una especie de pantalones anchos y sueltos que se metían bajo las rodillas en unas botas altas.

Durante unos segundos, ninguno pronunció palabra; hasta que ella le habló en inglés y él no comprendió nada.

Otro jinete se acercó y le dijo a la mujer en español:

—Hemos llegado justo a tiempo. La reunión va a empezar ahora. Si estás cansada, no hace falta que vayas.

—Pienso ir —repuso ella, molesta. Esperó a que el hombre se marchara y llamó a su perro—. ¡Vamos, Chulo!

Sorprendido de que ella hablara español, Lorién aprovechó para decir algo, cualquier cosa, con tal de retenerla más tiempo junto a él:

—Es muy bueno con el ganado.

—Claro, es un pastor australiano.

—¿Qué me has dicho antes en inglés?

Ella lo miró con más detenimiento, como si la segunda impresión le resultara un poco más satisfactoria.

—He dicho: «Es extraño. Le has caído bien. *Nadie* le cae bien».

Lorién tuvo la sensación de que hablaba de ella misma, no del perro, y sonrió.

Con un gesto breve y firme de las riendas que llevaba cogidas con una mano, la joven hizo girar al caballo y se alejó a un trote ligero.

—¡Vaya mujer! —alabó Baptiste, tras emitir un silbido de aprobación—. ¿De dónde habrá salido?

Eso mismo se preguntaba Lorién, que apretó el paso para elegir un buen lugar en la reunión.

Cerca de ella.

La mayoría estuvo de acuerdo en que liderara la expedición un militar retirado llamado Clifford, al que pagarían un tanto por persona.

Era un hombre recio, de cabello oscuro como el gran bigote que le tapaba los labios, y que llamaba la atención por sus piernas arqueadas. Valoraron que ya hubiera hecho antes ese recorrido, su capacidad de mando y su experiencia a la hora de organizar a los hombres para defender la caravana en caso de que se toparan con indígenas hostiles, algo que podía suceder. Él mismo propuso que aguardasen unos días hasta que se juntaran unas cien carretas, alrededor de unas cuatrocientas personas, que era la cifra que consideraba por un lado manejable y por otro suficiente para disuadir a los nativos de un ataque.

La asamblea se centró entonces en cuestiones puntuales.

—He visto que muchas familias llevan muebles —dijo Clifford—. Mi consejo es que no carguen en exceso las carretas. Todo peso de más será una complicación cuando crucemos las montañas.

—Le dije que no se empeñara en traer el piano... —susurró alguien cerca de Escolano, que se giró rápidamente hacia Lorién y Baptiste.

—¿Habéis oído? ¡Llevan un piano!

Baptiste le dio un codazo.

—Podremos comprobar si es verdad que sabes tocarlo. —Se rio de su propia broma—. ¿Verdad, Lorién?

Pero él no los escuchaba, porque su atención estaba puesta en la dueña del perro, sentada en un tocón a unos diez pasos de distancia, con el pastor australiano tumbado a sus pies. Parecía discutir con el mismo hombre de antes. Por fin, este se levantó, se acercó a Clifford y ambos charlaron unos segundos.

—Hay muchas familias que trasladan ganado. Si algún joven está interesado en ganarse unos dólares haciendo de pastor, que hable conmigo. —Clifford señaló al otro hombre—. Brett necesita varios.

Lorién se preguntó qué relación uniría a Brett con la joven y, enseguida, decidió que no le iría nada mal conseguir dinero haciendo lo que bien sabía: cuidar del ganado.

—Esto me lleva —continuó Clifford— a tratar un tema delicado. Por experiencia sé que los perros ladran mucho y alertan a los indios. Mi consejo es que *no* los llevemos.

Hubo un murmullo y uno de los presentes se levantó y mostró su revólver.

—Yo voto para que al primero que ladre... —Hizo el gesto de disparar y recibió bastantes aplausos.

En ese momento, Chulo emitió un profundo aullido tras el cual se oyeron varias risitas. Como si se sintiera obligado a cumplir su palabra, el bravucón se giró hacia el animal empuñando su pistola, pero se encontró frente a frente con la dueña del perro, que se había puesto de pie y le apuntaba con su propia arma.

—Si le haces algo a mi perro, te mato —dijo ella, alto y claro, en medio de un silencio absoluto.

Brett se interpuso entre ambos, con las manos en alto en actitud conciliadora.

—Veremos estos días si arman mucho jaleo o no y el último día antes de partir decidiremos —dijo—. Vamos, Cynthia. —Tomó a la joven del codo para que lo siguiera y ella, aunque aún le aguantó la mirada a su oponente durante unos segundos, lo hizo.

Esa noche, a Lorién le costó conciliar el sueño. Sus pensamientos se iban siempre a la imagen de Cynthia, con las piernas ligeramente separadas, la barbilla alzada, la mirada desafiante. Nunca había visto a una mujer con pantalones. Nunca había percibido tanta arrogancia y fortaleza en ninguna. Nunca había conocido a otra como Cynthia.

Sentía una atracción inexplicable hacia ella. Quería que pasaran rápido las horas, que amaneciera y pudiera hablar con Brett para trabajar a sus órdenes.

Para tener la excusa de volver a verla.

13

A la mañana siguiente, mientras Lorién y Baptiste iban en busca de Brett para ofrecerse como pastores, Escolano recorrió la pradera donde acampaban los carromatos. Esperaba dar con el hombre que había hecho el comentario sobre el piano en la asamblea. Hacía tanto que no tocaba, que haría lo que fuera por poder practicar. Ojalá pudiera llegar a algún tipo de acuerdo con él.

Unas voces llamaron su atención y al aproximarse vio que varios hombres descargaban muebles y cestos con vajilla de un carromato. A un lado, una niña de unos diez años lloraba desconsolada aferrada a su madre, que le acariciaba la espalda con expresión triste. Tres o cuatro chiquillos correteaban cerca. El llanto arreció cuando, por la abertura de la lona, apareció, acarreado por los mismos hombres, un pesado objeto rectangular cubierto con mantas. Escolano no tuvo ninguna duda de que era un piano, que los muy brutos depositaron en el suelo con gran esfuerzo y poca delicadeza.

Reconoció al hombre de la tarde anterior, que se dirigió a la que probablemente sería su esposa mientras señalaba a la niña con la cabeza.

—Haz que se calle, mujer.

—Tiene toda la razón en estar disgustada, y yo también. Es el piano de mi madre.

—Clifford dijo que no es bueno llevar mucho peso por esas montañas. Además, nos irá bien el dinero que me van a dar por él en el hotel.

La niña se soltó de su madre y se lanzó sobre el instrumento. Arrancó las mantas, abrió la tapa y acarició las teclas con la mano. Miró a su alrededor hasta que descubrió una caja vacía y la arrimó para sentarse sobre ella. Cerró los ojos un instante para respirar hondo y se lanzó a tocar una cancioncilla con bastante pericia. Al terminar, recibió las alabanzas de quienes se habían detenido para escucharla.

Entonces Escolano cogió otra caja y se sentó junto a ella. Hacía meses que no tocaba, pero sus manos sabían qué hacer. Comenzaron a interpretar una pieza sencilla pero efectista y encantadora, la *Sonata número 16* de Mozart. Las notas volaron alegres por el campamento y atrajeron a nuevos espectadores, entre los que se encontraban sus amigos.

Lorién nunca había escuchado a nadie tocar así el piano; tampoco sabía de música. Se dejó envolver por una plácida sensación de ligereza al principio; se conmovió en la parte más tranquila y sonrió cuando Escolano invitó a la niña a que se sumara con algún acorde poco antes de terminar. Tan lejos de su casa, recordó de pronto la cajita de música de la habitación de Marot, al son de cuya melodía habían bailado abrazados; pensó en sus padres, en su hermano, en los momentos felices de su vida en Pasolobino y los ojos se le humedecieron. Hasta ese instante, había mantenido la nostalgia a raya. Qué poder tenía la música para ablandar los corazones, pensó, al darse cuenta del silencio profundo y respetuoso que reinaba entre esos hombres y mujeres fuertes y atrevidos.

Escolano finalizó su interpretación y esperó a que los aplausos cesaran para sorprender a su audiencia improvisada. Le preguntó algo a la niña, que asintió encantada, y ambos se lanzaron a tocar un vals de Donizetti, que fue recibido con alborozo por los presentes, hasta el extremo de que algunas parejas se animaron a bailar mientras otros daban palmas.

La mirada de Lorién se cruzó entonces con la de Cynthia. No la había visto cuando había hablado con Brett, con quien la conversación había sido rápida y concreta. El hombre valoró la experiencia de los europeos en la cría y cuidado de vacas y ovejas y les ofreció medio dólar al día, la mitad de un salario normal, puesto que ellos igualmente iban a realizar el mismo recorrido. Mejor eso que nada: Lorién y Baptiste habían aceptado enseguida. Si, además, trabajaba cerca de Cynthia, Lorién se daba por bien pagado. Reconoció que le encantaría rodearle la cintura con el brazo y bailar con ella. Esbozó una sonrisa, a la que ella no respondió, aunque le sostuvo la mirada, penetrante, audaz, como si también ella estuviera bailando mentalmente con él.

Escolano dio por terminado el concierto y se dirigió a la propietaria del piano:

—Su hija tiene talento, señora. Puedo darle clases durante el viaje, por el precio que me pueda pagar. Si el peso se convirtiera en un problema, en nuestra carreta podríamos llevarles algo.

La mujer miró a su esposo y a su hija, que esperaba expectante con las manos apretadas contra el pecho. El hombre aceptó con un único y seco movimiento de la cabeza y los porteadores volvieron a cargar el piano en el carromato mientras la niña reía y palmoteaba.

A todos les iría bien algún momento de alegría como el que acababan de disfrutar, pensó Cynthia. Que les hiciera olvidar el calor, el polvo, el miedo en la noche, el número de cabezas de ganado que morían cada día, las millas y meses que quedaban todavía por delante hasta llegar a casa.

Estaba agotada.

Le dolían todos los músculos de su cuerpo y le molestaban las ampollas que le iban saliendo en nalgas, muslos y pies y que se lavaba cada noche con agua de manzanilla. Nadie escucharía un lamento de su boca, y mucho menos Brett.

Ella tenía el apasionado deseo de hacer lo que la gente le decía que no podía y se había empeñado en hacer ese viaje.

No se quejaría, así estuviera al borde del desmayo o de la muerte.

Desde pequeña se había mostrado impetuosa y decidida. «Como un chico», le recriminaba su madre, Catalina, criolla de California, mientras intentaba sin éxito que le atrajeran los vestidos de capas y lazos que le impedían subirse a los árboles y a los caballos con libertad. De jovencita no le había importado arreglarse como una mujer en fiestas y celebraciones, pero en el día a día del rancho necesitaba sentirse cómoda. Por fortuna, había contado siempre con la complicidad de su padre, Ebenezer, un comerciante de madera, harina, patatas y piel de castor que, oriundo de Massachusetts, había llegado a California poco después de que México se independizara de España, y que se había convertido en ranchero al casarse con Catalina, heredera de una concesión de tierra hecha a su abuelo por el Gobierno español.

Cynthia había logrado fácilmente que su padre le enseñara a montar a caballo, a conocer bien el trabajo relacionado con las reses, a identificar los límites de sus pastos y su extensa propiedad. Pero a veces Ebenezer era poco consciente del transcurso del tiempo y la necesidad de adaptarse a los cambios. De ella había sido la idea de traer nuevas reses de Ohio para obtener crías más fuertes y, de paso, adquirir una buena cabaña de ovejas. De algo tendrían que alimentarse los cientos de hombres, solos o con sus familias, que llegaban cada mes a California atraídos por la fiebre del oro. Le había costado una eternidad hacerles comprender tanto a Ebenezer como a Brett los primeros signos de peligro para su hacienda: quienes trajeran mejor ganado de otras tierras sobrevivirían en un mundo que comenzaba a cambiar de manera vertiginosa. Por fin, ambos habían accedido a realizar la gran inversión que suponía mover tantas cabezas desde tan lejos a California.

Las reses aguantaban mejor el viaje, pero habían partido con diez mil ovejas merino y ya se habían muerto dos mil.

Y ella estaba exhausta.

Según sus cálculos, perderían otras tantas en lo que quedaba de viaje, pero confiaba que aun así hicieran dinero. Más le valía, si no quería ser la causante de la bancarrota de su familia. Brett no se lo perdonaría nunca.

Le había parecido buena idea que el joven contratara a más hombres. Suponía otro gasto, pero ella podría relajarse un poco.

Pensó entonces en el pastor que hablaba español con ese delicioso acento que le recordaba al de su abuela materna.

Tenía que reconocer que le resultaba muy atractivo. Era alto y fuerte. Le gustaba cómo el cabello oscuro intentaba ordenarse en ondas que cubrían su frente y su nuca. Le gustaba que tuviese la cara limpia, sin esas largas barbas sucias que se dejaban la mayoría de los hombres por pereza en cuanto viajaban. Se apreciaban bien sus proporcionadas facciones y sus labios; el inferior, ligeramente más grueso. Y miraba con nobleza. Estaba segura de que esos ojos oscuros le habían sonreído la primera vez que se habían visto, cuando él había acariciado a Chulo, y hacía unos minutos en el baile improvisado.

Que Chulo no le hubiera gruñido solo podía ser señal del buen carácter del joven. Su perro nunca se equivocaba.

Se propuso no hacerle demasiado caso. Debía frenar esa curiosidad que de repente sentía por él. Nunca se permitiría ir más allá de un encaprichamiento puntual, pasajero y controlado. Un entretenimiento para lo que le quedaba de ese recorrido infernal.

Solo era un pastor. De ovejas. Ni siquiera vaquero. Sin un real.

Pero una cosa era dar instrucciones a su mente para que no pensara en él y otra muy distinta que esta, ingobernable como ella, le hiciera caso.

14

O eran imaginaciones suyas, o Cynthia procuraba cabalgar cerca de él, pensó Lorién.

La larga caravana se había puesto en marcha hacia el oeste por fin el último día de abril. Los dueños de los carromatos habían seguido al pie de la letra las instrucciones de Clifford en cuanto a la orden de salida y la posición: frescos tras varias jornadas de descanso, hasta el ganado había encarado con ganas la travesía. Después de pasar la bifurcación del río Misuri con el Kansas, a nueve millas de Independence, habían continuado junto al Misuri hasta la confluencia con otro de sus afluentes, el Platte, cuyo curso habían seguido hacia el noroeste. El viaje había resultado plácido por una extensa llanura, donde habían cogido el ritmo del que sería un día normal en las próximas semanas.

Se desplazaban desde las siete de la mañana hasta las ocho de la tarde. Las voces de los animales y los gritos y risas de hombres, mujeres y niños invadían el paisaje. Se notaba la emoción y excitación de los cuatrocientos viajeros desde la primera hasta la última carreta; también de aquellos solitarios que montaban sus caballos y de los pastores contratados, como Lorién, que iban a pie.

Cada noche se detenían en las inmediaciones de algún arroyo, donde podían encontrar leña suficiente para hacer fuego con que cocinar o templarse un poco cuando bajaba la temperatura. Al no tener que cruzar por el momento ni grandes ríos ni zonas montañosas, no percibían peligro ni señales de indios pawnee, sioux, cheyenne o ute. De todas las anécdotas vividas en esa parte del trayecto que les contaría Lorién a sus nietos, resaltaría sin duda la impresión que le había causado ver inmensos rebaños de bisontes.

Por precaución seguían el mismo ritual al acampar, ya fuese para pasar la noche o para descansar a mitad de día: colocaban las carretas en una forma elíptica cerrada, como si fuera un enorme corral; pastoreaban el ganado, vigilado por varias personas; dejaban libres a los bueyes de los carros, que no se alejaban; y ataban a mulas y caballos con cuerdas largas a árboles para que pudieran comer sin escaparse. Por la noche, además, metían todos los animales en el área protegida por las carretas; y por la mañana los dejaban pacer de nuevo hasta el momento de partir para que se llenaran bien la panza y resistieran la dura jornada.

Que Cynthia cabalgara cerca de él alentaba la ilusión de Lorién, pero no era suficiente. Como tampoco lo era verla al anochecer y al amanecer, cuando él cumplía con su obligación de vigilancia nocturna o de pastoreo, según turnos. Quería hablar con ella, ir más allá del cordial saludo diario.

Pero no sabía cómo comenzar una conversación.

Además, rara era la ocasión en la que no iba acompañada de ese Brett. Se decía por el campamento que era su marido; razón de peso para mantenerse alejado de ella y quitársela de la cabeza. O, al menos, pensar en ella solo como lo que era: su patrona.

Como si fuera tan sencillo.

Por segunda vez, Chulo propició un encuentro en el que pudieron charlar.

Una tarde, mientras Lorién terminaba de reunir las

ovejas a su cargo con el gran rebaño, el perro se le acercó, lo olfateó y movió la cola, alegre, como si lo conociera de toda la vida. Él le acarició la cabeza y el cuello con calma mientras con el rabillo del ojo veía que Cynthia se aproximaba a lomos de su caballo.

—En mi tierra usamos mastines para el ganado —dijo Lorién en voz alta y tono informal en cuanto ella se detuvo a un par de pasos—. Les ponemos al cuello una carlanca. —Por si no sabía qué era, explicó—: Un collar de hierro con pinchos para protegerlos de los mordiscos de los lobos.

Cynthia entrecerró los ojos, como si estuviera visualizando el objeto. Se acercó un poco más.

—¿No se hacen daño al rascarse las orejas?

Lorién sonrió. Nunca se lo había planteado.

—Supongo que la primera vez.

Cynthia desmontó y sujetó al caballo por las riendas. Era un magnífico ejemplar de color castaño oscuro, casi rojizo, con crin, cola y extremidades negras.

—Chulo no es solo un perro pastor. Me protege.

—No me iría mal para ayudarme. —¿Acababa de pedirle que le dejara a su querido Chulo? Los nervios por hablar con ella le estaban jugando una mala pasada. Se apresuró a aclarar—: Echo de menos a mis perros de atura. Con tres o cuatro como ellos no necesitaríais tantos pastores.

—Tendré en cuenta tu sugerencia para otra ocasión, pero me temo que aquí ahora no podemos conseguir ninguno. —Cynthia dudó unos instantes, aunque finalmente le soltó—: Creo que Brett te ofreció un puesto de jinete de flanco y lo rechazaste.

Lorién sintió que le ardían las mejillas. Sin duda, el trabajo de los vaqueros era más cómodo y entretenido. Cabalgaban por parejas delante, detrás o en diferentes puntos de los lados del rebaño para arrear a las reses de cuernos largos, mantenerlas en movimiento, o evitar que se extendieran. Pero no era lo mismo subirse al mulo en Pasolobino, y dejarse mecer por el paso pausado de un animal que conocía bien el camino, que a uno de esos caballos vigorosos. Aun a riesgo de quedar como un necio, prefirió ser sincero.

—No sé montar lo suficiente.

Cynthia también se sonrojó. Acababa de revelar que se había interesado por él, si había comentado su puesto laboral con Brett.

—¿Eso qué quiere decir? Un hombre sabe o no sabe montar. —Ahora, además, estaba siendo grosera.

—Nunca he necesitado hacerlo en mi tierra.

Cynthia lo miró como si fuera un bicho raro.

—¿Y cómo te trasladas de un sitio a otro?

—Andando. No nos desplazamos mucho. Los pueblos del entorno están cerca. Si salimos del valle, vamos en mulas o en carros.

—¿Cómo te llamas? —le preguntó ella de repente.

Él se lo dijo.

—Pues tú has llegado lejos, Lorién.

El joven entendió este comentario como una tregua. O una invitación a contarle el motivo de su viaje. Pensó rápidamente cómo resumir su vida de forma que no pareciera un desgraciado atraído por la fiebre del oro. Él provenía de una buena familia, acostumbrada a trabajar duro para salir adelante. Nunca le había faltado de nada, aunque no había disfrutado de lujos. Era honrado y responsable. Las circunstancias lo habían llevado hasta ahí y ahora tan solo quería saciar su ambición de hacer dinero y regresar a casa, pagar a quien tuviera que hacerlo para limpiar su nombre, y vivir mejor —él y su familia— y tranquilo. Se dio cuenta de qué diferente era la percepción sobre uno mismo si estabas en un entorno familiar o en el extranjero, donde tus explicaciones acerca de lo que para ti era intrínseco podían sonar incluso pintorescas. Se dio cuenta también, con una punzada de remordimiento, que al no incluir a Marot en su resumen de alguna manera le estaba siendo infiel. Pero su deseo de conocer más a Cynthia era demasiado fuerte.

Decidió no darle demasiados detalles, mantener cierto misterio, para que ella no lo prejuzgara. La miró a los ojos y le dijo:

—Espero llegar más lejos todavía.

Entonces Brett la llamó y ella se apresuró a montar al caballo y se marchó, seguida de Chulo, que trotaba a su lado a la par que la miraba con devoción.

—Tardabas tanto que no te hemos esperado para cenar —le dijo Sandor mientras le tendía un cuenco con alubias y carne.

—¡Qué mal huele! —soltó Lorién. Rápidamente aclaró—: No me refiero a la comida.

El joven vasco se había convertido en un excelente cocinero, con la ayuda de Festus, que cuidaba de las provisiones con máximo celo: si alguien se hubiera atrevido a robar, aunque fuera un puñado de harina, habría tenido que vérselas con él.

—Baptiste y tú no os habéis dado cuenta porque os pasáis el día entre ovejas —protestó Sandor—, pero desde que vamos aguas arriba del Platte Norte, a Festus y a mí nos cuesta encontrar leña. Hemos tenido que usar excremento de bisonte como combustible. Es asqueroso, pero útil. Tendremos que acostumbrarnos.

Lorién se sentó junto a los demás ante la hoguera con ganas de escuchar a Escolano. Por las noches solía traducir en voz alta un fragmento de la guía de Hastings, para conocer mejor a qué iban a enfrentarse. El chileno comenzó donde lo había dejado la vez anterior:

—Todos los que fueron conmigo a California, dice el autor, así como todos los extranjeros que residen allí, están encantados sobremanera con el país y decididos a quedarse allí y hacer de California el futuro hogar no solo de ellos, sino también de todos sus amigos y familiares, a quienes convencerán para que cambien las colinas estériles, las montañas desoladas, los vientos helados y el frío penetrante de sus tierras de origen por la tierra profunda, rica y productiva y el clima uniforme, suave y agradable de esta región incomparable.

Lorién observó a los otros grupos de familias o amigos sentados ante sus hogueras delante de los carromatos dispuestos en círculo. Se oía algún cántico, algún acorde de guitarra, música de algún violín. Los niños más pequeños ya dormían. En general, a esa hora estaban todos tan cansados que hablaban en voz baja, preparándose para el sueño. Se preguntó cuántos como él estarían repitiéndose ahí, en medio de la nada, que California era el paraíso. Para quitarse el miedo. Para dar sentido a ese viaje fascinante y terrible. Para convencerse de que habían tomado la mejor decisión de sus vidas.

Un ruido de cascos de caballo interrumpió la lectura.

Los hombres de Clifford, cuya carreta estaba ubicada en el centro de la enorme explanada, se pusieron rápidamente en movimiento, rifle en mano.

Escolano, Baptiste y Lorién también cogieron los que les entregó Festus, siempre alerta a cualquier necesidad de sus salvadores, y esperaron órdenes mientras el chileno corría hacia el jefe de la expedición. Varias carretas componían una compañía con un representante, cuyas instrucciones debían obedecer, y que servía de enlace con Clifford. En la sección del grupo de Lorién, compuesta por muchas familias, Escolano había asumido de mala gana el cargo que nadie había querido aceptar.

Los representantes de las diferentes compañías desaparecieron de la vista unos minutos, tras los cuales regresaron con los rifles al hombro, señal de que no había peligro.

Al poco apareció Escolano, al que acompañaban dos hombres que guiaban a sus caballos por las riendas.

—¿Ese no es...? —Sandor se rio y Lorién completó la frase:

—¡Darragh!

El irlandés, con el rostro sudoroso quemado por el sol, recibió las afectuosas palmadas de los jóvenes.

—Tuvimos que marcharnos de La Habana sin ti... —comenzó a explicar Lorién.

—Y bien que hicisteis. —Darragh, sin rencor, les contó—: Cuando me di cuenta de que había perdido el barco, me volví a emborrachar. Y luego me subí a otro. ¡Suerte que llevaba conmigo dinero para el billete a Nueva Orleans! No encontraba trabajo, ninguna empresa contrata marineros para un viaje tan corto.

—Guardamos tus cosas. —Sandor hizo un gesto hacia la carreta—. No sabíamos qué hacer con ellas.

Darragh resopló con alivio.

—Me irán bien. En el barco a San Luis perdí bastante jugando al dichoso faro.

—Escolano y yo también perdimos —le confesó Baptiste—. Sandor ganó algo y Lorién se llevó a Festus. —Lo señaló.

Darragh lanzó una mirada al hombre, que escuchaba desde el pescante del carromato, pero no pareció importarle la información y continuó con el resumen del mismo itinerario que habían realizado ellos. A caballo se adelantaba más, unas veinticuatro millas al día, mientras que las carretas tiradas por los lentos bueyes recorrían la mitad de distancia.

—Os habría alcanzado antes, pero hubo una terrible inundación en Nueva Orleans. Cedió un dique de una plantación y no veáis cómo bajaba el Misisipi. El lago Pontchartrain se llenó y el agua llegó hasta la ciudad. Me pagaron bien por ayudar a construir otro dique en un canal. De algo sirvió para una parte de la ciudad, pero el distrito comercial se inundó. No sé más.

—Mi tío... —murmuró Sandor, con preocupación.

Escolano puso rápidamente al día a Darragh y este continuó:

—Luego, en San Luis de Misuri hubo un incendio... Un vapor explotó a la orilla del río y las llamas se extendieron a otros barcos y a los edificios cercanos. Conocí a Thayer haciendo de bombero. —Les presentó a su acompañante, un joven alto, serio, de cabello castaño claro y ojos verdes, y ellos le estrecharon la mano—. Aquello fue un infierno. Después de once horas, conseguimos apagarlo, pero había cientos de edificios destruidos. Parece que me persigue la desgracia...

Lorién se percató de que Darragh hablaba y se reía mucho, pero era una risa nerviosa. Y hacía muchos aspavientos, como si así pudiera ocultar el temblor de sus manos. Probablemente abusara de la bebida.

Darragh y Thayer, que no llevaban carreta ni muchas provisiones, se instalaron cerca de ellos, con otros de Misuri. Al principio, el irlandés iba y venía por el campamento, pero con el paso de los días se acostumbró a aparecer donde los europeos a la hora de comer y cenar.

Para que no hubiera malentendidos, Baptiste se atrevió a decirle que tendría que aflojar la bolsa si eso iba a convertirse en algo permanente y Darragh accedió. A Lorién le pareció bien; tal vez con ellos se tranquilizaría un poco. Por su parte, Thayer se ofreció a ocupar el puesto de Escolano como ayudante de Clifford a cambio de comida y el chileno aceptó encantado. El resto de los viajeros de la fracción de caravanas que quedarían bajo su vigilancia estuvo de acuerdo. Se encargaba de revisar que todas las hogueras estuvieran apagadas por la noche, para no dar señales a los indígenas, y de comprobar que todas las armas estaban bien engrasadas y cargadas por si se producía algún ataque.

Si no fuera porque así podía ver a Cynthia, Lorién se habría arrepentido de haber aceptado su trabajo como pastor; pues mientras Thayer se paseaba a caballo de aquí para allá con cierta altanería, él se quemaba por esa tierra seca. Tanta llanura comenzaba a apoderarse de su ánimo. Necesitaba ver montañas.

Necesitaba volver a hablar con Cynthia.

Lo consumía pensar que ella no quisiera hacerlo, después de la espantosa impresión que le habría causado; o tal vez no pudiera, porque Brett la tuviese vigilada para que no le hablase de nuevo. Pero Cynthia parecía moverse con libertad... Lo mejor sería no engañarse: seguramente lo consideraba un vulgar aldeano que no sabía ni montar a caballo. Pues entonces, se mantendría firme: que fuera ella quien se acercara.

Sin embargo, el orgullo no calmaba su ansia de verla ni frenaba su creciente admiración por ella. Además de resultarle muy hermosa, Cynthia era enérgica: controlaba si los trabajadores cumplían sus tareas; si las reses estaban bien alimentadas; el número de ovejas que fallecían cada día... ¿Por qué no admitía de una vez cuánto le atraía y que por eso le fastidiaba lo que pensara de él?

La respuesta era sencilla: porque no podía traicionar a Marot, la verdadera dueña de su corazón; porque no podía obviar las punzadas de remordimiento que sentía al engañarla con el pensamiento.

Pero Marot estaba muy lejos.

Demasiado lejos.

15

Gracias a Dios, pensó Cynthia, mayo llegó a su fin y, como estaba previsto, tras haber recorrido más de seiscientas millas desde la larga parada de descanso en Independence, la caravana llegó a la bifurcación con el río Laramie, de cauce lento y poco profundo y, poco después, al fuerte del mismo nombre.

El Fuerte Laramie era simplemente un emplazamiento militar de adobe con almacenes de provisiones, no una población con su hotel y sus tiendas, pero al menos había entretenimiento después de tanta planicie solitaria. Pioneros, pobladores de las llanuras —crow, arapahoe, lakhota y shoshón—, tramperos, comerciantes y militares convivían con cierta calma en esas tierras, que desde hacía un año pertenecían a los Estados Unidos. Daba la impresión de que la concordia se extendía también a los animales, pues algún bisonte domesticado seguía a los rebaños de vacas.

Cynthia decidió darse una vuelta por uno de los almacenes. Había nativos que intercambiaban pieles y carne de bisonte y caballo por comestibles secos, provisiones, armas, munición, mantas y *whisky* con los comerciantes del este que iban y venían sin tregua por esa ruta interminable.

De repente vio a Lorién, que se dirigía hacia un hombre que cargaba fardos en una carreta. Había adelgazado algo, pero lo encontró tan atractivo como el primer día. Le gustó que se siguiera afeitando y que llevara el pelo, un poco más largo, recogido con un cordel en la nuca. El comerciante detuvo su tarea, escuchó al joven e hizo un gesto de asentimiento con la cabeza. Lorién le entregó entonces dos cartas y dinero.

El guapo pastor que no sabía montar a caballo sabía escribir al menos, pensó.

Se preguntó a quién irían dirigidas esas misivas. Era muy joven para estar casado. A su familia y a alguien más. Su novia, su prometida, su amor.

Sintió un súbito ataque de celos.

Ridículo.

Había aguantado sin hablar con él, pero ya no podía más. Había dejado pasar el tiempo para ver si él encontraba alguna excusa para conversar, y eso no había sucedido.

Pues sería ella quien lo hiciera.

Se le acercó directamente, sin dar ningún rodeo, sin fingir que se topaban por casualidad.

—Ya tenía ganas de olvidarme un par de días de mi caballo —le dijo—. Me imagino que a ti también te sentará bien el descanso.

—Sí. He aprovechado para escribir a mi familia. Cuando reciban la carta, creo que ya habré llegado a California.

—¿Cómo se llama tu pueblo allá en España?

—Pasolobino. Está en las montañas del Pirineo que separan España y Francia.

—Lo miraré en algún libro de mapas cuando llegue a casa.

—No creo que salga.

—La zona, más o menos.

—¿Te gusta leer?

—Sí. Mis padres tienen una buena biblioteca. Pero no tengo mucho tiempo en el rancho. ¿Y a ti?

Lorién asintió.

—He leído que en California todo es más abundante y mejor: los pastos, más densos, finos y frescos; el trigo, más alto y de varias espigas por tallo; el lino, más resistente; las fresas, más grandes y deliciosas; el salmón, más sabroso; el ganado, más gordo, incluso en invierno; los caballos, aunque más pequeños, más infatigables.

—Los libros siempre exageran. —Ella se rio y a Lorién le encantó su risa.

—Entonces, ¿no es cierto?

—No he dicho eso. El clima es bueno, el paisaje hermoso y, como en todos los sitios, hay personas buenas y otras peores. Me dedico al ganado. No mido espigas ni comparo la resistencia de diferentes linos. Con tanta publicidad, ahora todo el mundo quiere ir a California.

—¿Te molesta que vayamos?

«Tú no», pensó ella, que se encogió de hombros.

—Todos los excesos al final tienen consecuencias; pero comprendo que cada uno encuentra su camino como puede.

—¿Tú lo has encontrado?

Cynthia fingió ofenderse.

—Esa es una pregunta demasiado personal.

Lorién quería saber si Brett era su marido, como afirmaban por el campamento. Si así lo fuera, detendría ese flirteo de inmediato. Ni quería problemas ni estaba en su naturaleza encapricharse de la mujer de otro. Le costaría, eso sí, borrarla de su pensamiento. Decidió dar un giro a la conversación, abordarlo desde otro ángulo.

—En mi tierra las mujeres se encargan de la casa y los hombres del ganado. Me sorprende que tu marido cuente con tu ayuda en un viaje tan pesado.

Cynthia lo miró divertida. Acababa de comprender el dilema de Lorién y sintió un cosquilleo en el estómago.

Tenía interés en ella, pero pensaba que estaba casada. Si esa era la razón por la que no se había atrevido a dirigirse a ella en semanas, decía mucho de su buen carácter. Demasiado racional, quizá. Por un instante se sintió tentada de ponerlo a prueba, de mantenerlo en el engaño para saber hasta dónde llegaría su autocontrol si ella incrementaba la intensidad del coqueteo; pero enseguida rechazó la idea, porque no era de las que juegan con los sentimientos de otros.

—Brett es mi hermano. Nos hacemos pasar por matrimonio para que yo pueda estar más tranquila.

Lorién tuvo que hacer un esfuerzo para no desvelar su alivio y alegría. Se había quitado un peso de encima.

—No os parecéis.

Brett tenía el cabello y los ojos negros; los de Cynthia coincidían con el color de un atardecer sobre la arena. Por eso había sido creíble que pasaran por matrimonio.

—Brett ha salido a mi madre, de ascendencia méxico-española, y yo a mi padre, estadounidense. Espero que guardes el secreto.

—No tengas ninguna duda de que lo haré. —Él era el primer interesado en que las decenas de hombres jóvenes de la caravana, empezando por sus amigos, creyeran que Cynthia no estaba libre.

La miró con tanta intensidad que ella se ruborizó.

—Yo te he contado algo personal.

Cynthia se apartó un mechón dorado de la cara y Lorién se imaginó enredándoselo entre los dedos. Sentía unas irrefrenables ganas de acercarse a ella. Se preguntó cómo sería besar sus labios y acariciar su piel. Ese era su deseo; ese era su secreto.

—Ahora te toca a ti —insistió ella—. ¿Para quién es la segunda carta que has enviado? ¿Te espera alguien en España?

Lorién tardó unos segundos en responder, sorprendido por la pregunta tan directa que había interrumpido la magia del momento al recordarle a Marot. Había dudado si escribirle; al final le había parecido correcto redactar unas líneas para que se enterase por él y no por su familia de la decisión que había tomado de viajar a América. Si le hubiera escrito antes, desde La Habana, Nueva Orleans o San Luis de Misuri —es decir, si le hubiera escrito antes de conocer a Cynthia—, el texto habría sido más sentimental que informativo, algo de lo que ahora se arrepentiría. Se acordaba de Marot, la echaba de menos y lamentaba que el camino que habían trazado juntos se hubiera bifurcado. La que había sido su prometida ocupaba un gran espacio de sus recuerdos y de su corazón; pero no podía pedirle que lo esperara cuando ni él mismo sabía qué sería de su vida. En su nuevo camino había surgido Cynthia. Ella era su presente y su realidad. Y no quería engañarse: deseaba conocerla más.

Miró a Cynthia, le dedicó una sonrisa cautivadora y le dijo:

—Estoy tan libre como tú.

Más allá del Fuerte Laramie, la ribera norte del Platte Norte se consideraba intransitable, por lo que, después de dos días de descanso, la caravana tuvo que cruzar el río para continuar por la ribera sur.

Clifford inspeccionó el lugar y transmitió las órdenes de por dónde era más seguro atravesarlo; no obstante, fue una odisea. Los dueños de los carromatos levantaron las bases todo lo posible para que no se mojaran las provisiones y rezaron para que los bueyes no dieran un traspié o las ruedas no chocaran con alguna piedra que los hiciera volcar.

El miedo se percibía en los tonos agudos de las voces, especialmente de aquellos que no sabían nadar.

Como Lorién.

No había pensado en encontrarse en una situación así.

Inmóvil en la orilla, como si su cuerpo se hubiera convertido en una roca, observaba hipnotizado el curso del agua. Una cosa era remojarse los pies en los arroyos de las montañas de su tierra natal y otra permitir que el agua lo cubriese hasta la cintura.

Oyó los cascos de un caballo y que alguien le gritaba y se giró:

—¡Muévete, idiota! —Brett echaba chispas por los ojos—. ¿Es que no ves que se dispersa tu rebaño? —Galopó río abajo y encarriló a un puñado de ovejas que, reacias a mojarse, pacían en la ribera.

Lo que menos deseaba Lorién era que Brett le fuera a Cynthia con el cuento de que era un cobarde que no se atrevía a cruzar el río. Pero el miedo era superior a su orgullo. No podía meterse en el agua y no lo haría. Ni ahora ni cuando, como habían anunciado, hubieran de cruzarlo de nuevo cien millas más arriba.

Alguien lo sacó de su ensimismamiento con unos golpecitos en el hombro.

Era Festus.

—Tú conduces, yo ovejas —le dijo, mientras señalaba la carreta desde la que Sandor le hacía señas. Era la siguiente en cruzar.

Lorién estuvo a punto de abrazar a Festus; se limitó a mirarlo agradecido y corrió hacia el vehículo.

—¿Quién te iba a decir que Festus te salvaría del apuro? —Sandor se movió en el pescante para hacerle sitio.

Lorién se agarró con fuerza a la lona y cerró los ojos. Con el primer bandazo, sus músculos se tensaron y apretó los dientes. Se acordó de la galera de Pau a Bayona, de lo incómoda que le había parecido, y la echó de menos, a ella y a la tierra francesa. ¿Por qué demonios tenía que haberse alejado de la civilización?

—¿Tanto miedo te da? —le preguntó Sandor.

—Desearía que me dieras un garrotazo y despertar al otro lado.

—Me alegra descubrir que no eres perfecto.

—Si al menos supiera montar a caballo, podría ayudar a otros, como hacen Thayer y Darragh. Hay jinetes que tampoco saben nadar. Los caballos, sí.

—Siempre puedes pedirle a esa mujer que te enseñe.

Lorién abrió los ojos sorprendido por el comentario, pero los volvió a cerrar enseguida al descubrirse rodeado de agua por todas partes.

—Sí que sois observadores Festus y tú —se limitó a murmurar. Festus se había percatado de su miedo; Sandor, de su acercamiento a Cynthia.

—Me dará pena que te marches. Esto del oro lo pensamos juntos.

Lorién no sabía si Sandor le estaba dando conversación para que se evadiera o si hablaba en serio.

—¿Por qué habría de irme? ¿Adónde?

—Adonde vaya ella. Los hombres que se enamoran cambian.

—No pienso variar nuestros planes, Sandor. Además, está casada. —Empleó la mentira para terminar con esa conversación que le resultaba incómoda.

—Como si eso fuera un impedimento.

—Hablas como si supieras mucho, y eres más joven que yo —zanjó malhumorado.

Pese a deberles gratitud a sus amigos por cómo lo habían salvado de una situación embarazosa, Lorién continuó irritado el resto del día por las palabras de Sandor.

No quería pensar en ese momento —el de la separación de Cynthia—, que llegaría, cuando todavía no había comenzado nada.

Y ya había transcurrido casi un tercio del viaje.

16

Acamparon para pasar esa noche a nueve millas del Fuerte Laramie, en los alrededores del lugar llamado Register Cliff, una masa rocosa escarpada que se elevaba unos cien pies sobre el valle del río Platte Norte en una zona de pasto.

Antes de que anocheciera del todo, una vez recogido el ganado, Lorién se fue a dar un paseo para despejarse. Atravesó un llano y llegó hasta la base del enorme peñasco, donde otras personas acariciaban la superficie rugosa o se inclinaban para observar algo con atención. Intrigado, los imitó y descubrió que había palabras inscritas.

Fue leyendo nombres y nombres hasta que llegó a un extremo de la roca de arenisca. Para su sorpresa y placer, se encontró con Cynthia, que, navaja en mano, elegía el espacio en el que grabar el suyo.

Ella se giró al oír sus pasos y le dedicó una amplia sonrisa al reconocerlo.

—¿Te has fijado? Algunas inscripciones son de 1820, cuando solo los tramperos y los comerciantes de pieles pasaban por aquí. No tuve tiempo a la ida, pero hoy lo voy a hacer. —Comenzó a tallar la C.

Lorién se acordó entonces de aquel Gaston Fébus del castillo de Pau de hacía unos cuatro meses, más o menos, pues no llevaba bien la cuenta del transcurso del tiempo: no era tanto y parecían siglos. Su yo todavía anclado a Pasolobino, a sus raíces, a su familia, al pasado de su casa, al futuro que se abría junto a Marot, se había admirado de que el noble Gaston quisiera dejar su huella para la posteridad.

Esperó a que Cynthia terminara para pedirle la navaja —no le parecía bien utilizar en ese momento tan íntimo con ella la que le había regalado Marot— y escribir su nombre.

Junto al de Cynthia.

Y una fecha: junio de 1849.

—Otros nos recordarán cuando pasen por aquí —dijo Lorién.

—¿Y qué pensarán al ver nuestros nombres juntos? —susurró ella, mientras se le acercaba para que sus codos se tocasen—. Pueden llevarse una idea equivocada.

Él le pasó el brazo por los hombros. Permanecieron unos minutos en silencio, cada uno atento al creciente número de latidos de su propio corazón. Llegó hasta sus oídos la conmovedora melodía de una de las piezas de Escolano, que solía tocar para el público un par de días a la semana.

Lorién se situó frente a ella para mirarla directamente a esos ojos avellana y miel que por fin podía disfrutar de cerca; esos ojos en los que siempre luchaban la cautela y la decisión y cuya mirada conseguía que la sangre le hirviera en las venas. Percibió en ellos el mismo anhelo que él sentía.

—A mí esto no me parece una equivocación —murmuró sobre sus labios antes de besarla.

Cynthia recibió el beso con todos sus sentidos alerta y las manos apoyadas en los fuertes hombros de él.

Le gustó la sutileza con que la tanteó antes de asegurarse de que podía profundizar en el descubrimiento de su boca.

Le gustó la presión de sus manos, firme pero delicada, en la parte baja de su espalda; cuando él desplazó una de ellas a su costado, sintió un escalofrío de placer.

Supo que dejaría que le acariciase todo el cuerpo. Había encontrado al hombre a quien se lo permitiría, cuando estuviesen en otro lugar más discreto.

Le rodeó el cuello con los brazos y le acarició la nuca y el cabello, mientras disfrutaba de nuevos besos que siguieron un delicioso recorrido desde las mejillas y la mandíbula hasta el lóbulo de la oreja y el hueco de la base del cuello.

Lorién se detuvo y se separó, jadeante. Cynthia se percató de que también a ella se le había acelerado la respiración.

Él la miró de forma inquisitiva, como si necesitara asegurarse de que todo estaba bien entre ellos, de que no la había hecho sentir incómoda.

Y ella se lo confirmó con una radiante sonrisa antes de pegarse a él y reclamar otra vez sus labios.

Los besos y las caricias terminaron cuando oyeron que Brett la llamaba a gritos. Se separaron sin dejar de mirarse y sonreír como dos adolescentes.

—¡Estoy aquí! —respondió Cynthia con naturalidad.

Guiado por su voz, Brett no tardó en dar con ellos.

—¿Qué haces?

—Leer las inscripciones de la roca y charlar.

Brett miró de soslayo a Lorién con cara de pocos amigos.

—Es casi de noche. No se ve nada. Vámonos.

—Iré cuando quiera —dijo ella—. No eres mi dueño para darme órdenes.

—Me preocupo por ti.

—Sé cuidar de mí misma.

Su hermano soltó algo parecido a un gruñido, antes de dirigirse a Lorién:

—Pensaba hablar contigo mañana, pero ahora que te veo aprovecho para decirte que ya no necesitaré más de tus servicios.

—¡Eh! Te recuerdo que mi opinión también cuenta —le advirtió Cynthia indignada.

—Sí, pero, como dijo padre, en caso de disputa, yo tengo la última palabra. Y en esto, además, tengo razón. —Brett fijó la mirada en Lorién—: Conoces bien el trabajo, pero a partir de ahora habrá muchos ríos que cruzar. Si el negro quiere ocupar tu puesto, puede encargarse.

Lorién hizo un leve gesto con la cabeza, pero no dijo ni una palabra hasta que Brett se marchó. Entonces le explicó a Cynthia, un poco avergonzado:

—Tu hermano ha descubierto que me da miedo el agua.

—Ya lo sé. —Ella se encogió de hombros, para quitarle importancia—. A mí me aterrorizan las arañas, sobre todo las tarántulas. Y en California hay muchas. Son gigantes. ¡Las detesto! Viviría en un lugar frío solo por no verlas.

Lorién rio, agradecido por que ella confesara su miedo para colocarse al mismo nivel. Le agradó que fuera compasiva.

—¡Y yo que creía que California era el paraíso perfecto!

—No se lo he dicho nunca a nadie. El miedo es algo de damiselas frágiles, no de una ranchera como yo. —Le guiñó un ojo con complicidad—. Sé que nunca superaré lo de las arañas, pero estoy segura de que tú nadarás algún día.

Lorién hizo un gesto de escepticismo.

—De momento, empezaré por aprender a montar a caballo. Ahora que tu hermano me ha despedido, me sobrará tiempo.

17

Tenía más tiempo, sí, pero no le sobraba.

Enseguida se dio cuenta de que conducir el carromato, encargarse de las provisiones, la leña, el agua fresca, encender el fuego, atender a los bueyes y a los corderos que les quedaban —uno había muerto y se habían comido dos—, ordeñar a la vaca, soltar a las gallinas un rato, preparar las comidas, recoger los utensilios, engrasar las ruedas, lavar la ropa y echar una mano a algún compañero de viaje era más pesado y laborioso de lo que había pensado y así se lo reconoció a su amigo en un momento en que ambos estaban sentados en el pescante.

—Funcionamos como un matrimonio —le dijo Sandor—. Quienes trabajan fuera llegan cansados a la noche y agradecen no tener responsabilidades domésticas.

—Sobre todo Darragh...

Sandor respondió a la ironía con una carcajada. El irlandés solo se había tomado en serio algunas clases de inglés a sus amigos y las de equitación que le había pedido Lorién. El resto del día acompañaba a Thayer en sus inspecciones por su sección de la caravana, conversaba con unos y con otros y se arrimaba cada noche al grupo en el que percibiera más diversión. Ahora, aunque el sol de julio iniciaba su viaje diario de descenso, seguía disfrutando de una larga siesta en el interior del carromato.

Los otros también andaban ocupados. Festus había aceptado el puesto de Lorién y cuando no estaba con su propio rebaño se pegaba a Baptiste para aprender todo lo posible sobre las ovejas. El chileno no solo daba clases de piano, sino que se había convertido en el maestro de la expedición e iba de carreta en carreta poniendo deberes a los niños de entre cinco y diez años, ni demasiado pequeños para que no le hicieran caso ni demasiado mayores para que ya estuvieran ayudando a sus familias. Según la edad, les pedía que hicieran un dibujo, copiaran palabras y frases, resolvieran algunas cuentas sencillas o escribieran una redacción de lo que veían. Los padres le agradecían su labor y él se sentía feliz siendo útil. Lo ayudaba la hermana mayor de su alumna pianista. Se llamaba Violet, tenía diecisiete años, el cabello castaño ondulado y unos enormes y preciosos ojos marrones y había recibido una educación bastante buena en su lugar natal, San Luis de Misuri. Sus amigos tenían claro que a Escolano le gustaba la muchacha y ella, también era evidente, lo trataba con especial afecto.

—He estado pensando que cuando haga dinero con el oro, abriré un hotel —anunció Sandor.

—¿No volverás a Nueva Orleans para trabajar con tu tío?

—Prefiero llevar mi propio negocio.

—Tendrás éxito. Se te da bien organizar, atender a la gente y cocinar.

—Eso creo. Tengo hasta el nombre: El Vasco. Así, si vienen otros de España, me localizarán fácilmente y los trataré como si estuvieran en casa.

Lorién sabía que Sandor era un muchacho de buenos sentimientos: su comentario no hacía sino corroborarlo. Le dio una palmada en la espalda.

—Y yo seré uno de tus mejores clientes.

—¿De qué habláis? —Darragh asomó la cabeza. Apestaba a alcohol y la luz del sol, aunque débil, lo obligaba a mantener los ojos entrecerrados.

Después de varias semanas juntos, cuando Escolano no estaba para traducir, los otros se comunicaban en una mezcla de frases cortas en inglés, español y francés.

—De trabajo —respondió Sandor con guasa.

—Ah, okey. —Volvió adentro a por su cantimplora. Se echó agua por la cabeza y se lavó la cara. Pasó entre ellos, puso un pie en el eje y saltó a tierra. Al poco lo volvieron a ver a lomos de su caballo, que ataba a la parte trasera del carromato cuando dormía. Miró a Lorién—. Venga. Hoy, tú, a galopar más.

Se cambiaron los sitios. Lorién cogió bien las riendas del tordo, hizo presión con las rodillas y partió a medio galope.

Recordó satisfecho sus progresos con la montura de Darragh. Las clases comenzaron nada más pasar los hermosos acantilados rojizos de Red Butte, un lugar de encuentro para los cheyenne y arapahoe de la parte sur del Platte Norte, los sioux del norte y los crow y snake o shoshone del oeste, donde los hombres habían estado más pendientes de vigilar rifle en ristre que de entretenerse, aunque no hubo necesidad de usarlos. De camino al río Sweetwater, por una zona seca poblada de salvia, Lorién aguantó varios días las pullas de Darragh hasta que este dio por correcta su postura sobre el caballo. En cuanto subían o bajaban una colina, el pelirrojo, que caminaba a su lado, le hacía practicar cómo inclinarse hacia delante o hacia atrás para acompañar el movimiento del animal; cuando consideró que ya dominaba al caballo sin ningún atisbo de miedo, empezó a hacerlo trotar, primero sentado y luego alzado, apoyado en los estribos. Cada noche, Lorién se acostaba con la espalda machacada, los músculos de las piernas doloridos de la fuerza que hacía, y el rostro quemado por el sol.

Jamás hubiera imaginado que Darragh tuviera tanta paciencia ni que se tomaría tan en serio su tarea. En apenas tres semanas lo había convertido en un jinete profesional. Le estaría agradecido por ello de por vida. Casi no podía esperar para sorprender a Cynthia.

No se habían vuelto a ver a solas desde su beso en la roca de las inscripciones. Alguna vez ella se había aproximado a caballo y habían conversado un poco, pero siempre había alguien cerca. Y no se habían detenido más de una noche en el mismo sitio. Según Thayer, ya faltaba poco para un descanso más largo.

Apretó más las rodillas para aumentar la velocidad y disfrutó de la sensación de libertad que le proporcionaba la ventaja ganada al resto de la caravana y el viento ligero que acariciaba su rostro. No había mucha vegetación, pero el paisaje era hermoso. A su lado serpenteaba el río Sweetwater, no muy ancho. Al fondo se divisaba una gigantesca roca que le pareció como un cuenco alargado puesto del revés.

Otro jinete se situó a su lado y enseguida descubrió que era Cynthia. Lo miró retadora y lo adelantó a galope tendido.

En ningún momento se propuso Lorién competir con la joven. Se mantuvo a su propio ritmo hasta que llegó adonde ella se había detenido, a los pies del gran peñasco.

Desmontó con agilidad y la miró orgulloso.

—Te dije que aprendería.

—Estoy sorprendida. —Ella también se apeó y se situó frente a él—. Aunque he de decir que he espiado tus progresos.

Lorién sonrió y miró a su alrededor. No había nadie.

Tampoco había siquiera un árbol donde anudar las riendas. La tomó por la cintura con el brazo y la atrajo hacia sí.

—Te he echado de menos —le dijo—. No he podido olvidar nuestro último encuentro.

—Yo tampoco —susurró ella, que se puso de puntillas para alcanzar sus labios.

Compartieron besos y risas hasta que se dieron cuenta de que estaban incómodos.

Cynthia buscó un matorral resistente para atar su caballo. Luego ascendió un poco por un sendero natural hasta que encontró un pequeño hueco donde pegó la espalda a la roca, a la espera de Lorién, que la seguía de cerca.

—Es como una isla de piedra en medio de un paraje casi desierto —comentó él, con expresión maravillada—. Creo que es más grande que mi pueblo. ¿Cómo puede crear la naturaleza tantos lugares únicos?

—Se conoce como Independence Rock —explicó ella—. Dicen que debemos pasar por aquí antes del 4 de julio, el día de la independencia de los Estados Unidos, para asegurarnos de que podemos alcanzar nuestro destino antes de que lleguen las nieves del invierno a las cumbres.

—¿Y si no? —preguntó él mientras apoyaba una mano en la piedra, junto al rostro de ella, que acarició con la otra. Se percató de que también allí había nombres tallados y jeroglíficos, tal vez indígenas.

—Tendríamos que quedarnos unos meses en algún fuerte.

—No me parece mala idea. Lástima que solo nos hayamos retrasado unos días.

Y que todavía no hubieran llegado ni a mitad de camino. No quería pensar en el futuro. No quería pensar más allá de esas jornadas que discurrían con la incierta promesa de poder encontrarse con ella en momentos tan deliciosos como ese.

Apoyó ahora él la espalda contra la piedra y deslizó una mano por la cintura de ella para invitarla a que se situara frente a él y se amoldara a su cuerpo. En esa postura tenía las manos libres para recorrer su cuerpo, para conocerlo y memorizarlo. Sentía por ella una atracción feroz, voraz, ansiosa. Y ella respondía con pasión y urgencia, entregada a cada beso como si fuera el último que les permitiría la vida.

Aun así, Cynthia se apartó de repente y aguzó el oído.

—¿Qué es eso?

Lorién oyó a lo lejos un débil y continuado murmullo. Se apartó unos pasos y miró hacia el horizonte, por donde habían venido, confiado en que vería los primeros carromatos de la caravana, pero no distinguió nada. Los caballos habían levantado la cabeza y permanecían alerta, con las orejas tiesas y vueltas hacia delante.

El rumor creció en intensidad, alterado por sonidos agudos. Provenía de algún lugar tras ellos.

—¡Corre! —gritó Cynthia. Descendió rápidamente hasta los caballos, soltó el suyo y montó con agilidad—. ¡Tenemos que avisar!

Lorién salió tras ella al galope. Con los músculos en tensión, se concentró en aguantar el ritmo endiablado de la joven.

Pronto avistaron las primeras carretas, a Clifford y a sus hombres.

—¡Indios! —Cynthia señaló en dirección al peñasco.

Los ayudantes de Clifford no tuvieron que aguardar sus órdenes. Partieron hacia sus facciones y guiaron las maniobras para formar el enorme círculo que ya parecían conocer los animales, después de tantos días y noches. Esta vez, no obstante, juntaron los carromatos todo lo posible, para que no quedaran huecos entre ellos por los que pudiera colarse alguien.

Tras el jaleo, las voces humanas callaron por miedo; entre las de los animales, solo se oían los sonidos secos, breves y metálicos de las armas al ser cargadas y comprobadas.

—¿Dónde diablos te has metido? —le reprochó Sandor, alterado, mientras le entregaba el rifle con el miedo reflejado en el rostro. No esperó respuesta—. Ponte ahí. —Le señaló la parte delantera exterior del carromato.

Darragh lo saludó desde la parte trasera. En el suelo, entre las ruedas, estaban Festus y Escolano.

—¿Dónde está Baptiste? —preguntó Lorién.

—No se encuentra bien —respondió el vasco—. Yo me voy con él. No quiero saber nada de disparos, sangre y muertos. —Se introdujo en el vehículo.

Lorién se extrañó. Muy mal tendría que estar Baptiste si no podía ocupar su puesto de defensa. Iba a asomarse para interesarse por él cuando apareció Thayer a caballo.

—Pensaba que tu profesor de equitación era Darragh —le soltó con sorna.

A Lorién no le gustó ni el tono ni el comentario. Se apresuró a cambiar de tema.

—¿Qué dice Clifford?

—Intentará negociar con ellos para que nos dejen pasar. Ya veremos. Depende de si son ute o pies negros. —Inspeccionó el lugar—. Falta Baptiste.

—Está enfermo.

Thayer le tendió las riendas para que le sujetase el caballo y desde la silla de montar pasó al pescante y entró en el carromato. Cuando salió, al cabo de un par de minutos, su ceño no podía estar más fruncido. Saltó para situarse junto a Lorién.

—Ni una palabra a nadie —le susurró—. Y no os mováis de aquí. Me refiero a que no os juntéis con nadie. —Thayer montó en su caballo y partió al galope.

Sandor asomó la cabeza.

—Ha dicho que tiene cólera. Lo que pensaba Darragh, que conoce los síntomas porque mató a muchos cuando la hambruna en su país. —Se santiguó—. Que Dios se apiade de nosotros.

Lorién recibió la terrible noticia con tristeza y preocupación.

—Cuidaremos de él. Se pondrá bien.

Unos alaridos rompieron entonces el silencio y el vasco desapareció de nuevo en el interior del carromato. Provenían de todas partes, pero con mayor intensidad cerca de la sección norte de la caravana, donde se hallaban ellos.

A unas treinta varas, decenas de nativos a caballo fueron apostándose unos al lado de otros, de manera ordenada. Los gritos, fuertes e intimidantes, continuaron hasta que tres jinetes se adelantaron hasta donde se habían acercado Clifford, Thayer y otro vigilante. En medio de un profundo silencio, los dirigentes de ambos mundos departieron durante un buen rato.

Con el rifle amartillado, y en tensión por el miedo, Lorién no pudo sino admirar la imagen desplegada ante sus ojos. Había escuchado cosas sobre los habitantes originales del territorio norteamericano, pero jamás hubiera imaginado que algún día se encontraría frente a ellos. Con el torso desnudo, el cabello largo y oscuro, los adornos de plumas oscilando al viento, no podían ofrecer una imagen más fascinante. Eran jóvenes, fuertes, decididos. Seguro que se sentían invencibles. Pese a ir armados con arcos, flechas y algún rifle, parecían más curiosos que beligerantes.

Pensó fugazmente en su abuelo, que había luchado contra los franceses de Napoleón y había contribuido a echarlos del último reducto francés en la península, que había sido el castillo militar cercano a Pasolobino. Cuando venían de fuera a quitarte lo tuyo, lo que procedía era defenderte. Si decenas de extranjeros llegaran a su pueblo con intención de quedarse, ¿cómo se sentiría él? El mundo que había conocido se dividía entre los de casa y los de fuera. Podía entender que a los nativos les molestara que otros pretendieran apropiarse de sus tierras, como ya había ocurrido en el territorio estadounidense desde el este hasta el Misisipi, pero deseó no tener que entrar en combate. Nunca había disparado a un ser humano; lo haría sin dudar para defender su vida.

De pronto, los ladridos de un perro atrajeron la atención de los indígenas.

Lorién miró a su derecha y reconoció a Chulo, que corría en dirección al grupo de jefes.

Tras él, la insensata de Cynthia hacía aspavientos con los brazos para que nadie disparara.

18

Cynthia se arrepintió de haber dejado a Chulo solo y atado a uno de los carromatos durante su excursión con Lorién a Independence Rock. En cuanto el perro había recuperado la libertad, no había atendido a ninguna orden. Y ahora el centro de su atención era el grupo de los jefes.

Los gritos de los indígenas se intensificaron; oyó también carcajadas. Un escalofrío recorrió su espalda. Sintió cientos de miradas sobre ella y se arrepintió también de no haber controlado su impulso de correr tras su perro. Sujetó a Chulo por el collar y empleó todas sus fuerzas para apartarlo de las patas de los inquietos caballos. Trató de calmarlo, sin mucho éxito.

—¡Perro del demonio! —masculló Clifford—. Por algo no quería traerlos. —Se llevó la mano al cinturón en busca de su pistola; hizo un gesto de fastidio al no encontrarla, como si acabara de recordar que siempre se acudía desarmado a parlamentar con el enemigo. Miró al nativo que ocupaba la posición central y le dijo—: Solo se callará con una flecha.

El hombre escuchó la traducción de uno de sus acompañantes, asintió y dijo algo en su lengua al otro, que abandonó el grupo para regresar con un joven armado con un arco, preparado para cumplir la orden.

—¡No! —gritó Cynthia.

Se inclinó para proteger con su cuerpo al animal y cerró los ojos, con el corazón palpitante de miedo. Pasaron unos segundos y se percató de que Chulo ya no ladraba. Abrió los ojos, temerosa de que lo hubiera alcanzado una flecha, aunque —razonó— no había oído ni el silbido, ni el impacto, ni un gemido de dolor, y vio unas botas, que reconoció.

Se incorporó y ahí estaba Lorién, aparentemente tranquilo, entre ellos y el guerrero, con una mano sobre la cabeza de Chulo. Clifford y Thayer lo observaban, quietos como estatuas, esperando lo peor.

El jefe comprendió la situación y alzó el brazo para que el guerrero se retirara, como si supiera que, si algún blanco resultaba herido, empezaría la batalla.

—Dame algo por la vida del animal —le dijo a Lorién en su lengua, y su acompañante lo tradujo a una mezcla de inglés y español.

Lorién hizo un gesto con la cabeza hacia un lado.

—Mis pertenencias están en el carromato.

El hombre le señaló el pecho.

Lorién bajó la vista hasta el bolsillo del chaleco. Tiró de la cadena de la que colgaba el reloj de su abuelo; lo envolvió con una mano, acercó el puño a los labios, como si lo besara, y se lo acercó.

—Y algo por la mujer —añadió el jefe.

Lorién rebuscó en los bolsillos del pantalón y extrajo la navaja de Marot, que también le entregó.

El hombre asintió con la cabeza, satisfecho, y, como si apartara al insecto más insignificante, hizo una señal con la mano para que ese trío molesto desapareciera de su vista.

Lorién tomó a Chulo de la correa y, despacio y en silencio, comenzó a caminar de vuelta al campamento, con Cynthia a su lado.

A unos pasos de su carromato, cuando su cerebro calculó que allí ya no había peligro, dejó escapar un suspiro y revivió la escena. Al ver correr a Cynthia tras Chulo, había soltado su rifle y había salido tras ella. Sin pensar en el peligro; solo en que debía protegerla. Como si ella lo necesitase, razonó con ironía. Una mujer capaz de caminar ante cientos de indios e interrumpir una reunión de jefes para salvar a su perro demostraba una valentía inusual. Qué no haría para defender a su familia, o a sus hijos, cuando los tuviera.

Él había pasado miedo, reconoció para sus adentros. Los efectos del primer impulso le habían durado poco. En cuanto miró al líder a los ojos —dos llamas mortecinas asediadas por profundas arrugas, que le habían hecho recordar a los de su abuelo—, fue consciente de que su vida dependía de un hombre que había visto tanto que nada le resultaba demasiado importante. Sentía ahora una euforia extraña, que supuso diferente a la que habría sentido si hubiera sobrevivido a un accidente o a una batalla en la que hubiera tenido opción de defenderse: estaba vivo, pero su vida había pendido de la voluntad de un extraño.

Percibió que, junto a él, Cynthia temblaba. Le rodeó los hombros con un brazo y la atrajo hacia sí brevemente, como si fuera un amigo a quien confortaba tras recibir una mala noticia.

—Te abrazaría —le susurró—. Pero nos están mirando. —Recordó entonces la advertencia de Thayer sobre el contagio del cólera y se separó un paso, mientras se preguntaba cómo se encontraría Baptiste, a quien no había podido ver por la interrupción de los nativos.

—Siento haber sido imprudente —admitió ella—, pero no podía soportar que hicieran daño a Chulo.

—Lo dejaste bien claro el día que te conocí —recordó

él—. Amenazaste con disparar a quien le tocara un pelo. No pensaba entonces que eso incluyera a una tribu entera.

Cynthia rio. Luego se situó frente a él para mirarlo a los ojos.

—Te pagaré por lo que le has entregado. Lo que sea. Eran objetos importantes para ti.

Lorién no sentía un dolor exagerado por esa pérdida. En el acto de entrega del reloj de su abuelo y la navaja de Marot había algo simbólico, como si debiera desprenderse del pasado para ir acostumbrándose a lo nuevo; como si todo lo que una vez había sido sagrado para él atañera ahora a un mundo lejano, casi soñado.

—Tú eres más importante.

—Te besaría —susurró ella—. Pero nos están mirando.

Ahora fue él quien rio.

Anochecía cuando Thayer regresó con el resultado de las negociaciones con los indígenas, las órdenes de Clifford y un saco: si querían atravesar ese páramo sin problemas, debían pagar a sus propietarios, así que cada viajero debía colaborar con algún objeto.

Mientras Sandor buscaba la caja en la que había guardado lo comprado en San Luis de Misuri para mercadear con los indígenas, Thayer esperó fuera del carromato, a unos pasos de distancia de los otros jóvenes. Desde que había visto el estado en el que se encontraba Baptiste, prefería no acercarse demasiado para no contagiarse. Comprobó que estaban los otros cuatro —Lorién, Escolano, Darragh y Festus—, cada uno con su rifle, en su puesto de vigilancia. Habían cumplido su orden de no mezclarse con la gente.

Se dirigió a Lorién, aunque todos pudieron oírle:

—Esa muchacha es guapa, pero tiene demasiado carácter. Seguro que su hermano la ata en corto después de lo de antes.

Lorién no respondió. Ya se sabía que Brett era el hermano y no el marido de Cynthia. Y era la segunda vez que Thayer se refería a Cynthia en su presencia, lo cual demostraba un interés por ella que le irritaba. Parecía como si quisiera tantear qué significaba ella para él, como si desease saber si tenía el camino libre.

—Pues es más valiente que yo —admitió Escolano, para romper el tenso silencio que siguió al comentario.

—Y yo no creo que su hermano pueda controlarla —añadió Darragh, con una risita.

—Ojalá aquí hubiera más mujeres como ella. —Thayer adoptó un tono de complicidad antes de corregirse—: No hace falta que sean tan impetuosas, bastaría con que hubiera para elegir. Las de la caravana, o están casadas, o son demasiado jóvenes.

—¿Es que tienes ganas de encontrar esposa, Thayer? —preguntó Darragh.

—¿Tú no?

Darragh se encogió de hombros.

—Todavía soy joven.

—Este es el grupo de los afortunados —continuó Thayer—. Escolano tiene a esa tal Violet que lo ayuda con sus clases. Lorién ha apuntado más alto; dicen que ha conseguido a la más deseada.

Como si hubiera esperado el momento oportuno para intervenir, Sandor saltó del pescante. Se había percatado de que Lorién apretaba los labios, entrecerraba los ojos y respiraba agitado; estaba a punto de enfrentarse a Thayer, que, a su juicio, había traspasado el límite entre la broma y la provocación.

—Aquí tienes. Cinco cosas, una por cada uno. —Fue a dárselas a Thayer, pero este le arrojó el saco para que no se acercara. Sandor listó los objetos mientras los metía dentro—: Dos chalecos, dos pañuelos y una cajita de anzuelos—. Espero que sea suficiente, porque aún nos queda mucho camino hasta llegar a nuestro destino y ninguno queremos problemas ni provocaciones.

A Thayer le entraron ganas de soltar una carcajada. Ese jovencito flacucho que se negaba a coger un rifle y que hacía de cocinero y enfermero en el grupo de los europeos le acababa de lanzar un claro mensaje. Optó por no responder al comentario, pues había obtenido la información que quería. La actuación del pastor para salvar al dichoso perro y su reacción ahora le habían terminado de confirmar lo que sospechaba y se rumoreaba: Cynthia le importaba a Lorién. Y mucho. Y por cómo lo miraba y lo buscaba ella, estaba claro que la muchacha también se había encaprichado de él.

Thayer no lo podía comprender. Y sentía celos. Una joven como ella, hija de un próspero ranchero, debía aspirar a alguien mejor. Él también se había sumado a la aventura del oro, pero provenía de una buena familia y algún día heredaría su parte, un buen pellizco de la fortuna familiar. Si además tenía suerte con el oro, se convertiría en un hombre rico. Cynthia no podría encontrar mejor candidato a marido que él, un hombre con las ideas claras, dispuesto a abandonar su hogar para extender los valores estadounidenses en tierras lejanas, donde los nativos no sabían utilizar los recursos que conducían a la civilización, y contribuir a ampliar una gran nación. Necesitaría alguna estrategia para evitar que esos dos se vieran y para que ella se diera cuenta de su error. Confiaba en contar con la ayuda de Brett... Y con el poder que le proporcionaba su cargo, del que pensaba hacer uso de manera inmediata.

—Por orden de Clifford, a quien he informado sobre Baptiste, estaréis en cuarentena hasta que yo os diga.

—Thayer señaló a Festus—. Tú puedes seguir con el ganado, pero no te acerques ni hables con nadie. —Miró a Lorién—. Al que se aleje de su carromato lo abandonaremos con los indios.

19

—Me hacía ilusión cruzar las Montañas Rocosas —se lamentó Baptiste con dificultad, su voz convertida en un hilo de aire que encontraba a duras penas un camino al exterior por el desierto de su boca y su garganta—. Por qué poco... Cinco días. Noventa kilómetros, cincuenta y seis millas, dieciocho leguas.

Lorién no podía comprender la razón por la que un hombretón como el francés se consumía tan rápidamente; o por qué Sandor, el único que dormía ahí dentro para estar pendiente de él, no se había contagiado y, sin embargo, cada día surgía un nuevo enfermo. Por orden de Clifford, cada encargado de sección había pintado una cruz en la lona del carromato en el que había al menos un enfermo, pero no había lógica en el patrón que seguían las marcas, como si esa peste no fuera sino un fantasma que sobrevolara la caravana por las noches y eligiera de manera caprichosa a quién lanzaba su aliento de muerte.

Cinco días después de partir de Independence Rock con el permiso de los nativos, satisfechos con los regalos recibidos, Baptiste tenía la piel seca y arrugada, los ojos hundidos y una sed extrema. Su corazón latía lento e irregular. A pesar de la fatiga, su mente funcionaba a toda velocidad.

Quería saber en todo momento dónde estaban y hacía

sus cálculos. Se entretenía convirtiendo distancias en las diferentes medidas que conocía. Llevaba un recuento mental preciso de los días ocupados en cada etapa desde la salida de San Luis de Misuri. Más de mil seiscientos kilómetros, casi mil millas, más de trescientas leguas. Ochenta y tres días desde que se habían unido a esa caravana. Casi tres meses.

Iban bien de tiempo, repetía. Se acercaba el final del mes de julio. No habían sufrido retrasos. En cinco días tendrían que cruzar el Paso Sur o South Pass, el punto más bajo de la línea divisoria entre las Montañas Rocosas Centrales y las Montañas Rocosas del Sur, el lugar que separaba las cuencas que desaguaban en el océano Pacífico de las que desaguaban en el océano Atlántico. La línea que separaba dos mundos.

El comentario de Baptiste revelaba que asumía lo inevitable: no atisbaría el mundo terrenal soñado de California.

¿Qué podía decirle Lorién?

Nada.

Solo podía rezar a Dios por su amigo y, de paso, pedirle que lo librara a él de esa enfermedad. Sabía que se arriesgaba, como Sandor, al estar tan cerca, pero su conciencia le impedía abandonar a Baptiste en el final de un viaje que habían comenzado juntos. Nunca podría olvidar que por él se encontraba rumbo a California, ilusionado a pesar del miedo a la enfermedad, a un accidente, a los indígenas, a quedarse sin víveres, a perder a sus amigos, a quedarse solo; por él había tenido la oportunidad de conocer a Cynthia, la persona que daba sentido a su existencia.

Baptiste pidió beber y Lorién le alcanzó el pellejo que Sandor rellenaba cada poco con el agua fresca del río Sweetwater, cuyo valle de frondosa vegetación remontaban.

El enfermo buscó luego la mirada de su amigo:

—Usa mi documentación para Festus —le dijo—. Para que no tenga problemas.

Lorién asintió, agradecido por que hubiera pensado en él.

—Si queda algo de mi parte cuando lleguéis, guárdalo para Ponciana —continuó el francés—. Dile que pensaba cumplir mi promesa de volver. Si no la encuentras, quédatelo tú.

Lorién no pudo evitar una breve sonrisa. No le extrañó tanto que Baptiste controlara sus asuntos económicos hasta el final como que en su corazón llevase todavía a Ponciana, de la que nunca hablaba.

—Me pregunto si volvió a Pasolobino —añadió, con la voz rota por el agotamiento y el recuerdo.

—En cuanto nos establezcamos en un sitio fijo, escribiré a casa para enviarles la dirección y nos enteraremos. —Sabía que tardarían meses en tener noticias. Dudaba que Baptiste viviera para conocerlas.

—El ganado ya estará en la montaña —murmuró Baptiste—. ¿Te acuerdas?

—Sí.

—Y las ovejas, esquiladas.

Lorién puso voz a los recuerdos en los que parecía haberse perdido su amigo. También a él le serviría para evadirse del pánico a la muerte.

—Las mujeres habrán guardado la lana para tejer en las noches frías de invierno, y los hombres, con las guadañas bien afiladas, andarán ahora entre la hierba de los prados. ¿Recuerdas el ruido? —preguntó, y Baptiste esbozó una débil sonrisa—. El *tris* de los tallos al quebrarse. El *ras* de las horcas al rascar el suelo para amontonar la hierba...

Un jadeo ronco interrumpió la remembranza. Con un esfuerzo ingente, Baptiste susurró:

—Amigo mío, quiero confesarte mi secreto, la razón por la que hui de Francia. —La barbilla le tembló, como si fuera a echarse a llorar—. Mi padre mató a mi madre de una paliza. Y yo lo maté a él para salvar a mi hermana. Tuve que marcharme. —Hizo una pausa—. Era un hombre violento que me convirtió en un asesino. Espero que Dios me perdone y me acoja en su seno.

—Lo hará —le reconfortó Lorién, con el corazón en un puño por lo que tenía que haber sufrido Baptiste en su vida por algo tan atroz. Comprendía ahora su juramento de no alzar su mano contra nadie.

Baptiste asintió, emitió otro jadeo más bronco y su rostro se relajó.

Lorién supo que su amigo acababa de fallecer y no reprimió el llanto. Con la voz y la respiración entrecortadas, llamó a Sandor, que acudió enseguida, comprobó el pulso del francés, se santiguó y comenzó a recitar un padrenuestro.

Lorién se sumó al rezo. «Hágase tu voluntad». Dios se había llevado a Baptiste, pensó. Su amigo se embarcaba ahora en la incierta aventura de la eternidad.

Enterraron enseguida a Baptiste, por el calor y el miedo al contagio.

Lorién recuperó la misma desagradable sensación de miedo y soledad ante la muerte que había sentido cuando lanzaron el cuerpo del hermano de Darragh por la borda. Dejaba abandonado ahora a su amigo en medio de la nada, donde nadie conocido visitaría su tumba. No fue el único en experimentar ese dolor, pues fallecieron veinte personas en cuestión de días. En cada cruce del ondulante y poco profundo Sweetwater quedaron dos o tres cruces de madera para marcar las sepulturas.

También murió el padre de Violet y Escolano se encargó de conducir el carromato de la familia por el accidentado y pedregoso ascenso y descenso de Rocky Ridge, en el que los carromatos traquetearon como si se fueran a desmontar en cualquier momento.

Además de por la muerte de Baptiste, el ánimo de Lorién estaba apagado por la separación de Cynthia, a quien no había visto en una semana. Por ese abrupto terreno, la caravana era una interminable hilera en la que apenas se podía ver el carromato que iba delante y el que iba detrás. El ganado había pasado primero, para allanar un tanto el camino, así que Cynthia debía de andar muy por delante y muy atareada con su trabajo. Tampoco Festus, que había ocupado su puesto de pastor al despedirlo Brett, podía juntarse con el grupo por la noche y traerle noticias, como había hecho durante la enfermedad de Baptiste, así que no sabía nada de ella.

Y como Thayer había marcado una enorme cruz en el carromato de los europeos y se había encargado de correr la voz de que la peste había comenzado ahí, Sandor, Darragh y Lorién no podían relacionarse con nadie, a menos que quisieran arriesgarse a que les dispararan. El irlandés, que había traído a Thayer a la expedición, trató de justificar el comportamiento ruin de su amigo, pero sus argumentos sobre las responsabilidades de un líder fueron poco convincentes. Para no enfrentarse ni a uno ni a otros, optó por el silencio.

Solos cruzaron por última vez el Sweetwater, convertido ahora en un veloz riachuelo de montaña bordeado de sauces, y ascendieron hasta el Paso Sur que Baptiste hubiera deseado ver y que marcaba la mitad del trayecto. Solos atravesaron la cadena montañosa por el milagroso y cómodo altiplano cubierto de hierba, pasto y artemisa, la puerta al mundo nuevo con el que soñaban. Y solos siguieron, sofocados por el calor inclemente del final de julio, a lo largo del arroyo Pacific hasta su intersección con el Sandy.

La caravana acampó en un punto en el que el camino se dividía en dos ramales y ellos, como cada noche y hasta nuevo aviso, se mantuvieron alejados. Se extrañaron al ver que Thayer se acercaba. Tal vez el destierro se hubiera terminado ya.

Sin bajarse del caballo, Thayer les informó:

—La ruta principal continúa al suroeste hasta el Fuerte Bridger primero y luego al Fuerte Hall. Pero hay un atajo por el que se llega siete días antes al Fuerte Hall. Es duro, porque hay que cruzar casi la mitad de la distancia sin agua.

—Nosotros iremos con la mayoría —dijo Sandor sin dudar.

—La mayoría prefiere ir por el Fuerte Bridger —explicó el otro—, aunque den más vuelta, para reabastecerse. Los mormones también, porque ellos desde ahí ya se irán a Salt Lake City.

—Siete días menos de viaje es tentador... —comentó Darragh—. ¿Tú qué vas a hacer?

—Yo iré con los ganaderos —respondió Thayer—. Se van a arriesgar a tomar el atajo. Los hombres que viajamos sin familia y a caballo les resultaremos de ayuda.

Lorién pensó a la vez en Cynthia y en que él no entraba en el grupo de los que podían elegir libremente. Ni tenía caballo ni excusa para ir a pie sin trabajo. Tampoco podía dejar solo a Sandor con el remolón de Darragh y las pertenencias de todos durante mucho tiempo. Por otra parte, no podía soportar que Thayer estuviera cerca de Cynthia; no se creía que él aceptase el peligro por ayudar a los ganaderos.

—Es una insensatez —dijo.

El otro se encogió de hombros.

—No es mi problema.

—¿Cuánto queda hasta el Fuerte Hall?

—Un mes, más o menos.

Lorién dejó escapar un suspiro de frustración. Había fantaseado con los días de descanso en el Fuerte Bridger para volver a tener a Cynthia entre sus brazos, para verse y conversar con calma. Muy a su pesar, el reencuentro se demoraría, pero la idea de que la vida de ella pudiera correr peligro le resultaba inaceptable.

En cuanto Thayer se marchó, pidió el caballo a Darragh. Tenía que verla. Y lo haría, aunque le pegasen un tiro.

Cabalgó todo lo rápido que pudo bajo la mortecina luz del atardecer hasta el lugar donde estaban los ganaderos, reunidos alrededor de un fuego encendido para la cena. No le prestaron atención, quizá porque lo tomaron por uno más de los jinetes que los acompañarían durante la travesía por el atajo. Lorién distinguió a Festus aparte, sentado en el suelo, con la espalda apoyada en la rueda de un carromato. Este hizo ademán de levantarse para saludarle, pero Lorién lo disuadió con un gesto para que no lo asociaran con él, uno de los apestados. Deslizó la mirada por el grupo hasta que localizó a Cynthia y el corazón se le aceleró de alegría. La encontró hermosa, sentada en una piedra, abrazando sus rodillas, absorta en la visión de las llamas; deseó ser el tema de sus meditaciones.

Desmontó con intención de llamarla, pero su hermano Brett le cortó el paso a punta de rifle.

—¿Qué se te ha perdido por aquí?

—Quiero hablar con Cynthia.

—Ni lo sueñes. Te estás saltando la ley.

—Mantendré las distancias —le aseguró Lorién. Había pasado tiempo suficiente para estar seguro de que no podía contagiar ya la enfermedad. No obstante, por mucho que deseara abrazar a Cynthia, no se arriesgaría—. Solo quiero hablar con ella.

—Y yo no quiero que tengas relación con ella.

—Eso no es asunto tuyo.

—No lo es —dijo entonces Cynthia, que se había acercado con el rostro arrebolado, los ojos brillantes y una sonrisa. Llevaba el cabello recogido en un moño del que se habían desprendido varios mechones dorados.

—Se lo diré a padre —dijo Brett—. No le hará ninguna gracia.

—Menos le gustará que pierdas parte del ganado por tu empecinamiento en tomar un atajo. Tantos días sin beber los animales... Vaya manera absurda de arriesgar su inversión.

—Y de poner en peligro a Cynthia —añadió Lorién, que acababa de comprender que ella discrepaba de su decisión acerca del recorrido.

—Me he informado bien. Cada vez vienen más viajeros por aquí. Y hemos hecho acopio de agua en cientos de pellejos... —Brett se dio cuenta de que estaba dando demasiadas explicaciones y de que su hermana, que lo miraba desafiante, no iba a dar su brazo a torcer sobre el joven. Como no quería armar un escándalo ante sus hombres, bajó el rifle—: Cinco minutos. Y aquí, que os pueda ver.

Dedicaron uno al menos a sonreírse y a observarse en silencio. Para ella, Lorién estaba triste. Para él, Cynthia estaba cansada.

—Siento la muerte de tu amigo francés —comenzó a hablar la joven y Lorién agradeció las condolencias con un leve asentimiento—. Me lo contó Thayer.

El gesto de Lorién cambió a uno de fastidio. No le gustaba que el americano tuviera tantas ocasiones de hablar con ella.

—Por él sé que vais a tomar el dichoso atajo.

—Ya has escuchado a Brett. No cambiará de idea.

—Podrías venir conmigo en el carromato. —«Como si su hermano fuera a permitírselo», pensó con ironía nada más verbalizar ese deseo.

Cynthia le dedicó una mirada pícara.

—Eso sí que sería peligroso. —Lorién sonrió y ella añadió, con una firmeza que no admitía debate—: Me costó convencer a mi familia de que resistiría el viaje. Haré lo que haga Brett.

—Y yo no puedo acompañarte.

Al contarle la situación de sus amigos, le pareció que anteponía su obligación al deseo de su corazón cuando ella debía ser su prioridad, pero Cynthia lo interrumpió, comprensiva:

—Estaré bien, Lorién. No es una despedida definitiva. Nos reencontraremos en el Fuerte Hall.

Unas pisadas les advirtieron de que Brett se acercaba para avisarles de que se les había acabado el tiempo.

—Cuida de Festus —le pidió él.

Cynthia sonrió.

—Oh, sabe cuidarse muy bien. Es bueno con el ganado. Trataré de convencer a Brett de que te lo compre.

—Festus es libre de tomar sus decisiones.

—Me alegra. Pues trataremos de convencerlo para que se venga con nosotros al rancho.

Hablaba de Festus, pero a Lorién le pareció que el comentario iba dirigido a él. Ahora estarían separados un mes, pero más adelante se enfrentarían a la separación definitiva, algo en lo que no quería ni pensar.

—¡Cynthia! —la llamó Brett.

—¡Ahora voy! —respondió molesta. Clavó la mirada en Lorién y extendió el brazo para que él tomara su mano—. Necesito tocarte.

Pero Lorién había dado su palabra a Brett y tampoco quería arriesgarse. Se llevó la mano al corazón.

—Quedamos en el Fuerte Hall.

—Ahí te esperaré. Se supone que llegaré antes que tú. —Cynthia le lanzó un beso y se fue con su hermano.

Lorién la observó unos segundos en silencio hasta que Festus llamó su atención con un comentario burlón:

—Bonito, el amor.

Se había olvidado de que estaba tan cerca.

—Podrías haberte alejado un poco para dejarnos hablar a solas.

Festus se encogió de hombros.

—No lo cuento a nadie. —Se levantó y se aproximó unos pasos—. ¿Soy libre?

Lorién asintió.

—Para mí siempre lo has sido. Ahora, además, tienes papeles. —Le contó la última voluntad de Baptiste—. Nadie podrá retenerte contra tu voluntad.

—Buen hombre, Baptiste.

—¿Qué quieres hacer?

—Seguir hasta Fuerte Hall. El jefe paga bien.

—De acuerdo. Allí nos veremos y te daré la documentación. —Lorién montó en el caballo y antes de partir le pidió—: Cuida de Cynthia.

—Quieres decir que Thayer no se acerque...

Lorién sonrió ante la perspicacia de Festus y se marchó.

Aquella noche, tumbado sobre el jergón y con la vista fija en las estrellas, le costó conciliar el sueño.

En los últimos momentos de la vida de Baptiste se había acordado mucho de Pasolobino e, inevitablemente, de Marot. Se sentía injusto, puesto que su vida actual nada tenía que ver con su vida anterior, pero no podía evitar comparar a su antigua prometida con Cynthia. Marot era dulce. Siempre que había acudido a su encuentro, lo había hecho sabiendo que iba a gozar de paz; siempre que la había tenido entre sus brazos tras amarse, lo había invadido un cariño que le hacía presagiar un futuro plácido. Por el contrario, cuando estaba junto a Cynthia sentía que un líquido estimulante le recorría las venas y activaba sus sentidos, y le provocaba un irrefrenable deseo de pegarse a ella, acariciarla, poseerla y ser poseído.

El tiempo que estarían separados hasta llegar al Fuerte Hall se le iba a hacer insoportable. ¿Cómo pensar en la separación definitiva? Repasó la conversación. ¿Le había insinuado Cynthia que se fuera al rancho de su familia? Se sorprendió planteándose la posibilidad de olvidarse del oro y dedicarse a la ganadería.

Eso no podía ser, al menos por ahora.

Estaba seguro de los sentimientos de Cynthia, pero jamás consentiría que nadie de su familia —empezando por Brett— lo viera como alguien inferior, indigno de ella. Debía continuar adelante con sus planes.

Trabajaría de sol a sol, se prometió.

Removería la tierra de los lechos de los ríos que hiciera falta para conseguir la riqueza con la que nadie pudiera poner en entredicho la naturaleza de su amor por ella.

20

Marot se levantó a las dos de la madrugada para heñir la masa, que había preparado la víspera con Ponciana y su madre, y dar forma y cocer los treinta panes que habrían de durar un mes. Ese día, el de la fiesta mayor de Pasolobino, comerían pan recién hecho.

Agosto era un mes de mucho trabajo para los vecinos. Una vez recogida la mies en los pajares y cosechado el trigo sembrado en marzo, había que entrecavar las patatas —ahuecar la tierra y quitar las malas hierbas, que crecían con profusión—, encalar las fachadas y preparar la fiesta mayor.

Marot estaba agotada por el trabajo físico, incrementado porque Ponciana tampoco podía ayudar mucho, pues se encontraba muy pesada por su avanzado embarazo y andaba de mal humor por el encierro para ocultarlo. Además, desde que había regresado cinco meses atrás de su breve aventura por Francia, que la había dejado en una situación precaria, todavía se mostraba abatida por la separación de Baptiste. El aislamiento le estaba pasando factura y protestaba por todo.

También ahora, en medio de la preparación de los panes, seguía Ponciana con sus quejas. Con lo que siempre le había gustado bailar, no podía ni asomarse a la plaza el día de la fiesta. Con lo que le gustaba pasear por el bosque, no podía ir a coger fresas silvestres y frambuesas. Aun así, comprendía que no podía arriesgarse a encontrarse con alguien. Nadie la había visto desde marzo y mejor que no la vieran. No soportaría encontrarse con sus padres y sus hermanos, que la habían repudiado.

Poco después del amanecer, cuando el polvillo blanco de la harina molida cubría mesas, suelos, cabellos y delantales y la leña ardía en el horno, Ponciana chilló y se sujetó el voluminoso vientre con las manos.

—¡Ah! ¡Dios! ¡Ya viene! —gritó asustada—. ¡Se ha adelantado!

Marot la acompañó a su habitación. Avisó a su madre para que la ayudara a preparar el parto y a su padre y a un criado para que las sustituyeran en la cocina. Por nada del mundo, ni por un nacimiento, podía echarse a perder la masa.

Sin médico ni comadrona, atendida solo por Marot y por la madre de esta, al anochecer del 10 de agosto, mientras sonaba la música de varias dulzainas y tarotas y los vecinos bailaban o curioseaban, Ponciana dio a luz a un niño.

Pronto corrió la voz por el pueblo y el valle de que Ponciana había tenido un bebé, fruto de su relación con aquel francés que se había aprovechado de ella y luego la había abandonado. Más suerte no había podido tener la desbocada, comentaron, porque se hubiera apiadado de ella la buena de Marot, que había conseguido convencer a sus padres para que se hicieran cargo de la madre y la criatura.

Muy lejos de allí, Lorién, que no superaba su miedo al agua, echaba pestes contra el Green, el río más caudaloso y peligroso, rápido y traicionero, grande y profundo de esas tierras americanas, según contaban algunos, que se podían haber ahorrado los detalles. Los últimos días había llovido mucho, algo que agradecía al pensar que el ganado de Cynthia no sufriría, pero que detestaba porque le afectaba a él: por muy crecido que bajara, debían franquear el río.

—Hemos encontrado un vado más o menos transitable —le gritó Sandor desde el pescante para que lo oyera desde el interior del carromato a pesar del estruendo del agua—. Puesto que nada puedes hacer, reza mientras cruzamos. —Soltó una carcajada.

Llegaron al Fuerte Bridger, formado por dos casas de troncos dobles de unos doce pasos de largo unidos por un corral para caballos. En su origen, había sido un puesto de pieles; el dueño, Jim Bridger, hombre con visión de negocio, había comenzado vendiendo provisiones de un comerciante de San Luis de Misuri llamado Pierre Chouteau y había convertido el lugar de paso en un punto rentable de reabastecimiento para las caravanas de carros con servicio de herrería. Además, había buenos pastos y agua.

De ahí partieron enseguida los mormones, que iban a Salt Lake City; los demás repusieron fuerzas y víveres. El grupo de Lorién solo compró cuatro gallinas, algo de harina y un par de corderos para alimentar a Lorién, Darragh y Sandor, ya que Escolano prácticamente vivía con la familia de Violet y Festus iba a pasar un mes sin hacer gasto. Decidieron, pues, cambiar uno de los bueyes, el que parecía más agotado. Bridger lo compró por setenta y cinco dólares y les vendió uno nuevo por trescientos. Al comentar con otros viajeros, calcularon que era un negocio redondo para el dueño —tras un tiempo por esas praderas, el buey cansado sería luego vendido a otros por esa cantidad—, pero comprendieron que, de no ser por esos beneficios, nadie los atendería en ese territorio deshabitado.

A Lorién se le hicieron eternos los dos días de descanso. Y todavía faltaban un par de semanas hasta el Fuerte Hall, donde había quedado con Cynthia. Se pusieron en camino de nuevo la víspera de la Asunción de la Virgen María, una fecha importante para los únicos cuatro católicos de la caravana —Lorién, Sandor, Escolano y Darragh—, que tomaron esa coincidencia como señal de que iban por buen camino y de que alcanzarían su destino sin morir. De alguna manera tenían que ahuyentar el miedo que los rondaba tras la muerte de Baptiste sin caer en la tentación de abusar del alcohol, que Darragh sí añadía a sus rezos.

El Fuerte Hall estaba en el río Serpiente —o Snake, como lo llamaban los estadounidenses—, al este del territorio de Oregón. Al llegar, Lorién vio que cientos de reses y ovejas pastaban en las praderas fuera de los muros que bordeaban los edificios. Eso solo podía significar que el grupo de Cynthia había llegado.

Se dio prisa en asegurarse de que el carromato quedaba bien estacionado y en liberar a los bueyes, la vaca y los corderos. Cogió ropa limpia y jabón y se aseó en la orilla del río. Hacía tanto calor que agradeció el frescor del agua. Regresó para dejar la ropa sucia y ponerse las botas que había encerado varias veces en las horas de aburrimiento y le extrañó que Sandor, en vez de preparar la hoguera y los cachivaches de cocina, estuviera ajustando la lona que hacía de puerta de entrada con unas cuerdas.

—Si me buscas, estaré en la taberna —dijo su amigo, que también se había cambiado de ropa—. Esta noche me uno a Darragh o acabaré loco de tanta monotonía.

—Vete tranquilo. —Súbitamente nervioso, Lorién deshizo los nudos para poder entrar en el carromato a por sus botas—. Yo vigilaré las cosas.

Sandor le lanzó una mirada de complicidad.

—No creo que regrese antes del amanecer...

Lorién sintió que se sonrojaba. A veces le parecía que Sandor le leía el pensamiento. Había pensado proponerle a Cynthia un paseo por el bosque para disfrutar de intimidad; sin lugar a dudas, el carromato era mucho más cómodo y seguro.

Aún no había llegado a la sección de los ganaderos cuando la vio.

Con las manos entrelazadas en la espalda, Cynthia miraba en varias direcciones como si esperara o buscara a alguien. Por primera vez no llevaba esos pantalones anchos, a los que llamaban *bloomers* o bombachos, de color gris oscuro, sino que se había puesto un vestido de color crema con florecillas bordadas, de corpiño ajustado y manga corta. La encontró tan hermosa como siempre, con la piel más tostada por el sol de agosto y el cabello más rubio. No pudo saludarla enseguida porque Chulo acaparó toda su atención con exageradas muestras de afecto. Movía la cola sin parar, lo olisqueaba como si quisiera comprobar que era él y lanzaba algún ladrido de satisfacción.

—Me temo que no podrás acompañarnos esta noche, pobre Chulo —le dijo mientras le acariciaba la cabeza y el lomo.

—¿Por qué? —preguntó Cynthia, intrigada.

Lorién se le acercó y le susurró al oído:

—Porque tenemos el carromato para nosotros solos y no conviene que su presencia nos delate.

Aprovechó para depositarle un beso en la mejilla, que demoró más de lo apropiado en público. Cuando se separó, el rostro de ella estaba sonrojado.

—Vuelvo enseguida. —Tomó al animal del collar y echó a andar hacia su carreta. Cuando regresó, miró a Lorién a los ojos—. No sabes cuánto te he echado de menos.

—Y yo, Cynthia.

Disimuladamente, se colaron entre dos carromatos, caminaron tras varios de ellos y subieron al de Lorién; les reconfortó la sensación de que nadie les había prestado atención. Los viajeros andaban entretenidos en sus tareas, deseosos de refrescarse y cenar, y divertirse o descansar cuanto antes. Los del atajo ya llevaban varios días ahí, incluidos Brett y Thayer, así que esperaban a los recién llegados para comparar recorridos e intercambiar anécdotas en la taberna. La noche inminente, los ruidos, los gritos, las risas, los cánticos, la música y la lona del vehículo crearon un grueso muro de protección para su encuentro.

Lorién, sentado con la espalda apoyada contra los sacos del fondo, acomodó a Cynthia entre sus brazos a la tenue luz de un candil. Sin poder esperar ni un segundo más, la besó, primero con ternura y luego con creciente avidez. Que ella respondiera con la misma pasión lo animó a desplazar las manos de la cintura y el costado hasta el busto. La deseaba tanto que necesitaba conocer cada rincón de su cuerpo. Se separó un instante para mirarla a los ojos, y ella le devolvió una mirada alentadora y excitante. Con el corazón acelerado por la promesa de la pasión compartida, se atrevió entonces a liberarle los pechos del corpiño y pudo disfrutar de su exquisita blandura con los dedos y los labios.

Cynthia se arqueó de placer cuando Lorién le mordisqueó los pezones. Para estar más cómoda, para poder abandonarse a esas sensaciones que no había experimentado nunca, se tumbó sobre un jergón y lo invitó con la mirada, empañada ahora por el deseo, a que continuara mientras ella le acariciaba el cabello, la nuca, los antebrazos y la espalda como si las yemas de sus dedos anhelaran saciarse de su piel y de la sensación de firmeza que percibían en sus músculos. Sorprendida y expectante, contuvo la respiración cuando él deslizó una mano por su vientre, se entretuvo unos segundos en el vello de la parte inferior y jugueteó con los dedos en su entrepierna.

—¿Estás bien? —le preguntó Lorién en un susurro—. ¿Quieres que pare?

Ella asintió y negó enseguida, lo que provocó la risa de ambos. Cynthia aprovechó la pausa para inspirar hondo y, con el rostro sonrojado, decirle:

—Nunca me he entregado a un hombre. Tú eres mi elegido.

Con un brillo pícaro en los ojos, Lorién se mordió el labio inferior, un gesto sensual que enardeció a Cynthia. Lo atrajo hacia sí para besarlo de nuevo, para abandonar las palabras y retomar las caricias. Lorién era el hombre con quien quería descubrir las sensaciones de placer de su organismo. No solo eso; no podía engañarse. Al igual que su cuerpo se amoldaba al de él, sentía que sus almas se acoplaban a la perfección.

—Te dolerá, pero será solo un momento —le avisó él con cariño mientras se colocaba entre sus piernas, concentrado en contenerse para complacerla, atento a la señal más sutil de incomodidad.

Cynthia se tensó, alerta a la novedad. El dolor cuando él profundizó en ella fue punzante, pero muy breve.

Se aferró entonces a Lorién para no dejar de sentirlo cerca, dentro, fusionado a ella por un vínculo desconocido, indescifrable, irremediable. Una súbita, creciente desesperación surgía sibilina en medio de su codicia: amaba a ese hombre más de lo que jamás había imaginado que podría amar a nadie y no soportaría que la abandonara.

Haría todo lo posible para que no lo hiciera.

La primera carta de Lorién, enviada desde La Habana, llegó a su casa de Pasolobino a finales de agosto. Marot agradeció que la esposa de Raymundo se la llevara para que la leyese.

Hubiera deseado recibir su propia carta, pero comprendía que las circunstancias de la despedida, los meses transcurridos y la distancia que los separaba podrían haber enfriado los sentimientos de Lorién hacia ella. O tal vez, sencillamente, no hubiera tenido tiempo o ganas para narrar dos veces la misma aventura, que ocupaba varias hojas de papel.

La narración de su viaje hasta Cuba incluía amenas anécdotas, descripciones, impresiones y sensaciones, sin comentarios de añoranza, a juicio de Marot, para no preocupar a su familia. Pero ella sabía que, dondequiera que estuviese ahora, Lorién contaría los días hasta su regreso. Aun en el supuesto de que hubiera dejado de amarla, no resistiría mucho tiempo lejos de esas montañas, porque su espíritu seguía adherido a su tierra.

Lo imaginaba repasando las tareas de esa época en Pasolobino, donde los días transcurrían al ritmo marcado por la naturaleza, las obligaciones y la tradición. Si ella tuviera una dirección a la que enviarle una carta, le recordaría que los hombres ya habían segado, mallado y aventado el centeno para que las mujeres hicieran el pan negro; que de un día para otro habían pasado del calor asfixiante que los obligaba a dormir con las ventanas abiertas a una sucesión interminable de chubascos que había impregnado el ambiente de una humedad atípica para esas fechas. Le pediría que se cuidara, que se abrigara y se alimentara bien.

Y que no se olvidara de ella.

Miró a través de la ventana, hacia las estrellas, las mismas que contemplaría Lorién y que ella había convertido en testigos de sus anhelos.

—Volverá —musitó—. Sé que lo hará.

Lo conocía muy bien.

Lorién volvería y reavivaría el amor que le había profesado, y formarían la familia con la que siempre habían soñado.

Este era el único futuro que Marot concebía.

21

Clifford y sus ayudantes dieron instrucciones para que se formaran dos grupos de carromatos: quienes iban a California remontarían el Raft, en dirección sur, a sus órdenes; quienes seguían la ruta de Oregón continuarían al oeste junto al río Snake con otro líder.

Lorién calculó que, de las cuatrocientas personas que habían partido de la población de Independence, debían de quedar ahora la mitad rumbo a California. Se despidieron unos de otros y se desearon suerte; los buscadores de oro, más efusivos, porque en el fondo se alegraban de que se redujera la competencia y ganaran tiempo, sobre todo a la hora de ponerse en marcha por las mañanas y recogerse por las noches.

Una noche, un mes después de partir del Fuerte Hall, en que Lorién había podido disfrutar de la compañía de Cynthia en ratos más o menos largos, Thayer reunió a su sección junto al río Humboldt.

—Dice Clifford que nos preparemos para conocer el infierno —anunció con preocupación, con el rostro cubierto de sudor—. Haced acopio de agua, porque no encontraremos nada en tres días. Viajaremos de noche para evitar el calor.

Al día siguiente, Lorién comprendió sus palabras. Si querían continuar, debían cruzar una inmensa tierra baldía, como un gigantesco lago seco. Le entraron ganas de regresar por donde habían venido. Se aseguró de que estuvieran bien llenos de agua fresca todos los pellejos y recipientes que tenían y emprendió la marcha sobre la tierra arenosa en la que se hundían las ruedas de la carreta con la sensación de que no sería suficiente. Si al atardecer hacía ese calor insoportable, no quería ni imaginar cómo sería durante el día.

Su angustia aumentó al ver restos de mulas, caballos y bueyes muertos, fragmentos de carretas, huesos, tumbas y más huesos.

Contó varias ovejas recién muertas y se preguntó cuántas cabezas habría perdido la familia de Cynthia, pero no lo podría saber hasta llegar al otro lado, puesto que los ganaderos siempre abrían camino.

Un poco antes del amanecer del tercer día, uno de los dos bueyes que tiraban del carromato del grupo de Lorién, el que no habían cambiado en el Fuerte Bridger, se detuvo, dobló las rodillas y se dejó caer al suelo. Los gritos y juramentos de Sandor se elevaron entre los murmullos, suspiros, jadeos y respiraciones fuertes —y algún lloriqueo y alguna tos— de los caminantes, los crujidos de las maderas y los resoplidos y ruidos de los animales al arrastrar sus pezuñas.

—¡Por tan poco! —se lamentó ante la pobre bestia—. ¡Si ya se ve el final! ¡Tendríamos que haber comprado otro! —Rabioso, comenzó a dar patadas a la tierra seca—. ¡Muévete, maldito zanguango!

—¡Está muerto, Sandor! —Lorién lo sujetó por los hombros. Comprendía su frustración, pero nada podían hacer—. Guarda fuerzas para lo que nos queda.

Entre ambos y Darragh y Thayer liberaron al buey vivo, apartaron el carromato, serraron una de las gamellas del yugo, ya que ahora solo un animal tiraría de la carreta, y ajustaron las correas. Cuando se iban a poner de nuevo en marcha, una voz aguda gritó el nombre de Lorién con insistencia.

—¡Aquí! —respondió este a la noche salpicada de las tenues luces de los faroles que pendían de los carromatos.

Un niño de unos ocho años, con el rostro desencajado por el miedo y el agotamiento, surgió de la oscuridad.

—¡Escolano te necesita! —Se echó a llorar, como si ahora que había cumplido su misión ya pudiera hacerlo—. ¡Las mulas...! ¡Mi madre...! —Se fue corriendo por donde había venido.

Lorién salió disparado tras él. A caballo, Thayer lo adelantó. La carreta de la familia de Violet no estaba muy lejos —el desierto era tan ancho que viajaban en paralelo, no en fila, para poder estar pendientes los unos de los otros—, así que se juntaron enseguida. La situación no podía ser peor: ambas mulas habían caído. Violet, su madre y la niña pianista lloraban abrazadas. El mensajero se sumó a otros dos pequeños, que miraban a los animales con curiosidad. Escolano permanecía de pie, con expresión aturdida.

Thayer se hizo cargo de la situación. Ordenó a Lorién y Escolano que lo ayudaran a desatar las mulas, y a las mujeres, que subieran a la carreta y que comenzaran a desprenderse de aquello que no fuera absolutamente imprescindible. Luego mandó a los hombres que cortaran el yugo, tal como acababan de hacer con el otro, mientras él ayudaba a decidir a las mujeres.

—¡Hay que sacar ese piano! —dijo en cuanto lo vio. Tiró de una de las asas—. ¡Vosotras, empujad!

—¡No! —chilló la niña—. ¡Escolano!

Este acudió con Lorién y los niños.

—¡El piano no! —le suplicó ella llorando—. ¡Por favor!

—No hay otra opción —dijo Thayer, firme—. Mi caballo no podrá con tanto peso. Aun así, tendréis que ir a pie.

A Lorién le desconcertó la actitud de Thayer, a quien tenía por un hombre egoísta y arrogante. Ahora estaba dispuesto a ceder su caballo para ayudar a esa pobre familia. Nunca hasta entonces se había percatado de que se tomaba en serio su trabajo de velar por aquellos a su cargo.

El llanto de la niña arreció. Lorién intercambió unas palabras con Escolano y se dirigió al niño de antes:

—Ve a buscar a Sandor y a Darragh. Los que estaban conmigo. Diles que traigan las palas.

Era una locura, agotados como estaban, pero aquella criatura necesitaba una luz que alumbrara su oscuridad. Una ilusión.

Escolano se arrodilló ante la niña:

—Enterraremos el piano para que no le pase nada y volveremos a buscarlo.

La niña dejó de llorar y parpadeó sorprendida. Había visto sepultar a su padre.

—Habrá que hacer un agujero muy grande —dijo.

Escolano miró a Violet y a su madre, que hizo un gesto de asentimiento con la cabeza.

Sandor y Darragh llegaron en el carromato.

Entre los cinco hombres tardaron casi dos horas en cavar un hoyo lo bastante grande. Antes de introducir el piano, Violet y su madre lo envolvieron en dos mantas para que la tierra no lo rayara.

El sol calentaba demasiado cuando retomaron la marcha. Solo quedaban en medio del infame secarral dos carretas: la de la familia de Violet y la del grupo de Lorién. Las otras se habían adelantado por orden de Thayer.

Darragh compartió su caballo con los niños y, para hacerles más ameno el último tramo, les canturreaba baladas irlandesas impregnadas de melancolía. Les explicaba de qué hablaban —viajes, separaciones, amores y traiciones, penas bañadas en alcohol—. El alegre estribillo de la favorita de los chiquillos se convirtió en una especie de himno para el lastimoso grupo, cuyos miembros terminaron por aprendérselo.

No, nay, never
no, nay, never, no more
will I play the wild rover
no never, no more.

Hasta Lorién lo cantaba, aunque no comprendía el significado completo, y mientras lo repetía una y otra vez, recorría con la mirada la silueta de la inmensa cordillera que se distinguía a lo lejos, en el horizonte.

Habían dejado atrás el horror del desierto, pensó. Solo les quedaba cruzar esas montañas.

En su corazón cansado, la palabra *solo* significaba «todavía».

Sus piernas se contagiaron de la pesada blandura de la tierra bajo sus pies. De repente, se sintió exhausto, sediento, adormecido y agobiado de calor.

Al final del último tramo, cerca del agua fresca, de la vegetación, del descanso y de la recompensa que para él suponía ver a Cynthia, Lorién se desmayó.

22

Cynthia le humedeció la frente, las mejillas y los labios con un trapo mojado en agua fresca. Aprovechó el recorrido para admirar una vez más sus facciones. Lorién le resultaba extremadamente atractivo. Las cejas y los ojos oscuros guardaban una perfecta simetría a ambos lados de la recta nariz. Los labios, ahora resecos y entreabiertos, encajaban bien en esa mandíbula fuerte con un mentón bien definido. El cabello, tan negro como el de muchos de los mexicanos de su pueblo, le había crecido bastante desde la primera vez que lo vio, y las ondas se habían suavizado. Se lo acarició y dejó escapar un suspiro.

Los párpados de Lorién se movieron apenas y un leve quejido o ronquido escapó de sus labios. Le costó varios parpadeos abrir los ojos por completo y un buen rato abandonar la expresión de desconcierto, como si se acabara de despertar de una pesadilla. Cuando reconoció a Cynthia, sonrió.

—Te desmayaste al final del desierto y te trajeron al carromato —dijo ella suave y despacio, para facilitarle la transición al mundo real—. Me vino a buscar Sandor. Llevas dos días delirando, pero la fiebre ha bajado. —No añadió que había estado muy preocupada por él; que el miedo a perderlo había sido el termómetro que le indicaba cuánto lo amaba—. No es cólera. Un desvanecimiento por agotamiento.

—Como una damisela —murmuró él—. Mi orgullo está herido.

—Yo sé que eres fuerte. —Cynthia se sonrojó al recordar su encuentro en ese mismo carromato y él le demostró con una intensa mirada que había captado el doble sentido de sus palabras—. Ha sido duro para todos. Han muerto muchos; por suerte, más animales que personas.

Lorién asintió y se incorporó hasta quedar sentado.

—¿Has perdido mucho ganado?

Cynthia se encogió de hombros, para quitarle importancia.

—Estaba previsto. Seguimos adelante. Saldrán las cuentas. Lo sé. —Ella se había empeñado en ese viaje. De ninguna de las maneras iba a renunciar a la fe. Cambió de tema—: Tu pronunciación en inglés ha mejorado. Al menos en sueños. Repetías: *No, nay, never, no more.*

Lorién recordó la canción.

—¿Qué significa *wild rover*?

—Vagabundo salvaje, o loco, insensato, desenfrenado.

—Pues ahora entiendo el estribillo: nunca más seré el que va de un lugar a otro, sin mucho oficio ni beneficio, a merced de la aventura y la libertad. Tengo ganas de terminar con esta vida errante.

—Ya queda poco. Para tu oro y para mi rancho. —Cynthia aprovechó para sincerarse. En las montañas tampoco tendrían mucho tiempo para hablar con calma—: Dicen que la vida en los yacimientos mineros no es fácil. En mi pueblo no te faltaría trabajo.

—San Luis Obispo... —murmuró él, con el afecto que ella le había transmitido al hablarle de su hogar en la costa central de California, del que adoraba la combinación de praderas y colinas de robles, el cielo resplandeciente, la deliciosa brisa que llegaba del cercano océano y la misión más bonita, según ella, de todas las que habían construido los españoles—. ¿Quieres que me vaya allí contigo?

Ella asintió, con las mejillas súbitamente sonrojadas.

A Lorién le resultaba difícil aceptar esa propuesta, por más que no deseara separarse de ella. No llegaría a San Luis Obispo como un simple pastor por el que se había ilusionado la hija de uno de los grandes rancheros de la zona. Detestaría ser el foco de las críticas, incluso envidias de los demás, que tendrían razón cuando dijeran que él nada tenía que ofrecerle. No podía irse con ella de momento. Necesitaba tiempo para probar fortuna.

—¿Me recibirá bien tu padre? —bromeó.

Ella rio.

—Oh, es un hombre pacífico, pero obstinado en su defensa de la anexión de la provincia de California a los Estados Unidos. Si no le llevas la contraria en esto, todo irá bien.

Lorién le acarició una mano.

—El amor que siento por ti no es suficiente. Te prometo que iré a San Luis Obispo, pero antes debo intentar cumplir el sueño que me trajo a América.

Cynthia apretó los labios. Por mucho que le fastidiara, reconocía que Lorién tenía razón. Ella no sería la causante de su resentimiento por haberlo apartado de su propósito inicial. Lo echaría tanto de menos que le dolía el corazón de pensar en vivir sin él. Si estuviera a solas, rompería a llorar.

Permanecieron en silencio un rato, con las manos entrelazadas.

Lorién advirtió entonces que el carromato no se movía.

—¿Dos días he estado sin conocimiento? ¿Por dónde vamos?

—Clifford sugirió un par de días de descanso. Mañana continuaremos. El debate esta vez ha sido por qué río seguimos. Por la ruta del Carson se llega hasta el río de los Americanos y directamente al corazón de la región minera de California, pero dicen que hay peores desiertos que el que acabamos de cruzar y malos descensos de montaña. Por la ruta del Truckee se llega al valle de Sacramento, pero hay que atravesar el paso de Donner, donde hace tres años murieron cuarenta personas, de ochenta y siete, atrapadas por una terrible nevada.

Lorién se mostró horrorizado al pensar en el sufrimiento de aquella pobre gente.

—¿Y qué se ha decidido? —preguntó por curiosidad; él no hubiera sabido por cuál votar, porque ambas opciones le parecían duras.

—Vamos todos por la del Truckee. Nadie quiere otro desierto.

—Mejor si viajamos juntos.

Lorién recordó cómo habían ayudado a la familia de Violet y cómo había resuelto Thayer la situación. Se lo contó, aunque ella ya lo sabía. A través de Brett, el americano y Cynthia habían trabado cierta amistad durante el atajo hasta el Fuerte Hall.

—No es un mal tipo —dijo Cynthia.

—Pero que se mantenga lejos de ti —trató de bromear él.

Ella sonrió al recordar los intentos de acercamiento de Thayer, primero con la excusa de hablar con Brett, luego ya sin pretextos. Sabía de sus orígenes y sus planes de futuro en los que —no le cabía duda— la incluía; pero ni él se había extralimitado ni ella había sido ambigua.

—No me gustan los hombres celosos —dijo con naturalidad—. Se vuelven posesivos.

Lorién supo que la joven hablaba en serio. Él se podría

haber ahorrado el comentario, que cuestionaba la capacidad de ella de elegir con quién estar.

Cynthia disfrutaba de su libertad y respetaba la de los demás.

Si aquel paso de montaña ya era difícil en otoño, Lorién no quería ni imaginar cómo sería con nieve. Se acordaba de aquellos desgraciados de la caravana de Donner a quienes los había sorprendido la ventisca; su sufrimiento habría sido atroz. Tenía que reconocer que Clifford, a pesar de ser demasiado obstinado, repetitivo y autoritario, se adelantaba al peligro y proponía soluciones ante circunstancias adversas. Se había empeñado en descargar las carretas, empaquetar las pertenencias, desmontar los carros y cargar ruedas, ejes, piezas y bultos sobre bueyes, mulas, caballos y espaldas humanas para llegar cuanto antes a la cima de granito de Sierra Nevada, porque el tiempo se les echaba encima: les había costado seis semanas llegar hasta allí desde el Fuerte Hall y ya terminaba la segunda de octubre.

No le había faltado razón al americano: por aquellos senderos empinados y estrechos no solo no hubiesen cabido los carromatos, sino que, al atascarse en fila, hubieran dificultado mucho, si no imposibilitado, la resolución del problema a mitad del camino.

Una vez arriba, con una sensación general de euforia, montaron de nuevo las carretas y las volvieron a cargar. El destino final, el Fuerte Sutter de California, estaba ahí mismo, en algún lugar al pie de esas laderas, a apenas noventa millas. ¿Qué era eso después de lo que habían pasado? Una semana. Siete días. Nada.

Tanto el paisaje como el carácter de los viajeros se fue tornando más amable. Las risas de los niños, los trinos de los pájaros, la fricción de las hojas de los árboles y el murmullo del agua sustituyeron al silencio del desierto y la cumbre. Al igual que en Pasolobino, recordó Lorién con un cosquilleo de añoranza en el corazón: después de la zona estéril e improductiva de las alturas, donde solo crecían abetos y cedros, surgían ahora los pequeños valles, praderas y llanos con arroyos y mucha vegetación.

El Fuerte Sutter estaba en una elevación que daba al norte al río de los Americanos, que los españoles habían llamado río Buenaventura, y al oeste al río Sacramento. Dentro de los muros del fuerte había un edificio central, donde se alojaba el dueño, y edificaciones para dormitorios de alquiler, talleres de carpintería y de herrería, un armero, una destilería, una panadería, un molino harinero y una fábrica de mantas. Fuera de los muros había viviendas y corrales y construcciones anexas.

Aquel no tenía nada que ver con los otros fuertes en los que habían parado a lo largo del viaje por sus dimensiones y el trasiego de gente, pensó Lorién. Había cientos de personas —muchos estadounidenses, pero sobre todo indígenas—, afanadas en diferentes tareas, dedicadas por un lado a proporcionar refugio y suministros a los viajeros que llegaban exhaustos y por otro a preparar las mercancías que salían de ahí. A simple vista, distinguió campos de trigo, cebada, guisantes, judías y algodón; más tarde sabría que Sutter exportaba trigo a los asentamientos rusos de Alaska y que gracias a la cría de ganado bovino y ovino producía cueros y lanas de gran valor. Pero lo que había cambiado la vida del hombre había sido el descubrimiento del oro, una historia que Lorién había conocido por Baptiste en Pau y que tantas veces había escuchado desde entonces. Sutter había contratado a James Marshall, que luego se convertiría en su socio, para que construyera un aserradero sobre el río de los Americanos, a cincuenta millas al este del fuerte, y en el canal de descarga del molino había aparecido una pepita de oro.

Ahí y así había comenzado hacía veinte meses la fiebre del preciado metal.

A Lorién le caldeaba el espíritu saber que estaba en el lugar de origen de la leyenda que le había impulsado desde que tomó aquel barco en Bayona. Ser consciente de que aquello era real y no una narración de un suceso fantástico le compensó por la dureza del viaje. Cada vez estaba más cerca de cumplir su sueño.

Pero cada vez estaba más cerca de tener que despedirse de Cynthia.

Del grupo, fue el único que se alquiló una habitación para una noche. Solo una noche. La cercanía del oro había producido un cambio en los jóvenes: a pesar del cansancio, ahora todos tenían prisa por llegar a los yacimientos. Lorién arguyó que quería tomar un baño caliente y dormir bajo techo.

Quería, en realidad, disfrutar de privacidad y tranquilidad en los últimos momentos que podría pasar con Cynthia en mucho tiempo.

—Escolano me ha pedido que cuide de Violet y los suyos. De camino a San Luis Obispo, viajarán con nosotros hasta Monterrey, donde tienen familia.

Cynthia, de lado, con el codo doblado sobre la almohada y el rostro apoyado en la mano, contemplaba a Lorién, que yacía de espaldas, como si quisiera memorizar sus facciones para que el paso del tiempo no pudiera desdibujarlas ni un ápice de su recuerdo. Jamás hubiera imaginado que en ese viaje de miles de millas por motivos comerciales encontraría el amor. Era el primer hombre de su vida por el que sentía una atracción tan fuerte. Se había tenido que tragar sus propias palabras. Más de una vez había repetido a su familia y a su querida amiga Evangeline que no se encadenaría a un marido que cortara sus alas y frenara sus ambiciones. Sin embargo, de Lorién no se separaría nunca. Adoraba su mirada franca y noble, el brillo que se apoderaba de sus ojos cuando la observaba, el gesto de absoluta felicidad cuando le dedicaba una sonrisa con esos labios firmes que sabían cómo besarla, la fortaleza de sus músculos cuando la estrechaba entre sus brazos y la dejaba sin aliento. Lorién era su hombre. Siempre lo sería. Ese sentimiento de posesión y pertenencia, que no había experimentado nunca, se le antojaba misterioso. Surgía con cautela de algún lugar oculto del corazón, como una araña de un agujero oscuro, y tejía una tupida red por las entrañas, el estómago, la garganta, los ojos y el cerebro de la que resultaba difícil despegarse. Sentía ahora, cuando apenas quedaban unas horas para tomar diferentes caminos, una pena insoportable e incluso novedosa, pues no era una mujer dada a la aflicción.

—He aprendido que tiene más poder el oro que el amor por una mujer —añadió en un susurro, como si pensara en voz alta.

Lorién comprendió que, aunque Cynthia hablaba de Escolano, también se refería a él. Se puso de lado y la miró con fijeza mientras le acariciaba la cintura.

—Gracias a Escolano, la familia de Violet ha sobrevivido al viaje. Ella no va a abandonar a su madre y a sus hermanos y en los planes de mi amigo no estaba hacerse cargo de todos ellos, que es lo que le tocaría si se fuese a Monterrey. Le ha costado mucho tomar su decisión, pero comprendo que quiera probar suerte con el oro y después...

—Sí, ya, Dios dirá... —lo interrumpió ella.

—Iba a decir que después la buscará. Como yo te buscaré a ti.

Cynthia se acercó a él en busca de sus labios para sellar la promesa. Luego se acomodó entre sus brazos y profundizó sus besos. Sintió cómo él se excitaba y sus manos le acariciaban con premura el cuerpo, invitándola a una nueva unión.

¿Cómo viviría a partir de entonces sin él, sin ese cabezota que no tenía que demostrarle nada, sino simplemente amarla?, pensó ella.

¿Cómo podía renunciar a ella, que era más valiosa para su corazón que todo el oro del mundo?, pensó él.

Lorién la tumbó de espaldas y le recorrió el cuello, el pecho y el vientre con los labios, convertidos en testigos del delicioso itinerario que pronto ya solo formaría parte de su imaginación.

Cynthia lo apartó ligeramente para que fuera él quien se tumbara de espaldas y se sentó a horcajadas sobre él.

—No me hagas esperar demasiado.

23

Los últimos que quedaban de la caravana se separaron definitivamente en el Fuerte Sutter: los ganaderos marcharon hacia sus ranchos del centro de California; los interesados en negocios se fueron a la ciudad de San Francisco; y los buscadores de oro, en pequeños grupos forjados por la amistad o la necesidad, a diversos asentamientos mineros.

Como Lorién y Escolano andaban alicaídos, Sandor tomó las riendas. Con la ilusión intacta, el ánimo positivo y la ayuda de Darragh y Festus —que había terminado por decisión propia su relación laboral con Brett y Cynthia— decidió la ruta y el destino: irían al corazón de Sierra Nevada, que no estaría tan copado por buscadores de oro.

Vendieron en el fuerte el carromato y aquellas herramientas que ya no emplearían; guardaron la parte de dinero que le correspondería a Baptiste para cumplir su último deseo de entregársela a Ponciana; y cambiaron el buey por una mula, en la que cargaron algunas provisiones y ropas, mantas y utensilios de cocina.

A pie, para ahorrarse el pasaje en alguno de los barcos que remontaban el río de las Plumas, que los estadounidenses llamaban Feather, tardaron dos días en llegar al rancho Honcut, punto de parada para embarcaciones y puerta a los campos de oro.

En la tienda de provisiones, Lorién se topó con Thayer, de quien se había despedido al pagar a Clifford por sus servicios como guía y jefe de la expedición. Entonces el norteamericano no le había dicho adónde se dirigía y a la tristeza por la separación de Cynthia, Lorién había sumado la preocupación por que Thayer hubiera decidido continuar con los ganaderos. Cynthia le había prometido que lo esperaría, y la creía, pero prefería que aquel tipo no la rondara.

—Te hacía en otro lugar —le dijo el estadounidense, sorprendido.

«Y yo a ti», pensó Lorién aliviado.

—Sigo el mismo camino que me había trazado cuando nos conocimos —comentó—. Igual que tú, por lo que veo.

Thayer sonrió enigmático.

—Esto solo es un desvío. Soy un hombre ambicioso, pero paciente. Me he sumado al grupo de Clifford.

Lorién comprendía que, como él, Thayer quisiera probar con el oro; si pensaba que tenía alguna posibilidad con Cynthia, estaba muy equivocado. Cynthia lo amaba a él, de eso estaba seguro, pero existía el riesgo de que uno se hiciera rico y el otro, no. ¿Quién la conquistaría entonces? Ella le había dejado claro que lo amaba aun sin tener nada, pero la vida diaria no era lo mismo que una pasión casi clandestina en un duro trayecto por el corazón de Norteamérica.

—Veremos quién tiene la suerte de su lado —dijo con voz neutra al tiempo que lanzaba una mirada a las montañas donde se decidiría su futuro.

Thayer asintió, como si hubiera aceptado un duelo entre ambos, y echó a andar hacia sus compañeros.

Lorién se juntó con los suyos, que comentaban lo desorbitados que estaban los precios. Se aseguró de que compraban lo necesario: palas, piquetas, cedazos y cestos. Y de que no faltaran provisiones: harina, alubias, tocino, cerdo salado, brandi, café, latas de conserva, ostras de cueva, maíz dulce Shaker, levadura en polvo, galletas saladas Boston y patatas.

Al amanecer del día siguiente, fue el primero en despertarse y metió prisa a los demás para ponerse en marcha. Tenían que empezar a trabajar cuanto antes. Los sueños que se cumplían comenzaban con el esfuerzo.

El primer asentamiento minero estaba a treinta y cinco millas en dirección noreste. Por un camino nivelado y suave recorrieron un paraje de robles y prados desde donde se veían las cumbres de Sierra Nevada. Si no fuera por las mujeres nativas que vestían solo con unas hierbas atadas en la cintura hasta los muslos y que recolectaban semillas de flores en cestos a la espalda sujetos con una tira de cuero a la frente, a Lorién le hubiera parecido que estaba en su tierra natal, en los Pirineos.

Una marea de recuerdos lo inundó.

Durante un rato fue un niño que trotaba por muros y se subía a árboles con los amigos y que a duras penas contenía las lágrimas cuando su madre le curaba una herida y que se chupaba los dedos cuando disfrutaba de los guisos y postres especiales que ella preparaba en los días de fiesta; fue un adolescente que escuchaba el relato de su padre sobre sus antepasados y sobre la historia de la casa y de las propiedades y lo que había que hacer por estas, como si fueran seres tan vivos como el ganado al que había que alimentar y cuidar; fue un hermano que aprendía del otro cómo utilizar la navaja para tallar y convertir un palo de boj en una cuchara o una figura; y fue un enamorado que descubría una nueva forma de latir de su corazón y de percibir su cuerpo en brazos de Marot.

Al pensar en ella, sintió un mordisco de remordimiento en el alma. Aunque se había prometido olvidarla, la había añorado al comienzo de su viaje. Se había propuesto ganar dinero y regresar a su casa; y esa promesa viajaba por carta en dirección a Pasolobino.

Pero todo había cambiado al conocer a Cynthia. No renunciaría a ella. Sentía que no podría hacerlo. Deseaba que ella cumpliera su palabra y lo esperara, pero algo le preocupaba. De alguna manera, él se había comportado con Cynthia como Marot con él, que se había negado a acompañarlo. Le había recriminado a esta su cobardía por no seguirlo y ahora él había rechazado la propuesta de Cynthia. ¿Acaso no tendría razón la americana al reprocharle interiormente su cobardía? La distancia y el tiempo tendían a desfigurar y difuminar la imagen de las cosas, de las personas y de los sentimientos. Una cosa era la añoranza y otra la realidad, que siempre terminaba por imponerse.

El camino se volvió empinado y pedregoso. En fila y en silencio, ascendieron por el borde de un precipicio hasta que llegaron a un valle rodeado de montañas donde estaba enclavado el asentamiento de Bidwell's Bar.

Había tres o cuatro casas sencillas de madera con tejado a dos aguas, otras tantas en construcción y un puñado de cabañas y tiendas de campaña. Plantaron la suya, extendieron sus mantas y encendieron una hoguera a las afueras, a poca distancia del grupo de Thayer.

Antes de cenar, dejaron a Festus a cargo de sus cosas y se dieron una vuelta para recabar información de los mineros que regresaban tras una dura jornada de trabajo; achacaron al cansancio que estos fueran tan parcos de palabras. El único que les atendió amablemente fue el dueño de la pequeña tienda donde compraron más provisiones. Que no fueran bienvenidos en aquel lugar, sin embargo, no hizo mella en sus ánimos. Aquellas montañas eran inmensas. Encontrarían el sitio idóneo para empezar su búsqueda.

—O sea, aquí llega uno, estaca una parcela y le pone su nombre —dijo Sandor durante la cena—. ¿Existirá algún día Sandor's Bar? —Se rio—. En serio. Tenemos que pensar un nombre para nuestro campamento. ¿Qué significa eso de *bar*?

—En inglés, sería algo así como tierra cercana a los ríos —respondió Escolano—. Y como los campamentos están junto al río...

—En el Fuerte Sutter me contaron que los hispanos lo traducen tal cual, como «barra» —intervino Darragh, y su pronunciación irlandesa de la palabra hizo reír a sus compañeros.

Debatieron sobre cuál sería el término equivalente en español, puesto que *barra* no tenía sentido; veta o filón era muy apropiado para el tema del oro, pero por lo que les acababa de decir Darragh concluyeron que igual lo más cercano al significado era margen, orilla o ribera. Lorién contó entonces que una pequeña parte de las tierras de su casa en Pasolobino, que estaba junto al río, se llamaba «la Riba». Esa débil conexión entre dos mundos tan lejanos le produjo una punzada de alegría.

—La Riba de los Europeos —probó Sandor. Enseguida movió la cabeza a ambos lados—. No. Ya que estamos aquí, deberíamos mantener el nombre inglés. Propongo «Europe's Bar» para que nos distingan bien. —Miró a Darragh—. Se dice así, más o menos, ¿verdad? —miró a Escolano y a Festus y cayó en la cuenta de que no eran europeos—: Perdonad. Tenemos que pensar otro.

—A mí me parece bien —dijo Escolano—. He vivido mucho tiempo en Francia.

Festus simplemente se encogió de hombros, en un gesto que daba a entender que le daba igual.

Pero Sandor no estaba convencido, de modo que fue diciendo otros nombres —la Riba de Todos, la Riba del Mundo, la Riba de la Libertad...— en voz alta hasta que exclamó:

—Lorién's Bar. Suena bien y por él estamos todos aquí, juntos. Es el nexo que nos une. Me ayudó a mí, nos presentó a Darragh, salvó a Festus y... —miró a Escolano sin saber muy bien cómo había comenzado su relación con Lorién— te brindó su amistad.

Lorién rechazó de inmediato la propuesta, pero los demás empezaron a corearla con los vasos en alto.

Partieron a la mañana siguiente en busca del futuro Lorién's Bar. Junto a otros dos grupos, también el de Thayer, recorrieron senderos naturales sembrados de hojas pisoteadas por herraduras y subieron y bajaron colinas con la mirada deslumbrada por el mar ascendente de olas de piedra y crestas rocosas al frente. Más arriba, en los rojizos bosques de robles y abetos surcados por profundos barrancos que parecían cicatrices, la tenue luminosidad y los movimientos cansados de mariposas, ardillas, lagartijas, codornices y ciervos les recordó que se aproximaba noviembre. Les urgía elegir el lugar donde asentarse.

Al tercer día, a media mañana, divisaron seis lagunas. Tomaron los destellos dorados que el sol provocaba en el agua como una señal y decidieron que habían llegado a su destino.

En el centro del valle había una docena de tiendas o chozas de ramas de pino y camisas viejas o sacos vacíos. No eran muchas para tanto espacio. A ambos lados del ondulante río Plumas o Feather, a distancias de media milla, se veían montones de tierra y piedras y pequeñas agrupaciones de carpas redondas o cuadradas, comunicadas por toscos maderos a modo de puentes.

Aunque lo que les apetecía era correr al río con el cedazo en busca de sus primeras pepitas, fueron juiciosos. Plantaron la tienda en una bancada de árboles y hierba junto a un barranco, en la que guardaron las provisiones. Cortaron ramas de pino con las que improvisaron una choza en la que dormirían los cinco bajo el cobertor de gutapercha y dispusieron un círculo de piedras dentro y otro fuera para encender hogueras con seguridad. Sobre el del exterior, además, idearon un soporte para colgar la olla, la sartén y otros utensilios de cocina.

Al caer la tarde estaban agotados, pero satisfechos de haber creado, gracias a las instrucciones de Sandor, un entorno acogedor y cómodo, dadas las circunstancias. Como algo excepcional, prepararon una cena más copiosa de lo normal y brindaron por Baptiste, que tanto hubiera disfrutado de ese momento.

—Solo nos falta la bandera —dijo Escolano.

Río abajo, y bastante cerca, en el chamizo central del asentamiento de Clifford y Thayer, ondeaba una bandera estadounidense con sus rayas rojas y blancas y un cuadrado azul con estrellas.

Debatieron sobre los colores que debería llevar la de ellos, un irlandés, un chileno, dos españoles y un africano con antepasados en Guinea que no sabía de banderas. Los comunes a todos eran el rojo y el verde, pero se pensarían que eran portugueses. Podrían añadir el blanco, pero entonces pensarían que eran mexicanos. Sandor desapareció en la tienda y regresó con una camisa vieja de color azul y unas tijeras.

—Es lo único que tenemos. —Cortó las mangas y el cuello para obtener un trapo más o menos rectangular que ondeó al aire—. Ahora sí. ¡Bienvenidos a Lorién's Bar!

Entre risas, Escolano, Sandor y Festus repitieron el nombre tantas veces como Lorién se negó a tanto protagonismo y Darragh les hizo practicar hasta que consideró que la pronunciación, aunque fácil, era perfecta: solo tenían que poner el acento en la «o» en lugar de en la «e» y suavizar la «r» para que pareciera yanqui. Lorién's Bar quedó, pues, convertido en Lorien's Bar.

A pesar de su añoranza por su tierra y su gente, y por Cynthia, Lorién agradeció la compañía de esos amigos que el destino había puesto en su camino. En medio de aquellas montañas de California pobladas por hombres ambiciosos de diferentes procedencias y pasados, ellos eran ahora su familia.

24

Lorién se puso su uniforme de minero, el mismo que llevaban todos: camisa de franela azul y anchos pantalones oscuros. Introdujo los bajos en las botas y se ató una tira de cuero a la frente para sujetarse el cabello, que no se había cortado en meses. Luego se colocó el sombrero de cuero de su hermano, lo único diferente de los demás, que usaban uno de fieltro negro. Cogió una pala, una criba y una batea y se fue a su sección del río.

Como todos los días de las últimas semanas, se dedicó a tamizar una palada tras otra la tierra del lecho, a lavarla y a observarla como si fuera un puñado de lentejas del que hay que retirar una de mal color o una piedrecita antes de cocerlas, salvo que en el caso del oro se desechaba mucho y se aprovechaba poco. Estaban a finales de noviembre y, de momento, lo que tenían era mucho polvo de oro.

Sus amigos y él se habían organizado como una sociedad. El oro encontrado iba a un fondo común del que se repartirían los beneficios. Eso les permitía hacer turnos. Cada cinco días, uno permanecía en el campamento para vigilar las pertenencias, anudar algún tronco más en las paredes de lo que sería la futura cabaña del grupo y preparar las comidas. Los otros cuatro pasaban su monótona jornada laboral en el barranco o en el río.

Una de las primeras cosas que Lorién había aprendido

era que nadie ayudaba a nadie fuera de su grupo; otra, que nadie se preocupaba por el pasado del prójimo.

Empezaba a notar los efectos de tantas horas de soledad y de la frialdad del agua. Y del aburrimiento. Le dolían las rodillas, las manos y los pies. Estaba harto de escuchar que el oro era un capricho de la naturaleza, que se hallaba diseminado sin un patrón concreto, sin orden de vetas, aquí o allá, lo mismo que cualquier piedra o árbol, pero que también, en ocasiones extraordinarias, aparecía aglomerado en grandes cantidades en un pequeño espacio como en el que estaba él, de apenas seis pies cuadrados. Empezaba a no creerse nada. A ese ritmo, era imposible que todos los hombres que estaban allí pudieran cumplir su sueño de hacerse ricos.

Cogió entonces otra palada de tierra, que le pareció más brillante que las anteriores, y se dispuso a tamizarla para aprovechar bien las partículas doradas. Sus ojos se fijaron en una acumulación de arenilla del tamaño de un huevo de codorniz y se le aceleró el pulso. Metió la criba en el agua y con los dedos disolvió el grumo. Notó algo duro y el corazón le dio un vuelco. No eran piedrecitas, sino cuatro pepitas de oro, grandes como granos de arroz. Quiso gritar de alegría, pero se contuvo. De repente comprendió por qué los mineros habían sido tan poco amables en Bidwell's Bar. La posibilidad real —no la imaginada— de hacerte rico se te metía en las entrañas y te volvía codicioso.

Miró a su alrededor, a ver quién tenía más cerca. Era Festus.

—Paro a descansar —le dijo con normalidad.

Festus se sentó a su lado y Lorién, con discreción, le enseñó su hallazgo.

—Si han aparecido estas, tiene que haber más.

Unos días más tarde, Festus se presentó en el campamento con una especie de caja de madera que alguien había abandonado. Sabían para qué servía, porque habían visto a otros usarla, pero no se les había ocurrido adquirir una antes de subir ahí.

—*Rocker-box* —les dijo—. Iremos rápido.

Parecida en forma y tamaño a una cuna de bebé con cajoncillos a diferentes alturas, el artefacto de madera les permitía mover más cantidad de tierra y grava. Echaban paladas de estas por la abertura de un extremo, que estaba en alto, y gracias a una rejilla el material más grueso quedaba fuera. El material más fino y la grava cruzaban el interior de la caja de un compartimento a otro, hasta que en el último quedaba sedimentada hasta la más pequeña mota de polvo.

Centraron sus esfuerzos en la zona donde Lorién había encontrado las pepitas y trabajaron sin descanso. Pronto empezaron a ganar entre doce y dieciséis dólares diarios: mucho para lo que estaban acostumbrados, pues en un trabajo normal el sueldo era de un dólar al día, y poco para lo que soñaban. Seguían fantaseando con las leyendas de aquellos que gracias a un golpe de suerte habían ganado ciento cincuenta dólares en un día, o mil quinientos de una sartén de barro, incluso seis mil en quince días. La expectativa significaba esperanza, el motor por el que se deslomaban cada día en el agua y el barro, sucios, sudorosos, ateridos.

El invierno comenzó tan seco como había sido el otoño, por lo que pudieron trabajar sin interrupción, aunque se notaba que el frío era más intenso. Todos los días eran iguales. En el gran hoyo que empezó a parecerle ese valle, Lorién soñaba con el sol invernal de Pasolobino, enclavado en un lugar tan alto que no existía la sombra. Harto de judías, recordaba el sabor de la leche recién ordeñada y de la nata con azúcar sobre el pan recién hecho y el olor de las manzanas en las despensas. Imaginaba la algarabía en su casa cuando se celebraba la matacía del cerdo y se preparaba el adobo y el embutido. Se evadía con lo conocido porque le resultaba más balsámico que visualizar el idílico San Luis Obispo de Cynthia del que podría estar disfrutando en ese momento si no fuera por su testarudez.

La actividad continua y febril de tantos hombres que formaban un ejército de laboriosas hormigas de cabellos y barbas largos comenzó a resultarle embrutecedora. No había un triste periódico que hojear; ni una iglesia o taberna en la que reunirse con gente diferente con quien intercambiar impresiones; ni una tienda en la que curiosear o comprar algo; ni algún encuentro social distinto a la tertulia diaria con sus compañeros, que, sin novedades que comentar y agotados, como él, se acostaban pronto.

Por fortuna para todos, y para Lorién, un minero empleó sus ahorros para abrir una taberna. Era solo una cabaña con suelo de madera, pero desde el primer día tuvo éxito y los sábados y festivos se llenaba. Otro imitó la sencilla construcción, colocó bastas estanterías para vender herramientas, ropa, cueros y conservas de comida, colgó el anuncio de que allí se podía cambiar el oro por dinero y se comprometió a ofrecer el servicio de envío de correspondencia.

Enseguida, esos dos lugares aportaron a los habitantes de las laderas una sensación de comunidad. Lorién entabló conversaciones con hombres muy distintos, desde educados como Escolano que habían estudiado hasta quienes no tenían hogar al que regresar. Creían que también él era un gambusino mexicano, o californio de origen español, por su idioma, pero Lorién les explicaba que provenía de España, en Europa, concretamente de Aragón, una especie de estado como Misuri, Virginia o Nueva York, pero en pequeño. Comprobó que no era el único que necesitaba hablar para mitigar la añoranza o simplemente para pasar el tiempo, que con la llegada de las nieves y las heladas cundía mucho.

En la taberna celebraron el cambio de año y década y Lorién se acordó de la muerte de su primo Miguel. La tragedia había precipitado su huida con Baptiste. Les dedicó mentalmente un brindis; por ambos estaba él ahora allí, aunque todavía no tuviera claro si para bien o para mal.

Como no podían entonces trabajar en el oro, también los de Lorien's Bar se dedicaron a hacer leña y mejorar la vivienda. Construyeron un gran hogar en el que el fuego permanecía encendido día y noche; abrieron un par de ventanas, con tarros de cristal unidos y encajados en los troncos de las paredes, por las que pasaba algo de luz; pusieron una puerta con bisagras de cuero clavadas; y fabricaron literas, taburetes y una mesa en la que siempre había botellas con velas a modo de candelabros. Sandor se ocupaba de que todo estuviera ordenado: los sacos de harina, alubias, cebollas y patatas y los barriletes de mantequilla al fondo, los jamones y la caballa ahumada colgados. Incluso aprendió a hacer pan cuando intuyó que hacía falta algo especial que derritiera la nieve que también envolvía los corazones.

El paisaje conservó el color blanco hasta finales de febrero. A medida que las aguas se fueron deshelando y la luz del sol aumentaba su intensidad, la pequeña sociedad del valle fue cambiando. Algunos, incapaces de aguantar otro invierno más a la intemperie, abandonaron. Otros se fueron porque ya habían reunido el capital que se habían propuesto para poder abrir un negocio en su lugar de origen. Y llegaron muchos más buscadores de oro.

—Pronto no cabremos —protestó Darragh, que se había convertido en uno de los mejores clientes de la taberna, en la que costaba encontrar una mesa libre—. Qué deprisa corren las noticias.

Tenía razón, pensó Lorién. En poco tiempo se había duplicado el número de asentamientos, formados por grupos de cinco o seis personas, o de parejas. Los que viajaban solos improvisaban una mínima cabaña de ramas y camisas a continuación o enfrente de la última, en lo que cada vez se iba pareciendo más a la calle principal de una destartalada población a la que alguien bautizó como Rich Bar o Barra Rica, según quién se refiriera a ella.

La bandera estadounidense era la que más abundaba, pero aparecieron francesas, chilenas y alguna italiana, alemana, china, australiana, mexicana y kanaka de las islas del Pacífico. Algunos nativos, que guiaban a los mineros por nuevas localizaciones porque se conocían bien el terreno, habían creado también su propio campamento para probar suerte con el oro.

A principios de verano de 1850, los habitantes de Rich Bar ascendían ya a un par de cientos. Hasta entonces, cada grupo había mantenido una distancia respetuosa respecto de los vecinos y unos y otros se habían mezclado sin problemas en la taberna; ahora los espacios se delimitaban con estacas y se señalaban con un cartel con el lugar de procedencia y la palabra «bar» y pocos se relacionaban fuera de su círculo.

Lorién percibió que las conversaciones ya no eran tan amables.

Entonces, más que nunca, deseó ese golpe de suerte que lo sacara de ahí.

Cuando Sandor llegó corriendo hasta ellos, sofocado, Lorién y Escolano dejaron de echar tierra con palas en el extremo superior del *long-Tom*, un canalón largo y profundo de madera con tajaderas que había desterrado a la *rocker-box*, y Festus, en el extremo inferior, se apoyó en el palo de la azada con la que movía la tierra en el cribador, a la espera de las noticias que trajera el joven.

—¡Lo tengo todo bien apuntado! ¡Se lo he dicho y me ha insultado! —Sandor se frotó el brazo, como si le doliera—. Me ha empujado de malas maneras...

—¿A quién te refieres? —le preguntó Lorién.

—¡A Darragh! ¡Nos ha robado! Según él, ha tomado su parte. Os imagináis para qué.

Festus soltó la azada.

—Vamos.

—Ya recojo yo —dijo Sandor.

Lorién, Escolano y Festus se lavaron brazos, manos, cara y cuello con el agua del río y se dirigieron a la taberna. Cuando llegaron, sus ropas ya se habían secado por el calor de finales de junio.

El establecimiento había crecido en seis meses por un extremo con un salón en el que se ofrecían comidas y con una planta superior en la que se alquilaban dormitorios. Para darle mayor prestancia, el dueño había decorado la espartana taberna con un espejo, cortinas de algodón, mesas redondas, sillas de anea, una estufa de leña y un par de sofás tapizados de calicó carmesí. Había puesto también ceniceros por todas partes, con el deseo de salvaguardar la estera de paja del suelo, y tarros de frutas en brandi para endulzar los ánimos, decía con ironía, puesto que estos solían agriarse muchas noches conforme pasaban las horas y unos se emborrachaban y otros perdían su dinero. Había partidas los jueves, viernes y sábados y los días de lluvia, en los que pocos se arriesgaban a pillar una pulmonía. Los participantes de las timbas se dividían en bandos según gustos: los estadounidenses preferían el faro o faraón y el póquer, los franceses, el *lansquenet*, y los españoles —grupo en el que los estadounidenses incluían a todos los hispanos—, el monte, un juego que consistía en ganar las apuestas hechas al acertar el palo o el valor de la carta que se descubría del mazo y que era tan simple y rápido que se podía perder mucho dinero en poco rato. Quienes evitaban el riesgo de las apuestas y solo deseaban pasar un buen rato optaban por el ajedrez o el *cribbage*.

Darragh estaba sentado con Thayer y otros a una mesa con un tapete verde en medio de una neblina del humo de puros, cigarrillos y pipas. Por la postura encorvada y el brillo turbio de sus ojos azules cuando lo miró, Lorién supo que había bebido y que no le estaba yendo muy bien. Poco a poco el irlandés había ido abandonando sus buenas costumbres y se marchaba antes del trabajo, se acostaba más tarde y luego era incapaz de madrugar. Por más que los demás le lanzaran alguna pulla para que cumpliera con los horarios y las obligaciones, no hacía caso. A él más que a ninguno se le había hecho pesado el invierno. Y siempre terminaba ahogando sus demonios en el alcohol.

—¿Puedo hablar contigo un momento? —le espetó sin preámbulos Lorién en inglés, mal pronunciado, pero perfectamente comprensible.

—¿No ves que estoy en medio de una partida, *mamá*?

La bravuconada de Darragh desató las risas de sus compañeros y Lorién sintió una rabia impropia de él. De no ser por Festus, que lo retuvo del brazo, se habría lanzado sobre el irlandés, lo habría cogido por la pechera y arrastrado al exterior.

—Te esperamos fuera. —Mordió las palabras para que le quedara claro que, si no cumplía su orden, volvería a por él.

Darragh salió al cabo de diez minutos, nervioso.

—¿Por qué tienes que avergonzarme delante de todos?

—Porque te estás gastando nuestro dinero —dijo Lorién.

—También es mío.

—Todavía no lo hemos dividido —apuntó Escolano—. Y tienes que pagar tu parte de la comida y ahorrar.

—Puedo hacer con él lo que me dé la gana.

—Quedamos en que ninguno metería mano a la caja por su cuenta —dijo entonces Festus—. ¿Cómo vamos a fiarnos de ti?

En ese instante salió uno de los que compartían juego con Darragh, que dedicó una sonrisa al irlandés.

—¿Vienes o puede ocupar otro tu sitio? Igual prefieres quedarte con este negro y estos *greasers*. —Los estadounidenses se referían de manera despectiva a los hispanos, al margen del país americano de origen, como «grasientos», por sus cabellos lacios y brillantes y por las malas tareas que siempre realizaban, como engrasar los ejes de las ruedas; también empleaban la palabra *loafer*, que quería decir «gandul».

Ahora fue Escolano quien se enfadó mucho. Con los puños apretados, le gritó:

—¡No te metas, gringo!

Darragh alzó las manos para que hubiera paz, miró alternativamente a sus amigos y al americano, como si en su interior se librase una batalla entre el bien y el mal, la razón y el deseo.

—Ahora voy —le dijo al otro. Se dirigió a los de Lorien's Bar con la mirada baja—: No tenéis de qué preocuparos. Mañana pasaré a recoger mis cosas y mi parte del dinero. Thayer me ha propuesto que me una a su grupo. Se han marchado dos y le irá bien que lo ayude.

No fue capaz de decirles que las cosas estaban cambiando; que escuchaba conversaciones; que le interesaba, por si acaso, ser incluido en un grupo de estadounidenses; que era una suerte que el inglés fuera su lengua materna; que mejor para él si no lo asociaban con los chilenos o con nada que tuviera que ver con los españoles, con quienes solo compartía su religión católica, algo de lo que no hablaba en público; que sentía en un pequeño rincón de su alma que aún permanecía lúcido que los estaba traicionando después de todo lo que habían pasado juntos, pero no quería más problemas de los que ya tenía simplemente por soportar su existencia.

Lorién recordó entonces cuando Ponciana se fue de Bayona y Baptiste no fue tras ella. «Es su decisión», había alegado. Ni podía ni debía retener a Darragh. Aunque fuera un hombre complicado, lo echaría de menos. Aun así, no pudo sino alertarse por la desagradable sensación de que la familia que habían creado comenzaba a descomponerse.

25

Escolano solía juntarse con los chilenos. Había entablado amistad con uno llamado Benjamín, delgado y nervioso, con una cicatriz en la mejilla, que había acudido a las minas con su hermana Valeria, puesto que los hermanos solo se tenían el uno al otro en el mundo y la única alternativa hubiera sido que ella se quedara en un convento en Chile.

No era la única mujer del entorno: dos muchachas de Florida habían viajado con un negro viejo que les hacía de cocinero y guardián del oro y otros se habían llevado a sus esposas. Como estas, Valeria comenzó a ganarse algo de dinero lavando y remendando la ropa a los mineros, cuidando a los enfermos y fregando platos en la taberna, donde la conoció Sandor. Con sus ojos expresivos y oscuros y el largo cabello negro, aunque prudente y callada, y casi siempre vestida de hombre, no pasaba desapercibida en un lugar poblado mayoritariamente por varones jóvenes. Protegida por su hermano y el resto de los chilenos, que tenían a los de Lorien's Bar por buenos hombres, Valeria y Sandor encontraron muchas ocasiones para conversar.

—¿Por qué los de Chile's Bar tenéis los rifles siempre cargados y preparados para disparar? —le preguntó un día Escolano a Benjamín.

—¿No sabes lo que pasó el verano pasado en San Francisco?

El otro negó con la cabeza y Benjamín le contó:

—Antes de venir aquí, mi hermana y yo vivimos en un barrio de la ciudad llamado Chilecito. Un día entró un angloamericano en el comercio de un chileno con intención de robar y de propasarse con su esposa. Hubo una riña y el tipo recibió un disparo y murió. El chileno y su esposa tuvieron que huir para librarse de la ira de los galgos.

—¿Los galgos?

—¿No has oído hablar de ellos?

Escolano volvió a negar.

—Son jóvenes angloamericanos —explicó Benjamín— y algún irlandés, muchos de ellos antiguos soldados sin dinero, que vagan por ahí, mendigan, roban y molestan con sus juergas y gritos. Tras el incidente, los galgos se convirtieron en justicieros. Confiscaron y vendieron los bienes del comerciante chileno, exigieron dinero y robaron a otros almaceneros chilenos, a quienes no dejaron de hostigar en semanas. Una noche, organizaron una terrible trifulca en la que nos atacaron a varios chilenos. —Se tocó la cicatriz—. Destruyeron carpas, robaron mercancías y violaron a alguna mujer. Algunos lo perdieron todo, quedaron en la miseria. Fue tan tremendo que el consulado de Chile organizó viajes para repatriarlos.

—¿Y nadie denunció a esos galgos?

—Los comerciantes angloamericanos crearon un comité y un cuerpo de policía para detenerlos. Pero yo no me fío. Me alegro de haber venido aquí. Entre el oro que encuentro y el trabajo de mi hermana, estamos consiguiendo más de lo que nunca hemos tenido, pero no bajo la guardia. A pesar de la buena voluntad de algunos, cada vez son más los yanquis que odian a quienes venimos de fuera para apropiarnos de las que consideran sus riquezas.

Escolano, indignado por el trato a sus compatriotas, compartió el relato con sus amigos, entre los que ya no se encontraba Darragh, esa misma noche durante la cena.

—Aquí hay paz y armonía —opinó Sandor tras escucharlo—. Todos nos saludamos cordialmente y nos juntamos en la taberna sin problemas. Eso son cosas de la ciudad. En este valle no hay galgos ni nada parecido. Ni los habrá.

Lorién no estaba del todo de acuerdo. La creciente mala costumbre de emplear motes para catalogar a unos y otros no le parecía señal de concordia.

—Dios te oiga —dijo Escolano—, pero los chilenos no piensan bajar la guardia.

—Ni yo tampoco, ahora que sé esto. —Sandor se irguió—. Si alguien se atreve a tocarle un pelo a Valeria, seré yo quien se lo cargue.

—Vaya, Sandor, lo tuyo va en serio... —bromeó Lorién con afecto—. Te has enamorado.

El joven vasco se sonrojó. Por él lo pregonaría a los cuatro vientos, pero era consciente de que tanto Escolano como Lorién sufrían por la separación de las mujeres a las que amaban y no quería darles envidia.

—Nos estamos conociendo —comentó sin más, y sus ojos se iluminaron.

Festus rellenó los vasos y alzó el suyo.

—Por un buen futuro —deseó en voz alta—. Para todos.

Los otros tres respondieron al brindis y los cuatro rieron.

A lo lejos se oyeron entonces varios disparos. Tras el susto inicial, los gritos de alegría, seguidos de más disparos, les hicieron caer en la cuenta de que era 4 de julio y los yanquis celebraban la fiesta de su independencia.

Lorién pensó que los estadounidenses que conocía en esos asentamientos mostraban el mismo orgullo y desmesura en la celebración que en la forma de dirigirse a los demás. Entendía su mensaje: eran muchos y querían más riqueza para ellos.

Deseó que lo sucedido en la ciudad no se extendiera a las montañas.

Pero, por lo poco que sabía de historia, las pequeñas señales que terminan por provocar una guerra solo se identifican cuando los cañones ya han disparado la primera bala.

Sandor se turnaba con Benjamín para acompañar a Valeria hasta Chile's Bar cuando acababa su jornada laboral en la taberna, que era ahora parte de un hotel al que el dueño le había colgado el ampuloso nombre de Empire.

Una calurosa noche de finales de agosto llegó antes de tiempo.

Ató la mula a un madero, a cierta distancia de un par de caballos, y esperó en la puerta, con el corazón palpitante por la promesa de un paseo con Valeria cogidos de la mano y el deseo de compartir algún que otro beso y planes de futuro. Creía que Valeria era la mujer más hermosa del mundo y nunca olvidaría que gracias a ella soportaba la dureza de ese entorno. Trabajaba cada día con la ilusión de un próximo encuentro. Comprendía ahora por qué el largo viaje hasta California les parecía a Lorién y Escolano, al recordarlo, que había durado lo mismo que un suspiro: el tiempo junto a la mujer amada pasaba volando.

Saludó a varios conocidos que se retiraban ya. Los últimos fueron Thayer y Darragh, con los que apenas cruzó un par de frases. Ni le apetecía, ni a Darragh se le veía muy dispuesto a entablar conversación desde que había abandonado el grupo. Su acento cada vez se asemejaba más al de Thayer; según Escolano, para que no se notase tanto que era irlandés. Los hombres tomaron sus caballos de las riendas y se marcharon a pie.

A Sandor le extrañó que Valeria tardara tanto en recoger y entonces oyó un grito y ruidos de objetos. Entró en la taberna a toda prisa y sintió que la rabia le cegaba al descubrir a un hombre que aprisionaba a Valeria sobre una mesa y trataba de levantarle las faldas del sencillo vestido que llevaba esa noche. La joven resistía la agresión con todas sus fuerzas, pero no eran suficientes.

Sandor se lanzó contra él y le pegó un empujón con el que pudo separarlo de ella. Nada acostumbrado a luchar y de constitución menos fuerte que el otro, recibió varios puñetazos que lo aturdieron. Entonces oyó un disparo y el atacante soltó un grito, se llevó la mano al abdomen y cayó al suelo. Durante un buen rato, no hubo sino silencio. Sandor permaneció tumbado en el suelo y Valeria petrificada con un rifle entre sus manos y una expresión de incredulidad en el rostro.

La puerta se abrió de golpe y entraron Thayer y Darragh. El cerebro de Sandor comenzó a funcionar. Se levantó y rápidamente le quitó el arma a Valeria, inmóvil ante el mostrador de madera donde aún quedaban botellas y vasos sucios. Fue un acto impulsivo: quería protegerla, evitar que la culpasen a ella. Pero había reaccionado demasiado tarde.

—Está muerto —masculló Thayer en cuanto comprobó el estado del hombre. Con los dientes apretados dio unos pasos hacia la muchacha—. Era James, uno de los míos.

Sandor le apuntó con el rifle.

—Ni se te ocurra acercarte a ella.

—¿O qué? ¿Me dispararás?

Sandor asintió. Lo haría. Por primera vez en su vida lo haría. Por Valeria. Su actitud debió de resultar convincente, porque Thayer levantó las manos a la altura del pecho en actitud conciliadora.

—Será mejor que nos calmemos.

—Deja que nos vayamos —suplicó Sandor. No sabía adónde ni cómo, pero sí que tenían que huir. Tenía un mal presentimiento. Ellos se habían defendido, pero un hombre había resultado muerto. Las manos le temblaban, pero debía mantenerse firme. Miró a Darragh, en busca de la complicidad de días pasados—. Por favor.

—Podríamos hacer como que no hemos visto nada —sugirió entonces Darragh.

Thayer frunció el ceño. Ojalá se hubieran ido antes de la taberna para no tener que enfrentarse a ese dilema.

—Seríamos cómplices. Seguro que hay una buena explicación para lo sucedido.

—Ha sido en defensa propia —dijo entonces Valeria, con súbita altivez—. Pretendía violarme.

—¡No! —gritó Sandor—. ¡Lo he matado yo!

—Es muy noble por tu parte cargar con su culpa, Sandor, pero hemos visto lo que hemos visto. —Thayer movió la cabeza a ambos lados un tanto apesadumbrado—. Tendremos que decir la verdad.

—A veces el silencio es necesario para que haya paz.

Los ojos de Sandor echaban chispas. Sin dejar de encañonar al estadounidense, comenzó a caminar de espaldas hacia la puerta, con lentitud, atento a cualquier movimiento de los otros. Valeria lo imitó; pegada al mostrador, como si necesitara sujetarse a algo para no perder el equilibrio, apenas se había desplazado un par de pasos cuando tumbó una escupidera con el pie. El golpe y el grito de susto de la muchacha hicieron que Sandor desviara la atención un instante, lo suficiente para que Thayer se abalanzara sobre él. En el forcejeo unas botellas del mostrador cayeron y se estrellaron contra el suelo. Por fin, Thayer le arrebató el rifle.

Justo entonces, cuando consideraron que había pasado el peligro, aparecieron otras personas por las escaleras laterales que conducían a la parte alta del hotel y por los cuatro escalones que comunicaban con el salón.

Thayer se dirigió a todos ellos en voz alta y clara, con la vista clavada en Sandor para que el joven creyera su promesa:

—Tendrá un juicio justo.

26

Thayer encerró a Valeria en uno de los dormitorios vacíos del hotel y se quedó él mismo haciendo guardia ante la puerta para que no escapara. En previsión de que los chilenos quisieran rescatarla, envió a Darragh en busca de Clifford y de refuerzos. A Sandor le permitió que se fuera; dudaba que desapareciera, pues era el único testigo que podía hablar en favor de la muchacha.

Decenas de luces de candiles y faroles alumbraron los senderos del valle durante toda la noche.

Clifford se hizo cargo enseguida de la situación, como si todavía se encontrara dando órdenes en la caravana al oeste y nadie pudiera replicarle. Mandó exponer el cuerpo del fallecido sobre tablones apoyados en barricas en el exterior del hotel, para que todo el mundo lo viera y, sin perder el tiempo, procedió a elegir a los doce hombres que conformarían el jurado, como era costumbre en el centro y el este del país, para el juicio que empezaría por la mañana en el salón del hotel. En vista de que nadie le llevaba la contraria, se autoproclamó juez.

Al amanecer, un numeroso grupo de hombres aguardaba a las puertas del hotel Empire. Estaban todos los chilenos, algunos europeos curiosos y muchos estadounidenses.

Lorién y Escolano acompañaban a Sandor, que presentaba un aspecto lamentable, pues se había pasado la noche en vela de aquí para allá, presa de los nervios y el miedo por Valeria.

Benjamín estaba fuera de sí. Insistía en ver a su hermana, pero nadie podía entrar en el edificio. Cuando Clifford listó a los miembros del jurado, que fueron entrando uno a uno al salón, protestó en voz alta:

—¡Los doce son angloamericanos! ¿Acaso no somos todos iguales en esta tierra?

Varias voces jalearon su comentario; Clifford pidió calma con un gesto.

—El incidente ha tenido lugar en suelo estadounidense...

—¿Desde cuándo California es estadounidense? —preguntó enfadado un francés llamado Hippolyte, con el que Lorién había conversado alguna vez—. Aquí todos tenemos los mismos derechos.

—California es ya prácticamente estadounidense, aunque aún no sea oficial, que no tardará mucho —argumentó Clifford—, me apostaría todo mi oro. Que os dejemos probar suerte en nuestras montañas no significa que tengáis los mismos derechos que nosotros. No perdamos el tiempo. Ha sucedido algo muy grave; uno de los nuestros ha sido asesinado y todos queremos lo mismo: seguir trabajando en un lugar donde rijan la ley y el orden.

Cuando Lorién y su grupo entraron al edificio, el salón estaba tan abarrotado que era imposible atravesar la muralla humana levantada en los escalones que lo comunicaban con la taberna. Con la excusa de que Sandor era testigo, consiguieron abrirse paso hasta un extremo. Vieron que habían preparado el escenario para que aquello pareciera serio. El jurado estaba sentado en dos bancos tapizados; efectivamente, procedían de Smith's, Missouri's, Taylor's, Mugging's y Clifford's Bar, además de The Junction y Wyandott; no había ninguno de Lorien's, Chile's o Frenchmen's Bar ni, por supuesto, de Indian's Bar.

Clifford, como juez, presidía ante una mesa con una tela hasta el suelo escoltado a un lado por Thayer y a otro por uno que tomaba notas junto al que haría de traductor. Alguien murmuró que el que escribía era un abogado del este, con el tono tranquilo de quien comparte su convicción de que así habría garantías de que aquel sería un juicio justo.

Valeria estaba sentada entre el jurado y Thayer con la cabeza gacha, aterrorizada por ser el centro de atención de tantos hombres y por la incertidumbre de lo que podía pasar.

Clifford narró los hechos y llamó primero a Sandor y luego a Thayer. Quedó claro que Sandor era el novio de Valeria, que había atacado al fallecido, que este se había defendido y que Valeria le había disparado. Lo que nadie sabía era qué había pasado en la taberna el rato en que estuvieron solos Valeria y el supuesto atacante antes de que entrara Sandor. Tras presentar a Valeria y pedirle que volviera a repetir lo sucedido para que la muchacha se relajara un poco, Clifford le lanzó varias preguntas muy concretas.

—¿Le hiciste creer al fallecido que podía tener alguna opción contigo para que diera el paso de cortejarte?

—No. Y aquello no fue un intento de cortejo. —Los ojos de Valeria se llenaron de lágrimas—. Aprovechó que el dueño salió de la taberna para mirar algo del almacén y empezó a decirme cosas sucias mientras estaba recogiendo. No le hice caso. Se puso furioso e intentó violarme.

—¿Le dijiste algo que pudiera enfadarle?

—Solo que no me insultara y que se marchara a dormir la mona.

—¿Estás segura de no haberle provocado con alguna

mirada? —insistió Clifford—. A las españolas les gustan los estadounidenses.

—Malnacido —murmuró Sandor, que tenía que hacer esfuerzos para guardar la compostura cuando lo que quería era romperle la cara a Clifford.

—Soy chilena —puntualizó Valeria—. Y a mí no me gustan los yanquis.

—Los desprecias, entonces.

Por el miedo a no expresarse bien, Valeria tembló cuando aclaró:

—Solo quiero decir que... no voy tras ellos.

—Suponiendo que lo que dices fuera cierto, ¿por qué disparaste contra él? Estaba de espaldas a ti, peleando con Sandor. Podrías haberle dado un golpe en la cabeza. —Clifford miró al jurado—. Con la culata del rifle. Con una silla... James seguiría vivo.

Lorién se percató de que varios del jurado asentían con la cabeza.

—¡Temí que matara a Sandor! —exclamó Valeria.

—O temiste que Sandor se enterara de que tonteabas con el otro. Al matarlo te quitabas un problema...

Se oyó alguna risita y Clifford pidió silencio para que la joven respondiera.

—¡Usted hace que parezca otra cosa! —chilló Valeria desesperada—. ¡Quiso aprovecharse de mí! ¡Tuve miedo de que matara a Sandor! ¡Tuve miedo y disparé! ¡Eso fue lo que pasó!

Clifford alzó el tono.

—¡Y yo digo que no podemos saber lo que realmente sucedió allí dentro, que quieres que creamos tu palabra de que no tuviste más opción que matarlo cuando no es así! Cuesta creer que entre Sandor y tú no pudierais con él si, como decís, estaba borracho y no era un hombre demasiado fornido.

—Tuve miedo —repitió ella, ahora con voz débil, suplicante.

Clifford abrió los brazos y mostró las palmas de las manos.

—La cuestión es si por algo real o imaginado. No es lo mismo. Disparaste a un hombre por la espalda. La señora del Empire —señaló a la mujer del dueño del hotel— no ha visto en tu cuerpo ninguna señal de violencia. Para mí se trata de un caso claro de una mujer a quien el desgraciado novio ha descubierto en brazos de otro. ¡Cuántas personas que nos parecen de trato amable guardan dentro de sí terribles secretos! Pero será el jurado quien determine si tengo razón o no. —Miró al público—. Si alguien tiene algo que añadir, este es el momento.

En medio de un silencio absoluto, Benjamín se adelantó a codazos y se plantó frente al jurado.

—¡Mi hermana dice la verdad! —gritó mientras señalaba a Clifford—. ¡Y este hombre retuerce las palabras!

—Entiendo que quieras defender a tu hermana... —dijo el aludido con fingida comprensión.

Sandor, enfurecido, se sumó a la protesta:

—¡Valeria me salvó la vida, maldito hijo de perra!

En medio de un silencio ominoso, en el que solo se oía la respiración angustiada de Sandor, Clifford respiró hondo para encajar el insulto.

—Ya has tenido ocasión de hablar y ha quedado claro tu punto de vista de los hechos. —Se dirigió una vez más al público—. Si alguien que no sea de la familia puede aportar algo relevante... —Esperó unos segundos en los que solo se oyó el zumbido de alguna mosca—. ¿Nadie? Bien. Salgamos, pues, para que el jurado pueda deliberar.

—¿Qué le puede pasar? —Sin dejar de ir y venir a pocos pasos de la puerta de la taberna, Sandor, desesperado, con las manos cruzadas como si rezara, repetía una y otra vez la misma pregunta a sus amigos, que no sabían qué decirle para consolarlo, aunque no esperaba respuestas, porque él ya sopesaba todas las opciones—. ¿Qué es *lo peor* que puede pasarle? ¿Que le afeiten la cabeza? —Ese hermoso cabello negro como una noche sin estrellas volvería a crecer—. ¿Que la azoten? —Pensaba en el látigo sobre la tierna espalda de Valeria y enloquecía—. ¿Que la expulsen de aquí? —¡Se iría con ella, sin dudarlo!

—¿Te has fijado? —le susurró Escolano a Lorién con un gesto en dirección a los curiosos que habían seguido el juicio y que ahora esperaban el veredicto—. Se han agrupado por nacionalidades y se miran con hostilidad.

Lorién asintió.

—Me resulta frustrante no poder hacer nada por Valeria. Odio ver sufrir así a Sandor.

—Sea cual sea la sentencia, esto no quedará así. Aunque los chilenos están muy callados, estoy seguro de que rumian algún tipo de venganza. Y yo los apoyaré.

Thayer apareció entonces por la puerta y dio instrucciones a varios hombres para que se apostaran ante la multitud con los rifles preparados en señal de que no se toleraría ninguna reacción violenta al resultado de la deliberación. Clifford salió de la taberna con un papel en la mano, seguido de los miembros del jurado, que se situaron uno al lado del otro tras él. Carraspeó y con voz alta, clara y firme anunció:

—El jurado ha declarado a la muchacha culpable de asesinato. Será ahorcada inmediatamente.

Los chilenos, con Benjamín al frente, estallaron en gritos de indignación y profirieron insultos y amenazas contra los americanos.

Sandor se abalanzó contra los hombres armados con intención de atacar a Clifford, pero lo único que consiguió fue que lo golpearan con las culatas en la cabeza y el estómago. Cegado por la ira, no sentía el dolor físico; su mente rechazaba que Valeria fuera ejecutada.

Inspirados por el joven, chilenos y franceses comenzaron a juntarse para derribar la valla humana, a la que solo lograron desplazar un par de pasos. Clifford y los jueces se escondieron en la taberna, pero entonces, nuevos angloamericanos acudieron con sus rifles y se oyeron un par de disparos que detuvieron el movimiento. Los chilenos y franceses se dieron cuenta de que los rodeaban demasiados hombres armados y de que, si persistían en su actitud, aquello se convertiría en una carnicería.

—¡La ley es la ley y debe cumplirse! —gritó uno de los secuaces de Clifford—. ¡Por el bien de todos! ¡En este país los ciudadanos tienen derecho a un juicio justo! ¡Y este lo ha sido! ¡Quienes cuestionan la ley no son bienvenidos aquí! ¿En qué bando queréis estar? ¡Sois libres de decidir, pero tendréis que ateneros a las consecuencias!

Sus últimas palabras llegaron acompañadas del sonido del amartillado de decenas de rifles.

—¡Esta es nuestra tierra! ¡Los de fuera no deberíais ni atreveros a molestarnos! —rugió otro, envalentonado.

—¡Americanos siempre! —añadió un tercero—. ¡Fuera los invasores de nuestro territorio!

Conscientes de que ante una contienda llevarían las de perder, varios chilenos y franceses comenzaron a alejarse. Los más cercanos a Benjamín y Sandor abandonaron su actitud beligerante, pero se quedaron con ellos para acompañarlos en el horror que todavía tenían por delante.

Lorién percibió que el tiempo no discurría. Pasaban lentos los minutos, como si se resistieran a deslizarse por la esfera del reloj, como si se negasen a conformar una hora y luego otra. Sentía ira y frustración por no poder hacer nada, ni siquiera consolar a Sandor, que parecía un perro rabioso. Recordó las palabras de Escolano y se dijo que él también quería venganza, por su amigo, por la situación irracional que estaban viviendo, por la injusticia cometida contra Valeria.

Sacaron por fin a la joven del edificio maniatada y escoltada por hombres armados. Thayer consintió que Sandor y Benjamín se situaran a su lado y la tomaran de los brazos para ayudarla a caminar, pues ella, con expresión de desconcierto, apenas si movía los pies, como si le hubieran atado gruesas cadenas.

Tardaron una hora en llegar al último recodo sur del río Feather, donde sería la ejecución. El año anterior habían ahorcado allí a uno que había asesinado a otro para robarle el oro y a Clifford le pareció bien la sugerencia de Thayer de que el lugar no estuviera cerca de los campamentos para evitar que el momento final de la vida de una persona se convirtiera en un espectáculo. Unos hombres ya habían colgado una soga de una recia rama de un fresno y habían dispuesto un pequeño patíbulo.

De repente, Valeria se dio por fin cuenta de lo que iba a suceder. Trató de huir, pero varios hombres la sujetaron con fuerza mientras otros apuntaban con sus armas a Sandor y Benjamín para que no hicieran nada. La muchacha gritó que no quería morir y se retorció para liberarse; fue en vano. Comenzó a llorar, en silencio, resignada. Miró entonces a Sandor con infinito cariño, rogó que le dejaran acercarse y apoyó durante unos instantes la frente en su mejilla. Benjamín, que no dejaba de sollozar, se aproximó también y ella le susurró unas palabras al oído.

—Mi hermana pide que no le coloquen el capuchón —dijo él—. Y que le permitan rezar un momento.

Valeria cerró los ojos y murmuró una breve oración.

Luego, con ayuda de Darragh, que miraba nervioso a su alrededor, como extrañado de formar parte de esa escena insoportable, ascendió los tres inestables peldaños al enclenque tablado, donde Thayer, con los labios apretados y expresión de aflicción, le ajustó el extremo de la soga al cuello y le amarró las faldas con una cuerda para que no se le vieran las piernas una vez ahorcada.

En cuanto Thayer bajó, Clifford indicó con un gesto a un par de hombres provistos de mazos que golpearan los soportes del cadalso. Este se vino abajo y el cuerpo de Valeria se movió en el aire como un conejo antes de recibir el golpe fatal en la nuca.

Lorién se situó junto a Sandor, que tenía los puños apretados y respiraba con tal agitación que emitía rugidos. El joven alegre y pacífico que él conocía era ahora un hombre con el rostro desfigurado por un dolor insoportable.

Sandor aguantó la mirada sobre el cuerpo de su amada hasta que el balanceo apenas fue perceptible y entonces se encaró con Thayer:

—Pagarás por esto, maldito cabrón —gruñó.

Thayer, sin un ápice de arrogancia, a juicio de Lorién, incluso incómodo por la brutalidad de la que había formado parte, le respondió con la mirada baja:

—Por vuestro bien, dejad las cosas así. Dadle cristiana sepultura y rezad por el descanso eterno de su alma. Más no se puede hacer ya.

27

Una falsa calma pareció apoderarse de las laderas de las montañas tras la ejecución y entierro de Valeria. Bajo el sol inclemente de finales de agosto de 1850, los mineros de los diferentes campamentos trabajaban en sus zonas estacadas sin relacionarse los unos con los otros. Se hablaba en susurros. Los chilenos rumiaban su venganza, pero, prudentes, esperaban instrucciones para actuar.

Sandor y Benjamín hicieron oídos sordos al consejo de Thayer. Decidieron viajar a Sacramento, la ciudad más cercana e importante, que había surgido alrededor del Fuerte Sutter, para reclamar justicia a las autoridades locales por lo sucedido con Valeria. Los acompañaron como testigos Escolano y el francés llamado Hippolyte, que detestaba los malos modos empleados contra todos los que no eran yanquis.

Regresaron dos semanas después, a mediados de septiembre, con las manos vacías y bajos de moral. Sacramento había sufrido una terrible epidemia de cólera que había terminado con la vida de más de mil personas, por lo que habían tenido que esperar para ser escuchados por un asunto considerado menor; y, lo peor, no habían conseguido la orden judicial para detener a los culpables.

—Pero tenemos una copia de la de Stockton... —dijo Hippolyte en voz baja en la cabaña del grupo de Lorién, donde se habían reunido para comentar la situación y planear la venganza—. Propongo redactar una orden igual con los nombres de los de aquí. ¿Quién se va a dar cuenta? ¡No podemos quedarnos de brazos cruzados!

A Lorién le caía bien Hippolyte, en parte porque le recordaba al fallecido Baptiste en su forma de hablar pausada y en su aspecto físico. Aunque menos alto y voluminoso, su rostro y su mentón eran cuadrados y su nariz, bulbosa. La diferencia más notable, no obstante, radicaba en que Hippolyte era un hombre lanzado y luchador. Su propuesta era muy arriesgada. El año anterior, el juez de la población de Stockton, a cuarenta y ocho millas al sur de Sacramento, había dado la razón a unos mineros chilenos por los abusos que sufrían en los yacimientos del río Calaveras y les había firmado una orden que les permitía el arresto de quienes habían querido expulsarlos de la zona. La detención nunca se produjo, porque los residentes de Calaveras no reconocieron la autoridad de los de Stockton, y los enfrentamientos entre extranjeros y yanquis continuaron hasta que estos detuvieron y ajusticiaron a los cabecillas chilenos. Lorién dudaba que Clifford, aceptado como juez de la zona, se creyera el engaño.

—Un papel sin sello oficial... —negó con la cabeza.

Sandor, entusiasmado, le interrumpió:

—¡Es una gran idea! No importa si el documento es real o no. Los nuestros nos creerán y pasarán la voz.

—Pero ante un jurado, se desmontaría la artimaña —objetó Lorién.

Sandor lo miró fijamente a los ojos, como si estuviera cuestionando tanto su valentía como su lealtad.

—Juzgaremos a Clifford y Thayer como ellos a Valeria. —Una mueca irónica se dibujó en su rostro—. Tendrán un juicio justo.

Lorién buscó el apoyo de Escolano, pero este, con el

ceño fruncido, parecía sopesar la idea. Se dio cuenta de que su prudencia no sería bien recibida por sus amigos y no pudo evitar acordarse de Baptiste, a quien había acusado de pusilánime por no haberse defendido de los golpes que le propinaba Miguel. Como consecuencia de aquello, él estaba ahora en el otro extremo del mundo, empujado a tomar parte en una batalla que, si era honesto consigo mismo, consideraba justa. Decidió, pues, abandonar sus objeciones y sumarse a la lucha.

—Los mismos que juzgaron a Valeria, a las órdenes de Clifford —argumentó en voz alta—, se reúnen para redactar leyes que solo defienden sus derechos como ciudadanos americanos. No dejarán de imponer restricciones a la presencia de extranjeros, porque cada día llegan más. Ahora nos obligan a los mineros que consideran de fuera a pagar un impuesto mensual de veinte dólares, pero ellos están exentos. ¿Qué será lo siguiente? ¿Devolvernos a casa? Tenemos que pararles los pies. Como sea. Ellos son tan nuevos en esta tierra como nosotros. Tenemos los mismos derechos. Contad conmigo: os apoyaré en lo que decidáis.

Como si hubiera estado esperando las palabras de Lorién, Escolano preparó sus útiles de escritura, dispuesto a redactar el falso texto, y Sandor, aunque amargamente, sonrió por primera vez en mucho tiempo.

En el asiento junto a la ventana, desde donde solía escuchar en silencio, Festus dejó escapar un sonoro suspiro.

—¿Qué te pasa? —le preguntó Lorién.

—Nadie me ha preguntado mi opinión. Casi mejor. Mi respuesta no os habría gustado.

Alertado por el inusual tono irónico de su amigo y avergonzado por haberlo excluido de la conversación, Lorién fue franco:

—Tienes razón. Y ahora estoy intrigado.

Festus miró uno por uno a los demás, que habían centrado su atención en él:

—Soy el único norteamericano en esta cabaña, porque he nacido y vivido en Norteamérica. Si no fuera por el color de mi piel, tal vez estaría ahora en uno de los campamentos yanquis protestando por la invasión de los mineros extranjeros. De vosotros. —Fijó su mirada en Lorién—. He aprendido mucho desde que me rescataste. Te estaré siempre agradecido, también por permitirme ser libre para trabajar y ahorrar mi propio dinero. Pero os escucho y me siento triste. En este reino de oro ni soy una amenaza para unos ni un aliado para otros. Soy invisible. Tan insignificante y despreciable como un indio maidu, la tribu que ha vivido durante siglos en estas montañas, la verdadera propietaria de las tierras que ahora todos queréis. Y por la que correrá sangre.

Un profundo silencio siguió a sus palabras.

Lorién se le acercó y le apoyó la mano en el hombro.

—Eres uno de los nuestros. Te pido disculpas. —Los demás profirieron palabras de conformidad—. ¿Qué opinas de nuestra lucha?

Festus mostró las palmas, como si la respuesta fuera obvia.

—Tú lo has dicho... Todos tenemos los mismos derechos.

Al día siguiente, la noticia de que había un requerimiento judicial para arrestar a Clifford y Thayer por el ahorcamiento de Valeria corrió por los campamentos de los extranjeros cercanos a Rich Bar junto con la orden secreta de que se presentaran al atardecer en el de esos yanquis.

Casi un centenar de chilenos y franceses armados aprovecharon el momento en el que los mineros se cambiaban de ropa después de la jornada laboral y preparaban la cena para desplazarse por las laderas de pinos y abetos hasta Clifford's Bar, formado por una cabaña y varias tiendas de lona. Rodearon el campamento y sorprendieron a los yanquis, que, desarmados, fueron agrupados ante la cabaña.

Escolano le entregó el documento a Clifford, que lo leyó con el ceño fruncido. Cuando acabó, se lo pasó a Thayer:

—Esto es inaudito, insensato e injusto. Una orden de arresto emitida por autoridades americanas y puesta en manos de chilenos y franceses para que arresten a ciudadanos americanos. No le doy ninguna validez. Y menos ahora, cuando California se convertirá cualquier día en un nuevo estado de los Estados Unidos... —El murmullo que surgió entre los chilenos le hizo comprender que no se lo creían. Peor para ellos. Rompió el documento en pedazos y los tiró al suelo—. ¿A quién en su sano juicio se le puede ocurrir investir con poder legal a extranjeros? Es muy sencillo: nosotros haremos las leyes y vosotros las obedeceréis y, si no, ya sabéis, os echaremos de aquí.

Benjamín se le encaró:

—¡Ni tú nos echarás ni nosotros nos iremos! De momento, te vienes con nosotros.

Tiró de su brazo para obligarlo a caminar y su decisión animó a los demás, que, a punta de rifle, continuaron la fila con Thayer, Darragh y algunos de los doce que habían formado parte del jurado. Un grupo se quedó vigilando para asegurarse de que los norteamericanos no tomaban sus armas y salían tras ellos.

Lorién caminó cerca de Thayer y Darragh durante la media hora del trayecto. No intercambiaron ni una palabra hasta que llegaron casi de noche a Chile's Bar. Lorién se sentía inquieto, porque, aunque habían conseguido arrestar a esos hombres, se temía que no habían calibrado bien las consecuencias, y más si fuera cierta la noticia de que aquella tierra ya era estadounidense por ley.

Thayer se volvió hacia él en la puerta de la tienda de lona donde retendrían a los prisioneros hasta decidir qué hacer con ellos.

—Estás en el bando equivocado. Nada te une a estos.

—Sandor es mi amigo y Valeria no merecía morir —repuso Lorién—. Son suficientes razones, pero hay más. Tú y yo llegamos a la vez, en las mismas condiciones, a un lugar que no era el nuestro de nacimiento. ¿Qué te otorga el poder para decidir sobre mí? —Alzó la mano para evitar que lo interrumpiera—. No me hables de la ley. Son los hombres quienes hacen las leyes para poder convivir en paz. Si no cumplen esta función, no me sirven.

—Te tenía por alguien juicioso, a pesar de tu osadía al pretender a alguien como Cynthia...

A Lorién no le gustó escuchar el nombre de ella de sus labios ni el menosprecio del comentario, pero no le dio tiempo a responderle, porque entonces se acercó Benjamín, que se dirigió directamente a Thayer.

—¡Tú le pusiste la soga al cuello a mi hermana! —le gritó, mientras lo empujaba al interior de la tienda.

Lorién se extrañó del súbito gesto de dolor en el rostro de Thayer y del rápido movimiento de la mano que Benjamín ocultó a su espalda antes de desaparecer en la incipiente oscuridad. No le había parecido que el empellón hubiera sido tan fuerte y Thayer era un hombre corpulento. Al comprobar que la tienda quedaba bien custodiada por varios vigilantes, se dirigió hasta la cabaña del chileno, donde se juntó con los demás.

—Y ahora, ¿qué? —preguntó en voz alta lo que suponía que todos estaban pensando.

—Los juzgaremos aquí mismo —sugirió Sandor—. ¡Mañana! ¡Con los jueces que elijamos!

—Nos arriesgamos demasiado —dijo Escolano—. Las cosas han cambiado. Si California es estado, regirán las leyes estadounidenses.

—¡Pues los llevaremos a Sacramento y los entregaremos a las autoridades!

Hippolyte movió la cabeza a ambos lados con preocupación.

—Quizá sea lo más sensato, pero me temo que no servirá de nada. De momento, los retendremos aquí.

—¡Quiero verlos colgando de un árbol! —insistió Sandor—. ¡Como hicieron con Valeria!

—¿Acaso crees que los yanquis lo consentirían? —preguntó Lorién.

—Somos muchos. Hoy los hemos sometido.

—Pero ellos son más.

Lorién se percató de que Benjamín no opinaba, como si ya le diera igual lo que hicieran con los detenidos. Se fijó entonces en que tenía restos de sangre en el puño de la camisa y un destello de comprensión se abrió paso en su mente. Confirmó su sospecha al instante, cuando entró un hombre en la cabaña.

—El tal Thayer se está desangrando —les dijo, nervioso.

Lorién se enfrentó entonces a Benjamín.

—¡Has sido tú! ¡Te has tomado la justicia por tu mano!

—¿Qué estáis diciendo? —preguntó Sandor.

—Al empujarlo para entrar en la tienda, Benjamín lo ha herido, no sé cómo —explicó Lorién—. Estaba oscuro, pero me ha parecido que pasaba algo raro.

—¡Que se pudra en el infierno! —gritó el chileno.

Sandor, que tan beligerante se había mostrado, agachó la cabeza. Él era el primero que ansiaba venganza, pero no así.

—No somos asesinos —murmuró desolado.

Lorién salió de la cabaña y corrió hasta la tienda de los prisioneros, iluminada tenuemente por un par de candiles. Vio a Thayer en el suelo y a Darragh que le presionaba la herida. Se arrodilló junto a ambos rezando para que el hombre no muriera. La sangre en el suelo, en la camisa, en la tela que alguien apretaba contra la herida le trajo recuerdos del accidente de su primo hacía una eternidad. No volvería a pagar por una muerte de la que él no era responsable. No volvería a huir.

—¿Qué habéis hecho? —le preguntó Darragh en voz baja—. Esto no tiene sentido. Por la amistad que una vez tuvimos, haz que nos suelten.

—No depende solo de mí —le susurró Lorién—, pero haré lo posible.

—Yo no debería estar aquí.

—Yo tampoco.

—Tiene que verlo un médico —aseveró Hippolyte, que se había situado junto a ellos.

Lorién asintió. Tal vez mover a Thayer no fuera una buena opción, pero era la más rápida y sensata. No podían bajar a Rich Bar y convencer al médico de que los acompañase a Chile's Bar, donde los extranjeros retenían a un grupo de estadounidenses. Pidió que le trajeran una mula y entre Hippolyte y él cargaron sobre ella a Thayer, que apenas estaba consciente.

—¿Quién te ha dado permiso para llevarte a un prisionero? —le preguntó de malas maneras Benjamín, que había acudido con Escolano y Sandor. Un simple gesto bastó para que los mismos que habían ayudado a montar a Thayer apuntaran ahora con sus rifles a Lorién—. ¿Quién da las órdenes aquí?

Lorién enderezó la espalda y le respondió con voz firme:

—Hasta ahora hemos debatido las decisiones. Has sido tú quien ha actuado por su cuenta. Voy a llevar a Thayer a Rich Bar para que lo vea un médico. Tendrás que matarme para impedirlo.

—A mí también —dijo Hippolyte, que sujetaba al herido por la cintura.

Con el corazón palpitante de miedo, Lorién lanzó una mirada de agradecimiento al francés, se giró, tomó la rienda del animal con una mano y un candil del suelo con la otra y echó a andar hacia la oscuridad. Contó cien pasos y dejó escapar un suspiro de alivio.

De momento, Thayer y él seguían vivos.

28

—

Rich Bar no había dejado de crecer día tras día. Solo en verano, la población se había triplicado. Los rumores de que allí había minas de gran riqueza habían atraído a buscadores de oro de Nelson's Creek, en la bifurcación del medio de las tres del río Plumas o Feather. En la calle principal habían aumentado los chamizos individuales de los viajeros solitarios que habían llegado apenas con lo puesto: un par de mantas, una sartén, algo de harina, cerdo salado y brandi, y una piqueta y una pala.

Lorién condujo la mula ante la mirada curiosa de hombres agrupados que a esas horas ya debían de saber lo sucedido en Clifford's Bar, pero que, no obstante, no trataron de detenerlos, quizá por la imagen lamentable que ofrecían. Se alegró de ver luz por la ventana de la cabaña donde atendía un cirujano de Guatemala. Ató la mula a un madero y llamó a la puerta mientras Hippolyte seguía aferrando a Thayer para que no cayera del animal.

El médico no perdió el tiempo con preguntas inútiles. Mientras Lorién e Hippolyte traían y tumbaban al herido sobre una mesa de madera vacía de las dos que había en la cabaña y le quitaban la camisa, él vertió en una palangana agua caliente de una olla que colgaba sobre el fuego y vinagre en otra, en la que introdujo un paño limpio de lino. Se lavó las manos en el agua caliente y lavó la herida con el paño.

Lorién admiró el cuidado y la concentración con los que el hombre estudiaba y palpaba a Thayer. En las minas morían muchos por accidentes, fracturas que terminaban infectadas o en amputaciones, pulmonías y cólicos misereres; pero también se curaban afecciones menores gracias a los dos médicos que se habían establecido en Rich Bar, una de las ventajas de que la población fuera creciendo.

—Ha perdido mucha sangre, pero ha tenido suerte —informó el doctor, mientras preparaba aguja e hilo—. Es una herida limpia, no hay ningún órgano vital dañado. Lo importante ahora es que no le suba la fiebre y que descanse todo lo que pueda en un entorno limpio.

—¿Puede quedarse aquí? —Lorién no sabía qué hacer con él. A esas horas, y con lo débil que estaba, no convenía trasladarlo a su zona del río, el único sitio que le parecía seguro.

El hombre se encogió de hombros. Allí no había ni un camastro, solo las mesas y un pequeño armario con libros y utensilios.

—Mientras no traigan a nadie más... Pero no es lo más cómodo para él.

Lorién le dio la razón para sí. Esperó a que el médico suturara el corte. Luego le pagó por la atención y lo que le entregó: un frasquito con láudano, vendas limpias y un ungüento para aplicar sobre la herida.

—Llevémoslo al hotel —le dijo a Hippolyte.

El Empire estaba muy cerca, al otro lado de la calle. Se pasaron cada uno un brazo del herido por los hombros y caminaron con cuidado hasta el edificio. Cruzaron la vacía taberna, subieron los escalones hasta la planta superior y siguieron al dueño por un estrecho pasillo de paredes enteladas hasta uno de los cuartos. No era muy grande, pero parecía agradable. Había una cama, una mesa, cortinas de color carmesí en la ventana y una estera de paja en el suelo. Tumbaron con cuidado a Thayer, que gimió de dolor, y le pidieron al dueño algo de caldo y comida, pues tendrían que pasar la noche allí. El hombre aceptó todas sus peticiones con la única condición de que el pago fuera por adelantado.

Se despertaron al amanecer por el ruido de disparos y gritos.

Lorién se levantó del suelo y corrió a asomarse a la ventana. Decenas de americanos subían por la calle animando a otros a que abandonaran ese día las herramientas de trabajo y tomaran sus rifles para liberar a los retenidos en Chile's Bar. El lugar de encuentro era precisamente el hotel Empire, a cuya puerta se fueron congregando más y más hombres.

—Tenemos que advertirles —murmuró, preocupado por Sandor y Escolano. Había sido un tremendo error capturar a Clifford y sus hombres. La única solución que se le ocurría era que liberaran a los rehenes cuanto antes, aunque dudaba que el gesto aplacara los ánimos—. Quédate con Thayer y no te muevas de aquí hasta que te avise.

—Es peligroso, Lorién —dijo Hippolyte—. Iré contigo. —Señaló a Thayer, que los escuchaba somnoliento—. Está tranquilo.

Lorién negó con la cabeza.

—Pasaré más desapercibido si voy solo. Asegúrate de que Thayer come y descansa. Si muere, nuestra situación será peor todavía. Cualquier cosa, avisa al médico.

Hippolyte le palmeó el hombro.

—Ten mucho cuidado. Ojalá no hubiéramos llegado hasta este punto. Ojalá vuelva la sensatez.

Lorién movió la cabeza a ambos lados, escéptico. Una vez en marcha la rueda de la venganza, resultaba difícil detenerla, porque la satisfacción de uno se convertía en nuevo agravio para otro y el orgullo de ambos mantenía el dedo fijo en el gatillo de la irracionalidad.

Logró que el dueño del hotel le permitiera salir por la puerta de la cocina. Caminó por la espalda del edificio y de otras cabañas hasta una parte solitaria, cruzó la calle y llegó sin llamar la atención hasta la casa del médico, donde seguía la mula desde la noche anterior. Los norteamericanos estaban tan enfrascados en sus soflamas contra los extranjeros que no prestaron atención a un hombre que guiaba con calma su mula hasta el río y la dejaba beber y pastar unos minutos.

Arribó sin problemas a Chile's Bar, donde reinaba el silencio. Uno de los hombres que hacían guardia le dio el alto y, al reconocerlo, lo acompañó hasta la cabaña de Benjamín. Dio unos golpes en la puerta y enseguida le abrió este, con cara de haber dormido poco. A pesar del enfrentamiento hacía unas horas por el asunto de Thayer, le franqueó el paso a la par que indicaba al acompañante que esperase fuera. Sentados a la mesa, Sandor y Escolano tomaban café.

Lorién aceptó una taza y les puso rápidamente al día de los acontecimientos.

—Hay que liberar a los presos ya —concluyó—. Estoy seguro de que Clifford sabrá calmar la sed de sangre. Nos interesa a todos, si queremos seguir viviendo en paz.

—¿A qué paz te refieres? —preguntó Benjamín—. No pararán de provocarnos hasta que nos vayamos.

—Por ahora, resolvamos esto. Además, entre los prisioneros está Darragh. Es nuestro amigo —les recordó—, ni siquiera es yanqui.

—Pues vaya amigo, que se va con el enemigo. —Benjamín soltó un bufido—. Mis hombres están dispuestos a pelear. Vosotros haced lo que queráis. —Retó con la mirada a Sandor, que agachó la cabeza—. Los chilenos vengaremos la muerte de Valeria.

—No los has visto, Benjamín —insistió Lorién—. Son muchos más que nosotros. No tenemos nada que hacer. Por las malas, lo único que lograrás es que mueran hombres. —Se puso en pie—. Hablemos con Clifford. Nos quedamos sin tiempo.

Entonces Benjamín gritó un nombre y el que había acompañado a Lorién irrumpió en la cabaña apuntando con el rifle.

—Aquí mando yo —dijo el hermano de Valeria—. No somos cobardes y no nos rendiremos. Si quieren pelear, pelearemos. —Miró a Escolano y añadió, con cierto desprecio—: ¿Vienes con los tuyos o te quedas con los europeos?

—No pienso matar hombres por una tierra que ni siquiera siento mía —respondió Escolano—. Intentamos el camino de la justicia y no ha salido bien. Hay que saber reconocer la derrota.

—¡Cobardes! —masculló Benjamín antes de ajustarse la canana a la cintura y coger su rifle; indicó al otro chileno que lo siguiera y ambos se fueron.

Tras unos minutos de silencio, Lorién se asomó al exterior. A lo lejos se oían gritos. Los estadounidenses estaban en camino. No tardarían en llegar. Se repitió que había hecho lo que había podido para evitar un enfrentamiento. Pero no se sentía satisfecho.

Chilenos y franceses tenían razón en sus quejas contra los yanquis. Él no pertenecía a ningún bando. Hasta los insultos lo dejaban fuera: no era ni *greaser* ni *keskydee* —como llamaban a los franceses por la frase *qu'est-ce que tu dis,* pronunciada *quesque tu di,* que tanto repetían cuando no entendían nada—. Solo era un joven nacido en la otra punta del mundo que, por circunstancias, se encontraba allí haciendo dinero para continuar luego su camino fuera de ese valle endemoniado por las rencillas y la avaricia. No sentía la necesidad de saciar su sed de venganza. No pondría su vida en peligro cuando lo que quería era vivir para juntarse de nuevo con Cynthia.

Echó a andar hacia Lorien's Bar, seguido de Sandor y Escolano. Por el camino, repararon en que no había nadie por el río, los arroyos o los barrancos. Había cesado la febril actividad de otros días; la búsqueda del oro había sido reemplazada por la de la sangre. Y quienes no querían tener nada que ver con eso se refugiaron en sus cabañas hasta que escampase.

Festus mostró su alivio por su regreso, pero se contagió del ánimo sombrío de sus amigos y no los atosigó a preguntas. Los cuatro permanecieron alerta a la espera del inicio de la contienda, que no se demoró.

El ruido de los disparos retumbó durante un par de horas entre las montañas; cuando los rifles callaron, no llegó el silencio. Los gritos eufóricos de los hombres y el sonido de cascos de caballos sobre la tierra se acercaron a Lorien's Bar.

—¡Escóndete! —le pidió Lorién a Festus. Lo acababa de asaltar una terrible corazonada—. Tú no has intervenido en este asunto, pero no creo que vengan con intención de dialogar.

—Soy fuerte. No dejaré que te hagan nada.

—Gracias, amigo. Pero alguien tiene que cuidar de nuestras cosas.

Festus cogió el macuto donde guardaban el oro y el dinero, y un rifle, y salió de la cabaña en dirección al bosque.

—¡Aquí están las ratas! —gritó alguien al poco—. ¡Escondidas en su guarida!

A los insultos siguieron golpes por las cuatro paredes de la cabaña hasta que Lorién abrió la puerta y se encontró a Clifford. Estaba sudoroso y ojeroso y esbozó una sonrisa forzada de triunfo que no secundaron sus ojos cuando miró al español, a quien conocía bien del viaje al oeste y tenía por buena persona.

—Estáis detenidos —anunció en voz alta.

Varios hombres maniataron a Lorién, Sandor y Escolano, los sacaron a empujones de la cabaña y los obligaron a punta de rifle a enfilar hacia Rich Bar.

Clifford caminó un rato junto a Lorién y le informó en voz baja:

—Aunque hoy no habéis participado, muchos os vieron cuando me entregasteis la falsa orden. Los hombres están muy alterados. Quieren justicia. Arriesgaste tu vida por Thayer. Espero que eso te ayude en el juicio.

—¿Qué ha pasado hoy?

—Han muerto cinco de los nuestros y otros tantos chilenos.

Los llevaron al hotel Empire, a cuyas puertas se habían agrupado los estadounidenses, con los sombreros en la mano en señal de respeto, ante los cinco cuerpos que habían colocado sobre tablas anchas apoyadas en barricas. Clifford los hizo pasar ante ellos y Lorién soltó una exclamación de sorpresa y lástima.

Uno de los fallecidos era Darragh.

De alguna manera, Lorién se sintió responsable de su muerte. Los ojos se le llenaron de lágrimas. Si no hubiera participado en la decisión de secuestrar a Clifford y sus hombres, el irlandés seguiría vivo. A su mente vinieron imágenes de la primera vez que lo había visto, en el funeral por su hermano en el barco. Sin saber por qué, pensó en la madre del fallecido, al otro lado del mundo, ignorante de que había perdido dos hijos en poco tiempo. No sabía cuándo se enteraría, o si lo sabría siquiera algún día. Recordó también con afecto la paciencia con la que el pelirrojo le había enseñado a montar a caballo. Murmuró una breve oración por el alma del joven.

A su lado, Sandor soltó un sollozo.

Trajeron entonces a Hippolyte y a empellones metieron a los cuatro en un cobertizo de no más de diez por ocho pies en el que apenas cabían erguidos. Se sentaron en el suelo y permanecieron en silencio un largo rato. Pasó el mediodía y el dueño del hotel les llevó algo de pan con cerdo ahumado y agua. Allí dentro hacía un calor insoportable. Transcurrieron las horas sin novedad y, al atardecer, el hombre regresó con unos cuencos de judías y más agua.

—¿Qué ha pasado con Benjamín? —le preguntó Sandor. A pesar de sus malas decisiones, deseaba que no fuera uno de los fallecidos de la parte de los chilenos.

—Mañana será el juicio —respondió el hombre con una mezcla de rencor y lástima—. Vosotros os lo habéis buscado.

29

El juicio discurrió en términos parecidos al de Valeria, aunque Clifford designó un jurado diferente para que nadie pudiera acusarlo de prejuicioso, ya que él mismo y varios miembros del anterior jurado habían sido los secuestrados. Se expusieron los hechos, declararon los testigos y se dictó una sentencia ejemplar que se iría cumpliendo en cinco días: un cabecilla castigado cada atardecer por cada uno de los estadounidenses fallecidos.

A Benjamín se le impuso la pena capital por intentar asesinar a Thayer y haberse negado a liberar a los prisioneros, una decisión que habría evitado muchas muertes, según los testigos chilenos que cargaron todas las culpas sobre él y los europeos para salvar el pellejo. Acompañado por los otros detenidos para aumentar la angustia de estos, pues ninguno conocía su sentencia, lo condujeron al mismo lugar junto al río Feather en el que habían ejecutado a su hermana.

—De su mente y su deseo de venganza salió este plan para atacarnos —dijo Clifford en voz alta, mientras le colocaban la soga al cuello—. Justo es que pague con su vida el querer acabar con las nuestras.

El segundo día le tocó el turno a Sandor. Lo ataron a un poste y Clifford dijo:

—Estuvo de acuerdo con el plan inicial de Benjamín,

aunque luego no empuñó ningún arma contra nosotros. Justo es que aprenda la lección para que otra vez se lo piense mejor antes de tomar decisiones equivocadas.

Le propinaron veinticinco latigazos y lo dejaron tirado, en un charco de sangre, con la espalda destrozada, para que alguien se hiciera cargo de él.

El tercer día, Hippolyte recibió otros tantos latigazos tras las mismas palabras que Clifford había dedicado a Sandor, a las que añadió la coletilla de haber azuzado a los franceses contra los estadounidenses.

El cuarto día le tocó el turno a Escolano, pero no lo ataron a un poste, sino que lo obligaron a ponerse de rodillas.

Cuando Lorién vio que un hombre armado con una pequeña hacha se acercaba a su amigo, temió lo peor y gritó con todas sus fuerzas en un intento vano de acabar con aquello.

—¡Tranquilo! —le dijo uno de sus vigilantes con una sonrisa desagradable—. ¡Solo le van a cortar una oreja!

Lorién sintió ganas de vomitar. Por sus amigos, por él, por la locura que se había apoderado de ese lugar. Estaban imitando los ajusticiamientos de Calaveras: ejecuciones, latigazos y amputaciones de orejas. Para su espanto, trajeron entonces un tronco sobre el que colocaron el brazo de Escolano. No se podía creer la salvajada que estaba a punto de suceder.

Clifford sentenció:

—De su mano salió la falsa orden judicial que provocó este caos y terminó con la vida de cinco de los nuestros. Justo es que la pierda.

Escolano se revolvió con todas sus fuerzas mientras gritaba, lloraba y suplicaba:

—¡La mano, no! ¡Por el amor de Dios! ¡Soy pianista!

Hicieron falta tres hombres para sujetarlo.

Lorién aprovechó el momento de distracción para soltarse de sus vigilantes y echar a correr hacia su amigo. No podían hacerle eso a Escolano, se repetía mentalmente, enloquecido. Era peor que matarlo. Escolano les había alegrado más de una velada durante la caravana. Escolano los había entretenido con su música muchos sábados en la taberna. No podía perder una mano. Era de una crueldad insoportable.

Se plantó ante Clifford y, fuera de sí, le rogó que detuviera esa atrocidad, pero el yanqui se mantuvo inflexible:

—Lo decidido es ley —repitió varias veces, como si así pudiera convencerlo y calmarlo.

Lorién se abalanzó sobre él y lo golpeó con todas sus fuerzas. Por primera vez en su vida sintió deseos de matar a un hombre. No podía consentir que hiriera de muerte a su amigo; aquello lo destrozaría para siempre.

Enseguida acudieron varios en auxilio del juez. Separaron a Lorién y lo tiraron al suelo, donde lo inmovilizaron. Alguien le sujetó la cabeza contra la tierra a apenas un paso de donde, con un golpe certero en la muñeca, el hacha cortó la mano de dedos largos y finos de Escolano, que gritó de dolor y rabia incontenibles.

Lorién sintió que aflojaban la presión sobre su cuerpo y le permitían incorporarse. Miró a Escolano, con el rostro deformado elevado al cielo, incapaz de soportar la vista de su mutilación; vio la sangre que salía del muñón y distinguió al doctor que había tratado a Thayer, que se acercaba con un frasco y paños para hacerse cargo de la terrible herida.

Los ojos se le llenaron de lágrimas y vomitó.

Solo por primera vez en el cobertizo, y sin ganas de probar bocado, Lorién se enfrentó a la noche rezando y pidiendo fuerzas a Dios y a sus seres queridos para resistir lo que fuera que hubieran pensado como castigo para él.

Repasó su vida hasta ese instante y se percató de que únicamente recuperaba los recuerdos más hermosos, como si su mente estuviera empeñada en hacerle soportables el cautiverio y la incertidumbre. Tan pronto seguía a su hermano por los caminos de Pasolobino como abrazaba a Marot, o recibía la aprobación de su madre cuando estrenaba la nueva camisa que ella le había cosido, o aprendía de su padre qué setas del bosque eran comestibles. De repente se veía en un barco, riendo, a pesar del miedo, con Baptiste, Escolano, Sandor y Darragh.

Se preguntó qué harían con sus pertenencias si lo ahorcaban, pero confiaba en que Festus hiciera buen uso de ellas e incluso supiese hacerlas llegar a su familia. Se preguntó entonces qué sería de Festus si él muriera, pues no lo tendría tan fácil viviendo por su cuenta en un mundo tan hostil con los de su color de piel. Y se preguntó, con una punzada de dolor, si sus amigos se estarían recuperando de sus heridas físicas.

Se entretuvo un buen rato recordando todos los momentos con Cynthia, la mujer por quien su corazón aceleraba su palpitar: su primer encuentro gracias a Chulo, la primera conversación larga en el Fuerte Laramie, el primer beso ante la roca donde habían dejado inscritos para siempre sus nombres, las caricias interrumpidas por los indígenas en Independence Rock, la deliciosa noche en la que habían podido amarse sin prisas dentro del carromato en el Fuerte Hall, la ternura con la que ella lo había cuidado tras cruzar el desierto y la ávida despedida la última noche en el Fuerte Sutter.

Solo habían pasado veintiún meses desde que se había marchado de Pasolobino. Anheló que su vida no terminase ahí y de esa manera tan poco honorable. En ese espacio de tiempo había aprendido a amar con una intensidad que desconocía, pero también a valerse por sí mismo, a montar a caballo, a comunicarse en francés e inglés, a cocinar y lavar la ropa y a gestionar su dinero. Había ahorrado —no se jugaba sus ganancias como hacían tantos otros— y tenía planes de futuro. Sentía que sus padres estarían orgullosos de él.

A pesar de los felices pensamientos, el miedo a lo que podría sucederle al día siguiente serpenteaba por los recovecos de su interior y le clavaba los colmillos en las entrañas. Se repitió que era un hombre fuerte, pero la imagen del cuerpo de Benjamín colgado de la soga, las espaldas sanguinolentas de sus amigos y la mano cortada de Escolano pusieron a prueba su entereza. Se aferró a la idea de que no tenían razones para matarlo, que su implicación había sido similar a la de Sandor e Hippolyte, que se recuperaría de los latigazos y que pronto terminaría esa pesadilla.

Unas voces lo distrajeron de sus pensamientos; tal vez fueran los últimos clientes de la taberna, que se retiraban. Enseguida se hizo de nuevo el silencio. A través del ventanuco del cobertizo percibió un parpadeo en la oscuridad. Al poco, alguien trajinó con el cerrojo de la puerta y la abrió. Lorién se incorporó sobresaltado. No eran horas para que le llevasen comida.

—No temas, soy Thayer. —Algo encorvado por la herida, colocó el candil a la altura de su rostro, que había recuperado el color, para que Lorién lo reconociera.

—Me alegra que te estés recuperando —dijo el español con sinceridad.

—Gracias a ti. Hablé con el doctor y alabó tu decisión. También me dijo el dueño del hotel que pagaste por mi estancia.

—Hice lo que creí correcto. —Lorién sabía que Thayer no necesitaba haber esperado a la noche para darle las gracias. Temió que si lo visitaba ahora era porque lo iban a matar por la mañana. Tenía tantas preguntas que se le atropellaban en los labios—. ¿Por qué has venido? ¿Qué sabes de los otros? ¿Qué me van a hacer?

Thayer sonrió brevemente antes de empezar a explicarle:

—Le he dicho al vigilante que yo me encargaba de ti esta noche. He venido para liberarte. Me salvaste la vida y es mi forma de corresponderte.

Lorién dejó escapar un suspiro de alivio; enseguida verbalizó su recelo:

—Prefiero los latigazos a convertirme en un forajido.

—No habrá represalias siempre que te marches de Rich Bar. —Thayer le entregó un envoltorio de papel—. El dinero del hotel.

—Gracias... Te meterás en problemas.

—Recuerdo que retaste a Benjamín a que te disparara y no se atrevió. Tampoco se atreverán conmigo. Estamos en paz. —El norteamericano le tendió la mano y Lorién se la estrechó.

—Estamos en paz.

Aquella no fue la única sorpresa de la noche. Cuando Lorién llegó a su campamento, guiado por la intensa luz de la luna, Festus tenía todo empaquetado y la mula cargada.

—Vino un yanqui con un mensaje de Thayer. Debemos marcharnos ya.

Lorién miró a Sandor, Escolano e Hippolyte, que, sentados a la mesa, ofrecían una imagen lastimosa. Dudaba de que con sus heridas pudieran aguantar el viaje. Por otra parte, él era el único obligado a huir para librarse del castigo.

—He comprado tres mulas para ellos —añadió Festus—. Las venderemos después.

—Has pensado en todo y te lo agradezco. —Lorién se sentó—. Pero vosotros no tenéis por qué marcharos.

—Odio este lugar —dijo Sandor con la voz quebrada.

—He sido soldado, sé de carpintería y he ahorrado lo suficiente para empezar mi propio negocio —verbalizó Hippolyte—. Para mí la experiencia del oro ha terminado. Tampoco quiero estar donde no soy querido, ni que me señalen todos los días por haber sido castigado. Si no os importa, me gustaría acompañaros adonde sea que vayáis.

Escolano permaneció en silencio, con la vista fija en las vendas que cubrían su muñón y una expresión de aturdimiento, como si todavía no se creyera lo que le había sucedido.

Lorién pensó en la ilusión con la que habían construido su campamento hacía menos de un año y el abatimiento con que lo abandonaban ahora. La vida tenía la extraña habilidad de alentar y decepcionar en poco tiempo. Aunque hubieran ganado más dinero en unos meses que en varios años trabajando en cualquier otra tarea, les costaría recuperar la ilusión. Tendrían que ir paso a paso, y tomar pequeñas decisiones diarias, hasta volver a encontrar cada uno el siguiente sendero de su destino.

De momento, les correspondería a él y a Festus, sobre quienes no habían caído ni el látigo ni el hacha de la ley, guiar a esa diminuta caravana de desamparados.

Se miró las botas.

Estaban ajadas y desgastadas. Lo tomó como una señal de que comenzaba una nueva etapa.

A la pérdida irreparable de las vidas de Baptiste y Darragh, cuya tumba en una colina tras el Empire no había podido visitar para despedirse, y del aprendizaje forzoso de la parte cruel de la naturaleza humana, sumaba la pérdida de aquellos objetos que tenían un significado especial para él: la pulsera para Marot había servido para comprar en San Luis de Misuri; la navaja y el reloj de su abuelo pertenecían ahora a los nativos; el sombrero y el gabán de su hermano estaban inservibles; y había usado el pañuelo de seda para atar las ramas de la primera choza de Lorien's Bar. De su tierra natal solo le quedaban las botas, la manta de pastor, que había sobrevivido a tanta intemperie, y la vara que le había regalado su padre.

Pensó que la identidad se construía con pérdidas; pero no olvidaba quién era.

El bastón con un gancho en el extremo no se había quebrado. Se apoyaría en él ahora más que nunca, cuando el camino parecía intransitable. Encontraría en él la fuerza del carácter de su gente del Pirineo. Con él se defendería de los embates del destino.

Se despidió mentalmente del valle, hundido entre laderas de densos bosques, horadado por pozos y herido por canales de madera y diques que desviaban el agua de su cauce natural para que otros hombres, como él había hecho, pudieran arrancarle el oro de las entrañas.

Y supo que aquella despedida, dolorosa, repentina y definitiva, también era liberadora.

30

A la misma hora de todos los días, Cynthia se dirigía a desayunar cuando oyó a Brett discutir con Evangeline.

Aceleró el paso e irrumpió en el pequeño comedor de diario, donde su hermano comprobaba su rifle, su amiga le suplicaba que no hiciese nada y la criada mexicana los observaba desde la puerta lateral de la cocina sin atreverse a dejar la bandeja de pastas sobre la mesa.

—¿Qué no tienes que hacer, Brett? —le preguntó.

—¡Se van a enterar! ¡Ya verás como esa chusma se larga cuando me vea con mis hombres!

Cynthia se le acercó con las manos extendidas para que se calmase y lanzó una mirada inquisitiva a Evangeline, que llevaba su largo cabello negro recogido en dos trenzas atadas a la espalda.

—Unas familias se han atrincherado en la parte norte de la propiedad de mi familia y Brett se ha molestado porque hemos avisado al alguacil —explicó en español la joven de aspecto frágil, con expresión preocupada.

—Si hemos de esperar a que la justicia intervenga —dijo Brett irritado—, ya podemos dar por perdida esa tierra.

Cynthia cogió la bandeja de las manos de la criada, a quien le pidió que trajera café para los tres, y se sentó a la mesa ovalada de madera. Estaba tan alarmada como Brett, pero el problema no se agravaría en cuestión ni de minutos ni de horas. Desde que se había desatado la fiebre del oro, no dejaban de llegar extranjeros a California. La mayoría eran gentes de paso, hombres solos que luego volvían a sus casas; pero cada vez más decidían establecerse en esas tierras con sus familias para dedicarse a la agricultura, la ganadería o los negocios. Crecían por todas partes los asentamientos de ocupantes ilegales que levantaban chozas y toscas vallas y reclamaban esa tierra como suya. Había habido altercados entre los californios y los nuevos colonos en Sacramento y en Encinar del Temescal u Oakland, como se la conocía ahora, en el norte, y en San Bernardino y San Gabriel, en el sur. Era cuestión de tiempo que también los hubiese en el centro.

—¿Has hablado con padre? —le preguntó a Brett.

—Sí, puedes ahorrarte el sermón. Ya sé que es la tierra de la familia de Evangeline, pero en cuanto nos casemos será mi responsabilidad. Prefiero atajar el problema antes de que sea demasiado tarde.

Cynthia asintió.

—¿Y dónde está ahora?

Evangeline se sentó junto a ella.

—Ebenezer ha ido a mi casa. Quiere que mi padre enseñe a los *squatters* los documentos que demuestran que la tierra es nuestra.

Cynthia sonrió. Ebenezer y Graciano nunca se habían llevado muy bien, precisamente por los difusos límites de sus propiedades, colindantes, llamadas como sus respectivas esposas, Catalina y Maxiwo, que según el primero llegaban hasta el arroyo y según el segundo hasta una pequeña colina. La amistad entre las chicas y, sobre todo, el oportuno compromiso de Evangeline con Brett habían contribuido a que enterraran el hacha de guerra. No tenía sentido continuar con la enemistad si ambos ranchos acabarían fundiéndose en el que sería uno de los más grandes del futuro condado de San Luis Obispo. Se apostaría a su querido Chulo sin riesgo de perderlo a que el motivo de nuevas discusiones sería el nombre que pondrían a la unión de los ranchos Catalina y Maxiwo.

—Esa gente no atiende ni a leyes ni a razones —protestó Brett, que aceptó la taza que le ofreció la criada.

—Acompañaremos primero a Ebenezer y Graciano a hablar con ellos para saber a qué nos enfrentamos.

Desde los meses compartidos en la travesía al oeste, Brett había aprendido a hacer caso a los consejos de Cynthia, pese a guardarse la última palabra, puesto que él era el hermano mayor y heredero del rancho. Salvo su encaprichamiento de aquel español, solía valorar su buen juicio. Hizo un breve gesto de asentimiento y se tomó el café en dos tragos. Como la conocía bien, y sabía que no se quedaría en casa, se limitó a decirle:

—Date prisa. Prepararé tu caballo. —Miró entonces a Evangeline con cariño y suavizó el tono—: Pronto me encargaré yo de tus cosas y no tendrás que hacer de mensajera. No me gusta que cabalgues sola por ahí.

La joven, con las mejillas sonrosadas, le dedicó una sonrisa y Cynthia alzó la vista al techo. Su hermano podía tener un mal carácter repentino, pero con Evangeline se comportaba siempre como un caballero. Las muchachas, amigas inseparables y ahora casi cuñadas, habían compartido sus secretos desde niñas. Cynthia sabía que Brett había sido el único amor de Evangeline desde la adolescencia; y, aunque con Brett no hablaba de sentimientos, y en algún momento había incluso sospechado que la ambición jugaba un papel importante en su elección de Evangeline como esposa, no dudaba de que él la amaba y le proporcionaría una vida cómoda y agradable. No era violento, ni mujeriego ni excesivamente bebedor, y trabajaría duro para sacar a su propia familia adelante.

Los tres formarían un buen equipo para encargarse del rancho.

No habría un cuarto, pensó fugazmente.

Un año después de la separación de Lorién, del que solo había sabido por una escueta carta que estaba vivo en aquella zona minera del norte, había recuperado sus planes de no casarse nunca. Brett heredaría el rancho y ella seguiría llevándolo con él. Prefería esa vida que recibir una dote para casarse con otro ranchero y perder su libertad. En el fondo sabía que nunca amaría a otro hombre como había amado a Lorién y que el tiempo y la distancia pondrían las cosas en su sitio: no tenía ninguna garantía de que el español cumpliera su promesa de buscarla y ella no iba a condicionar sus decisiones por algo tan etéreo como la esperanza de volver a verlo.

Como siempre, haría caso de su instinto.

Había tenido razón al convencer a su familia de traer el ganado de Ohio. Cuando Brett y ella partieron de California, una res valía cuatro o cinco dólares; a su regreso, gracias a la demanda de carne, se pagaba entre setenta y cinco y cien dólares por cabeza. A pesar de los animales muertos durante la travesía, se habían enriquecido. Otro acierto había sido adquirir también ovejas. Las habían comprado a menos de dos dólares y las vendían a cinco y medio. Los rancheros no se sentían atraídos por la cría de ovejas y tenían una pobre opinión del pastoreo, pero ella había insistido en diversificar las inversiones y en mejorar la raza con moruecos merinos del este. Con los ingresos de la venta de corderos, en un año la casa principal del rancho Catalina se había transformado en una verdadera mansión, por fuera y por dentro. Habían pintado las fachadas y ampliado el porche, habían comprado buenos muebles, lámparas y cuadros, y gruesas alfombras cubrían los suelos.

Su instinto le decía ahora que debían alternar la ganadería con la agricultura y cultivar maíz, trigo y cebada. Quienes llegaban de fuera —también los ocupantes ilegales— tenían que comer. Habría que encontrar el modo de que todos pudieran convivir y obtener beneficios.

Desde fuera, Chulo la reclamó con una serie de ladridos. Solía abrirle la puerta para que entrara a desayunar con ella antes de que despertara a su madre con su potente voz, pero las novedades habían alterado la rutina. El pobre tendría que renunciar a su paseo matutino. Desde aquel encuentro con los jefes nativos en los alrededores de Independence Rock en el que Lorién lo había salvado, había decidido no arriesgarse a ponerlo en medio de dos bandos de hombres armados.

Seguida de Evangeline, salió al exterior y, mientras Brett terminaba de ensillar su caballo, acarició y jugó con Chulo unos minutos antes de encerrarlo en un amplio cobertizo.

La luz del amanecer de ese día de principios de octubre revelaba un cielo límpido desde el horizonte contra el que se recortaban las siluetas de cerros y algún pico. La temperatura no podía ser más agradable. Cynthia había conocido otros lugares, pero ninguno le resultaba tan hermoso como ese en el que había crecido y que no abandonaría por nada ni nadie.

Cynthia, Brett y Evangeline galoparon más de una hora por praderas de color verde terroso y senderos entre campos dorados a los que la grama azul proporcionaba una apariencia plumosa hasta la vivienda del rancho Maxiwo, a nueve millas de distancia. Más pequeña que la del rancho Catalina, también era cuadrada, con un amplio porche en el frente y edificios adosados en los laterales.

Llegaron cuando sus padres, el nuevo representante de la justicia estadounidense llamado William, poco más que un muchacho desgarbado con fino bigote y mirada despierta, y su ayudante, también de piel y ojos claros, se disponían a partir. Era el primer destino para ambos desde que California se había convertido hacía unos días en el estado número treinta y uno de los Estados Unidos.

Ebenezer era un hombre de unos cincuenta años, grueso, rubio entrecano y barbudo, de aspecto bonachón; Graciano, algo mayor, de estatura media, delgado y con poco cabello que había sido oscuro, conservaba el porte de su pasado como soldado; con la espalda recta sobre su montura, miró a las jóvenes.

—Vosotras os quedáis aquí.

Ebenezer y Brett intercambiaron unas miradas de complicidad y enseguida una sonrisa, cuando Cynthia dijo, como ellos suponían:

—Evangeline que haga lo que quiera, pero yo os acompaño.

Ebenezer se encogió de hombros. Desde que su hija había regresado del este tras meses guiando miles de reses como un hombre más, ya no se había atrevido a prohibirle nada.

Evangeline se bajó del caballo, encantada de obedecer a su padre, a quien jamás había temido a pesar de su apariencia ruda y del tono seco de su voz. A diferencia de Cynthia, ella no tenía ningún interés en presenciar la disputa con los ocupantes ilegales. Como su madre, Maxiwo, prefería encargarse de la casa y de atender a los animales domésticos. Se acercó a Brett un instante y lo miró a los ojos.

—Ten cuidado —le susurró—. Mejor que hable el alguacil o Ebenezer. Mi padre y tú enseguida os enfadáis.

Él le acarició la mejilla con los dedos y le dedicó una cariñosa sonrisa; se inclinó hacia ella y le dijo:

—Con todos menos contigo.

El grupo puso rumbo al noroeste de la propiedad. Durante más de media hora, Ebenezer y Graciano, como hacían siempre que se encontraban ante una audiencia joven, aprovecharon para ilustrarles con aquella información que según ellos no debería olvidarse nunca, algo imposible, puesto que, al menos Cynthia y Brett, la habían escuchado decenas de veces. Ebenezer, que había nacido en el seno de una familia angloamericana del este, hablaba español con un fuerte acento estadounidense. Cuando se atascaba con alguna palabra, Cynthia y Brett hacían de traductores, pues Graciano no sabía inglés.

Las familias de Ebenezer y Graciano habían conseguido sus ranchos de manera diferente, algo por lo que el primero se consideraba con más derechos sobre la tierra que el segundo. El padre del suegro de Ebenezer, como colono reclutado de la Nueva España, había recibido una suerte —una concesión de tierra que incluía un solar en la población— firmada por el gobernador español Felipe de Neve en 1778. Durante cinco años el hombre la cuidó bien, como se le exigía si quería obtener la propiedad, a la que le puso el nombre de su esposa, Catalina, y a lo largo de su vida, sin que nadie se lo impidiera en ese territorio al que no llegaba ni la ley de los españoles ni la de los mexicanos, fue comprando las de sus vecinos, costumbre que heredó su hijo, el suegro de Ebenezer, que le legó a su única hija, también llamada Catalina, un rancho importante. Ebenezer se ufanaba de que, aunque él después había adquirido con su dinero más acres de tierra, en los documentos originales las medidas aparecían en leguas, y de que los españoles solo habían otorgado una treintena de concesiones, así que su familia gozaba de antiquísimos derechos.

La concesión de Graciano era más reciente. Tras la secularización de la misión de San Luis Obispo, la idea inicial del Gobierno mexicano había sido dividir las tierras en lotes de treinta y tres acres de tierra cultivable junto con comunales para pastos y un solar en el pueblo, y guardar parcelas individuales para cada familia indígena, pero esto no se cumplió y la tierra, fraccionada en grandes extensiones en vez de en muchos lotes pequeños, se repartió entre funcionarios del Gobierno y californios locales adinerados. Graciano, con buen expediente militar y amigos convenientes, casado además con una nativa chumash, lo cual daba una oportuna imagen de ecuanimidad al proceso de concesión de tierras, había sido uno de los beneficiados de las casi trescientas concesiones del Gobierno mexicano en California.

Los monólogos de ambos hombres se interrumpieron de golpe cuando, nada más dejar atrás un cerro de laderas rocosas entre las que crecían robles venenosos, matas de artemisa y chaparrales, arbustos del coyote y mímulos, vieron primero unas estacas clavadas en el suelo y, media milla más adelante, en un llano cerca de un arroyo, una tosca fortificación de carretas y troncos, más grande de lo que habían pensado: una cosa era un par de familias y otra una decena de carromatos.

Unos niños que jugaban por ahí atrajeron la atención de Cynthia. Tarareaban a gritos la misma canción que se había aprendido Lorién en inglés al final del desierto de las Cuarenta Millas y que había repetido en su delirio.

No, nay, never
no, nay, never, no more
will I play the wild rover
no never, no more.

Recordó habérsela traducido a Lorién, a quien le encantó la letra, que luego tarareaba con su divertido acento en inglés o adaptaba a su manera al español. «No, no, nunca; no, no, nunca seré un vagabundo errante; no, nunca, jamás». Sintió de pronto una profunda nostalgia de aquella caravana en la que lo había conocido. Al verlos, los niños interrumpieron el canto y se colaron rápidamente entre las ruedas mientras varios hombres armados salían al paso de los extraños.

William alzó las manos para aclararles que iban en son de paz. Se presentó como el encargado del orden en la zona, les informó de quiénes lo acompañaban y les dijo, en inglés:

—Esta tierra pertenece al rancho Maxiwo, propiedad de este caballero. —Señaló a Graciano—. Les da permiso para que descansen unos días y continúen su camino.

Cynthia se situó al lado de Graciano para hacerle de traductora.

Uno de los hombres, poco mayor que ella, de cabello castaño y ojos verdes, que le recordó a Thayer, dio un paso al frente. Con una sonrisa irónica, imitó el tono educado y serio del alguacil mientras miraba a Graciano:

—Me llamo John, señor, y le agradezco el ofrecimiento, pero ya hemos llegado a nuestro destino.

—Le repito que esto es una propiedad privada.

—Según mis informaciones, ahora las tierras de California son públicas hasta que se demuestre lo contrario.

El padre de Evangeline no pudo contenerse:

—¿De dónde ha sacado esa majadería? —Sacudió en

el aire un documento—. ¡Aquí tengo la demostración! —Desmontó del caballo y se le acercó, iracundo—. ¡Mire! El plano, las mediciones, los linderos y el sello oficial.

El otro hizo ver que estudiaba el documento y con voz calmada repuso:

—Ningún hombre debería tener derecho a poseer tanta tierra.

Cynthia tradujo, consciente de cuánto irritaría esa frase a Graciano.

—¡A mí qué me cuenta! —explotó este—. ¡Hable con el Gobierno! ¡Métase en política, si quiere! Lo que está claro es que usted no tiene ningún derecho a apropiarse de *mi* tierra. Ya que parece tener tantas leyes, le recuerdo que el Tratado de Guadalupe Hidalgo me ampara. —Con creciente nerviosismo, Graciano sacó otro papel del bolsillo y se lo dio a Cynthia para que lo tradujera, porque él solo tenía la copia en español.

Cynthia reconoció el artículo del «Tratado de Paz, Amistad, Límites y Arreglo Definitivo entre los Estados Unidos Mexicanos y los Estados Unidos de América» porque su padre también se lo había hecho leer. El tratado se había firmado en febrero de 1848 tras la guerra que México había perdido contra los Estados Unidos, por lo que había tenido que ceder más de la mitad de su territorio, incluida California. Entre otras cuestiones de límites territoriales, el pacto recogía la protección de los derechos civiles y de propiedad de los mexicanos que permanecieran en terreno estadounidense.

Cynthia tradujo línea por línea:

—«Artículo 10. Se conservan intactas todas las concesiones de tierra hechas por el Gobierno mexicano. Los concesionarios de tierra podrán conservarlas si cumplen con las obligaciones adquiridas previamente con el Gobierno mexicano, siempre y cuando hayan tomado posesión de ellas antes de marzo de 1836 en Texas, y de mayo de 1845 en el resto del territorio; en caso contrario, el cumplimiento de las concesiones no será obligatorio».

Graciano señaló el primer documento:

—¡Mi concesión es de 1837! ¡Y yo también soy ahora ciudadano estadounidense!

—Sabe tan bien como yo que ese artículo se eliminó del texto cuando el tratado fue ratificado en el Senado —apostilló John.

Graciano entornó los ojos, en un intento de ocultar su sorpresa por lo bien informado que estaba ese hombre, lo bien que se explicaba y su firme determinación. Lo odió por las tres razones. Se estaba quedando sin argumentos. Respiró hondo para calmarse.

—Con artículo o sin él, el Gobierno estadounidense ha sido claro —intervino Ebenezer—. Las concesiones de tierras hechas por México en los territorios cedidos conservan su valor legal.

—Mientras no vuelvan con una validación estadounidense, no nos iremos. —John acarició el rifle, en un gesto sutil, pero significativo—. Tanta tierra no puede estar en manos de unos pocos. Hemos venido para trabajar y eso es lo que haremos. Y cada vez seremos más.

Graciano se le acercó, con los puños apretados de rabia. Defendería su razón como fuera. Le hizo un gesto con la cabeza a Cynthia para que se aproximara.

—Regresaré en una semana —le dijo a John en un susurro que solo ellos tres pudieron oír—. Y si siguen aquí, le aseguro que no perderé el tiempo con palabras. —Sin esperar respuesta montó en su caballo y partió.

Cynthia se disponía a hacer lo mismo cuando alguien la llamó por su nombre desde los carromatos. Sorprendida, se giró y descubrió a una joven que corría hacia ella.

—¿Violet?

Le entregó las riendas a Brett para acercarse a la muchacha. Cuando estuvieron frente a frente, ambas contuvieron el deseo de abrazarse en aquellas circunstancias, ante las miradas de los hombres enfrentados.

—¿Qué haces aquí? —Era una pregunta absurda, pues estaba claro que era una de las ocupantes ilegales, pero Cynthia no sabía qué decirle—. ¡Te dejé en Monterrey hace un año! —Señaló a los niños—. ¿Tus hermanos?

Violet asintió.

—Cantaban la canción que Darragh les enseñó —dijo Cynthia.

Violet asintió de nuevo.

—Sigue siendo su favorita.

—¿Y tu madre y tu hermana?

—Están bien, aunque mi hermana sigue enfadada porque no cumplimos la promesa de ir a buscar su piano.

El encuentro hacía aflorar muchos recuerdos de los días compartidos, la una con Lorién y la otra con Escolano.

—¿Has tenido noticias de...? —comenzó a preguntar Cynthia, pero Violet la interrumpió para anunciarle:

—John es mi marido.

Cynthia frunció el ceño. Aquello empeoraba las cosas. Supo que, desde ese mismo momento, la amistad que una vez compartieron a través de sus amigos comunes quedaría supeditada a la decisión de John.

—Es un buen hombre —añadió Violet—. Se hace cargo de toda mi familia. Cuando lo conocí en Monterrey, él ya tenía pensado desplazarse más al sur. Me habló de San Luis Obispo y pensé que tal vez volvería a verte, pero no así... Lo he escuchado todo. ¿Qué tienes que ver con el dueño de estas tierras?

—Va a ser el suegro de mi hermano —respondió Cynthia, consternada por la casualidad de que ahora esa «chusma», como los había llamado Brett, estuviera formada por personas conocidas—. Espero que John también sea juicioso y os vayáis de aquí.

31

Para cumplir la amenaza de Graciano, una mañana de la segunda semana de octubre, un pequeño ejército de voluntarios se congregó ante la casa de los padres de Evangeline.

La mayoría eran propietarios o herederos de los ranchos más importantes del valle, convencidos de que si no se tomaban medidas rápidas y contundentes contra la ocupación de una parte del rancho Maxiwo, los siguientes afectados podrían ser ellos. Alardeaban de no haber hecho caso de las advertencias del alguacil, que había visitado a varios de ellos decidido a apaciguar los ánimos con argumentos tan imprecisos como que se debía cumplir la ley y que nadie podía tomarse la justicia por su mano. Desconfiaban de él: puesto que William era un oficial estadounidense, seguramente estaría de acuerdo con aquellos partidos políticos que prometían ayuda a los colonos usurpadores.

Ebenezer permanecía silencioso junto a Brett. Por un lado, compartía la preocupación de Graciano por sus tierras, que pronto pasarían a ser de su propio hijo; por otro, como estadounidense de nacimiento, recordaba aquellos días del pasado, cuando había llegado a California sin nada y poco a poco se había abierto camino como comerciante, antes de tener la inmensa suerte de conocer a Catalina y convertirse en ranchero. Podía comprender a esas familias que, tentadas por la prensa de los estados del centro y del este que transmitía el deseo del Gobierno de poblar sus nuevos territorios, buscaban un futuro prometedor en el edén de California. Negó con la cabeza; ese no era el momento para dilemas morales. Siempre había expresado abiertamente sus opiniones, incluso tomado partido por opciones contrarias a las de sus convecinos californios e hispanos, como su propia esposa; pero ahora no podía negarse a prestar su ayuda a su vecino más inmediato y futuro consuegro.

Cynthia y su madre también habían acudido al rancho para hacer compañía a Evangeline y Maxiwo, porque cuando muchos hombres tomaban sus armas, las horas transcurrían con una lentitud insoportable. Las cuatro recordaban la ansiedad y la preocupación mientras esperaban que los hombres regresaran de aquellas reuniones exaltadas cuando, hacía cinco años, algunos criollos californios junto con residentes estadounidenses habían pretendido sublevar a la población contra México y convertir California en una república que luego se uniría a los Estados Unidos. Recordaban también la incertidumbre cuando Graciano y Brett —la única vez en su vida que había contravenido una prohibición de su padre— se ofrecieron voluntarios para enfrentarse a los soldados yanquis del batallón California a las órdenes de Frémont, tres y cuatro años atrás, cuando la guerra entre México y los Estados Unidos. Ebenezer y Graciano habían tenido posiciones políticas encontradas —el primero siempre había tomado partido por la pertenencia a los Estados Unidos y el segundo, a México—, pero las mujeres de ambas familias habían conseguido que las relaciones nunca se rompieran. Ahora que ambos estaban en el mismo bando, y por una batalla en principio menor, tampoco se sentían tranquilas.

Desde el porche, Cynthia, con la mano en el collar de Chulo para sujetarlo, vio cómo partía la compañía liderada por Graciano y Brett. Rezaba para que John hubiera hecho caso y él y sus compañeros de viaje se hubieran marchado y que la jornada terminara en paz. Si hubieran cometido la insensatez de quedarse, los colonos no podrían vencer a ese numeroso grupo de rancheros. Pensó en Violet y su familia, sobre todo en los niños, que tendrían que ser testigos de una situación desagradable y peligrosa de difícil arreglo. Había hablado con Brett sobre Violet, pero su hermano se había encogido de hombros. Él no la había tratado mucho y, en cualquier caso, su corazón no se iba a ablandar por nadie.

Cuando perdió de vista a los hombres, Cynthia ordenó a Chulo que se quedara fuera; ella regresó dentro con las otras mujeres y se sentó en un sofá tapizado junto a su madre, aunque no participó de la charla y de cuando en cuando se levantaba, cruzaba el salón de muebles sencillos y telas coloridas y se asomaba a la ventana. Quería haber acompañado a los hombres, pero esta vez Ebenezer se lo había prohibido tajantemente.

—¿En qué piensas? —le preguntó Catalina. A diferencia de su hija, tenía el cabello y los ojos oscuros, como Brett, y transmitía una sensación de elegancia, tal vez por sus gestos delicados hasta en el simple acto de remover el azúcar en el café.

—Intento analizar el problema con la mirada de mi padre. Me cuesta, porque yo sí he nacido en esta tierra y jamás consentiría que me la arrebataran.

Catalina estaba de acuerdo con ella, pero comprendía su duda.

—Ebenezer es de la opinión de que llegarán más como John, deseosos de conseguir su pedazo de California, y que no dudarán en arrebatárnoslo a quienes, de repente, por una guerra y un tratado, hemos dejado de ser mexicanos. Tendremos que acostumbrarnos.

—Vosotros tal vez os libréis, porque Ebenezer es estadounidense —intervino Evangeline—; no me parece una casualidad que se hayan establecido en nuestras tierras en lugar de en las vuestras.

—Bueno, entonces, este rancho también estará a salvo cuando te cases con Brett —dijo Catalina, que miró a Maxiwo con una sonrisa—: Podemos estar tranquilas.

Maxiwo, de una belleza exótica que contrastaba con la de Catalina, sonrió a su vez, más por cortesía que por conformidad, mientras se atusaba el cabello negro, peinado con una estricta raya en medio de la cabeza y recogido en dos trenzas atadas a la espalda, como su hija, a quien muchas veces tomaban por su hermana. En la mirada despierta y juvenil de Maxiwo se intuía la fuerza de los de su sangre, aunque la frenara en sus gestos. Pertenecía a los chumash, los nativos desde tiempos inmemoriales de las tierras de las misiones de San Buenaventura, Santa Bárbara, Santa Inés, la Purísima Concepción y San Luis Obispo; su familia en concreto era de la tribu que, desde la creación de la misión, llamaban «de los obispeños». Sus ojos ligeramente rasgados brillaron con viveza cuando comentó:

—Nunca se puede vivir tranquilo. Tanto por mi experiencia como por lo que aprendí de mis antepasados, sé que los hombres son hábiles a la hora de adaptar los argumentos de sus acciones a conveniencia.

—¿A qué te refieres? —preguntó Evangeline.

Maxiwo tiró del extremo inferior de su corpiño para ajustárselo sobre la falda —la mitad de voluminosa que la de Catalina, de varias capas de enaguas— como si los dieciocho años transcurridos desde que se casó con Graciano no hubiesen bastado para acostumbrarla a esas ropas o como si necesitara algo de tiempo para meditar la respuesta a la pregunta de su hija.

—En cuanto llegaron los primeros españoles a esta tierra, mi gente supo que estaríamos condenados a la extinción o la servidumbre. Decían que venían para mejorar nuestra vida, según ellos salvaje, según nosotros, marcada por los dictados de la naturaleza, pero esos que se llamaban «gente de razón» terminaron con nuestras tradiciones, nos obligaron a trabajar y nos mataron con sus enfermedades. Mi abuela contaba cómo los misioneros llegaron, entablaron amistad con ellos, bautizaron a niños y a ancianos enfermos a quienes habían convencido de las maravillas de la conversión y les insistieron para que se establecieran en la misión. La ley española decía que las misiones pertenecían a los nativos, que tras diez años las tierras en funcionamiento debían ser revertidas a los nativos, pero eso nunca sucedió, porque los misioneros creían que en cuanto pasasen a nuestras manos las venderíamos al primero que nos lo pidiera, así que lo que debía ser temporal se convirtió en algo permanente, aunque luego tampoco lo fue, porque la ley mexicana terminó con las misiones y entregó las tierras, *nuestras* tierras, a quienes el Gobierno quiso.

Evangeline miró a su madre como si estuviera descubriendo una nueva faceta de ella. No conocía a nadie más dócil que Maxiwo: era incapaz de pronunciar una frase hiriente contra nadie. Sus palabras reflejaban amargura.

—Jamás te había escuchado hablar así. Pensaba que habías sido feliz en la misión. Allí conociste a mi padre. —Extendió los brazos con las manos abiertas para referirse a la casa y el rancho—. Y tú fuiste afortunada. —En efecto, aunque algunos chumash habían recibido parcelas familiares tras la secularización de la misión, las vendieron y terminaron trabajando al servicio de los propietarios de ranchos. A su juicio, su madre no podía quejarse.

—La comprensión llega con la edad. Y con ambas, la rabia.

Catalina asintió con la cabeza.

—Maxiwo y yo crecimos cerca, pero nuestros mundos no podían ser más diferentes. Cuéntales qué hacías en la misión.

—Lo que me mandaban. A las mujeres nos enseñaban costura y sastrería. A los hombres les enseñaban trabajos artesanales como cantería, herrería, curtido y albañilería, o a ser granjeros o ganaderos. Los menos habilidosos molían y tejían algodón y lana. Unos pocos aprendieron a leer y escribir. Todos trabajábamos de sol a sol, menos los domingos y festivos, y aprendimos la religión católica. Hasta eso desaparecerá con los estadounidenses.

—¿No hubo ratos felices? —preguntó Evangeline.

—Los hubo, claro. Los religiosos escenificaban ceremonias religiosas con cánticos, vestimentas coloridas y desfiles. Los niños corríamos todos juntos por ahí, o jugábamos a lanzar un puñado de palitos al aire y teníamos que acertar si el número que caería al suelo era par o impar. Luego, por la noche, a las niñas a partir de los nueve años, a las mujeres solteras y a las casadas cuyos maridos estaban fuera nos encerraban con llave en una sala a la que llamaban monjerío. —Miró a Evangeline—. Cuando me casé con tu padre, todas las noches antes de acostarme me daba un paseo por las afueras de nuestra primera casa para disfrutar de libertad.

—Creía que podíais salir de la misión... —intervino Cynthia.

—Una cosa era movernos por los alrededores, otra fugarse. Había hombres que no se adaptaban. Se nos decía que, si trabajábamos en las misiones, no teníamos que estar siempre buscando comida, pero la transición de la vida chumash a la misión resultaba difícil, sobre todo a los más mayores. Algunos regresaban voluntariamente, otros eran capturados y los azotaban con un látigo que tenía un alambre en la punta. —Se estremeció—. Otros se quedaban en alguna ranchería cerca de la misión, como esta, y vivían al modo indio, como se decía, robando ganado y cosechas. También hubo rebeliones contra los soldados mexicanos, pero nunca prosperaron. Los rebeldes entonces huían y se refugiaban con los chowchilla yokut. —Arqueó las cejas como si ahora se extrañara de aquellas convicciones—. ¡Crecí teniendo miedo de mi propia gente! Tardé en entender sus razones.

Evangeline reflexionó en voz alta, con el ceño fruncido:

—Me has enseñado tus tradiciones, pero también conozco la parte de mi padre. No es fácil pertenecer a dos mundos diferentes.

—Y yo no puedo odiar a los estadounidenses que vienen aquí, porque mi padre lo es —admitió Cynthia, que se sentía como ella.

—La mezcla tiene una ventaja —dijo Maxiwo—. Tendréis más herramientas para sobrevivir en este mundo difícil.

El reloj de péndulo dio las dos en medio del silencio reflexivo en el que se habían sumido.

Cynthia salió al porche, donde Chulo la recibió con alegría, ajeno a su preocupación. Si los hombres tardaban tanto en regresar, solo podía significar que John y su gente no se habían marchado.

Siguió un impulso y montó en su caballo.

Había recorrido poco más de media milla al trote cuando vio a un grupo de jinetes que avanzaban con demasiada lentitud. Distinguió a su padre enseguida. Le extrañó su pose encorvada, y que otro hombre a su lado estuviera pendiente de las riendas de su caballo. Buscó con la mirada a Brett, pero no lo vio.

El corazón le dio un vuelco y tuvo un horrible presentimiento.

Espoleó a su montura y llegó hasta ellos, que se detuvieron. Ebenezer la miró como si no la reconociera y la tristeza que crispaba su rostro confirmó sus sospechas.

Había varios cuerpos colocados a través sobre las sillas de varios caballos, con las piernas y los brazos colgando. Contó cinco mientras negaba a gritos la posibilidad de que uno de ellos fuera su hermano. Saltó a tierra y corrió hacia ellos en medio de los cabizbajos y silenciosos jinetes.

Reconoció a Brett y rompió a llorar.

Le acarició el pelo, le alzó la cabeza, le limpió la sangre del rostro, que se mezcló con sus lágrimas. Gritó su nombre. Lo susurró. Negó con la cabeza que aquello hubiera sucedido. El desgarro se transformó en ira. Exigió a los hombres y a su padre una explicación, pero las palabras no conseguían formar mensajes claros en su cerebro.

Parapetados tras los carromatos, hombres y mujeres habían abierto fuego. Ellos respondieron, pero estaban demasiado expuestos. Cayeron dos o tres, incluido Graciano, y decidieron darse por vencidos. Brett, imprudente, no estuvo de acuerdo y se lanzó contra ellos. Fue el siguiente en caer. Ondearon pañuelos en el aire y los otros respetaron que pudieran recoger los cuerpos.

Cynthia se juró que John y Violet no saborearían su victoria. A pesar de que hacía poco había admitido que no podía odiar a los estadounidenses porque su padre lo era, ahora los aborrecía con toda su alma.

Jamás conviviría con ellos.

Pagarían por haber matado a su hermano.

Y ella lideraría la venganza.

32

Durante todo el viaje de regreso a la civilización, Lorién no dejó de sorprenderse de la velocidad a la que cambiaba el mundo.

El camino de Rich Bar a Bidwell's Bar era ahora el doble de ancho por las caballerías que habían pasado por ahí el último año y el asentamiento contaba ya con el doble de edificios. A treinta y seis millas, el antiguo rancho Honcut se había transformado en una población llamada Marysville, convertida en la puerta a los campamentos del oro porque ofrecía todos los servicios, equipos de minería, suministros y provisiones para quienes se aventuraban en las montañas, eso sí, a un precio todavía más alto que el que habían pagado ellos a la ida: una docena de huevos costaba diez dólares españoles o reales de a ocho; un barrilete de patatas, doce; y un barril de harina, cuarenta y cuatro. Aun así, el trasiego de gente era constante; enseguida vendieron sus pertrechos mineros.

De Marysville continuaron cuarenta millas más hasta Sacramento, la ciudad que había surgido junto al Fuerte Sutter, donde hacía un año Lorién se había despedido de Cynthia. Al igual que entonces había sobrellevado la separación gracias a su sueño de encontrar oro, en ese mismo lugar se propuso abandonar el abatimiento por lo vivido en Rich Bar y aferrarse a su nuevo objetivo, que era reencontrarse con ella.

Sus taciturnos compañeros seguían sus instrucciones sin cuestionarlo. Las heridas físicas habían ido sanando conforme pasaban los días, pero el ánimo no mejoraba. Sandor no superaba la muerte de su amada Valeria y Escolano hubiera preferido cincuenta latigazos —o lo que era lo mismo, la muerte— a perder su mano. Su sentimiento de inutilidad le provocaba arranques de malhumor que solo aplacaba Festus, convertido en sustituto de Sandor como cocinero y enfermero mientras Lorién se encargaba de las provisiones y la organización del viaje. Con Festus e Hippolyte, más dispuesto a olvidarse del pasado reciente, comentaba sus dudas sobre la ruta que debían seguir entre las numerosas opciones para llegar al centro de California por medio de vapores fluviales, barcos por la costa desde San Francisco y Monterrey o diligencias desde Stockton. Lorién decidió que, como no tenían prisa y podían permitírselo, se quedarían unos días en un hotel de Sacramento. Casi tres semanas después de haber abandonado el embrutecido lugar de Rich Bar, estaba convencido de que una mullida cama, un buen baño, comida diferente y ropa limpia obrarían milagros en el talante de todos.

Estuvo en lo cierto.

La conversación brotó ya la primera noche en el pequeño comedor donde todavía olía a madera recién cortada y pintura fresca. Aseados, bien afeitados y peinados, con el estómago lleno, alrededor de una mesa redonda, después de días de silencio, parecían otros hombres.

Tras beberse de un trago una segunda copa de brandi, Escolano se aclaró la voz:

—Me vuelvo a casa.

El anuncio pilló a todos por sorpresa.

—¿A Chile? ¿Y Violet? —preguntó Lorién—. Supuse que querrías ir a Monterrey.

Escolano alzó su muñón.

—Prefiero que piense que me he olvidado de ella a enfrentarme a su compasión.

—No le das opción de elegir...

—Es mejor para ella y su familia que no elija a un lisiado.

—¿Y tu promesa de volver a por el piano? —insistió Lorién, en un nuevo intento de poner a prueba a su amigo, aunque comprendiera sus argumentos.

Escolano soltó un bufido.

—No puedo ni coger una pala. ¡Y antes le compraría otro piano a la chiquilla que volver a ese maldito desierto! —Trató de sonreír, pero el gesto fue una mueca de dolor.

—Te echaremos de menos —dijo Sandor con sinceridad.

—Yo también a vosotros.

Quedó claro entonces que el destino siguiente solo podía ser San Francisco, de donde partían los buques a Chile.

Aprovecharon la estancia para vender las mulas y sacaron billete en uno de los numerosos barcos fluviales que circulaban ahora por el río Sacramento. Había ya incluso una línea regular a San Francisco.

Durante el trayecto, Lorién se concentró en el paisaje y en la emoción de aproximarse a la famosa ciudad para controlar su miedo a navegar; quizá al estar más cerca del agua se sentía más inseguro que en un buque en alta mar. Aguantó bien el paso por la bifurcación con el río San Joaquín, la entrada entre islotes de herbazales en la bahía de Suisun y más tarde el cruce de la bahía de San Pablo, que era como una laguna con caletas rodeada de cerros y campos con ganado; pero no pudo evitar tensarse cuando el agua se fue arremolinando, turbulenta, y alzando en olas espumosas allí donde las aguas del Pacífico chocaban contra las del río Sacramento. Tras un estrecho formado por dos islotes gemelos, el barco entró por fin en la bahía de San Francisco y Lorién se sobrecogió ahora por el espectáculo. La bahía era enorme; apenas intuía el final con la vista. Parecía una inmensa laguna de orillas irregulares que formaban senos y puertos abarrotada de cientos de buques mayores y navíos con banderas de todas las naciones del mundo, más o menos cerca de la orilla según dimensión y calado, y de barquichuelas, lanchas y vapores para el cabotaje de bahías y ríos.

Los ojos de los cinco jóvenes brillaron con excitación por primera vez en mucho tiempo, como si necesitaran empaparse de esa nueva luz sobre el agua salada, sobre el lugar que antes se había llamado Yerba Buena, sobre la exuberante vegetación de los prados que llegaban hasta el mar allí donde no había construcciones, sobre las numerosas viviendas de la ciudad que se extendía por las faldas de unos cerros en forma de anfiteatro; como si el viento que alborotaba sus cabellos y los obligaba a hablar a gritos se llevara los días de rudeza, frío, soledad y furia en las montañas.

Lorién se maravilló de la habilidad de los seres humanos para transformar una aldea de unas cincuenta casas y quinientos habitantes apenas dos años atrás —por lo que habían contado en el barco— en aquella ciudad de casi cuarenta mil almas y más de mil viviendas y almacenes ubicados frente a la bahía en la que atracaron.

Ligeros de equipaje, porque habían vendido casi todo menos la ropa, los amigos se lanzaron enseguida a recorrer las calles en busca de un hotel donde alojarse. Aunque había muchas carpas y pequeñas casas bajas de adobe a la manera española, abundaban más las sencillas casas de tablas de madera y ya se veía alguna ostentosa de ladrillo o encalada, propiedad de algún afortunado en el oro o los negocios. A cada paso, algún cartel ofertaba parcelas y almacenes de estructura de hierro para que no sucumbieran a un posible incendio. En el norte, los cerros habían sido minados a pico y pólvora para convertirlos en anchas calles y veredas. Había varias casas de amonedación, varios hospitales, dos teatros, vistosos edificios y jardines, casas de juego y aceras elevadas de tablones de madera.

Quizá San Francisco no fuera tan exquisita y señorial como La Habana, pensó Lorién, pero se intuía su futuro esplendor.

En el lujoso café de la plaza principal, llamada Portsmouth, los amigos consultaron la sección de anuncios del *Daily Alta California*, escritos también en español, y eligieron alojarse en el National Dining Saloon, porque prometía habitaciones ventiladas e insistía en que la comida era buena, a base de hortalizas y frutas, que era lo que más les apetecía. Una vez allí, comprobaron que el dueño, un soldado y aventurero angloamericano más grande que Hippolyte, llamado —como él mismo dijo— *simplemente* Wilson, no había mentido en el anuncio y que el precio se ajustaba a su presupuesto para hospedaje. Pagaron por adelantado la estancia mínima de una semana, con la moneda corriente en la ciudad, que era el polvo de oro.

Lorién tomó como buena señal que Sandor comentara desde el primer momento en voz alta todo lo que le llamaba la atención del establecimiento —la práctica distribución de las estancias sin tabiques ni pasillos en la planta baja, las cortinas de colores suaves, los grabados en las paredes y los muebles sencillos, pero de recias maderas, del dormitorio—, como si estuviera recuperando la ilusión por su proyecto de montar su propio hotel. Cuando uno de los criados golpeó un disco metálico casi tan grande como ellos con un mazo para llamar a cenar, el joven vasco se rio por primera vez en mucho tiempo. Quedó claro que el dueño era estricto con los horarios, como les había dicho: a las siete de la mañana se servía el desayuno, a las doce la comida y a las seis la cena. Sin excepciones.

En el comedor tenían que compartir una mesa enorme con otros hombres. Lorién se fijó en que todas las miradas se centraban no solo en ellos, por ser los nuevos, sino de manera especial en Festus. Tomaron asiento, pero entonces un tipo flaco de facciones angulosas y mirada turbia por el alcohol descargó una fuerte palmada sobre la mesa:

—El negro, fuera.

Se produjo un repentino silencio, en el que los ojos de Festus se cargaron de furia. Como nadie se movió, el hombre insistió:

—¿No me habéis escuchado? No pienso compartir mesa con él.

—Cenaré aquí —dijo Festus, contundente.

—Wilson no ha puesto ningún problema cuando hemos reservado, así que mi amigo se queda. —Lorién habló con calma, concentrado en pronunciar bien el inglés aprendido en los últimos meses—. Que yo sepa, en California no se conoce amo ni criado. Es el lugar de la igualdad. —Tuvo que hacer un esfuerzo para no resultar irónico después de lo que habían vivido en Rich Bar.

El hombre se levantó con tanto ímpetu que tiró su silla:

—¡No para los negros!

Lorién advirtió que los demás permanecían expectantes y que ninguno había hecho el gesto de sacar un arma. Si solo ese cretino tenía ganas de gresca, sería fácil reducirlo.

Entonces apareció el dueño, tal vez alertado por el ruido de la silla al caer, o avisado por un tercero, y Lorién dejó escapar un silencioso suspiro de alivio. Aunque defendería a Festus con todas sus fuerzas, no le apetecía que una pelea estropeara aquella noche en la que el grupo había recuperado parte de la jovialidad de antaño.

—¿Algún problema, caballeros? —preguntó Wilson, con la espalda bien recta y una mano apoyada en el arriaz del puñal que llevaba en el cinto. Clavó su mirada conminatoria en el bravucón—: ¿Señor Miller?

—La ley prohíbe la presencia de negros, esclavos o libres, en California. No lo digo yo, lo dice el gobernador Burnett.

—¿Es usted abogado, señor Miller?

El hombre, sorprendido por la pregunta, negó con la cabeza.

—¿Y político?

El tal Miller volvió a negar.

—Entonces doy por supuesto que no se ha enterado de que las propuestas de Burnett han sido rechazadas. Y dudo que algún día semejantes disparates sean aprobados. Y si se quería usted referir a ese ambiguo compromiso para contentar a todos por el que el Congreso dice que California es un estado libre y a la vez exige a los funcionarios gubernamentales que apliquen la ley federal de esclavos fugitivos para devolver a los huidos a sus dueños, le diré, señor Miller, que toda persona es bien recibida en mi casa, donde rige mi propia ley. Si no se siente a gusto, le devolveré el adelanto para que busque otro alojamiento.

Con gesto de ira por la humillación sufrida, Miller optó por marcharse y la cena discurrió con normalidad. Disfrutaron del sabroso menú a base de carne y verduras asadas, salmón en sal y la mantequilla más deliciosa que habían probado nunca. Los otros hombres —algunos de buenos modales, otros groseros y un par demasiado viejos— solo querían saber sobre las minas de oro; buscaban contrastar información para dirigirse a un destino o a otro y confirmar que aún valía la pena subir a las montañas pese a la avalancha de hombres que habían llegado en los últimos dos años. Tanto Lorién como sus amigos fueron prudentes y realistas en sus comentarios: habían conseguido bastante oro, pero no se habían hecho millonarios ni conocían a nadie que hubiera tenido tanta suerte; lo más común era trabajar para poder mantenerte y obtener algún beneficio; y era real el peligro del juego, pues en todos los campamentos había casos de hombres que, después del enorme sacrificio de trabajar días y días en soledad, lo habían perdido todo en una noche.

A la mañana siguiente fueron de nuevo al puerto. Escolano quería localizar una compañía con pasajes a Chile, pero Hippolyte propuso hablar primero con el agente consular francés, que atendía en un barco en la bahía. Como antiguo soldado, él tenía sus papeles en regla, pero consideraba que, ya que la función de los consulados era proporcionar a sus compatriotas asistencia de emergencia, información y algo de dinero para instalarse en las minas, bien podrían advertirles de la hostilidad que se iban a encontrar allí. El nuevo cónsul, recién llegado a San Francisco en julio, escuchó atentamente la completa y sincera narración de Hippolyte de los hechos sucedidos en Rich Bar, y se horrorizó al ver las heridas de los latigazos en su espalda y en la de Sandor y la mutilación de Escolano. Reconoció que nada podía hacer, pero en compensación, emitió pasaporte francés para Festus con el nombre de Baptiste sin hacerle preguntas y, en ausencia de un agente consular de España, expidió otros para Sandor y Lorién, como oriundos de Bayona. Aunque habían viajado todo ese tiempo sin la debida documentación y nadie se la había pedido, con la nueva situación política y legal de California, el cónsul consideró que estarían más protegidos como franceses que como españoles, una palabra que allí se asociaba a mexicanos y chilenos.

El hecho de verbalizar los últimos días en Rich Bar y la compasión y decisión del diplomático actuaron como el bálsamo definitivo que los jóvenes necesitaban para curar sus heridas y continuar adelante. De momento, el único motivo de tristeza era la marcha de Escolano.

Pero San Francisco era una ciudad llena de oportunidades. Aún tenían tiempo para hacerle cambiar de opinión.

33

Con cada nueva palada de tierra que caía sobre el sencillo féretro de tablas de pino cepilladas toscamente en el que reposaba el cuerpo de su madre, Marot se repetía que la vida no tenía sentido.

La epidemia de cólera había terminado con un tercio de la población de Pasolobino en pocos meses. Su padre fue uno de los primeros en enfermar y morir a finales de julio. A principios de septiembre, los vecinos habían tenido que habilitar un prado bajo el cementerio pegado a la iglesia para enterrar los cadáveres que ya no cabían en el viejo; en seis semanas también se había llenado. Ahí estaban los padres de Lorién y los de Ponciana, que además había perdido a dos de sus cuatro hermanos, y el hijo recién nacido de Raymundo, el hermano de Lorién.

Y ahora le tocaba a Marot enterrar a su madre, la única fallecida en los últimos días de octubre, cuando ya parecía que la enfermedad remitía con el clima fresco del otoño.

La muerte se había cebado más con los mayores y los niños pequeños. Aun ahora, los vivos apenas se relacionaban mucho por miedo al contagio. Como se habían suspendido todo tipo de celebraciones y fiestas en los pueblos del valle, tampoco se podía saber exactamente qué había sucedido en otros lugares. Resultaba fácil deducir que habría sido peor, si en Pasolobino, el más alejado y aislado, había sido tan terrible.

Si la vida tenía algún sentido, pensó Marot, agotada, era el de trabajar para subsistir, a pesar de la ominosa presencia de la muerte. Ninguna tarea había quedado sin hacer, un año más, en los campos. Los animales requerían atención humana también en tiempos trágicos y las cosechas no se podían perder. En su casa, la tristeza tampoco había alterado mucho el ritmo de trabajo. Como si nada hubiera pasado, pensó con una punzada de dolor.

Durante la enfermedad, Marot se había preguntado qué haría cuando faltaran sus progenitores, aparte de enfadarse con Dios. No concebía su casa sin sus padres, que habían muerto demasiado pronto. Y, al no tener marido, ni intención de tenerlo, porque seguía esperando a Lorién, tendría que encargarse de todo como se había hecho siempre; y si él nunca apareciera, aquello continuaría año tras año. Visualizar la rutina de su futuro, que junto al amor de su vida le había parecido reconfortante, le suponía ahora una tortura que no podría soportar.

Tendría que darle un sentido a su vida, se dijo, mientras recibía a distancia el pésame del puñado de vecinos que se habían atrevido a asomarse al cementerio; mientras guardaba las pertenencias de su madre en el mismo baúl en el que habían puesto las del padre; mientras con Ponciana daba de comer al pequeño Silván, que había cumplido ya un año y se mostraba tan impaciente ante la comida como un pajarillo; mientras hacía cuentas del valor de lo que heredaba y lo que producían las tierras.

Y cuando lo tuvo todo claro, fue a ver al hermano de Lorién un frío día de mediados de noviembre.

Raymundo accedió a reunirse con ella en la era trasera, porque nadie se arriesgaba todavía a entrar en casa ajena o a recibir en la propia. Hacía tiempo que Marot no lo veía y el corazón le dio un vuelco al reconocer en él, aunque fuera más bajo y estuviera cansado y demacrado, los rasgos de Lorién. Si le quedaba alguna duda acerca de su decisión, desaparecieron en ese instante.

—Siento lo de tus padres y lo del pequeño —le dijo—. Espero que tu mujer se vaya conformando poco a poco.

—No queda otro remedio. Esto ha sido muy tremendo para todos. A ver si es verdad que esta peste se marcha por fin.

Marot asintió y entrelazó las manos con fuerza para atreverse a verbalizar su propuesta sin más preámbulos.

—Quiero venderte el ganado, a buen precio, y que te encargues de mis tierras.

—Lo comprendo. Una casa tan grande para una mujer sola...

—Quédate con lo que produzcan y, a cambio, échale un vistazo a la casa de vez en cuando.

—Te pagaré un arriendo, como debe ser. —Raymundo se detuvo como si acabara de comprender lo que ella le estaba diciendo—. ¿Cuidar de la casa? ¿Te vas de viaje? ¿Cuánto tiempo? Creía que no tenías más familia. ¿Y adónde te vas?

Marot alzó la barbilla para mostrar determinación.

—A buscar a Lorién.

Él tardó unos segundos en reaccionar.

—Tan lejos. Tú sola.

—Ponciana vendrá conmigo hasta Bilbao. Me dejará en el mismo barco. Ella se quedará allí, a menos que quiera acompañarme.

—Marot... —Raymundo la miró con una mezcla de ternura, lástima, y tal vez reproche—. Nunca has salido de aquí y piensas ir a América.

Un intenso rubor tiñó las mejillas de la muchacha. ¿No la creía capaz? Inspiró hondo. Después de todas las muertes y el dolor, sentía que necesitaba un reto.

—No tengo nada que hacer aquí y me lo puedo permitir económicamente —dijo con aplomo—. He seguido en la prensa las noticias sobre California. Cada vez viaja más gente allí con sus familias. Y, aunque más largo, el trayecto que me parece más seguro es en barco.

Raymundo admiró su aparente resolución, aunque dudaba de la fortaleza real de la joven. Se preguntó qué querría Lorién que hiciera. Simplificó el razonamiento. ¿Qué desearía él en la misma situación que su hermano? Se respondió rápidamente: tenerla a su lado. Después ya vendrían las decisiones sobre si quedarse en California o regresar a Pasolobino.

—Cruza el océano —dijo con una breve sonrisa de aceptación—, que tus propiedades estarán bien atendidas. Solo te pido que nos escribas más a menudo que el vago de Lorién. —Le hizo un gesto para que esperara, desapareció en la casa y volvió enseguida con un pedazo de papel—. Su última carta llegó cuando tu madre estaba enferma. Te he apuntado los nombres de los lugares que menciona. Ahora debe de estar en algún punto de las montañas llamado Rich Bar, al noreste de San Francisco.

El cuerpo de Brett reposaba junto a sus antepasados maternos en un pedazo de tierra vallada en una colina cercana a la casa del rancho Catalina. En el rancho Maxiwo, la tumba de Graciano había inaugurado el cementerio familiar.

Cynthia visitaba la tumba de su hermano todos los días. Se arrodillaba ante ella y rezaba una oración, cuyo mensaje cristiano de paz enturbiaba enseguida con su promesa de venganza.

Los dueños de los ranchos del valle habían presentado sus pésames y habían verbalizado con vehemencia sus deseos de mantenerse unidos en la lucha contra el invasor. Sin embargo, con el paso de las semanas, Cynthia había percibido un cambio en las relaciones vecinales. Obligada a pensar con claridad ante el desespero de sus padres, paralizados y envejecidos de repente, que no aceptaban la muerte de su hijo y heredero, seguía en sus trece de regresar al asentamiento y vengar las muertes, pero por distintas excusas nunca podía conseguir un número suficiente de hombres. La impaciencia la consumía. No aceptaba el miedo. No entendía tanta pasividad.

Fueron sus padres quienes le abrieron los ojos sobre una cuestión que ella no se hubiera podido ni imaginar.

Un atardecer de noviembre, Cynthia rompió el silencio cargado de suspiros que envolvía las comidas familiares desde el fallecimiento de Brett.

—Cuanto más tiempo pase, con más derecho se creerán a quedarse en nuestras tierras. Debemos ir contra ellos, padre.

—Tú no irás a ninguna parte. No nos arriesgaremos a perderte a ti también.

—¡Algo hay que hacer!

—¿Aún no te has desengañado? Nadie nos ayudará. Las cosas han cambiado, hija. Todos los ojos están ahora puestos en los ranchos Catalina y Maxiwo. Hacen apuestas a ver quién vende primero.

—Muertos y ausentes no tienen amigos ni parientes —murmuró Catalina.

—No os entiendo.

—Con la boda entre Evangeline y Brett, hubiéramos sido poderosos —dijo Ebenezer—. Ahora que eso es imposible, miden sus fuerzas para ver quién puede comprar.

—Pero nosotros no vamos a vender. ¿Maxiwo os ha comentado algo?

Su padre respondió con otras preguntas:

—¿Qué futuro tenemos? ¿Quién se va a encargar?

Cynthia los miró asombrada y cada vez más alarmada.

—Yo me encargaré. Como siempre lo he hecho. Y estoy segura de que, con nuestra ayuda, Evangeline también sabrá sacar adelante su rancho.

—Conozco tu valía, Cynthia, pero no basta en este mundo de hombres, a menos que... —Ebenezer se interrumpió y miró a Catalina, con la esperanza de que ella continuara, cosa que hizo.

—Hemos recibido tres propuestas de matrimonio para ti.

Cynthia parpadeó. Enseguida soltó una carcajada sarcástica.

—Y me imagino que habrá otras tantas para Evangeline... Mi respuesta es sencilla. No.

—Piénsalo bien. Es la mejor solución. —Catalina tomó la mano de su marido—. Suerte tuve yo de Ebenezer.

—Brett y yo estábamos convencidos de que os casasteis por amor, no por conveniencia.

—Así fue, pero muchos matrimonios concertados han funcionado bien...

—Ni hablar. Jamás. —La imagen de Lorién surgió en la mente de Cynthia. Ella solo se casaría por amor, y con alguien que respetara su libertad. Era ambiciosa. No podría soportar las manos o los labios de un hombre por su cuerpo si no lo amara.

—Te pedimos que lo consideres. —Catalina adoptó un tono cauteloso—. Brett nos contó que te hiciste ilusiones con aquel español, pero es probable que él siga otro camino y tus circunstancias han cambiado.

Cynthia enrojeció. Lorién era su secreto. Pensaba en él cada día. Le recriminó a su hermano ausente que les hubiera hablado de él. Tampoco le gustaba que pensaran que su felicidad dependía solo de un hombre o que cuestionaran su capacidad para llevar el rancho sola.

—Que os quede claro que, aparte de la pena por la ausencia de Brett, nada va a cambiar en esta casa. No necesito a ningún hombre que me diga lo que tengo que hacer.

—Una cosa es lo que tú desees y otra la realidad —dijo Ebenezer—. Una mujer sola no puede estar al frente de un rancho.

—Algún día querrás formar una familia y tener hijos —insistió su madre.

—Ahora mismo tengo otras preocupaciones.

—Y tú eres la nuestra, Cynthia —añadió su padre, con tono firme—. Tu madre y yo preferimos vender el rancho que verte obligada a renunciar al futuro que toda mujer desea, por mucho que te creas diferente. Nos gustaría que tu vida fuera cómoda y segura, y para eso necesitas un marido. Te ayudaré en lo que pueda de momento, pero no cuentes conmigo a largo plazo. Si en un año no te has casado, te aseguro que decidiremos por ti. No hay más que hablar.

—¿Así que no tengo derecho ni a defenderme? —Los ojos de Cynthia lanzaban chispas—. Esta es la situación: no pienso buscar marido durante un año. Si en ese tiempo no consigo ganarme el respeto de los demás rancheros, volveremos a hablar del tema.

Ebenezer apretó los labios, miró a Catalina y asintió con la cabeza antes de decir:

—De acuerdo.

A pesar de su pequeña victoria, Cynthia aguantó las ganas de llorar de rabia y frustración hasta que estuvo más tarde a solas en su dormitorio. Tumbada en la cama, abrazada a la almohada, maldijo su situación. Le dolía sobremanera la ausencia de Brett y le asustaba la gran responsabilidad que había caído sobre ella, pero si algo no podía soportar era que de repente su matrimonio fuera una prioridad para sus padres. Su odio hacia John aumentó. Por su culpa, Brett había muerto, Evangeline había enterrado al hombre con el que iba a compartir su futuro, y ella, además de perder a un hermano, tenía que renunciar a lo que siempre le había resultado más valioso: la posibilidad de elegir qué hacer con su vida.

Cuando ya no le quedaron más lágrimas, se levantó y comenzó a dar vueltas por el cuarto.

Sus padres le habían concedido un año para que cambiara de idea. Pues ella emplearía ese tiempo en demostrarles que no necesitaba a nadie. Se vengaría de John, con o sin ayuda. Seguiría adelante con las inversiones en agricultura planeadas con Brett. Traería más reses del este. Hablaría con Evangeline para unir fuerzas. A medida que el tiempo fuese cerrando la herida de la muerte de Brett, de donde había surgido el miedo a perderla a ella también y la necesidad de protegerla, sería más fácil convencerlos de que *ellos* cambiaran de idea.

Miró por la ventana. La luna llena de esa tercera semana de noviembre —grande, brillante y dorada—, testigo tanto de las buenas cosechas como de las tristezas, comenzaba una vez más su mengua hacia la desaparición total.

Cynthia se dijo que, como el bello astro, emplearía todas sus fuerzas para resurgir de la oscuridad que la envolvía.

Y Dios sabía lo testaruda que podía llegar a ser.

34

No hubo forma de convencer a Escolano de que cambiara de idea y se quedara con ellos. Pese a que los amigos lo intentaron hasta el último minuto, el chileno compró su pasaje para finales de noviembre. Las semanas de descanso en San Francisco habían obrado maravillas en el ánimo de Sandor e Hippolyte, que veían una ocasión de negocio a cada paso que daban, pero el alma de Escolano estaba ya más en Chile que en California.

Al comienzo del muelle que Escolano debía recorrer ya, si no quería perder el barco con destino a Valparaíso, Lorién esperó su turno para despedirse. La noche anterior habían recordado cómo se conocieron, a bordo del *Ange de la Mer*, donde habían salvado a Sandor de morir asfixiado en una caja de la bodega. Habían repasado también los momentos con los fallecidos Baptiste y Darragh, los improvisados conciertos en las veladas de la caravana durante la dura travesía por el corazón de Norteamérica y el principio y fin del campamento de Lorien's Bar.

—Fue un nombre acertado, querido amigo —le dijo Escolano con la voz cargada de emoción—. Tú nos has mantenido unidos desde el principio.

—Pero no he conseguido que te quedes...

—No es solo por lo de mi mano, Lorién. Es el desencanto. Nunca podría ser feliz en un lugar que odia a los chilenos. No comprendo ni cómo ni por qué somos el blanco del odio de los estadounidenses. Las primeras casas que se edificaron en esta ciudad se deben a los chilenos; las maderas han venido de Concepción y Valparaíso. Las nuevas que hay ahora existen gracias a los chilenos, que se han encargado de la corta de adobes; los pozos de la ciudad han sido hechos por chilenos. También la ropa, los zapatos y el pan... Y se nos ha agradecido con golpes e injurias. Quienes se quedan venden su trabajo por un miserable precio. —Señaló al numeroso grupo de viajeros chilenos que, como él, regresaban a su país—. No soy un cobarde y no soy el único, pero no quiero una existencia desgraciada. —Cambió el tono para distender el ambiente—: No sé qué diría tu abuelo, si viviera, de que ahora seas francés, con la manía que le tenía a Napoleón.

Lorién respondió a la broma con una breve sonrisa. La partida de Escolano le provocaba también una terrible nostalgia por su tierra. Hacía mucho que no sabía nada de sus padres y de su hermano. Las imágenes de Pasolobino surgían cada vez más desvaídas en su recuerdo; aunque curiosamente recuperaba con frecuencia y nitidez la de Marot, como símbolo de un remanso en el que tumbarse con la certeza de encontrar paz. El paso del tiempo también borraba las recriminaciones —si ella se hubiera fugado con él, podrían estar viviendo en alguna tranquila aldea francesa— y resaltaba la verdadera esencia de lo que merecía ser recordado: su risa, su apoyo incondicional y su entrega. Alguna vez le asaltaban las dudas. ¿Y si su tiempo en California debiera llegar ya a su fin? No era un hombre rico, pero con lo que había ahorrado, en Pasolobino podría comprar su inocencia y buenas tierras. Se recordaba entonces que Cynthia lo esperaba y recuperaba la seguridad.

—Reconozco que me da algo de envidia que vuelvas a casa y te reencuentres con los tuyos...

—Sabrás cuándo es tu momento, si tiene que llegar.

Se dieron un afectuoso abrazo.

—Nos volveremos a ver —dijeron a la vez en un tono ambiguo de afirmación y pregunta, y se rieron por la coincidencia, y la risa camufló las ganas de derramar lágrimas.

—¡El mundo no es tan grande, los barcos llegan a todas partes y mi país es muy hermoso! —dijo Escolano al tiempo que comenzaba a alejarse con paso decidido por el muelle, aunque aún se giró varias veces para grabar en su mente una última imagen de sus amigos mientras agitaba el muñón en el aire.

Lorién, Sandor, Festus e Hippolyte permanecieron en silencio hasta que lo perdieron de vista.

—¿Y ahora qué hacemos? —preguntó Sandor, con los ojos enrojecidos, como si la ausencia de Escolano le hubiera quitado las ganas de seguir descubriendo la ciudad.

—Comprar ropa —dijo Hippolyte, y los demás lo miraron desconcertados.

Con independencia de a qué se fueran a dedicar en un futuro próximo, debían causar buena impresión, argumentó el francés, mientras en la habitación del hotel, tras el almuerzo, triaba en tres montones las prendas zurcidas que iban a tirar, las que podían vender y las que había que limpiar. Podían lavarlas ellos mismos en una caleta, pero era muy incómodo, y por el dinero que se gastarían en un caldero o una artesa y jabón les valía la pena pagar el servicio de uno de los muchos establecimientos chinos que había en la ciudad. La propuesta fue aprobada por unanimidad y Festus se ofreció a llevarla.

Quedaron con él que se encontrarían en unos almacenes de la calle Commercial que les había recomendado Wilson.

Lorién se había resistido a deshacerse de sus queridas y machacadas botas de caña alta y piel fina, que lo habían acompañado desde Pasolobino, pero en cuanto vio la gran variedad de modelos nuevos se entregó a la labor de cambiar su imagen de minero por otra de hombre de mundo.

Durante un par de horas eligieron tres mudas cada uno, dos de diario y una para alguna ocasión especial que constaba de una levita oscura un poco más corta y por tanto más moderna que las que habían visto que lucían los hombres de negocios, con un elegante pantalón recto de diferente color, chaleco, pañuelo, botas de vestir y un sombrero de copa baja.

Solo faltaba Festus por comprar, pero no llegaba.

—¿Dónde se habrá metido? —preguntó Lorién en voz alta.

—Igual no ha ido a los chinos —dijo Sandor; le parecía la única razón lógica, conociendo a Festus—. Nosotros aquí gastando y él lavando para ahorrar.

Volvieron al hotel, pero no estaba en su habitación. Preguntaron a Wilson y dijo que no lo había visto. Fueron a la cala en la que los hombres sin casa lavaban su ropa, más allá del último muelle, donde nada separaba la tierra del mar, y tampoco lo encontraron. Al anochecer, recorrieron las tabernas de la ciudad por calles sembradas de botellas rotas, sin éxito. Desolados, volvieron al hotel pasada la medianoche.

—¿No recuerdas que te dijera nada sobre San Luis Obispo? —le preguntó Sandor a Lorién—. Puede que no le apetezca ir. —Intentaba dar con una explicación plausible sobre la desaparición de Festus.

A pesar de la insistencia de Lorién de trasladarse al

pueblo de Cynthia, alguna vez los demás habían comentado que en la tentadora San Francisco había muchas oportunidades.

—No me abandonaría sin despedirse.

—Aquí hay mucho trabajo para quien quiera quedarse. A lo mejor no se ha atrevido a decírtelo porque se siente en deuda contigo y ha preferido seguir su camino sin más.

—Festus sabe que respeto sus decisiones.

—Ahora tiene un pasaporte legal... —comentó Hippolyte—. Ya no nos necesita para protegerlo.

—Los hombres agradecidos dan la cara, y Festus lo es. Lo único que se me ocurre es que le haya pasado algo. No pararé hasta encontrarlo.

Aquella noche, Lorién apenas pudo dormir.

Pronto por la mañana, despertó a los otros dos y les urgió a que se vistieran con la ropa nueva, porque iban a hablar con el alcalde.

Se dirigieron a Graham House, en la esquina de las calles Kearny y Pacific, un lujoso hotel recién construido que el dueño alquilaba a la ciudad como sede del ayuntamiento, juzgado y cárcel. Varias personas ya hacían cola ante el edificio con galerías en cada una de las cuatro plantas que cruzaban de punta a punta las fachadas. Tuvieron que esperar un rato que les resultó eterno a que les llegara el turno de ser atendidos en uno de los cuartos convertidos en despachos, que daban a un largo pasillo, desde donde se derivaban las solicitudes al departamento correspondiente.

—Vengo a denunciar la desaparición de un hombre —le dijo Lorién al joven funcionario mientras tomaba asiento en la única silla frente a él, y Sandor e Hippolyte se situaban a su espalda, como si fueran los hombres de confianza de alguien importante.

El hombre les lanzó una rápida mirada, eligió un papel del montón extendido por su mesa, untó la pluma en tinta y se dispuso a tomar nota de la descripción de Festus. Al escuchar que Lorién se refería a un negro, le dijo educadamente:

—Si me permite un consejo, señor, en estos casos es más práctico poner un anuncio en el periódico y ofrecer una recompensa. Unos ciento cincuenta dólares es lo normal.

—¿Tantas desapariciones hay? —se extrañó Lorién.

—Yo diría más bien fugas. Los esclavos escapan de sus amos...

—Pero este es un estado libre.

—Los dueños de los esclavos que llegaron a California con sus amos antes de ser estado pueden reclamarlos y exigir su devolución a su lugar de origen. Los oficiales de la administración debemos ayudar al retorno de esos esclavos, siempre y cuando los encontremos, evidentemente. Pero tenemos muchos frentes abiertos y poco personal para dedicarnos a buscarlos, por eso le digo lo del anuncio.

—¿Y qué hace alguien si encuentra a un fugitivo?

—Debe traerlo aquí para cobrar la recompensa.

—Muy bien, entonces quiero cambiar mi solicitud. ¿Puedo saber si ayer encerraron a algún negro?

—Tendría que preguntárselo al *sheriff*.

Lorién estaba empezando a perder la paciencia, pero se obligó a mantener la compostura.

—Puedo esperar.

—Miraré si está en su oficina.

Lorién resopló y se giró hacia sus amigos. Justo entonces reparó en el hombre que se dirigía a otro de los cuartitos. Reconoció al cliente que la había tomado con Festus la primera noche que llegaron al hotel de Wilson. Frunció el ceño, tratando de recordar su nombre. Miller.

Un presentimiento lo empujó a levantarse, seguirlo por el pasillo y escuchar su conversación. Regresó con Hippolyte y Sandor y les susurró:

—Miller ha venido a cobrar su recompensa por haber capturado a un negro fugado.

Entró entonces el funcionario, con un recorte de periódico en la mano.

—El *sheriff* me confirma que anoche un ciudadano estadounidense trajo a un... —leyó el texto—: «Joven negro de unos veinte años y complexión fuerte, llamado Orson, fugado de Marysville el quince de septiembre de mil ochocientos cincuenta. Ciento cincuenta dólares de recompensa».

Lorién puso encima de la mesa un saquito con polvo de oro.

—Me gustaría verlo. —Mientras el funcionario se pensaba si caer en la tentación o no, les dijo a sus amigos—: Vigilad a Miller. Nos vemos luego en el hotel.

Lorién siguió al oficial administrativo por un laberinto de pasillos de la planta baja de Graham House hasta una pequeña sala vigilada por un soldado a la que daban varias puertas. Se asomó al ventanuco de la que le indicaron y sintió alegría y rabia al mismo tiempo. Su corazonada había resultado ser cierta.

Lo llamó y Festus, acurrucado contra una esquina, alzó el rostro, inflamado por los golpes, y lo miró con los labios apretados de furia, dolor y miedo. La sensación de derrota que le transmitió fue tan fuerte que le rompió el corazón.

—Te sacaré de aquí, amigo mío —dijo Lorién en tono afectuoso, aunque le hervía la sangre.

Con lentitud, Festus se levantó y caminó hasta la puerta del cubículo.

—Me quitaron la documentación.

—Y el cabecilla era Miller, ¿verdad?

Festus asintió sorprendido por que el otro lo supiera. La barbilla le tembló cuando dijo:

—No quiero volver a ser un esclavo, Lorién.

—Y no lo serás. —Se dirigió al funcionario y al soldado en tono amenazador—. Que nadie saque a este hombre de aquí hasta que yo vuelva. ¿Me han entendido?

Los hombres lo miraron perplejos y repitió la pregunta con voz atronadora para arrancarles la confirmación.

Regresó al hotel. Sus amigos no habían llegado todavía. Para ganar tiempo, cogió su rifle y su puñal y las armas de Hippolyte y bajó a la planta calle, donde se encontró con el dueño del establecimiento, a quien le contó lo sucedido.

Apareció entonces Sandor, que les explicó, excitado:

—Lo hemos seguido hasta su hotel. Hippolyte se ha quedado vigilando.

—Es la palabra de vuestro amigo contra la de Miller —dijo Wilson con expresión preocupada—. La ley prohíbe la aceptación del testimonio de un negro contra un blanco.

Lorién señaló sus armas.

—Pues aplicaremos la nuestra.

—Y yo os ayudaré. Esperad un momento. —Wilson desapareció en la cocina y volvió enseguida con un trapo y un trozo de cuerda que le entregó a Sandor.

Se juntaron con Hippolyte en la confluencia de las calles Montgomery y Sacramento. Lorién estaba dispuesto a irrumpir en el hotel y plantarse en su habitación, pero Wilson fue más sensato.

—Son más de las once y media. Tarde o temprano irá a comer. —Les señaló el callejón, a un par de pasos de la puerta del hotel, junto a un destartalado edificio por el que no pasaba nadie—. Esperad allí.

A las doce en punto, el hombre salió de su alojamiento, acompañado de otros dos. Wilson cruzó la calle y se hizo el encontradizo. Le dio suficiente conversación para que sus compañeros se adelantaran. Antes de que Miller pudiera reaccionar, Hippolyte ya lo había cogido del cuello y arrastrado al callejón, donde Sandor le metió el trapo en la boca. Miller trató de zafarse, pero enseguida se dio cuenta de que no podía hacer nada contra cuatro y adoptó una actitud sumisa.

Lorién le registró los bolsillos y encontró lo que buscaba: el pasaporte de Festus con el nombre de Baptiste y una bolsa con monedas.

—¿Qué hacemos con él? —preguntó Sandor.

Entre Hippolyte y Lorién lo introdujeron a empellones en el almacén abandonado. Lo ataron a un poste de madera y se marcharon.

Wilson los esperaba a poca distancia.

—Id a por el muchacho —les dijo—. Y no volváis al hotel. Llevaré vuestras cosas al muelle. Acudid a la calle Pacific, donde la compañía Smith and Hallet.

Corrieron hasta el ayuntamiento y esta vez no guardaron cola. Sin hacer caso de las advertencias del soldado de la entrada, irrumpieron en la oficina del mismo funcionario de antes. Lorién le mostró el pasaporte.

—¡Se llama Baptiste y es un hombre libre! —gritó, ante la atónita mirada del anciano que estaba siendo atendido.

El empleado de la administración se levantó de un salto y se dirigió al soldado que pretendía echar de ahí a Lorién:

—Busque al *sheriff* y llévelo a las celdas. —Acto seguido se volvió hacia Sandor e Hippolyte—. Ustedes esperen aquí.

Lorién lo siguió por los pasillos que ya conocía hasta la

sala de los presos, donde, ante la mirada sorprendida y curiosa del soldado, gritó:

—¡Baptiste, nos vamos!

—Necesito una orden, señor —dijo el soldado.

—Ahora viene.

El *sheriff* no tardó en aparecer. El funcionario le explicó la situación de la manera más objetiva posible: al parecer, había habido una confusión con la identidad del detenido.

—Pero alguien ha cobrado la recompensa —dijo el *sheriff*.

Lorién le entregó el dinero que le había quitado a Miller.

—Aquí tiene.

El *sheriff* se atusó la poblada carrillera. Lo correcto sería comentar el asunto con el alcalde, pero a su juicio este solo servía de juez conciliador si se peleaban dos yanquis, que no era el caso; o para meter en la cárcel al español si la pelea era entre un yanqui y un español, que tampoco era el caso; o para que si eran dos españoles quienes reñían, perdiera el más rico de los dos para que así pagase al intérprete y el importe de las costas. Tampoco era este el caso. Un negro no podía ir contra un blanco; pero un negro ayudado por un blanco tan acaudalado como ese, que iba bien vestido y no había vacilado en abonar esa cantidad de dinero, posiblemente no dudara en contratar al mismo Cornelius Cole, abogado y político importante que se oponía con firmeza a la esclavitud. Decidió que no valía la pena hacerle perder el tiempo al alcalde ni ponerlo en una situación que entretendría a la prensa. Se dirigió al funcionario:

—Que nada de esto conste por escrito.

El soldado abrió la celda y Festus salió. Miró con agradecimiento a Lorién, pero no le dijo nada. Permaneció silencioso durante el encuentro con Sandor e Hippolyte y todo el trayecto hasta el muelle donde habían quedado.

Wilson ya estaba allí. Les entregó sus pertenencias, un cesto con comida y cuatro billetes en el *Elizabeth*, un clíper paquebote de mercancías y pasajeros que partía hacia el sur esa misma noche.

—Os escuché un día hablando de San Luis Obispo. Dicen que no es mal sitio. El capitán Bacon es mi amigo.

—Temo que Miller vaya a por ti.

—En todo caso, será para darme las gracias. Antes de venir aquí, denuncié que lo habían atacado. No tardarán en dar con él.

Lorién le dio un breve abrazo.

—Gracias por todo.

—Si volvéis por San Francisco, ya sabéis dónde encontrarme.

Festus se despidió de la ciudad con la misma mirada de odio con la que Sandor e Hippolyte habían abandonado, heridos, Rich Bar.

Cuando el *Elizabeth* dejó atrás la bahía de San Francisco y el estrecho conocido como Golden Gate o Puerta Dorada, y comenzó su viaje por el Pacífico ante la costa californiana, Festus miró a sus amigos uno a uno y les dijo:

—Sabía que no me abandonaríais.

35

El *Elizabeth* realizaba la ruta a San Diego de noche con paradas diurnas para labores de carga y descarga en los puertos intermedios de Santa Cruz, Monterrey, San Luis Obispo, Santa Bárbara y San Pedro. Pasaron el primer día en la bahía de Monterrey, rodeada de montecillos cubiertos de pinos y encinas, y al anochecer continuaron hacia San Luis Obispo.

Sin poder coger el sueño, a medida que se acercaba a su destino, Lorién sentía que aumentaba su expectación ante la idea de volver a ver a Cynthia. Pero también lo embargaban las dudas. ¿Y si sus sentimientos hacia él se hubieran enfriado en el último año? ¿Y si al regresar con su familia se hubiera dado cuenta de que pertenecían a dos mundos opuestos? Una cosa habían sido aquellos deliciosos y apasionados encuentros furtivos en la caravana al oeste, y otra llamar a la puerta de su casa sin previo aviso. Si Cynthia seguía siendo la joven sincera e impetuosa que recordaba, no se andaría con rodeos.

Tenía que estar preparado tanto para la aceptación sin condiciones como para el rechazo.

La segunda mañana de viaje bordearon un saliente de la costa y desembarcaron en el fondeadero de San Miguelito, una pequeña concesión de un tal Miguel Ávila a unas diez millas de la población de San Luis Obispo en el valle del mismo nombre, que llegaba hasta el mar. Tras un par de horas de espera, una de las carretas que cubrían esa distancia con frecuencia para recoger pedidos de los barcos accedió a llevarlos.

Lorién recordó la pasión con la que Cynthia le había hablado de su tierra y pronto tuvo la sensación de que se adentraba en un entorno muy diferente al de las montañas y al de la ciudad de San Francisco; un lugar más tranquilo y amable, donde, además, se podía comunicar sin problemas, como comprobó con el carretero, que le recordó que en California, antes del oro, solo se hablaba en español.

La población estaba separada del mar por una barrera de pequeñas colinas que atravesaron por un corto y cómodo cañón junto a un río. Se abrió ante ellos entonces una planicie en la que pastaban reses y en la que promontorios de laderas verdes y doradas surgían aquí y allá, como si una mano divina hubiera pellizcado la tierra a capricho para erigir centinelas en posición de avanzadilla del ejército de montañas que se veían en el horizonte.

La carreta continuó hasta el corazón de la llanura donde, a los pies de un gran cerro, se levantaban varios edificios de adobe y madera rectangulares, de diversos tamaños y alturas, algunos con aberturas en forma de arcos y todos con tejados a dos aguas y rodeados de vallas de madera. La construcción más imponente, con diferencia, era la misión. Once columnas de fuste cilíndrico sobre toscas basas cuadradas sostenían la cubierta de una larga galería que terminaba en un espacio circundado por un muro al que se accedía por una verja sujeta por dos pilares. Allí estaba la iglesia, en cuya fachada principal, de mampostería, había tres ventanas arqueadas, con sus respectivas campanas, sobre tres puertas, también con forma de arco.

Ante la atenta mirada de los curiosos, mexicanos e indígenas, que no se perdieron ni un detalle de los forasteros, los amigos se apearon del carromato en la explanada frente a la misión y se dirigieron a un hotel construido con adobe que había ahí mismo, un poco separado de otros dos o tres edificios con porches que debían de ser almacenes y viviendas, por la configuración y el trasiego de personas.

Empezaba a atardecer y la temperatura era deliciosa, algo inusual a esas alturas del año en las montañas de Pasolobino y los campamentos mineros de Sierra Nevada, pensó Lorién; aunque no encontrasen habitación, podrían echar la manta al suelo y dormir en cualquier sitio. El dueño del hotel, un hombre mayor con ganas de contar su historia, se disculpó de antemano por no poder ofrecerles más que alojamiento: el negocio, que tenía su encanto por las vigas de madera y los suelos de tablas de árboles locales cepilladas a mano, estaba en venta, porque acababa de enviudar y quería marcharse a Monterrey, donde vivía una de sus hijas.

En el dormitorio que compartieron los cuatro, ninguno pegó ojo en toda la noche. Sandor e Hippolyte no callaron, a pesar de las protestas de Lorién y Festus. Al amanecer, el vasco ya estaba dando vueltas por los alrededores, con la mente puesta en arreglos, reestructuraciones, ampliaciones, decoración y gastos. Después interrogó al dueño. Durante el desayuno, que se prepararon ellos mismos, explicó a los demás su idea de quedarse con el negocio.

—Acabas de llegar, Sandor. No conoces nada de este lugar. Me parece pronto para arriesgarte a invertir aquí. —A Lorién le alegraba que Sandor se mostrara tan ilusionado de repente, pero también le preocupaba que cometiese un error.

—Pero ¿tú has visto lo bien ubicado que está? Cerca del mar, de los barcos que pueden traer todas las mercancías necesarias desde San Francisco. Estoy seguro de que el capitán Bacon y el mismo Wilson nos servirían de intermediarios. ¿Os fijasteis cuánta gente desembarcó ayer? Me ha dicho el dueño que hacen falta jornaleros, vaqueros y pastores en los ranchos; que no dan abasto para cubrir la demanda de carne y provisiones de huerta en el norte. ¡En algún sitio tendrá que comer y dormir toda esa gente!

—¿Cómo es que lleva un tiempo en venta y nadie lo ha comprado todavía?

—Los rancheros no se van a dedicar a esto. Y los locales que fueron a por el oro todavía no han vuelto. Esta población empezará a crecer en cualquier momento. Ahora aún puedo pagarlo, pero pronto los precios subirán, como está pasando en todas partes. ¡Mira a Wilson, qué ojo tuvo! Se le presentó la ocasión y la aprovechó. —Señaló con un gesto de barbilla a Hippolyte—. Sabe de carpintería. Se puede encargar de las obras.

—Con tus argumentos, estoy dudando entre montar un negocio de carpintería o asociarme contigo y abrir una taberna —dijo Hippolyte.

—¡Podemos hacer ambas cosas! —Sandor miró con ojos brillantes de emoción a Lorién y Festus—. ¿Y vosotros?

Lorién sonrió a la par que negaba con la cabeza.

—Es tu sueño, no el mío. Os ayudaré en lo que pueda hasta que encuentre trabajo.

—Yo también os ayudaré, pero no pienso servir a quienes me odian por ser como soy —dijo Festus—. Antes le pido trabajo a Brett. Quedó contento conmigo. Y el ganado da menos problemas que los hombres.

Al oír el nombre del hermano de Cynthia, Lorién pensó que lo primero que tenía que hacer era comprarse un caballo para desplazarse por la zona. Iría a visitarla cuanto antes.

Dejó, pues, a los otros con sus proyectos, se puso uno de sus trajes nuevos y se dirigió a los almacenes cercanos para recabar información sobre la ubicación del rancho y la manera de conseguir una montura. A diferencia de San Francisco, donde los establecimientos se especializaban en mercancías concretas, pronto se dio cuenta de que allí se podía comprar desde un alfiler a un carromato.

El propietario estaba ocupado, así que se entretuvo un rato mirando los anuncios colgados en un tablón de la pared, todos ellos escritos en español e inglés. Como había dicho Sandor, se necesitaban muchos trabajadores en la zona. Leyó uno que anunciaba la subasta pública de la propiedad de un fallecido sin herederos consistente en mil cuatrocientas cabezas de ganado, repartidas en treinta vacas, sesenta caballos, diez bueyes y mil trescientas ovejas. Anotó mentalmente la fecha, señalada para cuatro días más tarde. Quizá se diera una vuelta, al menos para saber si tenía alguna opción de compra con lo que había ahorrado, casi seis mil dólares. Se descubrió pensando que encargarse de un rancho, además de resultarle un objetivo estimulante, lo acercaba más al estilo de vida de Cynthia.

El vendedor llamó entonces su atención y Lorién se giró tan deprisa que chocó con una muchacha, que se llevó la mano al hombro con un gesto de dolor.

Lorién se disculpó con sinceridad y ella no le dio más importancia, porque estaba más pendiente de repasar con la vista los anuncios.

—¿Sigue ahí? —le preguntó la mujer de rasgos indígenas que la acompañaba.

La joven asintió, con expresión desolada, mientras señalaba el pedazo de papel con el dedo.

Se marcharon enseguida.

Lorién leyó el anuncio y sintió curiosidad. Se dirigió

en español al hombre de baja estatura y mirada despierta que controlaba todos los rincones del almacén a la vez que lo atendía.

—Me parece una oferta muy buena. ¿Cómo es que no le interesa a nadie?

—Es usted recién llegado, ¿verdad? Le seré sincero. Quien la acepte se enemistará con todos los rancheros. Si no quiere problemas, olvídese. Esta es una tierra sin ley.

La curiosidad de Lorién aumentó. Las mujeres buscaban un capataz y hombres para su rancho, llamado Maxiwo. Pagaban el doble de lo que indicaban los otros anuncios y ofrecían un cómodo alojamiento en vivienda aparte. Seguro que Cynthia le explicaría qué pasaba con ese lugar. Preguntó entonces por un caballo. El hombre llamó a gritos a un muchacho que arreglaba cajas al fondo y, durante la breve espera, aprovechó para mostrarle un Colt Paterson de cinco disparos.

—Si va a moverse por aquí, necesitará un sombrero y un revólver. ¿Sabe que nos llaman el pueblo de los tigres? Por los robos y asesinatos sin testigos...

Lorién pensó que las personas que había visto a su llegada la tarde anterior no le habían parecido peligrosas. Su primera imagen de San Luis Obispo no tenía nada que ver con la de San Francisco, en la que los hombres iban armados hasta los dientes para defenderse de los borrachos, vagabundos y desesperados que no habían cumplido su sueño del oro. No obstante, siguió el consejo del comerciante. Aceptó el arma, eligió un sombrero de fieltro de color arena, pagó el precio del alquiler del caballo para todo el día y siguió al chico hasta el establo donde le entregó un castaño robusto de largas extremidades y cuello y cola poblados de cerdas largas y abundantes. Hacía días que Lorién no montaba, pero se dio cuenta de que se acordaba. Antes de irse, preguntó por el rancho Catalina y descubrió que estaba más cerca de lo que pensaba, a unas once millas en dirección noroeste.

Su corazón aleteó de alegría al pensar que en menos de dos horas podía ver a Cynthia, aunque los nervios hicieron de nuevo su aparición. ¿Y si no estaba? ¿Y si había partido otra vez en busca de reses? Trataba de calmarse con razonamientos lógicos. No tenía prisa; la esperaría en San Luis Obispo el tiempo que hiciera falta. Pero... ¿y si estaba y no reaccionaba como él deseaba? ¿Y si se había enamorado de otro? Pronto tendría las respuestas a sus preguntas, se dijo. No tenía sentido torturarse.

Dejó a su derecha el alto cerro que dominaba el paisaje y cuando había recorrido la suficiente distancia como para distinguir los tres o cuatro cerros que el más alto ocultaba, separados entre sí por llanos, divisó un grupo de jinetes. Estaban detenidos, por lo que no tardó en alcanzarlos. Reconoció entonces a las mujeres del almacén: la más joven mantenía una discusión acalorada con tres hombres que la miraban con expresión burlona y despectiva. Uno de ellos sujetaba las riendas del caballo de la muchacha.

—¡Dejadnos en paz! —decía ella—. ¡No pienso abandonar *mi* tierra!

—¡Tendrás que demostrar que es tuya! —le argumentó uno, con acento estadounidense—. ¡Me apuesto lo que quieras a que no puedes! —Se dirigió a otro, de cabello castaño y piel quemada por el sol—: ¿A que estoy en lo cierto, eh, John? Por eso es tan agresiva y cabezota.

El tal John habló a las mujeres con calma.

—Ni siquiera queréis escucharnos. Os estamos haciendo un favor. No podéis haceros cargo del rancho Maxiwo. Nosotros sí. Os ofrecemos un buen precio.

—¿Un buen precio? —La joven tiró de las riendas, pero no pudo liberarlas de las manos del hombre, que rio de forma desagradable—. Dejadnos ir —suplicó, desalentada.

—Las señoras desean seguir su camino —intervino Lorién en ese instante, en voz alta y clara, con la mirada fija en el captor.

—¿Y tú quién eres para meterte donde no te llaman? —preguntó John, a la defensiva.

Lorién respondió lo primero que le vino a la cabeza:

—El nuevo capataz del rancho Maxiwo.

De reojo, se percató del esfuerzo de la joven para contener su sorpresa; la misma con la que los hombres recibieron la noticia.

John frunció el ceño, abrió la boca para decir algo, pero cambió de idea y le hizo un gesto al otro para que soltara las riendas. Ambas mujeres golpearon los flancos de sus caballos y partieron al trote.

Lorién se despidió con una leve inclinación de cabeza y con naturalidad, aunque el corazón le latía rápido. Siguió a las mujeres. Ahora se sentía en la obligación de escoltarlas hasta su casa.

Cuando las alcanzó, la joven le dedicó una sonrisa tensa. Sin intercambiar palabra, continuaron a buen ritmo una milla más por praderas llenas de reses hasta que se detuvieron ante un cercado. En un arco ancho de madera sujeto por dos postes altos se podía leer «Rancho Maxiwo». A escasa distancia había una bonita casa con porche, varios edificios de diferentes tamaños y un cercado con caballos.

—Gracias por tu ayuda —dijo entonces ella, que hizo un gesto con la mano para invitarlo a atravesar el arco—. Si lo quieres, el puesto es tuyo.

A Lorién le gustó la chica. Se veía que intentaba vencer su timidez por medio de frases cortas que sonaban firmes. En sus ojos había un brillo de esperanza. No quiso defraudarla demasiado.

—Te aseguro que volveré y comentaremos la oferta, pero primero tengo que ir al rancho Catalina.

Ella mostró nuevamente su sorpresa y le vino a la memoria aquel joven que le había robado el corazón a Cynthia.

—Hablas español, pero con un acento diferente. ¿De España?

Él asintió.

Podría ser una casualidad, pero un solitario y atractivo joven español en dirección al rancho de su amiga...

—Yo me llamo Evangeline, ¿y tú?

—Lorién.

El rostro de Evangeline reveló resignación, como si su sueño de contratarlo se acabara de esfumar. Él recordó entonces que Cynthia le había hablado de una amiga con ese nombre, poco frecuente. La prometida de su hermano Brett. Muchas preguntas acudieron a su mente, pero esperaría a que fuera Cynthia quien las contestara.

Evangeline señaló hacia el norte.

—Sigue recto unas nueve millas. No tiene pérdida.

Como si ese momento emulara uno anterior, en cuanto Lorién pasó bajo el arco con el nombre de «Rancho Catalina» un perro le salió al encuentro.

—¡Chulo!

Los ladridos roncos y amenazantes se convirtieron en lloriqueos agudos. Lorién avanzó por el camino de tierra hasta la casa, similar a la del otro rancho, pero más grande y ostentosa, y desmontó junto a un hombre que comprobaba que la cincha de la silla de su caballo estuviera bien ajustada.

Con el perro moviéndose a su alrededor, olisqueándolo y lamiéndole las manos, ató las riendas a un madero y respondió al efusivo saludo con palabras alegres mientras le rascaba las orejas. Que Chulo lo hubiera reconocido le resultó reconfortante, como si estuviera llegando a su propia casa.

Tardó unos minutos en poder saludar al hombre, que miraba la escena sorprendido. Tendría unos cincuenta años y una poblada barba cuidada e iba muy bien vestido con levita oscura, pantalón gris, chaleco y sombrero de copa alta.

—O tienes mucha mano con los perros, o juraría que os conocéis —comentó el hombre, que sujetaba unos documentos.

Lorién se quitó el sombrero y se presentó como un amigo de Brett y Cynthia, lo cual no era cierto respecto del primero, que en realidad había sido su jefe, pero le pareció que era una buena forma de comenzar. Añadió:

—Viajamos juntos desde San Luis de Misuri hasta el Fuerte Sutter.

Al hombre se le demudó el rostro y sus ojos se empañaron.

—Mi esposa y mi hija te atenderán —balbució, mientras metía los papeles en las alforjas—. Llego tarde a una reunión. —Montó con agilidad y se marchó.

A Lorién le extrañó su actitud, pero enseguida una voz a su espalda acaparó toda su atención. Era la de Cynthia, que llamaba a Chulo. Se giró y caminó hacia las escaleras del porche. En lo alto, inclinada sobre el perro, ella lo reñía cariñosamente por mostrarse tan escandaloso ante las visitas.

Con el sombrero en la mano, que sujetaba con fuerza para contener adrede su impaciencia, Lorién quiso disfrutar unos segundos de la deliciosa imagen de ella con el cabello recogido de manera informal y las mangas de la camisa ligeramente remangadas. Deslizó la vista por el delicioso perfil de su rostro, más tostado por el sol de lo que recordaba, por el corpiño de color claro que se ajustaba a su pecho y su cintura y por los dedos finos y ágiles entre el pelo del perro.

Ascendió un peldaño, que crujió bajo su peso, y ella se irguió.

Y supo enseguida que era bienvenido por el rubor que cubrió las mejillas de la joven, la forma en que entreabrió los labios, como si dejara escapar un suspiro largamente contenido, y el súbito brillo de las lágrimas en sus hermosos ojos.

Permanecieron inmóviles y en silencio un buen rato, con la sensación embriagadora del sueño cumplido. Conversaron con sus miradas, como si todo el tiempo transcurrido y todo lo sucedido en sus vidas durante la separación no tuviera importancia; como si la inmensa alegría del reencuentro debiera quedarse anidada en ese instante antes de que la vida volviera a ponerse en marcha y destruyera la magia.

36

Cynthia no sabía si Lorién había llegado demasiado tarde o demasiado pronto.

Lo había echado tanto de menos que lo había odiado por no haberla acompañado en su regreso al rancho hacía un año. No era tan estúpida como para pensar que su presencia habría alterado el orden de los acontecimientos y evitado el fatal destino de Brett, pero al menos ella no habría tenido que enfrentarse sola a la pena y al deseo de venganza que la carcomía, a la desolación de sus padres, al esfuerzo de tener que demostrar que podía hacerse cargo de la propiedad. Tras escuchar el relato de Lorién, había concluido que el oro encontrado, aunque fuera una cantidad importante para permitirle al joven encauzar su vida, no compensaba ni por la terrible experiencia que él y sus amigos habían vivido en Rich Bar ni por la tragedia que ella todavía intentaba superar.

Por otra parte, tal como estaban las cosas, no sabía cómo encajar a Lorién en su presente. Lo deseaba y lo amaba, pero debía cumplir su promesa de demostrar su valía a los otros rancheros en el plazo de un año. Una boda precipitada con él, aun en el supuesto de que sus padres la aceptaran, no arreglaría nada; en todo caso, aumentaría el rechazo de aquellas familias con jóvenes dispuestos a casarse con ella para ampliar sus posesiones.

—¿En qué piensas? —le preguntó Lorién.

Cynthia suspiró y tardó unos segundos en responder. Estaba sentada entre las piernas de él, con la espalda apoyada en su pecho y las manos de ambos entrelazadas en el vientre de ella. Le había mostrado uno de sus lugares favoritos, una preciosa laguna poco profunda junto a la que habían podido disfrutar de intimidad. Se habían amado con ansiedad, como si trataran de confirmar el deseo que sentían todavía el uno por el otro.

—Necesitamos tiempo —dijo al fin.

Lorién comprendió el mensaje. Debían asegurarse de que elegían el camino correcto. Él acababa de llegar; tardaría en descifrar el mundo de Cynthia. Si terminaba por admitir que su futuro estaba en San Luis Obispo, debería renunciar para siempre a Pasolobino, algo de lo que tenía que estar plenamente seguro para cerrar cualquier resquicio al arrepentimiento. Y ella había sufrido. Tal vez por eso la percibía más fría, algo diferente a la mujer que recordaba de la caravana.

—No quiero ni imaginar lo duro que habrá sido para ti, para tus padres y para Evangeline perder a Brett. ¿Cómo puedo ayudarte, Cynthia?

Ella barrió el aire con la mano.

—Esta laguna pertenece al rancho Maxiwo. Una buena razón para que todos lo deseen. No pararán hasta derribar a mi amiga. Evangeline no es fuerte como yo. Ya sabes que no encuentra hombres para defender lo suyo. Ayudarla a ella es ayudarme a mí. No te quiero engañar, mi ganado también bebe aquí.

—¿Quieres que acepte el puesto que me ofreció? —Lorién no trató de ocultar su sorpresa. Puestos a trabajar en un rancho ajeno, prefería estar con Cynthia.

Ella asintió con la cabeza y, como si comprendiera la extrañeza del joven ante su petición, añadió:

—En otras circunstancias te pediría que trabajaras para mí, para que te fueras acostumbrando al que podría ser tu hogar. —Sonrió brevemente—. Pero Evangeline necesita ahora a alguien de fiar a su lado. Es como mi hermana. Si ambas aguantamos, no les quedará más remedio que respetarnos. Tus amigos también son bienvenidos.

—No creo que podamos contar con Hippolyte y Sandor. Con Festus, sí. Pero hay algo que no entiendo. Tenéis las escrituras de las tierras. En Pasolobino, desde luego, esos documentos son sagrados...

—Los colonos dicen que su conquista de California les da derecho a disponer de las concesiones mexicanas y españolas, y si tienen que desalojar a los californios para poder asentarse, lo harán. Lo que siempre ha parecido sólido e inmutable ya no lo es. Desde Washington han pedido informes sobre la situación. El capitán Halleck, del gobierno militar de California, dice que los límites de la mayoría de las concesiones están mal definidos, que hay errores en los textos y que resulta sospechoso que el gobernador Pío Pico diera casi noventa concesiones en un año a sus amigos. Por otro lado, el agente Jones, del Gobierno de los Estados Unidos, dice que la mayoría de las concesiones es válida y que no resultará difícil detectar las fraudulentas. ¿A quién hará caso el presidente Fillmore? Mi padre no da un paso ahora sin llevar encima los títulos de propiedad, para mostrárselos a cualquiera que se atreva a cuestionar sus derechos, pero yo temo que, después de lo de Brett, esta incertidumbre acabará con él. No sabes lo descorazonador que es intentar razonar con los usurpadores como John. No te he dicho que está casado con Violet, aquella amiga de Escolano...

Lorién soltó una exclamación de sorpresa. Por primera vez pensó que era una suerte que su amigo no estuviese con ellos, que hubiese decidido regresar a casa. Al menos se había evitado esa decepción.

—Después de lo de Brett —continuó ella con tono áspero—, si no fuera porque allí hay niños, habría pagado una fortuna a mis hombres para atacar el campamento. Pero cumpliré mi palabra de vengarlo...

Para distraerla de esos pensamientos oscuros, Lorién la estrechó más entre sus brazos y le acarició suavemente el cuello con los labios. Había añorado el fuerte carácter de Cynthia, pero le dolía comprobar que también ella se había endurecido por las acciones de otros.

—Me alegro de haber venido, Cynthia. Aquí comienza nuestro sueño.

—Yo también me alegro, Lorién. Y te quiero. Pero ahora... —Iba a decir que solo la venganza le proporcionaría paz, pero se contuvo. Se puso en pie—. Ven. Quiero enseñarte algo.

Cynthia montó en su caballo y partió al galope hacia el norte. De cuando en cuando se daba la vuelta para comprobar que Lorién la seguía. Bordeó el pueblo por el lado oeste de la misión, cruzó un arroyo y ascendió por la empinada ladera gris de una colina yerma, carente de sombras, hasta llegar a la cima. Sin desmontar, recorrió el alargado cerro hasta el límite donde comenzaba a haber algo de vegetación.

Tras ella, Lorién sintió un poco de vértigo. Le pareció que estaba suspendido de una cuerda que colgara del cielo; podía ver el mar, otros cerros cercanos, las montañas del horizonte y, a sus pies, la tierra castaña y tostada, como si fuera una manta con casitas de juguete aquí y allá, un puñado alrededor de la misión y una treintena de ranchos hasta donde alcanzaba la vista, algunos hasta el mismo borde del océano.

—Este es mi lugar especial —le dijo Cynthia.

Señaló en las cuatro direcciones y fue nombrando los ranchos. Lorién se admiró de que conociera todos, desde los grandes, de más de veinticinco mil acres, hasta las parcelas pequeñas. Se repitió algunos de los nombres —Paso de Robles, Arroyo Grande, Atascadero, Pismo...—, pero dudó que pudiera recordar todos.

—Y allí están Gallinas, Nacimientos y Estrella —concluyó ella—, unos terrenos concedidos a los indígenas chumash, que nadie ocupa. —Soltó las riendas para extender los brazos, como si quisiera abarcarlo todo, y gritó su nombre con todas sus fuerzas—: ¡Cyn... thia...! ¡Dilo tú también! ¡Grita tu nombre!

Lorién lo hizo.

Rieron y lo repitieron varias veces, y sus nombres volaron juntos por el aire, la tierra y el mar; como si así sellaran un pacto íntimo, incondicional.

Cynthia lo miró entonces con intensidad.

—Este es mi mundo, Lorién. Si consigues amar esto como yo lo amo, tendrás mi corazón para siempre.

37

De regreso al hotel junto a la misión, Lorién pensó en las palabras de Cynthia. Sentía que la amaba como si el último año no hubiera existido. Y debía de ser un amor verdadero si estaba dispuesto a aceptar sus condiciones. Para complacerla, trabajaría para Evangeline y, de paso, aprendería a ser un ranchero y podría visitarla con frecuencia. Tal vez incluso consiguiera quitarle de la cabeza la idea de la venganza. Al fin y al cabo, los otros habían recibido con disparos a quienes, liderados por Brett, iban a atacarlos... Un caso difícil para cualquier juez, si hubieran detenido a alguien, que no lo habían hecho.

Un pensamiento lo puso a prueba entonces, en medio de aquella tierra sin ley donde, en palabras del dueño del almacén, tenían lugar robos y asesinatos sin testigos: ¿hasta dónde llegaría su lealtad a Cynthia? ¿Sería capaz de matar por ella? Él no era de naturaleza violenta, pero le carcomía no haber podido desquitarse de los salvajes de Rich Bar; al contrario, había tenido que huir con sus amigos para salvar la vida. Comprendía la rabia de Cynthia, aunque uno debía saber cuándo convenía retirarse de una batalla.

Encontró la respuesta a sus preguntas en el temor a que ella se pusiera en peligro. La protegería sin dudar. Mataría por salvarla.

A la mañana siguiente, Lorién encontró a Evangeline haciendo prácticas de tiro con un revólver. Sus pequeñas manos manipulaban el arma con torpeza y, si bien su rostro mostraba determinación, la postura transmitía incomodidad, como si se viera obligada a aprender algo que no le aportaba la menor satisfacción, ni siquiera cuando la bala alcanzaba uno de los pedazos de madera colgados de una cuerda a una distancia de ocho pasos.

—No me vendría mal practicar contigo —le dijo a modo de saludo—. Me manejo mejor con el fusil o el rifle.

Ella lo miró con el ceño ligeramente fruncido, expectante.

—Cynthia me ha contado lo que está pasando en tus tierras —añadió él—. Estoy dispuesto a aceptar el trabajo, con alguna condición. —Se había pasado media noche haciendo números.

Evangeline le ofreció la mano.

—Trato hecho.

Lorién sonrió ante su impulsividad, aunque no pudo evitar sentir lástima por su desesperación.

—¡No sabes cuáles son!

—Me fío de Cynthia, así que también de ti. Pero me gustará escucharlas.

—Me encargaré del rancho, de los trabajadores y de vuestra seguridad a cambio del sueldo, la vivienda y un buen caballo. Conozco mejor la cría de ovejas que la de reses, así que os recomiendo que ampliéis vuestro rebaño ovino. Es una buena inversión; tenéis el ejemplo del rancho Catalina. Me encargaré de todo, de comprarlas, de contratar personal, de esquilar y entregaros la lana. Mientras mantengamos el acuerdo, cada año os daré la mitad de las crías nacidas, marcadas con la señal de vuestro rancho, y yo me quedaré la otra mitad como pago por mi trabajo. Si queréis vender los borregos, yo tendré derecho preferente de compra. También tendré mi propio rebaño, que pacerá con el vuestro en los pastos libres de propiedad pública a los que tenéis derecho.

—De acuerdo en todo. —Evangeline le ofreció de nuevo la mano, que Lorién estrechó, y le dedicó una sonrisa de alivio—. Te enseñaré tu vivienda. Puedes instalarte cuando quieras.

Sin saber por qué, el contacto de la piel de la muchacha le trajo recuerdos de Marot. Se parecían físicamente —ambas eran menudas y de aspecto frágil— y, como hijas únicas, tenían un objetivo común en la vida: cargar con la responsabilidad de cuidar de su familia y de su patrimonio. En algún lugar de su corazón sintió que, al aceptar ese puesto de trabajo, al vincularse a San Luis Obispo, estaba enterrando definitivamente las promesas que una vez le hiciera a Marot. Tardaría más tiempo en regresar a Pasolobino, si es que alguna vez lo hacía...

Dejó escapar un suspiro y ahuyentó esos pensamientos innecesarios a esas alturas. Aunque siempre sentiría un afecto especial por ella, Marot pertenecía al pasado; Cynthia era su presente. Ojalá la española encontrara otro joven con quien compartir su vida. O tal vez lo hubiera hecho ya. Se dio cuenta de que no había sabido nada de Pasolobino en casi dos años. Ahora que tendría una residencia fija, les enviaría las señas para que lo tuvieran localizado y le escribieran. También tenía que ver cómo hacer llegar a Ponciana, si seguía viva y había vuelto al pueblo, las pertenencias y el dinero de Baptiste. Las deudas con los muertos eran sagradas. No se quedaría tranquilo hasta cumplir con la palabra que le había dado en el lecho de muerte.

Dos días después, Lorién acudió a la subasta que había visto anunciada. Como nadie quería toda la propiedad, la vendieron por lotes y él adquirió la borregada, compuesta por ochocientas hembras, doscientos moruecos y trescientas borreguitas crías. Realmente los rancheros seguían prefiriendo el ganado vacuno al ovino, pensó, sorprendido, cuando era más fácil criar ovejas, porque se necesitaban menos hombres y menos recursos para manejarlas y trasladarlas y se adaptaban mejor a los periodos de sequía o la aridez del terreno. Como Cynthia, él estaba convencido de que el clima benigno de la zona, con largos periodos de buen tiempo y temperaturas suaves, favorecería la cría. Él pensaba aprovechar los extensos pastos de la zona para un negocio que iría a más, porque había mucha demanda de carne de cordero, la habitual para los buscadores de oro, en el norte.

Festus aceptó asociarse con él, así que recogieron sus cosas en el hotel para instalarse en el rancho Maxiwo.

—Aquí tendréis siempre vuestra casa —les dijo Sandor tras la última cena que compartieron la víspera del traslado.

El dueño del hotel estaba tan ansioso por irse que había ajustado al máximo el precio de la venta y ya habían firmado los documentos. El plan de Sandor era volver a dar comidas y ofrecer el servicio de taberna mientras cambiaba la decoración. Por su parte, Hippolyte le había echado el ojo a una parcela junto a la misión donde construir su casa, plantar una huerta y un viñedo y empezar con trabajos de carpintería con idea de dedicarse a la construcción. A los amigos les parecía mentira que en tan pocos días se hubieran atado a San Luis Obispo, pero, aparte de las condiciones naturales y el próspero futuro que vaticinaban para el valle todavía despoblado, les reconfortaba saber que los cuatro estarían cerca para ayudarse, apoyarse y protegerse. En cualquier caso, ninguno estaba malgastando el dinero que habían ganado con el oro y, si cambiaban de opinión, podían vender, capitalizar y marcharse a otro lugar o, en el caso de todos menos Festus, regresar a sus países de origen.

Sandor se dirigió a Lorién en tono bromista:

—De momento, el único que tiene una razón de peso para establecerse aquí a largo plazo eres tú. Me apuesto lo que quieras a que terminas casado y formando una familia con Cynthia.

Lorién sonrió.

—Tú organizarías la celebración. No creo que haya un cocinero mejor por aquí.

Hippolyte alzó su vaso para brindar.

—Por el éxito de nuestros proyectos. ¡Y por que nosotros también encontremos alguna mujer especial!

Lorién disfrutó de la agradable sensación de que todos habían recuperado la ilusión. Para él, la verdadera amistad se medía por la capacidad de contagiarse de los sentimientos de tristeza y alegría entre los amigos. Quería a esos tres. Había sufrido por Sandor e Hippolyte durante los últimos días en Rich Bar. Había sufrido cuando Festus había desaparecido en San Francisco. Tocaba ahora compartir la ilusión del comienzo de un nuevo camino, que deseó fructífero para todos.

Lorién y Festus cargaron sus pertenencias en una pequeña carreta alquilada conducida por un burro y guiaron el rebaño adquirido en la subasta hasta las tierras del rancho Maxiwo. Por primera vez en muchos meses, Lorién volvió a darle su uso verdadero al cayado de su padre, en quien pensó para asumir la envergadura de sus nuevas tareas. La riqueza del oro dependía de la suerte; la que esperaba conseguir ahora dependería de su esfuerzo y su habilidad, de su capacidad de trabajo heredada de su familia, a la que honraría desde la distancia.

En poco tiempo, Lorién se acostumbró a su rutina diaria. Dos semanas después de empezar a trabajar para Evangeline y su madre, sabía qué debía hacer y qué se esperaba de él. Se levantaba temprano y dirigía con firmeza a los trabajadores, mexicanos e indígenas chumash de la familia de Maxiwo, que lo obedecían porque él era el primero que reparaba una cerca o se preocupaba por el ganado.

Gracias a un anuncio en el hotel de Sandor —donde ya lucía el cartel de El Vasco, regalo de Hippolyte, su primer trabajo profesional como carpintero—, que se había convertido en una oficina de empleo, porque era el primer lugar donde recalaban los recién llegados a San Luis Obispo, contrató a un argentino llamado Ulpiano y a un vasco francés llamado Pierre que habían probado suerte con el oro el tiempo suficiente para darse cuenta de que preferían dedicarse a lo que mejor conocían: el pastoreo. Tenían experiencia en el manejo de grandes rebaños en los pastos abiertos de la Pampa argentina y en el adiestramiento de perros pastores.

Mandó entonces Lorién construir unos cercados y reunió el gran rebaño en las inmediaciones de la casa del rancho, que se transformó en una ordenada confusión de balidos, ladridos y gritos. Todavía había muchos partos, aunque se acercara el invierno, tan cálido como el otoño. A las órdenes de los nuevos pastores, todos los trabajadores disponibles, incluido él, estuvieron pendientes día y noche de las ovejas. Según iban naciendo las crías, las colocaban con las madres aparte, en los cercados, donde controlaban que los corderos no confundieran a las madres y tetaran enseguida, o que la cría de una oveja muerta en el parto fuera aceptada por otra. Lorién supo que había acertado con Ulpiano y Pierre cuando vio la velocidad y la destreza con la que estos eran capaces de cortar las colas de los corderos para evitar la acumulación de suciedad en los cuartos traseros, que atraía a las moscas y provocaba enfermedades, y especialmente, de castrar a los borregos que no se emplearían para la reproducción para evitar el sabor desagradable de la carne.

Cuando los corderos pudieron valerse por sí mismos y el rebaño marchó a los pastos —más o menos lejanos, aunque nunca a más de una jornada—, Lorién hizo las funciones de campero. Se encargaba de proporcionar provisiones a Ulpiano y Pierre y sacos de sal para las ovejas una vez a la semana, porque ellos no se separaban nunca del rebaño y dormían en tiendas de campaña. Le encantaba distinguir la marca de la T de su casa en Pasolobino en los lomos de su ganado mezclado con el del rancho Maxiwo, marcado con una X, y con los machos merinos del rancho Catalina, marcados con una C, que Cynthia le había prestado para que se aparearan con las ovejas para mejorar la raza.

Aunque las dimensiones de los rebaños y los pastos eran diferentes, se notaba que Lorién sabía de ovejas por su experiencia en Pasolobino. Por su parte, Festus se fue especializando en el ganado bovino; se había puesto como objetivo montar a caballo y aprender a echar el lazo de cuero al cuello o a las patas de las reses con la misma habilidad que los indígenas y los mexicanos, y sus progresos eran evidentes. Formaban un buen equipo: que Festus prefiriera quedarse cerca de la casa del rancho le permitía a Lorién moverse por las tierras.

Como si los vecinos vigilaran expectantes sus actividades, durante ese tiempo no hubo ningún altercado, ni visitas de compradores interesados en el rancho, ni amenazas por parte de los *squatters* de John. Los rancheros, además, aceptaron de buena gana recibir un arriendo por sus tierras más secas e improductivas y por los pastos que, una vez hubieran herbajeado sus reses, recorrerían ahora las ovejas.

Lorién no paraba.

El poco tiempo libre que tenía lo dedicaba a Cynthia, a quien veía menos de lo que querría, pero le reconfortaba saber que ella estaba cerca. Recibía sus esporádicos encuentros como el premio a sus esfuerzos y la promesa de un futuro posible, esperanzador. Y le parecía que su cercanía también ayudaba a la joven, que se mostraba menos tensa e impaciente.

A finales de diciembre de 1850, y aunque Lorién no fuera el dueño, los trabajadores comenzaron a llamarlo «patrón». Para ellos era el que mandaba, el señor de la propiedad, el modelo a seguir, el defensor y protector de todo lo que pertenecía al rancho Maxiwo.

Aceptó el nombre con orgullo, como un honor cargado de responsabilidad. Haberse convertido en el patrón de un rancho en California era un enorme logro que le producía una gran satisfacción.

Con frecuencia, en medio de cualquier tarea, o a lomos de su robusto mesteño, se descubría pensando que había encontrado su lugar.

Y entonces rogaba a Dios que nada cambiara.

38

El *Irurac Bat*, de la compañía Esparza e Hijos, con el nombre escrito en la vela y en proa, la bandera ondeando al viento, la panza llena de mercancías y quinientos pasajeros a bordo, partió de la ría de mediana anchura y escaso fondo de Bilbao el penúltimo día de diciembre.

Desde la cubierta, con el corazón en un puño por el miedo, Marot se despidió mentalmente de su tierra y se prometió una vez más que se mostraría valiente ante Ponciana. La muchacha, incapaz de separarse de ella, a quien quería como a una madre o a una hermana por todo lo que había hecho por ella, había aceptado que le comprara un pasaje en el último momento, por lo que Marot le estaría eternamente agradecida: en medio de tanta gente desconocida, disponerse a cruzar el océano... Le temblaba todo el cuerpo y no solo por el viento helador y la humedad, sino también por el terror que le producía pensar que ese enorme barco sería su hogar en los próximos meses. Había vuelto a valorar con Ponciana las rutas posibles para llegar a América y se había reafirmado en que era más seguro soportar varios meses en un barco, aunque hubiera de hacer transbordo en Valparaíso, que exponerse a la dureza de cruzar en caravana los Estados Unidos, como había hecho Lorién y descrito en su carta, o de acortar por las selvas de Panamá.

«Ya no hay marcha atrás», se repitió la segunda noche a bordo, cuando el reloj señaló el comienzo de 1851. Se esforzaría por borrar la palabra *arrepentimiento* de su vocabulario.

Viajarían en una cámara compartida; el pasaje le había costado el doble de caro que el del rancho de proa, donde se hacinaban hombres en hamacas por sollados y puentes, y el doble de barato que un camarote de popa, donde se alojaban el maestre de la nao y personajes considerados y ricos. Cuando ella y Ponciana organizaron el escaso equipaje que la compañía les había permitido llevar, sintió alivio al percibir que ninguna de las seis mujeres con las que compartirían viaje protestaba por la presencia de Silván, algo que temía, pues el comportamiento de los niños era imprevisible. Tras las presentaciones, las primeras conversaciones y vueltas de reconocimiento por el barco, le tocó superar los días de mareo, aunque el buque se desplazaba tan lentamente que parecía que estuviera anclado. Cuando se acostumbró al sutil vaivén, se sumó a los pasatiempos de las tardes. Algunos cantaban o bailaban al son de la música de una guitarra; otros hacían pruebas de agilidad y fuerza; otros se dedicaban a vigilar a los fumadores, por miedo a que fueran descuidados con sus mecheros y fósforos y provocaran un incendio; de vez en cuando surgía alguna pelea, con gritos y puñales.

Silván se convirtió en un entretenimiento tanto para las mujeres como para los marineros. Sus pasos tambaleantes por la cubierta y sus gritos de excitación ante el descubrimiento de una cuerda, un hierro o una herramienta provocaban las risas de unos y otros. Las mujeres no podían tener más ayuda y ojos para vigilarlo, con lo cual el viaje les resultaba menos penoso de lo que habían pensado, aunque su gran preocupación compartida, además de que no cayera enfermo, era que no se comiera por un descuido una de esas bolas de engrudo de arsénico, azúcar y harina que había por todo el barco para matar a las ratas.

Marot encontró un apoyo especial en un grupo de hombres y mujeres vascos que iban a San Francisco. Hablaban en voz muy alta y gesticulaban con vivacidad, algo que a ella le encantaba, porque se sentía acompañada. Pero forjó una amistad especial con dos compañeras de alojamiento, unas solteras francesas que viajaban a Chile, donde tenían familiares. Una era maestra y la otra hacía encajes, y pensaban dedicarse a sus trabajos en América. Se contagió de la valentía que mostraban ambas, abiertas a enfrentarse a su futuro con ilusión, sin nervios, deseosas de conocer otro mundo, otra cultura, otra forma de hacer las cosas, diferente a lo acostumbrado.

Sorprendida por su propio entusiasmo a la novedad, Marot se descubrió deleitándose del viaje y de tareas como asistir a divertidas clases de inglés, tan alejadas de las rutinas de Pasolobino, dominado por los mismos temas de conversación y el temor a las opiniones de los demás. El mar se le antojaba una inmensidad moldeable, adaptable; el horizonte, interceptado en Pasolobino por las montañas, era ahí una eterna insinuación. Se maravilló de ser capaz de disfrutar de la libertad de tomar sus propias decisiones.

Y le pareció una sensación deliciosa, que la acompañó en la siguiente etapa del viaje, por la costa de Brasil hacia Montevideo y Buenos Aires y luego entre las islas Falkland y las tierras de Patagonia, y que ya no la abandonó ni cuando soplaron los vientos huracanados que llamaban pamperos o cayeron tormentas de lluvia y granizo que rompieron los faroles —el verde de estribor, el rojo de babor y el blanco del trinquete—, dejándolos sin medios para indicar su presencia en la oscuridad, o cuando una terrible tempestad azotó el barco una noche entera al cruzar el cabo de Hornos y, cogidas de las manos, las mujeres rezaron por sus vidas.

Marot había decidido abrirse al mundo, simbólica y literalmente, y debía asumir por tanto los riesgos y superar por ella misma las pruebas que se habría de encontrar en el camino. Se despidió con pena de sus amigas en Valparaíso, fin del trayecto del *Irurac Bat*, pero zarpó en el *Hurricane* con un ánimo muy diferente al de su partida de España doce semanas atrás. Resistiría las siguientes cinco o seis hasta San Francisco sin permitirse una sola queja sobre la dureza de los camastros, la calidad de las comidas, la incomodidad de lavar la ropa en cubos y los malos olores de tanta gente junta; sin angustiarse por la dificultad de encontrar a Lorién, ahora que era realmente consciente de los miles de almas que habitaban el mundo fuera de Pasolobino, o torturarse con pensamientos de peligro, amenaza y muerte cuando compartía sus días con tantas personas similares a ellas, con sus propios sueños y miedos.

De alguna manera, había aprendido de la inmensidad del mar, de la observación del trabajo de los marineros y de las historias de otros que su vida y sus razones para estar ahí no tenían tanta importancia; el ser capaz de disfrutar de Ponciana —ahora increíblemente bromista y desenfadada y que por fin había aceptado tutearla—, de los progresos diarios de Silván —que balbucía cada vez más palabras—, y de los regalos que la naturaleza ofrecía —un atardecer espectacular, el original vuelo de un ave, el baile lento de una ballena o una nueva bahía tan parecida y tan diferente a la anterior— había transformado a Marot en una mujer más segura de sí misma cuando, al anochecer del 3 de mayo de 1851 llegó a su destino y sus comentarios se sumaron al coro ilusionado que formaron las voces de chilenos, franceses, ingleses, belgas, alemanes, italianos y vascos.

El *Hurricane* tardó un buen rato en cruzar una garganta de cabos salientes e islotes antes de entrar en la bahía de San Francisco. Numerosas lucecitas salpicaban los pequeños puertos de las orillas irregulares y el centro de la gran laguna, donde la última claridad y los faroles de decenas de barcos, anclados más o menos cerca de tierra, aún permitían identificar las banderas de todos los países del mundo.

La noche cayó y la lentitud de los agentes de la aduana en emitir los permisos de desembarque impacientó a los tripulantes. De repente, un olor a humo y a madera quemada invadió el ambiente y una gran llamarada surgió en la oscuridad en algún lugar de las casas de la ciudad, dispuesta como un anfiteatro hacia la bahía.

La estupefacción fue general.

El viento aumentó su intensidad y extendió las llamas, que comenzaron a danzar enloquecidas y a extenderse ante el pasmo de los observadores. Los minutos y las horas pasaron y el viento se convirtió en un vendaval y el fuego incontrolable formó una vasta lengua que ocupó una media milla de largo. Los gritos que llegaban de la ciudad contrastaban con el silencio de los viajeros del *Hurricane*.

Marot no podía creerse lo que estaba viendo. No podía ser que su sueño ardiera ante sus ojos.

No pudieron desembarcar.

Los siguientes dos días, las noticias que trajo el capitán, que se había acercado en una lancha al muelle, corrieron de boca en boca. El incendio, no se sabía si provocado o no, había comenzado en una tienda de pintura y tapicería sobre un hotel. Impulsado por vientos cada vez más fuertes y el combustible adicional que proporcionaron las aceras elevadas de tablones de madera, el fuego había devastado el centro de la ciudad. Tres cuartas partes de San Francisco, más de mil casas, también las de ladrillo, muchas llenas de mercadería, habían quedado reducidas a cenizas, y habían fallecido varias personas, algunas de ellas en los nuevos edificios de hierro supuestamente ignífugos cuyas puertas y contraventanas se habían expandido con el calor, con lo cual la gente había quedado atrapada dentro. En la ciudad estaban acostumbrados a estas catástrofes, porque era el sexto incendio en dos años, pero ahora unas circunstancias extraordinarias lo habían agravado. El ingeniero principal a cuyo cargo estaba el departamento de bomberos y su suplente no estaban en la ciudad, por lo que las diversas compañías habían trabajado sin orden ni concierto. Además, la casualidad había querido que el incendio empezase tres horas después de haber cesado el alcalde, los concejales y otras autoridades locales y antes de tomar posesión quienes tenían que reemplazarlos, con lo que ni los salientes ni los entrantes tenían autoridad legal para dictar medidas acertadas.

Cuando por fin recibieron al tercer día permiso para abandonar el barco, Marot, Ponciana y Silván se despidieron del grupo de vascos, que no los dejaron solos hasta que consiguieron encontrar un coche de alquiler en medio del caos en el que estaba sumida la población.

No había quedado nada de la ciudad excepto las afueras escasamente pobladas.

Las mujeres descubrieron enseguida que la posada que les había recomendado el capitán había sucumbido al fuego. El cochero les sugirió entonces un hotel que conocía y, para que se fiaran de él, les entregó un anuncio de periódico en español en el que se publicitaba el cómodo y bien equipado Eighth Ward House, para damas y caballeros, localizado en el agradable y próspero lugar de la misión Dolores, como se conocía a la misión de San Francisco de Asís, dentro de un radio de cien pies de los viejos edificios de adobe, con habitaciones bien ventiladas y unas inmejorables vistas a la bahía desde el segundo piso.

Durante el recorrido, a Marot le vino a la mente la imagen de un hormiguero: por mucho que molestases a las hormigas con un palo o con el pie, ellas no cesaban su actividad febril. Todos los hombres andaban ocupados en retirar maderas quemadas, desescombrar o incluso comenzar a fabricar nuevas casas sobre las ruinas humeantes de los edificios.

—¿Y si nuestros hombres fueran dos de los fallecidos? —se preguntó Ponciana en voz alta—. Un viaje tan largo para nada...

—No pienses en eso, Ponciana.

—¿Y has visto cuánta gente? ¿Cómo daremos con ellos? ¿Y si no los encontramos? ¿Cuánto cuesta el hotel? ¿Tenemos dinero para mantenernos y para regresar?

La antigua Ponciana resurgía con sus angustias y sus preocupaciones. Marot resopló. También ella se hacía esas preguntas.

—Pensaba que no querías saber nada de Baptiste... Tenemos que estar preparadas para lo que venga. En cuanto al dinero, si fuera necesario, trabajaríamos, como todos. No creo que haya aquí panaderas y reposteras como nosotras.

El hotel se ajustaba a lo descrito en el anuncio, pero nada más entrar, el dueño las miró con recelo y les preguntó a bocajarro:

—*Your name?* ¿Nombres?

Sorprendida, Marot respondió por las dos. El hombre le pidió papeles que lo confirmaran y ella le mostró los pasaportes. Entonces, él asintió complacido y cambió a una actitud amable. Le tendió un recorte de un periódico. Era un anuncio escrito en inglés y español en el que un tal Thomas Pollard advertía de que no se haría cargo de las deudas contraídas por su esposa Sarah, que lo había abandonado. Marot comprendió que el dueño quisiera asegurarse de su identidad antes de aceptarlas en el establecimiento. Y tuvo una idea.

Mientras se acomodaban en el dormitorio, le dijo a Ponciana:

—Podemos preguntar en los consulados, pero me apuesto lo que quieras a que lo más efectivo es poner un anuncio.

Diez días más tarde, cuando las mujeres ya se conocían bien la ciudad, que se recuperaba del incendio a una velocidad sorprendente, y el texto llevaba una semana publicado en el *Daily Alta California*, el único cuyas oficinas no habían sucumbido al fuego, entre las decenas de anuncios de ofertas de trabajo, hospedaje, ventas y alquileres, servicios de mensajería, mobiliario, ropas y papelería, traslados de oficinas y extravíos por culpa del fuego que iban tras los artículos de opinión, los listados de importaciones y noticias generales, el dueño del hotel subió a la habitación al atardecer para avisarla de que un hombre preguntaba por Marot. El propietario y su esposa se preocupaban por ellas y por el niño. Les daba lástima que hubieran viajado tan lejos para buscar a sus maridos, pues sabían que muchos aprovechaban la excusa del oro para romper con su vida anterior.

Marot descendió rauda las escaleras, con el corazón palpitante por el anhelo de que fuera Lorién. Anticipó mentalmente el encuentro: él se extrañaría de que ella hubiera sido tan valiente como para ir a buscarlo a la otra punta del mundo, y la abrazaría, y le diría que la había echado mucho de menos.

En recepción se fijó en un hombre alto, de complexión fuerte, vestido con ropa de buena calidad, que estaba de espaldas. Pero se dio cuenta enseguida de que su cabello no era oscuro. No era Lorién, pensó decepcionada. Qué poco le había durado la ilusión.

Verbalizó un saludo y él se giró y la miró con curiosidad. Ella extendió la mano y cuando él, galante, se inclinó y se la acercó a la boca en ademán de besarla, Marot sintió un leve escalofrío de placer. Era un hombre muy atractivo, con unos cautivadores ojos verdes, cuyo nombre no entendió bien. Lo invitó a que tomara asiento en una mesita de la sala de comer, junto a la ventana, y pidió que les sirvieran sendas copitas de brandi; necesitaba calmar sus nervios.

Como él solo hablaba algo de español y el inglés de ella era básico, apoyaron la comunicación con gestos, dibujos y anotaciones en un papel que les facilitó el dueño del hotel.

Comentaron el incendio y él le contó que había colaborado como bombero, para lo cual le había servido su experiencia en otro incendio en San Luis de Misuri, hacía casi dos años. Enseguida pasaron al asunto que los había reunido.

El estadounidense había conocido a un Lorién que viajaba con un Baptiste en la caravana de San Luis de Misuri a California. Por las descripciones físicas y lo poco que él podía saber sobre su vida anterior en España, todo parecía indicar que se refería a los hombres que ella buscaba.

—Siento decir que Baptiste murió de cólera en el trayecto —se compadeció él con sinceridad.

A Marot le impactó que, a tantas millas de distancia, el francés hubiese muerto de lo mismo que se había cebado con los vecinos de Pasolobino. Sintió pena por Ponciana; aunque decía que lo había olvidado, porque él había preferido hacer las Américas a cumplir con su palabra de matrimonio, la noticia le dolería.

—¿Y Lorién?

—Coincidimos luego en las minas de oro, en un lugar llamado Rich Bar, pero él se fue a principios del pasado otoño.

Marot sintió que le fallaban las fuerzas al imaginar a Lorién de regreso a Pasolobino. ¿Y si hubiesen estado viajando en sentidos opuestos en esos últimos meses?

—¿Tiene alguna idea de adónde pudo ir, señor...? Lo siento, no sé cómo pronunciar su nombre.

Él tomó la pluma y escribió:

—Thayer Sullivan.

Lo repitió varias veces hasta que ella, entre risas, lo pronunció correctamente.

39

Lorién se secó el sudor de la frente. Hacía un calor insoportable y la lana acumulada en montones por todas partes no aportaba precisamente sensación de frescor.

Entre los pastores, los trabajadores del rancho, Festus y él habían esquilado todas las ovejas. Habían tardado más tiempo del deseable y ya estaban casi a mitad de junio, cuando los pobres animales ya tendrían que estar en las montañas. Le parecía que, en algunas ovejas, la lana se levantaba como si se fuera a despegar de la piel sin ayuda de la tijera.

Con el gancho de pastor atrapó la última oveja, le ató las patas delanteras y traseras, y la tumbó en el suelo. Se agachó, la sujetó con las piernas y la mano izquierda, y con la derecha empuñó la tijera. Con la punta fue cortando la lana de la parte izquierda del animal, primero la paletilla, luego medio cuello, el costado, las patas traseras y el rabo. Dio la vuelta a la oreja de la oveja y comenzó a esquilar del cuello hacia la zona inferior para terminar el lado derecho. Finalmente le esquiló la tripa, arrojó la tijera al suelo y liberó al animal, que se alejó de él con la misma actitud de extraña ligereza y frescura que las demás.

—¡Pensé que no terminaríamos nunca! —le dijo a Festus, que también sudaba lo suyo—. ¡Ya tengo ganas de que se vayan!

Ulpiano y Pierre habían pastoreado durante el invierno y la primavera, primero por las tierras de los ranchos y luego por las más secas del interior, donde las lluvias invernales producían pastos. Ahora, con retraso por la esquila, conducirían los rebaños a las montañas del este para pasar el verano mientras los primeros corderos vendidos gracias a Sandor, en cuyo hotel se alojaban huéspedes de todo tipo y profesión, viajaban hacia el norte.

Festus sonrió.

—Como te sobrará tiempo, me puedes ayudar con las reses. Para que no te aburras.

—Ni lo sueñes. Pienso descansar unos días en El Vasco. Ojalá pudieras acudir tú también. Hace mucho que no nos juntamos los cuatro.

Su deseo era sincero, pero sabía que imposible. Por disposición de Evangeline y Maxiwo, nunca se marchaban del rancho los dos a la vez. No se había producido ningún incidente en los últimos meses, pero ellas no se fiaban. Había corrido como la pólvora el contenido de la ley aprobada por el Congreso en primavera, que ignoraba los artículos principales del Tratado de Guadalupe Hidalgo que garantizaban los derechos mexicanos de la propiedad. La nueva ley colocaba la carga de la prueba en cada californio que reclamara la tierra en el estado de California o, lo que era lo mismo: aquellos que tuvieran escrituras mexicano-españolas debían presentar pruebas documentales a los tres miembros de una nueva comisión, designados por el presidente. Las audiencias comenzarían en breve en la ciudad de San Francisco, tras las cuales se emitiría un veredicto sobre cada reclamación.

Los nervios habían regresado a las familias de Cynthia y Evangeline. No había nada peor que esperar a que otros dictaminaran si lo que tú siempre habías creído tuyo era realmente tuyo. Tendrían que buscarse un abogado, que no eran baratos, desplazarse a San Francisco y soportar la incertidumbre de explicarse ante una comisión que representaba a la nueva ley y las nuevas maneras estadounidenses.

Lorién sabía por experiencia que cuando un Gobierno intervenía individualmente en tu vida, por cualquier causa, terminabas por parecer culpable, por muchas razones y argumentos que esgrimieras, si acaso podías hacerlo. Él no había hecho nada para tener que huir y, sin embargo, estaba ahora en la otra punta del mundo. Y esa apariencia de culpabilidad te volvía vulnerable. En el caso de Cynthia y Evangeline, no habían tardado en surgir nuevos comentarios maliciosos acerca de la legalidad de sus concesiones. Lo sabía por Sandor, que se enteraba de todo en la taberna del hotel. Y en uno de sus viajes para aprovisionar a los pastores había comprobado que los colonos del grupo de John habían ampliado sin problemas su asentamiento en el noreste del rancho Maxiwo, formado ahora por varias granjas, y que habían cercado una gran extensión que antes era de libre aprovechamiento para labrar las tierras.

Ese se había convertido también en su problema. Su rebaño y el del rancho necesitaban grandes superficies de pastos. Y John no perdía la ocasión de echar pestes en la taberna contra los pastores nómadas que dañaban sus cultivos fuera de las cercas. ¿Por qué debía gastarse el dinero en más maderos y postes —preguntaba a todo aquel dispuesto a escuchar— cuando correspondía a los ganaderos vigilar a sus animales e incluso pagar por la destrucción de los sembrados? Como cada vez llegaban más *squatters,* la audiencia de John había ido creciendo mes a mes. Ante la amenaza, varios rancheros habían preferido arrendar sus tierras a bajo precio antes que arriesgarse a perderlas; ninguno había secundado la propuesta de Cynthia de echarlos por las malas.

Si en algún momento Lorién había creído que ella abandonaría su idea de vengar la muerte de Brett, pronto se percató de su equivocación.

El generoso Sandor, cómplice de sus encuentros con Cynthia, había cumplido su palabra y le dejaba una habitación en el pequeño edificio junto al hotel que había habilitado como su residencia y que tenía una entrada aparte. Aunque alguna vez había quedado con ella en la vivienda del rancho que compartía con Festus, agradecía y saboreaba esos momentos lejos del trabajo, las ovejas y los nervios por disimular lo que todos los trabajadores sabían, a tenor de las irritantes sonrisitas que desplegaban y las miradas que intercambiaban cuando la veían llegar a lomos de su caballo: que había una estrecha relación entre ambos.

Mientras esperaba a que Cynthia llegara a la cita, aprovechó para bañarse con calma en la alargada tina de metal que Sandor le había preparado en un rincón del cuarto. Agotado por las últimas jornadas de esquileo, se relajó tanto que cuando ella entró aún estaba en el agua.

Cynthia le dedicó una mirada atrevida y no tardó en desvestirse, introducirse en la bañera y reclamar espacio entre sus piernas. El recipiente era tan estrecho que tuvo que conformarse con sentarse frente a él.

Se entretuvieron un buen rato calladamente acariciando el uno las piernas del otro hasta donde les alcanzaban los brazos. El silencio dio paso al juego de salpicarse, a la risa y al deseo de sentirse más cerca. Se secaron rápidamente el uno al otro con las toallas y se tumbaron en la mullida cama para acariciarse sin la prisa de otras veces, concentrados en el sosegado redescubrimiento de cada pulgada de sus cuerpos, seguros de cómo recorrer la senda del intenso placer que sabían alcanzar juntos. Lorién no podría amar a ninguna otra mujer como amaba a Cynthia. Y ella no podría amar a ningún otro hombre como amaba a Lorién.

La paz tras el goce físico y espiritual, no obstante, duró poco.

—Debo compartir algo contigo, Lorién —le dijo, mientras le acariciaba el torso, en el que se apoyaba—. He conseguido hombres. Han aceptado por dinero.

Lorién frunció el ceño.

—¿Qué les ha hecho cambiar de idea?

—Son de fuera. La mayoría recién llegados, sin nada. También les he prometido contratarlos o ayudarlos a buscar trabajo.

—¿Cuántos?

—Veinte.

—No son suficientes.

—Pero son buenos tiradores.

—¿Cómo lo sabes?

—Me lo han demostrado.

Lorién se incorporó.

—¿Cuánto llevas con esto? —preguntó algo molesto—. Pensaba que te habías olvidado.

—No me gusta repetir las cosas. Te dije que cumpliría mi palabra. No busco tu aprobación. Simplemente te informo.

—Muchas gracias por tener en cuenta mi opinión —dijo él, irónico.

—Tú me pedirías que lo dejara pasar. Me dirías que los tiempos están cambiando, que debemos aceptar la realidad. Que no vale la pena lanzarse a una batalla perdida de antemano. Por eso no te pregunto.

—Y tengo razón. Entiendo que quieras vengar la muerte de Brett, pero hay algo más. Con tu hermano terminó también una forma de ver y hacer las cosas, al modo antiguo de Ebenezer y de Graciano. Tanto si fracasas como si consigues tu objetivo, ni Brett ni ese mundo del que has formado parte regresarán. Eres la mujer más valiente e independiente que he conocido. Deberías olvidarte del pasado y pensar solo en el futuro.

—Si logro que se vayan de aquí, nos respetarán.

—Vendrán más. No podrás echarlos a todos.

—Tu abuelo luchó contra los franceses. Contra las invencibles tropas de Napoleón. No se cruzó de brazos. Defendió su mundo. Y venció.

Lorién deshizo el abrazo y se sentó al borde de la cama.

—No es comparable —le replicó, enfadado—, y no me gusta que me taches de cobarde por no querer saber nada de una guerra que no es la mía. Me pediste que ayudara a Evangeline y lo he hecho. No me pidas que empuñe mis armas contra familias que solo luchan por sobrevivir.

Sintió la mano de Cynthia en su espalda.

—Solo quiero que me comprendas. Nada más.

A Lorién le dolía escucharla. Para él, el amor exigía el compromiso con lo que la otra persona era. Cynthia necesitaba liberarse del resentimiento para continuar adelante, pero a su juicio cometía un gran error. El odio no era sino un demonio hábil y paciente que prometía la imposible compensación por un daño mientras se afilaba con placer las uñas ante la imparable espiral de aversión que en realidad alentaba. Nada podía hacer para convencerla de que abandonara su plan, así que no le quedaba otra opción.

Porque la amaba.

—No puedo soportar que te pongas en peligro. Si no puedo impedirlo, mi obligación es estar a tu lado. —Se giró hacia ella—. ¿Cuándo será?

—Lo sabré cuando llegue el día. —Le tendió la mano,

que él aceptó—. Ven. —En su mirada, brillante e intensa, había anhelo, súplica y tristeza. Lorién se tumbó de nuevo y ella buscó la seguridad de su abrazo.

Se sentía dichosa y conmovida por la reacción de él. Solo alguien que la amara de verdad mostraría tal lealtad. Lo deseaba. Lo amaba. Preferiría morir a vivir sin él. Ya había un día señalado para echar a los asesinos de su hermano de esa tierra. Lo había organizado todo con Evangeline y Maxiwo.

Pero no le diría nada a Lorién.

Jamás pondría en peligro al dueño de un corazón de oro.

40

En medio de la algarabía de una veintena de críos y el entusiasmo de media docena de madres, John ayudó a Violet a subir al pescante del carromato. Comprobó después que llevaban suficientes provisiones de comida y, sobre todo, de agua para soportar ese día de junio que, pronto por la mañana, ya se anunciaba caluroso.

—No me gusta que os alejéis tanto —le repitió a su esposa al despedirse—. Y más en tu estado.

Violet alzó la vista al cielo. No comprendía la renuencia de su marido a que pasaran el día en el pueblo de San Luis Obispo.

—Oh, vamos, John. Solo serán unas horas. Hace meses que no veo a mi madre tan animada... Mis hermanos y los otros niños están muy ilusionados. ¡Nunca les habéis dejado ir más allá de las cercas! Además, llevamos meses sin incidentes. —Se llevó la mano al vientre—. Si puedo trabajar en la huerta, seguro que resisto una excursión. No le pasará nada al bebé.

—Me sentiría más tranquilo si os acompañara.

—Ya lo hemos hablado. Me parece un gesto de buena voluntad que nos hayan invitado a las mujeres y los niños a conocer el pueblo y la misión. Parece que nos van aceptando, pero hay que ir poco a poco. Sería una provocación que os vieran por ahí con vuestras armas.

John asintió a regañadientes. Con un gesto de la cabeza señaló a sus jóvenes cuñados, sentados en la parte de atrás.

—Tus hermanos saben disparar. Llegado el caso, ya saben dónde he escondido unos rifles.

Violet le acarició la mejilla.

—Volveremos para la cena.

La joven sacudió las riendas y chasqueó la lengua para arrear a los caballos y los ilusionados pasajeros prorrumpieron en un aplauso. Aunque ella no desconfiaba del «patrón» Lorién, a quien había tratado bastante en la caravana por ser amigo de Escolano, siguió el consejo de John y se dirigió primero hacia el sur para bordear las tierras del rancho Maxiwo en lugar de cruzarlas y luego hacia el este, por lo que el trayecto duró algo más de dos horas. Cuando los niños ya habían cantado todas las canciones que sabían, habían jugado a nombrar todas las plantas, árboles y matorrales del camino y empezaban a quejarse de que tenían hambre y estaban cansados, Violet detuvo el carromato a las puertas de la iglesia y pidió a sus hermanos que llevaran los caballos a abrevar mientras hablaba con una mujer de rasgos nativos que se le presentó como la guía de la misión.

Cuando le dijo su nombre, Violet sintió un estremecimiento.

Era la viuda del propietario del rancho Maxiwo, el tal Graciano que había fallecido por los disparos de su marido y los otros hombres. La que hubiera sido suegra de Brett. Miró a su alrededor. Un nutrido grupo de curiosos de piel, cabello y ojos oscuros se habían acercado a ver a los recién llegados, en su mayoría rubios con ojos y piel claros.

Por un instante se arrepintió de no haber hecho caso a su marido. Los analizaban como los extranjeros que eran, con una mezcla de interés, altivez y menosprecio, si no rechazo. Maxiwo se dirigió a ella con voz afable; aunque le pareció una amabilidad que no encajaba con el rictus serio de su rostro y su mirada neutra, como si estuviera haciendo un gran esfuerzo de contención de emociones.

Violet se propuso causar buena impresión. Agradeció a Maxiwo la invitación y le adelantó que no le harían perder mucho tiempo. No sabría explicarlo, pero tenía ganas de salir de allí y regresar con John. Como Maxiwo apenas hablaba inglés y ellas apenas sabían el poco español que les había enseñado Escolano, Maxiwo hizo señas a un hombre para que se acercase. La sorpresa de Violet no pudo ser mayor cuando lo reconoció.

—¡Festus! Me enteré de que Lorién trabaja en el rancho y Sandor lleva el hotel, pero no sabía si alguno más del grupo...

Festus comprendió su deseo de información; la puso al día eligiendo bien las palabras, sin entrar en detalles, los suficientes para satisfacer su curiosidad respecto de lo que podría haber sido y no fue:

—Me vine con ellos. Hubo un accidente en las montañas. Darragh murió. Escolano perdió una mano y decidió regresar a su país.

Violet entreabrió los labios y dejó escapar un suspiro largamente retenido. Se había hecho ilusiones con Escolano durante la travesía al oeste, pero cuando lo veía tocar el piano, razonaba que el destino del chileno no estaba en una granja. Si ella hubiera sido libre, si no hubiera tenido que ayudar a su madre a sacar a sus hermanos adelante tras la muerte de su padre, lo habría seguido a cualquier parte del mundo. Ahora ya no había remedio, pues ella había formado su propia familia con John; pero la pena que sintió por lo que le había sucedido fue inmensa. Los ojos se le llenaron de lágrimas. Apretó los labios con fuerza y parpadeó para recomponerse. Hizo un esfuerzo enorme por hablar con normalidad.

—Lo siento mucho. —Miró a Maxiwo—. Cuando quiera, podemos comenzar.

En todos los meses que llevaba viviendo en el rancho, Festus nunca había oído hablar tanto a Maxiwo.

Desde el primer momento encandiló a su audiencia —y a él mismo— con las historias que les contaba con voz pausada, a veces intencionadamente dramática. En la iglesia, les habló de la vida del santo que daba nombre a la misión, y con paciencia aclaró conceptos de la religión católica que desconocían tanto los niños como las mujeres. Recorrieron el resto de la propiedad: el convento donde en tiempos residían los frailes, el hospital, las cabañas para los nativos, el molino de rueda, los graneros, los almacenes, los cuarteles de los soldados, las residencias de las mujeres solteras... Algunos edificios, de adobe y tejas, se estaban desmoronando; otros, los más viejos, de madera y paja, ya eran ruinas. Pero en cada rincón surgía de sus labios una anécdota sobre las tareas que llevaban a cabo los chumash. Les explicó que todo eso pertenecía ahora a un comerciante escocés porque, como estaba muy deteriorada, el gobernador Pío Pico se la había vendido hacía seis años por quinientos dólares, que parecía mucho, pero que era muy poco para una hacienda tan grande. Terminaron la visita en el ala del convento que las nuevas autoridades civiles habían alquilado para albergar el tribunal del futuro condado, una cárcel y una escuela.

—¿Quién sabe? Tal vez algún día estudiéis aquí —les dijo a los niños.

Hubo algo en la ironía con que pronunció estas palabras finales que extrañó a Festus. Durante el recorrido por la misión, se había dado cuenta de que las experiencias acumuladas por Maxiwo regresaban al presente no tanto desde la nostalgia como desde el desprecio contenido. Esto le había chocado, pues nadie la había obligado a acompañar a los familiares de quienes habían matado a su marido y a su futuro yerno; y él mismo había alabado para sí su buena disposición a tender puentes con los forasteros. ¿A qué venía esa actitud? En todos esos meses, había llegado a conocerla bien y, a pesar de los quince años de diferencia de edad que había entre ambos, sentía una conexión especial con ella; además, le parecía muy atractiva. Como él, Maxiwo era paciente, callada y discreta, pero bajo esa apariencia servil se ocultaba una rabia alimentada por años de aguante a ser considerada inferior, de agotamiento emocional por verse obligada a mostrar gratitud por situaciones no elegidas. Él percibía y comprendía ese volcán interior; en la soledad de las noches soñaba con abrazarla y aplacar su rugido.

Festus aprovechó que Maxiwo acompañaba a los visitantes al entorno del pozo de agua, donde comerían, para saludar a sus amigos en el hotel El Vasco. Hacía días que no veía a Sandor e Hippolyte, y Lorién todavía no había regresado al rancho. Los encontró comiendo y aceptó de buen grado el plato que le ofreció Sandor. Cuando hubo escuchado las pocas novedades de las últimas semanas, se dirigió a Lorién:

—¿Sabías que después de una guerra que ganó, un rey de tu tierra llamado Alfonso III hizo preso al padre de san Luis Obispo, que también era rey?

Lorién lo miró con cara de asombro. Con expresión divertida, Festus le explicó que el joven Luis ofreció su propia vida por el rescate de su padre y lo mandaron como rehén a Barcelona, donde visitaba a los enfermos y lavaba a los leprosos, y que una vez liberado por el rey Jaime II de Aragón, renunció a sus derechos de sucesión al trono de Nápoles para tomar los votos y ordenarse sacerdote.

—A los veintidós años ya era obispo de Tolosa —concluyó—. Por poco tiempo, porque se murió a los veintitrés. Como realizó muchas curaciones milagrosas, lo hicieron santo pronto. —Se rio—. ¡Qué complicada es vuestra religión, con tantos rangos! Se parece al ejército, pero con la condecoración de la santidad tras la muerte.

—¿De dónde has sacado esta historia?

—La ha contado hace un rato Maxiwo en la misión. Se ofreció para hablar de la historia del lugar a los niños del campamento de John. Han venido con Violet. Me ha preguntado por el grupo y le ha entristecido lo de Darragh y Escolano.

Lorién frunció el ceño. De repente recordó unas palabras de Cynthia: «Si no fuera porque allí hay niños, habría pagado una fortuna a mis hombres para atacar el campamento...».

—¿Por qué ha accedido Maxiwo, si no le gusta recordar su pasado en la misión?

Festus se encogió de hombros.

—Me dijo que habían comentado con Evangeline y Cynthia que querían hacer algo diferente por los niños estadounidenses, porque ellos no tenían la culpa de los actos de sus padres.

—¿Cuándo fue eso? —El tono de voz de Lorién fue subiendo—. ¿Cuándo lo organizaron?

—¿Qué te pasa? Pues no sé, creo que hace un par de días.

Cuando estuvieron juntos, pensó Lorién. Cynthia lo tenía todo planeado y no le había dicho nada. Se puso en pie.

—¿No habíamos quedado en que siempre habría uno de los dos en el rancho?

—Maxiwo me pidió que la acompañara y no pude negarme.

—Lo raro sería que lo hicieras. Buscas cualquier ocasión para estar cerca de ella.

—¡Eh! ¡Para! —Festus nunca le había alzado la voz a Lorién. Al grito le siguió un incómodo silencio, que rompió Hippolyte:

—¿Por qué no nos cuentas qué pasa, Lorién?

—Mucho me temo que Cynthia ha elegido el día de hoy para atacar a John. Se acabó la paz.

Lorién corrió a la habitación de la vivienda de Sandor a por sus armas y en minutos estaba ensillando su caballo, que puso al galope hacia las tierras del noroeste. El sol del mediodía calentaba implacable colinas y pastos y las reses cambiaban de posición o avanzaban unos pasos con extrema lentitud y en silencio. Lorién solo oía el ruido de los cascos de su caballo, su propia respiración y los roncos ruegos que lanzaba al aire. Galopaba en medio de una alarmante quietud. Tuvo la sensación de que hasta las aves de ese mundo habían detenido sus vuelos, temerosas de lo que pudiera suceder. Tenía todo el cuerpo empapado de sudor y gruesas gotas se deslizaban por su frente y le empañaban la vista. «Ojalá me equivoque», se repetía. Ojalá su corazonada no fuera acertada.

Oyó los gritos y los disparos antes de divisar las casas con cercados donde pastaban las ovejas. Por lo que Cynthia le había contado, cuando Graciano y Brett murieron, los *squatters* habían utilizado la estrategia de cualquier caravana al oeste ante un ataque nativo: se habían parapetado tras los carromatos dispuestos en círculo, con lo cual habían repelido el ataque con facilidad. Ahora las fuerzas se encontraban más igualadas, incluso favorables a los hombres de Cynthia, pues los otros no podían saber desde sus casas la situación de los demás ni el número de atacantes.

A cierta distancia, Lorién guio su montura de un extremo a otro del terreno donde se levantaban las granjas. Desesperado, buscó a Cynthia. Mucho se equivocaría si ella se hubiera limitado a pagar a los forajidos. Respiró hondo y se concentró en discernir la procedencia de las balas según dónde impactaban.

Oyó entonces un grito de mujer que provenía de un carro junto a un cobertizo.

Se acercó todo lo que pudo, ató su caballo para que no huyera junto con los que corrían sueltos por ahí y se arrastró por el suelo para cruzar el pequeño espacio hasta donde había visto a Cynthia.

En cuanto ella reparó en su presencia, sin dejar de disparar intermitentemente, según tuviera que recargar o protegerse contra la pared exterior del cobertizo de tablas que la protegía, le gritó:

—¡Evangeline está herida! ¡Tienes que sacarla de aquí!

A su derecha, hacia el final del enclenque edificio, Evangeline gemía sin fuerza tumbada boca abajo en el suelo. Lorién se acercó a ella y le dio la vuelta con cuidado.

—¿Para esto hacías prácticas de tiro, insensata? —murmuró desolado al advertir que la lesión era mortal. Un gran cerco de sangre se extendía por su camisa blanca por encima del pecho. Rasgó un pedazo de tela de su propia camisa y le presionó la herida.

—¡Llévatela! —chilló Cynthia.

—¡Está muy débil! —le gritó también Lorién, rabioso. Le dolía comprobar que, cegada por su deseo de venganza, Cynthia ni siquiera había interrumpido su misión para atender a la muchacha—. ¿Por qué has permitido que te acompañara?

—¡Yo no la obligué!

—¡Tú serás la responsable de su muerte! —Lorién se dio cuenta de que tenía los ojos empañados, pero no por el sudor. Pensaba en Maxiwo, que además de perder a su marido, ahora tendría que soportar la muerte de su hija. Ah, pero también ella formaba parte de la confabulación. Le tendría que corroer la culpa el resto de sus días—. ¡Igual que la alentaste para la venganza podrías haberlo hecho para apaciguarla!

De repente, los disparos cesaron y unas voces repitieron a gritos:

—¡Se rinden, señora!

Cynthia se asomó con cautela y al confirmar que era cierto, se incorporó y se volvió a Lorién, a quien no se atrevió a mirar a los ojos.

—¡Por lo que más quieras, sácala de aquí y llévala a casa! —le pidió, y se marchó.

Lorién tomó a la muchacha en brazos y se dirigió hacia su caballo. Con cuidado la tumbó sobre la silla mientras él montaba. Luego la acomodó entre sus brazos. Respiraba débilmente, pero seguía viva. Esperó unos instantes, con la mirada fija en Cynthia, que caminaba hacia el pequeño llano ante una de las casas donde sus hombres contratados vigilaban a punta de rifle al grupo de estadounidenses arrodillados.

—¿Dónde está John? —preguntó ella.

Alguien señaló al interior de la casa.

—Ha muerto. En total, han caído tres.

Cynthia entrecerró los ojos, como si calculara que aún faltaban dos para igualar a los que ellos habían matado antes, pero pareció darse por satisfecha con la muerte del cabecilla. Se dirigió a los retenidos:

—Tenéis dos semanas para recoger vuestro ganado y vuestras cosas y marcharos. De lo contrario, volveremos.

Lorién emprendió la marcha. La escena le había traído recuerdos de los últimos días en Rich Bar. Hombres contra hombres, cada uno con sus argumentos para justificar la violencia. Pensó en Violet y sintió pena por ella. Tendría que volver a empezar de nuevo. ¿Adónde iría?, se preguntó. Pensó en Cynthia. Pronto se sabría en todo el valle que era la única que había tenido agallas para plantar cara a los ocupantes ilegales, y eso los envalentonaría. Los estadounidenses todavía no eran tan numerosos en esa tierra como para que el alguacil se pusiera de parte de ellos y en contra de los rancheros.

Lorién se imaginó el futuro cercano: Cynthia se presentaría ante sus padres con la satisfacción de haber conseguido su propósito: vengar a Brett y ganarse el respeto de los otros rancheros, que habían esperado el hundimiento del rancho Catalina.

Y supo que él no encajaba en ese futuro.

En esos momentos, con Evangeline apagándose entre sus brazos, solo podía pensar en que necesitaba alejarse de Cynthia. Aunque admirara su valor, sus actos tendrían consecuencias terribles para personas que, como él, habían llegado a esa tierra en busca de oportunidades para mejorar en la vida. Su imagen altiva ante los estadounidenses derrotados le había hecho sentir vergüenza.

Trató de traducir los hechos a un suceso similar en su lugar natal, para analizarlo con perspectiva. Si alguien se hubiera apoderado de parte de las tierras de su casa y hubiera matado a su hermano al intentar recuperarlas, ¿acaso no habría actuado él como Cynthia? ¿Por qué, entonces, no podía evitar juzgarla de manera negativa? No sabía la respuesta. Necesitaba tiempo para encontrarla.

Festus y Maxiwo estaban ya en la casa cuando él llegó. En silencio, siguió a la mujer hasta el dormitorio de Evangeline y depositó el desmadejado cuerpo sobre la cama. Se dirigió luego a su vivienda, donde comenzó a empaquetar sus cosas.

Salía por la puerta cuando apareció Festus.

—He mandado a por el médico. No sé si podrá... ¿Qué ha pasado?

Lorién se lo contó escuetamente.

—Pobre Violet. —Festus bajó la cabeza, abatido—. No tenía ni idea de que esto fuera a suceder. Te habría advertido. —Como su amigo no decía nada, le preguntó—: ¿Adónde vas?

—A las montañas —contestó Lorién—. Pasaré el verano con las ovejas.

41

Marot se miró una vez más en el estrecho espejo colgado de la puerta del sencillo armario de la habitación del Eighth Ward House y sonrió satisfecha, aunque nerviosa. El vestido blanco con cintas de color verde manzana cosidas en los volantes de la falda era precioso y se alegraba de haber optado por una crinolina moderada que proporcionaba el suficiente volumen para resultar elegante sin entorpecerle el movimiento. No contaba con ese gasto, pero por primera vez en su vida iba a ir al teatro, una buena razón para permitirse el dispendio. Debía lucir perfecta junto a un hombre tan atractivo, educado y bien vestido como Thayer. Se ajustó la diadema blanca de flores sobre el cabello recogido, se colgó en la muñeca el cordón del retículo de la misma tela del vestido, adornado con bordados, y se giró hacia Ponciana, que sostenía a Silván en brazos.

—¿Qué te parece? —le preguntó.

—Que no está bien que salgas tanto con ese hombre —respondió Ponciana sin rodeos.

—Te invitó también a ti. Si no vienes es porque no quieres. Y no me pongas la excusa de Silván, porque lo hubiera cuidado la dueña del hotel.

—Sé muy bien cuándo sobro.

—No seas ridícula... Tú te lo pierdes. ¿Cuándo tendremos otra ocasión de ir al teatro? ¡Al teatro! ¡No me lo puedo creer!

—Me apuesto lo que quieras a que ese Thayer compra el abono para toda la temporada. Te tenía por juiciosa, pero si te gastas el dinero en vestidos, no nos quedará más remedio que buscar trabajo, en vista de que nos vamos a quedar aquí.

—¿Y a dónde quieres que vayamos? ¡Estamos solas, Ponciana! Tú has perdido a Baptiste y a mí nadie me informa del paradero de Lorién. ¿Qué hay de malo en disfrutar un poco mientras tanto? —Al ver que se le llenaban los ojos de lágrimas, Marot se le acercó, le quitó al niño con cuidado de no mancharse, lo dejó en el suelo para que jugara con las cajas y los papeles del vestido y la instó a sentarse junto a ella en la cama—. Desearía no haber tenido que darte la noticia de la muerte de Baptiste, querida amiga. Dudé en decírtelo varios días, deseando que Thayer se hubiera equivocado de persona, pero la realidad es la que es. Ojalá encuentre a Lorién; él es la razón por la que estamos aquí. ¡Me aterroriza pensar que también podría estar muerto! Pero no me quedaré encerrada entre estas paredes mientras aguardo noticias. ¿Acaso la reconstrucción de la ciudad no te resulta inspiradora, Ponciana? Han desaparecido personas y muchos han perdido sus posesiones y, sin embargo, la actividad no cesa. ¡Los sentidos no dan abasto para asimilar tanto ajetreo y tanta novedad! Entiendo tu duelo y puedes contar conmigo para todo, pero confío en que pongas de tu parte para recuperar el ánimo y no me juzgues por querer disfrutar de la vida.

Ponciana se secó las lágrimas y asintió.

—Pero ¿crees que te vas a enterar de algo en el teatro, con el poco inglés que sabes? —bromeó.

Marot le dio un breve abrazo, besó a Silván, cogió un chal para cubrirse los hombros, aunque el caluroso junio de California no tenía nada que ver con el de Pasolobino, y voló escaleras abajo, donde ya la esperaba el siempre puntual Thayer.

Leyó en su mirada que había acertado con el atuendo y sintió que se sonrojaba.

No le había mentido a Ponciana: soñaba con reencontrarse con Lorién. Pero se mentiría a sí misma si no reconociera que el corazón le palpitaba con fuerza cada vez que veía a Thayer. Tras conocerse en ese mismo vestíbulo, hacía unas cuatro semanas, él se había ofrecido a preguntar por Lorién en los alojamientos de la ciudad. La había informado puntualmente cada tres días de sus infructuosas pesquisas; de ahí había pasado a invitarla a dar algún paseo, el único entretenimiento de San Francisco, puesto que el incendio había destruido los dos teatros y había interrumpido las actuaciones de equitación, agilidad, fuerza y humor de un nuevo establecimiento recién abierto en la calle Kearny por el anterior propietario del famoso circo olímpico Rowe. Y Thayer siempre extendía su invitación a Ponciana y al pequeño.

Aceptó el brazo que él le ofreció y caminaron despacio, disfrutando de la deliciosa temperatura y de la compañía de desconocidos que, arreglados como ellos, se dirigían hacia la calle Kearny, donde el nuevo teatro Jenny Lind reabría esa tarde sus puertas apenas mes y medio después del incendio que había reducido a cenizas el viejo.

Marot se percató de que Thayer estaba un poco abstraído.

—¿Te gusta el teatro? —le preguntó.

—Sin duda más que las luchas entre osos y toros. Me alegra que inauguren hoy el nuevo Lind. Me estaba planteando llevarte a una para que conocieras algo diferente.

Marot lo miró horrorizada.

—No me puedo creer que existan.

Él le dedicó una sonrisa y unas pequeñas arrugas enmarcaron sus fascinantes ojos verdes.

—Estaba bromeando. Jamás te llevaría a un lugar así. Estuve una vez, en Sacramento, y me resultó muy desagradable. Han anunciado otra aquí para otoño. Confío en que los habitantes de la ciudad rechacen participar en un espectáculo pensado para brutos.

La respuesta complació a Marot. En cada conversación descubría un nuevo aspecto de él que hacía que le gustara más. Se agarró más fuerte al musculoso brazo del hombre y, con la espalda bien recta y una agradable sensación de felicidad, cruzó la puerta del edificio Maguire y ascendió las escaleras hasta la parte superior decidida a olvidarse por unas horas de todo cuanto no fuera ese momento con él.

A Thayer le interesaban más las reacciones de Marot que el vodevil.

La joven no entendía los líos entre los personajes y se giraba cada dos por tres hacia él con un divertido gesto de extrañeza en el rostro; enseguida dirigía de nuevo su atención al escenario con los ojos brillantes de curiosidad para no perderse ni un solo aspaviento de los actores, ni un detalle de la indumentaria o de la escenografía, y era la primera en aplaudir las canciones con las que cerraban cada escena.

Thayer trataba de seguir la historia, porque estaba seguro de que después se la tendría que explicar. La obra, del dramaturgo James Robinson Planché, se titulaba *El amante prestado*. Trataba de una joven sirvienta llamada Gertrude enamorada de un joven y honesto granjero, Peter, que le pedía consejo precisamente a la desdichada para encontrar esposa. Desolada por resultarle invisible a su amado y a todos los hombres, la muchacha aceptaba que la caprichosa señorita de la casa en la que trabajaba,

Ernestine, le prestara a uno de sus muchos cortejadores, el capitán Amersfort, para darle celos a Peter. El capitán descubría los valores de Gertrude, tildaba a Peter de idiota por no saber valorarla y fingía que se enamoraba de ella, lo cual provocaba los celos tanto de Peter —que reconocía por fin que amaba a Gertrude— como de Ernestine. El día de la boda de Gertrude y Amersfort, Peter amenazaba con suicidarse, el capitán descubría que todo había sido un ardid y cada uno de los cuatro se quedaba con su ser amado.

Era una pieza muy simple, como las programadas para los próximos días con el ánimo de borrar la tristeza tras el incendio y ofrecer esperanza y una buena opinión del mundo a los espectadores, pero Thayer no pudo evitar encontrar paralelismos con otro cuarteto, de la vida real.

Para qué negarlo: en las últimas semanas, Marot se había convertido en una deliciosa compañía. Él, que siempre se había sentido atraído por mujeres como Cynthia, se descubría nervioso como un adolescente cuando se acercaba la hora de visitar a una extranjera con la que no tenía nada en común, pero que conseguía sacar lo mejor de él. Su mirada inocente y curiosa le hacía ver la vida de otra manera y se reían juntos del ingenio que desplegaban para solventar los problemas de comunicación.

Thayer se alegraba enormemente de haber respondido al anuncio del *Daily Alta California* de San Francisco en el que alguien pedía información sobre un español con el inusual nombre de Lorién, el mismo de aquel con quien había compartido más de un año de su vida. Algo en la forma en que estaba redactado el texto, publicado en español y en inglés, había captado su atención. Ningún particular ofrecía una recompensa por dar con el paradero de un hombre normal y corriente; eso lo hacía la justicia con ladrones o asesinos. Y quienes deseaban encontrar o ser encontrados simplemente lo notificaban, sin compensación económica. Un anuncio así solo lo podía haber escrito alguien desesperado, un ingenuo que se arriesgaba a que lo engañasen con mentiras o una esposa preocupada.

Cuando Lorién y él se despidieron en Rich Bar, aceptaron que no se debían nada y que cada uno seguiría su propio camino. El español le había salvado la vida y él le había evitado un terrible castigo por los desagradables incidentes con los chilenos. Además de la innegable curiosidad, su sentido de la justicia le impedía consentir que, en caso de que el buscado fuera el mismo Lorién, después de lo que ya había sufrido el hombre por sus amigos, ahora alguien quisiera aprovecharse de quien fuera que lo buscase, que había resultado ser su encantadora prometida.

Mientras aplaudía al elenco de actores, Thayer pensó que Lorién era como el ciego de Peter, que se había olvidado de la maravillosa Marot por Cynthia. A la par, se adjudicó el papel del mentiroso capitán, pues no le había contado a Marot toda la verdad y más pronto que tarde tendría que hacerlo.

Le había ofrecido una versión simplificada de su último año en las montañas: después de que Lorién se fuera de las minas, él y Clifford habían explotado una veta que los había convertido en hombres ricos. Su socio había decidido quedarse en Marysville y formar parte del desarrollo de la nueva ciudad, donde había adquirido terrenos para construir e invertido en una gran empresa con maquinaria. Los mineros ya no encontraban oro en la superficie del suelo y pasaban a convertirse en empleados de esas empresas. Había que cavar y quitar la tierra endurecida por el sol, mezclada con guijarros y raíces, hasta llegar a la roca, a varios pies de profundidad; y para eso hacían falta máquinas. Por su parte, Thayer había preferido seguir su propio camino lejos de las minas y había recalado en la bulliciosa San Francisco.

Donde el pasado no importaba ante tantas promesas de futuro; donde los pecados eran perdonados.

Lo que no le había contado a Marot era lo sucedido en Rich Bar, que cargaba sobre su conciencia y lo había impulsado a separarse de Clifford. Entonces había hecho lo que creía que era su deber: cumplir las órdenes de quien estaba al mando sin cuestionarlo y obedecer la ley. Aquella mujer, Valeria, había asesinado a uno de sus hombres por una grave ofensa sobre la que, sin testigos, nunca podrían tener certeza absoluta. Había sido juzgada y declarada culpable; y él estaba convencido de que en parte lo era, porque podría haberse defendido sin matarlo. Pero con frecuencia tenía horribles pesadillas con imágenes recurrentes de sus manos poniéndole la soga al cuello y amarrándole las faldas, y del cuerpo oscilando en el aire. En más de una ocasión se había cuestionado la manera expeditiva de Clifford en resolver primero el asunto de Valeria y luego el de su hermano Benjamín. Cuando lo pensaba, ahora que había pasado el tiempo y se había alejado de ese penoso lugar, entendía que el pobre había querido vengar la muerte de su hermana por su propia mano, algo comprensible si uno se ponía en su pellejo. Tal vez hubiera bastado con expulsarlos de la zona... Ah, pero aquello ya no tenía remedio. Tendría que vivir con ese horrible sentimiento de culpa.

Tampoco le había hablado a Marot de la relación entre Lorién y Cynthia. Y a este respecto, las cosas eran más complicadas.

Qué ironía.

Antes de conocer a Marot, Thayer se debatía entre invertir su dinero en su hogar natal, en Misuri, o emprender un negocio en San Francisco con la idea de un viaje al centro de California para visitar a Cynthia e incluso cortejarla. Había en ello parte de deseo, pues pensaba en ella a menudo, y parte de orgullo: siguiera o no con el español, presentarse ante ella como el hombre rico que era habría de producirle una gran satisfacción. Ahora que sus días estaban marcados por los encuentros con Marot, no solo no quería ir a ninguna parte, sino que detestaba pensar en separarse de ella, algo que podría suceder más pronto de lo deseable.

—Aunque no he comprendido ni la mitad, me he hecho una idea de quién se queda con quién —le comentó Marot a Thayer en cuanto salieron al exterior. Comenzaba a anochecer—. Me ha recordado un refrán de mi tierra: cada oveja con su pareja. Significa algo así como que cada uno debe relacionarse y casarse con alguien de su categoría o con quien tenga gustos parecidos. —Se lanzó a traducirlo—: *Every sheep with its partner.*

—En inglés lo decimos con pájaros —explicó él—. *Birds of a feather flock together.* Sí. Se suelen juntar los del mismo plumaje.

—Tú y yo somos muy diferentes y, sin embargo... —murmuró ella, con un gracioso encogimiento de hombros.

Thayer se detuvo y le presionó la mano, acomodada en su codo.

—Tengo algo que decirte, Marot. He esperado porque no quería estropearte la función. Hubieras estado dándole vueltas a la cabeza todo el tiempo. Sabes que he preguntado en todos los alojamientos de la ciudad y he hablado con los dueños tanto de los que sucumbieron en el incendio como de los que permanecen en pie. Hace un par de días di con un tal Wilson, en cuyo hotel se alojaron Lorién y sus amigos. Por mucho que insistí, me dijo que solo le diría lo que sabía a la persona interesada. Quedamos para hoy, al salir del teatro. —Señaló hacia el otro extremo de la plaza—. Nos espera en el café.

Marot entreabrió los labios, como si fuera a decir algo, pero solo asintió con la cabeza. Miró a Thayer y descubrió en su mirada un miedo similar al que sentía ella ante la posible separación.

Las mismas personas que habían asistido al teatro abarrotaban el local. Thayer la guio por entre las mesas de madera hasta que dio con la que ocupaba Wilson, un hombre muy grande de mirada severa que la escudriñó de arriba abajo y no soltó prenda hasta que la conversación le reveló que no había razones retorcidas para desear encontrar a Lorién.

—Yo mismo les compré los pasajes para San Luis Obispo —aseveró Wilson, que no entró en detalles sobre lo acaecido en torno a la detención de Festus, el modo en que lo liberaron y la urgencia de la marcha.

—¿Qué tiene de especial ese lugar? —preguntó Marot.

—Eso yo no lo sé, señorita. Pero sí sé que al menos los amigos de Lorién siguen ahí, porque les consigo las mercancías que me piden a través del capitán del barco. Estoy seguro de que, si Lorién hubiera regresado a España, antes habría pasado por mi hotel. He tenido suerte de que siga en pie.

Marot le agradeció la información y le instó a que se acercara por su alojamiento para entregarle el dinero de la recompensa ofrecida en el anuncio, que él rechazó. Se despidieron y Wilson se marchó. La pareja permaneció en silencio un buen rato, cada uno sumido en sus propios pensamientos.

—Por lo que ha dicho —dijo Marot por fin—, no es un viaje largo.

—Un par de días —dijo Thayer—. Puedo acompañarte.

Marot quería, pero dudaba que fuese correcto. ¿Cómo

iba a presentarse ante Lorién con un hombre de quien no quería separarse?, pensó.

—Te lo agradezco, pero no sé si debo aceptar...

Él inspiró hondo.

—Hay algo que debes saber antes de decidir —le dijo.

Marot sonrió, súbitamente tensa.

—Parece que hoy es el día de los secretos.

Escuchó a Thayer en silencio.

Y esta vez él no se ahorró ni un detalle. Le habló de la relación de Lorién con Cynthia; le admitió que también él se había sentido atraído por ella, lo cual había provocado cierta animadversión entre los hombres. Le contó lo sucedido en Rich Bar, el modo en que Lorién y sus amigos se habían marchado, el remordimiento que surgía en forma de pesadillas. Cuando terminó se sintió agotado, como si se hubiera liberado de una carga enorme, y temeroso de enfrentarse a la reacción de Marot. Le daba miedo perderla.

—¿Alguna vez te habló de mí? —le preguntó ella.

—No teníamos mucha amistad —respondió él, gratamente sorprendido por la serenidad con la que ella había formulado la pregunta—. No compartíamos cuestiones tan personales.

—¿Ni siquiera a través de ese amigo común, el irlandés?

Thayer negó con la cabeza.

Con los labios apretados, Marot deslizó la mirada por el concurrido café. Su mundo acababa de derrumbarse y nadie parecía haberse percatado. Continuaban las conversaciones risueñas, los susurros entre parejas como la que formaban ellos, las carcajadas y patadas espontáneas sobre la tablazón de madera del suelo y los brazos en alto para solicitar otra ronda. Sintió una rabia insoportable al recordarse mirando a la luna suspirando porque Lorién volviera, al evocar las lágrimas derramadas, el sufrimiento al que la preocupación la había abocado... Qué idiota había sido por guardarle la ausencia.

Thayer le tomó la mano con suavidad, como si no se atreviera a tocarla. Ella no la retiró.

—Siento el dolor que te he provocado, pero te has convertido en alguien muy importante para mí y no podía ocultártelo más. Tal vez debí hablarte de Cynthia antes, pero me alegro de no haberlo hecho, porque así he tenido tiempo para conocerte sin sombras entre nosotros.

Debía reconocerse que, si había callado, no había sido tanto por protegerla del disgusto como por egoísmo, porque así había tenido la oportunidad de descubrir a la verdadera Marot, no a una mujer despechada que tal vez aceptara su compañía por rencor. Aun así, mientras aguardaba su veredicto, se preguntaba si al hacerlo no la había alejado.

—Cumpliste tu palabra. No paraste de buscar por mí y diste con Wilson. Eso me demuestra que has sido noble, pero sí hay sombras entre nosotros, Thayer. Me costará encajar la imagen que me había hecho de ti con la de alguien que puede participar de las atrocidades que me has contado de Rich Bar. —Marot adoptó un tono irónico—: ¿Y las luchas entre osos y toros te resultan desagradables?

Él bajó la vista, avergonzado.

—La vida en esas montañas nos embruteció, Marot. La codicia, la soledad, el alcohol, el juego, la miseria, el miedo... Espero que puedas perdonarme por todo. —«Y espero poder perdonarme a mí mismo».

De repente, como si le hubiera costado tiempo reaccionar, los ojos de Marot se llenaron de lágrimas. Luchaba en su interior contra el arrepentimiento por haber abandonado Pasolobino; el mundo lejos de allí era complicado. Recordó entonces el viaje hasta California, cómo había ido venciendo sus miedos y valorando la novedad de la libertad, y repasó esas semanas en San Francisco en las que junto a Thayer se había sentido diferente a la mujer que había sido. Tal vez fuera cierto eso de que los lugares cambian a las personas. Tal vez, lejos de casa, Lorién también hubiera sufrido su propia transformación. ¿Qué le podía recriminar, exactamente? Él no le había pedido que lo esperara; tampoco le había escrito ninguna carta en la que reafirmara su amor por ella. ¿Podía aseverar sin ninguna duda que lo seguía amando con la misma intensidad de antaño o se había aferrado a ese amor como excusa para alejarse del triste lugar en el que se había convertido Pasolobino para ella tras la muerte de sus padres?

Miró a Thayer. A pesar de todo, su atracción por él seguía intacta. Sus ojos estaban empañados por una profunda tristeza. Su arrepentimiento era sincero.

—Te perdono por no haberme contado antes todo lo que sabías sobre Lorién. En cuanto a lo que hiciste en Rich Bar, no me corresponde a mí perdonarlo.

Thayer aceptó con un leve movimiento de cabeza el veredicto, mientras en su interior el alivio deshacía el nudo que le había atenazado las entrañas.

—Y sí, acepto tu ofrecimiento —añadió ella—. Me gustaría que me acompañaras a San Luis Obispo. —No le pasó inadvertido el gesto impreciso de Thayer, entre la sorpresa y el temor—. *Tengo* que ver a Lorién.

42

Cynthia sujetaba la mano de Evangeline mientras musitaba oraciones y reflexiones. Rogaba a Dios que su amiga no muriera. Había tratado de disuadirla de participar en el ataque a los *squatters* porque sabía que no era tan buena tiradora como ella, pero Evangeline había insistido en que, como dueña del rancho, ella era la primera que tenía que predicar con el ejemplo, y Cynthia la había comprendido.

Por más que buscaba en su interior, no encontraba ni rastro de esa culpa que Lorién pretendía hacerle sentir al poner tierra de por medio y castigarla con una separación innecesaria.

Él sabía cuán importante era para ella vengar la muerte de su hermano y expulsar a los colonos usurpadores de allí. Le había prometido que estaría a su lado y ella había creído y confiado en su lealtad. No entendía su reacción. Un hombre leal se habría sentido orgulloso de ella y habría celebrado la victoria. No la habría abandonado sin más.

Cynthia sentía un profundo dolor por la mala suerte que había tenido Evangeline y un miedo horrible a que falleciera, pero no se arrepentía de sus actos. En todas las batallas se perdían vidas. Así había evolucionado el mundo. ¡Hasta Maxiwo había asumido el riesgo y no le había dirigido ni una sola recriminación!

Humedeció los labios de la joven, que permanecía inconsciente desde hacía cuatro días, con un paño empapado en agua hervida con toloache, una planta que los chumash llamaban *momoy*, para aliviarle el dolor. Cada día que pasaba suponía un motivo de esperanza, pues el médico que le había extraído la bala del pecho dudaba de que sobreviviera a la primera noche. Cynthia se turnaba con Maxiwo para atenderla. Ambas estaban convencidas de que se recuperaría, porque Evangeline era más fuerte de lo que Brett y Graciano habían pensado siempre.

De pronto, unos gritos provenientes del exterior alteraron la paz casi sepulcral de la estancia, que Maxiwo mantenía en penumbra y difuminada por el humo del sahumerio de plantas para eliminar los malos aires, calentar el cuerpo enfermo de su hija, helado a pesar de las altas temperaturas del comienzo del verano, y protegerla contra el deseo de los espíritus de llevársela a sus mundos.

Cynthia se dirigió a la entrada para enterarse de qué estaba sucediendo. Al abrir la puerta del porche, la intensa luz del mediodía la cegó.

—¡Aquí estás, miserable! —gritó una mujer cuya voz reconoció.

Parpadeó para acostumbrar su visión y pronto distinguió a Violet, con las piernas ligeramente separadas bajo un sencillo vestido marrón y las manos apoyadas en las pistolas que llevaba a ambos lados de la cintura colgadas de un cinto. Los hombres del rancho la rodeaban, apuntándole con sus armas, con una mezcla de lástima y diversión en los rostros.

Cynthia descendió los peldaños hasta situarse a unos pasos de ella. Alzó las manos en son de paz. Uno de los hombres, que sujetaba el caballo de Violet por las riendas, la interrogó con la mirada, pero ella hizo un leve gesto de negación con la cabeza. Violet no tenía nada que hacer.

Al menor movimiento le dispararían. Tenía que convencerla de que aquello era una locura.

—Hay que saber reconocer la derrota, Violet —dijo calmada—. Deberíais haberos ido hace tiempo. John estaba avisado...

Lejos de deponer su actitud, Violet alzó la barbilla desafiante.

—Qué fácil te ha resultado a ti siempre todo. Si les pagara más que tú, estos hombres te apuntarían a ti. No hemos hecho nada malo, solo defendernos. Brett no debió morir, pero él se lo buscó. Nos defendimos de su ataque. John era un buen hombre, Cynthia. —La voz se le quebró y se llevó una mano al vientre—. Ya no podrá conocer a su hijo.

Cynthia acusó el impacto de la noticia como si una bala le hubiera atravesado el estómago. Reconoció el súbito dolor del remordimiento que hasta entonces no había sentido o se había esforzado por apartar. No había pensado en las consecuencias; solo en satisfacer su deseo de venganza.

—Estaba avisado de que pelearíamos por lo nuestro —repitió Cynthia, sin saber cómo resolver la situación—. ¿Qué quieres, Violet? Antes de que me dispares, mis hombres te habrán matado a ti y al niño que esperas.

—No soy tan estúpida. He venido para decirte que no nos iremos. Aquí he enterrado a John y este será mi hogar. La próxima vez que vengas a visitarnos, no tendrás la misma suerte. —Escupió en el suelo—. Te maldigo, Cynthia. Por muy acompañada que vayas, cuando menos te lo esperes, una bala te atravesará el corazón. —Se dio la vuelta, recuperó de un tirón las riendas de su caballo, montó con agilidad y se marchó ante las miradas que ahora eran de asombro.

Cynthia agradeció que la repentina aparición de un jinete con un amplio sombrero y ropa de buena factura atrajera la atención de todos. Encontró algo ligeramente familiar en la forma en la que montaba, en el gesto de inclinarse sobre un hombre para explicarle quién era y obtener permiso para continuar, en cómo usó la rienda para dirigir el caballo hacia ella.

—¿Thayer?

Thayer desmontó junto a Cynthia y la observó unos instantes sin saber muy bien cómo saludarla. Seguía tan hermosa como la recordaba y, aunque ella le dedicó una sonrisa que le pareció sincera, distinguió huellas de preocupación y cansancio en su rostro.

—Pregunté por ti y por Brett en tu rancho y me dijeron que te encontraría aquí. Siento mucho lo de tu hermano. Y, por lo que acabo de escuchar, creo que he llegado en mal momento. ¿Es posible que sea la misma Violet de la caravana?

Cynthia asintió.

—Han pasado muchas cosas.

Lo observaba como si valorara si podía depositar su confianza en él, como si necesitara a alguien con quien desahogarse. Miró a su alrededor, tal vez para decidir en qué lugar podían conversar tranquilamente. Al final, lo invitó a entrar en la casa.

A Thayer le llamaron la atención el silencio, la oscuridad y el olor a humo de plantas quemadas. Al poco de tomar asiento en la sala, con apenas muebles, aunque de buena calidad, de la que partía una escalera al piso superior y a la que daban varias puertas, se abrió una y, para su sorpresa, apareció Festus, lo cual solo quería decir que Lorién no estaría muy lejos. Al final, todos los amigos se habían instalado en San Luis Obispo. Supuso que todos se mostrarían tan poco amigables como Sandor, que le había prohibido alojarse en el hotel.

Festus se dirigió primero a Cynthia:

—Le he contado a Maxiwo lo que ha pasado ahí fuera.

—Diles a los hombres que vuelvan a sus tareas.

Festus miró entonces a Thayer, a quien había reconocido enseguida.

—¿Estás de paso? —se limitó a preguntar.

—No lo sé todavía. —Thayer lanzó una mirada enigmática a Cynthia, que esperó a estar a solas para preguntarle en voz baja:

—¿Dónde te alojas? No creo que en el hotel de Sandor.

El comentario solo podía significar que Lorién le había contado lo sucedido en Rich Bar con la novia de Sandor y que había deducido correctamente que lo había echado del hotel a punta de rifle.

—He alquilado una casa en el pueblo.

Habían convenido con Marot que, de momento, mantendrían su identidad en secreto. Solo la conocía Lorién, el único con el que ella tenía interés en hablar. Las dos mujeres también habían agradecido, después de un viaje tan largo y varias semanas en un hotel de San Francisco, disponer de una casa con cocina, sala, dormitorios individuales y un pequeño huerto donde Silván podía corretear y jugar. Thayer sonrió al pensar en el niño. Una vez superada la desconfianza inicial, el crío ya lo veía como alguien cercano y lo saludaba con una sonrisa, algo a lo que sin duda contribuía el detalle de sorprenderlo en cada encuentro con un dulce o un juego. Con Cynthia ahora ante él, pensó en la habilidad de la vida para entrecruzar los caminos de las personas. ¿Quién le hubiera dicho hacía un par de años que aparecería en su camino la prometida de Lorién y que él estaría dispuesto a trazar una nueva ruta por ella?

Cynthia deslizó la mirada por su ropa.

—Te ha ido mejor que a otros.

—No me puedo quejar.

—¿A qué te dedicas ahora?

—A mis negocios. Tengo una gran fortuna que invertir.

El gesto de sorpresa de Cynthia apenas fue perceptible, pero no le pasó desapercibido a Thayer, que le contó una versión reducida de cómo había acabado allí.

—Hablabas tan bien de tu tierra que decidí conocerla —concluyó—. No te negaré que sentía curiosidad por saber si te habías casado con Lorién. Supuse que vendría en tu busca. Si sus amigos están aquí, seguro que él también.

Cynthia señaló con la cabeza hacia el este y midió sus palabras.

—Ahora está en los pastos de las montañas. No nos hemos casado.

Thayer no comprendió por qué ella era tan poco explícita. Por la escena con Violet, algo terrible había sucedido y él no estaba a su lado. Frunció el ceño, pues hubiera preferido saber que Lorién estaba casado para evitar que Marot tuviera el camino tan libre.

—¿Qué pasó con Brett? ¿Tuvo algo que ver con lo de Violet?

Cynthia suspiró y decidió hablarle de los colonos usurpadores del rancho de Maxiwo, de la muerte de Brett y Graciano y del ataque en el que había muerto el marido de Violet y había resultado herida Evangeline.

Thayer soltó un resoplido.

—Lo siento. Creía que esta era una tierra tranquila.

—Lo era hasta que llegaron esos yanquis.

—Yanquis como tu padre o como yo. Por cierto, lo he conocido. Él me ha dicho que estabas aquí. Al saber que era amigo de Brett, me ha invitado a cenar esta semana. Si no tienes inconveniente, aceptaré. —Le interesaba saber más sobre el paradero de Lorién y, de paso, trabar amistad con alguno de los poderosos del lugar por si las circunstancias con Marot lo obligaban a establecerse allí. No pensaba renunciar a ella sin luchar.

Cynthia se sonrojó por la determinación que mostraba Thayer. Pensó que Lorién debería estar allí con ella. Se enfadó de nuevo mentalmente con él.

—El jueves —dijo—. Siempre y cuando Evangeline no esté peor.

43

El jueves a media tarde, Marot le pasó a Thayer un cepillo por la levita y le arregló el pañuelo del cuello.

—Estás muy guapo —le dijo, con un par de palmaditas en la solapa con las que daba por terminada su tarea, y él sonrió.

—Prometo regresar a buena hora y con información más concreta.

—He esperado tanto que puedo aguantar un poco más para ver a Lorién.

Marot también sentía curiosidad por saber qué pasaba con esa Cynthia, pero ninguna prisa en enfrentarse a Lorién. Ya se había hecho a la idea de que no la había esperado; que Lorién no se hubiera casado la situaba en el punto de partida de su viaje, con la diferencia de que ahora Thayer ocupaba la mayor parte de su corazón y de sus pensamientos.

Thayer no la presionaba ni para que se entregase a él ni para que eligiera; por la educación que ella había recibido, y por sus creencias religiosas, no le resultaba fácil decidir. Refrenaba su deseo de acostarse con Thayer porque en algún lugar de su mente aún resistía la idea de que el único hombre con el que lo había hecho era Lorién, y si este continuaba siendo el joven de sólidos principios que recordaba, podría sentirse en la obligación de casarse con ella...

Inspiró hondo.

Todo sería mucho más sencillo si Lorién se hubiera casado con Cynthia, pensó con frustración. La certeza era más fácil de digerir que la incertidumbre.

Thayer apoyó suavemente una mano en el hombro de ella y le escudriñó el rostro.

—¿Qué pasa?

Marot dejó salir el aire muy despacio y le aguantó la mirada.

—A veces pienso que me habría gustado conocerte por casualidad, sin esta extraña conexión entre unos y otros. Es como si el pasado se empeñase en impedirnos soltar amarras.

Thayer asintió.

—Si hay un sitio donde podemos comenzar de cero, es este, Marot. Solo dependerá de nuestra voluntad.

Con una breve sonrisa, ella agradeció la respuesta, que no le convenció del todo. Su mundo en Pasolobino no podía haber sido más sólido, firme y consistente. La voluntad por sí misma no era garantía de éxito. Las circunstancias de la vida obligaban a forjar nuevos destinos.

—Prométeme que no te alejarás de la casa sin mí —añadió él.

Había alguien del pasado de quien Thayer no se fiaba. Había visto el rencor y el desprecio en su mirada. El mismo odio de aquel nefasto día en Rich Bar.

«Pagarás por esto, maldito cabrón».

Las mismas palabras que se repetían en sus pesadillas.

—Lo prometo. —Marot sabía a quién se refería.

—Que tú me aceptes a pesar de todo no significa que otros no me detesten. Me fío menos aquí de los conocidos que de los desconocidos. —Le señaló con la cabeza el Colt

Dragoon que había en una estantería de la alacena, con el que le había enseñado a disparar en el patio trasero de la casa, que daba a la misión—. No te separes de él.

Desde que Thayer había llegado a San Luis Obispo, Sandor no había dejado de espiar ni uno solo de sus movimientos.

Como no le había dado al yanqui ni opción a hablar cuando entró en el hotel para pedir alojamiento, no podía saber qué demonios hacía allí. ¿Acaso no había más lugares en California que San Luis Obispo? ¿Aún pretendía ganarse los favores de Cynthia? ¿Por qué, entonces, iba acompañado de una joven a la que trataba con evidente afecto? Y si ya no tenía interés en Cynthia, ¿no era una provocación presentarse donde nunca sería bienvenido?

Sandor no había podido olvidar a Valeria. Habían hecho planes para el futuro. La había elegido como su futura esposa. Se la habían arrebatado injustamente. Ahora podrían llevar juntos el hotel y formar una familia. A pesar de las bromas que compartía con Hippolyte sobre las mujeres del pueblo, ninguna le atraía por la sencilla razón de que ninguna era Valeria. Algunos tenían la pasmosa facilidad de enamorarse en un abrir y cerrar de ojos; en el hotel había conocido viudos que al mes de fallecer su esposa ya buscaban sustituta. Él no era así. Y tal vez no se sentiría libre para compartir hondos sentimientos con otra mujer hasta que cerrara el capítulo de Valeria, lo que no podría hacer si no vengaba su muerte.

Lo había jurado.

Durante tres días, había planeado cómo vengarse de Thayer. Cada vez que salía de la casa que había alquilado, el yanqui tardaba al menos tres o cuatro horas en regresar. Sandor se conocía: no sería capaz de matarlo y, aunque lo fuera o pagara para que alguien lo hiciera, le parecería poco sufrimiento para él; y tampoco deseaba terminar ahorcado, ahora que había conseguido sacar adelante un negocio en el que se sentía a gusto. Bastaría con atacarlo donde más podía dolerle y echarlo de allí. Que no ocupara el mismo espacio físico que él para recordarle todos los días la muerte de Valeria. Para que él pudiera vivir en paz, Thayer debía marcharse cuanto antes.

Apostado tras el muro de adobe de la casa más cercana a la que había alquilado Thayer, Sandor comprobó que el hombre se alejaba un día más hacia el noroeste. De nuevo, las mujeres y el niño quedaban solos.

Se apresuró en regresar al hotel, donde lo esperaban los dos hombres que, a cambio de un mes de comida y alojamiento, harían lo que les pidiera.

Mientras Ponciana acostaba a Silván, Marot recogía en la cocina los platos de la cena con la criada mexicana que Thayer había contratado.

De repente, oyó un chasquido que le resultó extraño. Y enseguida un grito ahogado. El corazón comenzó a latirle acelerado; se recriminó haberse dejado el revólver en la sala. Le hizo una señal de silencio a la otra mujer, cogió un cuchillo, apagó las velas y entreabrió la puerta con sumo cuidado.

Distinguió a dos hombres, uno de los cuales sujetaba a Ponciana por detrás y le tapaba la boca, al pie de la tosca escalera de madera frente a la entrada. Dedujo que habrían sorprendido a Ponciana mientras bajaba de los dormitorios. Se preguntó si uno sería Sandor, sobre quien le había prevenido Thayer, pero le extrañó que Lorién tuviera amigos tan sucios: no había ni un fragmento de tela libre de mugre o zurcidos en su atuendo, y el largo cabello les brillaba grasiento a la tenue luz de los candiles.

Cerró los ojos un instante para pensar, aterrorizada, cómo podía enfrentarse a ellos. No le daría tiempo a coger el revólver de la alacena, pues la sala no era muy grande y los hombres iban armados. Ojalá el niño estuviera profundamente dormido.

—¿Dónde está la otra? —oyó que preguntaba en español el que sujetaba a Ponciana. Retiró la mano de la boca para que la mujer pudiera responder.

—¡Ha salido! —respondió ella en voz alta—. ¡Suele dar un paseo después de cenar!

El otro le arreó un bofetón.

—No mientas. —Miró a su alrededor—. Quédate aquí mientras la busco.

Marot le hizo señas a la criada para que saliera por la puerta de la cocina y pidiera ayuda. Con sigilo, como si estuviera acostumbrada a caminar entre las sombras, la mexicana obedeció. Marot dudó si seguirla, pero no quería perder de vista a Ponciana.

Con horror, descubrió que el hombre se acercaba a la cocina. Se escondió tras la puerta y, en cuanto él la abrió y se adentró un par de pasos en la estancia, se escabulló directa a coger la pistola. Pero el que retenía a Ponciana reaccionó con rapidez y le apuntó con su arma.

—¡Quieta!

—¡Aquí estás! —dijo el que salía de la cocina. Alejó el revólver de su alcance y la agarró del brazo con fuerza—. ¿Pensabas dispararnos?

—¿Qué queréis? —preguntó Marot con una valentía que no sentía. Necesitaba ganar tiempo. Alguien acudiría en su ayuda.

—Tenemos un mensaje para ese Thayer. Si no se marcha de la ciudad, volveremos.

El otro comenzó a manosear los pechos de Ponciana.

—Ya que estamos aquí, podríamos aprovechar. —Soltó una carcajada—. ¿Cuánto necesitas para...?

El que tenía a Marot esbozó una sonrisa.

—No mucho, y más con el tiempo que hace que no estoy con una mujer.

—¡No! —gritó Marot espantada. Los miró con repugnancia—. ¡Thayer os matará si nos hacéis algo!

—Pues que no os hubiera dejado solas. —El desaprensivo la arrastró hacia la cocina y la empujó contra la mesa que había en el centro—. Un hombre como Dios manda vigila a sus mujeres. —Se abalanzó sobre ella; con una mano le sujetó las muñecas sobre la cabeza para inmovilizarla y con la otra trató de subirle las faldas.

Marot se resistió con todas sus fuerzas. Sus gritos se mezclaban con los de Ponciana. Los hombres también gritaban para que se estuvieran quietas. Aterrorizada, redobló sus esfuerzos por librarse de aquel inmundo ser que la aplastaba. Se retorció y pataleó; liberó una mano y comenzó a arañarle la cara.

Un golpe en la sien la aturdió.

Semiconsciente, Marot sintió el asqueroso tacto de la piel del hombre entre sus piernas; la dureza de su miembro que buscaba penetrarla; y los chillidos desgarradores de Ponciana.

De repente, oyó un disparo y se produjo un súbito silencio.

Apenas distinguió la sorpresa en el rostro de su atacante cuando sonó un segundo disparo, tan cerca que creyó ensordecer. Sintió un líquido viscoso y caliente sobre su rostro. Y alguien le quitó al hombre de encima.

Ponciana se apresuró en incorporarla, arreglarle la ropa, limpiarle la cara con un trapo húmedo y obligarla a beber agua.

—Ya ha pasado —le decía—. Tranquila. Tranquila...

Marot permaneció un rato aturdida, con los ojos cerrados. El llanto de Silván la reconectó con la realidad y los abrió. Vio que Ponciana abandonaba la cocina y Thayer se le acercaba. Con delicadeza, él le pasó el brazo por los hombros.

Al percatarse de que había un desconocido sentado en una silla, con los hombros caídos, Marot elevó una mirada inquisitiva y asustada hacia Thayer.

—Es Hippolyte —aclaró él—. Uno de los amigos de Lorién, alguna vez te lo he nombrado. Nos encontramos cuando yo llegaba.

—Un minuto más tarde y... —Marot sintió un escalofrío. Concentrándose en ser precisa, contó lo que había pasado.

—Ha sido Sandor —sentenció Thayer con la mandíbula apretada y los ojos llenos de rabia.

—Lleva raro desde que apareciste por aquí —explicó Hippolyte—. Me extrañó su cercanía con estos dos, que no se movían del hotel. Me preguntaba qué tratos tendría con ellos y decidí vigilarlos. Hace un rato, Sandor les susurró algo y se largaron. Me asomé y vi que tomaban esta dirección. De camino me encontré con la criada.

Marot percibió un movimiento en la puerta de la cocina que daba al patio. La mujer permanecía inmóvil con expresión de miedo. Le dedicó una mirada y una breve sonrisa de agradecimiento. Miró entonces a Thayer. Parecía tranquilo, pero ella vio en su mirada la lucha en su interior. Lo conocía bien. Ahora era él quien deseaba vengarse de quien había querido herirla; pero también ahora comprendía lo que Sandor había sufrido con lo de Valeria.

—Tenemos que llamar al *sheriff* —dijo entonces Hippolyte con firmeza—, pero yo no declararé contra Sandor.

Thayer sintió la sutil presión de la mano de Marot en su brazo y comprendió lo que quería transmitirle. Era su momento de cerrar esa etapa del pasado que lo atormentaba. Podía haber apartado al hombre de ella sin haberlo matado; pero verlo sobre Marot lo había enloquecido. Regresaron a su mente todas las preguntas del juicio a Valeria y las insinuaciones de que tal vez ella hubiera alentado el acercamiento. Se avergonzó de sí mismo por el pasado, pero no se arrepintió de lo que allí acababa de suceder. No podía haber piedad con una alimaña que pretendiera abusar de una mujer.

Miró a Hippolyte:

—Yo tampoco hablaré contra él —dijo al fin—, pero adviértele de que se mantenga alejado de mí y de mi familia.

44

Lorién agradeció haber sumado en el último minuto a las alforjas cargadas de provisiones un fardo con algunos de los libros que Cynthia le había prestado. Su padre había comprado a peso una biblioteca entera en uno de sus viajes a México cuando ella era una niña. De lo más variado, muchos estaban en inglés, y Ebenezer la había obligado a leerlos para mejorar el idioma paterno y ampliar sus conocimientos del mundo.

En dos semanas Lorién se había leído —por encima, porque le costaba— los dos tomos de la *Historia política y civil de los Estados Unidos de América del Norte*, de un tal Timothy Pitkin, que llegaba hasta finales del siglo anterior, y había abandonado el titulado *Indagaciones sobre las facultades intelectuales e investigación sobre la verdad*, de un médico y filósofo escocés llamado John Abercrombie, porque no entendía nada del contenido, aunque lo había intentado.

La lectura le proporcionaba compañía; y nada había más importante en ese trabajo. Uno podía enloquecer por el llamado mal de las ovejas, que afectaba a algunos pastores que pasaban semanas y meses sin hablar con otro ser humano y terminaban «aovejados», tan desesperados que no podían enfrentarse con entereza a una dificultad, por pequeña que fuera. Había que ser fuerte física y mentalmente para soportar la intemperie en soledad: el pastor era el guardián de esos pobres animales que atraían a todo tipo de depredadores, desde osos, pumas y coyotes hasta garrapatas; era el médico que en cualquier momento tenía que recolocar una pata o curar una herida; y era el que soportaba escalofríos de miedo cuando caía la noche y la naturaleza solo dibujaba formas fantasmagóricas, el caballo y el burro se mostraban inquietos y el perro en tensión mostraba los dientes a la oscuridad.

Por ese pánico a los efectos del desasosiego en medio de la naturaleza despoblada, y aunque tuvieran experiencia en tierras argentinas, Lorién había insistido en que Ulpiano y Pierre, que se dirigían más al noreste, pastorearan juntos por las montañas. Como él iba a caballo, los había alcanzado y se habían repartido el rebaño. Ellos recorrerían a pie una distancia de unas doscientas millas de ida y otras tantas de vuelta hasta que se reencontrasen de nuevo dos meses más tarde, en septiembre, en el rancho. Aunque solo, Lorién se quedaría a tres días de distancia del rancho. A la menor señal de desazón, montaría en su caballo y regresaría.

Por ahora se encontraba a gusto, tranquilo y sereno. Esta vez, separarse de Cynthia lo estaba ayudando a analizar la situación con cierta perspectiva. Quería echarla tanto de menos que volvieran a aflorar en su mente y su corazón las virtudes por las que se había enamorado de ella y que estas desterrasen las dudas sobre su comportamiento vengativo.

Con la espalda apoyada en el recio tronco de un fresno que proyectaba una deliciosa sombra en esa calurosa tarde de principios de julio, comenzaba ahora el primero de otros dos tomos titulados *Historia de Napoleón Buonaparte*, de un tal John Gibson Lockhart, con la ilusión de conocer más a quien su abuelo había odiado tanto; y se guardaba para más adelante el segundo tomo de *Vidas de viajeros cé-*

lebres, del británico James Augustus Saint John, porque era el único de tres tomos, con un total de treinta nombres, que dedicaba un apartado a un español llamado Antonio de Ulloa, sobre quien nada sabía. Le había intrigado leer en el índice que hubiera participado en viajes y expediciones y luego hubiera sido designado gobernador de la Luisiana española.

Tan enfrascado estaba en la lectura que, cuando un par de horas más tarde el perro gruñó, le pareció que regresaba de una ensoñación.

Aguzó el oído y, muy despacio, cambió el libro por el rifle y se puso en pie, preparado para defenderse de un posible depredador. Los gruñidos del perro aumentaron, pero él no escuchaba nada. Sintió un escalofrío al pensar en la posibilidad de que tuviera que enfrentarse a alguno de esos sigilosos nativos que conocían tan bien esos parajes. Trató de tranquilizarse recordándose que había leído por encima en la prensa que se habían terminado los conflictos con los nativos de los valles del interior después de un año de hostilidades. El perro comenzó ahora a ladrar y, enseguida, Lorién distinguió el sonido de cascos de caballos que se aproximaban. Con el pulso acelerado, se colocó en posición de disparar.

Una voz conocida lo llamó con insistencia y su preocupación, aunque ahora ya no por él, aumentó. Bajó el arma. Que Festus fuera en su busca no podía significar nada bueno. Iba acompañado de uno de los hombres del rancho.

—¿Evangeline? —le preguntó antes de que desmontara.

—Sigue igual —respondió Festus. Al ver la ansiedad en el rostro de su amigo, lo tranquilizó—: Todos están bien. —Sacó un pellejo de vino de la alforja y un atadijo con comida y le entregó las riendas de su caballo al otro para que se hiciera cargo.

—¿Entonces? Si has venido acompañado, el asunto es grave y crees que debo volver. Tiene que ver con Cynthia.

—Violet fue al rancho para decirle que no se iría del asentamiento. La amenazó, así que Cynthia ahora no va sola a ninguna parte. —Festus lo llevó aparte, se sentó, bebió y le ofreció a Lorién, que aceptó—. Thayer está en el pueblo —anunció por fin.

Lorién, que seguía de pie, frunció el ceño.

—¿Qué ha venido a hacer aquí? ¿Acaso aún piensa que tiene alguna posibilidad con Cynthia?

Festus se encogió de hombros.

—Le fue bien en las minas. Es rico. Quiso alojarse en el hotel, pero Sandor no lo permitió. Alquiló una casa. Vive ahí con dos mujeres y un niño. Hippolyte dice que se refiere a ellos como familia, pero no ha podido saber más, si alguna es su esposa o su hermana... Las mujeres son españolas, de las que hablan como tú, no mexicanas. —Le contó el ataque de los hombres contratados por Sandor—: El *sheriff* y el capitán de los soldados los interrogaron, pero Thayer no denunció a Sandor, dice Hippolyte que por lo de Valeria, para quedar en paz. No parece que esté de paso. No tiene prisa.

—Con la de sitios que hay en California...

Festus lo miró fijamente unos segundos antes de atreverse a decirle:

—Se ve mucho con Cynthia. En su rancho y en el nuestro. Los hombres comentan que Thayer se entiende bien con Ebenezer.

Lorién comprendió las insinuaciones de Festus y sintió que la rabia se apoderaba de él.

—Thayer es muy rico y Evangeline puede morir —concluyó él mismo en voz alta—. Ebenezer todavía sueña con la idea de unir ambos ranchos. —Comenzó un ir y venir nervioso sin dejar de compartir sus pensamientos—. Cynthia jamás aceptaría eso. Ella me quiere a mí. Desde el principio; en la caravana quedó claro que no le interesaba Thayer. ¿No has dicho que viaja acompañado? Igual estamos sacando conclusiones equivocadas. Tal vez se haya casado y solo busque un buen rancho donde invertir. Y Evangeline sigue viva... Y si Maxiwo al final vendiera el rancho, que lo dudo, y Thayer lo comprara, se quedaría él con todos los problemas de los ocupantes ilegales... —Soltó un bufido despectivo.

Lorién hablaba poseído por la frustración de no haber sido él quien se enriqueciera en las minas; pero algo mucho peor comenzaba a roerle las entrañas.

La duda. La sospecha.

Volvía a recuperar ese sentimiento de inferioridad que creía superado y olvidado.

Cynthia era ambiciosa. La imprevista posibilidad de unir los dos ranchos, ahora con el añadido de convertirse en la dueña —algo que no había podido ni imaginar cuando Brett estaba vivo—, tenía que resultarle muy tentadora.

Y él la había abandonado sin darle explicaciones.

Comenzó a recoger sus cosas.

Por mucho que respetase la libertad de Cynthia, no renunciaría a ella sin dar la cara.

Partió al amanecer, acompañado de Festus, que no pensaba permanecer mucho tiempo lejos de Maxiwo por si fallecía Evangeline.

A Lorién le resultó irónico que la causa de su propio desasosiego no fuera ni la soledad que él se había impuesto ni el sobrecogedor desamparo de las noches en la naturaleza, sino el miedo a perder a Cynthia. Hacía apenas un par de semanas, enfadado, se había cuestionado sus sentimientos hacia ella. Ahora, el temor a que ella depositara sus sentimientos en Thayer le hacía arrear a su caballo para que no redujera la velocidad.

Estaba celoso; lo admitía. De repente, se había dado cuenta de que no quería perderla.

Durante dos días, a pesar del calor, cabalgaron sin parar y durmieron lo justo para que descansaran los caballos. A mediodía del tercer día, agotados y sudorosos, cubiertos de polvo, llegaron al rancho Maxiwo, donde Lorién pensaba lavarse y cambiarse antes de ir al rancho Catalina en busca de Cynthia.

Desde los postes de madera sobre los que se sujetaba el arco de entrada con el nombre del rancho, donde había hablado por primera vez con Evangeline cuando ella le había ofrecido el puesto de capataz, divisó muchas monturas y alguna carreta en la explanada ante la casa. Se preguntó qué habría tan importante para que tuviera lugar una reunión de rancheros; pero se fijó entonces en que algunos caballos no tenían silla y lucían dibujos indígenas y sintió que se le formaba un nudo en el pecho.

Como si hubiera tenido el mismo presentimiento, Festus lo adelantó, galopó hasta el porche, saltó del caballo, que dejó libre, y desapareció en la vivienda.

En cuanto Lorién entró, sus sospechas se confirmaron. Lo recibió el murmullo de decenas de hombres y mujeres que rezaban oraciones en español y en alguna lengua nativa.

La puerta de la habitación de Evangeline, que daba a la sala, estaba abierta. Se dirigió hacia allí y se detuvo un paso antes del quicio. Una fina tela, adornada con semillas y pequeñas flores, velaba el cuerpo de la joven, aunque dejaba entrever sus delicadas facciones. A un lado, sentada en una silla, Maxiwo, bajo la atenta mirada de Festus, mantenía una mano sobre el brazo de su hija fallecida y le hablaba en la lengua de los chumash como si aún estuviera convaleciente. Al otro, también sentada en una silla y reclinada sobre la cama, Cynthia sollozaba desconsolada.

Lorién sintió una honda pena. Por Evangeline, cuya vida la irracionalidad había truncado demasiado pronto. Sintió el escozor de las lágrimas agolpándose en sus ojos al recordar cómo se habían conocido el pasado noviembre y lo bien que ella lo había tratado desde el principio, como si fuera un hermano mayor en el que apoyarse en aquellos momentos difíciles, cuando nadie quería hacerse cargo del rancho, convertido tras la muerte de su padre y de su prometido en una pesada carga para una joven.

Sintió pena también por Cynthia. Perdía a su mejor amiga, a quien quería como a una hermana. Su sensación de soledad tenía que ser insoportable. Se recriminó no haber estado a su lado para acompañarla y consolarla en la despedida.

Entonces un hombre entró en su campo de visión, se inclinó sobre Cynthia y le apoyó la mano en el hombro para confortarla.

Reconoció a Thayer y, por la cercanía del gesto, por la mirada que le dedicó ella, comprendió, enfadado consigo mismo, que le costaría enmendar su error de haberla abandonado.

45

Al día siguiente, a media mañana, Evangeline recibió sepultura junto a la tumba de su padre en el terreno cercado en una loma próxima a la casa. Asistieron medio centenar de personas, entre representantes de las propiedades del valle, familiares chumash y trabajadores del rancho.

En un discreto segundo plano, Lorién pudo observar la complicidad entre Ebenezer y Thayer, y escuchar retazos de conversaciones de algunos asistentes: a nadie le cabía ahora la menor duda de que el rancho Maxiwo se pondría a la venta. La intriga estaba en quién sería el nuevo propietario, porque ofertas no faltarían. Lorién pensó con tristeza que a la mujer le resultaría difícil dejar los cuerpos de su familia en esa tierra cuando se tuviera que marchar.

No había podido hablar a solas con Cynthia, ocupada la noche anterior en organizar el funeral y las comidas para quienes se habían desplazado desde lejos. Se habían saludado con afecto, pero él había percibido cierta frialdad y su mirada de reproche, que comprendía. Luego él se había dado una vuelta por los alrededores para comprobar que todo estuviera en orden, lo cual le había permitido evitar a Thayer, con quien no quería hablar hasta haberlo hecho con Cynthia.

Cuando la última palada de tierra cubrió la tumba, los

asistentes comenzaron a abandonar el lugar en grupos reducidos. Cynthia, sus padres y los familiares cercanos de Maxiwo permanecieron junto a esta. Para respetar su intimidad, Lorién esperó con Festus y los hombres del rancho al otro lado de la valla que rodeaba el pequeño cementerio.

Entonces, Thayer se le acercó.

—Cuánto tiempo —le dijo a Lorién, en tono neutro.

—No tanto. Ni un año.

—Pero han pasado muchas cosas. No reconocerías aquello. Ahora hay varios hoteles en Rich Bar y cada día se funda una nueva población en el camino.

—Unos se enriquecen y otros se mueren.

—Es una forma de resumirlo, sí.

Lorién no tenía ganas de una conversación insustancial. Tampoco quería mostrar demasiada curiosidad acerca de sus intenciones o de los interrogantes que la breve explicación de Festus había abierto.

—Me ha sorprendido verte aquí.

—Sopesé establecerme en San Francisco, porque hay muchas oportunidades de negocio. —Thayer le dedicó una mirada enigmática—. Ciertas circunstancias me han traído a San Luis Obispo. —Extendió los brazos, en un gesto que incluía las tierras del rancho Maxiwo—. En apenas dos semanas me he dado cuenta de que aquí también hay futuro. La tierra es fértil, el clima es excelente, no deja de llegar gente nueva cada día y parece que reina la tranquilidad, a pesar de lo que Cynthia me ha contado sobre los altercados con los colonos. No me importaría convertirme en ranchero y dedicarme a la construcción. ¿Qué mejor lugar que este? Tú ya lo conoces bien; tu opinión y tu experiencia como patrón me pueden resultar muy útiles. —Sonrió brevemente—. Parece que has encontrado tu sitio.

Lorién tuvo que hacer esfuerzos para contener su creciente enfado. No soportaba que Thayer hubiera regresado para estropearle la vida y le irritaban su manera de hablar y su actitud. El dinero parecía haber aumentado la confianza en sí mismo que siempre había mostrado; y no percibía ni un atisbo de hostilidad por su parte, como si ya diera por ganada una batalla que no pensaba ni comenzar. No obstante, el ceño levemente fruncido en su rostro risueño lo desconcertó. Tuvo la sensación de que Thayer lo estaba tanteando, de que la información que quería no tenía que ver con sus futuros negocios, de que le ocultaba algo de importancia. ¿Para qué tanto rodeo? ¿Era su forma de sonsacarle si seguía con Cynthia? Con una punzada de alarma, se preguntó si habría pasado algo con ella en su ausencia.

—No somos amigos, Thayer.

—Tampoco enemigos, Lorién. Y no estoy aquí por Cynthia, si es lo que te preocupa...

Unos súbitos gritos y disparos interrumpieron la conversación. Provenían de diferentes direcciones, en torno a la casa principal.

Ambos hombres intercambiaron una rápida mirada, montaron en sus caballos y partieron al galope, seguidos de los trabajadores. De camino se les sumaron aquellos asistentes al funeral que habían acudido a caballo; quienes habían dejado los carromatos en el rancho regresaban a pie al cementerio para alejarse del peligro.

Sin dejar de disparar al aire, decenas de indígenas rodearon los cercados donde estaban los caballos y abrieron las cancelas para que escaparan. Los caballos, asustados y alterados por el ruido ensordecedor, formaron una manada que siguió a los hábiles jinetes que los jaleaban.

Lorién azuzó a su montura con todas sus fuerzas mientras disparaba contra los ladrones, aunque por la velocidad a la que iba y la ventaja que le sacaban, dudó que acertara. Poco a poco fue acortando la distancia y tuvo a tiro a uno que comenzó a rezagarse. Pensó entonces en la pobre Maxiwo, que ahora además perdería mucho dinero por el robo de los caballos, y la rabia lo cegó.

Le apuntó como pudo, con el rifle sujeto con una mano y las riendas con otra, al centro de la espalda, y justo cuando iba a apretar el gatillo, el ladrón giró la cabeza y Lorién pudo ver su rostro juvenil y su mirada vencida. Dudó un instante, porque nunca había disparado a un hombre; y ese segundo fue el tiempo suficiente para que el otro, más hábil, capaz de montar sin cuerda ni rienda, en perfecto equilibrio sobre el lomo sin silla, tomara el rifle con ambas manos y lo encañonara.

Sonó un disparo y el joven cayó al suelo.

Thayer pasó a su lado y Lorién comprendió que le acababa de salvar la vida. Continuaron unas millas más, pero la ventaja se fue agrandando hasta que fue imposible seguirlos. Fue el propio Lorién quien dio la orden a los hombres de detenerse. Sudorosos, agotados por el esfuerzo y rabiosos por la derrota, se agruparon en torno al caído.

—Parece chowchilla —dijo uno, tras observar los dibujos en su cuerpo—. Nunca habían bajado hasta aquí. Desde la creación de la reserva de Fresno en abril no había habido ningún problema con ellos.

—El cartero de Monterrey a Santa Bárbara fue asesinado la semana pasada —informó otro—. Los indios de Santa Inés, al sur, también han robado cientos de caballos y reses de los ranchos de la misión.

—Los conflictos no se acabarán mientras quede uno solo de ellos —añadió un tercero, que escupió al cadáver—. Son unos avariciosos y unos ingratos sin civilizar. Aceptan los tratados de los agentes del Gobierno, reciben las mejores tierras para vivir y siguen robando. Si de mí dependiera, los mandaría a todos a las islas del Pacífico.

Informaremos a los regulares. Ellos se encargarán de escarmentarlos.

Lorién no pudo evitar pensar que los estadounidenses habían hecho todo lo posible para echar a los chilenos y franceses de las minas en Rich Bar; que los nativos querían echar a los estadounidenses como antes quisieron hacer con hispanos y mexicanos, ahora desplazados por todos; que los estadounidenses querían las tierras de los nativos; y que cada vez que surgía algún conflicto sobre los derechos de cada uno, ya fueran ancestrales o adueñados, él se percibía más desubicado y nostálgico de Pasolobino. Su sentido del deber, como patrón del rancho Maxiwo, lo había impulsado a detener el robo de los caballos; su sentido de la moralidad, ante el cuerpo sin vida del joven indio, le planteaba dudas sobre si realmente, como había dicho antes Thayer, ese era su sitio.

Miró a Thayer, intrigado. No lo consideraba su amigo, como le había reconocido en la colina del cementerio, y ahora le debía la vida. La conversación había quedado interrumpida cuando le había dicho que no estaba allí por Cynthia. No le había dado tiempo a asimilarlo; ahora pensaba que tal vez fuera cierto. Thayer había tenido la ocasión de librarse de él y no había dudado en salvarlo. Si el indio lo hubiera matado, el camino a Cynthia le habría quedado libre. Todo había sucedido en un segundo; nadie hubiera podido testificar en contra del estadounidense.

—Deberíamos enterrarlo —dijo este.

—Que se pudra para que otros lo vean —dijo el que había escupido sobre él.

Lorién pensó que las palabras de Thayer también podían referirse al pasado. No le había restregado que le había salvado la vida y se había quitado el sombrero en actitud de respeto por el indio muerto. Concluyó que, después de todo, no era un mal tipo. Le apoyó la mano en el hombro.

—Dejémoslo aquí. Vendrán a recogerlo y lo despedirán según sus costumbres.

Al anochecer, después de una frugal cena en la casa principal, donde Cynthia parecía haberse parapetado tras los familiares de Maxiwo para evitar hablar con él, Lorién tomó un baño en la sencilla vivienda que compartía con Festus.

Se estaba vistiendo para dar un paseo, estirar las piernas tras la dura cabalgada del día y despejar la mente cuando oyó que la puerta se abría y enseguida la voz de Cynthia, que preguntaba por él.

El corazón se le aceleró.

Salió a la salita y le dedicó una intensa mirada con la que quería transmitirle el deseo de que aceptara el abrazo que él tanto deseaba y estaba dispuesto a darle.

Cynthia avanzó hacia él con cierta timidez, sin dejar de mirarlo a los ojos, hasta que se convenció de que era bien recibida y entonces se abandonó en sus brazos y comenzó a llorar.

Lorién la estrechó con fuerza y le acarició el cabello y la espalda. Dejó que se desahogara. Y sintió su fragilidad, como si todo lo sucedido la hubiera superado a pesar de su fortaleza y su obstinación.

—Debería haber estado a tu lado —reconoció con sinceridad.

Cynthia asintió mientras se secaba las lágrimas.

—Te he echado de menos, pero no es eso lo que me entristece.

Lorién le acarició la mejilla y pasó el pulgar por esos labios que deseaba rozar con los suyos.

—No quiero que estés triste.

La besó con ternura y sintió el sabor salado de sus lágrimas. Y ella le correspondió con un beso más ardiente, en el que Lorién percibió urgencia y necesidad, y un profundo desconsuelo que le desgarró el alma, como si en vez de un reencuentro aquello fuese una despedida.

Le acarició el cabello.

—¿Qué sucede, Cynthia?

—Tengo algo que contarte. —Por indicación de ella, se sentaron en sendas sillas; muy juntos, con las manos entrelazadas—. Tras la muerte de Brett pacté con mis padres que, si en un año no me había ganado el respeto de los rancheros, si no les demostraba que podía valerme por mí misma, aceptaría casarme para que no vendieran el rancho. Lo he hecho. Lo he demostrado. No necesito a ningún marido que me resuelva los problemas. Puedo hacerlo sola. —Nuevas lágrimas acudieron a sus ojos—. Siento profundamente la muerte de Evangeline; era como una hermana para mí. Desde donde esté, estoy segura de que también se alegra por haber vengado la muerte de Brett y haberse enfrentado a los *squatters*... —Recuperó súbitamente la entereza—. No me da miedo la amenaza de Violet. Si es necesario, les haremos otra visita. Los hombres me respetan y me obedecen.

Lorién frunció el ceño, extrañado.

—No comprendo qué me quieres decir, Cynthia.

—Después de todo lo que ha pasado, mis padres tienen miedo por mí y no quieren arriesgarse a perderme. No van a cumplir su parte del trato. Insisten en que me case o venderán el rancho.

—¿Me estás pidiendo que me case contigo? —El tono de la voz de Lorién se tiñó de ironía—. ¿De ahí tu tristeza?

Cynthia movió la cabeza de un lado a otro. Indecisa, abrió la boca un par de veces antes de atreverse a confesar:

—Tú eres mi elegido, pero ellos no nos dan su bendición. Quieren a alguien como...

—Thayer —susurró Lorién, con una sonrisa tensa.

Cynthia asintió. Sin mirarlo a la cara, le acarició las manos, nerviosa. Lorién esperó a que ella añadiera algo que le dejara claro que ni siquiera lo sopesaba, que él era para ella más importante que el rancho, que su familia, que la tierra de San Luis Obispo, que el legado que heredarían unos hijos que ni siquiera existían.

Cuando el silencio se hizo insoportable, Lorién apartó las manos del contacto de ella. Recordaba perfectamente cuando le pidió a Marot que se fuera con él y ella rehusó. No volvería a pasar por lo mismo, pensó con desagrado. Aunque las circunstancias fueran tan diferentes.

Tampoco ayudaría a Cynthia en su dilema, si es que acaso ella tenía alguna duda por mucho que acabara de decirle que él era su elegido.

Ya no sabía qué creer. Si de veras Thayer no estaba allí por Cynthia, como le había asegurado, si él no alentaba la relación, no comprendía cómo se había llegado a una situación en la que tanto sus padres como ella lo consideraban el candidato ideal para casarse con la joven.

Se puso en pie, cogió de una silla los calzones anchos de cuero que usaba para montar a caballo y el sombrero y la canana de unos ganchos tras la puerta. Con lentitud, como si quisiera darle tiempo a Cynthia para que dijera algo, se ajustó la cartuchera a la cintura, introdujo el revólver en la funda que colgaba de esta y se dispuso a salir.

—Lorién... —susurró ella, que no se había perdido ni un solo movimiento.

Él se detuvo con el sombrero entre las manos y la miró de soslayo.

—Una vez me dijiste que no te gustan los hombres celosos, porque se vuelven posesivos. Como siempre, tomarás tu decisión. —Se encajó el sombrero—. Y yo la mía.

46

—Estás muy hablador esta noche. —Sandor rellenó a medias el vaso que le tendió Lorién—. Última ronda. Ya has bebido demasiado. Tendrás que quedarte en mi casa.

Con la cabeza apoyada entre las manos, Lorién se encogió de hombros. Se había propuesto emborracharse para olvidar la discusión con Cynthia; por la racanería de su amigo a la hora de servirle, conservaba la agudeza mental.

—Igual me quedo para siempre —dijo con voz pastosa y esfuerzo—. ¿Tienes trabajo para mí? Tal vez no te parezca suficientemente bueno. La cuestión es que no soy suficiente. Bueno, para ser el patrón de un rancho con problemas, sí. Para casarme con la heredera de otro, no. Porque no tengo dinero como Thayer. —Miró a Sandor y a Hippolyte y soltó una risita—. Él sí que me contrataría de patrón. ¿Os imagináis? Trabajaría para el hombre con el que Cynthia dormiría todas las noches. No, no, no, no. —Dio una palmada en la mesa—. Decidido. Me quedo con vosotros.

Hippolyte le pasó un brazo por los hombros.

—Eres bienvenido. Necesito hombres para mi empresa de construcción. Si quieres, puedes ser mi socio. Y Festus. Si dejas el rancho, supongo que él también.

—Festus irá donde vaya Maxiwo. —Lorién suspiró con resignación—. Solo quedamos nosotros tres.

—Es ley de vida. —Sandor adoptó un tono jocoso—. Hippolyte también se ha enamorado.

Lorién alzó su vaso.

—Prepárate para sufrir. ¿Y quién es la afortunada?

—La conocí gracias a Sandor, o por culpa de él, según se mire —confesó Hippolyte.

Sandor bajó la vista avergonzado.

—Pacté con esos hombres que las amenazaran, nada más. Me arrepiento de lo que hice y me alegra que de algo malo saliera algo bueno. Los vascos somos apacibles y trabajamos duro, pero cuando se desatan las pasiones, somos peligrosos.

—Pues como todos —bufó Lorién, que rebuscó en su mente y dio con el recuerdo de lo que le había contado Festus sobre el ataque encargado por Sandor contra las mujeres que vivían con Thayer. Se dirigió a Hippolyte—: ¿Y qué tiene que ver esa mujer con Thayer? ¡A ver si vas a acabar siendo familia de él!

—Por lo poco que sé, Ponciana es la acompañante de la otra. Solo nos hemos visto un par de veces, está agradecida porque la salvé. A Sandor le gusta hacer de casamentero.

—Qué casualidad —musitó Lorién, abstraído de repente en la contemplación del líquido cobrizo de su vaso.

—¿A qué te refieres? —preguntó Sandor.

—La novia de Baptiste se llamaba Ponciana. No sé qué habrá sido de ella.

Tampoco sabía nada de su familia, ni de Marot, pensó Lorién. Según sus cálculos, alguna carta debía de andar ya de camino desde Pasolobino en respuesta a la que él había enviado hacía meses. Le embargó una repentina oleada de nostalgia, que también distinguió en el suspiro de Sandor cuando terminó de contarle a Hippolyte el triste final de Baptiste hacía ya dos años, pocos días antes de cruzar el Paso Sur de las Montañas Rocosas.

Dos años ya.

O solo dos años.

Un suspiro y una eternidad.

¿Y si se hubiera equivocado?, pensó Lorién. ¿Y si ese no fuera su sitio? Su corazón herido por la ambición de Cynthia lo invitaba a recuperar latidos del pasado. Se imaginó en su casa de Pasolobino, que recorrió por dentro palmo a palmo desde el patio hasta la falsa y por fuera desde el portalón de la era, pasando por corrales, pajares y cobertizos, hacia los campos y prados que se extendían hasta que el horizonte de montañas les daba el alto. El ganado ya estaría de camino a los pastos frescos de esas tierras altas donde había sido feliz hasta el fatal accidente de su primo. Desde entonces, había disfrutado de experiencias inolvidables, algunas dramáticas, otras deliciosas; pero añoraba esa sensación de solidez y estabilidad de su tierra natal que nunca más había sentido.

Una sensación, pensó fugazmente, que tal vez tuviera más que ver con Marot que con el entorno.

A poca distancia del hotel de Sandor, un pensativo Thayer extrajo un cigarro puro del estuche de plata dorada y salió al porche, donde lo prendió. Hacía una noche espléndida en la que la intensa luz de la luna permitía reconocer las líneas de los cerros lejanos y los edificios cercanos, como la enorme e imponente misión. Una leve brisa había conseguido por fin refrescar el ambiente tras una jornada de calor y sudor. Sentado en una silla de asiento de tablón, se entretuvo contemplando las caprichosas formas del humo. No fumaba mucho; en ocasiones le servía para templar el ánimo. Y ahora necesitaba controlar los nervios.

Se acercaba el momento que tanto temía.

Sintió la presencia de Marot, que le acarició sutilmente la nuca y se sentó en otra silla a su lado. Thayer adoraba ese rato de conversación que se había convertido en una deliciosa costumbre.

—Estás muy silencioso. ¿Cansado?

Thayer la miró unos instantes. Percibía su tensión. Durante el día, ocupada con las tareas de la casa, con Ponciana y el niño, mantenía su semblante risueño; con la noche llegaban la reflexión y las sombras provocadas por la razón por la que se encontraba allí, que nunca verbalizaba. Soportaba la espera con aparente naturalidad y agradecía que él la mantuviera informada de lo que hacía durante el día, de las conversaciones con los rancheros, de la posibilidad de comprar el rancho Maxiwo. La noche anterior había llegado cuando ella ya dormía y esa misma mañana había partido al amanecer. No había tenido ocasión de contarle las últimas novedades.

—Ayer murió Evangeline.

—Pobre muchacha, tan joven —dijo Marot, apenada—. Qué dolor tan terrible el de su madre...

—El entierro ha sido esta mañana. Unos indios aprovecharon para robar caballos en el rancho y los hombres que estábamos allí salimos tras ellos, aunque no los cogimos.

—Cuánto lo siento por Maxiwo.

Thayer asintió.

—Uno de los ladrones resultó muerto. Me imagino que sus compañeros lo habrán ido a buscar para enterrarlo según sus costumbres. Creo que no los entierran, los queman en una pira de leña. —Hablaba para demorar el momento de anunciarle lo que le costaba—. Hay tantas tribus como ríos, arroyos y afluentes. Los yokut, los más numerosos, se han opuesto siempre a los extranjeros. El año pasado atacaron los puestos entre los ríos Merced y Fresno, empezaron a pedir tributo a los blancos que cruzaban su territorio y mataron a varios colonos. A comienzos de este año, se reunieron más de quinientos para seguir enfrentándose a los blancos. Sin embargo, en primavera todos aceptaron negociar y firmar los tratados de paz y amistad con los agentes estadounidenses enviados por el Congreso.

—Pues sí que cambiaron de idea en poco tiempo... —comentó Marot, sorprendida por lo que sabía Thayer, ávido lector de la prensa, aunque fuese de fechas atrasadas, y dueño de una gran memoria.

—Los convencieron las tropas y algunas tribus amigas de los blancos. Hasta los chowchilla, los más renuentes, han terminado firmando...

—Thayer... —Marot percibía que el erudito monólogo nacía de su nerviosismo.

—He visto a Lorién —soltó él por fin.

—Ha vuelto... —Marot exhaló un suspiro.

Thayer la observó, ansioso por descubrir signos de ilusión en el rostro de ella.

—Supongo que se quedará. Al menos hasta ver qué pasa con el rancho. Es una lástima que él no lo pueda comprar. Sería un buen amo.

Ahora fue Marot quien asintió. Si seguía siendo el mismo Lorién que recordaba, conservaría su inquebrantable sentido de la responsabilidad.

—Tal vez pueda demostrarlo en el de Cynthia.

Thayer se encogió de hombros.

—También dependerá de ti —dijo tentativo—. Viniste aquí por él.

Marot le dedicó una breve sonrisa cargada de afecto.

—Hace unos meses, me levantaba cada día con la ilusión de reunirme con él, donde fuera, como fuera. Si hubiera sabido entonces que en tan poco tiempo se había enamorado de otra mujer, mi corazón habría estallado en pedazos. No sé qué hubiera hecho. Desde luego no estaría aquí y no te habría conocido. Intento recuperar los sentimientos que me unieron a él, y los siento lejanos, incluso irreales. Estoy desorientada, como un buey que realiza el mismo trayecto todos los días y una mañana le hacen tomar un camino nuevo. Después de un tiempo, si vuelve al que una vez fue tan familiar, lo reconoce, pero le resulta diferente y debe ajustar el paso. ¿Puedes comprenderme?

Thayer extendió el brazo y le tomó la mano. Entrelazadas, se mecieron en el espacio entre las sillas.

—Encontrarás las respuestas cuando lo veas.

—O podríamos regresar a San Francisco...

Thayer se giró hacia ella y se inclinó para besarle los nudillos.

—La mujer a la que amo se enfrenta a sus miedos.

A Marot se le llenaron los ojos de lágrimas. Ante Hippolyte, aquella noche de la agresión, Thayer la había incluido en un «mi familia» que le había llegado al alma, pero nunca le había declarado abiertamente su amor.

Esa afirmación era su manera de expresar también su miedo a perderla.

—De acuerdo. Organiza un encuentro con él en el rancho. —Dejó escapar un profundo suspiro—. Poco a poco.

Cynthia todavía permaneció un rato en la pequeña vivienda de Lorién tras su marcha. Entró en su dormitorio, donde habían compartido más de una noche de amor. Solo había una cama, una mesilla, un silloncito, un armario y un perchero de pared. Ni una alfombra, ni una cómoda, ni un cuadro.

Eso era todo. Y todo lo de esa casa cabía en un rincón del gran salón del rancho Catalina.

Cegada por la atracción que sentía por él, ella nunca había querido ahondar en la enorme dimensión que separaba el mundo de ambos y que sus padres se habían encargado de recordarle. No era solo una cuestión material. También Ebenezer, de procedencia más humilde, había hecho florecer el rancho Catalina con su esfuerzo y su sentido de la responsabilidad; sus padres no dudaban de la capacidad de trabajo de Lorién, que había demostrado en el rancho Maxiwo. Pero el futuro de ese lugar estaba en manos de los estadounidenses como Thayer, que podría, entre otras cosas, contratar a los mejores abogados para defender la propiedad de la tierra. Y su lealtad hacia su país estaría siempre fuera de toda duda. ¿Podía ella asegurar que Lorién no le planteara en algún momento su deseo de regresar a su tierra natal? ¿Acaso no hablaba de ella con pasión?

Cynthia también era consciente de que Lorién no siempre la comprendía. Había advertido la brecha entre su buena disposición y sus verdaderos sentimientos. Le había dolido mucho que, tras prometerle su apoyo en la decisión que ella tomara respecto a los ocupantes ilegales, la hubiera juzgado y la hubiera abandonado; porque eso era lo que había hecho: abandonarla cuando su querida Evangeline peleaba contra la muerte. ¿Quién había estado entonces a su lado? Thayer.

Sentada en la cama de la habitación de Lorién, Cynthia repasaba de manera racional esos argumentos una y otra vez, y no conseguía coser el hueco que sentía en el pecho al pensar en renunciar a él.

Porque su corazón no latía desbocado cuando estaba

con Thayer, ni ella sentía su ausencia, por breve que fuera, como una condena, como le sucedía con Lorién. Amaba a Lorién con locura, no podía engañarse.

¿Y qué había hecho? Se frotó el rostro con las manos, conteniendo las ganas de abofetearse. ¿A quién se le ocurría manifestar sus dudas al ser amado? ¿Cómo se sentiría ella en su lugar? ¿Cómo aceptaría que él dudara de ella por la existencia de otra mujer?

Ansiosa, salió al exterior, dispuesta a montar en su caballo y partir en busca de Lorién, pero ya se había hecho de noche; aunque le sobraba valentía, no era una insensata. Se dirigió a la vivienda en medio de un silencio sobrecogedor después de los lamentos por la despedida de Evangeline y los robos de los caballos. Hasta Chulo, con expresión circunspecta, parecía haberse contagiado de la tristeza de su dueña y del lugar.

Esa noche, Cynthia apenas pegó ojo.

Tenía que enmendar el tremendo error que había cometido.

Poco antes del amanecer, cogió sus armas y ensilló su caballo. Seguida de Chulo, partió hacia el pueblo. Conocía las rutinas de Lorién: seguro que estaba en el hotel. Sabía que asumía un riesgo al aventurarse sola por esos caminos, por la amenaza de Violet, pero era un trayecto corto, a esas horas todo el mundo dormía, y al galope pocos la alcanzaban. En media hora llegó a la laguna.

De repente, oyó un estruendo de gritos, relinchos y cascos de caballos, y Chulo comenzó a ladrar como si hubiera enloquecido.

Sonó un disparo y Chulo emitió un quejido y calló.

Cynthia tiró de las riendas con tanta fuerza que el caballo se puso de manos. Supo controlarlo y lo obligó a volver grupas. Vio a su perro inmóvil en el suelo y la sangre en su pecho. Se mordió los labios para no chillar de rabia, con los ojos llenos de lágrimas, pero su instinto de supervivencia le impidió apearse. Preparó la pistola, dispuesta a defenderse. No vio a nadie, aunque sentía que la observaban desde la maleza.

Antes de que pudiera ponerse de nuevo al galope, media docena de hombres a caballo le salieron al paso y le apuntaron con sus rifles. No tenía escapatoria. Sin dirigirle la palabra, uno de ellos le quitó las armas y otro las riendas. Le ataron las manos al cuerno de la silla y tiraron del ronzal con el que obligaron al caballo, con ella encima, a seguirlos.

Cynthia pasó junto al cuerpo del pastor australiano y, con una profunda tristeza, le dedicó un pensamiento de gratitud por tantos buenos momentos compartidos. Su querido Chulo. Nunca tendría otro perro como él.

Ahogó un sollozo.

No mostraría debilidad.

47

Lorién se levantó tarde con un terrible dolor de cabeza. La intensa luz del implacable sol de julio que entraba por la ventana de la casa de Sandor, los chillidos de unos niños y los recuerdos de los motivos que lo habían llevado a emborracharse añadieron malhumor a su penoso estado físico.

Le llegó un agradable olor a café desde la mesa junto a la ventana, donde Sandor había dejado una bandeja con huevos, jamón y pan recién hecho. Sentía el estómago revuelto, pero se obligó a comer algo para recomponerse. Como no le pasaba la comida, tomó el café, se aseó en la jofaina con el agua fresca que también habría puesto el bendito de Sandor en el aguamanil y se vistió con la ropa cómoda de trabajo de la noche anterior. Entonces se sentó, dispuesto a esforzarse por terminarse el desayuno.

Miró por la ventana y se fijó en unos niños que jugaban, algo apartados, al lanzamiento de palos. Seguro que Sandor les había enseñado esa técnica de girar el cuerpo. Más cerca había media docena más, muy pequeños, vigilados por sus madres. Uno apenas sabía caminar. Llevaba una corta túnica blanca y manchada de polvo. Con una minúscula pala de madera, cogía un puñado de tierra, se levantaba con torpeza, daba unos pasos, depositaba la poca que no había perdido en el trayecto en el suelo, donde se dejaba caer, y volvía a comenzar su laboriosa tarea. No pudo evitar sonreír.

El niño miró a su alrededor en busca de aprobación y un par de mujeres le dijeron algo que le hizo reír y batir palmas. Lorién centró su atención en ellas. Le sonaban de algo, tal vez del hotel, el almacén o el funeral de Evangeline. La que estaba de frente, esbelta, llevaba el cabello rubio recogido en un sombrero en forma de campana con un reborde saliente en la parte delantera que le hacía sombra a la cara. La que estaba de espaldas, más menuda, lucía un sencillo vestido de falda amplia del mismo color —azul pálido— que los adornos de cintas y flores de la capota de paja y seda. Cubría sus hombros con un finísimo chal.

A buen seguro su mente continuaba abotargada, razonó Lorién, porque no lograba localizar en qué momento las había conocido.

Entonces el niño avanzó en dirección al hotel, las mujeres fueron tras él y Lorién pudo verlas mejor.

Pensó que se había vuelto loco. Notó que su corazón comenzaba a latir con fuerza mientras el resto de su cuerpo se paralizaba de incredulidad.

Marot y Ponciana.

Despacio, como si a su cerebro le costara dar órdenes, se puso en pie y abrió la ventana. Sus ojos se centraron de nuevo en Marot. Sin duda era ella. O una versión más sofisticada de la joven que recordaba. Su forma de andar, de mover las manos o la cabeza, de reírse... Cielo santo. ¿Cómo era posible? ¿Acaso había sido capaz de cruzar el mundo para encontrarlo? Le entraron ganas de echarse a llorar de emoción, de nervios, de nostalgia.

Cruzó la habitación y corrió escaleras abajo. Si su mente no le estaba jugando una mala pasada, en cuanto viera la reacción de ella al reconocerlo comprobaría que de verdad era ella.

Nada más salir al exterior vio a Hippolyte dirigirse hacia las mujeres. Creyó recordar algo que le había dicho la noche anterior: que una que vivía con Thayer se llamaba Ponciana. ¿Qué tenía que ver entonces Thayer con ella y con Marot? Le costaba pensar con claridad, tal era el aluvión de preguntas que acudían a sus pensamientos.

Ralentizó el paso y trató de serenarse. Habría una explicación lógica para esa incomprensible casualidad.

Porque sí que era Marot, supo sin ninguna duda al aproximarse a ella.

El primer amor de su vida. Su compañera de la infancia y juventud, con quien había trazado tantos planes para una existencia tranquila, conocida, sencilla, plena; con quien había compartido unas ilusiones que ahora, aunque hubiesen sido suplantadas por otras, resurgían como si nada hubiese sucedido, como si no hubiera pasado el tiempo, como si en lugar de en una explanada de tierra ante una misión californiana estuvieran en la plaza de Pasolobino.

Cuando su mirada se topó con la de ella, la avalancha de recuerdos y sentimientos que lo invadió fue tan intensa que tuvo que inspirar hondo para controlar la emoción.

Inmóvil, conmocionada por la sorpresa, Marot trató de ajustar la imagen de Lorién al recuerdo que tenía de él.

Su indumentaria no tenía nada que ver con la que utilizaba en Pasolobino ni con los elegantes conjuntos de Thayer, pero le sentaba tan bien que se quedó sin aliento. Los pantalones anchos de algodón asargado sobre los que llevaba calzones de cuero, como si fuera un charro, para montar, y las botas con algo de tacón como las que llevaba Thayer para sujetarse mejor a los estribos le hacían parecer grande y fuerte. La camisa blanca, con las mangas enrolladas en los codos, realzaba el color tostado de su piel. El corto chaleco, ajustado, marcaba un torso musculoso y el cinturón y la cartuchera, en la que apoyaba una mano, obligaba a la vista a fijarse en su cintura. Se había recogido el cabello ondulado, negro y largo, con una cinta en la nuca.

El joven Lorién que ella recordaba se había convertido en un hombre que impresionaba por la sensación de seguridad y fortaleza que transmitía. Distinguió en la dura mirada de sus ojos oscuros un destello de estupor, de desconcierto y, también, muy sutil, la vulnerabilidad de quien había sufrido y necesitaba consuelo.

—Lorién... —susurró Marot. Se acercó muy despacio, con los ojos brillantes por las lágrimas. Sentía el pulso disparado—. Mi querido Lorién —repitió su nombre, como si necesitara confirmar que por fin lo había encontrado. Miró a su alrededor—. ¿Te ha acompañado Thayer?

—¿Por qué debería haberlo hecho? —preguntó él con extrañeza y algo de irritación.

—Partió esta mañana en tu busca para adelantarte que estoy aquí. Con lo de Evangeline, ayer no quiso decírtelo.

Lorién señaló el edificio a su espalda.

—He pasado la noche en el hotel de mi amigo Sandor. ¿Cómo has llegado hasta aquí? ¿Qué tienes que ver con Thayer?

—Llegué hace un par de semanas, pero te habías ido a las montañas. Hace meses que esperaba este momento... —Miró a Ponciana, que había cogido al niño en brazos, y le hizo un gesto para que esperara. Se dirigió a Lorién—: Demos un paseo.

«¿Cómo se saluda a quien ha sido el amor de tu vida? —pensó Marot—. ¿Cómo se recupera la cómplice conversación de antaño?». En todos sus sueños, el reencuentro comenzaba con un intenso abrazo y ahora, sin embargo, ni siquiera se habían rozado. La distancia, el tiempo y los compañeros con los que se habían cruzado en sus respectivos viajes agrandaban el abismo que los separaba. Caminaron despacio el uno junto al otro en silencio hasta el último arco de la misión, donde empezaba el espacio abierto por el que discurría el camino al mar transitado por personas a pie, en carretas o a lomos de burros o caballos. Bordearon la misión hacia los huertos traseros, donde había menos jaleo, y ella conoció primero la historia de Lorién desde que había llegado a San Luis Obispo y luego le contó la suya.

Lorién la escuchó con atención, sin poder ocultar su asombro por la hazaña que tenía que haber supuesto para Marot abandonar Pasolobino, cruzar el océano y ser capaz de dar con él. Comprendió que la casualidad había querido que Thayer leyera el anuncio e irrumpiera de nuevo en sus vidas; sintió una punzada de celos al percatarse de que ella se refería a él con mucho afecto; y se prometió que se enfrentaría a Sandor por haberla puesto en peligro al haber contratado a esos hombres para darle un escarmiento al americano. Claro que él no sabía quiénes eran ellas, y se había arrepentido de su vil conducta, pero si algo le hubiera pasado a Marot, jamás se lo habría perdonado.

A medida que ella hablaba, Lorién sentía que no quedaba en él resentimiento por la manera en que se habían separado. Aquella despedida en Pasolobino, un anochecer de enero de hacía dos años y medio, pertenecía a un entorno y un momento que, después de todo lo que habían vivido ambos desde entonces, de repente ya no importaba.

Lo que importaba era que el destino los había juntado de nuevo.

—Siento lo de tus padres.

Marot guardó silencio unos instantes. Se situó entonces frente a él y apoyó las manos en sus antebrazos.

—También fallecieron tus padres y un hijo de tu hermano.

Lorién cerró los ojos y dejó escapar un sollozo. Esperaba carta de su familia. Les había enviado sus señas. Calculaba que pronto tendría noticias de ellos. No contaba con que fueran tan tristes. Pobre Raymundo. Pobre hermano. Lo que habría tenido que sufrir. Enterrar a su hijo y a sus padres... Pobre cuñada. ¿Cómo se superaba la muerte de un hijo? Si él hubiera estado allí, pensó con una punzada de culpabilidad, habrían compartido la pena, se habrían consolado. Sus problemas con Cynthia le parecieron menores, comparados con la tragedia que había asolado Pasolobino hacía un año. Un año. Sus padres y su sobrino, a quien no había conocido, habían muerto hacía un año. Ni siquiera habían llegado a saber sobre su trabajo en el rancho. Ni lo bien que le iba económicamente en el hermoso y fértil lugar de San Luis Obispo. Ni que con el dinero del oro había conseguido reunir un gran rebaño de ovejas. A los padres les aliviaba saber que sus hijos sabían sortear las dificultades y salir adelante. Les habría emocionado leerlo en la última carta que les había enviado, y ahora nunca lo sabrían. Sintió una honda aflicción por no haberse podido despedir de ellos y por vivir el duelo a deshora.

Abrió los ojos y miró a Marot, que no había retirado las manos de sus brazos, en un gesto de consuelo. También ella había perdido a sus padres. Lo había superado y se había transformado en otra persona, más segura, más resuelta.

—Cuando me fui, Raymundo estaba conformado —dijo Marot con firmeza antes de adoptar un tono neutro—: Me prometió que se haría cargo de mi casa y de mi patrimonio hasta... —titubeó— nuestro regreso.

Lorién, tenso, apretó los labios. Regresar a Pasolobino. Juntos. Retomar sus vidas donde lo habían dejado. Abandonar California. Separarse de Cynthia. Por la manera en que Marot había hablado, no estaba seguro de si esperaba una confirmación o si se sentía tan desconcertada como él. Optó por un comentario vago:

—No puedo decirte cuándo podría suceder eso.

—Yo tampoco —admitió ella, con una breve sonrisa.

Permanecieron un rato en silencio. La tensión inicial parecía haberse transformado en naturalidad, aunque todavía no hablaran con el corazón en la mano ni compartieran sus secretos. Sin palabras, con una mirada cómplice, convinieron en que necesitarían tiempo para acostumbrarse el uno al otro: eran los mismos de siempre y, a la vez, dos desconocidos.

Marot le indicó que regresaran con Ponciana, que seguía con Hippolyte. Le quitó al niño, para que la muchacha pudiera prestar atención a lo que Lorién quería decirle sobre Baptiste sin que Silván la molestara.

—Se acordó de ti hasta el último momento, Ponciana —le dijo Lorién—. Prueba de ello es que te dejó su dinero. Fue antes de que probáramos suerte con el oro, pero es una buena cantidad.

Ponciana asintió con la cabeza en señal de agradecimiento, con los ojos brillantes por las lágrimas. Parpadeó con decisión para impedir que estas resbalaran por sus mejillas. Ya había llorado por Baptiste; ya había tenido tiempo para despedirse de él. Ahora tenía una nueva ilusión. Localizó a Hippolyte con la mirada y se le acercó.

Lorién acarició uno de los rizos de color oscuro del

niño que, en brazos de Marot, no perdía ojo de los movimientos de ese extraño.

—Lo he visto jugar desde la ventana —comentó—. Será buen agricultor. Le gusta hacer agujeros en la tierra.

Marot sonrió. Y lo miró a los ojos.

—Te presento a Silván, Lorién. Nuestro hijo.

48

La noticia dejó a Lorién sin habla.

Tenía un hijo.

Hubiera apostado todo su dinero —que habría perdido— a que el niño era de Ponciana y Baptiste. Lo miraba y, tal vez sugestionado por la noticia, comenzó a distinguir rasgos de los hombres de su familia. El cabello oscuro, como los ojos, y los rizos indomables; la sonrisa pícara de Raymundo. Lo observó con tanta atención que el pequeño se asustó y rompió a llorar.

«Soy padre», se repitió Lorién, sin terminar de asimilar el significado de esa palabra cargada de tanta responsabilidad.

—Lo supe al poco de marcharte —le explicó ella, mientras calmaba al niño con caricias en la espalda e intermitentes siseos—. Se lo oculté a *todo* el mundo. Menos a mis padres, claro. Por respeto a ellos, para que no tuvieran que soportar los comentarios, permanecí meses encerrada. Luego estaban locos de alegría con él. —Meditó unos segundos—. Estoy segura de que, si no hubieran muerto, al final lo habrían reconocido. En el pueblo creyeron que el niño era hijo de Ponciana. Su madre ya se había encargado de correr la voz sobre su embarazo. Tenía planeado decir que eran gemelos. Pero el de la pobre Ponciana murió al nacer, un par de semanas después de que yo diera a luz a Silván. Ella también lo ha criado y lo quiere como si fuera suyo.

Al asombro y la emoción de Lorién se sumó un súbito enfado. La prudente y asustadiza Marot, que no era capaz de cruzar su pequeño pueblo a solas, había expuesto a su hijo a mil peligros, incluso a la muerte, en ese largo viaje.

—Podrías habérmelo dicho por carta en lugar de arriesgarte tanto.

A Marot le molestó que Lorién obviara el amor de ella por él, su necesidad de reunirse con él, la razón por la que había partido en su busca: ese tiempo anterior a Cynthia y Thayer. Empleó un tono recriminatorio para defenderse:

—No tenía una dirección a la que escribir. Solo recibí de ti *una* carta desde el Fuerte Laramie. Por tu hermano supe que estabas en algún lugar en las montañas al noreste de San Francisco. Silván y tú teníais que conoceros. Para cuando hubieras decidido regresar, si es que lo hacías, tu hijo ya sería un muchachito. Tomé mi decisión. Te echaba mucho de menos. Entonces yo ignoraba que tú ya me habías sustituido por otra.

Lorién apretó los labios y aceptó la reprimenda con un gesto de asentimiento. Thayer ya le había hablado de Cynthia. No tenía sentido discutir por algo que ya había pasado. Debían mirar hacia el futuro y enfrentarse con calma a la nueva situación.

No pudo decirle nada más, porque aparecieron entonces Thayer y Festus a caballo, sudorosos y visiblemente inquietos. Thayer desmontó y, sin preámbulos, preguntó a Lorién:

—¿Está Cynthia contigo?

Lorién frunció el ceño; le molestó que el otro fuera tan directo en presencia de Marot.

—No. ¿Por qué?

—Iba a buscarte para concertar un encuentro con Marot —apoyó su mano suavemente en la espalda de ella a modo de saludo— y antes de llegar al rancho Maxiwo me topé con Festus.

—Después de la amenaza de Violet —continuó este, nervioso—, Cynthia no daba un paso sola. Siempre la acompañaban dos de sus hombres. Al poco de amanecer, uno alertó de que faltaban su caballo y su perro. Fueron al rancho Catalina, y nada. Si no está contigo, ha desaparecido.

Lorién reaccionó con rapidez.

—Prepara mi caballo. Voy a por mis armas.

Thayer dirigió una mirada a Hippolyte, y el francés asintió con un gesto:

—Yo me quedo aquí. Cuidaré de ellas y del niño —prometió.

Thayer tomó a Marot del codo para apartarla un poco y poder hablar a solas.

—¿Estás bien? —le preguntó mientras entretenía a Silván, que seguía en brazos de ella, con las riendas del caballo.

Marot asintió, con un nuevo nudo de ansiedad en el estómago. Debería contarle cuanto antes a Thayer su secreto sobre Silván. Pero comprendió que ese no era el momento.

—Me pilló por sorpresa —respondió—, pero me alegro de haberme enfrentado ya a esta situación después de tanto esperar. —Apoyó la mano libre en el pecho de él—. Ojalá encontréis a Cynthia. No te preocupes por nada más. Solo te pido que tengas cuidado y regreses conmigo.

Thayer le pasó el brazo por la cintura y la atrajo discretamente hacia sí, un gesto que no pasó desapercibido a Lorién, que regresaba corriendo.

—Podemos pedir ayuda a los soldados —sugirió Festus. De cuando en cuando acampaba a las afueras una pequeña compañía a las órdenes de un capitán.

—Por ahora intentaremos resolver esto a nuestra manera. —Lorién fue tan categórico que ninguno de los otros dos le llevó la contraria—. Seguidme. —Hizo caso a un pálpito. Tal vez, como consecuencia de la discusión de la noche anterior, Cynthia hubiera decidido refugiarse en alguno de sus lugares especiales. Empezaría la búsqueda por la laguna.

Mientras galopaban en esa dirección, Lorién repartía sus pensamientos entre la preocupación por Cynthia y el descubrimiento de que tenía un hijo. Le remordía la conciencia imaginar lo difícil que tenía que haberle resultado a Marot enfrentarse al disgusto inicial de sus padres, ocultar el embarazo, ayudar a Ponciana a despedirse de su bebé, hacer pasar a su propio hijo por el de otra, enterrar a sus padres, despedirse de Pasolobino y emprender un viaje tan largo. Si él se hubiera quedado por los Pirineos, habría regresado antes o después, se habría enterado y se habría casado con ella. Todo sería diferente... Pero el pasado no se podía cambiar. Ahora lo importante era encontrar a Cynthia.

Al avanzar por los alrededores de la laguna, aflojó el paso. Propuso a los otros que batieran la zona.

Al poco, Festus gritó varias veces:

—¡Aquí!

Guiados por su voz, Lorién y Thayer llegaron a su lado. Festus estaba arrodillado ante el cadáver de Chulo.

—Un disparo.

Lorién y Thayer intercambiaron una mirada.

Cynthia no había desaparecido por voluntad propia.

Lorién se agachó y cogió al perro en brazos.

—¿Qué haces? —le preguntó Festus—. No perdamos tiempo.

—Cynthia querrá enterrarlo.

Acomodó el cuerpo en la grupa y lo ató a la parte posterior de la silla con una cuerda que siempre llevaba. No permitiría que los carroñeros se comieran a Chulo. Él también quería enterrar dignamente al animal gracias al cual había conocido a Cynthia.

En el rancho Catalina, Ebenezer repetía instrucciones y promesas de una buena recompensa a cada nuevo hombre que se sumaba a la búsqueda de su hija. En un improvisado mapa colgado en el porche, había dividido el territorio por secciones. Su rostro crispado reflejó algo de alivio cuando vio llegar a Thayer y a Lorién —Festus se había desviado para recoger a Maxiwo—. El hallazgo de Chulo incrementó su nerviosismo.

—¡Acabaré con ellos! —chilló—. ¡Con todos! ¡Me da igual que sean *squatters* o chowchilla!

—Los indios no se acercan tanto a la población, señor —explicó Lorién—. Lo más probable es que Violet haya cumplido su amenaza.

—¡Quedamos que no iría sola por ahí! ¡Ni de noche ni de día! ¡Como le hagan daño, tardará en secarse la sangre en este lugar!

La madre de Cynthia se asomó al oír los gritos. Con un pañuelo se frotaba los ojos enrojecidos por el llanto. Miró alternativamente a Thayer y a Lorién.

—Si alguien puede traerla a casa, sois vosotros —susurró.

Llegó entonces Festus con Maxiwo y varios trabajadores de su rancho. Catalina invitó a la mujer a que entrara en la casa.

Thayer se dirigió a Ebenezer:

—Convendría que habláramos. —Y añadió hacia los hombres preparados para partir—: Esperad aquí.

Ebenezer, aturdido, frunció el ceño. No quería perder el tiempo hablando. Quería que todos los hombres disponibles recorrieran palmo a palmo el valle sin descanso. Thayer le indicó la puerta con un gesto y el padre de Cynthia cedió. Lorién entró con ellos.

En la sala se juntaron con las mujeres.

Catalina pidió a una criada que sirviera bebidas frescas. Aún no era mediodía y hacía un calor abrasador. Se sentó junto a Maxiwo y le tomó la mano:

—No nos han dejado ni tiempo para llorar a Evangeline. ¿Qué hemos hecho mal para que suframos tantas desgracias?

—La lluvia cae sobre los justos y los injustos —repuso Maxiwo.

—Tu sabiduría no me consuela hoy, querida amiga. Si algo le pasara... —Se interrumpió antes de añadir que su vida carecería de sentido. Ya había perdido a su hijo, y ahora Cynthia estaba en peligro, pero Maxiwo acababa de enterrar a su única hija.

Lorién, que no comprendía la demora, detuvo su inquieto ir y venir para decir, rabioso:

—¡Deberíamos marchar todos al campamento de Violet y arrasarlo si es preciso!

Se sorprendió pensando y hablando como Cynthia. La impaciencia, la urgencia, la necesidad de hacer algo, cualquier cosa, por salvarla no atendía a razones.

—Si hubieran querido matarla, lo habrían hecho ya, como a su perro —dijo Thayer con calma—. Tenemos que darles algo a cambio.

Ebenezer miró alrededor con expresión abstraída. No tenían mucho dinero; todo estaba invertido en el rancho y las reses, y habían gastado parte de sus ahorros en pagar al abogado que les llevaba el asunto de la reclamación de la propiedad de su rancho ante el Gobierno de los Estados

Unidos. Su mirada se cruzó con la de Catalina, que hizo un gesto de asentimiento con la cabeza. El hombre suspiró.

—La vida de Cynthia es lo más valioso del mundo para nosotros. Les daré mis tierras.

Thayer arqueó las cejas, gratamente sorprendido por la rapidez de la respuesta y la generosidad de su oferta. Pero él tenía otros planes.

—Tal vez no sea necesario llegar a ese extremo. —Se dirigió a Maxiwo—. Los colonos están en tus tierras y, dadas las circunstancias, me pregunto si has tomado ya una decisión.

Maxiwo asintió.

—No necesito el rancho para vivir. Sin Evangeline, no hay futuro en él. Estoy dispuesta a venderlo, pero ¿qué haré? No sé si me acostumbraría a vivir en la aldea de mi gente chumash y tampoco sabría vivir en una casa sin tierra en el pueblo.

Thayer reflexionó unos segundos.

—Los tiempos de los grandes ranchos pasarán pronto. El crecimiento de los pueblos de California es imparable. Todo aquel que llega al valle necesita un lugar donde vivir. He hablado con unos y otros y dependerá de los grandes propietarios dirigir el crecimiento de esta ciudad y de este valle. He decidido invertir parte de mi fortuna en este lugar. Mi propuesta es clara: sé qué negociaría con las familias del campamento de Violet, pero para eso debo ser el propietario del rancho Maxiwo.

Los ojos de Ebenezer brillaron con renovada ilusión.

Lorién pensó que el hombre volvía a hacer sus cálculos. Si Thayer se quedaba con el rancho Maxiwo y Cynthia elegía bien, sus sueños de unir ambos ranchos aún podrían cumplirse. Recordó entonces el gesto afectuoso de Thayer hacia Marot y su afirmación, en el entierro de Evangeline, de que no estaba ahí por Cynthia, y no pudo evitar admirarse de cómo los sentimientos podían imponer sus propios caminos. Revivió fugazmente la discusión con Cynthia y concluyó que ni ella ni sus padres habían contado con las intenciones de Thayer, que también le afectaban a él. Se sentía aturdido porque la madre de su hijo, antaño su prometida, pudiera haberse enamorado de quien había sido su adversario. Arrinconó esos pensamientos. En esos instantes lo único que le importaba era salvar a Cynthia.

Ebenezer miró a Maxiwo:

—Hay oportunidades que solo pasan una vez en la vida.

—Estoy dispuesto a segregar para ti una parcela cerca del pueblo con algo de tierra para huerto y animales domésticos —añadió Thayer—. Mantengo la misma oferta que te hice con anterioridad. Pero querría ya, ahora, al menos un documento de compromiso firmado.

Maxiwo deslizó su mirada por los presentes en medio de un silencio expectante. Cerró luego los ojos con expresión de sufrimiento, por cómo había caído sobre ella la desagradable responsabilidad de perder el rancho que había sido la ilusión de un incansable Graciano, el lugar donde había nacido y crecido Evangeline, el lugar por el que ambos habían perdido sus vidas y donde estaban enterrados. Toda una vida cambiaba de rumbo y significado por una firma en un papel.

—No tienes que decidirlo ahora, Maxiwo —dijo Festus en voz baja y comprensiva tras ella.

Ebenezer, que hasta entonces no se había percatado de su presencia en la sala, lo fulminó con la mirada.

—¡Cuanto más tiempo pase, más sufrirá mi hija!

—¡Ebenezer! —Catalina, diplomática, apretó la mano de Maxiwo. Le aconsejó, en tono melifluo a pesar de su desesperación—: Piensa solo en lo que tú desees. Quédate en el rancho, si quieres. Lo comprendería. Solo te pido que no cambies de opinión tarde, cuando nosotros nos hayamos desprendido de un rancho que sí tiene futuro.

Una frase de su gente cruzó el pensamiento de Maxiwo: «El coyote siempre está esperando; el coyote siempre tiene hambre». Comprendió que ella era la presa y, por diferentes razones, todos y cada uno de los demás —excepto Festus— el depredador.

Dejó escapar un suspiro de derrota.

—Firmaré.

Cynthia trató una vez más de liberarse de las cuerdas con las que le habían atado las manos y los tobillos a un poste de madera en una postura incómoda que la obligaba a mantener la espalda curvada. Sus esfuerzos resultaron infructuosos; lo único que consiguió fue lacerarse aún más la piel.

No sabía cuántas horas habían pasado desde que la habían encerrado en aquel apestoso cobertizo con el suelo alfombrado de estiércol seco. Por el calor, debían de ser las tres o las cuatro de la tarde. Cada vez que pensaba en lo sucedido, se le llenaban los ojos de lágrimas de pena por Chulo y de rabia por haber sido tan estúpida. Al menos, estaba viva. Si Violet no la había matado —todavía— era que tenía otros planes. Fueran los que fueran, la muchacha se arrepentiría. Su padre y sus hombres vendrían a rescatarla. Por culpa de Violet, moriría más gente. Los habitantes del valle no le perdonarían ese nuevo ataque a una de las familias más conocidas e influyentes. El asunto de los colonos usurpadores había llegado demasiado lejos. La justicia tendría que tomar cartas en el asunto. Ah, pero la justicia era ahora estadounidense; no sería imparcial. Pues si fuera necesario, pensó, ella misma hablaría en persona con los jefes de las tribus que también detestaban a los estadounidenses. No era mala idea. Tal vez todos los nativos californios, blancos o indígenas, debieran juntarse para echar a quienes llegaban ahora para complicarles la vida. Porque los que llegaban ahora no eran como su padre, que había respetado el pasado mexicano de su esposa, que había comprendido el significado de hacerse cargo de un gran rancho. Los que llegaban ahora querían importunar a la comunidad, alterar el modo de vida de familias como la suya, apoderarse de lo ajeno con excusas endebles.

Se pasó la lengua por los labios resecos. Tenía mucha sed. La ropa se le pegaba a la piel sudorosa y le dolía la espalda. Gimió de frustración.

Oyó que alguien manipulaba la cadena de la puerta y al poco entró Violet, precedida por el aire abrasador del exterior. Llevaba un vestido sencillo marrón similar al que Cynthia recordaba de su último encuentro, con el cinturón del que colgaban las pistolas, y el cabello castaño recogido tapándole las orejas, de modo que daba la impresión de que se lo había cortado y de que en pocas semanas había envejecido.

Violet avanzó hasta situarse a un par de pasos de Cynthia, a quien observó con expresión de desagrado. Con lentitud, sacó un revólver y le apuntó directamente al corazón.

Cynthia contuvo el aliento, aterrorizada por que Violet fuera a cumplir su promesa. Cerró los ojos y esperó el disparo. Pensó fugazmente que todavía tenía sueños por cumplir en su adorada tierra, se despidió de sus padres y visualizó el atractivo rostro de Lorién, el último recuerdo que querría llevarse al más allá.

—Te advertí de que no te perderíamos de vista ni un segundo —dijo entonces Violet—. ¿Adónde ibas esta mañana? Seguro que a encontrarte con tu español en el hotel de Sandor. ¿Te ha resultado frustrante este cambio de planes?

Cynthia se atrevió a abrir los ojos, pero se mantuvo en silencio.

—Nos engañasteis —continuó Violet—. A los niños, a las mujeres. A los hombres. Creímos vuestras palabras de buena voluntad y mostramos la nuestra al aceptar la invitación. Cuando regresé después de un día feliz, mi marido ya no vivía. La muerte es poco castigo para lo que me hiciste. Quiero que pierdas lo mismo que perdí yo.

Con espanto, Cynthia comprendió lo que insinuaba Violet. No iba a matarla. La había secuestrado porque sabía que Lorién iría a por ella. Poco le duró el alivio por saberse a salvo de momento; le resultaba inaceptable, enloquecedor, que él pudiera morir por su culpa. Trató de pensar en algo con lo que pudiera disuadir a Violet, pero no se le ocurría nada, porque en el fondo sabía que ella estaba en lo cierto.

Recordó las palabras de Lorién sobre la venganza: no tenía fin.

Se aferró a este concepto.

—Matarás a Lorién y otros vengarán su muerte. Morirás y matarás a tu hijo.

Un breve destello de aprensión brilló en los ojos cansados de Violet.

—Nunca me tomarán desprevenida.

—Eso pensé yo y mira dónde estoy —dijo Cynthia con ironía, antes de adoptar un tono razonable, a pesar de que el corazón le latía acelerado—: Esto ha llegado demasiado lejos, Violet. Debemos llegar a un acuerdo.

—Lo dejaste bien claro. Tu única propuesta es que nos vayamos de aquí. Y no lo haremos.

Cynthia cambió de estrategia. Tenía que salir de ahí antes de que llegara Lorién. Tenía que convencerla.

—¿Eres tú la única que toma las decisiones aquí? Debe de resultarte agotador. Y más en tu estado. Escucha, Violet. Por lo que más quieras, por el hijo que llevas en tu seno, deja que me vaya y olvidemos este incidente. Has podido matarme y no lo has hecho. Tienes corazón. Recuerda cómo ayudó Lorién a tu familia en el desierto. Él desea lo mismo que tú; vivir en paz.

Violet soltó un bufido despectivo.

—Él no tiene que soportar las constantes amenazas...

Cynthia, con ojos suplicantes, la interrumpió:

—Déjame demostrarte que puedes confiar en mí. Hablaré con mi padre y con los otros rancheros. Encontraremos el modo de que os podáis quedar. Terminemos con la violencia. Podemos hacerlo. Tú y yo.

Violet frunció el ceño, desconcertada, como si le agradaran esas palabras, pero no se fiase de quien las pronunciaba. De la desesperación surgían mentiras y falsas promesas. Y Cynthia parecía desesperada por salvar a Lorién.

Alguien la llamó con urgencia y Violet se apresuró en salir del cobertizo, aunque se aseguró de cerrar la puerta con la cadena.

Cynthia agachó la cabeza, exhausta y desolada.

Había sido sincera, pero si algo le pasaba a Lorién, ella misma mataría a Violet.

49

Lorién consiguió convencer a Ebenezer de que solo debían acudir al poblado de los colonos dos o tres hombres para evitar un enfrentamiento, pero ni él ni Thayer lograron que se quedara en su casa, así que el padre de Cynthia cabalgó a buen ritmo junto a ellos.

Lorién tenía fresco en su mente el día que sacó de allí a Evangeline. Recordaba los cercados del ganado y la distribución de las casas alrededor de una amplia explanada y le pareció que en tan poco tiempo había aparecido alguna granja más. Aquello ya se asemejaba más a una población que a un campamento improvisado. Recorrió con la mirada todas las construcciones, preguntándose angustiado dónde tendrían a Cynthia.

Aunque suponían una amenaza pequeña, en cada ventana pudo ver la boca de fuego de un rifle. Quizá los habitantes tuvieran miedo de que tras el trío aparecieran más hombres.

Se detuvieron en el centro de la explanada.

—¡Quiero hablar con Violet! —gritó Thayer.

Percibieron el movimiento de quienes fueron a buscarla. La espera en medio del calor y el silencio resultaba agobiante.

Violet apareció frente a una de las viviendas, escoltada por media docena de hombres armados que les apuntaron.

—¡Escucharé lo que tengas que decirme! —gritó.

Con una mano en las riendas y otra en alto, Thayer hizo avanzar su montura hasta ella, con Lorién a la par y seguidos de Ebenezer. Desmontó, se quitó el cinturón con los revólveres y lo depositó en el suelo. Lentamente, se abrió la levita, sacó un documento del bolsillo interior y se lo entregó, ante la atenta mirada de los hombres que mantenían las armas apuntando hacia el trío.

—Ahora soy yo el dueño de estas tierras, Violet —le informó Thayer—. El único con el que tienes que hablar. Olvida todo lo anterior.

—¿También las amenazas de Cynthia?

—Está al corriente de todo lo que ha pasado —intervino Lorién, impaciente.

Thayer asintió.

—Hablemos de vuestro futuro, Violet. Estoy dispuesto a cederos la tierra. Soy estadounidense. Nadie cuestionará el título de la propiedad.

Violet lo miró con desconfianza.

—Tómalo como una compensación por la muerte de tu marido. Que terminen aquí los enfrentamientos.

—¿Con qué condiciones?

—Firmaremos que ha sido una venta. No quiero que corra la voz de que aquí se regala la tierra.

Violet reflexionó unos instantes. Según su marido, tenían derecho a reclamar esa nueva tierra estadounidense, como se había hecho siempre en los territorios conquistados. Cuanto más resistiesen ahí, con ayuda del rifle, más derechos tendrían y, con el tiempo, nadie podría echarlos. Thayer estaba siendo generoso. Ignoraba sus razones: tal vez, si había decidido quedarse allí, deseara terminar con los conflictos. Pensó en los niños del asentamiento y en el que nacería de su vientre y supo que había ocasiones que convenía no dejar pasar. Estaba segura de que los demás, que habían asumido su liderazgo tras la muerte de John, aprobarían su decisión.

—Acepto, pero durante tres años te pagaremos el equivalente a un arriendo, para que nadie nos tache nunca ni de ladrones ni de pordioseros.

Thayer le tendió la mano, que ella estrechó.

—¿Dónde está Cynthia? —preguntó entonces Lorién.

Violet señaló un cobertizo a su espalda.

Lorién pasó junto a ella sobre su caballo. Con el pulso acelerado desmontó de un salto junto al enclenque edificio mientras llamaba a Cynthia. Derribó la puerta de una patada y entró. Su vista tardó unos segundos en acostumbrarse a la penumbra y distinguir a la joven al fondo, atada como un animal. Sintió una profunda rabia.

—Estás a salvo, Cynthia —le dijo con suavidad.

Ella no le respondió. Estaba paralizada; el terror se reflejaba en su rostro.

Lorién siguió la dirección de su mirada y descubrió que una tarántula se acercaba a uno de los tobillos de Cynthia. Disimuló su repugnancia y, con lentitud, cogió un delgado trozo de madera y lo colocó ante el bicho, que lo tanteó con sus negras patas peludas antes de agarrarse a él, momento que Lorién aprovechó para arrojar el palo contra la pared. Se apresuró entonces a cortar las cuerdas que inmovilizaban a la aturdida joven y la ayudó a ponerse en pie.

—Ya ha pasado —le susurró mientras la envolvía entre sus brazos.

—Me has salvado —consiguió articular Cynthia por fin—. Venía a por mí. La has visto.

Lorién sonrió con ternura. La habían secuestrado y atado a un poste, pero para ella había sido peor sentirse indefensa ante la tarántula. No le había mentido sobre su miedo irracional a las arañas cuando él, durante el viaje de la caravana, le había confesado su terror al agua.

—Salgamos de aquí. —Le pasó el brazo por la cintura para animarla a caminar.

Ella alzó la vista y le dedicó una intensa mirada antes de apoyarle la palma de la mano en la mejilla.

—Chulo murió.

—Lo sé.

—Fue por mi culpa. Cuando me cogieron, iba en tu busca, Lorién. Quería que supieras que no tengo dudas. Te amo y quiero pasar el resto de mi vida contigo. —Se puso de puntillas y besó sus labios.

Fue un beso sentido y cálido, que Lorién aceptó conmovido y al que respondió con otro más profundo que interrumpió Ebenezer desde la puerta.

—¡Cynthia!

En la exclamación había alegría al comprobar que su hija estaba bien y sorpresa al descubrirla de ese modo con Lorién, a quien dedicó una mirada de reproche.

La joven se adelantó a sus posibles comentarios y se lanzó a sus brazos.

—¡Estoy bien, padre! ¿Cómo habéis convencido a Violet? ¡No he oído ningún disparo!

—Thayer ha negociado con ella. Gracias a él no ha pasado nada irremediable. Thayer te ha salvado.

Lorién, que guardaba una prudente distancia, lo escuchó sin querer corregir nada: le daba igual que el mérito se lo llevase el otro ahora que ella estaba a salvo.

—Habrá tiempo para explicártelo. En cuanto a... —Ebenezer señaló con la cabeza a Lorién, pero no sabía cómo abordar el tema.

Su hija completó la frase:

—En cuanto a lo que acabas de ver, ya puedes ir haciéndote a la idea de que, o me caso con Lorién, o con nadie. —Lo tomó del brazo y salieron al exterior.

Cynthia entrecerró los ojos para acostumbrarse a la potente luz solar. Con decisión, avanzó hasta Thayer y Violet, que seguían en medio de la explanada.

—Devuélveme mi caballo —le ordenó a la otra—. Espero que lo hayáis tratado mejor que a mí. —Estaba muerta de hambre y sed.

Violet repitió la orden a uno de los hombres. A Cynthia le dijo:

—Tendremos que acostumbrarnos a llevarnos bien...

Ella frunció el ceño y miró a Thayer. ¡A saber a qué acuerdo habrían llegado esos dos! Esperaría a tener toda la información antes de compartir esos buenos deseos.

—Ahora seremos vecinas —concluyó Violet con cierta sorna.

«Ya lo veremos», pensó Cynthia. De repente, se había desvanecido ese breve deseo de concordia por la que había abogado para que Lorién no resultara herido. Para evitar responder, se centró en su caballo. Comprobó que la cincha de la silla estuviera bien ajustada, montó, buscó con la mirada a Lorién y a Ebenezer, que acudían con sus monturas, y se lanzó al galope.

Lo que más deseaba en ese instante era alejarse de ese campamento, llegar a casa, asearse y cambiarse de ropa para librarse del olor a estiércol del cobertizo. Y comer.

Quería sentirse fuerte para asimilar lo que fueran a contarle.

—Es un tremendo error —dijo una vez más Cynthia con contundencia—. No entiendo cómo no lo veis.

Catalina había mandado preparar una cena temprana para el matrimonio, su hija y Maxiwo. Thayer había preferido regresar al pueblo y Lorién había considerado que no era el momento para sumarse a una reunión familiar, así que antes de poner a Catalina en un compromiso había dicho que esperaría con sus hombres a Maxiwo para regresar al rancho.

—Y a mí me parece una solución sensata que debemos agradecer a Thayer —repitió Ebenezer.

—Este es el principio del fin. Si se consolida ese asentamiento, pronto habrá otros. La gente no sabe ni le importa cómo o por qué los de Violet lo han conseguido. Simplemente se sabrá y los imitarán. ¡Deberíamos haberlos echado sin contemplaciones! ¡Lo dije desde el primer día! ¡Era lo que Brett quería y tenía razón!

—Calma, hija —intervino Catalina—. Las decisiones se adoptan según vienen los problemas.

—Una mala decisión tomada por cobardía conduce a mayores problemas.

—¿Acaso preferirías seguir prisionera? —Ebenezer no pudo ocultar su irritación por lo que le parecía una actitud ingrata de su hija—. ¡Podrías haber muerto! Cuando tengas hijos comprenderás la angustia que tu madre y yo hemos sufrido. Yo mismo pensé en atacar el campamento. Hubiera sido una carnicería. Me alegra que interviniese Thayer y espero que, cuando hayas descansado, lo veas de otra forma. Me refiero tanto al asunto como a él.

Cynthia se mordió el labio inferior con fuerza para refrenar el impulso de responderle. Podía comprender el miedo de sus padres a perderla, pero no aceptaba la súbita devoción por Thayer. Por otra parte, tampoco quería que Ebenezer se quedara con la última palabra o que pudiera interpretar su silencio como una concesión. Pensó bien unas palabras que calmasen las aguas, pero que dejaran clara su postura sin hablarles de Lorién.

—Comprendo vuestra preocupación y agradezco que me hayáis rescatado y que pueda estar aquí, ahora, con vosotros. Pero me habéis educado para luchar por este rancho. Es lo que hago y seguiré haciendo, a mi manera.

Catalina aprovechó la tregua para intervenir.

—No olvidaremos lo que has hecho por esta familia, Maxiwo. Siempre serás bienvenida en esta casa.

Tampoco en esto estaba Cynthia de acuerdo. Maxiwo podría haber negociado con Lorién algún tipo de trato, un arrendamiento, una opción de compra a plazos... Lorién y ella hubieran formado un equipo magnífico al frente de ambos ranchos. Seguramente Ebenezer también había recuperado el sueño de unir ambos ranchos, pero se había equivocado de amo, que no era Thayer, sino Lorién.

—¿La venta es firme? —preguntó con tono inocente.

—Le di a Thayer un documento de compromiso —respondió Maxiwo—. Tendremos que formalizar las escrituras. Si me preguntas si me arrepentiré, la respuesta es sí; pero no cambiaré de opinión. Mi único deseo es vivir tranquila el resto de mi vida.

Cynthia le dedicó una breve sonrisa de comprensión, aunque en el fondo lamentaba la actitud de la mujer. Surgían en su mente ideas sueltas, algunas descabelladas, sobre cómo reconducir todo. Se resistía a aceptar los nuevos tiempos, los cambios que traería la imparable ocupación de esas tierras por extraños. De repente la invadió un terrible cansancio.

Terminaron de cenar y Maxiwo se dispuso a marcharse.

Cynthia la acompañó al exterior. Echó de menos los ladridos de alegría de Chulo y los ojos se le llenaron de lágrimas al recordarlo. Lo primero que había hecho al regresar al rancho había sido correr hacia su perro, que habían dejado en el cobertizo, y acunarlo, arrodillada en el suelo. Lorién la había ayudado a enterrarlo bajo un manzano.

Se despidió de ella y de Festus y se dirigió hacia el joven, que merodeaba por los alrededores del cercado de recios maderos donde estaban los caballos que había que domar.

Faltaba poco para que anocheciera. La tierra, abrasada por el calor del día y la tenaz ausencia de lluvia, recibía resignada los lametazos resecos de las incipientes sombras.

Lorién apoyó la espalda en uno de los travesaños y permaneció pensativo unos instantes.

—No hemos hablado de ti, si es lo que te preocupa —le dijo Cynthia.

—Tengo que contarte algo. Thayer...

Ella lo interrumpió, con la vista alzada al cielo.

—¿Por qué tiene que aparecer su nombre en todas las malditas conversaciones?

—Sabes que vino aquí con dos mujeres. Las que conoció en San Francisco. Una de ellas se llama Marot. Fue mi prometida en Pasolobino...

Cynthia abrió los ojos, desconcertada, y él le explicó cómo la casualidad de que Thayer leyera aquel anuncio los había unido y que el americano estaba interesado en ella.

—No sé qué decir... ¿La has visto?

—He hablado con ella esta mañana.

—¿Y qué has sentido? —El tono de Cynthia se suavizó por el miedo a la respuesta.

Lorién la atrajo hacia sí y le rodeó la cintura con los brazos.

—No tengo dudas, si es lo que te preocupa.

—Nunca me habías hablado de ella.

—Tampoco te he preguntado a ti por tus amores de juventud... —Ella aceptó el argumento con un gesto de la cabeza y él continuó—: Cuando te conocí, era libre.

—Espero que lo sigas siendo.

—Con tu secuestro, casi no he tenido tiempo para asimilar las noticias que me ha contado de casa. —Lorién sintió un escozor en los ojos y centró la mirada hacia un punto fijo tras Cynthia para controlar las lágrimas—. Mis padres y el hijo de mi hermano murieron de cólera el verano pasado.

Cynthia lo abrazó por la cintura.

—Lo siento mucho.

—Me cuesta creer que ya no existan. —Lorién se pasó una mano por el rostro—. Marot también me ha presentado a su hijo Silván. No sabía que tuviera un hijo. —Inspiró hondo y se separó ligeramente de Cynthia para poder mirarla a los ojos—. Es mi hijo. —Descubrió de pronto cuánto le había gustado pronunciar esas dos palabras y las repitió—: Mi hijo.

Cynthia le aguantó la mirada, atónita. Por fin consiguió preguntar:

—¿Hay algún código de honor europeo que te obligue a casarte con ella?

Lorién sonrió ante la ocurrencia.

—El mismo que en todos los sitios. Creo que un hombre debe asumir su responsabilidad, pero esta situación es más compleja.

—Has dicho que Thayer está interesado en Marot —razonó ella—. A él no le importa lo del niño...

Lorién contestó con otra pregunta:

—¿Y a ti?

A Cynthia le preocupaban las verdaderas intenciones de Marot, que había cruzado el mundo en busca del padre de su hijo. Solo una mujer enamorada haría eso. Miró tras Lorién, hacia las tierras de Maxiwo, que pronto serían definitivamente de Thayer.

Sintió como una amenaza que Marot y el niño terminaran viviendo allí. Recordó con cierta intranquilidad uno de los proverbios indígenas de Maxiwo: «Siempre volvemos a nuestros primeros amores». Quizá debería empezar a pensar en cómo librarse a la vez de los usurpadores de tierra y de Thayer y su improvisada familia. Una idea que había tenido durante su secuestro le rondaba la cabeza... Por otra parte, que el niño estuviera tan cerca le garantizaba que Lorién no deseara regresar a Pasolobino.

Cynthia le ofreció una respuesta temporal:

—Tampoco me importa.

Lorién la abrazó.

—No más secretos entre nosotros.

Ella intensificó el abrazo, pero permaneció en silencio.

50

En la casa alquilada en el pueblo, Marot esperaba el regreso de Thayer con impaciencia.

La progresiva llegada de la oscuridad iba amortiguando los típicos sonidos del día. Ya no se oían voces, trinos, relinchos, cacareos o chirridos de ruedas de carretas. Desde el porche donde conversaban tras las cenas, aguzó el oído, con las manos aferradas a la barandilla de madera, a la espera de la alegre voz con la que Thayer siempre terminaba el galope junto al establo.

Necesitaba asegurarse de que estaba bien; después tendría que revelarle el secreto, si Lorién no lo había hecho ya, y afrontar las consecuencias.

Con una angustia indescriptible en el pecho, pensó en las razones por las que Thayer tardaba y ninguna era buena: o algo malo le había pasado, o no quería enfrentarse a quien le había engañado. Los ojos se le llenaron de lágrimas. Ahora que había visto a Lorién y aclarado sus sentimientos, no soportaría tener que acostumbrarse a vivir sin Thayer.

Se disponía a entrar en la vivienda cuando lo oyó llegar. Con un inmenso alivio se secó los ojos, se palmeó las mejillas, se arregló el cabello e inspiró hondo. Enseguida lo tuvo frente a ella, sudoroso y cansado. Apreció la mirada de cariño que él le dedicó y le pareció que aún no sabía nada. Le sostuvo la mirada, con las mejillas ardiendo y el corazón palpitante.

—Estás vivo —murmuró.

—Todo ha ido bien. —Thayer se quitó el sombrero mientras le sonreía—. Estabas preocupada.

Marot asintió. Deseaba lanzarse a sus brazos, pero no lo haría hasta que se librara de la carga que en otras ocasiones la había frenado de entregarse a él de lleno.

—Tendrás hambre.

—Antes necesito algo de beber.

Marot desapareció en el interior y regresó al poco con una botella de agua fresca y otra de licor y dos vasos. Thayer, que se había sentado en una de las sillas, se bebió toda la botella de agua antes de hacerle un resumen de lo sucedido desde que se habían despedido frente a la misión esa misma mañana, aunque le pareciera que habían pasado semanas.

—Me alegra que Cynthia esté bien y que nadie haya resultado herido —dijo Marot.

Thayer sirvió el licor en los dos vasos y le ofreció uno.

—Bebe. Te irá bien.

Marot tomó un sorbo generoso. ¿Acaso se había equivocado y él ya sabía...?

—He comprado el rancho Maxiwo —soltó Thayer.

Ella lo escrutó sorprendida, pero fue incapaz de articular una palabra.

—Para nosotros —añadió él, de pronto nervioso—. Si tú quieres. Yo sí quiero vivir contigo. Me gustaría dedicarte una declaración más extensa y formal, pero me la reservo hasta saber qué has sentido cuando has visto a Lorién esta mañana.

—Ya no estoy desorientada —dijo Marot, con su mirada fija en la de él—. Sé que nada desearía más que recorrer el camino de mi vida contigo.

Los ojos de Thayer brillaron ilusionados. Extendió el brazo para tomarle la mano.

—Pero... —añadió ella.

—Pero... —repitió él antes de apretar las mandíbulas, frustrado, aunque no le soltó la mano.

—Hay algo que debes saber.

Thayer se bebió de un trago el licor de su vaso y observó como ella se mordisqueaba nerviosa el labio inferior hasta que se atrevió a decirle:

—Silván es mi hijo. Y Lorién es el padre.

Thayer permaneció en silencio apenas unos segundos. Entonces dejó escapar el aire retenido en su pecho. Casi sonó a un resoplido burlón.

—¡Pensaba que sería algo terrible! —Sonrió—. ¡Me quitas un peso de encima!

Ella lo miró, atónita por su reacción.

—Me he dado cuenta de que hay algo entre Hippolyte y Ponciana —aclaró él—. Si te soy sincero, me he encariñado con Silván y me alegra saber que no me tendré que separar del niño. —Su expresión se tornó seria—. Para mí nada cambia respecto a ti.

Marot sintió que se quitaba un inmenso peso de encima. Los ojos se le llenaron de lágrimas, esta vez de alegría.

—Espero que me perdones que no te lo haya dicho antes. Quería estar segura de mis sentimientos hacia Lorién y, al mismo tiempo, tenía miedo de que terminases con nuestra relación.

Thayer recordó una conversación parecida, en aquel café de San Francisco, cuando él le contó su papel en los infames hechos de Rich Bar que condujeron a la muerte de Valeria y su hermano. Ella no podía haber sido más franca y benévola. Se puso en pie y la tomó de ambas manos para que se levantara.

—No tengo nada que perdonarte. Nos hemos conocido en un lugar desconocido para los dos. Para nosotros, aquí el pasado no importa. ¡Comencemos una nueva vida! ¡Casémonos!

Marot parpadeó, conmovida y divertida.

—¿Es esta tu declaración extensa y formal?

—La que tengo pensada dura varias horas...

Thayer ladeó la cabeza y le dedicó una sonrisa pícara. La atrajo hacia sí con determinación, se inclinó y la besó en los labios, primero con ternura y después con voracidad, para que comprendiera que nada ni nadie podría separarlos.

Marot posó las manos en sus mejillas, que presionó para apartarlo unos segundos y tomar aire.

—Te adelanto que mi respuesta será afirmativa —le susurró con una sonrisa, mientras daba gracias a Dios por haberle puesto en su camino a Thayer y se repetía con asombro que se iba a convertir en la mujer de un ranchero en California.

Thayer pagó generosamente a Hippolyte para que se hiciera cargo de las obras de remodelación del rancho Maxiwo, que se alargaron varias semanas. Mandó tirar los pequeños y destartalados cobertizos y construir un granero, un almacén, una cuadra y un corral. En la vivienda, pidió a Marot que diseñara una cocina nueva y el dormitorio principal en el amplio espacio vacío bajo el tejado. También quiso cambiar todos los muebles, que compraron en un rápido viaje que ambos hicieron a San Francisco a principios de septiembre.

Durante las obras, Lorién anduvo entre ambos ranchos, con sus pertenencias divididas entre dos alojamientos y presa de una desagradable sensación de incertidumbre: como patrón del antiguo Maxiwo, le parecía mal abandonar sus obligaciones hasta que Thayer —que había respetado los tratos pactados en el negocio de las ovejas— contratara a uno nuevo, sobre todo cuando acababa de comenzar la época de los partos; y, como elegido de Cynthia que no entusiasmaba a los futuros suegros, acompañaba a esta por la propiedad Catalina para aprender cómo hacían las cosas allí y conocer a los trabajadores. En ese ir y venir echaba de menos a Festus, que no había dudado en aceptar la oferta de Maxiwo de un sueldo inferior a cambio de encargarse de la huerta y los animales domésticos de su nueva casa a las afueras de San Luis Obispo.

La única ventaja de su situación era que podía ver con frecuencia a Silván, pensó una vez más la tarde en la que se esperaba el regreso de Thayer y Marot de San Francisco. Ponciana, ocupada en limpiar la casa, no había puesto objeción a que Lorién se encargase toda la tarde del niño.

No se cansaba de mirar a su hijo. Analizaba todos sus gestos. Las arrugas de expresión. La creciente habilidad de las manitas de dedos gordezuelos. La sonrisa que le dedicaba ahora que ya lo reconocía como alguien cercano que le dejaba jugar con el sombrero, el pañuelo del cuello, el cinturón o las riendas de su caballo; alguien que le hablaba con cariño con palabras como las de su madre.

Lorién tenía que asumir que Silván crecería con dos padres, pero se encargaría de que tuviera claro que él era el verdadero. Aunque todavía no pudiera entenderle, ya le hablaba de Pasolobino, de sus paisajes, de sus abuelos y tíos y sus costumbres, para que, desde pequeño, aunque estuviera muy lejos, conociera sus raíces. Se escuchaba a sí mismo y se sorprendía de cómo Silván era capaz de provocarle unos sentimientos tan intensos de ternura y, a la vez, de protección y posesión. Desde que el niño entró en su vida, supo que todo lo que hiciera, todas las decisiones que tomase, girarían en torno a él.

Tal vez Silván, pensó Lorién mientras le permitía acariciar a un borreguillo de apenas dos días, fuera en parte la razón por la que Cynthia andaba taciturna y se resistía a poner una fecha para la boda. Comprendía que la situación tampoco debía de resultarle fácil. Iba a tener de vecinos a un antiguo pretendiente, a la que había sido prometida del que sería su marido y al hijo de ambos. Pero había algo más. Desde el secuestro, algo le rondaba la cabeza. Cynthia no había encajado bien que Thayer permitiera que los de Violet se quedaran en el asentamiento y que Maxiwo le hubiera vendido el rancho. Se habían prometido que no habría más secretos entre ellos; pero precisamente porque conocía a Cynthia era muy consciente de que, aunque hubiese conseguido su corazón, habría rincones de su alma a los que jamás tendría acceso.

Absorto en sus pensamientos, no se dio cuenta de que se acercaba Marot hasta que la tuvo a su lado. Silván gorjeó alegre y extendió los brazos hacia ella, que lo cogió y le prodigó abrazos y cariñosas palabras. Lorién se fijó en lo elegante que estaba con ese vestido de viaje azul pálido y el cabello recogido en un rodete bajo, y en la sonrisa de felicidad que iluminaba su rostro. California le había sentado bien a Marot; apenas quedaba nada de aquella muchacha miedosa y tranquila de Pasolobino. Si alguien le hubiera dicho, cuando lo conoció, que el intrépido y arrogante Thayer se enamoraría de una mujer como Marot, no se lo habría creído. No pudo evitar pensar lo diferente que sería todo en ese mismo instante si él no hubiera cruzado el océano. Marot, Silván y él podrían estar en algún lugar del sur de Francia, a la espera de que el tiempo pasara hasta que Lorién pudiera regresar a Pasolobino sin problemas con la justicia. Apartó rápidamente ese pensamiento, que no llevaba a ningún sitio: él quería a Cynthia y se alegraba de la dicha de Marot.

—Quiero que te enteres por mí. —Ella le enseñó la alianza que lucía en la mano derecha—. Thayer y yo hemos aprovechado nuestro viaje a San Francisco para casarnos.

—Enhorabuena —dijo él con sinceridad.

—Organizaremos una fiesta cuando acaben las obras para que nos conozcan los vecinos.

—Me parece buena idea.

—Nos gustará que Cynthia, sus padres y tú asistáis.

—Transmitiré vuestra invitación a la espera de la fecha.

—Le he pedido a Thayer que se dé prisa en buscar otro capataz. No me gusta que trabajes para mí. —No se le escapó la mirada de preocupación que Lorién lanzó a Silván—. Podrás verlo siempre que quieras. Y cuando sea más mayor, podrá pasar días contigo en tu rancho.

—Mi rancho... —murmuró él con fastidio, como si el día en que él pudiera hablar con la misma confianza que Marot no fuera a llegar nunca.

Ella le sonrió comprensiva.

—Sus padres acabarán por valorarte como te mereces.

Lorién no dijo nada. Prefería que Marot y todos los demás creyeran que su enlace matrimonial se retrasaba por culpa de Ebenezer y Catalina y no por Cynthia. Cambió de tema:

—¿Pudiste cumplir el encargo que te hice?

Ella rio.

—Oh, sí, aunque no fue nada fácil. ¡Ni conseguirlo ni soportarlo en el viaje de regreso en barco! —Le hizo un gesto para que la siguiera hasta el porche de entrada, donde aguardaba Thayer, sentado en un banco de madera.

Thayer introdujo la mano en la cesta que había a sus pies y sacó un cachorro, que Lorién se apresuró a coger en brazos. El color azulado le confirmó que era el pastor australiano que quería para Cynthia, que tanto echaba de menos a Chulo. No había querido ningún perrito de las camadas nacidas en el valle sobre las que había tenido conocimiento Lorién. Confiaba en que su regalo le levantara el ánimo.

—Enhorabuena por vuestro enlace, Thayer, y gracias por el perro.

Con grititos y gestos nerviosos, Silván indicó que quería tocar al cachorro. Lorién se lo acercó y le permitió acariciarle el lomo con motas negras y el pecho blanco, con cuidado de que el animalillo no lo lastimara con sus dientes como agujas o las uñas de sus patas rojizas y blancas.

—Será mejor que me lo lleve antes de que lo quiera para él.

Thayer metió la mano en el cesto y extrajo otro perrito igual.

—Silván tendrá el suyo propio. He de reconocer que al comprarlo también pensé en mí. ¡Cómo manejaba aquel Chulo el rebaño! Si este resulta la mitad de inteligente, no te echaré de menos en el rancho. Siempre y cuando no te lleves a Ulpiano y a Pierre al Catalina, claro...

—Dependerá de las condiciones que les ofrezcas. Están aquí por dinero, no por mí. Te prometo que no las superaré y así se quedarán contigo. Yo puedo encontrar a otros pastores. Ahora mano de obra no falta.

Thayer hizo un gesto de agradecimiento con la cabeza. Le complacía que Lorién no pareciera guardarle rencor. Tal vez lo hiciese y no lo manifestara por Marot y Silván, lo cual ya significaba mucho para él. Una cosa era tener dinero para comprar un buen rancho y otra ser capaz de sacarlo adelante. Los consejos de Lorién siempre serían bienvenidos. Como buenos vecinos, podrían ayudarse uno al otro ante cualquier adversidad. Le tendió el cesto.

—Lo llevarás mejor aquí.

Lorién no podía esperar a entregarle el cachorro a Cynthia. Preparó su caballo, apoyó el canasto en su regazo y partió a un trote ligero rumbo al rancho Catalina.

Durante todo el trayecto, no dejó de pensar en nombres posibles para el animal. Su favorito seguía siendo Chulo.

51

—Tiene que ser diferente —repitió Cynthia—. No ha habido ni habrá otro como Chulo.

Lorién estaba a punto de perder la paciencia, porque llevaban dos horas, desde que había llegado al rancho, ya de noche, buscando un nombre. Había conseguido sorprender a Cynthia, que ahora le hacía más caso al perro que a él, por mucho que se aferrase al recuerdo de Chulo, pero tenía hambre y sueño.

—Hemos repasado los ríos y las montañas de mi valle en España y del tuyo aquí y ningún nombre te convence. Si para un animal pones tantas pegas, no quiero ni imaginarme cuando tengamos hijos.

Cynthia calló ante el comentario; le produjo una punzada de placer que Lorién pensase en ello.

—Siempre y cuando fijemos una fecha para nuestra boda, claro —aprovechó para añadir él.

—Reconozco que se le parece mucho. Aunque no tiene el rostro tan rojizo.

—Me has escuchado perfectamente, no desvíes la conversación.

—La has desviado tú. Estábamos con los nombres.

—¡Cynthia!

El grito provocó que el perrito detuviera en seco su actividad con un trozo de tela en el pequeño cercado que

Cynthia le había preparado en el rincón del comedor más próximo a la cocina, donde dormiría hasta que fuera lo bastante mayor para defenderse o escapar de una alimaña. También Cynthia se extrañó de la reacción de Lorién, que nunca le había alzado la voz.

—Vas a despertar a mis padres. Ya hablaremos de eso en otro momento.

—Nunca es el momento. ¿Debo entender que has cambiado de parecer?

Ella lo señaló con el dedo, en un gesto acusador, con las mejillas encendidas y los ojos brillantes.

—¿Cómo puedes preguntarme eso? ¡Sabes que te quiero con toda mi alma! Mi palabra es firme y no soy de las que tienen que repetirlo ni de las que necesitan escucharlo a todas horas.

Lorién aflojó el tono, sorprendido por la súbita rabia de ella, que había saltado como un animal al que le hubieran retirado una de sus crías.

—¿Entonces? ¿Qué tienes que te mortifica?

Ella lo miró ahora con ojos suplicantes.

—Quiero casarme contigo, Lorién, y comenzar una nueva vida juntos, sin mentiras, sin secretos. Pero necesito un poco más de tiempo para cerrar un asunto personal. Debo aprovechar mi libertad antes de casarme.

Lorién no terminaba de comprender a qué se refería.

—¿De verdad crees que perderás tu libertad conmigo?

—Cuando sea tu esposa, nuestras peleas serán habituales.

—¿Aún piensas en vengarte de Violet? ¿Es eso? Ya no hay nada que puedas hacer. Con la oferta de Thayer han legalizado su situación.

—Me queda un cartucho que disparar. Solo uno. No sé cómo, no sé cuándo. Es difícil de explicar. Y no quiero explicártelo, porque sé que no me entenderías y pretenderías convencerme de que estoy equivocada, cuando eso es algo que debo descubrir por mí misma.

Lorién recordó aquella conversación en el hotel de Sandor en la que él le prometió que estaría a su lado y ella actuó por su cuenta y buscó una artimaña para atacar a los hombres del asentamiento. En aquella ocasión, él había huido a las montañas para alejarse de ella. ¿En qué estaría pensando Cynthia ahora?

—Una vez más, me pides lealtad ciega. Pero ahora conozco tus motivaciones y me siento con el deber moral de pedirte que desistas de lo que sea que estés pensando, porque no lo comparto. No puedo compartirlo de ninguna de las maneras. No huiré esta vez a las montañas, pero en tus manos está que huya de ti o no. Deja a esa pobre gente en paz.

Cynthia sintió un nuevo brote de calor en el rostro, esta vez de confusión, y trató de contestar, pero no logró emitir ningún sonido en un largo rato. Había hablado demasiado y Lorién había acertado en sus suposiciones. Precisamente por eso no quería explicarle su plan; no podría comprender lo que para ella era tan transparente como el agua de un arroyo de montaña. Ahora no sabía qué responderle, porque dijera lo que dijera él le llevaría la contraria y trataría de convencerla. Qué agotador.

—Terco —susurró por fin—. Se llamará Terco.

Ebenezer solo recortaba y guardaba los pocos artículos relacionados con San Luis Obispo que aparecían en la prensa. Ese verano, no obstante, había acumulado varios con noticias de zonas cercanas, porque estaba convencido de que los hechos controvertidos que narraban acabarían por afectar a su condado. Blandía los recortes del *Daily Alta California* de San Francisco y del *Los Angeles Star* como prueba de que sus opiniones estaban bien fundadas y de que se avecinaban malos tiempos.

Leyó un texto en voz alta a su pequeña familia, a la que se había sumado Lorién por deseo de Cynthia como gesto de conciliación una semana después de la llegada de Terco. Era un texto sobre los límites geográficos del condado, desde la unión de los ríos Monterrey o Salinas y Nacimiento hasta el océano y de ahí al sur hasta Santa Bárbara y luego hacia la cordillera al este y de nuevo al norte.

Lorién se sonrió al comparar mentalmente esa descripción objetiva con la que Cynthia había compartido con él en aquel paseo a caballo al poco de su llegada. No tenían nada que ver. Ni el mejor periodista de ese periódico podría trasladar al papel el profundo conocimiento ni el sentimiento de Cynthia de pertenencia a ese lugar. Pensó que tendría que aceptar de una vez que siempre habría desavenencias entre ambos por esa cuestión: cuanto antes dejara de intentar convencerla de que abandonara lo que él simplemente podía vislumbrar, mejor. Esa semana se le había hecho interminable. Por orgullo apenas habían hecho por verse. Cuando ella lo invitó a comer con sus padres, no dudó ni un segundo en aceptar.

Ebenezer los miró por encima de las lentes de lectura, apoyadas en el puente de la nariz:

—Esto salió a finales de julio, hace algo más de un mes. ¡Tenemos el estado de California dividido en condados, con límites precisos, con los asientos de justicia asignados a cada uno, y algunos ya empiezan a malmeter!

Catalina lo miró con expresión de extrañeza.

—¿A qué te refieres?

—A que ahora hay quienes quieren que se divida California en dos partes, norte y sur. ¿Un estado de poco más de dos años pensando en la división? Los del sur insisten en que les beneficia mucho sin hacer daño al norte. Argumentan que hay diferencias obvias, porque el sur es tierra de granjeros y agricultura, mientras que en el norte hay minería, y que la organización política actual ni armoniza ni une ni defiende sus intereses.

Catalina suspiró con cierto hartazgo.

—Nosotros estamos justo en medio. Otra vez.

Ebenezer asintió.

—¿Otra vez? —preguntó Lorién, que seguía atentamente la conversación.

—La idea no es nueva —respondió Cynthia—. En 1849 hubo una convención en Monterrey en la que delegados del sur defendieron la división de la entonces provincia mexicana con el límite aquí, en San Luis Obispo. Aquello se olvidó al pertenecer California a los Estados Unidos.

—Nada se olvida, por muchos años que pasen —continuó Ebenezer—. En el *Star* ya se están encargando de que queden claras las ventajas de unirse al sur. —Recorrió con el dedo algunas líneas que leyó—: No podemos competir con los ricos mercados del norte... Revivirá el comercio en nuestras ciudades... La agricultura florecerá en manos de la laboriosa población... Se reducirán los impuestos sobre las importaciones que llegan a nuestros pueblos... —Soltó un bufido—. Impuestos... ¡Si de mí dependiera, los aboliría! ¿Para qué los necesitamos, si nos autoabastecemos en nuestros ranchos? Yo os lo digo: para pagar a tanto político con ideas tan absurdas como esta de la división.

—Quizá a los rancheros la división nos permitiría mantener nuestras viejas costumbres... —comentó entonces Cynthia, como si la idea no le pareciera tan descabellada—. El partido demócrata de California es favorable al sur y nuestro gobernador es demócrata... A ver qué decimos los de aquí.

—¡Qué norte ni qué sur! —insistió su padre—. Qué manera de perder el tiempo... Lo que deberíamos hacer es unirnos e insistir para que San Luis Obispo sea la capital del estado, por su buena ubicación, justo en medio. Pero no lo verán mis ojos. Yo ya no sé si votaré más en mi vida. Ni *whigs* ni demócratas se ponen de acuerdo en nada. Ya perdí amistades una vez; no quiero crearme enemistades nuevas. —Aceptó la mano de apoyo que le tendió Catalina y la miró a los ojos—. No pienso posicionarme.

Cynthia explicó a Lorién:

—Cuando la guerra, mi padre veía con buenos ojos pertenecer a los Estados Unidos mientras Graciano prefería seguir con México. No fue solo una cuestión de estadounidenses contra hispanos, porque los *whigs,* o viejos colonos patriotas, se oponían a la intervención de los Estados Unidos en México, que consideraban una apropiación injusta del territorio. Graciano y Brett se ofrecieron voluntarios para luchar contra los yanquis. La reconciliación tardó en llegar.

El recuerdo de los fallecidos produjo un momento de silencio. Ebenezer miró a Lorién, cuya actitud respetuosa y atenta le había agradado. Se dio cuenta de que escuchaba con sincero interés.

—Por otra parte —añadió Cynthia—, los demócratas defienden con firmeza los derechos de los estados frente a la autoridad del Gobierno de la nación. Son populares en los estados del sur por sus políticas de libre comercio y rebaja de aranceles a las importaciones, digamos que son menos proteccionistas que los *whigs.* En esto yo coincido con los del sur, y mi padre también, aunque pueda no habértelo parecido por sus comentarios. Pero no estamos de acuerdo con el tema de la esclavitud, que divide tanto a demócratas como a *whigs.* La mayoría del sur quiere que cada nuevo estado que entre a formar parte de los Estados

Unidos sea esclavista. Yo no puedo votar, algo que me resulta incomprensible y me irrita, pero, si pudiera, votaría *no* a la división del estado, precisamente porque odio la esclavitud. —Miró a Lorién—. Es lioso, pero espero que te hagas una idea.

Lorién le respondió con una breve sonrisa agradecida. Le había sorprendido gratamente que la familia conversara de temas políticos con naturalidad y que las opiniones de Cynthia se tuvieran en cuenta. Aunque llevaba tiempo en California y se mantenía al tanto de las novedades, reparó en que todavía no sentía el mismo apasionamiento que Ebenezer por las cuestiones que afectaban a su tierra de adopción. Tal vez aquello cambiara cuando tuviera con Cynthia al futuro heredero del rancho Catalina. Tal vez fuera eso lo que le había sucedido a Ebenezer con Brett y Cynthia. Sintió un agradable calor en el pecho. Era la primera vez que compartían mesa solo los cuatro y había sido idea de ella. Era su manera de confirmarle que formaba parte de su vida.

De repente se oyeron gritos y relinchos. Cynthia se asomó a la ventana.

—¿Adónde van todos los hombres?

Uno de los trabajadores del rancho, un mexicano llamado Petronillo, que lucía un largo y poblado bigote, irrumpió en el comedor, seguido por la criada a la que no le había dado tiempo a avisar.

—¡Los indios! ¡Han llegado hasta la pradera de los caballos!

Ebenezer y Lorién se pusieron en pie a la vez.

—¡Tú te quedas! —le ordenó Ebenezer a su hija, en un tono que no admitía réplica, al ver que era la primera en dirigirse a la puerta.

Catalina llegó hasta la joven, que dudaba si hacer caso a su padre, y le apoyó la mano en el brazo.

—Que vayan ellos solos. Deja que se conozcan.

Ambas salieron al porche y vieron cómo Ebenezer y Lorién partían a toda prisa en dirección al norte.

La pradera de los caballos estaba a tan solo diez minutos al galope de la vivienda.

Lorién recordó que en San Luis Obispo habían sufrido ya dos incursiones en poco tiempo: la de los chowchilla el día del entierro de Evangeline y una de los tulare, que habían atacado un rancho al oeste del valle. Le extrañaba que eso sucediera cuando las negociaciones de los agentes enviados por el Congreso seguían adelante y, que él supiera, la mayoría de las tribus habían firmado los tratados de paz.

Cuando Lorién y Ebenezer llegaron a la explanada, vacía, divisaron al este a los vaqueros que habían salido antes del rancho. Por los gritos dedujeron que estos seguían de cerca a los ladrones, a quienes tenía que resultar difícil huir al mismo tiempo que guiaban a los caballos robados. Alcanzaron a sus hombres en el límite de las colinas, donde la vegetación se espesaba. Hacía tanto calor que todos sudaban copiosamente.

—En el bosque tenemos pocas probabilidades de dar con ellos, señor —explicó casi sin resuello Petronillo.

Ebenezer asintió.

—Y más de morir por sus flechas. —Suspiró con resignación—. Daremos parte y volveremos con soldados.

—Sepamos al menos qué dirección han tomado —sugirió Lorién, que se situó a la cabeza del grupo y comenzó a avanzar despacio.

Al poco, oyó algo y alzó la mano para que se detuvieran. Aguzó el oído y distinguió un quejido que se repitió varias veces, como si alguien estuviera realizando un gran esfuerzo. Desmontó del caballo, le entregó las riendas a Ebenezer y caminó con sigilo. Enseguida dio con el origen del sonido: un caballo tumbado que movía la cabeza con los ojos abiertos de dolor. Se acercó y comprobó que un indio había quedado parcialmente atrapado debajo. Era muy joven, apenas un adolescente, que le lanzó una mirada amenazante a pesar de su evidente situación de desventaja.

Lorién levantó las manos para que entendiera que no pensaba hacerle nada y regresó sobre sus pasos en busca de ayuda.

Ebenezer no se perdió ni un detalle de la escena. Reparó en cómo los trabajadores del rancho obedecían las indicaciones de su futuro yerno.

Entre cuatro hombres liberaron al chico, aunque lo mantuvieron sujeto para que no huyera. Lorién se aseguró entonces de que no tenía la pierna rota y mandó que lo ataran de pies y manos y lo vigilaran. Luego, él mismo estudió la herida de la pata del animal y le disparó en la cabeza para terminar con su sufrimiento. Finalmente se encargó del muchacho, a quien tumbó a través en la cruz de su propia montura para llevarlo al rancho.

—Nos servirá de guía cuando volvamos a por los caballos —le dijo a Ebenezer, que asintió, convencido ahora de que su rancho estaría en buenas manos con Lorién y enfadado consigo mismo por haber dudado del buen juicio de su hija a la hora de elegir marido.

Apenas habían pasado un par de horas cuando llegaron de nuevo ante el porche de la vivienda, donde las mujeres esperaban intranquilas.

Cynthia corrió escaleras abajo y llegó junto a Lorién, que le explicó lo sucedido mientras desmontaba con su rehén.

—¿Qué vais a hacer con él? —preguntó ella.

—Llevarlo al *sheriff* del condado para que lo use de guía en una expedición de milicianos para castigar a los ladrones —respondió el padre—. No creo que tarde en organizarla. Si paga tan bien como en otros lugares, no le faltarán voluntarios. Unos cinco dólares al día, eso he oído.

—No debería decirlo, si no quiere quedarse sin jornaleros —dijo Petronillo muy serio mientras guiñaba un ojo a los demás, que corearon la broma con risas y alguna carcajada.

Cynthia miró al joven nativo. Su cabello oscuro, sus facciones y su piel perfecta le recordaron a Evangeline. Llevaba unos calzones cortos y mocasines de ante, el torso desnudo y un collar de cuentas, colmillos y pequeñas plumas al cuello. Y le llamó la atención lo flaco que estaba.

Sintió lástima por él, esforzado en mostrar una actitud orgullosa —la barbilla levantada, los labios apretados y la mirada desafiante— con la que ocultar la derrota.

—Lo custodiaremos aquí —dijo—. Al menos comerá y recibirá un buen trato.

Bajo ningún concepto consentiría que lo entregasen al *sheriff* William. En poco más de un año, el joven alguacil que había acompañado a Brett y Graciano en la primera visita a los *squatters* había demostrado tener un fuerte carácter. Ya nadie se atrevía a llamarlo alguacil: quien no empleara la palabra *sheriff* corría el riesgo de pasar una noche entre rejas. A Cynthia le parecía mal que los nativos le hubieran robado los caballos del rancho, pero ese adolescente solo había seguido las órdenes de los adultos y había tenido mala suerte. Hasta ahora, los rancheros habían resuelto sus problemas a su manera. ¡A saber cómo lo trataría el representante de la ley estadounidense!

De repente, tuvo una idea.

—Llevadlo al cobertizo —ordenó.

Tal vez pudiera aprovechar la situación para darle un impulso a su plan. Tal vez el chico fuera su oportunidad para ayudar a salvar la California que había sido su vida de aquellos que solo deseaban aprovecharse de ella.

52

El cobertizo en el que Cynthia solía dejar a Chulo cuando no quería que la acompañara y que algún día utilizaría Terco era un espacio bastante amplio y limpio. Por ahora, serviría para albergar al joven indígena, porque contaba con una recia puerta y un resistente cerrojo exterior. Pero, sobre todo, y más importante para Cynthia, estaba ubicado en la parte trasera de la casa y no quedaba a la vista de los trabajadores que pasaban el día entre los cercados de las ovejas y los establos.

Ella misma se encargó de atenderlo. Quería que recuperara las fuerzas cuanto antes. Le llevó bebida y comida, que el chico engulló con avidez, y, aunque en ningún momento bajó la pistola con la que le apuntaba, trató de entablar conversación con él. Lo único que consiguió fue que añadiera a su mirada desafiante expresiones ininteligibles cargadas de desprecio. Podía comprender su actitud, pues ella había pasado por una situación similar menos de dos meses atrás, cuando Violet la secuestró.

Frustrada, salió del cobertizo. Necesitaba a alguien que la ayudara y debía darse prisa, pues no pasaría mucho tiempo antes de que el *sheriff* viniera a por él.

Entonces se topó con Petronillo, que se había cambiado de ropa.

—¿Adónde vas?

—Su padre quiere que lo acompañe al pueblo para denunciar el robo. Nos vamos con el señor Lorién. Tiene faena en el otro rancho.

Desde que pertenecía a Thayer, pensó Cynthia con tristeza, nadie sabía muy bien cómo referirse a la antigua propiedad de Maxiwo. Por el momento era el *otro* rancho.

—Dame un minuto.

Cynthia se apresuró a su dormitorio y se sentó ante el escritorio. Tomó papel y pluma y redactó unas líneas. Luego cogió cinco monedas de plata de una bolsita que guardaba en un cajón y volvió con Petronillo, que parecía impaciente.

—Me esperan. —Señaló con la cabeza hacia Lorién y Ebenezer.

—Llévale esto a Maxiwo y aguarda el tiempo que necesite para prepararse. No te separes de ella hasta que llegue aquí. —Cynthia le entregó las monedas—. Te necesitaré mañana y te daré más. Sé discreto.

Petronillo se guardó las monedas en el bolsillo del chaleco y se levantó el sombrero levemente.

—Cuente con ello.

Ella lo acompañó con los otros para despedirse.

—¿Qué le has dado a Petronillo? —preguntó Lorién.

Cynthia sintió que se sonrojaba. Trató de actuar con normalidad, aunque el corazón le latía con fuerza. Asumía el peligro de lo que iba a hacer, pero debía hacerlo. Aunque supusiera mentir a Lorién.

—En la cocina necesitan un par de cosas del almacén del pueblo. Me ha dicho que tienes que irte.

—Hay mucho trabajo con las ovejas. Es la época de partos. Debo vigilar mi propio negocio.

—Pronto podrás traerlas aquí.

—En eso confío. —Lorién le guiñó un ojo, ya que no podía abrazarla y besarla, como habría deseado, ante su padre, y recibió a cambio una sonrisa pícara y una mirada intensa que tomó como una confirmación de que definitivamente habían hecho las paces.

Para que la espera se le hiciera más corta, y para ganar tiempo, Cynthia entró en los establos, donde apartó tres caballos. Después volvió a su cuarto y preparó un fardo con pequeños objetos —joyas de poco valor que no usaba, peines, alfileres, un par de espejos y pañuelos— a los que sumó otras minucias que encontró por la casa —alguna figurita, algo de tabaco, una caja de madera tallada, una bandeja de plata y un canastillo— que su madre no echaría de menos. Dudó si coger algo de comer, pero le resultaría difícil esquivar a la cocinera y la criada, así que decidió esperar a Maxiwo para dar verosimilitud a su historia.

En San Luis Obispo, Maxiwo se despidió de Festus, molesto porque ella partiera sin él y porque no quisiera darle explicaciones.

—Pronto anochecerá.

—Me acompaña Petronillo y dormiré en el rancho Catalina.

—¿De quién era la nota? ¿Por qué llevas puesta tu ropa chumash?

—Cynthia me dice que alguien preguntó por mí en el rancho para avisar del fallecimiento de un conocido. Tengo que ir a presentar mis respetos a los familiares, al igual que ellos me acompañaron en la despedida de mi hija.

—¿Dónde?

Ella le sonrió. Las pocas sonrisas que esbozaba siempre eran para él. Había perdido a su familia. Había vendido el rancho. Festus le proporcionaba paz: respetaba su silencio, trabajaba sin quejarse, apenas bebía, era apreciado en el pueblo, donde contaba con la amistad del dueño del hotel y del constructor francés, mostraba interés e ilusión por aprender cualquier cosa, ya tuviera que ver con la historia del lugar o con el manejo de una nueva herramienta, y era franco en sus opiniones. No podía haber encontrado una compañía mejor en esa etapa de su vida en la que había tenido que empezar de nuevo. Se contagiaba de su juventud, que le aligeraba el corazón cuando, a veces, sentía el peso de los siglos, como si llevase en esa tierra desde los tiempos en los que Hutash la había poblado de personas, animales y plantas gracias a la luz y el calor de Kakunupmawa.

—Te comportas como un marido celoso e impertinente.

—Me preocupo por ti. —Más que eso: Festus la adoraba. Además de resultarle atractiva, admiraba su fortaleza. La diferencia de edad entre ambos solo era una cuestión de calendario.

—Lo sé, pero donde voy no puedes acompañarme. No serías bien recibido.

Festus comprendió que ella se refería al color de su piel. Se quedó sin argumentos.

—Pensaba que los indios no coincidían con los blancos en nada. Estaba equivocado. —El tono de su voz se tiñó de amargura—. En todos los sitios en los que he estado, no hay nada peor que ser negro.

Maxiwo le tomó la mano, que acarició suavemente con el pulgar.

—Volveré en un par de días. Cuida de nuestra casa.

Cogió el hatillo en el que había colocado sus cosas y partió a lomos de su caballo tras el de Petronillo hacia el rancho Catalina, adonde llegó cuando los últimos rayos del sol de septiembre iluminaban la tierra con la misma intensidad con la que un enfermo recupera brevemente el vigor antes de morir.

Cynthia la estaba esperando y, antes siquiera de dejarle que saludara a sus padres, la llevó al cobertizo. En la nota no le había hablado a Maxiwo del chico, solo de la excusa que tenía que dar para ausentarse unos días y de que se vistiera con indumentaria nativa, así que se apresuró a ponerla al día.

—Quiero que le digas que quiero hablar con el jefe de su tribu.

Maxiwo la miró con extrañeza, pero esperó a hablar con el prisionero antes de quitarle esa idea de la cabeza a la joven. Entró tras ella y, como había previsto Cynthia, la expresión del muchacho cambió al ver a Maxiwo. Enseguida comenzó a hablar de manera atropellada.

—¿Lo entiendes? —preguntó Cynthia.

—Es un chowchilla. Habla la lengua de los yokut. Mi abuela también venía del valle de los fresnos, entre los ríos San Joaquín y Tule, a los pies de las grandes montañas. Se llama Rey y dice que su padre es un gran jefe, que, si lo dejamos ir, se mostrará agradecido y no volverá por estas tierras.

—Dile que lo acompañaremos. Quiero hablar con su padre.

Maxiwo tradujo y Rey miró a Cynthia con expresión de sorpresa.

—Lo tengo todo preparado —dijo esta.

—¡Cynthia! —Maxiwo no podía entenderla—. No sé qué pretendes, pero no vamos a recorrer más de cien millas en busca de una tribu chowchilla.

—No creo que tengamos que ir tan lejos. Lo atraparon aquí mismo. —Señaló hacia el norte—. Si es hijo de un jefe y no han encontrado su cuerpo, seguro que andan cerca. Dile que al amanecer lo sacaremos de aquí y que nos llevará adonde lo capturaron. Te prometo que no iremos más allá de un día de distancia a caballo. —Maxiwo mantenía el ceño fruncido, así que Cynthia amplió sus argumentos—: Debo hacer algo. Por Brett, Graciano y Evangeline. Me resisto a aceptar que sus muertes hayan sido en vano. Solo tú puedes ayudarme.

Maxiwo meditó unos instantes, pero tradujo lo que la joven le pedía. Rey asintió a la propuesta y se tumbó en el suelo, resignado a esperar al amanecer para recuperar su libertad.

Las mujeres se dirigieron a la casa. Hacía rato que los padres de Cynthia habían cenado, pero enseguida mandaron preparar un refrigerio para Maxiwo que Cynthia también agradeció, porque no había tomado nada desde el mediodía. Estaba agotada y nerviosa y todavía necesitaba convencer a sus padres.

Maxiwo explicó el falso motivo de su viaje.

—¿Cómo vas a ir tú sola? —le preguntó Catalina.

—¿Dónde es el funeral? —preguntó a su vez Cynthia, como si no supiera nada del plan que ella había pergeñado.

—A unas veinte millas de aquí, entre los ranchos de Atascadero y Paso de Robles.

—Conocemos a los propietarios. —Cynthia miró a su padre—. Te acompañaremos.

Ebenezer carraspeó.

—Yo mañana precisamente he quedado con el *sheriff* para organizar la partida de voluntarios...

—Pues se lo pido a Petronillo. Decidle a la cocinera que prepare comida para un par de días. Y cuidad de Terco en mi ausencia.

Antes de que sus padres dijeran nada, Cynthia se escabulló y se acercó a los alojamientos de los hombres, donde preguntó por Petronillo. Cuando él apareció, le dijo:

—Al amanecer quiero que ensilles tu caballo y los tres que he apartado al fondo del establo y me esperes más allá del cobertizo. Ve armado y no se lo digas a nadie si no quieres perder el sueldo de un mes que te puedes ganar en dos días.

Antes de que el madrugador Ebenezer empezara a dar vueltas por la casa, Cynthia y Maxiwo ya estaban en la puerta del cobertizo con sus respectivos fardos.

Pese a la oposición de Maxiwo, Cynthia enrolló una cuerda alrededor del cuerpo de Rey para inmovilizarle los brazos y sujetó el cabo con la fuerza suficiente para que el chico supiera que no podría escapar.

Petronillo los esperaba. No pudo ocultar su enfado al ver que se llevaban al preso.

—Esto me traerá problemas.

—No veo por qué. Trabajas para mí y yo asumo la responsabilidad.

—Pero el patrón...

Cynthia no sabía si se refería a su padre o a Lorién. Comprendía que tuviera miedo a la reacción de cualquiera de los dos, pero le irritó saber que si la idea hubiera partido de ellos, ninguno de los trabajadores la habría cuestionado.

—Con que nos acompañes al lugar donde lo encontrasteis me basta. —El tono de su voz fue agrio, impaciente—. Lo devolveré a su familia, con o sin tu ayuda. Ahora bien, si te quedas y avisas en la casa, ten por seguro que te despediré.

A regañadientes, el hombre ayudó a subir a Rey a uno de los caballos, ató la cuerda que lo sujetaba al cuerno de la silla, montó en el suyo y emprendió la marcha, llevando el de Rey de reata.

Recorrieron a oscuras y en silencio buena parte del camino llano y fácil; clareaba cuando alcanzaron la pradera de los caballos, que atravesaron hasta llegar al pie de las colinas, donde terminaba el color dorado del pasto y comenzaba el verde oscuro del bosque.

Petronillo señaló una senda.

—Por aquí se metió el señor Lorién y encontró al chico.

Cynthia asintió.

—Ya puedes regresar.

—¿Y dejarlas solas? Entonces sí que me matarían los amos...

Petronillo inició el ascenso en medio de un silencio sobrecogedor que solo rompían, de manera inquietante, la fuerte respiración de los caballos y los golpes rítmicos y blandos de sus cascos sobre la tierra.

—No se oyen ni los pájaros —murmuró Cynthia, extrañada.

Pasaron ante el cadáver del caballo de Rey y continuaron adelante hasta llegar a un pequeño claro, donde se detuvieron un instante.

Entonces, se oyó un silbido, seguido de un chasquido y un gemido. El caballo de Petronillo se puso de manos y este cayó al suelo, donde quedó inmóvil.

Cynthia reaccionó rápido. Desmontó y tomó las riendas del caballo de Rey para que el chico no aprovechara para escaparse. Con sentimiento de culpa por haberlo metido en ese lío, se agachó ante Petronillo y comprobó que le había alcanzado una flecha en el lado derecho del pecho. Con alivio percibió el pulso en su cuello y dedujo que se habría quedado inconsciente del golpe. Se incorporó y miró alternativamente a Maxiwo y Rey.

—¡Tenemos un trato! ¡Traduce, Maxiwo! ¡Te prometí que te traería con tu gente y he cumplido! ¡Diles que quiero hablar con tu padre!

Rey habló al aire con voz fuerte. Durante unos minutos, no hubo respuesta.

—¡Sigue hablando! —insistió Cynthia y el muchacho la obedeció.

De pronto se oyeron unos gritos agudos en medio del crujir de cientos de ramas y enseguida una veintena de indígenas los rodearon.

Como en un sueño de imágenes fugaces e inconexas, Cynthia vio cómo liberaban a Rey de sus ataduras, cargaban a Petronillo como si fuera un fardo sobre su montura, la subían a ella a la suya, conducían los caballos fuera del claro, atravesaban el bosque, ascendían durante un interminable rato y llegaban a un llano delimitado por pedruscos y árboles de gruesos troncos. En medio, una docena de chozas cónicas de palos, ramas y pieles formaban lo que parecía un improvisado campamento. Distinguió la marca de su casa en los lomos de los caballos que había en un tosco cercado.

Por fin, unos fuertes brazos la arrancaron de la silla y la llevaron casi en volandas hasta tres o cuatro hombres que estaban sentados cerca de un círculo de piedras dentro del cual aún brillaban las brasas del fuego nocturno. Con el pecho descubierto, iban ataviados, como los demás, con pantalones de ante, pero unos largos tocados de múltiples y coloridas plumas les cubrían las cabezas. Rey se arrodilló ante el más mayor, con el tocado más elaborado, que lo recibió con gestos de alegría y palmadas en la espalda. Conversaron un rato.

Cynthia tragó saliva, asustada. Recordó aquella vez, durante el viaje en la caravana al oeste un par de años atrás, cuando quiso salvar a Chulo de un grupo de nativos. Entonces Lorién había acudido al rescate y había hablado por ella.

Ahora solo se tenía a sí misma para resolver esa situación en la que se había metido sola. Fue consciente de que allí no había más mujeres que Maxiwo y ella. Estaban indefensas. Podrían matarlas o quedarse con ambas. No serían las primeras mujeres secuestradas por indígenas.

A su lado, como si comprendiera su miedo, Maxiwo le apretó la mano. El gesto le infundió tranquilidad y confianza. Había llegado hasta allí y no se marcharía sin exponer su propuesta, pensó Cynthia. Necesitaba al menos una respuesta a sus preguntas para continuar adelante.

53

—Diles que además de al chico les he traído regalos. Están en las alforjas.

El hombre que había saludado con afecto a Rey no esperó a que Maxiwo tradujera. Se dirigió a Cynthia.

—Hablo tu lengua. La aprendí en la misión. Me llamo Juárez. Te agradezco que me hayas devuelto a mi hijo y me gustará ver tus regalos. —Le pidió a un guerrero que se los acercara y pareció apreciarlos, pues los compartió sonriente con sus compañeros—. Mi hijo dice que quieres hablar conmigo. —Agitó la mano para indicar a las mujeres que podían sentarse ante él—. Te escucho.

Con la vista en el suelo, Cynthia dijo:

—Me preocupa el hombre que nos acompaña.

—Se recuperará.

Cynthia sonrió brevemente; le creía. Se atrevió entonces a mirarlo a los ojos y comenzó el discurso que se había preparado durante la noche, ya que apenas había dormido:

—Tú y yo tenemos un problema común. —El leve arqueamiento de las cejas de Juárez le indicó que lo había sorprendido—. Sé que todos los yokut, y los chowchilla en particular, os habéis opuesto a los extranjeros desde la llegada de los españoles. Ahora son los estadounidenses quienes os presentan tratados de paz para quedarse con vuestras tierras. Pero los estadounidenses también quieren las nuestras...

—Que antes eran nuestras —la interrumpió el jefe, que miró a Maxiwo para incluirla en ese plural.

—Nací aquí y me siento tan de aquí como vosotros. También me considero una nativa. No somos enemigos. Tú y yo hablamos la misma lengua. Vosotros tenéis las montañas y sus valles cercanos y nosotros nuestros ranchos. No hubo problemas hasta que apareció el oro y el mundo supo de la riqueza de nuestras tierras. Desde que pertenecemos a los Estados Unidos, estamos en el mismo bando. Yo tampoco quiero que los estadounidenses se queden con lo mío.

—¿Cuántos más piensan como tú? —preguntó Juárez.

—En el condado de San Luis Obispo, estoy segura de que todos los que ahora tienen que defender sus antiguas concesiones de tierras. Cuanto más tiempo pase, peor. —Señaló a Maxiwo—. Ella se vio obligada a vender su rancho a un yanqui.

Juárez tradujo para quienes no sabían español y conversó con ellos un buen rato. Cynthia no pudo deducir si discutían o estaban de acuerdo, pues tan pronto asentían con la cabeza como hacían aspavientos con las manos. El jefe chowchilla se dirigió de nuevo a ella:

—Entiendo que tu propuesta concreta es que ataquemos solo las propiedades de los estadounidenses.

Ella asintió y él meditó con el ceño fruncido sus siguientes palabras:

—La excusa de los blancos para quedarse con nuestras tierras es que robamos sus caballos. Nosotros robamos y ellos envían milicias de soldados y voluntarios para masacrarnos, porque eso es lo que hacen: responden al robo con la muerte de nuestros guerreros. Y cada vez se apuntan más voluntarios y aumentan las muertes, porque el

Gobierno paga muy bien. Si un blanco roba a otro blanco, ¿queman su casa, sus provisiones, su forma de subsistencia para que su familia se muera de hambre?

Cynthia se mantuvo en silencio; la respuesta era clara.

—¿Sabes por qué robamos caballos? —siguió Juárez—. Porque nuestras familias tienen hambre. Nos comemos los caballos para poder sobrevivir en invierno en las montañas. Es nuestra única alternativa para que nuestros hijos, mujeres y ancianos no mueran. Dime, muchacha: ¿alguna vez tú y tus amigos rancheros con los que nos pides que nos aliemos habéis pensado en esto? ¿Conoces a alguien a quien le importe nuestra suerte?

La respuesta a esta pregunta también era un no, rotundo y contundente. Cynthia sabía lo mismo que todo el mundo: que había incursiones ocasionales de soldados para castigar a los ladrones, que la mayoría de las tribus habían aceptado los tratados de paz. Desconcertada por los argumentos de Juárez, pensó alguna réplica más elaborada, pero él continuó:

—Has venido aquí para pedir una alianza en la que tú no aportas nada. ¿Acaso los rancheros se pondrían de nuestro lado para atacar a otros blancos? Si eso crees, eres más ingenua que los jefes de las tribus que se creen lo que dicen los tratados de paz.

—¡Pero los habéis firmado! ¡Y tampoco los cumplís!

Juárez hizo un gesto de desagrado que la asustó.

—Firmamos por miedo. El mensaje de tu presidente es claro: dice que tiene muchos guerreros y puede enviar un ejército lo bastante grande como para destruir a todos los indios de California, pero que no desea hacerlo y prefiere ser amigo. Vaya amigo, que nos quiere dóciles —lanzó una rápida mirada a Maxiwo— o muertos, porque enviarnos a las montañas o a las reservas es lo mismo. Antes eran misiones, ahora las llaman reservas, pero en el fondo es lo mismo. Quieren que dependamos de la disciplina de un Gobierno que no es el nuestro. Han pasado meses desde la primavera y el Gobierno no ha ratificado esos tratados. Dudo que lo hagan. ¡Promesas y más promesas! Los blancos son hábiles con las promesas, que acompañan con balas. —Señaló al norte—. Nos llevaron a la reserva del río Fresno. Nos prometieron provisiones y que los blancos respetarían los límites. Las provisiones no llegan y los colonos se acercan a las fronteras de la reserva. Nos han echado de nuestra tierra; nos han obligado a cambiar nuestro estilo de vida; nos han hundido en la oscuridad. Si los blancos no cumplen, nosotros tampoco lo haremos. Robaremos lo que haga falta, a quien sea, para huir del hambre.

Cynthia parpadeó, aturdida por un enjambre de pensamientos. Se sintió ridícula por haber antepuesto la inmediata satisfacción de sus deseos a la sensatez. Su punto de vista había cambiado por completo al escuchar a Juárez.

Fue como una revelación.

Siempre había alardeado de conocer esa tierra mejor que nadie y se estaba percatando de que no sabía nada. Su mundo se reducía a un rancho en el —hasta ahora— plácido valle de San Luis Obispo. Nunca había pasado hambre o frío. Nunca le había faltado de nada. En cambio, otros ponían en riesgo su vida para sobrevivir día a día. Los de la tribu de Juárez. Los colonos del asentamiento de Violet. Aquellos que recorrían miles de millas en las caravanas al oeste buscando una vida mejor, movidos por la ilusión de encontrar el lugar donde sembrar y recoger sus cosechas. Cuántas veces había repetido que no era justo. ¿Qué no era justo? ¿Que su vida cambiara? La justicia variaba con los tiempos y las circunstancias, volviendo obsoletas las batallas que una vez parecieron fundamentales. La justicia no siempre iba de la mano de lo aprendido como correcto.

Brett, Graciano y Evangeline habían muerto por una guerra perdida de antemano. Una guerra que ella había alentado y por la que consideraba enemigos también a Thayer y a Marot. Miró a Maxiwo, que se había limitado a escuchar atentamente, y supo que nada de lo dicho la había sorprendido, ni siquiera inmutado, como si ya hiciera tiempo que ella hubiese sacado sus conclusiones sobre la existencia del ser humano, las ambiciones y las derrotas. Pensó que, aunque debería estar desolada por sus pérdidas, parecía conformada, incluso serena: se había adaptado a su nueva vida sin quejarse. Le vino entonces a la mente la imagen de cómo domaban a los caballos salvajes en el gran cercado del rancho. Poco a poco, con paciencia, el vaquero sometía su voluntad. Con buenas palabras y atado a una soga larga. El caballo daba vueltas y vueltas hasta que consentía que le pusieran una silla y alguien se montaba sobre él. Al principio corcoveaba; luego se acostumbraba. Tal vez en algún rincón de su mente quedase el recuerdo de aquellos días de libertad, pero ya no rechazaba el heno almacenado en el establo ni se separaba de la manada cuando la llevaban a los pastos frescos.

Cynthia sintió el áspero roce del lazo del conocimiento en su garganta y en su pecho.

—Tú y yo tenemos un problema común. —Miró ahora a Juárez a los ojos y él le sonrió divertido, como si la conversación volviera a comenzar—: Nuestra extinción será inevitable. No olvidaré tus palabras.

—Y yo no olvidaré el valor que has mostrado al devolverme a mi hijo. Te llevarás tus caballos.

Juárez se levantó y gritó algo en su idioma. En un instante, todos los hombres se pusieron en movimiento. Mientras unos quitaban las pieles de las chozas y recogían utensilios, arcos y flechas y otras armas, otros se encargaron de los animales. Media docena montaron a un desmadejado Petronillo en su caballo y entregaron a las mujeres los suyos y el que había utilizado Rey.

Luego los acompañaron hasta la pradera, donde dejaron los robados.

Como si nada hubiera pasado.

Al mediodía, a un cuarto de milla de la vivienda del rancho Catalina, se encontraron con un grupo de jinetes liderados por Ebenezer y el *sheriff* William.

El rostro del padre de Cynthia no pudo reflejar más sorpresa al reconocerlos y al darse cuenta de la manada de caballos que los seguía. Se fijó en que Petronillo estaba herido. Saltó de su montura, alterado, y se acercó a su hija, a la que comenzó a acribillar con preguntas:

—¿Qué haces aquí? ¿Qué ha pasado? ¿Y el funeral? ¿Por qué tienes los caballos?

Cynthia comprendió que esa partida de hombres no había salido en su busca, sino en la de los ladrones. Se apresuró en contarle una versión modificada de lo sucedido.

—Partimos al amanecer, como habíamos acordado, y al poco nos encontramos al chico indio. No sé cómo pudo escapar. Parecía perdido. Petronillo lo retuvo y, para no alterar nuestros planes, pensé que lo mejor sería dejarlo donde lo encontrasteis; al fin y al cabo, no es más que un crío. Los suyos debían de andar cerca, porque nos vieron y dispararon algunas flechas, con tan mala suerte que una le dio a Petronillo. Entonces, el chico les habló en su lengua y les dijo que lo acompañábamos. En agradecimiento, nos devolvieron los caballos robados. Maxiwo ha curado a Petronillo como ha podido, pero en su estado, continuar el viaje... —Negó con la cabeza—. No hemos querido ni dejarlo solo ni seguir solas.

Ebenezer frunció el ceño, convencido de que Cynthia

no le estaba contando toda la verdad. Pensó que lo mejor sería dejar las cosas así y no le preguntó por qué había otro caballo ensillado sin jinete.

—¿Sabes en qué dirección se fueron? —preguntó el *sheriff*.

—Tenemos los caballos —dijo Ebenezer—. Ya no hace falta ir tras ellos.

—Debemos darles una lección para que se les quiten las ganas de robar en este condado. —William palmeó su rifle con su mano huesuda—. Y estos hombres esperan cobrar lo prometido.

Cynthia asintió con naturalidad, como si estuviera de acuerdo. Se volvió hacia Maxiwo:

—¿Tú entendiste algo?

—Dijeron que se iban al este, al nacimiento del Tule.

El *sheriff* se tocó el sombrero, a modo de despedida, y se dirigió a Ebenezer:

—No es necesario que nos acompañe.

Ebenezer se aseguró de que a Petronillo todavía le quedaban fuerzas para sujetarse a la silla. Cabalgó despacio junto a él mientras las mujeres se adelantaban.

—Espero que lo del Tule no sea verdad —le comentó la joven a Maxiwo.

—Juárez dijo que se marchaban al norte, hacia el río Fresno. No creo que los encuentren.

Cynthia le sonrió.

—Gracias por acompañarme, Maxiwo. No hubiese podido enfrentarme a esto sola.

Maxiwo comprendió que no se refería solo al hecho de solicitar una reunión con el jefe de los chowchilla, sino también a lo aprendido en ella.

—Cada persona es su propio juez. Y tú has sido demasiado exigente contigo misma. También lo fue Evangeline. Los padres tenemos la culpa. Exigimos a nuestros hijos que peleen nuestras batallas y luego nos lamentamos si caen vencidos, cuando deberíamos avergonzarnos por haberlos apremiado a seguir nuestro camino. Piensas demasiado, Cynthia; pero solo encontrarás las respuestas a tus preguntas en tu corazón.

La joven la miró perpleja unos instantes y luego centró su mirada en la vivienda del rancho. Se visualizó correteando de niña por los alrededores y se imaginó convertida primero en una mujer como su madre y luego en una más mayor, rodeada de nietos. Los indios no tenían casas, pensó, sino enclenques alojamientos, y vivían preparados para marcharse en cualquier instante. Su concepto del hogar se circunscribía a las personas, no a los edificios, o al mobiliario, o al número de cabezas de ganado o de acres de tierra.

Qué obstinada había sido. Qué mal se había portado. Cuánto se había arriesgado a perder lo importante.

—Espera a mi padre, Maxiwo. Debo hacer algo.

Puso su caballo al galope rumbo al *otro* rancho, al de Thayer, que —se apostaría un buen puñado de monedas— acabaría por llevar el nombre de Marot. La ilusión le hizo olvidar el cansancio acumulado desde el día anterior, la falta de sueño, el hambre y el calor sofocante de la hora central del día.

Encontró a Lorién a pocos pasos de la casita que todavía ocupaba. No había nadie más cerca; debían de estar descansando en alguna sombra a la espera de que remitiese el bochorno para seguir con el trabajo. Tampoco le hubiera importado que todos la vieran y la escucharan.

—¡Lorién! —Desmontó con agilidad y se lanzó a sus brazos—. ¡Cásate conmigo! ¡No, espera! ¡Ha sonado como una orden! ¿Quieres casarte conmigo? ¡Di que sí!

Lorién se echó a reír y la estrechó con fuerza.

—No sé a qué viene este arrebato, pero acepto... otra vez.

Cynthia se separó un poco para poder mirarlo a los ojos.

—Cuanto antes, Lorién. En un par de semanas puedo tenerlo todo organizado. No quiero esperar. Quiero que tus cosas estén junto a las mías en nuestra casa. Quiero que lleves tus ovejas de una vez al rancho. Me da igual si Thayer ha encontrado o no a un sustituto. Te quiero a mi lado. Tendremos hijos y envejeceremos juntos.

—Más que una promesa parece una visión —bromeó él.

Cynthia volvió a abrazarlo. Necesitaba aferrarse a él. Lorién era la única realidad que le importaba. Que se dividiera California en dos partes, norte y sur; que la engulleran las aguas del Pacífico; que se poblara de colonos estadounidenses; que el idioma inglés acabara con el español...

No le importaba lo que sucediera con tal de despertarse cada día a su lado.

54

Lorién desconocía qué había motivado la súbita transformación de Cynthia, pero sabía que, aunque ella cambiara de opinión varias veces al día, la amaría con toda el alma.

Le costó convencerla de que tendrían que esperar no dos, sino cuatro o cinco semanas para casarse; había mucho trabajo con los partos de las ovejas, la corta de colas y la castración de los corderos.

Ulpiano, que había decidido seguir con Lorién —mientras que Pierre había aceptado la generosa oferta de trabajo de Thayer—, compartía con los trabajadores del rancho Catalina sus conocimientos sobre el cuidado del ganado lanar. Una tarde de principios de octubre, tocó la técnica más rápida de castración. A pesar de no ser aprensiva, Cynthia vio con desagrado cómo el argentino realizaba una pequeña escisión en la bolsa de los testículos, que presionó con las manos para que salieran. Los sujetó entonces con los dientes y dio un fuerte tirón con un giro brusco de la cabeza para separarlos del cordero. Luego los recogió en un cubo de madera.

—Cuando hayamos terminado —le dijo con su acento encantador a Cynthia—, que los guisen las mujeres. Es un verdadero manjar.

Ella miró a Lorién muy seria.

—Por cosas como estas, los rancheros de verdad preferimos las reses a las ovejas. Si te veo con la cabeza entre las patas de un borrego, cancelo la boda.

Con el bastón de su padre traído de Pasolobino entre las manos, Lorién le prometió que no lo haría, entre las risas de quienes la escucharon.

—Prefiero eso de las almas —añadió ella.

Se refería a la extraña costumbre de Pasolobino de lanzar la ternilla de la punta del esternón del cordero, a la que llamaban almeta, a un techo para que quedase pegada. Por lo que le explicaba Lorién, si no se hacía, no se podía cortar bien la carne del cordero sacrificado, como si no hubiera muerto del todo, como si el alma no se hubiera separado del cuerpo.

Lorién se sentía tan feliz que encajaba bien todas las bromas sobre el temperamento y la capacidad de mando de su futura esposa, dedicada a organizar una fiesta inolvidable. Cynthia quería casarse en la iglesia de la misión, ya que ambos habían sido educados en la religión católica, y que la cocinera del rancho y Sandor prepararan un menú con comidas de España y de California para la celebración, que tendría lugar en El Vasco. A Hippolyte le encargó que revisara las vigas del techo, reparara los peldaños de madera del altar y fabricara una docena de buenos bancos nuevos para una treintena de invitados. Y ella viajó con sus padres a San Francisco para comprarse el vestido.

Llegó el día señalado: el sábado 25 de octubre de 1851.

Lorién atravesó la alargada nave de la misión escoltado por Sandor, Hippolyte y Festus. Ante el altar, estrechó la mano del sacerdote y se dispuso a esperar a que llegara Cynthia. Recorrió con la vista la iglesia y, aunque ya había estado ahí antes, por primera vez advirtió que, al emplazarse el altar en el vértice donde confluían las dos naves de la iglesia en forma de L, en caso de que hubiera mucha gente, los ubicados en una nave no podrían ver a los de la otra.

Sandor, que lo notaba tenso, bromeó sobre la original distribución del edificio, como si le hubiera leído el pensamiento:

—Podría resultar útil en caso de un matrimonio obligado. Pero no es el caso, amigo mío...

Lorién sonrió. En un día tan especial, echaba de menos a sus padres y a su hermano, pero no podía sentirse más afortunado con los amigos que tenía. Además de estos, ya habían ocupado sus asientos Catalina, Maxiwo, Ponciana, media docena de matrimonios de rancheros y los más vecinos, Thayer y Marot, que habían llevado a Silván. Se fijó en que Marot, con una sonrisa divertida, le hacía gestos con las manos para que se calmara, porque tan pronto tiraba del chaleco hacia abajo como se aflojaba el pañuelo del cuello, se alisaba la levita o se atusaba el cabello ondulado en la nuca.

Por fin entró Cynthia, del brazo de Ebenezer, y Lorién contuvo la respiración al verla tan hermosa.

Llevaba un sencillo vestido blanco de tela fina con un corpiño de escote en pico. Un delicado encaje adornaba las mangas, cortas y ligeramente abullonadas. La falda fluía vaporosa hasta los pies en volantes de capas, también con encajes con un dulce diseño floral. Una pelerina del mismo tejido sobre los hombros añadía un encanto elegante a la imagen de sencillez y ligereza que transmitía la que pronto sería su esposa.

Los nervios de Lorién desaparecieron en cuanto los tres amigos y Ebenezer se retiraron a sus asientos y pudo tomarla de las manos y mirarla a los ojos, al amparo de la luz del sol que entraba por una ventana sobre el altar y brillaba sobre los cabellos dorados de ella, recogidos en la nuca y adornados con florecillas silvestres. Se contagió de su aplomo, de su ánimo luminoso. Habían pasado muchas cosas desde que se habían conocido y pasarían muchas más en el futuro, pero juntos serían capaces de superar todas las adversidades.

Ambos pronunciaron sus votos con la absoluta certeza de que estaban donde y con quien querían estar para el resto de sus vidas.

Después de la comida, Sandor sorprendió a los invitados con la presencia de tres músicos que había contratado para que tocaran el piano, el violín y la guitarra. Condujo a Lorién y a Cynthia al centro de la sala y los invitó a que inauguraran el baile.

—¿No es la hermana de Violet? —preguntó Cynthia en un susurro mientras hacía un gesto con la cabeza en dirección a la pianista.

—Nadie toca como ella y así se gana algo de dinero —explicó Sandor—. Espero que no os importe.

Sin darles tiempo a expresar su opinión, Sandor hizo una señal y comenzó a sonar un vals. Lorién y Cynthia sonrieron a la vez al reconocer la melodía.

—Escribiré a Escolano para contárselo. —Lorién se mantenía en contacto con él por carta—. Le alegrará saber que nos hemos casado y que lo hemos celebrado con la música que interpretó en Independence el día que me contrató Brett. —Dejó escapar un pequeño suspiro—. Ambos podrían estar aquí hoy con nosotros. —Su mirada se ensombreció también por el doloroso recuerdo de sus padres, de Baptiste, por quien había terminado en California, y de Darragh, que había muerto tan joven.

—Nada de pensamientos tristes hoy, Lorién —dijo Cynthia, que ese día echaba de menos a Brett y Evangeline.

—Tienes razón. —Él esbozó entonces una sonrisa pícara y se inclinó para susurrarle al oído—: Bailé contigo por primera vez antes de que cruzáramos una palabra. Imaginé que te rodeaba la cintura con el brazo...

A ella le encantó la fuerte presión de la mano de Lorién en la parte baja de su espalda.

—Si me hubieras invitado a bailar, habría aceptado.

Lorién soltó una carcajada.

—No sé si creerte. Me costó conseguir que te fijaras en mí.

—Chulo y yo te aceptamos desde el primer momento. Él se empeñaba en merodear cerca de ti y yo aprovechaba para verte.

—Me alegrabas el día cuando cabalgabas por donde yo andaba. A pesar de la dureza del viaje, aquellos días fueron felices gracias a ti.

—Vendrán muchos más, Lorién. Aquí y dondequiera que vayamos, siempre que estemos juntos.

—¿Y a dónde te gustaría ir?

—A Pasolobino —respondió ella sin dudar—. Quiero conocer el lugar donde naciste. Para comprender bien todo lo que les cuentes a nuestros hijos.

Lorién la habría besado ahí mismo, si no fuera porque había tantas personas pendientes de ellos. Otras veces habían comentado el tema de Pasolobino de pasada, pero ella nunca había mostrado esa determinación. Le había sonado a promesa.

—Me encantará enseñarte mi casa, el pueblo, el valle... —le dijo con los ojos brillantes de emoción—. Conocerás las costumbres de mis antepasados. Te enamorarás del lugar y luego te costará regresar.

Ella se rio, escéptica, por la exageración.

La pieza terminó y Catalina reclamó el segundo baile con su yerno. Marot aprovechó entonces para acercarse a hablar con Cynthia.

—Tenía planeado hacer una fiesta para celebrar mi matrimonio, pero cuando Lorién me dijo que os casabais ya, no me pareció oportuno.

Cynthia no detectó reproche en el tono de su voz.

—Puedes hacerlo igualmente. Así tendremos otra ocasión de juntarnos. —Señaló a las parejas que arrancaban ruiditos a la madera del suelo con los golpecitos de sus pies al ritmo de una polca—. ¡A algunos no los había visto nunca divertirse tanto!

—Me alegra ver a Lorién feliz. —Marot localizó a Thayer, que balanceaba a Silván en el regazo mientras conversaba con Ebenezer y otros hombres—. Espero que el pasado no pese demasiado en nuestro futuro y lleguemos a ser amigas.

Cynthia apreció la sinceridad. Cualquier reticencia por su parte tenía que ver más con lo que representaba Thayer que con el hecho de que Marot compartiera un pasado amoroso y un hijo con Lorién. Sin embargo, por ahora, la palabra *amiga* era excesiva para ella. Quizá con el tiempo llegaran a intimar, pero ni en un día tan especial como ese, por muy dichosa que se sintiera, caería en el sentimentalismo.

—El destino ha querido que seamos vecinas —dijo con una sonrisa franca—. Tu hijo siempre será bienvenido a mi casa. Lo trataré como si fuera mío.

Cuando el baile terminó, los invitados se repartieron en pequeños grupos por las mesas del comedor. Lorién se acercó al de su suegro, en el que también estaban Sandor, Hippolyte, Thayer y Festus. El buen vino había desatado las lenguas. Algunos todavía comparaban los guisos del espléndido banquete: las opiniones sobre la mejor puntuación estaban divididas entre el de cordero de Sandor y las ostras de la cocinera del rancho Catalina. Poco a poco, la conversación se volvió política.

—Pasado mañana es la convención en Santa Bárbara para deliberar sobre la división del estado de California en norte y sur y no habrá ningún representante de San Luis Obispo. A ver cómo nos enteramos de lo que pasa —dijo Ebenezer.

—Alguien traerá noticias y, si no, la prensa, aunque imagino que la decisión será unánime a favor del sí —dijo Thayer—. Pero una cosa es lo que defienda el gobernador McDougal y otra lo que acepte el presidente Fillmore. —El primero era demócrata, y el segundo, *whig* o conservador. —Se dirigió a Ebenezer—: Usted es del norte, como yo. ¿Qué opina?

—Como dice mi hija, después de tantos años aquí, pienso como un ranchero del sur, pero creo que las divisiones debilitan.

—Cientos de montañas, desierto y praderas nos separan del resto de Estados Unidos —dijo entonces el dueño de un rancho importante—. Aquí están construyendo su hogar gentes de todo el mundo. ¡Nos iría mucho mejor si fuéramos una república independiente! ¡La república del Pacífico!

Dos más aplaudieron su propuesta, a los que se sumó Hippolyte:

—A mí no me parece mala idea. Decidiríamos nuestro propio futuro. La capital Washington queda muy lejos.

Ebenezer los miró con asombro, sobre todo al francés, que hablaba de esta tierra como si ya tuviera derecho sobre ella.

—¿Cómo se os ocurre? ¿Y volver a empezar de nuevo con los expedientes de las concesiones de tierras? Solo por eso, más nos vale que esta majadería no coja fuerza. —Se rellenó el vaso—. Centrémonos en la realidad. ¿Cuántos de los que estamos aquí votaríamos por la división a favor del sur?

La mayoría de los rancheros alzaron sus manos. Siguió un acalorado debate en el que estos mismos trataron de convencer a los renuentes —Ebenezer, Thayer y el resto de los rancheros— y a los que no opinaban sobre el tema, que eran los extranjeros.

En medio de la algarabía, se abrió paso la voz de Festus:

—Los estados del sur apoyan la esclavitud... ¿Qué pasaría conmigo?

Un silencio incómodo siguió a sus palabras.

California era un estado libre en el que, paradójicamente, regían leyes esclavistas como resultado de una política que había intentado complacer a todos en un tema espinoso que dividía tanto a demócratas como a *whigs.* Las aplicasen o no, según la moralidad de cada cual, las leyes obligaban a devolver a los esclavos fugitivos a sus dueños, como bien sabía Festus, que había sido apresado en San Francisco. Pero no solo eso: todo negro capturado podía ser considerado un esclavo fugitivo si un blanco lo reclamaba como suyo, y el testimonio del negro no valía nada, ni tenía posibilidad legal de demostrar que ni era un esclavo huido ni conocía al blanco que argüía ser su propietario. Si se dividía el estado en norte y sur, cada parte se alinearía con estados similares. Los norteños parecían más dispuestos a eludir esas leyes que los del sur. Festus vivía más o menos tranquilo en la casa de Maxiwo, pero su futuro dependía del lado de la línea en la que quedase San Luis Obispo si el estado optaba por la división. Qué terrible resultaba vivir siempre preocupado por las decisiones de quienes ostentaban el poder.

Thayer rompió el silencio.

—Esa es otra buena razón por la que no puedo alzar mi mano a favor del sur.

—Opino lo mismo —dijo Ebenezer, consciente de que aquello le supondría nuevas enemistades.

Algunos de los rancheros asintieron con la cabeza; quienes no querían manifestarse abiertamente utilizaron la excusa de que se estaba haciendo tarde para hacer señas a sus esposas de que se tenían que marchar. Algunos se habían desplazado desde lejos y no querían viajar de noche.

Lorién y Cynthia despidieron a los invitados en el exterior del hotel, donde ellos pernoctarían. Cuando ya no quedó nadie, cogidos del brazo, dieron un pequeño paseo por los alrededores. Una ligera y deliciosa brisa refrescaba el ambiente. Lorién le contó a Cynthia la conversación de los hombres y concluyó con una reflexión:

—¿Cuántos estábamos? ¿Diez o doce? Pues parecía un gallinero, con tantas opiniones. No sé cómo explicártelo, Cynthia, pero me he acordado de aquellos días en Rich Bar. Había una aparente calma, cada uno iba a lo suyo, hasta que, poco a poco, como la carcoma que roe la madera, se crearon bandos, se soltaron soflamas y se rompió la paz. No sé cómo empieza todo, pero siempre hay quienes envenenan y siembran la discordia por sus propios intereses.

—A mí tampoco me gusta lo que está pasando, pero no hablemos más de problemas, discusiones y decisiones. —Le guiñó un ojo—. Retomaremos las conversaciones políticas cuando nos hayamos convertido en un matrimonio aburrido.

Lorién sonrió y le dijo, antes de inclinarse para besarla:

—Puede que entonces el mundo haya cambiado por completo.

En ese preciso instante, una carreta que se detenía ante la puerta del hotel llamó la atención de ambos. Con cierto esfuerzo debido a su avanzado embarazo, Violet se bajó y dio unos pasos para desentumecer los músculos.

Enseguida salió su hermana, subieron a la carreta y se pusieron en marcha.

Al pasar cerca, las miradas de Violet y Cynthia se cruzaron.

Cynthia se percató de que ambas hicieron a la vez un gesto instintivo y posesivo: ella agarró con más fuerza el brazo de Lorién y Violet se acarició el vientre.

Le vino a la cabeza un dicho nativo que había oído una vez cuando era adolescente: «Que mis enemigos sean fuertes y bravos para que no sienta remordimientos al derrotarlos». Se había convertido en uno de sus lemas: luchar para ganar. Lo había aplicado en todas las causas que había considerado que debía defender, ya fueran del rancho o de su propia manera de vivir. Violet había sido también el foco de su animadversión. Y había demostrado ser tan fuerte y brava como ella. De pronto, sintió que eran afines. Como ella, Violet pelearía con uñas y dientes por el futuro de sus descendientes ahí, en el valle de San Luis Obispo.

Pensó entonces, sorprendida por ceder súbitamente al sentimentalismo, que tal vez tuviera más sentido entre luchadoras como ellas hablar de unión y no de derrota.

Sin duda, habría de producir más regocijo la ilusión que el remordimiento.

55

Ya fuera por algún aspecto misterioso y desconocido del amor, pensaba Cynthia con frecuencia, o por la voluntad de Dios, o por la naturaleza que regía las estaciones y los ciclos de la vida de personas y animales, el tiempo había elegido la primera noche que Lorién y ella compartieron dormitorio en la vivienda principal del rancho Catalina para acelerar su ritmo. Desde entonces, las semanas y los meses se le pasaban volando.

Como cualquier habitante del condado, Cynthia dividía las novedades en dos grupos: aquellas que sorprendían puntualmente y se agotaban como tema de conversación en días —la apertura de una oficina de correos, una escuela y una iglesia protestante; la llegada de un doctor, un abogado o un juez; la elección de un senador; el matrimonio de Hippolyte y Ponciana; o el nacimiento, en 1852, del hijo de Maxiwo y Festus— y aquellas que se reactivaban cada tanto y se recibían con mayor o menor preocupación o entusiasmo hasta que volvían a su estado latente, como si fueran una enfermedad crónica, con alguna variación.

Las tediosas reuniones con los comisionados gubernamentales por el asunto de la reclamación de las tierras continuaron en 1852, con la novedad de que, en agosto, la misma comisión se reunió en la sede judicial de Los Ángeles, para evitar que los del sur, bastante calientes con el tema de la división del estado, tuvieran que desplazarse hasta San Francisco. El ánimo de Ebenezer se calmó cuando por fin vio el sello oficial estadounidense estampado sobre sus antiguos documentos. Sucedió el mismo día que Thayer obtuvo su validación y ambas familias lo celebraron con una cena en la que Marot anunció que estaba embarazada.

Continuaron también los ataques de indígenas, con dudas de si venían instigados por los nativos californios para librarse de los americanos, algo que le confirmaba a Cynthia que no había sido la única en contemplar esa posibilidad cuando se reunió con Juárez, de los chowchilla. Como le decía Lorién, a quien había terminado contándole su aventura, tal vez sus palabras hubieran influido más de lo que pensaba. Lo que Cynthia tenía claro era que nunca olvidaría la enseñanza del jefe indio: había que preocuparse por el día a día y saber medir las fuerzas de las batallas que uno estaba dispuesto a librar en un mundo imprevisible y cambiante.

Los partidos políticos comenzaron a prometer alivio a los colonos usurpadores; la presencia de grupos y familias como la de Violet, que se había casado con uno de sus cuñados, se convirtió en algo acostumbrado. Que, además, en 1853 una cuadrilla diera muerte al cabecilla de la banda de los Joaquines, un tal Murrieta —heroico vengador de los abusos de los colonos para los mexicanos y villano para los estadounidenses—, contribuyó a que la identidad de los oriundos de California se fuera diluyendo. Para que quedase claro quién mandaba ahora en esas tierras, la cabeza de Murrieta fue exhibida por todo el estado en un frasco de alcohol a un dólar la entrada. Como Cynthia le repetía a Lorién, la vida era injusta, porque muchos dejaban de ser mexicanos por ley, pero tampoco eran aceptados como estadounidenses. En esas circunstancias, al ser medio estadounidense, ella contaría con el favor de los nuevos habitantes del estado, siempre y cuando las cosas no se complicaran más con el asunto de la propuesta de división entre norte y sur, o con la inopinada petición de una división en tres estados que se llamarían Colorado, California y Shasta, o con el deseo de algunos de convertirse en una república independiente.

Ninguna táctica conseguía que alguna de las propuestas de división se convirtiera en ley, aunque una llegó hasta el Congreso en 1860. Con muchos más votos de los dos tercios requeridos, el gobernador demócrata Latham pudo pedir al presidente demócrata Buchanan que el Congreso sancionara la división del estado de California al sur de San Luis Obispo como el territorio de Colorado. Nada se supo en todo ese año en el que los políticos andaban ocupados con las elecciones nacionales, que ganó el republicano Abraham Lincoln, y preocupados por los siete estados del sur —Carolina del Sur, Misisipi, Florida, Alabama, Georgia, Luisiana y Texas—, que entre diciembre de 1860 y febrero de 1861 se escindieron para crear los Estados Confederados de América, con su propio presidente, Jefferson Davis.

Aunque públicamente Ebenezer hablaba cada vez menos de política, en familia reconoció que no veía con malos ojos al nuevo gobernador, Leland Stanford, del partido republicano, dominante en el norte, que aglutinaba a descontentos demócratas, a antiguos votantes del desaparecido *whig*, a abolicionistas de la esclavitud y a proteccionistas a favor de fuertes aranceles que protegieran los productos nacionales frente a los competidores extranjeros. Aunque coincidía con el partido demócrata, el más popular en los estados del sur, en la firme defensa de los derechos de los estados frente al Gobierno de la nación, no admitía ni comprendía la esclavitud. En términos generales, decía, se sentía desencantado porque un votante como él tuviera que elegir entre opciones imperfectas e irremediablemente enfrentadas.

A comienzos de la primavera de 1861, Ebenezer cayó enfermo de tifus o de alguna infección intestinal similar, según el médico. Al quinto día de estar en cama, quiso despedirse de su familia. Con gran esfuerzo, consiguió transmitirles su pena por no tener nietos y por abandonar a su mujer y a su hija ante la amenaza de una guerra inminente. Le arrancó a Lorién la promesa de que cuidaría de ellas y murió en paz de lo que el médico finalmente certificó como debilidad general. La rapidez con la que sucedió todo dejó a Cynthia desconsolada. Lloró durante semanas en las que no quiso hablar con nadie, ni siquiera con Lorién. Se levantaba por las mañanas, desaparecía con su caballo y con Terco por las colinas cercanas y las praderas rebosantes de amapolas y regresaba al anochecer. Comenzó a reconciliarse con la existencia cuando, en abril, se supo por la prensa que había estallado la guerra entre el norte y el sur. Entre entonces y junio, cuatro estados más —Virginia, Arkansas, Tennessee y Carolina del Norte— se sumaron a la Confederación.

El país estaba en guerra, pensaba Cynthia, enfadada con Dios por la muerte de su padre, por no tener hijos, por lo rápido que se le habían pasado esos diez años de matrimonio junto a Lorién, por la tristeza de su madre, por la tragedia que supondría la guerra en muchos hogares.

El estado de California quedaba lejos, pero bastaba con olfatear el ambiente para concluir que el odio entre los dos bandos afectaría a sus habitantes.

También a los del tranquilo condado de San Luis Obispo. Como si las serpientes gigantes que sujetaban la tierra bajo sus pies se movieran, según la creencia de los chumash, no para provocar un terremoto ocasional, sino una conmoción irreversible.

Lorién actualizó el cuaderno de cuentas con los últimos ingresos y gastos y dedujo, satisfecho, que el rancho Catalina prosperaba. Había tenido razón al ampliar la cabaña ovina: a pesar de la creciente competencia, las ovejas aguantaban mejor las oscilaciones de los precios de mercado que las reses. Los cálidos veranos y los inviernos templados favorecían su cría. Se hacían tan grandes en dos años como las de tres en Pasolobino; tenían tendencia a los partos múltiples, morían menos en los partos y las enfermedades eran menos virulentas allí. En épocas de sequía, como la que padecía ahora el valle, eran resistentes. Cuando escaseaba la hierba para las reses, las ovejas ramoneaban sin problemas. Para su tranquilidad, seguía habiendo mucha demanda de carne en el norte y, apenas unos meses después del comienzo de la guerra, había aumentado la venta de lana. Quienes no le habían hecho caso habían tenido que vender sus ranchos en unidades más pequeñas a inmigrantes de otros estados que se dedicaban sobre todo a la agricultura. Las granjas comenzaban a salpicar el paisaje entre campos de trigo, maíz, cebada y patatas, y algún que otro viñedo, como el de Hippolyte.

Se frotó los ojos y miró a través de la ventana del despacho, al que Cynthia casi no entraba porque le dolía ver las pertenencias y la letra de su padre en los documentos, y porque prefería la actividad al papeleo, que había delegado en él. Su corazón se agitó al reconocerla, con la misma alegría de los primeros tiempos de su enamoramiento. Estaba sentada en un banco de madera en medio de un círculo de manzanos, con Terco tumbado a sus pies. Alternaba la lectura de la prensa con la observación meditativa del paisaje embellecido por los colores terrosos de los campos sembrados de cebada y trigo, y los ocres que se extendían hasta toparse con el verde oscuro de los árboles de hoja perenne.

Cerró el cuaderno y salió al exterior para reunirse con ella. La luz otoñal era cada día menos intensa, pues estaban a finales de noviembre, pero la temperatura del atardecer seguía siendo agradable. La saludó para no asustarla antes de ponerle las manos sobre los hombros y acariciarle suavemente el cuello con los pulgares. Terco levantó la cabeza, le dedicó un ladrido y retomó su siesta.

—¿En qué piensas?

Con los ojos cerrados, Cynthia apoyó la cabeza en el vientre de él y tardó en hablar, como si quisiera alargar ese momento íntimo o no se atreviera a responder:

—Elegiste a la mujer equivocada. Salvo que Marot haya mentido todo el tiempo sobre la paternidad de Silván, está claro que la culpa es mía.

Lorién comprendió que la herida de Cynthia era más grande de lo que había supuesto. Marot acababa de dar a luz a otro niño, el cuarto en diez años. Hippolyte y Ponciana tenían un niño y una niña. El hijo de Festus y Maxiwo crecía fuerte y sano. Las vidas de los más cercanos, excepto la de ellos y la de Sandor, que seguía soltero y entregado a su trabajo, estaban dedicadas a la crianza de los descendientes. Y en su lecho de muerte, Ebenezer había lamentado no tener nietos. Odiaba que Cynthia se sintiera culpable. Se sentó junto a ella y la cogió de la mano.

—Me quedé con la que amo. No me gusta que digas que me equivoqué. Lo de los hijos es cosa de la naturaleza.

Cynthia señaló con la mano libre el inmenso espacio ante ellos.

—¿Para quién quedará todo esto? Tanto esfuerzo para

nada. —Soltó un bufido de frustración—. Ya hablo como mi madre.

Lorién apretó los labios. Que Catalina se hubiera convertido en una mujer quejicosa tras la muerte de su marido no ayudaba a que el ánimo de Cynthia mejorara.

—Tal vez debamos retomar el asunto del viaje a Pasolobino —dijo con voz suave. Lo habían pospuesto porque ella no quería arriesgarse a quedarse embarazada en medio de un viaje tan largo y pesado—. Los cambios sientan bien.

—No sé si es muy seguro ahora moverse. Ya sé que la guerra está lejos, pero tengo la sensación de que la gente está buscando una excusa para enfrentarse abiertamente. —Cynthia señaló los periódicos que les había traído Thayer de sus últimos viajes a San Francisco y Los Ángeles, a donde iba con cierta frecuencia por sus negocios inmobiliarios, que compaginaba con el rancho. Eran el *San Francisco Herald*, el *Standard* de Sacramento, la *Gazette* del condado de Alameda, el *Los Angeles Star* y el *Democrat* de Sonora—. En todos se habla favorablemente de la noticia de la independencia de California, ahora como una confederación de estados del oeste que formaría la República del Pacífico que incluiría California, Oregón, Nuevo México, Washington y Utah. El país en guerra y nosotros pidiendo la independencia. ¿Qué haremos? ¿Tomar las armas también para conseguirlo? ¡Es una locura! Traer hijos al mundo para que mueran en una guerra. ¡Casi es mejor no tener, para no sufrir por ellos!

Lorién tomó como buena señal que Cynthia, a pesar de su pena, volviera a interesarse de manera apasionada por los asuntos de su tierra. Aun después de doce años en California, tanto él como sus amigos seguían las noticias con curiosidad y preocupación, pero también con cierto distanciamiento que él se esforzaba en ocultar para que Cynthia no dudara de su inquebrantable vínculo con ella.

—Silván es muy joven todavía y de momento aquí no están reclutando a nadie —comentó con naturalidad.

Ella lo miró a los ojos, súbitamente mortificada al darse cuenta de que había obviado que Lorién sí tenía un hijo por el que sufrir.

—Perdóname, por favor. Sabes cuánto quiero a Silván.

Lorién le apretó la mano a la par que asentía con la cabeza.

—Cada vez va a ser más difícil mantenernos al margen o guardar silencio, como quería tu padre, o yo mismo. De ahora en adelante, nuestras relaciones se verán afectadas por la postura que tomemos. Sandor me cuenta que las peleas son frecuentes en la taberna. Norte, sur o independencia; unión, confederación o república del Pacífico. Mi opinión coincide con la de Thayer: creo que deberíamos apoyar a la Unión. No me siento identificado con la confederación y no creo que seiscientas mil personas podamos asumir la defensa de mil quinientas millas de costa si fuéramos una república.

Cynthia asintió para expresar su conformidad.

—Tienes razón —dijo—. Vayámonos a Pasolobino. Ponciana quiere ir con su marido a San Francisco de compras. Necesitaré ropa de invierno para sobrevivir en tu tierra.

—¿Y esto a qué viene? —preguntó él, sorprendido por el súbito cambio de opinión.

—Has hablado como si ya pertenecieras a este lugar. De hecho, me has recordado a mi padre. Tú, que detestas las discusiones, que nunca viste bien mis deseos de venganza, que te costaba comprender mi empeño en echar a Violet, ahora hablas de elegir bando. Debo sacarte de aquí para que tu corazón no se contamine con una guerra que no es la tuya. Me has dedicado los mejores años de tu vida.

También a esta tierra. Deja que te corresponda. Aunque no tenga hijos a quienes hablarles de Pasolobino, quiero conocerlo para que también forme parte de mí.

Conmovido, Lorién la besó.

Oyeron entonces el ruido de los cascos de un caballo que se acercaba a toda velocidad y reconocieron enseguida al intrépido jinete.

Era Silván.

Como siempre que aparecía por sorpresa, Cynthia lo recibió con el mismo placer que si fuera un soplo de aire fresco en un día de insoportable calor. Terco se desperezó y comenzó a agitar el rabo con rapidez mientras soltaba algún aullido de alegría.

Aunque Silván solo tenía doce años, parecía mayor. Era alto, de cabello ondulado y oscuro, como su padre, con la piel tostada por los días al aire libre; de Marot había heredado la delicadeza en los gestos y la expresión risueña. Lo que ignoraban sus progenitores era la procedencia de ese ímpetu con el que era capaz de montar el caballo más rebelde, manejar el lazo con las reses, o enfrentarse a cualquier adulto que le llevara la contraria o le hablara como a un niño. A veces, Lorién pensaba que había heredado parte del carácter de Cynthia, tal vez por todas las horas que ella le había dedicado para que aprendiera a montar y a entender la vida de un ranchero.

Silván detuvo el caballo a un par de pasos de la pareja, saltó con agilidad de la silla, desató un fardo que tiró al suelo, acarició un buen rato a Terco y por fin se cruzó de brazos ante ellos en actitud desafiante.

—Me vengo a vivir con vosotros. No soporto a Thayer.

Lorién reprimió una sonrisa. No era la primera vez que Silván pedía quedarse en el rancho Catalina, donde se sentía más libre y donde, decía, no tenía que aguantar a sus hermanos pequeños; y precisamente para que creciera junto a estos, tanto Marot como él se habían negado. Se puso en pie y le palmeó el hombro.

—¿Qué pasa con Thayer?

—No le gustan mis amigos. No le gusta lo que digo.

—Sé más explícito.

Silván se ruborizó ligeramente.

—Dije que había oído que Abraham Lincoln era un usurpador y Jefferson Davis un verdadero patriota.

Cynthia y Lorién intercambiaron una rápida mirada.

—¿Lo has oído o es lo que piensas? —preguntó Lorién.

El chico se encogió de hombros para no responder de manera clara.

—Entiendo que Thayer se enfadara —añadió Lorién—. Por un comentario así, pueden arrestar a alguien.

—¿Y la libertad para decir lo que uno quiera?

Lorién se estaba empezando a irritar. Tal vez las amistades de Silván no fueran las adecuadas; aunque, que él supiera, solía andar con los hijos de rancheros cercanos. Eso sí: rancheros favorables a las ideas del sur.

—Estamos en guerra, por si no te has enterado —le advirtió, con ironía—. Es ahora cuando más debes medir tus palabras.

—Lo sé. —Instintivamente, Silván se llevó la mano al puñal que llevaba en el cinturón. Lorién no recordaba habérselo visto y se fijó en que un círculo dorado adornaba la empuñadura—. Pero también tengo preguntas y Thayer no me da respuestas. Para él solo existe la verdad de la Unión.

Antes de que Lorién admitiera que coincidía con Thayer, Cynthia se apresuró a intervenir:

—Avisaremos a tu madre de que te quedarás unos días para ayudar con las ovejas. —Se levantó del banco, cogió el fardo del suelo y se lo entregó con una sonrisa—. Lleva el caballo al establo y luego dile a la cocinera que estás aquí para que prepare más cena.

Esperó a perderlo de vista para dirigirse a Lorién:

—Tienes treinta y tres años, Lorién. No puedes haberte olvidado ya de tu adolescencia.

—¿A qué viene eso?

—Silván ha acudido a ti en busca de refugio y tú le hablas como si fueras el enemigo.

—No quiero que ningún simpatizante de la confederación o ningún secesionista o ningún conspirador le meta en la cabeza ideas equivocadas. Habíamos quedado en que apoyaríamos al norte. Espero que, por su bien, mi hijo me haga caso.

Cynthia abrió los ojos, sorprendida por la vehemencia de Lorién. Estiró la espalda y lo señaló con el índice.

—Y yo espero que no me contradigas ni me sueltes un sermón cuando Silván y yo hablemos, de ranchero a ranchero, con total franqueza, de lo que nos dé la gana. Igual que tú encontraste tu camino, él deberá encontrar el suyo, a su manera.

56

Silván se quedó en el rancho hasta poco antes de Navidad, cuando Marot lo reclamó para que celebrara esos días con sus hermanos.

Aunque en cualquier momento aparecería de nuevo por ahí, Cynthia lo despidió con tristeza, porque el silencio y la soledad volverían a apoderarse de la casa. Serían las primeras fiestas navideñas sin Ebenezer. Catalina había declinado las invitaciones de Marot y Maxiwo de juntarse algún día y ella no dejaría a su madre sola. Afortunadamente, Lorién era buen compañero en cualquier circunstancia. Al finalizar la jornada de trabajo, darían algún paseo, jugarían a las cartas o dedicarían tiempo a la lectura, una afición que ambos compartían.

En cuanto llegó el año nuevo, Cynthia puso en marcha la organización del viaje a Pasolobino. Tenía una sorpresa para Lorién: había conseguido convencer a Silván de que los acompañase para conocer mundo y —eso no se lo había dicho al chico— alejarlo de las malas influencias que encontraban acomodo en su todavía maleable personalidad. Se lo contaría a Lorién cuando ella regresara de San Francisco. Iba a aprovechar el viaje con Hippolyte y Ponciana para, además de comprar ropa de invierno y regalos para la familia española de Lorién, adquirir los tres billetes de barco. Era la forma más segura de desplazarse por culpa de la guerra; aun en caso de paz, no volvería a pasar meses en un carromato. Si partían en primavera, podrían celebrar las siguientes Navidades en esas montañas del Pirineo que le parecía que conocía bien gracias a las descripciones de su marido. Se emocionaba solo de pensar en el reencuentro entre los hermanos después de tantos años. Y se daba cuenta de lo buena que había sido la idea de ese viaje: estaba tan ocupada e ilusionada que no pensaba en cosas negativas. Hasta su madre había aceptado encantada que Maxiwo, Festus y el niño se mudaran al rancho durante su ausencia para que no estuviera sola. Lo tenía todo pensado.

Cynthia acarició la cabeza de Terco, que también parecía haberse contagiado de la ilusión por una aventura en la que él mismo participaría.

—Puedo estar sin ti unos días, pero no unos meses —le susurró, segura de que la entendía—. Vendrás a España conmigo. —De ninguna de las maneras se separaría de él durante tanto tiempo.

Al amanecer del día de mediados de enero elegido para tomar el vapor a San Francisco, Cynthia, Ponciana y sus respectivos esposos se reunieron en el hotel de Sandor. Allí se encontraron con Marot y Thayer, para sorpresa de Cynthia. Animada por Ponciana, que le había contado el plan, Marot se había decidido en el último instante y había hecho caso a su marido, que la había convencido de que necesitaba descansar de tanto niño y que había contratado no a una, sino a dos mujeres del pueblo para que se fuera tranquila unos días. Tras la sorpresa inicial, Cynthia pensó que sería más divertido para ella no viajar a solas con un matrimonio.

Thayer se desplazó en su propio caballo, e Hippolyte llevó a las mujeres en la carreta, que luego conduciría de vuelta Lorién, hasta el fondeadero en el que los hombres habían desembarcado la primera vez que llegaron a San Luis Obispo. El escenario era el mismo, pero había aumentado el número de barcos y la frecuencia con la que estos partían tanto al norte como al sur.

—Me arrepiento de no acompañarte. —A Lorién le costaba despedirse de su esposa—. No nos hemos separado desde que nos casamos. Y me preocupa la guerra. —Hacía un mes, los confederados habían capturado Albuquerque y Santa Fe en su avance hacia California.

—Solo será una semana. Ningún ejército llegará aquí en ese tiempo. —Cynthia le dedicó un guiño pícaro—. Piensa en el reencuentro.

—Tengo que dejar todo organizado antes de ir a España... Debo darles muchas instrucciones a Festus, Petronillo y Ulpiano.

—Mejor eso que ir de compras con nosotras. —Cynthia alzó la vista al cielo—. Pobre Hippolyte...

Lorién se rio. Sin importarle la gente que los rodeaba, la estrechó entre sus brazos con fuerza y le susurró:

—Contaré las horas hasta que vuelvas.

—Yo no sé si tendré tiempo —bromeó ella, aunque enseguida recuperó un tono serio y lo miró a los ojos—: Yo también. Te quiero, amor mío.

Lorién le depositó un ligero beso en los labios y la dejó ir. Observó la agilidad con la que atravesaba la pasarela para acceder al barco, cómo se arrebujaba en el rebozo de lana para protegerse del frío matinal, cómo se ubicaba en la cubierta para poder dedicarle una sonrisa y un saludo tras otro con la mano, cómo la suave brisa hacía bailar algún mechón sobre sus mejillas sonrojadas.

Aún no se había marchado y Lorién sintió que ya echaba de menos el sonido de su voz y su risa. La viva expresión de su mirada. La delicada firmeza de los gestos de sus manos. Su caminar resuelto.

Permaneció en el muelle hasta que el barco desapareció de su vista y dejó entonces escapar un suspiro. Se sonrió al percatarse de que Thayer también seguía allí, con una expresión parecida. Cualquiera que los viese pensaría que eran unos tontos enamorados. Él, desde luego, lo era. Amaba a Cynthia más de lo que jamás pensó que pudiera amar a alguien.

Una semana pasaba pronto, se consoló.

Se despidió de Thayer, regresó al pueblo con la carreta de Hippolyte y entró a ver a Sandor.

—¿Y esa cara? —le preguntó su amigo mientras le servía un café—. ¿Quieres que le eche un chorrito de ron? —Lorién negó con la cabeza—. Hippolyte las acompaña y todos conocen la ciudad.

—¿Sabes, Sandor? Te echaré de menos cuando me vaya a España. Estaré fuera un par de años. ¿Has pensado alguna vez en regresar?

—Lo he pensado, pero no quiero. Aquí estoy bien.

—Nunca hablas de tu familia. Solo supimos de aquel tío de Nueva Orleans.

Sandor añadió licor a su café.

—¿Recuerdas cómo trató a Festus? Pues algo parecido hacía mi padre con sus hijos. Solo nos quería para trabajar como burros y nuestra opinión nunca contaba. Yo era el pequeño de cuatro, como os dije. Me llevaba unos cuantos años con mis hermanos, que algo me defendían, pero no demasiado, bastante tenían con lo suyo. Cuando el anterior a mí se casó y me vi solo, decidí escapar. No tengo ningún interés en retomar relaciones.

Lorién asintió, comprensivo.

—Entonces no querrás que les lleve algún encargo de tu parte —bromeó.

Sandor se rio con ganas.

—¡Ni que sepan dónde vivo! ¡A ver si me van a pedir

dinero! —Rellenó las tazas—. Si no tengo hijos, dejaré mis cosas a los de Hippolyte y Festus. Ellos son ahora mi familia. Bueno, y tú, pero Silván ya recibirá de un lado y de otro, ya me entiendes.

—Todavía eres joven. Podrías encontrar a alguien...

Sandor lo interrumpió.

—No es solo por el recuerdo de Valeria, Lorién, aunque lo creáis. Me he acostumbrado a vivir a mi manera y estoy bien. Este negocio es muy entretenido y rentable. Confío en que la guerra no llegue hasta aquí y, si así fuera, siempre se necesitan cocineros y alojamientos. Nunca me faltará de nada. Es mucho más de lo que ambicionaba cuando era un chaval.

Lorién asintió.

—Más de lo que pensábamos cuando nos congelábamos de frío allá en Rich Bar.

—¿Qué te pasa que estás tan melancólico? ¡Igual a ti tampoco te apetece regresar a casa!

«Mi casa es ahora Cynthia», pensó Lorién. Y eso explicaba la desagradable sensación de que iba a estar toda una semana a la intemperie. Pero eso no se lo pensaba decir a un hombre que vivía solo.

—Claro que me apetece. Es que tengo muchas cosas en la cabeza.

—Aún nos veremos antes de que marches, Lorién, pero ya te digo que espero que no te quedes ahí. Y yo también te echaré de menos.

Una súbita ráfaga de viento abrió la puerta de golpe y los sobresaltó. Sandor se apresuró a cerrarla, pero antes se asomó al exterior y oteó el horizonte.

—Se avecina tormenta —anunció con alegría—. No irá mal, que está todo muy seco. Lo único que echo de menos de mi tierra es la abundancia de agua.

Como había predicho Sandor, esa misma tarde llovió a mares y la tierra absorbió el agua con avidez. La lluvia regaba los sembrados, terminaba con el polvo, lavaba edificios y animales y proporcionaba tiempo a los trabajadores del rancho para ordenar y limpiar establos y cobertizos.

Sin embargo, al cuarto día consecutivo de chubascos encadenados, más o menos fuertes, Lorién estaba ya harto y aburrido. No había un solo documento fuera de sitio en el despacho, la lectura no calmaba sus ganas de darse una vuelta a caballo y otra eterna velada escuchando los suspiros de Catalina se le antojaba insoportable. Pero nada podía hacer salvo esperar a que regresara Cynthia y con ella, estaba seguro, el buen tiempo.

La víspera del día en el que estaba prevista su llegada, al anochecer, cuando las laderas de cerros y colinas estaban ya saturadas de agua y los caminos se habían convertido en colchones de barro por los que resultaba difícil desplazarse a pie, a caballo o en carreta, se desató una poderosa tormenta. Desde la ventana del salón, cuando algún relámpago iluminaba la oscuridad crucificada por millones de gotas embravecidas, Lorién veía con tristeza cómo las ráfagas del viento huracanado arrancaban los frutales; con los años que costaba que un árbol creciera hasta producir frutos... Tuvo que remontarse muy atrás en el tiempo, cuando era un niño en Pasolobino, para recordar un temporal tan impactante y peligroso, tras el que costó semanas reparar los daños.

Apenas pegó ojo durante la noche, por el estruendo de la fuerte lluvia y del viento, e intrigado por lo que se encontraría al amanecer. Tenían recursos económicos suficientes para afrontar los gastos de los desperfectos y la reposición del ganado que hubiera podido morir, pero, en función de la magnitud del desastre, no sabía si habría tiempo de dejarlo todo arreglado antes del viaje a Pasolobino.

Como si nada hubiera pasado, con la timidez de un niño que espera la reprimenda por su travesura, los primeros rayos del sol anunciaron un día tranquilo sobre el rancho, convertido en un destartalado campamento de maderas sueltas, astillas, ramas, hojas, charcos y regueros, como pudo comprobar Lorién en cuanto salió al porche. Se propuso empezar a recomponer el desolador escenario antes de que llegara Cynthia. Se alegró de que la tormenta hubiera pasado ya, porque así su viaje de vuelta sería tranquilo. Hasta donde alcanzaba la vista, en todas las direcciones, el cielo estaba limpio de nubes.

Mientras los otros hombres del rancho se encargaban de lo demás, él se dedicó a adecentar la parte delantera de la casa. A media mañana, satisfecho por el resultado, se sentó en el banco del porche. Divisó entonces una figura que se acercaba a caballo y descendió unos peldaños. Al poco, Thayer desmontó junto a él con lentitud, como si estuviese dolorido y le costase moverse. Lorién se fijó en que sus ropas estaban sucias y empapadas.

—Me imagino que el rancho Marot estará igual. —Cynthia había acertado en el cambio de nombre.

—Un desastre —murmuró Thayer.

Lorién nunca lo había visto tan abatido. Con los hombros ligeramente encorvados, mantenía la vista en el suelo.

—Cuenta con mi ayuda —le dijo—. Deberías cambiarte de ropa y tomar algo caliente. Solo faltaría que enfermaras.

—Gracias. Estoy bien así. —Thayer se quitó el sombrero—. Tenemos que hablar.

Lorién pensó en Silván.

—¿Se ha metido en algún lío el chico? —Las ropas mojadas de Thayer... Lorién se alarmó—. ¿Lo estás buscando? ¿Acaso se le ocurrió salir ayer? ¡Aquí no está!

Thayer negó con la cabeza. Descansó un pie en un escalón, como si necesitase apoyo para no perder el equilibrio, y se pasó una mano por la cara, como si quisiera arrancarse una telaraña invisible.

—No es eso. Las mujeres... Iban a... —No lograba articular una frase coherente.

Lorién estaba empezando a ponerse muy nervioso.

—Supongo que habrán retrasado el viaje de vuelta.

Thayer volvió a negar con la cabeza.

—Lo adelantaron. —Respiró muy hondo y lo miró a los ojos—: Cynthia ha muerto.

Lorién le aguantó la mirada sin parpadear. De repente no era un hombre hecho de carne. Los pequeños músculos faciales no eran capaces de producir el menor movimiento. Era una roca. Un ser inerte.

Thayer esperó unos minutos que le resultaron insoportables, agónicos, y le apoyó la mano en el hombro. Como si le hubiera impactado un rayo, Lorién se apartó de golpe. Thayer supo que tenía que abrirse camino en su mente como fuera. Tenía que explicarle lo que había pasado para que fuese asimilándolo.

—Terminaron las compras y los encargos antes de lo previsto. Decidieron regresar ayer. El vapor no pudo acercarse a la orilla por las altas olas. La tormenta se avecinaba y había que decidir. Unos se arriesgaron a subirse a un bote y otros a quedarse en el barco. Marot, Hippolyte y Ponciana le insistieron para que se quedara con ellos, pero Cynthia quería darte una sorpresa. No hubo forma de convencerla. El bote se dio la vuelta y...

—¿Cómo lo sabes? —preguntó Lorién, y su tono sonó al gruñido de un perro rabioso.

—Al amanecer, el barco llegó al muelle. Desde el hotel de Sandor, Marot me mandó aviso. Me contó lo sucedido...

—¿Cómo sabes que está muerta? —lo interrumpió Lorién—. Cynthia sabe nadar y no tiene miedo al agua.

—Agresivo, fue aumentando el tono de voz—. ¿Qué distancia habría del bote a la playa? Poca para ella, seguro.

—He ayudado a recuperar los cuerpos. Cuatro de los seis que se subieron al bote.

—¿Has visto el suyo?

Thayer suspiró.

—Todavía no ha aparecido.

Con una sonrisa enloquecida, Lorién gritó:

—¡Cynthia no está muerta! ¿Me escuchas? ¡No está muerta! —Lo habría sentido. Le habría explotado el corazón en el preciso instante en que ella hubiera exhalado su último aliento—. ¡Estará en algún recodo, playa abajo, esperando, sola, que vaya a por ella! —Llamó a gritos a Ulpiano y a Petronillo—. ¡Ensilladme el caballo! ¡No hay tiempo que perder!

Alertada por los gritos, apareció Catalina.

—¿Qué sucede? —preguntó.

—¡Cynthia ha tenido un accidente! —Lorién le arrancó las riendas de la mano a Petronillo y partió al galope.

Thayer miró a Catalina con una honda tristeza y optó por mantenerla en la incertidumbre un poco más, para que fuera haciéndose a la idea. Ya se enteraría. Él era el único lo bastante fuerte como para darle esa terrible noticia a Lorién, pero se sentía incapaz de enfrentarse a una madre que había perdido a toda su familia. Además, ahora no podía abandonar a Lorién.

Montó en su caballo y partió tras él.

La energía que movió los miembros de Lorién durante los dos días siguientes, que mantuvo viva en su mente la obsesión y en su corazón la necesidad de encontrar a Cynthia, desapareció cuando el mar escupió su cuerpo.

Que quería llegar antes para darle una sorpresa, se

repetía Lorién, incapaz de pensar, no ya con un mínimo de claridad, sino simplemente para arrastrarse por el desierto en el que para él se había convertido el rancho, el pueblo, el condado, el estado y el mundo sin ella.

Por qué no se había esperado en San Francisco. Por un día, maldita sea, por un día.

No se enteró de quiénes eran ni qué le dijeron los que acudieron al funeral. Le irritaron los murmullos y los sollozos; rechazó la ayuda para cubrir el ataúd con tierra; pasó horas y horas ante la tumba, los ojos fijos en el nombre tallado en la lápida, no en la roca de Register Cliff, cuando la vida tenía sentido y el camino llevaba a algún lugar prometido, sino ahí, en la parte trasera del rancho, en la nada rodeada de flores, en el abismo del futuro sin ella, sin sus caricias, sus sonrisas o sus demonios.

Lorién no hablaba, no comía, no dormía. No entendía lo que le decían. No quería ver a nadie. No quería ver a Catalina. No soportaba que alguien mencionase los nombres de Marot o Ponciana. Ellas estaban vivas; Cynthia, no. Podían haberla retenido a la fuerza en el barco. Odiaría a Hippolyte el resto de su vida. Podía haberle impedido que se subiera a aquel maldito bote. No podía ni mirar a Thayer, el mensajero; que se quedara en su rancho con su feliz familia. A duras penas soportaba las visitas de Sandor o de Festus: que respetaran su silencio le molestaba tanto como que intentaran animarlo. Solo consentía que Silván merodeara cerca de él, como un indio que tanteara a un caballo salvaje, y que Terco, desorientado sin su ama, no se apartara de sus talones.

«Te quiero, amor mío». Esas habían sido sus últimas palabras.

Dejó de importarle la guerra entre el norte y sur porque él libraba mil batallas en su interior. Oía que los soldados de la columna de California habían recuperado los pueblos y fuertes ocupados por los confederados en las tierras de Arizona y Nuevo México y no sentía ni alegría ni alivio. Cada día comenzaba con un mordisco de dolor y rabia en las entrañas, en el pecho, en la garganta. Con un brío infernal, se dedicó a cuidar del rancho como ella hubiera querido. Se prometió que sería lo único que haría mientras viviera, porque jamás se movería de ahí, jamás volvería a Pasolobino. Escupía órdenes a los demás y él seguía las de la naturaleza, que dirigía los cambios de estación y los tiempos de cosechas, partos de animales y cambios de pastos. Abominó de los trinos y gorjeos de las aves y del despliegue de colores con los que la primavera, el verano y el otoño trataron de convencerle de que la vida continuaba, a pesar de todo, a pesar de él. Y deseó que Dios hubiera ubicado el alma de los hombres en el esternón para arrancársela con sus propias manos y arrojarla al infierno.

Se enfrentó al primer aniversario de la muerte de Cynthia con la sensación de que su aborrecimiento de un mundo que consentía su ausencia no se había mitigado ni un ápice.

57

Festus ató su caballo y se sentó en una piedra a pocos pasos de su amigo, que observaba absorto el paisaje primaveral, iluminado por el sol de un espléndido día, con Terco a sus pies. Desde ese cerro, la vista abarcaba todo el valle: el mar y las montañas, las casas del pueblo, las granjas y los ranchos que, minúsculos, salpicaban esa inmensidad térrea.

Pasaron varios minutos hasta que Lorién le preguntó:

—¿Cómo me has encontrado?

Festus tomó como buena señal que el otro iniciase la conversación.

—Catalina me lo dijo. Sabe que, cuando no trabajas, visitas su tumba o vienes aquí. Era el lugar favorito de Cynthia. Catalina se preocupa por ti. Todos lo hacemos.

Lorién sintió una punzada de culpabilidad. La madre de Cynthia se había encargado de que no le faltara comida caliente y ropa limpia cuando él empezó a comportarse más como un hombre que como un animal herido. Ella soportaba su silenciosa compañía sin quejas ni lamentos: la muerte de su hija había aniquilado tanto cualquier atisbo de aflicción como de contento. Se limitaba a habitar la casa como si fuera un fantasma. Al contrario que él, no había vuelto a poner un pie en el exterior tras el funeral.

—Cynthia me trajo aquí al poco de llegar. Gritamos

nuestros nombres al cielo y... —Se calló de golpe. Nadie tenía derecho a conocer esos recuerdos.

—Hemos organizado hoy un encuentro de despedida en el hotel de Sandor. Como no creo que vengas, me he acercado hasta aquí para decírtelo.

Aquello sí que captó la atención de Lorién, que se giró para mirar a Festus.

—¿Quién se va?

—Yo. Bueno, Baptiste. —Todos sus documentos legales seguían con ese nombre—. Al este. Mañana.

Lorién frunció el ceño.

—Mal momento, con la guerra. ¿Y Maxiwo y el chico?

—Un regimiento de California se va a unir al segundo de caballería de Massachusetts. Me he alistado.

—¿Por qué?

—Por mi hijo. Quiero que crezca libre y con los mismos derechos que los blancos.

—Para eso no hace falta irse tan lejos.

Festus advirtió la preocupación en el tono de voz de su amigo. Por primera vez en más de un año, algo había conseguido atravesar la barrera de su apatía. Comprendió también sus palabras. Aumentaban los voluntarios en las compañías de artillería y regimientos de caballería de la División del Pacífico. El destino de los soldados, contratados para tres años, estaba en los campos de batalla del este, en las fronteras de los territorios cercanos o en las campañas contra los indígenas insurrectos del noroeste. Pensó con desagrado en esta parte de la armada estadounidense que, con la excusa de vigilar las fronteras, apoyaba a los inmigrantes, siempre en guerra contra los nativos, cuyas tierras ambicionaban. Los indígenas morían en enfrentamientos, o de hambre en las reservas y, de ser ciertos los rumores que recogía la prensa, los blancos secuestraban a mujeres y niños para que trabajaran como esclavos en sus ranchos. Maxiwo y él habían debatido sobre la incoherencia de formar parte de un ejército que no protegía a personas como ella, pero había respetado su decisión de luchar por la libertad de los negros. Solo el tiempo diría qué le depararía el futuro a su hijo.

—No quiero pelear contra los indios ni esperar a que llegue el enemigo. Solo puedo aportar algo en los verdaderos campos de batalla.

—Lo tienes claro.

Festus asintió con convicción.

—Eres afortunado —comentó entonces Lorién.

Ahora fue Festus quien se sorprendió.

—No te comprendo.

—Podrás blandir las armas contra el enemigo para luchar por lo que crees. No hay nada que pueda satisfacer mis deseos de venganza. No puedo luchar contra Dios, mi gran enemigo.

Festus se le acercó y le puso la mano en el hombro.

—Aunque ahora no te lo parezca, volverás a sonreír, amigo mío. Espero el día en que todo esto acabe —se refería a la guerra, la esclavitud, el dolor y la separación— y recordemos los viejos tiempos sin amargura. Yo siempre contaré cómo me salvaste dos veces, de ser esclavo y de aquella cárcel. Me brindaste tu amistad y siempre has respetado mis decisiones. Te doy las gracias.

Lorién se puso en pie. Sintió que le escocían los ojos. No iría a la fiesta de despedida de Festus porque aún no se sentía preparado para enfrentarse a los vivos. Y porque no soportaría que lo vieran llorar, cuando no había sido capaz de derramar ni una lágrima por Cynthia.

Abrazó a su amigo.

Y en esos minutos en los que ambos permanecieron unidos, en silencio, conscientes de que podría ser la última vez que se vieran, Lorién sintió una punzada indefinida en el pecho, como si se le desgajara un pedacito del corazón, con la misma lentitud y asombro con que la primera gota de algún arroyo de las montañas anunciaba el deshielo.

—Ha venido Thayer —le comunicó inquieta Catalina, que se había atrevido a salir al porche, en cuanto lo vio llegar—. Estaba muy alterado.

Por un momento, Lorién temió que hubiera sucedido otra desgracia. Al ver la expresión de su rostro, se apresuró a añadir:

—Me repitió que acudieras al pueblo y lo buscaras donde el *sheriff.*

Él frunció el ceño. No había visto ninguna actividad extraña ni señales de indígenas desde el cerro, así que no se podía tratar de ningún robo; el valle le había parecido sereno. Si algo le hubiera pasado a Marot o a alguno de los niños, no habría necesidad de acudir al *sheriff.* Recordó entonces que, en alguna de sus visitas, Sandor le había contado que las peleas en la taberna eran cada vez más frecuentes por culpa de la política. Tal vez en esta ocasión su amigo hubiera intervenido... La posibilidad de que algo le hubiera pasado a Sandor lo impelió a encerrar a Terco en el cobertizo para que no lo siguiera y tomar el camino hacia el pueblo.

Era mediodía cuando ató las riendas de su caballo en un poste ante la misión, donde estaban la oficina del *sheriff* y la cárcel. Le llamó la atención el gran número de curiosos que se habían congregado por los alrededores. La pelea debía de haber sido intensa. En el largo pasillo, escuchó comentarios sueltos:

—¡Que los encierren!

—¡Mejor que los ahorquen!

—¡Aquí no queremos traidores! ¡California está con los patriotas!

Se acordó de los terribles días en el campamento minero. Nada bueno se podía esperar cuando una muchedumbre exigía represalias a gritos. En la puerta de la oficina, los ayudantes del *sheriff* William le impidieron el paso. Como estaba abierta, pudo ver a Thayer y gritó su nombre. Thayer le explicó algo al *sheriff* y este permitió que pasara. Lo recibió con una recriminación:

—Un hombre de su categoría debería saber sujetar a su hijo.

Lorién se alarmó al comprender que Silván estaba en el centro de aquel asunto.

—¿Qué ha pasado? ¿Está bien?

Thayer lo tranquilizó con un movimiento afirmativo de la cabeza.

—Lo detuvieron anoche. Hubo una reunión de los Caballeros del Círculo Dorado en un granero abandonado.

Lorién recordó la imagen grabada en la empuñadura del puñal de Silván y aquella conversación de hacía ya más de un año, cuando se marchó de casa de Thayer porque no lo soportaba. A la vez que comenzaba a entender de qué iba todo, se recriminó haber abandonado a su hijo. Desde la muerte de Cynthia apenas le había prestado atención. Los simpatizantes del sur, algunos organizados en sociedades secretas, seguían con sus actividades subversivas. No hacían mucho ruido ni promovían grandes levantamientos, pero enviaban reclutas al ejército confederado y alentaban el malestar entre los californios del sur y entre los indígenas contra los unionistas. Algún funcionario y algún demócrata habían dejado California para luchar con los confederados. Y su hijo compartía ese discurso...

—Alguien los delató —continuó Thayer—. De los adultos se encarga el ejército. Silván todavía no ha cumplido los catorce años. Está encerrado con dos o tres chicos más.

—¿Puedo verlo? —preguntó Lorién.

El *sheriff* negó con la cabeza.

—Los retendré un par de días. Que aprovechen el tiempo para reflexionar y echar de menos su casa. Así aprenderán.

Lorién iba a protestar, pero William se lo impidió con un gesto de la mano.

—Si Ebenezer levantara la cabeza, se escandalizaría de que el nombre de su rancho apareciera unido al de los subversivos. Puedo entender que los jóvenes inmaduros se dejen convencer por sus soflamas, reuniones secretas, rituales y contraseñas, pero no que entre ellos haya algún militar, abogado, reverendo o juez... —Cogió varios periódicos que había en la mesa y los nombró uno a uno—: El *Argus* y el *Democrat* de Stockton, el *Tribune* de San Juárez y el *Post* y el *Equal Rights Expositor* del condado de Tulare. —Chasqueó la lengua con desagrado—. Estos son los verdaderos culpables de que se extienda el veneno.

Con los puños apretados, Lorién se le acercó:

—Quiero asegurarme de que mi hijo está bien.

El *sheriff* esbozó una breve sonrisa condescendiente, pero fue tajante:

—Una palabra más y lo meto también entre rejas. Me consta que Thayer contribuye a recaudar fondos para la comisión de sanidad que ayuda a los soldados de la Unión. ¿Qué hace usted? ¿Inculcarle esas ideas sediciosas a su hijo? Me sería muy fácil acusarlo de traición. ¿Quiere acabar colgando de una soga?

Thayer vio que el rostro de Lorién enrojecía de ira. Para que no se le ocurriera agravar la situación, lo tomó del codo y lo arrastró fuera, donde se le encaró.

—¡Estamos en guerra, idiota! ¡No se cuestiona a la autoridad! ¡Todo lo que uno hace repercute en su familia y en sus cercanos!

Lorién reaccionó. Los músculos de su cara se relajaron y fue capaz de hablar con cierta serenidad, a pesar de su enfado.

—Te agradezco que me hayas avisado y que te hayas preocupado personalmente por Silván. Vendré yo a buscarlo. —Bajó la vista y, como si se refiriera a sí mismo, añadió, para exculpar a su hijo—: A veces, uno se encuentra en una situación que no ha deseado.

Thayer apretó los labios. Montó en su caballo y partió.

No había llegado al final de la explanada cuando volvió sobre sus pasos.

—Te puedo asegurar que Silván se lo ha buscado —le dijo a Lorién con rotundidad—. Y tú no te has dado ni cuenta.

58

—

Dos días más tarde, poco después del amanecer, Lorién ya estaba en la misión con dos caballos. Tras esperar un buen rato, comenzó a impacientarse. Dudó si preguntar por el chico, pero siguió el consejo de Thayer de no cuestionar la decisión del *sheriff* y optó por no hacerlo. Al fin y al cabo, este solo había dicho el día que soltaría a Silván, no la hora. Cabía la posibilidad de que su presencia solo sirviera para retrasar la liberación, así que se refugió en el hotel de Sandor, desde donde podía estar al tanto.

Como siempre, como si no hubiera pasado más de un año desde la última vez que había pisado el local, cuando planeaba el viaje en el que Cynthia iba a conocer Pasolobino, con el mismo tono de voz afable, Sandor le sirvió un café en una mesa junto a una de las ventanas que daban a la misión.

—Lo supe por Hippolyte, que se entera de todo lo que pasa ahí dentro, porque su viñedo linda con la huerta de la misión. Le llevé al chico algo de comida, pero no tengo claro que se la dieran.

—Gracias, Sandor. Por todo. —Lo dijo de corazón.

—No seas muy duro con él.

—Soy yo quien merece el castigo. No me he encargado de mi hijo.

—Pues no seas tampoco muy duro contigo mismo. Ya has sufrido bastante. Estás a tiempo de enmendar tu error.

Lorién meditó unos instantes con la vista fija en el café.

—Festus se ha ido. Os juntasteis anteayer para despediros de él. Me avisó, pero no vine. No pude, Sandor. Todo me supone un gran esfuerzo. —Hizo una pausa—. No quiero ni pensar que también él pueda morir.

—Se arriesga mucho, sí. —El vasco se encogió de hombros con resignación—. Es difícil pretender que todos estemos siempre juntos y en el mismo lugar. La vida cambia y nosotros con ella. —Miró por la ventana—. Ahí está Silván.

Lorién salió a toda prisa. Cuando llegó junto a su hijo, vio que estaba muy pálido y sucio y que entrecerraba los ojos por la molesta luz del sol. Sin embargo, no parecía muy abatido, porque lo primero que le dijo, a la defensiva, como si quisiera marcar el tono de la conversación o prepararse para una esperada reprimenda, fue:

—No pienso volver al rancho de Thayer.

Lorién recordó con dolorosa nostalgia el carácter impetuoso de Cynthia. Silván bien podría haber pasado por su hijo.

—Primero te llevaré con tu madre. Después, ya veremos.

Cabalgaron en silencio todo el tiempo. Nada más cruzar el cartel con el nombre del rancho, Lorién se extrañó al ver a un grupo de personas ante el porche. Su sorpresa aumentó al reconocer a Violet, a quien no había visto en años: discutía con Thayer, con Marot a su lado. Media docena de hombres armados escoltaban a Violet, y otros tantos al matrimonio; de momento, las bocas de fuego de los rifles apuntaban al suelo.

Marot se apresuró a recibir a Silván y Lorién ocupó el lugar de la mujer, con el rifle preparado también por si tocaba intervenir en la disputa. Le había molestado el tono de Thayer en su último encuentro; no obstante, algo de razón no le faltaba, y había cuidado siempre de Silván. Lo apoyaría sin dudar en cualquier situación conflictiva.

—Me alegra verte —le dijo Violet—, así me evito tener que pasar por tu rancho. —Como Lorién no abrió la boca, continuó—: Vuestras reses y ovejas invaden nuestros campos y estropean nuestras cosechas.

Lorién se encogió de hombros.

—Pues protegedlas con cercas.

—Eso mismo le acabo de decir. —Thayer parecía frustrado—. Llevo tiempo repitiéndole lo mismo.

—Y yo te repito que no podemos pagar tantas yardas de vallas. Y las barreras de ramas y matojos no son suficientes. Vigilad vosotros vuestros animales.

—El ganado se cría en espacios abiertos con acceso a agua y en verano hay que llevarlo a los pastos de la montaña —dijo Lorién—. No pienso restringir mi actividad porque tú no quieras proteger lo tuyo. Y bien que os beneficiáis de que nuestras ovejas se coman los rastrojos del trigo y os abonen los campos.

Violet movió la cabeza a ambos lados y en su rostro apareció un rictus de frustración.

—Ah, no. Vaqueros y ovejeros no sois los buenos en esta historia. —Miró a Thayer—. Tú repetías que tendríamos que acostumbrarnos a convivir en estas tierras, pero has olvidado tus buenas palabras. Pasaremos entonces a la acción. Dispararemos contra todo animal que pise un palmo de nuestras cosechas.

Thayer irguió la espalda y apoyó una mano en el revólver del cincho.

—Si pierdo una sola res, te demandaré y me la tendrás que pagar. La ley está de nuestra parte.

Violet se rio.

—La ley cambia. Solo hay que saber cómo forzar para

hacerlo. Hace unos años no pudisteis echarnos. Tenemos nuestras escrituras...

—¡Lo sé perfectamente! —gritó Thayer—. ¡Yo mismo te las di, mujer ingrata! ¡Y nosotros tenemos las nuestras!

Con tranquilidad, aunque arrogante, Violet le rebatió:

—Sí, pero se reducen a las tierras cercanas a los ranchos, no a todo el espacio libre, que pertenece a los Estados Unidos. Ahora somos más, tenemos los mismos derechos y pensamos defenderlos. Estamos encontrando muchos apoyos entre la prensa y los políticos. —Hizo un gesto a sus hombres y se prepararon para partir. Desde su caballo, miró alternativamente a uno y otro—: Quedáis advertidos.

Lorién volvió a pensar en Cynthia —si es que en algún momento dejaba de hacerlo—. Siempre había tenido razón. Cuando surgía un cambio en el cotidiano fluir de los acontecimientos, por pequeño que fuera, nada volvía a ser igual. Se ponía en marcha un mecanismo de nuevas causas con nuevos efectos. Años atrás, Thayer había resuelto el problema de los colonos con lo que él había considerado lógica y magnanimidad. Había confiado en que reinaría una convivencia pacífica, y así había sido durante un tiempo. Ahora, el número de granjeros superaba al de los rancheros. Cada agrupación de granjas levantadas cerca de los ríos se iba convirtiendo en una nueva población, con su nombre y sus dirigentes, con influencia en las leyes del estado. Cynthia siempre había tenido razón y —los compartiera o no— él había comprendido sus argumentos de una manera racional, pero no había conseguido sufrir como ella.

Miró a Thayer con idéntica lástima que la que experimentaba por él mismo. Oriundos de lugares diferentes, y más allá de los títulos de propiedad, ambos se habían convertido en auténticos rancheros en una tierra de adopción cuyas vicisitudes sufrían como propias.

Se sintió como debió de sentirse Ebenezer: cerca de la extinción. Y al dolor por la ausencia de Cynthia se sumó el de la revelación de lo que ella, como su padre, también tuvo que padecer.

Lorién aceptó la invitación para quedarse a almorzar. Su presencia podía ayudar a aplacar los ánimos de Thayer y Silván.

A media tarde, Marot le propuso que dieran un paseo, a solas.

Caminaron en silencio por el sendero que conducía al promontorio donde estaba el cementerio en el que descansaban Graciano y Evangeline. Había flores frescas en sus tumbas.

—Maxiwo viene de vez en cuando —explicó ella—. Hace años me pidió que, si moría, la enterrasen aquí, junto a su marido y su hija. Ahora creo que no lo tiene tan claro. —Sonrió brevemente—. Cómo cambia la vida. ¿Quién le iba a decir que se enamoraría y concebiría un hijo a los cuarenta? Entiendo su dilema.

—Una vez muerto, da igual todo —comentó él.

—Eso no lo sabe nadie, Lorién. —Marot se apoyó en la cerca de madera que bordeaba el cementerio y lo miró a los ojos con preocupación—. Quiero pedirte algo. Más que una petición, es una súplica. ¡Tienes que llevarte a tu hijo!

Lorién asintió, sorprendido por la intensidad del ruego, como si él se fuera a negar a que su hijo viviera en su casa. Comprendió el abismo que su actitud en los últimos meses había abierto entre él y sus seres cercanos.

—Los chicos suelen llevar la contraria a sus padres y Thayer ha sido como un padre para él. Es posible que a ambos les siente bien la separación...

—No me refiero a tu rancho.

Lorién enarcó las cejas.

—¿Entonces?

—A Pasolobino.

La primera reacción de Lorién fue de rechazo. Negó con la cabeza.

—No. —No soportaría realizar ese viaje que había planeado con Cynthia sin ella.

—Tenemos que sacarlo de aquí. Ha pasado un par de noches en la cárcel y no lo he visto arrepentido. Sus amistades... Está muy involucrado con los simpatizantes del sur. El lema que repite es que el verdadero patriotismo implica rechazar lo que mande el Gobierno desde Washington, que nadie tiene derecho a imponer su voluntad a los de California. No atiende a razones y menos si vienen de Thayer. El encierro solo le ha servido para enfadarse más. No quiero que cometa alguna tontería. El otro día preguntó a qué años podía alistarse un joven. Incluso bromeó con que parece mayor de lo que es. Vivo con el miedo de levantarme un día y descubrir que se ha sumado al ejército confederado. ¡No podría soportarlo!

—Pero a Pasolobino... —murmuró Lorién, mientras le daba la razón mentalmente a Marot y pensaba en destinos alternativos.

—Si lo llevamos a un internado en San Francisco o Los Ángeles, ¿cuánto tardaría en escaparse? —argumentó Marot, como si le hubiera leído el pensamiento—. Y tal como están las cosas, cualquier otro sitio en el este no es seguro. Tenemos que alejarlo de aquí como sea, que conozca otros lugares, que vea esto desde la distancia. Pasolobino es el hogar de sus padres y de todos sus antepasados. Lo convenceré para que lo conozca. No creo que sea difícil, porque estuvo dispuesto a viajar contigo y con Cynthia. Quiero que él herede mi casa; sus hermanos ya tendrán bastante con lo de aquí. Que haga lo que le parezca con ella; pero al menos que tenga un futuro, que no muera por una guerra que no comprendo. Me niego a resignarme a perderlo. —Hizo una pausa para observar cómo iba asimilando Lorién lo que ella veía tan claro. De la tajante negativa inicial había pasado a la cavilación—. Por favor, llévatelo. He pensado en hacerlo yo misma...

—No —la interrumpió Lorién—. Tú tienes hijos pequeños, tu vida está aquí, con Thayer. —Dejó escapar un leve suspiro antes de atreverse a sincerarse—: Siento en el alma no haberme enterado antes de tu preocupación y de los líos en los que se estaba metiendo nuestro hijo. ¿Cómo negarme a lo que pides? Tienes razón en todo lo que dices y claro que me lo llevaré a Pasolobino. —Deslizó la mirada por el cementerio. En otro parecido reposaba Cynthia. Comenzaron a escocerle los ojos—: Es solo que... —La voz se le quebró y unas lágrimas rodaron por sus mejillas—. No sé cómo voy a poder dejarla aquí...

¿Cómo soportaría estar tan lejos de la tierra que la había poseído y ahora la acunaba para la eternidad?

Lorién apoyó una mano en la cerca como si el cuerpo le pesara y con la otra se cubrió el rostro. Rompió a llorar como un niño y el pecho le tembló por los sollozos. Dejó salir el dolor guardado durante tanto tiempo; la rabiosa aflicción que lo había paralizado. Sintió que, como el hielo quebrado y vencido por la fuerza de un torrente montañoso, la furia se diluía en el llanto.

El largo rato que tardó en desahogarse y recomponerse, Marot permaneció en silencio. Tampoco pudo evitar derramar las lágrimas. Debía decidir con Lorién sobre el futuro de Silván, pero sabía que ninguna palabra podría consolarlo por la pérdida de Cynthia. Pensó que, tal vez, el viaje a Pasolobino también fuera beneficioso para él.

Lorién se incorporó y la miró, con una inmensa tristeza reflejada en el rostro, los ojos húmedos, el ceño fruncido, los labios tensos.

—Debo hacerlo —murmuró—. Por mi hijo.

Marot dejó escapar un suspiro de alivio a la par que sentía que una grieta se le abría en el corazón.

Cuánto los echaría de menos.

59

A veces, la historia se repetía, pensó Lorién al amanecer del día de su partida: ahora era Silván quien debía marcharse del que había sido su hogar para evitarse problemas. Y, a veces, el círculo de la vida no se cerraba bien: él regresaría a su pueblo natal con los bolsillos llenos, como se había prometido hacía casi quince años, pero con el corazón más roto que ilusionado.

Ante la atenta mirada de su suegra, colocó en la carreta, con el equipaje, el gancho de pastor, la última de sus pertenencias y la más importante para él, testigo y sostén de cada uno de sus días desde que se la regaló su padre.

Ya se había despedido de sus hombres, y de manera más emotiva de Ulpiano y Petronillo. Ahora trabajarían todos para Thayer.

La idea había sido de Catalina. Como si ya hubiera pensado en esa posibilidad, cuando le dijo que se iba a Pasolobino, ella propuso vender el rancho. Con una quinta parte le bastaría para comprarse una casa en San Luis Obispo cerca de la de Maxiwo. No se quedaría sola en esa hacienda tan grande y no necesitaba más dinero para lo que le quedase de vida. Tras mucho insistir, Lorién consiguió que aceptara un tercio.

Se acercó a ella para despedirse.

—Ya está todo. —Lorién carraspeó—. Hubiera preferido dejarla ya instalada en el pueblo.

—Esta ha sido mi casa desde que nací y me corresponde a mí cerrarla. —Catalina lo dijo con una mezcla de orgullo y tristeza, como si se refiriese no solo al edificio, sino a una antigua etapa de la vida en California. Le tomó la mano—. Vete tranquilo. Demasiado tarde aprendí que no hay nada más importante que un hijo. Silván es un buen chico. Haces bien en sacarlo de aquí. No sabemos cuánto durará esta dichosa guerra. Tanto por su insensatez como si obligaran al reclutamiento, está en peligro. Confío en la palabra de Thayer, y Silván tiene alma de ranchero... Rezaré para que volvamos a vernos.

Lorién agradeció sus palabras, más animosas de lo que esperaba en una mujer agotada por la melancolía. Catalina había sido hábil en la negociación de la venta y había obtenido también la promesa de Thayer de que la enterrarían junto a su marido y sus hijos y de que, si alguna vez regresaban Lorién o Silván a San Luis Obispo, y así lo querían, les revendería la propiedad. Apretó la mano de su suegra y le dedicó una sonrisa afectuosa. Luego, apoyó un pie en el tiro de la carreta y se impulsó para sentarse en el pescante. Sin que le dijera nada, Terco brincó con torpeza y se situó a su lado. Soltó un par de ladridos roncos y se desplazó a un rincón más cómodo en la plataforma de la carga.

Al principio, Silván se había negado de plano a abandonar su tierra y sus ideales, pero, gracias a la paciente habilidad de Marot, que había enfocado su argumentación en la necesidad de que acompañase a su padre a visitar las propiedades de Pasolobino, había germinado en él la ilusión de un inesperado viaje a Europa. Finalmente, solo había puesto una condición: que Terco también fuese. Solo tuvo que decir una frase para convencer a su padre: «Cynthia no permitiría que lo abandonáramos». Era la primera vez que se refería a ella tras su muerte y lo hizo con una naturalidad que a Lorién le resultó reconfortante.

De camino al rancho de Marot, donde recogería a su hijo, Lorién se despidió del paisaje, enrojecido por miles de amapolas, como si la tierra se mostrara avergonzada por haberle quitado lo que más quería. Con un pinchazo en el corazón, dirigió la mirada hacia el cementerio que ya no visitaría cada día, hacia las colinas que ya no recorrería a caballo en busca del refugio de los recuerdos de tantos deliciosos momentos compartidos con Cynthia y hacia los campos áureos y tostados, como el cabello y la piel de ella, y las montañas del horizonte, donde, en pocos años, ya no pacerían los animales con una T marcada en los lomos.

Su presencia en San Luis Obispo solo quedaría en la memoria de sus amigos, mientras estos vivieran.

Silván empleó un tono bromista, desacostumbrado en él, para despedirse de sus cuatro hermanos y uno extremadamente serio para Thayer y su madre, a quienes repitió, como si fuese el adulto encargado del viaje, que debían darse prisa si no querían perder el vapor a San Francisco. Por más que tratara de ocultarlo, su nerviosismo y su incomodidad por la despedida eran evidentes, sobre todo para su madre.

Marot no podía dejar de hablar y de llorar, aunque se secaba las lágrimas y se forzaba a sonreír para no preocupar a los pequeños. Sin importarle la cara de fastidio de Silván, que llevaba varios días escuchando lo mismo, le repitió que se abrigara en Pasolobino, donde siempre hacía frío; que ya vería lo bonita que era la nieve; que hiciera caso de su tío Raymundo, a quien había escrito para avisarle y a quien tendría que agradecerle el haber cuidado de la casa, y que tantas cosas podría enseñarle sobre las cosas de allí, en caso de que Lorién las hubiera olvidado después de tanto tiempo. Mezclaba consejos y deseos. Quizá el ferrocarril llegara algún día a California y la distancia que los separaba se redujera a un par de meses, incluso menos —un barco a Nueva York y en unos días ya en San Francisco—; quizá, cuando los niños fueran un poco más mayores, también podrían ir ellos a Pasolobino. Toda la ansiosa locuacidad se redujo a dos palabras cuando llegó el momento del último abrazo:

—Manda noticias.

Lorién recordó a su madre pronunciando esas mismas palabras cuando se marchó de Pasolobino.

—Me aseguraré de que Silván sea más aplicado de lo que fui yo —murmuró.

Mientras el chico se acomodaba en el pescante, centrado en Terco para olvidarse del nudo que sentía en el pecho, Thayer le dijo a Lorién:

—Gracias... —Quería decirle que por él había conocido a Marot; que, gracias a sus consejos sobre las ovejas, el rancho funcionaba muy bien; que había sacrificado su vida en San Luis Obispo por salvar a Silván; que había sido un buen vecino; que, a pesar de lo sucedido en Rich Bar, le había brindado su amistad, pero lo resumió—: Por muchas cosas. —Para rebajar la emoción, añadió, con una sonrisa—: Si algún día quieres el rancho, el precio no será el de ahora.

Lorién rio y le palmeó la espalda.

A Marot solo fue capaz de darle un beso en la mejilla.

Hippolyte se había ofrecido a acompañarlos hasta el muelle; luego él aprovecharía la carreta para trasladar unos pedidos de plantas, que le llegaban de Los Ángeles en el mismo paquebote *J. H. Roscoe* que llevaría a Lorién y a Silván a San Francisco, y la devolvería al rancho.

Habían quedado en el hotel de Sandor.

Ponciana le pidió que, si todavía vivían los dos hermanos que le quedaban en Pasolobino, les contara lo bien que estaba en San Luis Obispo y que dejara unas flores en la tumba de su hijo. Maxiwo le dijo algo en lengua chumash que le sonó a plegaria; le dio las gracias por haber ayudado a Evangeline y le prometió que lo mantendría informado sobre Festus.

Sandor, incapaz de mirar a Lorién —mucho menos de hablarle— para no romper a llorar, le narró a Silván cómo su padre y el chileno Escolano lo habían rescatado de morir asfixiado en una caja en la bodega del barco en el que habían cruzado el Atlántico.

—Por él estoy aquí. Dile que te cuente sobre la caravana y el oro y los días en San Francisco y cómo llegamos a San Luis Obispo. Lo que no se cuenta a los hijos se olvida. —Miró a Maxiwo—. Tendríamos que aprender de los indios, que saben hablar y escuchar. —Lanzó una rápida mirada a su amigo y, con los labios apretados, le dio una palmada en el hombro, como si lo fuera a ver al día siguiente, y continuó con sus quehaceres tras la barra de la taberna.

Hippolyte imitó la táctica de Sandor durante el breve trayecto a la costa que Lorién no había vuelto a recorrer desde que había aparecido el cuerpo de Cynthia. No paró de hablar hasta que, con el equipaje ya cargado, padre e hijo, con Terco atado al extremo de una cuerda, pusieron un pie en la pasarela de embarque. Sus últimas palabras para Lorién fueron:

—Te mandaré alguna botella de mis primeros vinos. Algún día serán tan famosos como los de Francia.

En silencio, con una mano apoyada en la barandilla

del barco y la otra aferrada al cayado de su padre, Lorién mantuvo la vista fija en la barrera de pequeñas colinas que separaba San Luis Obispo del mar. En ningún momento la bajó hacia la arena o hacia las olas. Aquella playa, amable y traidora, había sido el vestíbulo de los mejores años de su vida, pero también el pudridero de la mujer que había amado como solo se podía amar una vez.

Cuando el vapor abandonó la bahía, permaneció pensativo hasta que los ladridos de Terco y unas risas llamaron su atención. Silván mostraba a unos niños las habilidades de su perro, que se sentaba o rodaba por el suelo según sus indicaciones. Envidió lo rápidamente que su hijo dejaba atrás las turbaciones de las despedidas.

Y deseó que el largo viaje lo ayudara a reconciliarse tanto con el pasado como con el futuro.

Aunque la guerra quedaba lejos, en San Francisco percibieron sus efectos. Por miedo a conspiraciones, registraban todos los barcos, tanto el pequeño vapor como el enorme buque que los llevaría hasta la costa de Panamá, en busca de documentación sospechosa. Y eso que en la prensa había salido que, desde el comienzo de la guerra dos años atrás, el voto secesionista en lugares como San Francisco y Sacramento había descendido de mil doscientos y mil cien votos respectivamente a unos doscientos cincuenta en cada ciudad.

A Lorién no se le había ocurrido preguntarle a su hijo ni mucho menos revisar su equipaje. Mientras un oficial rebuscaba entre las ropas de sus baúles, por un instante temió que descubriese algún recorte de periódico o alguna convocatoria de reunión que pudiera incriminar a Silván. No fue así, pero poco le duró el alivio. El oficial se fijó en el puñal que Silván llevaba colgando del cinturón, se lo quitó y dio la voz de alarma. En un momento, varios soldados los rodearon. Lorién insistió en que ese círculo dorado no tenía nada que ver con ninguna organización secreta secesionista, sino que era el símbolo con el que marcaba las reses de su rancho desde mucho antes de que existiera la confederación; su acento y el destino final —España— contribuyeron a que la cosa no fuera a mayores y finalmente los dejaran partir.

Para no seguir el itinerario diseñado con Cynthia por el Cabo de Hornos, en el que hubieran bordeado la costa americana y aprovechado para conocer Valparaíso, Buenos Aires y Montevideo, Lorién había optado por cruzar desde la ciudad de Panamá hasta Chagrés, un trayecto que ya se podía realizar en tren, el medio de transporte que acortaba distancias y tiempos del que habían oído hablar, pero que no conocían. Agradecidos de evitar el peligro y la incomodidad de las mulas y los pequeños barcos por medio de la selva, cruzaron montañas y atravesaron pantanos sobre puentes.

Como por arte de magia, y sin haber contraído ninguna enfermedad, en un suspiro pasaron del Pacífico al Atlántico y tomaron rumbo a Cuba. Los comentarios sobre los avances de la ingeniería y sobre los rumores de que había estudios para construir un canal que conectara ambos océanos en lugar del tren se impusieron a aquellos sobre la guerra entre estadounidenses, sobre los enfrentamientos entre estos y los indígenas, sobre los conflictos entre rancheros y granjeros.

En La Habana, donde permanecieron una semana para cumplir la promesa que se había hecho años atrás, Lorién se dio cuenta de que Silván absorbía las novedades con asombro y excitación. Encargaron que un sastre les hiciera un par de trajes de buen paño a cada uno; compraron tabaco, saquitos de granos de cacao, café, tarros de especias, varas de telas y seda de diferentes estampados y objetos de plata para la familia de Raymundo y un gabán y un sombrero para este; degustaron los dulces de las mejores confiterías; y bebieron agua de soda en los cafés más elegantes.

—Aprovecha, que esto no lo verás en Pasolobino —le decía Lorién, sonriente, a su hijo.

Silván se encogía de hombros, intrigado, como si el hogar natal de sus padres fuera un lugar misterioso, escondido entre montañas cubiertas de nieve, con bosques impenetrables en los que siempre ululase un viento helado.

Y Lorién se preguntaba si sería capaz de retenerlo a su lado.

60

Para que Silván pudiera familiarizarse poco a poco con el que sería su nuevo hogar, con nuevas costumbres, en lugar de repetir el trayecto por Bayona y el sur de Francia, Lorién había comprado los pasajes para una fragata llamada *Curra* con destino a Barcelona. Allí tomaron el ferrocarril hasta Lérida. En *El Eco del País* que le prestó un viajero le llamó la atención una gran esquela, que leyó por curiosidad, pues no conocía al fallecido. Ponía que el funeral tendría lugar en la iglesia de San Luis Obispo de Madrid. Era una tontería, pero le ilusionó leer el nombre de su pueblo americano en la prensa española.

Desde Lérida, un carruaje alquilado con cochero los acercó a Monzón, donde Lorién recordó haber comprado su manta de pastor, que tampoco había sobrevivido al paso del tiempo, y donde adquirió un par de caballos y tres mulas para el último tramo del acceso a las montañas junto con las reatas y carros de unos arrieros.

Silván se sorprendía por todo —la indumentaria, los jaeces de las caballerías, los olores, la comida— y, especialmente, de que casi a cada paso tuvieran que obtener un permiso oficial para continuar. Cuando los guardias civiles escuchaban el acento y veían el origen del pasaporte, les preguntaban primero por las razones del viaje y, enseguida, por la guerra, de la que estaban al tanto por breves apuntes en la prensa. La curiosidad del joven, no obstante, se rindió a la melancolía en cuanto las amplias extensiones de terreno se fueron estrechando hasta desaparecer en un desfiladero y las mulas tuvieron que sustituir a las carretas por el estrecho y escarpado sendero que ascendía en tramos más o menos cercanos al río.

Lorién comprendió su sensación de ahogo. Acostumbrado a galopar durante millas en inmensos espacios abiertos, Silván, que no había conocido las montañas de California y que cuando había salido por primera vez de San Luis Obispo había encadenado un barco tras otro en la inmensidad del mar, mostraba el mismo rechazo por ese abrupto paisaje que por la agobiante selva de Panamá. El chico no estaba hecho para ir al paso sobre un manso caballo que no le suponía ningún reto. Temió que nunca se acostumbrara a Pasolobino y que, en cuanto tuviera ocasión, emprendiera el viaje de vuelta.

—Nada es definitivo —murmuró para calmar sus propios miedos.

¿Y si fuera él quien contase los días hasta que la guerra estadounidense terminara para regresar a California? Le alegraba reconocer el paisaje de su juventud, distinguir las primeras pinceladas rojizas del otoño en los bosques de robles y pinos y percibir la familiar humedad que comenzaba a exudar la tierra en esos últimos días de septiembre. Pero llevaba demasiado anclado en su corazón el calor de la tierra que Cynthia le había enseñado a amar, con sus luces y sus sombras. Tendría que ajustarse ahora a las preocupaciones cotidianas y a conversaciones que solo eran importantes para sus familiares y vecinos de Pasolobino. Una vez pasada la novedad, cuando ya hubiese satisfecho la curiosidad sobre las costumbres en California, sobre los indígenas, el oro, la esclavitud y la guerra, sería uno más. No sabía si querido o envidiado, si aceptado o simplemente tolerado; pero por mucho que su intención fuera mantenerse al margen, llegaría el día en que tanto él como su hijo se verían obligados a tomar partido, a profesar lealtad a un bando u otro, ante uno de esos inevitables conflictos que terminaban por surgir por una cosa o por otra, o por culpa de la política.

Si algo había aprendido en su vida era que nunca las enemistades y los odios eran tan profundos como cuando estallaban entre personas cercanas o vecinos. La guerra entre federales y confederados estadounidenses era un ejemplo terrible; pero en lo cotidiano, cada uno tenía también su responsabilidad en fomentar el odio o la paz, ya fuera por interés o por su propia naturaleza. Pensó en su tía, la madre de su primo Miguel, que había dejado de hablarle a su propia hermana por culpa de aquel accidente; o en Thayer y Darragh, que después de compartir comida, cantos y peligros con él y sus amigos, se habían posicionado contra ellos en Rich Bar; o en Valeria y su hermano, Benjamín, que habían muerto por la sinrazón, y en Escolano, Sandor e Hippolyte, que habían sufrido por lo mismo; o en Violet, cuya vida había sido siempre una batalla; o en Maxiwo, que había expuesto a su propia hija al peligro; o en su amada Cynthia, que, aunque hubiera conseguido ser feliz, jamás había perdonado la muerte de su hermano y de la antigua forma de vida californiana. O en él, que por amor se había sumado a sus causas que, desde la distancia, se difuminaban.

De todo lo que había conocido y vivido en casi quince años, desde que se había marchado de Pasolobino, solo lo reconfortaba plenamente el amor que había sentido por Cynthia y que sentía por su hijo. Lo demás no importaba tanto, o era efímero. Dondequiera que pasase el resto de su vida, el recuerdo de la felicidad compartida con ella sería el eterno alimento de su alma. Y dondequiera que

Silván estableciese su hogar, allí también habría una parte de él. Su hijo era lo único que había hecho que perduraría y de lo que se sentía orgulloso.

—Ya os han puesto un apodo: los yanquis. —Raymundo se rio y palmeó la espalda de Lorién. Estaba feliz por el reencuentro. No había callado en todos los almuerzos y cenas que había compartido durante tres días seguidos con su hermano y su sobrino. Había alternado preguntas sobre el viaje con aquello que le parecía que les podía interesar sobre las gentes de Pasolobino y la propiedad de Marot. Gracias a la carta de esta, había calculado bien la semana de la llegada. Su mujer había aireado y limpiado la casa de Marot para que se instalaran en ella, pero insistió en que comieran con la familia hasta que contrataran a una cocinera—. Y mucho me temo que se os quedará para siempre. Ojalá. Me refiero a que os quedéis, no al apodo. —Volvió a reír.

Ambos paseaban ahora por el jardín de la parte trasera de la casa de Marot; Silván, acostumbrado a sus hermanos, había hecho buenas migas con los primos, dos y cuatro años más jóvenes que él, que tenían su propia ruta alternativa para conocer los mejores rincones de la aldea. Con Terco como uno más del cuarteto, entraban y salían de eras y pajares, gallineros y conejares, recorrían caminos y prados, inspeccionaban ermitas y cuevas, y chapoteaban en arroyos.

—Está todo tal cual lo recordaba —reconoció Lorién—. Incluso tú. Te imaginaba más viejo. —Raymundo, que tenía treinta y siete años, apenas lucía alguna cana en el oscuro cabello. Así y todo, pequeñas arrugas le surcaban el rostro tostado por el sol y el aire y sus manos estaban ajadas por el trabajo con la tierra y los animales.

Raymundo fingió enfadarse:

—El tiempo pasa para los dos. Solo nos llevamos dos años.

Lorién señaló el boj, perfectamente recortado. Como mucho habría crecido un palmo desde que se fue, calculó. Eso eran unas ocho pulgadas, veintipocos centímetros. Tendría que acostumbrarse a las nuevas medidas españolas.

—Está igual que como lo recordaba. Lo has cuidado todo bien.

—Esperaba que regresarais. Después, con lo de las bodas, pensé que os quedaríais ahí, pero por si acaso... Las casas que se abandonan pierden valor.

—¿Recuerdas el día que me fui? Estaba rabioso y muerto de miedo, pero prometí que mis logros borrarían la mancha sobre nuestra familia...

Raymundo movió una mano en el aire.

—Nadie se acuerda ya de eso. Aquella epidemia de cólera de 1850 acabó con muchos mayores. La del cincuenta y seis también fue dura. Y luego los líos políticos...

Lorién asintió. También tendría que acostumbrarse a la terminología que encapsulaba los problemas de España. Ahí no había unionistas o secesionistas, sino moderados o progresistas, liberales o demócratas, carlistas o isabelinos. El significado de las palabras *republicano* y *demócrata* no coincidía con el estadounidense. Los republicanos y demócratas radicales en España, desgajados del progresismo, luchaban contra la monarquía y exaltaban el ateísmo: lo primero no existía en los Estados Unidos y lo segundo resultaba impensable, pues tanto católicos como protestantes tenían a Dios siempre presente en sus vidas. Lorién no pensaba que la situación en su país natal fuera tan compleja: los Gobiernos se alternaban; los regímenes eran provisionales; de vez en cuando surgían conatos revolucionarios o carlistas; y la monarquía se mantenía por el poder militar. Pero eso sí, las armas siempre estaban cargadas.

—Si no hubieras marchado a América —añadió Raymundo, sin recriminación en su voz—, podrías haber vuelto antes de lo que pensabas.

Habría estado más tiempo con sus padres, cuya ausencia le resultaba extraña, pensó Lorién. Y viviría ahora con Marot en esa casa en la que ella ya no estaba.

Pero no hubiese conocido a Cynthia.

Recordó también su promesa de regresar triunfante. Qué ironía: tenía más dinero del que jamás hubiera imaginado, pero se sentía derrotado. Contribuiría al menos a mejorar la vida de su hermano y su familia. Le pagaría bien por su trabajo y le propondría que se asociaran para conseguir una buena cabaña ganadera. Tenía que trabajar para mantener la cabeza ocupada y poder soportar el transcurso del tiempo sin el calor de Cynthia. Pero también quería recompensar a Raymundo por todo lo que había hecho: encargarse del patrimonio familiar, cuidar de sus padres enfermos, enviarle cartas optimistas y recibirlo como el padre de la parábola del hijo pródigo.

Miró a su hermano con un cariño inmenso.

—Si me llaman yanqui, me comportaré como tal. ¡Montaremos un rancho! Ya verás. Mi hijo y yo somos muy buenos vaqueros.

A Silván le parecía bien que su padre se dedicase a las vacas y las ovejas, pero él quería criar caballos, domarlos y que los jóvenes de Pasolobino aprendieran a galopar en lugar de balancearse aburridos a lomos de un mulo. Sin que le molestara que se rieran de su acento o de que soltara expresiones en inglés, se empeñó en enseñarles también a manejar el lazo en el cercado que levantó en uno de los prados más grandes y llanos de la propiedad de su madre y que pronto se convirtió en toda una atracción para niños y mayores. Meses después, a finales de la primavera del año siguiente, consiguió que un grupo de jóvenes y hábiles jinetes, entre los que estaban sus primos y los sobrinos de Ponciana, guiaran el ganado a los pastos de las montañas a la manera americana, como decía él con orgullo.

Lorién no podía evitar contagiarse del entusiasmo de su hijo, que se había adaptado mejor de lo que cabía esperar y preguntaba con curiosidad sobre el pasado del lugar y de la familia. Cuando Silván recibió la primera carta de su madre desde San Luis Obispo, la leyó con avidez, pero no mostró excesiva nostalgia, como si nada fuera tan importante como los planes que tuviese para ese día. Ni siquiera parecía sentir en invierno el frío que empujaba a Terco en busca del calor del fuego que ardía en el hogar desde la mañana hasta la noche: Silván había descubierto que le encantaba la nieve.

Se acercaban las segundas Navidades en Pasolobino cuando padre e hijo recibieron otra carta de Marot con recortes de prensa con noticias de San Luis Obispo. Leyeron que un pastor había asesinado con un hacha a sus patrones mientras dormían; que se había descubierto una mina de cobre en la zona, con cantidad de mineral suficiente para construir un horno; que se había instalado una compañía de voluntarios al mando del capitán Cass en el pueblo; y que un viajero había contado cientos de reses muertas en su camino a San Francisco.

Con más detalle, Marot les narraba la pesadilla que estaban viviendo por culpa de la sequía en los condados de Santa Bárbara y San Luis Obispo, que había destruido cosechas y ganado. Un ranchero vecino había perdido el noventa por ciento de sus reses. Los animales salvajes llegaban hasta los ranchos y se comían los domésticos. El gobierno del estado había tenido que activar un plan de ayuda y había enviado provisiones. El hotel de Sandor y la misión se habían convertido en el campamento general desde donde distribuirlas. Ellos también habían perdido reses, pero las ovejas sobrevivían; y Thayer tenía el dinero invertido en diferentes negocios, por lo que no sufrían como quienes lo habían perdido todo. Marot se alegraba de que no tuvieran que presenciar esa tragedia. Añadía que en el este se había llamado a las armas a todos los hombres de entre dieciocho y cincuenta años, porque Lincoln quería reunir medio millón de soldados, y que ni los republicanos abolicionistas ni los demócratas favorables a la paz habían recibido bien la medida. Concluía con el deseo de que Dios se apiadase de esa tierra: que la guerra terminase y que lloviera de una vez.

Lorién, entristecido por las noticias, y porque nada dijera Marot de Festus, caminó hasta la ventana y miró fuera.

Estaba comenzando a nevar de nuevo.

Con tristeza, comparó la paz que infundía la nieve con el fragor de las batallas que libraban sus seres queridos al otro lado del océano.

Silván se acercó hasta él y también miró por la ventana. Emitió un grito de alegría y salió a toda prisa. Al poco, Lorién lo vio corretear por el jardín, con los brazos extendidos y las palmas de las manos abiertas hacia el cielo. De vez en cuando, el joven se detenía y alzaba el rostro para sentir la nieve en su piel. En un momento dado, le hizo señas para que abriera la ventana.

—¿Cómo es posible? —gritó Silván entre risas—. ¡Caen copos grandes y elegantes como mariposas!

Lorién deseó que el tiempo se detuviera para Silván

en ese instante de exaltación de la inocencia. Se vio a sí mismo años atrás, ajeno a todo lo que no fuera espontáneo, natural, sencillo, inmediato. Había recorrido el mundo y lidiado con conflictos entre personas muy distintas. Anheló poder guarecer a su hijo de lo premeditado, lo artificioso, lo complejo, lo rumiado y lo gestado por codicia y egoísmo. Pero, como tantas veces le había repetido Cynthia, Silván recorrería su propio camino y sacaría sus propias conclusiones.

A principios de verano del año 1865, padre e hijo recibieron una pesada caja y otra extensa carta de Marot. Leyeron el texto, en el que ella les confirmaba lo que habían sabido por la prensa: que había concluido la guerra entre confederados y federales. Festus había regresado a casa, herido en un brazo por una bala y en el espíritu por las atrocidades que había visto, pero satisfecho de haber contribuido a terminar con la esclavitud, porque las demás razones del conflicto no le importaban.

Marot terminaba la carta con una pregunta —«¿Qué haréis ahora?»— que sonaba a ruego, añoranza y deseos de tenerlos cerca.

Lorién miró a Silván. Esperó una respuesta que no llegó y que él tampoco tenía.

—Veamos qué hay dentro —propuso el joven.

Con sobrada fuerza, levantó la voluminosa caja del suelo y la colocó sobre la mesa. Abrió la tapa, cogió una nota y la leyó.

—«La primera cosecha que merece la pena», dice Hippolyte.

Hundió las manos entre las virutas de madera que rellenaban el recipiente y sacó varias botellas de vino y brandi envueltas en papeles de periódico y telas.

Lorién se fijó en la etiqueta de las de brandi y sonrió por el nombre que había elegido Hippolyte. Corazón de Oro.

Abrió una botella y vertió un poco en un vaso.

Observó su color dorado, apreció su aroma y lo probó.

Con los ojos cerrados, pensó en robles, acebos, sauces, saúcos, nogales y sicomoros. En llanuras sin fin cubiertas de flores. En inmensos pastos abarrotados de reses y ovejas. En amables colinas con cautivadoras vistas al mar y a las montañas. En casas de adobe y madera. En montículos de lana. En caballos que galopaban contra el viento.

Pensó en nombres de lugares en español pronunciados con acento mexicano o inglés.

En el nombre tallado en una lápida en un rincón de California, aquella tierra cálida.

¿Volvería a San Luis Obispo?

Se coló en su mente otra vez esa cancioncilla que aprendió de joven cuando iba al oeste, rumbo a su destino. «No, nay, never...». En aquel desierto había soñado con el lugar donde terminar con la vida errante. Había establecido su residencia en San Luis Obispo y ahora, por circunstancias, vivía en su tierra natal.

¿Se quedaría en Pasolobino?

Abrió los ojos y miró por la ventana: las flores entre la hierba alta, las verdes laderas, las imponentes cumbres rocosas recortadas contra el cielo azul completamente despejado.

¿Dónde estaba el verdadero hogar de su alma?

Se respondió con otras preguntas.

¿Y si no tuviera un lugar fijo? ¿Por qué habría de tenerlo?

Imaginó su alma vagabunda a merced de la aventura de la vida: recorría llanuras y montañas de emociones y remontaba ríos de sentimientos por paisajes de máxima belleza y abismos de dolor; se balanceaba sobre el oleaje del tiempo y añoraba lo perdido y aguardaba con impaciencia lo venidero; se desplazaba en la caravana de despedidas y reencuentros; cabalgaba a lomos de la incertidumbre; reconocía los férreos caminos de la crueldad y la compasión.

En un gesto de entendimiento y gratitud, se llevó la mano al corazón, marcado por la experiencia y el amor, como si allí estuviera el refugio de la esencia inmaterial que lo definía, de lo intangible, de lo inmortal.

Y sonrió.

NOTA DE LA AUTORA

—

La España
Madrid, jueves 14 de marzo de 1850, página 2:

Un periódico de Nueva York publica la siguiente descripción del gran sello que en lo sucesivo se deberá estampar en las actas del gobierno del estado de California.

La superficie del sello tiene unas tres pulgadas de diámetro y está rodeada de las treinta y una estrellas que brillarán en la constelación angloamericana cuando California llegue a ocupar en ella su puesto. Hay en el medio una figura de Minerva, que salió armada del cerebro de Júpiter, símbolo bastante feliz del joven estado que no ha pasado aún de la infancia territorial. A los pies de la diosa se ven un oso pardo comiendo retoños de viña, emblema de las producciones características del país. A la derecha trabaja un minero rodeado de sus instrumentos conocidos, y al otro lado se vislumbra el velamen de buques. En fin, forman el último término del cuadro las cumbres blancas de la Sierra Nevada. Domina el cuadro la divisa griega eureka: lo he encontrado.

En mi anterior novela, *Lejos de Luisiana* (Planeta, 2022), miles de lectores descubrieron aquel territorio entonces inmenso que, durante cuarenta años, de 1763 a 1803, fue gobernado por españoles. El final coincide en el tiempo con el comienzo del desplazamiento de los estadounidenses hacia el oeste del Misisipi. De la extensa bibliografía que manejé y amplié con nuevas lecturas y de mi propia experiencia personal surgió el deseo de trasladarme literariamente hacia el oeste y ubicar mi nueva historia, *Corazón de oro*, en California.

Suele ser habitual que, en el proceso de documentación, el escritor emplee apenas una idea o una pincelada de cada libro o ensayo consultado. En esta ocasión, he encontrado tantas curiosidades que han quedado fuera de la novela que me he permitido compartirlas con el lector en esta nota de autora.

Sobre la parte histórica de la presencia española en América, la bibliografía proporcionada en *Lejos de Luisiana* ha aumentado gracias, una vez más, a los estupendos catálogos de Polifemo (Madrid) y de Doce Calles (Aranjuez). Como una novela nunca empieza en la fecha elegida para el comienzo de la acción —1849 en el caso de *Corazón de oro*—, sino décadas atrás, un diario de una expedición a las Californias de 1787 o la descripción del padre Taraval de la rebelión de los californios de 1734 pueden aportar su granito de arena a la construcción de un personaje o un diálogo, o para comprender bien el contexto.

Desde *La aventura equinoccial de Lope de Aguirre*, que el oscense Ramón J. Sender publicó en 1964, hasta nuestros días, muchos hechos relacionados con la historia de España en América y hazañas de conquistadores, adelantados, exploradores y aventureros han sido recuperados en novelas históricas. A riesgo de olvidarme de alguna, comparto con el lector las que he leído. Antonio Pérez Henares ha escrito *La Española*, la isla donde comenzó a gestarse el Imperio español en América en 1493 (HarperCollins,

2023) y *Cabeza de Vaca,* sobre la vida de Álvar Núñez Cabeza de Vaca, que cruzó de este a oeste el continente americano. José Calvo Poyato nos llevó con Magallanes desde el Atlántico al Pacífico, entonces llamado mar del Sur, en *La ruta infinita* (HarperBolsillo, 2022). Laura Esquivel escribió *Malinche,* la traductora y amante de Hernán Cortés (Debolsillo, 2007), sobre quien también ha escrito Àlber Vázquez (La Esfera de los Libros, 2023), además de publicar, con la misma editorial, *Pizarro y la conquista de los incas* (2022), *Vasco Núñez de Balboa* (2020), *El adelantado Juan de Oñate* (2019), *Guerras mescalero en Río Grande* (2017) y *Mediohombre* (2017), en torno a Blas de Lezo. América está presente en las novelas sobre los Austrias de José Luis Corral *El vuelo del águila, El tiempo en sus manos* y *El dueño del mundo* (Planeta, 2016, 2017 y 2019), cuando en tiempos del emperador Carlos I España fue dueña de media Europa y de las Indias. Isabel Allende llevó a una costurera extremeña en busca de su esposo al Chile del siglo XVI en *Inés del alma mía* (Plaza&Janés, 2011). Jesús Maeso —*Comanche* (B, 2018) y *La rosa de California* (HarperCollins, 2022)— nos ha contado el esfuerzo que hizo la Corona por mantener su influencia en el sudoeste de los Estados Unidos en el siglo XVIII. Sobre Bernardo de Gálvez existen las novelas de Eduardo Garrigues, *El que tenga valor que me siga* (La Esfera de los Libros, 2016), y de Pablo Victoria, *España contraataca: Bernardo de Gálvez: «Yo solo».* (Edaf, 2017); sobre la esposa de Bernardo de Gálvez, Almudena de Arteaga escribió *La virreina criolla* (HarperCollins, 2023). También en el siglo XVIII, Alicia Vallinas presenta a la primera mujer europea que recorre el río Amazonas en *La criolla del Amazonas* (Plaza&Janés, 2023) y Jorge Molist, en *El español* (Penguin Random House, 2025), nos lleva de Menorca a La Habana con un personaje inspirado en Jorge Ferragut, implicado en la revolución americana. El escritor Santiago Mazarro (Pàmies, 2020, 2022 y 2024) nos narra la expedición al oeste del comerciante español Manuel Lisa a principios del siglo XIX en *Senderos salvajes*; nos descubre el primer asentamiento de negros libres de Norteamérica en *El fuerte de Florida*; y viaja a la Santa Fe de Nuevo México de 1820 en *Los muertos de Río Grande.*

La parte central del siglo XIX, en concreto de 1840 a 1855, ha pasado desapercibida en la ficción relacionada con la presencia española en América. Ramón J. Sender escribe *El bandido adolescente* (Destino, 1965), sobre la figura de Billy el Niño, cuando, a partir de 1870, como dice al comienzo de su novela, «el hombre se hacía su propia ley en los territorios de Nuevo México con la pistola y el rifle». Rosario Raro, en *Desaparecida en Siboney* (Planeta, 2019), trata el tema de la esclavitud en la Cuba colonial y la Barcelona industrial de 1875, e Ildefonso Falcones enlaza la Cuba de 1856 y la España del XXI en *Esclava de la libertad* (Grijalbo, 2022). Silvia Coma, en *Pioneras* (2020), cuenta lo que le sucede en 1873 a una familia de Blanes que emigra a Nuevo México. El *thriller* histórico *El Infierno* (Planeta, 2023), de Carmen Mola, recupera la Cuba colonial de 1866 y el padecimiento de los gallegos en los ingenios; y en la Cuba de 1895 se desarrolla también la acción de *El maestro de azúcar*, de Mayte Uceda (Planeta, 2024).

Sobre el inspirador siglo XX no hay muchas novelas de españoles atraídos por el sueño americano y eso que hubo andaluces en los campos de azúcar de Hawái, asturianos en las minas de Virginia, vascos en Idaho y Nevada, cántabros en las canteras de Vermont, y gallegos y valencianos en los muelles de Nueva York y en las fábricas de tabaco de Tampa (Florida). En 1989, Robert Laxart publicó una novela, en parte autobiográfica, que fue nominada al Premio Pulitzer de Narrativa. Se titula *The Basque Hotel* y fue publicada en español por Ttarttalo en 2007. En ella recrea las experiencias de los emigrantes vascos y sus descendientes en el oeste americano a través de la mirada de un adolescente cuyos padres regentan un hotel en Nevada en las primeras décadas del siglo XX. Parte de la acción de *El siglo de los indomables,* de Juan Carlos Padilla (Planeta, 2014), sucede en la Nueva York del primer tercio del siglo. Y María Dueñas, que había tratado de las misiones californianas desde una perspectiva del presente en *Misión Olvido* (Planeta, 2018), nos relató la colonia española en Nueva York en 1936 en *Las hijas del capitán* (Planeta, 2021).

Mi novela *Corazón de oro* recupera, pues, un pasado desconocido: el de los *españoles* que vivieron la aventura del oro en California —que los hubo— y trabajaron luego en ranchos californianos en aquellos momentos de mediados del siglo XIX. Quise sumergirme en ese fascinante periodo de transformación social y política: la fiebre del oro atrajo a miles de personas de todos los rincones del mundo y el territorio mexicano —antes español y antes de los nativos— pasó a pertenecer a los Estados Unidos. Cada cual buscó —con mayor o menor éxito y de manera más o menos cuestionable desde la perspectiva actual— su modo de encajar en el territorio. Formaron también parte de este contexto españoles que, directamente de España o desde Sudamérica, decidieron tratar de hacer fortuna en California. Este hilo del que tiré me permitió diseñar una novela coral de amor y amistad que, además, le enseñara al lector la historia de ese estado más allá de las misiones franciscanas, de las figuras como el Zorro (creado en 1919 en *La maldición de Capistrano,* de Johnston McCulley) o el bandido Joaquín Murrieta (*The Life and Adventures of Joaquín Murieta, the Celebrated California Bandit,* de John Rolling Ridge, 1854; *Fulgor y muerte de Joaquín Murieta, bandido chileno ajusticiado en California el 23 de julio de 1853,* versión teatral de Pablo Neruda, 1966), y de aquellas películas sobre indios y vaqueros.

El Heraldo

Madrid, domingo 17 de febrero de 1850, página 3:

California. Habiendo publicado en nuestro periódico tantas noticias de aquel país, tomadas de periódicos y correspondencias escritas por extranjeros, no creemos inoportuno el trascribir una carta de un compatricio, que también ha emigrado a las regiones del oro, aunque no sea más que para que nos toque alguna parte de lo mucho que se cuenta acerca de aquel país fabuloso. Por otra parte, la citada carta, que está escrita (dicho sea de paso) por un joven natural de Sevilla, que a mediados del año pasado marchó a aquel país, contiene noticias bastante curiosas. —Hela aquí:

San Blas de California, en la ciudad de San Francisco, a 30 de septiembre de 1849.

Mi estimado primo, salimos del Caitao el 28 de julio y hemos llegado a esta el 24 del actual.

Te voy a dar un detalle de lo que son estos países; difícil tarea es darte a conocer lo que yo no conozco, pero en cinco días que llevo aquí no he hecho otra cosa que preguntar e instruirme, y te diré algo.

Sorprendente es, querido primo, el espectáculo que se presenta al contemplar este país virgen, poblado en un año con la emigración más grande que se ha visto. Esto no se parece en nada al resto del mundo, todo es original. Figúrate una bahía donde caben todas las escuadras del mundo, en la que ingresan dos ríos navegables que conducen a los inmensos campos del oro. En un lado de ella y sobre la falda de pequeños montes está formado el colosal infante (de un año) San Francisco, esta inmensa ciudad, presenta desde la bahía el aspecto más lindo que he visto. La pequeñez de las casas, sus distintos aspectos, los caprichos del terreno, todo conduce a que San Francisco sea un agradable fenómeno. Puesto en tierra, se observa la realidad de las casas y la fertilidad del país.

¡Es sorprendente la concurrencia a este puerto, pues no bajan de veinte los buques mayores que en estos días se han presentado cada día en el puerto! 120.000 hombres han llegado al presente, y los buques que los han traído se hallan en el puerto sin poder regresar por falta de marineros; figúrate, pues, el bosque de masteleros que se ven desde estos cerros; se esperan solo de los Estados Unidos 300 buques. ¿A cuántos ascenderán los que salgan de Europa? ¿Cuántos hombres vendrán? Nadie lo puede calcular, solo te diré que aquí hay gentes de todas naciones, y hasta los chinos con sus delicados buques tienen invadido este país.

Este mercado es el más surtido y rico del mundo; todo sobra y se pierde tirado en las playas, nada hace falta de cuanto los hombres han ideado. Solo faltan mujeres, y las pocas que hay las colocan como fenómenos en altas tribunas para atraer concurrencia a las fondas y casas de juego.

Todas las casas son fondas y casas de juego; las tiendas son las calles, y la gran tienda es toda la ciudad y su campo. Es de notar que todos los más ricos efectos, joyas, cajas de los bancos, etc. etc. duerman en la calle o bajo una tienda de lona, sin puertas y sin más cuidado ni armas que una horca que hay en la plaza y que se pone en movimiento probado que es un robo de valor de una peseta (los robos, faltas leves, menores de una peseta para abajo, se castigan con cientos de palos, que al fin salen peores que la horca). Las puertas más sólidas son de lona y cristales: y, sin embargo, guardan tesoros que, a no verlos, parecerían fabulosos; sacos, cajones de oro, desde polvo hasta pepitas que pesan arrobas.

Los géneros, como te he dicho, y víveres están de balde, pero se gasta mucho en vivir. Lo que llaman Gran Hotel, gana 180.000 duros de arrendamiento al año, y es como todo de tablas y lona. Por este estilo, puedes formarte una idea puesto que esto sería infinito. Un jornalero gana 40 duros diarios, y solo trabajan mientras se habilitan para ir al mineral. Siete grandes ciudades se han formado en estos ríos en el tiempo de San Francisco, todas ellas inmensas y ricas, hay muchos sitios apenas de cien leguas cuadradas, cuyo terreno todo tiene oro en abundancia. Para adquirirlo, se encaminan unas cuarenta leguas por los ríos y treinta por tierra, y se ponen a escarbar y se hace su fortuna; el oro se halla puro en granos de todos los tamaños, y solo depende de la suerte de sacar gruesos o pequeños; el polvo en oro solo lo benefician los cobardes, y para conseguirlo solo tienen que labrar la tierra.

Hasta aquí solo te cuento lo bueno, pero hay mucho malo; todos sacan oro, pero no todos lo disfrutan; las fieras, los indios bravos, las enfermedades, la yerba que llaman yedra (mata con solo pasar a cuatro varas de ella), el invierno, el verano, los mosquitos, los norteamericanos, todos son enemigos del que saca oro; hasta el idioma es contrario, y solo encontramos lenguas que nos son desconocidas; por último no encontramos terreno para establecer la casa que hemos traído, porque todo tiene dueño y se vende muy caro; a una milla del centro nos piden 5.000 duros por cuarenta y dos varas cuadradas de terreno, este vale en el centro a mil pesos vara.

En otro paquete seré más extenso y tú manda a tu primo. —P. S. T. J.

En el libro *Amerikanuak: Los vascos en el nuevo mundo,* de William A. Douglass y Jon Bilbao (publicado originalmente en inglés en 1975 por la University of Nevada Press con el título *Amerikanuak: Basques in the New World*), los autores recogen un listado de cincuenta y cinco hombres y dos mujeres con apellidos vascos que solicitaron pasaporte en Buenos Aires con destino a California entre octubre de 1849 y febrero de 1851 y otro de personas con apellidos vascos (trescientos doce hombres y quince mujeres, de las cuales, siete esposas, dos hijas, dos mujeres que viajaban solas, una con una criada y dos con un hijo) que solicitaron el pasaporte a California en Valparaíso entre enero de 1849 y febrero de 1852. También aportan datos biográficos de catorce vascos nacidos entre 1820 y 1830 que llegaron a California entre 1845 y 1856. De estos, nueve trabajaron primero en Sudamérica —como carpinteros, albañiles, zapateros, sastres o ganaderos— y cinco viajaron desde España. De los catorce, siete fueron a las minas de California, donde seis hicieron dinero para montar una explotación de ganado lanar o vacuno y uno montó una sastrería; tres trabajaron directamente como ovejeros; dos se dedicaron al comercio antes de adquirir un rancho de ganado vacuno; y uno vendió agua de puerta en puerta antes de construir un hotel en San Francisco.

Uno de los vascos más conocidos de aquel entonces fue Pedro Zabala, nacido en Bilbao en 1827; John Steinbeck lo cita en su novela *Al este del Edén* (Ediciones Orbis, 1952, página 666): «Caminó hacia la calle Stone, donde se hallaba la iglesia católica, y, torciendo a la izquierda, pasó frente a la casa Curriaga, la de Wilson, la de Zabala, y, volviendo otra vez a la izquierda, llegó a la avenida Central, donde se hallaba la casa de los Steinbeck». Mereció también Zabala un extenso obituario en la prensa de Salinas, que se publicó en el *San Francisco Chronicle* del 15 de marzo de 1917, que da recuento de su vida. En 1843, a los dieciséis años, Zabala marchó a Valparaíso (Chile), donde trabajó en negocios de importación hasta 1848, cuando se enteró de la aparición de oro en California. Llegó a San Francisco el 20 de febrero de 1849 y se dirigió al condado de Calaveras. No le fue muy bien con el oro y se estableció en Monterrey en octubre de 1849. Hizo dinero en los negocios y con la compra de tierras del valle de Salinas; su rancho Arroyo Seco llegó a ser una de las mejores propiedades del condado de Monterrey. En abril de 1859 se casó con Anna Hartnell, con quien tuvo quince hijos, y falleció en 1917, a los noventa años.

Miguel Leonis, otro de los primeros vaqueros y ovejeros vascos, se convirtió en una figura legendaria. Nacido en Cambo-les-Bains, cerca de Bayona, de muy joven se dedicó al contrabando en la frontera entre Francia y España. Por petición de su padre, o para evitar que lo detuvieran, se fue a Los Ángeles en 1858 y comenzó a trabajar de pastor para uno de los dueños del rancho El Escorpión. Se convirtió en un hombre rico al que apodaron tanto «el Basque Grandee», por sus dos metros de altura, como «el Rey de Calabasas». Llegó a controlar un extenso territorio en el valle de San Fernando y custodiaba su hogar un ejército de cien mexicanos y nativos americanos armados, con los que intimidaba y sobornaba a propietarios, testigos, vecinos y jueces para conseguir antiguas concesiones de tierra. Descrito en textos como gigantesco, fuerte, de voluntad indomable, embrutecido por la ignorancia e iletrado, trabajador y perseverante, vestido siempre de negro y a lomos de un gran caballo negro, administró bien sus negocios y se hizo rico. Se casó con la viuda Espíritu Chijulla, hija de un jefe indio llamado Oden y heredera del rancho El Escorpión, con quien tuvo una hija, que murió a los veinte años. Aunque no firmaron ningún documento, en los numerosos pleitos sobre la propiedad de tierras en los que Leonis se vio involucrado, ambos declararon estar casados. Como se cuenta en *Amerikanuak* (1975, página 274), cuando Leonis falleció en 1889 y en su testamento se leyó que dejaba su gran fortuna a sus parientes y una pequeña cantidad a su esposa india, Espíritu contrató a un abogado para anular el testamento y heredar como su esposa legítima. El proceso fue tan largo y costoso que, el 11 de enero de 1896, en la página 2 de uno de los periódicos vascos editados en California —el *California-ko Eskual Herria*— se informó de que toda la fortuna de Leonis se había consumido en las costas legales.

En *Borregueros: Desde Aragón al oeste americano* (Bartolo Edizions, 2017), Carlos Tarazona Grasa sacó a la luz la historia de los pastores aragoneses que emigraron al oeste de Estados Unidos. Anteriormente, en 2008, ya había realizado el documental *Borregueros*, que recogía el inédito tema de la diáspora pastoril aragonesa. Más de un centenar de aragoneses viajaron hasta el oeste norteamericano entre 1950 y 1975 para trabajar como pastores de ovejas; hubo quienes, al finalizar el primer contrato de tres años, regresaron a España; otros permanecieron de borregueros entre quince y veinticinco años; y unos cuarenta se quedaron a vivir en tierras americanas, mayoritariamente en California. Del total, unos cincuenta y dos procedían de la provincia de Huesca, de donde soy, y resulta inspirador conocer la causa por la que marcharon tan lejos: Pascual Aznárez Gurría, nacido en Ansó en 1899, emigró a los Estados Unidos en 1921. Durante diez años trabajó como borreguero en un rancho de Arizona. En unas vacaciones fue a conocer la ciudad de San Francisco y se alojó en un hotel vasco donde alguien le presentó a una joven, Bárbara Navarro, que llevaba años en la ciudad y que, casualmente, era natural del pueblo oscense de Fago. En breve: se casaron en

1934, alquilaron un rancho de unas doscientas hectáreas en Lancaster, se dedicaron a la cría de ovejas, compraron el rancho, el negocio fue bien, necesitaron contratar a más pastores y pensaron en los de su tierra natal. Tras fallecer Pascual, Bárbara mantuvo el rancho gracias a los borregueros que llegaron de la provincia de Huesca. El efecto «llamada» también funcionó en el caso de la saga de los Gorrindo, comenzada por el matrimonio de Tomás Mariano Gorrindo, de Isaba (Navarra), e Isabel Pérez Salcedo, de Artieda (Zaragoza), que vivieron en Isaba. Uno de los hijos del matrimonio, Blas, emigró a California y regentó un hotel en Los Ángeles. Allí acudieron sus hermanos Lázaro y Severina en 1919. Blas y Lázaro emprendieron varios negocios. En un viaje a España, Lázaro conoció a la que sería su esposa, María Malle Pérez, de Undués-Pintano (Zaragoza). Se instalaron en un rancho propiedad de Lázaro en Lancaster (California) y se dedicaron a la cría de ovejas. Como patronos rancheros pudieron reclamar legalmente pastores españoles para su rancho. Acudieron familiares y vecinos de Undués-Pintano y del pueblo cercano de Longás. En el maravilloso libro de Carlos Tarazona se narran las vidas de hombres y mujeres que cruzaron el océano en busca de una vida mejor y, aunque un siglo separa el contexto histórico de su estudio del de mi novela, por lo que ni siquiera el viaje era igual, hay una conexión en el homenaje a la tierra natal, el esfuerzo, la intrepidez y la vida pastoril, sea en un pueblo aragonés o en un rancho en California.

Las aventuras en tierras californianas de todos estos hombres contribuyeron al diseño del personaje principal de *Corazón de oro*, Lorién, y de su amigo Sandor. Como el lector irá descubriendo en esta nota, otras personas reales inspiraron a otros personajes.

El Heraldo

Madrid, sábado 2 de marzo de 1850, página 4:

Mujeres gambusinas. Llámanse gambusinos en California los que se ocupan en la pesca del oro. Gambusinas vienen, pues, a ser las mujeres que ejercen aquella industria. Se ha dicho que lo que más escaseaba en las regiones doradas era la mercancía femenina; lo cierto del caso es que un gambusino escribe a un amigo que, en sus excursiones en busca del mineral precioso, había encontrado, cerca del Sacramento, y unas treinta millas más al interior que ningún otro placer [yacimiento] conocido, a dos jóvenes del sexo encantador, de una inteligencia y hermosura raras, y acompañadas únicamente de un negro más viejo que Matusalén. La mayor de aquellas jóvenes rayaba en los veinte abriles. Deslumbradas por las descripciones que habían oído hacer de las inmensas riquezas minerales que se hallaban en California, se habían resuelto arrostrar toda clase de peligros y fatigas para obtener una fortuna que colmara la medida de su ambición. Como era de esperar, el negro que las acompañaba, achacoso por las Navidades que llevaba a cuestas, no se movía durante el día del rancho que habían fabricado para fijar en él su residencia, pero en cambio, era una especie de centinela que custodiaba el oro que llevaban ya recogido. Los que hicieron aquel descubrimiento se encontraron en el rancho al pobre viejo incapaz de moverse por sí solo, pero luego llegaron las dos jóvenes e hicieron los honores de la casa, dispensando a los recién llegados una hospitalidad y trato que los dejaron confundidos. No manifestaron el más leve temor de que las despojasen del oro que poseían; por el contrario, confesaron que habían obtenido hasta entonces cerca de 7.000 pesos en mineral precioso, y que pensaban abandonar los trabajos tan pronto como cada una contase 10.000 pesos, que era todo cuanto necesitaban. Parece que ambas eran naturales de la Florida, uno de los Estados de la Unión americana, y si hemos de creer la relación de la persona que escribe lo que precede, la menor de aquellas dos solitarias palomas se había huido de la escuela para emprender la expedición a California.

Para los hechos ficticios descritos en el campamento minero de *Corazón de oro*, me han resultado esenciales dos libros. El primero, *¡Muchos extranjeros para mi gusto! Mexicanos, chilenos e irlandeses en la construcción de California, 1848-1880*, de Fernando Purcell (Fondo de Cultura Económica, Chile, 2016), explica ampliamente lo que en otros textos o artículos de prensa aparece esbozado: la lucha de tres comunidades de inmigrantes para encontrar su espacio en un mundo angloamericano en el que sufrieron racismo, linchamientos, abusos y exclusión. La lectura de este libro me facilitó la creación de los personajes de Escolano y Darragh.

El segundo es el texto reimpreso y corregido por Thomas C. Russell para la revista *Pioneer Magazine* de 1854-1855 de las conocidas veintitrés cartas de la señora Shirley (Louise Amelia Knapp Smith Clappe, 1819-1906), escritas en 1851 y 1852 a su hermana en Massachusetts desde las minas de California, donde su marido trabajó de médico. Sus detalladas descripciones de la vida diaria en el campamento de Rich Bar fueron esenciales para la reconstrucción de la vida del grupo de Lorién en el momento temprano de la búsqueda del oro, puesto que la experiencia, por ejemplo, de Mark Twain (*Roughing it* o *Pasando fatigas*, publicada en

1872) tiene lugar hacia finales de la década. De los relatos de Bret Harte recopilados en *Cuentos del Lejano Oeste* (editado por Alba Clásica en 2017) también extraje alguna pincelada sobre los primeros tiempos de los campamentos mineros. Resalto especialmente el relato «Los argonautas del 49», publicado en 1882.

> *Revista de Teatros: Diario Pintoresco de Literatura*
> **Madrid, 26 de mayo de 1845, página 2:**
>
> Boletín Extranjero. Un joven llamado Augusto Sutter se hallaba hace años de aprendiz en la casa Turheos en Basilea, Suiza. Al salir de ella se casó y estableció como comerciante de paños en Burgdorf, cerca de Berna. Pero, acusado de quiebra fraudulenta, tuvo que escapar con su mujer e hijos a América. Pronto se inscribió como ciudadano de San Luis, hizo varios viajes a Méjico y Tejas, dirigió caravanas y se hizo en fin jefe de bando. Acaba de ser elegido príncipe de la Nueva California, y añaden que está muy contento con sus nuevas funciones.

Para los viajes y rutas de los personajes y los lugares de la novela antes de sufrir la gran transformación tras la llegada masiva de inmigrantes, me resultaron útiles los siguientes libros: *Diario de un viaje a California 1848-1849*, de Vicente Pérez Rosales (Sociedad de Bibliófilos Chilenos, 1949); *Life in California: A Description of the Country and the Missionary Establishments; a Historical Account of the Origin, Customs and Traditions of the Indians of Alta California* (en las ediciones de Wiley&Putnam de 1846 y William Doxey de 1891), que Alfred Robinson escribió tras vivir varios años allí y en cuya edición original hay grabados de la época; *Sixty Years in California*, de William Heath Davis (A. J. Leary Publisher, 1889); *Two Years before the Mast* de Richard Henry Dana, publicado en 1840, sobre el viaje que hizo en 1834 de Boston a California por el Cabo de Hornos, y que durante mucho tiempo fue de lo poco publicado en inglés sobre esa zona para la sociedad anglosajona norteamericana. En cuanto a la vida diaria en un barco, la ciudad de San Francisco de entonces y los primeros escenarios mineros, está también el diario de Alexander Van Valen, un hombre de Nueva York que, junto a cuatro socios, formó una compañía y se sumó a la fiebre del oro. Partió en enero de 1849 a bordo del *Hersilia* y doscientos días después llegó a San Francisco. Se puede leer el original *online* en el *National Museum of American History.* El texto *Incidents of a Voyage to California: a Diary of Travel aboard the Bark Hersilia, and in Sacramento, 1850* fue editado en 1987 (Western History Association). En *Revista Católica* (Barcelona, diciembre de 1850 y octubre de 1851) se publicaron las cartas del religioso Francisco Sadoc Vilarrasa, del convento de Santa Catalina de Barcelona, del trayecto por Marsella, Tolosa, París, Londres, Liverpool, Nueva York, Panamá y San Francisco y de sus pequeños viajes entre Sacramento y Monterrey.

Por último, y muy especialmente, para la ruta terrestre de Lorién y su grupo de amigos, desde Nueva Orleans a San Luis de Misuri y de allí a California, me resultó imprescindible la guía —que emplean los personajes en la novela— de Lansford W. Hastings (publicada por George Conclin en 1845), titulada *The Emigrants' Guide to Oregon and California; a Description of Oregon; a Description of California; with a Description of the Different Routes to those Countries* y en la que el autor, que lideró una caravana de emigrantes en 1842, ofrece consejos sobre el avituallamiento y los pertrechos necesarios para semejante travesía, así como la mejor forma de viajar.

Me costó elegir el lugar de donde partirían mis personajes españoles del Pirineo. Afortunadamente di con la noticia publicada en el *Daily Alta California* de San Francisco del 11 de agosto de 1851 en la que se anunciaba la llegada de un grupo de personas procedentes de Bayona. Dice el articulista que su aspecto y su vestimenta indicaban que provenían de sus hogares en los Pirineos; las mujeres llevaban un tocado consistente en un pañuelo de colores arreglado con buen gusto y las describe de ojos oscuros, paso ligero y bastante atractivas. Los hombres, en cambio, le parecen salvajes y excitables, y recalca que van en grupo, hablando y gesticulando con gran vivacidad y atrayendo mucha atención.

En algún listado de viajeros, además, viajaban dos mujeres solas, lo que me sirvió para el viaje del personaje de Marot. Localicé que el buque bilbaíno *Irurac Bat*, de la compañía Esparza e Hijos, realizaba la ruta Bilbao, Montevideo, Guayaquil, Buenos Aires y Valparaíso y en él subí a Marot en busca de Lorién. Y como entre 1843 y 1857 Nueva Orleans fue el principal puerto de abasto de Bilbao, Lorién y Sandor viajan de este a aquel puerto. En la ciudad de Nueva Orleans en 1850 había comerciantes y banqueros vascos, por lo que Sandor bien podía tener un tío allí.

Espíritu de los Mejores Diarios Literarios que se Publican en Europa

Madrid, lunes 2 de agosto de 1790, página 8:

Los habitadores de la parte meridional de California, observa George Shelvocke, en su viaje de 1719-1722, son altos, derechos y bien formados; tienen los miembros abultados, el pelo negro y grueso, caído sobre la espalda. Los hombres van enteramente desnudos, sin llevar ni aun faja a la cintura, sino una especie de cinta encarnada y blanca, tejida de una yerba suave, y guarnecida de plumas de halcón. Las mujeres llevan una franja más ancha, de la misma yerba, que les baja hasta la rodilla; y cubren la espalda con una piel de ciervo o de algún pájaro.

Sobre las tribus nativas de California, he contrastado la información de los textos históricos con el libro *American Genocide: The United States and the California Indian Catastrophe, 1846-1873*, de Benjamin Madley (Yale University Press, 2016) para que tanto los hechos como los personajes fueran lo más fidedignos posible. Para el tema de los tratados y los conflictos entre las tribus y los estadounidenses en los años de la novela, también me resultaron útiles la tesis doctoral *From Yokuts to Tule River Indians: Re-creation of the Tribal Identity on the Tule River Indian Reservation in California from Euroamerican Contact to the Indian Reorganization Act of 1934*, de Kumiko Noguchi (Universidad de California en Davis, 2009) y el volumen 2 de *Las guerras indias en Norteamérica: La ofensiva estadounidense, 1811-1891*, de José A. López Fernández (Historia Rei Militaris, 2021). Como ya pude comprobar durante la preparación de *Lejos de Luisiana*, el tema indígena, del que tanto desconocemos, es apasionante. Recomiendo la lectura de *Indigenous Continent: The Epic Contest for North America* (Liveright, septiembre de 2022), publicado en español como *Continente indígena* (Desperta Ferro, 2024), y *El imperio comanche* (de 2011, publicado en castellano por Península en 2018), del doctor en historia y especialista en la Norteamérica del siglo XIX y las sociedades indígenas y nómadas Pekka Hämäläinen, así como el de Paul Andrew Hutton, de 2016, *Las guerras apaches: polvo y sangre en la última frontera del salvaje oeste* (Desperta Ferro, 2023). Sobre la cultura y las tradiciones de los chumash y los chumash obispeños, he consultado *California's Chumash Indians: a Project of the San-*

ta Barbara Museum of Natural History Education Center (1986) y *The Chumash: the Past and Present of California's Seashell People,* de Danielle Smith-Llera (Capstone Press, 2016). Hay además breves alusiones en libros de esta bibliografía y un interesante artículo sobre la revuelta de los chumash de 1824 titulado «Han ignorado la voz amorosa del Padre: Reconsiderando los orígenes del levantamiento de los chumash en 1824 en la California mexicana», de Robert H. Jackson (en *Desacatos,* número 10, otoño-invierno de 2002, páginas 77-93, Centro de Investigaciones y Estudios Superiores en Antropología Social, México). Son inquietantes y reveladoras las preguntas de los dos confesionarios de las misiones chumash que se conservan y que servían para que los misioneros averiguaran si los conversos habían abandonado sus antiguas prácticas. Acerca de los chowchilla, el estudio más completo es *The Chowchilla: The Ethnohistory of a Yokuts Tribe,* de Robert Fletcher Manlove (Craven Street Books, 2020).

Sobre la historia de California para los hechos anteriores a los descritos en la novela, el contexto en el que viven los personajes y la guerra de Secesión, mi manual de referencia ha sido *Everyman's Eden: A History of California: Its diversity and change, from prehistory to the present,* de Ralph J. Roske (MacMillan, 1968), que siempre me ha resuelto dudas que me surgían en otros textos. En la conocida *History of California,* de Hubert Howe Bancroft (The History Company, 1888), he encontrado alguna pincelada útil en el volumen 6, que abarca de 1848 a 1859, así como en el libro con mapas, planos y grabados titulado *California: a History of Upper and Lower California from their First Discovery to the Present Time (1835); comprising an Account of the Climate, Soil, Natural Productions, Agriculture, Commerce; a full view of the Missionary Establishments, and Condition of the Free and Domesticated Indians; with an Appendix relating to Steam-navi-*

gation in the Pacific, de Alexander Forbes (Smith, Elder & Co, 1839). Para la vida en las misiones que vivió el personaje chumash Maxiwo, me basé también en *La Alta California española* (Fundación Mapfre, 1992), de la catedrática de Historia de América de la Universidad Complutense de Madrid Sylvia L. Hilton. Sobre la vida diaria en los ranchos, el libro de Ralph Leroy Milliken *California Dons* (Academy Library Guild, 1956) narra los recuerdos del joven Estolano Larios, que creció en un rancho en San Juan Bautista, en el condado de San Benito, pero poco más he encontrado, más allá de las descripciones físicas como las proporcionadas en «Rancho Santa Margarita de San Luis Obispo», de William R. Cameron (en *California Historical Quarterly*, 1957, 36, 1, páginas 1-20).

En cuanto a periódicos, el *Daily Alta California* fue una auténtica mina para seguir la pista política o encontrar hechos puntuales interesantes de California en general y San Francisco y San Luis Obispo en particular. Las secciones de sucesos y los anuncios tanto en inglés como en español de este periódico me resultaron indispensables para obtener información sobre la vida diaria —medios de transporte, comercios de todo tipo, alojamientos, alimentación y entretenimientos como el circo olímpico Rowe o el teatro, venta de libros, clima, enfermedades, un marido que advierte de que no piensa pagar los gastos de alojamiento de la esposa que lo ha abandonado, un accidente de barco...— con la que ambientar los escenarios de la novela de 1849 a 1865. Unos ejemplos: la obra de teatro de la que disfrutan Thayer y Marot es exactamente la que se representó ese día en San Francisco, *El amante prestado* (*The Loan of a Lover*, 1846), del británico James Robinson Planché, que elegí, de todas las anunciadas, porque su trama tenía algo que ver con lo que les estaba sucediendo a mis personajes; y la biblioteca que compró el padre de Cynthia y de la que Lorién lee varios tomos está sacada de un anuncio. Quise que Lorién se interesara por el tomo 2 de la *Vida de viajeros célebres*, de James Augustus Saint John, de 1837, porque había un capítulo dedicado al sevillano Antonio de Ulloa, naturalista y militar, marino y científico, informador a la comunidad científica de la existencia del platino, investigador de avances científicos por países europeos, director técnico del canal de Castilla, fundador de la Real Casa de la Geografía y Gabinete de Historia Natural en Madrid, gobernador de Huancavelica, en el virreinato del Perú, y luego gobernador de Luisiana, cargo que prácticamente no llegó a ocupar, porque los criollos franceses se rebelaron en Nueva Orleans y lo expulsaron, como se narra en mi novela *Lejos de Luisiana*.

En un anuncio del *Daily Alta California* de agosto de 1849 encontré que uno de los jóvenes de la compañía Argonauta destinada a California se encontraba en San Francisco y ofrecía al público sus servicios como profesor de piano y canto, pues había estudiado en París. Así surgió el Escolano de mi novela.

La Época

Madrid, martes 28 de agosto de 1849, página 4:

Según las últimas noticias de California, se esperaba con impaciencia la llegada de Madama Farnham, que salió de New York para El Dorado con una pacotilla de lindas jóvenes. La reciente colonia, semejante en esto a la república romana antes del rapto de las sabinas, se encuentra sin mujeres, y el celibato fastidia soberanamente a los modernos argonautas: con la noticia de la llegada de la fragata Angélica se han puesto todos en movimiento, y la cuestión matrimonial es hoy allí la orden del día. El corresponsal en El Dorado de Madama Farnham se ve acosado con grandes pedidos de la nueva mercancía, y es indudable que el color moreno ha experimentado un alza notable.

Leí todas las noticias que aparecieron en la prensa española sobre California desde 1770 hasta 1865, con especial atención a las anteriores a 1850 para comprender qué podía saber un español sobre aquellas lejanas tierras. La conclusión que extraje fue que más de lo que uno podría pensar, siempre y cuando viviera en Madrid o Barcelona. En todos los periódicos —localizables en la Hemeroteca Digital de la Biblioteca Nacional de España— había siempre una sección de «Noticias de Ultramar» y, de vez en cuando, aparecía un extenso artículo sobre viajes. Para la breve estancia de Lorién en Cuba me sirvió el artículo «Un año en La Habana», de Teodoro Guerrero, publicado en el *Semanario Pintoresco Español* el 7 de febrero de 1847 (páginas 41 a 44).

Sobre San Luis Obispo, en la Berkeley Library de la Universidad de California se pueden ver todos los expedientes de las convalidaciones de las concesiones de tierra. No puedo resistirme a escribir los nombres de aquellos ranchos que terminaron convertidos en poblaciones que los lectores que hayan viajado por la zona central de California reconocerán. A mediados del siglo XIX, el valle de San Luis Obispo estaba formado por un puñado de casas en las inmediaciones de la antigua misión y una treintena de ranchos o sitios de ganado mayor, como los viejos se referían a ellos, de entre cuatro mil y cuarenta y ocho mil acres, algunos al borde del mismo océano Pacífico. Eran concesiones de tierras de los tiempos de los gobernadores mexicanos Alvarado, Micheltorena y Pío Pico, otorgadas entre 1837 y 1846 tras la secularización de las misiones, que había tenido lugar en 1833. Así habían nacido los ranchos grandes, de más de 25.000 acres —Asunción, Cañada de los Osos, Pedro e Islay, Cholame, Corral de Piedra, Cuyama, Guadalupe, Nipomo, Paso de Robles, Piedra Blanca, Punta de la Laguna, San Juan Capistrano del Camote y Suey—; los ranchos entre 13.000 y 23.000 acres —Bolsa de Chemisal, Huasna, Huerhuero, Santa Isabel, Santa Manuela, Santa Margarita y Santa Rosa—; y los ranchos entre 4.000 y 9.000 acres —Arroyo Grande, Atascadero, El Chorro, Moro y Cayucos, Pismo, Potrero, San Bernardo, San Gerónimo, San Luisito, San Miguelito, Tepusquet y Viña—. Había también parcelas pequeñas como el Ranchito de Santa Fe, la Huerta de Romualdo y unos terrenos llamados Gallinas, Nacimientos y Estrella concedidos a los indios chumash, que nadie ocupaba.

Me resultó muy útil la tesis doctoral de Martha Ortega Soto, *El desarrollo económico de Alta California, 1806-1845* (Universidad Nacional Autónoma de México, 1994) para datos concretos sobre la población y la actividad agrícola y ganadera de San Luis Obispo. Un ejemplo: en 1810, cuando la misión funcionaba, había más ovejas que reses (9.000 frente a 7.000); en fechas cercanas a la secularización, durante el gobierno mexicano, el número de cabezas descendió drásticamente (hasta 1.000 ovejas y 3.700 reses) en 1831; luego volvió a remontar. En la novela, los hermanos Cynthia y Brett recorren millas para ampliar su cabaña con reses y ovejas del este. Esta idea de que Cynthia condujera con su hermano una caravana de ganado hacia California la saqué de la vida de William Welles Hollister (1818-1886), que en los años cincuenta vendió su propiedad en Ohio para comprar ganado y trasladarlo a California. Como el negocio le salió bien, repitió. Con su hermano y su hermana, cincuenta hombres y tres mujeres más, partió de Ohio con 10.000 ovejas con las que alimentar a los mineros de California. Aunque menos de una tercera parte sobrevivieron al largo viaje, hizo negocio y se estableció primero en el condado de San Benito y luego en Santa Bárbara.

El personaje de Hippolyte es un guiño a Pierre Hyppolite Dallidet, nacido en 1823 en el suroeste de Francia. Se enroló en la armada francesa en 1843 y sirvió en Tahití hasta que en 1850 se fue a San Francisco para probar suerte con el oro. Dejó las minas para irse a México, pero recaló en San Luis Obispo y ahí se quedó y vio la oportunidad de empezar como carpintero. Construyó su famosa casa de adobe, que se puede visitar, y se le recuerda por comenzar la primera bodega en la costa central. Las tierras de la casa Dallidet lindaban con un terreno de la misión. Fue un propietario importante en San Luis Obispo y participó en el diseño y desarrollo de la ciudad. Cuando el ministro francés de Agricultura contactó con franceses que vivían en climas mediterráneos para plantar esquejes de viñas francesas para preservar las variedades francesas, amenazadas por la filoxera, Dallidet recogía los esquejes en el consulado francés en San Francisco y los injertaba en sus vides. Cuando pasó la filoxera en Francia, envió nuevos esquejes desde San Luis Obispo. Se casó y tuvo nueve hijos, aunque su mujer murió pronto y él los crio, preocupándose porque tanto sus hijos como sus hijas estudiaran. Falleció en 1909, arruinado y tras haber vivido la desgracia de que uno de sus hijos matara a su propio hermano.

La Nación: Periódico progresista constitucional
Madrid, sábado 13 de abril de 1850, página 2:

Lo que cuesta morir en California. Un corresponsal de La Unión de Washington ha dado a aquel periódico una cuenta curiosa remitida de San Francisco por la asistencia y cuidados dispensados a un hermano de dicho corresponsal, que falleció en el hospital de Sacramento. La cuenta está firmada por el doctor Chas II Cragin, y es como sigue:

Por 36 días de asistencia (7 días a 25 pesos y 29 a 20), 755 pesos. Por lavar y enterrar el cadáver, 16. Por colchones y frazadas deteriorados, 20. Por el ataúd y haberlo mandado hacer, 60. Pagado para abrir la huesa durante un temporal, 20. Pagado por el carro funerario, 4. Asistencia de un hombre al entierro, 5.

Estas cantidades reunidas dan un total de 880 pesos. Por donde se echa de ver que el médico del hospital de Sacramento no ha omitido nada en su cuenta, y fácil es deducir también que cuesta más morir que vivir en California.

Para quienes encuentren algún eco de la novela *Gigante*, de Edna Ferber, o de la película de George Stevens en esta novela, les diré que sí, que mi querida y obstinada Cynthia está inspirada en Luz, la hermana de fuerte personalidad del protagonista, Jordan Benedict III o Bick, interpretada en la película por Mercedes McCambridge, que queda eclipsada por la protagonista, Leslie. Resulta inevitable que todas aquellas películas del oeste que vimos en la infancia las personas de mi generación resuenen en mi novela. La acción de la mayoría transcurría tras la guerra de Secesión, pero los traslados de reses de *Río Rojo* (Howard Hawks, 1948); las peleas entre ganaderos y granjeros de *Raíces profundas* (George Stevens, 1953) o *El Dorado* (Howard Hawks, 1966); las caravanas y la expansión al oeste de *Horizontes lejanos* (Anthony Mann, 1952), *Caravana de mujeres* (William Wellman, 1951), *Cimarrón* (Anthony Mann y Charles Walters, 1960) y *La conquista del oeste* (Henry Hathaway, John Ford, George Marshall y Richard Thorpe, 1962); las relaciones entre los personajes de *Horizontes de grandeza* (William Wyler, 1958) y *Duelo al sol* (King Vidor, 1946); los conflictos con los nativos en *Fort Apache* (John Ford, 1948) o *Centauros del desierto* (John Ford, 1956) y el concepto del honor y la llegada de la ley al oeste de *El hombre que mató a Liberty Valance* (John Ford, 1962) estaban en mi mente mientras preparaba la novela. Asimismo, tenía presentes las miradas más recientes, reflexivas y desmitificadoras de películas como *Sin perdón* (Clint Eastwood, 1992), *El poder del perro* (Jane Campion, 2021) y la magnífica *Los asesinos de la luna* (Martin Scorsese, 2023).

Para terminar, en un relato titulado «Un viaje a las Indias, anécdota moral», publicado sin nombre de autor en *Museo de las Familias, Revista Ilustrada del Siglo XIX* (Madrid, 25 de enero de 1850, páginas 6, 7 y 8), un viejo manco trata de convencer —por su propia experiencia negativa en las Indias— a un joven que desea marchar a América de que no lo haga. Tan convencido está el muchacho de que nada le hará cambiar de idea, que el anciano se despide de él con estas palabras:

«Pues en ese caso, vaya usted a California; podrá suceder que no halle usted, como no encontré yo, la fortuna que busca; acaso no volverá usted cargado de riquezas, pero volverá provisto de experiencia, que es un tesoro inestimable cuando se emprende la carrera de la vida».

En el viaje que he recorrido con la preparación de *Corazón de oro* he recuperado parte de mi propia experiencia de joven en San Luis Obispo. Me ha hecho recordar cuánto me costó adaptarme; esa mezcla de curiosidad y miedo ante lo nuevo, lo desconocido; la necesidad de encajar, de sentirme aceptada en una comunidad con una cultura y una lengua diferentes; la excitación y la nostalgia. Mi viaje fue plácido y cómodo, aunque en aquel entonces no fuera muy alegre de dinero. Mientras buceaba en la vida de tantos hombres y mujeres que pasaron penurias en esos peligrosos viajes del siglo XIX, pensaba en los que ahora dejan sus hogares y sus familias, en tantos casos por necesidad, y en todo lo que tienen que soportar. Algunos incluso pierden la vida. Vivamos en lugares grandes o pequeños, a nuestro alrededor hay personas con existencias muy difíciles. De nosotros depende el gesto amable cotidiano, la sonrisa, la empatía. Solo de nosotros depende que nuestro corazón brille como el oro o se ennegrezca.

Anciles, junio de 2025

AGRADECIMIENTOS

A mi familia californiana de San Luis Obispo, que me hizo sentir como un miembro más desde el primer día y a la que dedico esta novela.

A mis lectores, que dan sentido a mi trabajo y que siempre me animan con amables palabras en encuentros literarios o desde las redes, por seguir conmigo en este viaje literario.

A quienes conozco en tantos encuentros literarios —organizadores, bibliotecarios, concejales y técnicos de cultura, libreros, distribuidores, entrevistadores...— en lugares grandes y pequeños, cercanos y lejanos, por su dedicación al fomento de la lectura y la conversación.

A mis compañeros de góspel de la Escuela de Música de la Ball de Benasque y al fantástico coro de góspel de Monzón, que nos invita a compartir momentos estupendos: cuántos males he espantado cantando con todos vosotros.

A mis queridos amigos, por su compañía, su complicidad y su comprensión siempre, pero, sobre todo, en las fases más difíciles de la creación literaria, en las que solo existe la novela en marcha.

A Mar Gabás, por poner orden en todo lo que tiene que ver con mi trabajo.

Al clan de Casa Mata de Cerler, en cuyos miembros

siempre pienso cuando escribo sobre un lugar llamado Pasolobino. En concreto, a mis sobrinos, Samuel y Gonzalo, por mantenerme informada de novedades tecnológicas y culinarias; a mi madre, Mari Luz, y a mis hermanas, Gemma y Mar, por su apoyo y su compañía a cualquier hora y en cualquier situación.

A mi familia del Grupo Planeta, en especial a mi editora Puri Plaza, a Raquel Gisbert, responsable de Ficción de Planeta, y a Belén López Celada, directora editorial de Planeta, por el entusiasmo que siguen mostrando por mis historias, por las deliciosas conversaciones sobre el mundo literario, por la alegría de cada reencuentro y por su amistad.

A mi marido, José, y a mis hijos, Rebeca y José, por ser la mina de la que extraigo cada día toneladas de energía. ¡Ah! Y a nuestros perritos, Pirita y Pochón, por fomentar tres hábitos saludables en toda familia: el paseo, el juego y la risa.